Judith Merkle-Riley

Die geheime Mission des Nostradamus

Judith Merkle-Riley

Die geheime Mission des Nostradamus

Aus dem Amerikanischen
von Dorothee Asendorf

List

Titel der Originalausgabe:
»Master of All Desires«

2. Auflage 1999
Der Paul List Verlag ist ein Unternehmen
der Verlagshaus Goethestraße GmbH & Co. KG

ISBN 3-471-79390-9

Satz: Franzis print & media GmbH, München
Druck und Bindung: Graphischer Großbetrieb, Pößneck

Prolog

Das hier ist die Stelle«, flüsterte die Königin von Frankreich auf italienisch. Sie deutete auf eine fast unsichtbare Ritze im Fußboden des vergoldeten Raumes. Der flackernde Schein einer einzigen Kerze warf verzerrte Schatten an die Wände. Die sommerliche Nachtluft war drückend heiß. Die Steinsäle und leeren Kamine des Sommers rochen nach Urin und Feuchtigkeit, Schimmel und Sommerfieber. Der Hof verweilte schon zu lange in Saint-Germain, daher die üblen Gerüche in den Zimmern des Palastes. In ein, zwei Monaten würde der König den Umzug in ein luftigeres Schloß befehlen. Eines, in dem das Wild im Park noch nicht durch zweimal wöchentliches Jagen knapp geworden war. »Ich habe den Tischler zwei unsichtbare Löcher in den Fußboden sägen lassen«, wisperte die Königin. »Dieser Raum liegt über ihrem Schlafzimmer. Heute abend werden wir erfahren, mit welchem Hexenzauber diese alte Frau mir die Liebe meines Gemahls stiehlt.«

»Sie ist zwanzig Jahre älter als Ihr beide. Wenn Ihr eine Jüngere, Schönere und Euch Ergebene fändet, könntet Ihr ihre Macht gewiß brechen und … «, antwortete die *dame d'honneur* der Königin ebenfalls im Flüsterton und in der Sprache Katharinas von Medici, die in den Gemächern der altehrwürdigen Festung klang wie das Zischeln fremdländischer Verschwörer.

»Meint Ihr, ich hätte es nicht versucht? Ein kurzer Augenblick, und er ist wieder bei ihr, stellt sich mit der steinalten Hure überall zur Schau und versteckt mich, als ob ich die Mätresse wäre. Ich will ihren Einfluß auf ihn für immer brechen. Sie muß mir weichen.«

»Madame, Ihr seid die Königin ...«

»Und es darf nie herauskommen, daß ich dabei die Hand im Spiel hatte. Solange er sie liebt, wird er sich an mir rächen, falls ihr etwas zustößt. Aber wenn er sie nicht mehr liebt ...«

»Also müßt Ihr herausfinden, welchen Hexenzaubers sie sich bedient.« Ihre Begleiterin nickte zustimmend.

»Genau.« Katharina von Medici, Königin von Frankreich, in deren Augen ein lange und tief verborgener Groll schwelte, faßte nach dem Zaubermedaillon an ihrem Hals, das aus menschlichem Blut gegossen war. »Sie hat einen mächtigen Hexer gefunden. Aber wo? Nur die Ruggieri besitzen solche Macht, und die gehören mir. Falls Cosmo mich verraten hat, dann bei Gott ...«

»Gewiß nicht, Majestät. Es gibt noch andere Zauberer im Königreich. Cosmo Ruggieri ist mit uns aus Florenz gekommen. Sein Vater hat Eurem Vater gedient. Diese Person würde sich kaum an einen Untergebenen wenden, oder? Er könnte sie verraten.«

»Oder auch nicht. Man sollte die Verschlagenheit der Ruggieri nicht unterschätzen. Sie sind so hinterhältig wie eine Schlangenbrut ... Oh, wie ich sie kenne. Ich werde ihren Zauber ausfindig machen, und Cosmo muß ihn brechen. Die Zeit ist reif: Ich habe lange genug im Schatten dieser alten Frau gestanden. Sie macht mein ganzes Glück zu Staub.«

»Gewiß kann es nur der Ring sein, Majestät«, raunte Lucrèce Cavalcanti, Madame d'Elbène. »Der ganze Hof tuschelt darüber, daß er aus dem Blut eines ungetauften Kindes gegossen wurde. Es ist der Ring, der ihn versklavt. Heute abend werdet Ihr sehen, daß es sich so verhält.« Sie beugte sich vor und hielt die Kerze dichter an die Stelle, während sich Katharina von Medici hinkniete und nach dem Verschluß tastete, mit dem man die Diele lösen konnte. »Löscht die Kerze«, flüsterte die Königin ihrer Hofdame zu. »Sie könnte uns verraten.« Nichts als ein matter Sternenschimmer erhellte den Raum, während die beiden Frauen auf dem Fußboden lagen und in das hell erleuchtete Schlafzimmer unter sich spähten.

Die Mätresse des Königs lag nackt auf dem Bett mit dem Baldachin und den schweren Vorhängen, hatte die Arme unter den Kopf gelegt und ihr ergrauendes Haar auf einem Berg reich bestickter Seidenkissen ausgebreitet. Ihr blasser Körper bildete einen starken Gegensatz zum dunklen Grün der samtenen Tagesdecke. Ihre schwarzen Augen funkelten im Kerzenschein, und ihre schmalen, geschminkten Lippen lächelten triumphierend, als der König, ein kräftiger, schwarzhaariger Mann, zwanzig Jahre jünger als sie, seine *robe de chambre* abwarf. Fast hatte es den Anschein, als ob sie wüßte, daß es an diesem Abend Augenzeugen ihrer Macht gab.

Diana von Poitiers' Gesicht war nicht mehr jung und voll winziger Fältchen. Doch die beiden Beobachterinnen mußten einen erstaunten Ausruf unterdrücken, als sie den Körper der Älteren erblickten. Er war weiß, schlank und behend wie der einer Zwanzigjährigen. Mit eiserner Disziplin hatte sich die kinderlose Mätresse diesen bleichen Abglanz einer jüngeren Gestalt bewahrt, während die Königin trotz des engen Schnürleibs mit Stahlstäben und juwelenbesetzten Kleidern ihren von jährlichen Schwangerschaften entstellten formlosen Leib nicht verbergen konnte. Du Intrigantin, du Ungeheuer, dachte die Königin. Wenn ich dich erst los bin, mache ich mich auch schön. Ich lasse Masseure kommen, lasse Liebestränke zubereiten. Dann reite ich bei großen Auftritten an der Seite des Königs, und bei jedem Turnier trägt er meine Farben und mein Motto, statt mich zu verstecken wie ein schmähliches Geheimnis. Heute schämt er sich bei meinem Anblick. Aber morgen wird er mich lieben.

Im vergoldeten Bett unter dem Guckloch verbanden sich die beiden beweglichen Leiber, der eine etwas dunkel behaart, der andere so weiß wie Milch, zu immer neuen phantasievollen Figuren. Die beiden Zuschauerinnen hatten solch ein Liebesspiel nie zuvor gesehen. Die Königin dort oben im Dunkel machte große Augen und rang leise nach Luft. Jetzt hatten die Liebenden eine neue Position eingenommen, die Mätresse bewegte sich lustvoll stöhnend auf dem König, der diese neue Variante ebenfalls zu genießen schien. Nie im Leben wäre die Königin auf die Idee gekommen, daß es solch leidenschaftliche Umarmungen, solch liebevolle Zärtlichkeiten gab. Warum wußte sie nichts davon? Warum hatte er sie nicht die Kunst der Liebe gelehrt? Standen ihr weder Leidenschaft noch Achtung zu? In vollendeter Harmonie hatten sich die beiden zur Seite gerollt, und dann glitten sie unter einem Schwall von Bettlaken zu Boden, als hätten sie diese graziöse Bewegung einstudiert. Dort, auf den kühlen, harten Fliesen des Fußbodens erlangten der König und seine Mätresse gemeinsam den Höhepunkt. Der leidenschaftliche Aufschrei Heinrichs II. hallte noch im Raum darüber wider, als seine Frau die Diele wieder an Ort und Stelle legte. Zornestränen, die im Dunkeln niemand sah, liefen ihr über das Gesicht.

»In all den Jahren, die wir jetzt verheiratet sind«, flüsterte sie, »hat er mich kein einziges Mal so berührt. Mein Haar – es war schön –, nie hat er es so gestreichelt, zehn Kinder, und er hat mich noch nie geküßt. Er kommt im Dunkeln und geht ohne eine Kerze. Wer bin ich, daß er mich wie eine Kuh behandelt und sie wie eine Frau?«

»Aber Majestät, Ihr seid die wahre Königin. Sie ist schließlich nur eine Königshure.«

»Ja, ich bin die Königin«, sagte die pummelige kleine Frau. »Ich bin die Königin, und sie ist es nicht.« Sie richtete sich auf und glättete ihre zerdrückten, staubigen Röcke. »Sieht er denn nicht, wie alt sie ist? Ich war vierzehn, als ich zu ihm gekommen bin. Mein Onkel, der Papst, hat mich in aller Pracht, in einer vergoldeten Galeere mit Sklaven in silbernen Ketten geschickt. Und wer war sie? Ein Niemand. Es muß der Ring sein, der ihn so blind macht. Der Ring, den sie ihm geschenkt hat. Dieser Ring muß von seiner Hand entfernt werden.« Und dann soll mir Cosmo einen Liebestrank brauen, dachte sie. Ich will endlich haben, was mir zusteht, statt mich mit den kalten Resten von der Reichen Tafel zu begnügen.

»Man muß lediglich den richtigen Augenblick abpassen«, meinte Madame d'Elbène.

»Wenn einer Warten gelernt hat, dann ich«, sagte die Königin und ordnete ihre kunstvoll gezwirbelten Locken. »Ich habe auf vieles gewartet. Dennoch ...«

»Ja, Majestät?«

»Als ich jung war, hat man mich eine Schönheit genannt. Warum hat mich der König, mein Gemahl, nie so geliebt?«

1. Kapitel

Paris, 1556

Gestrigen Tages Orléans verlassen. Gasthof Zu den drei Königen. Vermaledeites Gemäuer. Gasthof Zu den drei Räubern wäre ein ehrlicherer Name. Betten abscheulich. Frühstück, drei Sous. Ungenießbar. Hat mir die Eingeweide verknäuelt. Die Stadt selbst wird stark überbewertet. Griesgrämige Menschen. Hohe Preise. Zu viele Ketzer. Ein Horoskop für den Bischof erstellt. Habe den doppelten Preis genommen.

Paris durch die Porte St. Jacques betreten. Unweit der Rue de la Bûcherie blockierte mir eine unleidliche Studentenhorde von der medizinischen Fakultät den Weg. Wurden unhöflich, als ich sie aufforderte, die Straße freizugeben. Beschimpften meine Robe, die nicht die ihrer Fakultät war. Rufe, ich sei ein fremdländischer Kurpfuscher, Angebote für einen kostenlosen Aderlaß und andere Dinge, die zu derb sind, um sie hier zu erwähnen. Wie immer sieht Paris rot beim Anblick von Roben studierter Doktores, nämlich denen unserer medizinischen Fakultät in Montpellier. Kriecher. Speichellecker von der theologischen Fakultät. Können doch nichts weiter als zur Ader lassen und abführen. Und die wagen es, den großen Paracelsus schlechtzumachen! Wir im Süden würden einen Absolventen dieser elenden Pariser Fakultät niemals herumpraktizieren lassen.

Léon soll meine Doktorrobe reinigen lassen.

Gasthof Saint-Michel in Paris. Mein Name. Ein gutes Omen für einen Gasthof. Saubere Bettwäsche. Abendessen, fünf Sous. Das Ragout passabel, der Wein verdient den Namen Essig.

Muß eine neue Ausgabe von Scaliger auftreiben. Und es mit Barbe Renault versuchen. Zweifellos überbewertet. Morel erzählt mir, daß Simeonis neue Weissagung vom Ende der Menschheit in einer großen Flut im Jahre 1957 zur Zeit die große Mode sei. Simeoni ist ein Esel. Könnte nicht einmal das Ende des Monats vorhersagen. Wie lange dauert es noch, bis er bei der Königin in Ungnade fällt? Habe Léon zum Louvre geschickt, damit er dem Oberhofmeister der Königin meine Ankunft meldet.

Hier will man anscheinend einen Vorschuß auf meine Rechnung haben. Hat etwas mit fremdländischen Doktores zu tun, die bei Nacht und Nebel verschwinden. Morel angehen, ob er mir fünfzig Nobel leiht.

Gestern auf dem Weg seltsame Zeichen. Eine Schlange mit zwei Köpfen, die sich auf einem Stein sonnte. Wahrlich, die zweiköpfigen Kreaturen belagern mich. Das zweiköpfige Kind von Aurons, das zweiköpfige Kind von Senas. Die Zeit der blutigen Kirchenspaltung naht. Später am selben Tag Begegnung mit einer jungen Dame vom Lande in Trauer. Reiste mit einem häßlichen Hund in die entgegengesetzte Richtung. Albern, aufgeblasen, starrköpfig. Aber eine sonderbare Aura. Habe die schreckliche Vorahnung, daß sie für kurze Zeit die Zukunft Frankreichs in Händen halten wird. Gräßliche Vorstellung. Schlecht geträumt. Mit Anael überprüfen.

Das geheime Tagebuch des Nostradamus

»Ihr«, so sagte der Fremde in der Robe eines Doktors mit viereckigem Hut, während er mich von Kopf bis Fuß musterte, »Ihr schreibt schlechte Gedichte.« Sein Blick war aufreizend, sein langer, grauer Bart von der Art, die Krümel fängt. Für eine Antwort war ich mir zu schade. Woher mochte er Kenntnis von meinen kleinen Seelenergüssen haben? fragte ich mich, doch eine Unterhaltung mit diesem ungehobelten Klotz in aller

Öffentlichkeit, das war weit unter meiner Würde. »Ihr klimpert auf der Laute, schreibt banale Etüden für das Spinett und verfaßt ärgerliche Abhandlungen über die Natur«, fuhr er fort. »Eine Pfuscherin auf allen Gebieten, die der Versuchung nicht widerstehen kann, ihre Nase in anderer Leute Angelegenheiten zu stecken.«

»Wir sind einander nicht vorgestellt worden«, entgegnete ich so schneidend wie möglich, während ich den Becher mit dem übel schmeckenden Apfelwein neben mich auf die rustikale Bank stellte. Über uns in den Bäumen, in deren Schatten die Bänke standen, zwitscherten die Vögel. Hinter uns die Schänke am Wegesrand, eine strohgedeckte Bauernkate, die kaum von einem riesigen Heuhaufen zu unterscheiden war. Nur der Besen über der Tür kennzeichnete sie als Stätte der Rast. Selbiges trug sich im Sommer des Jahres 1556 zu, dem zweiundzwanzigsten Jahr meines Lebens und somit in einer Zeit, in welcher die Frische der Jugend schwindet, um den mageren Jahren einer möglicherweise langen Jungfernschaft zu weichen. Der Bauernjunge, der den Zügel meines Pferdes führte, tränkte das Tier am Trog und war zu weit entfernt, als daß ich ihn hätte rufen können. Gargantua, mein gescheckter Jagdhundwelpe, lag zu meinen Füßen, japste vor Hitze und ließ die lange, rosige Zunge aus dem Maul hängen. Ein nutzloser Hund, der selbst zum Bellen zu faul war. Wie sollte ich nur diesen irre redenden, alten Mann loswerden?

»Wir müssen einander nicht vorgestellt werden«, erwiderte der Fremde und musterte mich unter buschigen, weißen Brauen. »Ich kenne Euch bereits. Ich bin gekommen, um Euch zu beschwören, kehrt heim und lebt bei Eurer Familie, wie es sich für eine ehrbare Frau geziemt. Beide, Ihr und das Königreich, werden dabei besser fahren.«

»Ich habe keineswegs die Absicht«, sagte ich. »Außerdem ist es nicht möglich. Ich muß Orléans erreichen, ehe man die Tore vor Sonnenuntergang schließt.«

»Was Ihr getan habt, könnt Ihr nicht ungeschehen machen, aber es liegt in Eurer Macht, Kommendes abzuwenden. Kehrt heim, sage ich.« Ein kalter Schauer lief mir über den Rücken.

Angenommen, er redete nicht irre? Angenommen, er war ein Spitzel? Hatte er irgendwie den Grund für meine übereilte Flucht vom elterlichen Gut herausgefunden? Ich erhob mich jäh – allzu jäh –, wollte vor ihm fliehen, stieß jedoch den Becher um und verschüttete die Neige des Apfelweins auf den Saum meines Trauerkleides. Hastig bückte ich mich, um die Tropfen von der dunklen Wolle wegzuwischen und den Becher aus dem Staub zu heben. Mir war, als hörte ich ihn stillvergnügt lachen.

So wie die Spitzel, ehe sie zum *bailli* gehen, dachte ich. Sie lachen über ihre Opfer. Wirklich, es war nicht meine Schuld, daß ich Thibauld Villasse erschossen habe. Zugegeben, ich kannte sein Gesicht sehr wohl, schließlich war ich endlose Monate mit ihm verlobt gewesen, aber man bedenke, es war dunkel, und er war maskiert. Außerdem haben meine poetischen Bestrebungen und dazu noch feine Stickarbeiten kürzlich eine gewisse Kurzsichtigkeit bei mir bewirkt. Was hätte ich denn anderes tun sollen?

Ich muß jedoch gestehen, daß ich flüchtig Gewissensbisse verspürte, als sich der Rauch verzogen hatte, und ich merkte, daß das Gesicht an der Fensterbank verschwunden war. Was für ein schrecklicher Sturz, o weh, hinunter auf den mondbeschienenen Hof, und das mir, die ich von Natur aus so ungemein zartbesaitet bin. Ei, ich kann nicht einmal einen Vogel aus dem Nest fallen sehen, ohne ihn wieder hineinzuheben. Außerdem trug ich Trauer um ihn, was der Welt zeigte, daß mir das Ganze leid tat. Es war eindeutig nicht ich, die Vaters *arquebuse* abgefeuert hatte, sondern die Hand des Schicksals. Und Schicksal kann man nicht ungeschehen machen.

Genau das sagte ich auch dem alten Doktor: »Man kann das Schicksal nicht ändern.«

»Demoiselle, ich habe diese ganze lange, ermüdende Reise nur unternommen, weil ich das Schicksal ändern will, und dem Reich zuliebe flehe ich Euch an, Ihr müßt heimkehren.«

»Und mir zuliebe muß ich weiterreisen. Ändert das Schicksal auf andere Weise.« Das Gesicht des Fremden lief hochrot an, er schnaubte vor Wut.

»Ihr eingebildete Jungfer, so wisset, daß mich große Könige

für einen einzigen guten Rat mit Börsen voller Gold entlohnten.« Ich jedoch bin eine Artaud de la Roque, Beleidigungen vermochten es noch nie, mich umzustimmen. Ich blickte ihn also von oben herab an, eine meiner erfolgreichsten Übungen in Mißachtung, da ich höher gewachsen bin als gewöhnliche Menschen.

»Dann geht hin und beratet sie. Ich tue, was mir beliebt.« Als ich mich zum Gehen wandte, wirkte er so niedergeschlagen, daß dieser aufgeblasene, alte Schaumschläger beinahe mein Mitleid erregte. Dem Akzent nach ein Mann aus dem Süden. Allesamt Aufschneider, diese Leute aus dem Süden. Der Doktor hier hatte ganz offenkundig zu viele Arzneien eigener Herstellung geschluckt, Könige, daß ich nicht lache.

»Bleibt, wartet ...«, bat er, und ich hielt inne. Er musterte mich vom Scheitel bis zur Sohle mit abschätzendem Blick. »Dennoch ... ja ... es könnte klappen. Doch hört auf meine Warnung: Hütet Euch vor der Königin der Schwerter.«

»Ich habe keine Ahnung, wovon die Rede ist«, entgegnete ich.

»O doch, das habt Ihr«, sagte er, als ihm sein Diener sein Reittier zuführte. »Damen wie Ihr legen doch ständig *tarocchi.*« Sein Diener trat herzu, und ich bemerkte, daß er nicht etwa einen Maulesel brachte, was für einen Doktor angemessen wäre, sondern königliche Postpferde. Der seltsame, alte Mann war in Geschäften der Krone unterwegs. O je, also mußte er doch eine bedeutende Persönlichkeit sein. War ich zu unhöflich gewesen? Kannte er mein fürchterliches Geheimnis? Als wollte er meine unausgesprochene Frage beantworten, drehte sich der wunderliche Doktor um, mit einem Fuß bereits im Steigbügel. »Trauer, pah! Ihr solltet Euch schämen.« Mir blieb fast das Herz stehen.

Die Besitzerin in schlampiger Schürze und Haube ging mit mehreren Bechern ihres ekelhaften Gebräus an mir vorbei. »Gute Frau«, sagte ich (so macht die Höflichkeit allesamt Lügner aus uns), »sagt an, kennt Ihr den Namen jenes ältlichen Burschen mit dem langen Bart und der Doktorrobe?«

»Von dem da? Aber gewiß doch. Aus der Provence in

Geschäften der Königin unterwegs. Sein Diener scheint seinen Namen für sehr bedeutend zu halten. Doktor Michel de Nostredame, ha. Mir sind hier schon vornehmere untergekommen, das könnt Ihr mir glauben.«

Nostradamus. Das Gesprächsthema in jedem Salon und modischen *cénacle* seit dem Erscheinen seines Büchleins mit Prophezeiungen in Versform. Also kein Spitzel des öffentlichen Anklägers, sondern ein Weissager, der die Zukunft auslegte. Allein schon beim Klang seines Namens spürte ich, wie mich ein kalter Schauer durchrann. Das Schicksal und ich, wir waren uns soeben auf der Straße nach Orléans begegnet.

Aber was hatte er mit seiner Bemerkung über das Königreich gemeint?

2. Kapitel

Der Morgen dämmerte herauf, jedoch so stickig und warm, daß er keine Erleichterung mit sich brachte und einen schwülen, unerträglichen Nachmittag verhieß. Diana von Poitiers hatte ein kaltes Bad genommen, und zwei Zofen mit Tüchern standen bereit, um sie trockenzureiben. Der Palast war erwacht; in den Küchen klapperten Töpfe, in den Ställen wurden Pferde gestriegelt und gesattelt, die beiden prächtigsten für Diana und den König. In dem ein oder anderen Zimmer stand ein Zecher, der verschlafen hatte, torkelnd auf, reckte und streckte sich, pinkelte in den Kamin und rief nach etwas zu trinken. In einem Schlafgemach hielt die Königin ihr *levée*, und die Herzogin von Nevers reichte ihr das Hemd. In einem anderen ließ sich der König, dessen langes, oft grämliches Gesicht heute eigenartig zufrieden wirkte, von einem Kammerdiener die Nesteln zumachen, während er den Höflingen ringsum Befehle erteilte. Er dachte über einen Umzug nach Fontainebleau nach, wo die Luft frischer war, ehe man im Louvre in Paris überwinterte. Na schön, vielleicht nicht nur im Louvre. Vielleicht auch in Anet, einem Kleinod von einem Schloß, das er seiner Mätresse geschenkt hatte. Sie hatte davon gesprochen, daß sie zu Weihnachten für den gesamten Hof prächtige Lustbarkeiten plane. Ein Höfling trat mit einer Botschaft zu ihm. Ach, wie lästig – die Botschafter der Republik Venedig, und schon so früh? Die müssen noch einen Tag warten, ehe ich sie empfangen kann. Der Kronrat muß noch über die neueste Unverschämtheit des Königs von Spanien beraten. Ja, Spanien wird zu mächtig. Nein, falls die Ketzer weiter ihrer calvinistischen Lehre anhängen, müssen sie zum Wohle des Staates hingerichtet werden. Für Rechtsbruch gibt es keine Entschuldigung.

An ebendiesem Morgen gab Diana von Poitiers, *le Grand Sénéchal* und Herzogin von Valentinois, Hüterin der Kronjuwelen, Räuberin von Ländereien und Mittelpunkt von Günstlingswirtschaft und Korruption, eine Audienz. Mehrere Dichter hatten als Bezahlung für Werke, die ihre Schönheit und Klugheit priesen, um königliche Zuwendung gebeten; ein Bildhauer war einbestellt worden und sollte den Auftrag erhalten, ein Halbrelief zu schaffen, das Diana in idealisiertem, unbekleidetem Zustand als Göttin der Jagd in inniger Umschlingung mit einem Hirsch zeigte. In Wahrheit hatte sie nichts für die Jagd übrig, doch als Symbol gefiel ihr die ewig jungfräuliche und jugendliche Göttin Diana durchaus. Schließlich gilt nur, was die Menschen von einem denken, nicht, wie man ist, sagte sich Diana, als sich der Bildhauer entfernt hatte. Alle Welt preist meine unvergängliche Schönheit, wie könnte es der König da wagen, anders darüber zu denken? Ich habe aus einem langweiligen, verdrießlichen kleinen Jungen einen legendären Liebhaber gemacht. Welcher Mann verzichtet absichtlich auf solch einen Titel? Und falls er sich nicht sieht, wie er ist, wird er auch mich nicht sehen, wie ich bin. Ein eisiges, schmales Lächeln huschte über ihr stark geschminktes Gesicht.

Nach den Künstlern stellten sich mehrere entfernte Verwandte ein, denen es nach Ämtern und Kirchenpfründen gelüstete; sie gingen nicht unverrichteter Dinge, obwohl keiner von ihnen auch nur ein Fünkchen Sachkenntnis besaß. Es folgte ein Buchhalter, der ihr über den Besitz berichtete, den man bei hingerichteten Ketzern beschlagnahmt hatte, denn in einem schwachen Augenblick hatte ihr der König das Recht daran geschenkt. So ausnehmend wenig? Aber Ketzerei mußte es doch wohl auch in höherstehenden Kreisen geben. Vielleicht sollte man mehr Spitzel einsetzen und weniger Nachsicht mit großen Namen üben. Schließlich würden die Lustbarkeiten in Anet teuer werden... Diana stand auf und wollte gehen, als eine ihrer getreuen Hofdamen einen katzbuckelnden Tischler hereinführte. Diana kniff erfreut die Augen zusammen, während sie ihn ausfragte.

»Zwei Löcher? In der Decke meines Schlafgemaches sagst du? Wie nett, mich darüber zu informieren. Du sollst diesen Raum nicht als armer Mann verlassen. Und verabsäume nicht, mir auch von anderen kleinen Diensten zu berichten, mit denen die Königin dich beauftragt.« Als der Tischler sich unter Bücklingen rückwärts entfernte und Gott und die schöne, gnädige Herzogin pries, da lächelte Diana insgeheim. Auch gut, dachte sie, man muß diese erbärmliche Tochter eines italienischen Kaufmanns daran erinnern, wer hier regiert und warum – und daß sie nicht die allerkleinste Aussicht auf Erfolg hat.

In diesem Teil der Stadt der wäßrigen Straßen waren die Häuser viel höher, zählten drei oder vier Stockwerke und standen aus Platzmangel dicht an dicht, die Zimmer waren niedrig und beengt, die unteren Stockwerke ohne Sonne. Wäsche hing über den schmalen Seitenkanälen, und der faulige Gestank des Wassers vermischte sich mit dem Geruch nach ärmlicher Küche: Knoblauch, Kohl und Zwiebeln. Als der letzte Sonnenstrahl die Fassaden der reichen Palazzi am Canal Grande vergoldete, lagen die Schatten schon dunkel in den schmalen Gassen des Ghettos von Venedig. In einem Zimmer im obersten Stockwerk eines dieser uralten Gebäude durchsuchte ein junger Mann mit glattem braunem Haar gierig die Borde eines großen, geöffneten Schrankes mit geschnitzten Füßen. Hinter ihm öffnete sich leise die Tür, und ein alter Mann trat geräuschlos ein. Er hatte einen langen, weißen Bart, trug ein Scheitelkäppchen und eine knöchellange Robe. Sein Gesicht war tief gefurcht und wies Narben von früheren Verwundungen auf.

»Endlich bist du gekommen. Ich habe dich erwartet.« Der

junge Mann fuhr herum und stand mit gezücktem Messer vor ihm.

»Laß das«, sagte der alte Mann und mußte husten. Er drückte ein Tuch an den Mund und zog es blutbefleckt zurück. »Was du suchst, befindet sich in der Truhe unter dem Fenster.« Der junge Mann ging rückwärts zum Fenster, denn er wollte den alten Mann nicht aus den Augen lassen, falls dieser es mit einem Trick versuchen sollte. »Die Sterne haben mir gesagt, daß du heute abend kommst«, hauchte der Alte. Über sein Gesicht huschte ein schmales, ironisches Lächeln. Sterne, dachte der Jüngere. Das muß ein Trick sein, irgendein Zaubertrick. Erneut mißtrauisch geworden, blickte er sich im Zimmer um. Es war vollgestellt mit fremdartigen Gegenständen: ein Astrolabium, eine Armillarsphäre, Instrumente aus Messing und Knochen, von deren Verwendung er keine Vorstellung hatte. Bringen bei einem Pfandleiher doch ein wenig ein, dachte er. Vielleicht sollte ich den alten Kerl umlegen und den ganzen Plunder mitnehmen.

»Laß es«, sagte der alte Mann. »Es gibt in der ganzen Stadt keinen Händler, der nicht mein Zeichen kennt.« Der Jüngere fuhr zusammen. Der widerliche Alte kann ja Gedanken lesen. Gott weiß, welchen Betrug er sich jetzt ausdenkt.

»Keinen Betrug«, sagte dieser. Wieder ein Hustenanfall. »Du kannst alles haben. Los, sag mir, wie du hereingekommen bist?«

»Über das Dach, durch das Fenster. Ihr solltet Eure Fensterläden schließen.« Er schob sich zur Truhe und hob den schweren Deckel vorsichtig mit der freien Hand hoch, denn sein Messer wollte er nicht loslassen.

»Er ist in dem versilberten Kasten, der mit den eingravierten Zeichen und dem Ding im Streitwagen mitten auf dem Deckel«, erläuterte der alte Mann. Der junge Mann mit dem glatten Haar holte den Kasten heraus und musterte ihn erstaunt. »Nimm ihn«, sagte der Alte. »Mir ist damit eine große Last von der Seele.« Jählings setzte er sich auf eine Bank an der Wand, beugte sich vornüber, hustete sich die Seele aus dem Leib und drückte dabei das Tuch an den Mund.

»Er ist … er ist sehr … kostbar. Wie kommt es, daß Ihr ihn so einfach hergebt?« Der Kasten hatte etwas Unheimliches, auch wenn er noch so erlesen gefertigt war. Rührte das vom Deckel mit dem Abbild einer schlangenfüßigen, hahnenköpfigen Gottheit im Streitwagen zwischen Sonne und Mond? Von den darunter eingravierten seltsamen Buchstaben? Von dem schweren Schloß, das aus einem fremdartigen Metall war, das glänzte wie eine Toledaner Schwertklinge?

»Du kannst mir glauben, die Last, die Versuchung, sie haben mich erschöpft und verbraucht. Mit mir ist er jetzt fertig; er hat mich zerstört und weiß, daß ich bald sterbe. Nimm ihn, und das Wenige, das mir noch an Leben bleibt, wird zumindest von ihm befreit sein. Bedauern, der vergebliche Versuch einer Wiedergutmachung – die Hölle auf Erden vor der Hölle in der nächsten Welt –, mehr hat er mir nicht gelassen. Aber ich warne dich: Um deiner Seelen Seligkeit willen, sieh nicht hinein.«

»Woher weiß ich, daß Ihr mich nicht mit einem leeren Kasten narrt?«

»Glaube mir, es wäre weitaus besser für dich, wenn er leer wäre. Aber das ist er nicht. Er enthält … die Antwort auf jeden Wunsch, den du je hattest, und, o gerechter Gott, das gräßlichste Geheimnis schlechthin – das Geheimnis des ewigen Lebens. Das ist das letzte Geschenk, das der Kasten anbietet, nachdem er dir ebendieses Leben zur Qual gemacht hat. Zur unendlichen Qual. Zumindest dieses Geschenk habe ich abgelehnt.« Dem jungen Mann fiel auf, daß der Alte auf seiner Bank einen eigenartigen Verwesungsgeruch ausströmte. Wie eklig. Als er sich von einem weiteren Hustenanfall erholt hatte, blickte er auf und sagte: »Da du mir Zeit gelassen hast, mich auf mein Lebensende vorzubereiten, zum Lohn eine Warnung! Wenn dir deine Seele lieb ist, öffne den Kasten mit dem Herrn aller Wünsche nicht.« Doch die Miene des alten Mannes zeigte bei diesen Worten eine seltsame Mischung aus Bitterkeit, Resignation und Bosheit, so als wüßte er, daß keine Macht der Welt den Jüngeren davon abhalten würde, früher oder später einen Blick in den Kasten zu werfen. Der junge

Mann verzehrte sich vor Neugier, legte sein Messer beiseite und öffnete den Kasten. Es krachte und blitzte im Zimmer wie bei einem Gewitter.

»O mein Gott, wie grausig! Das verfolgt mich bis in meine Alpträume!« Entsetzt schlug er den Deckel zu, kaum daß er ihn aufgemacht hatte.

»O weh, wie schade. Aber ich habe dich gewarnt. Jetzt gehört er dir – du wirst ihn nicht mehr los. Bis er mit dir fertig ist, wird er immer wieder in deinem Leben auftauchen, selbst wenn du ihn im tiefsten Ozean versenkst. Wie ein Liebender wirst du immer wieder von ihm angezogen werden, bis er dir durch Erfüllung deiner Wünsche alles geraubt hat. Tod und Verderben folgen ihm allüberall. Siehst du? Schon denkst du, daß der, für den du ihn stiehlst, es nicht wert ist, ihn zu besitzen. Wer hat dich dafür bezahlt? Wer ist es, daß er solch einen Schatz verdient?«

»Maestro Simeoni«, flüsterte der Jüngere.

»Simeoni? Dieser drittklassige Scharlatan? Der kann doch noch nicht einmal den Vollmond voraussagen. Was für ein Witz! Simeoni will ihn haben!« Der alte Mann warf den Kopf zurück und lachte, doch das Gelächter endete in Würgen und Husten. Bei dem Gelächter blickte der junge Mann auf einmal ganz irre.

»Maestro Simeoni hat gesagt, er würde ihm ein Vermögen einbringen. Warum sollte ich mich mit einem Anteil zufriedengeben, wenn ich alles haben kann?«

»Ein Vermögen? Dann will ihn am Ende doch nicht Simeoni haben. Er will sich damit lieb Kind bei einem Höhergestellten machen.«

»Warum sollte er ihn nicht haben wollen? Warum solltet Ihr ihn nicht haben wollen?«

»Ach, junger Mann, bedenke, daß auch ich einst jung und töricht war. Und bedenke auch, daß die Göttin der Weisheit oftmals einen grausamen Preis fordert. O ja. Und grüße sie bitte von mir.«

»Wen?« fragte der junge Mann spöttisch, während er den Kasten zum Bündel schnürte, das er sich über den Rücken warf. »Die Göttin der Weisheit?«

»Nein«, sagte der alte Mann. »Die, die willens ist, für diesen bösen Kasten einen hohen Preis zu zahlen.«

Doch der Jüngere war schon aus dem Fenster geklettert, hangelte sich an einem dort baumelnden Seil hinab und hörte die letzten Worte nicht mehr.

Dort unten in der Dunkelheit wartete eine unbeleuchtete Gondel mit zugezogenen Vorhängen. »Hast du ihn?« wisperte eine Stimme hinter den Vorhängen.

»Ja«, flüsterte der Dieb.

»Gut, steig ein.« Fast geräuschlos glitt die Gondel in einen größeren Kanal, fast geräuschlos bohrte sich der Dolch in den Körper des Diebes, und fast geräuschlos rutschte die noch warme und mit Gewichten beschwerte Leiche ins schwarze Wasser.

Am nächsten Tag bestieg ein Mann mit dunklem lockigem Bart und Ohrring eine Galeere in Richtung Marseille. In seinem Gepäck befand sich ein versilberter Kasten mit Elfenbein, der für die Reise in wasserdichtes Zeltleinen eingenäht worden war und die Anschrift trug: *An Maestro Cosmo Ruggieri im Hause von Lorenzo Ruggieri, Zum Roten Hahn, Rue de la Tisseranderie, Paris.*

3. Kapitel

Das kommt alles nur davon, dachte ich, wenn man statt eines schmucken Damenpferdchens einen kleinen, braunen *roussin* reitet, fast eine Schindmähre, und keinen livrierten Lakai bei sich hat. Er hat mich für die Tochter eines *hobereau* gehalten, die zusammen mit den Tagelöhnern ihres Vaters Weizen drischt und mit Pfeil und Bogen auf Kaninchenjagd geht. Darum ist er so unhöflich gewesen. Der weiß doch gar nichts. Nein, ganz und gar nichts. Falls er wirklich so viel sehen kann, hätte er auch bemerkt, daß das Wappen meines Vaters sechzehn Felder hat, und hätte mir die Achtung entgegengebracht, die einem Menschen gebührt, dessen Stammbaum bis in die Zeit vor den Kreuzzügen zurückreicht. Schließlich bin ich zwei Jahre lang im Kloster Saint-Esprit erzogen worden, wo ich Italienisch, Musik, Sticken, Literatur und die Kunst der eleganten Konversation erlernt habe. Ich bin daran gewöhnt, in besseren Kreisen, mit erleuchteten, hehren Geistern zu verkehren. So wurde auch mein höheres, spirituelles Selbst herausgebildet, welches Personen mit einem schwerfälligen Geist einfach nicht begreifen können. Seine Grobheit ist offenkundig eine Marotte, die er sich zugelegt hat, weil er Unwissenden weismachen will, er könne aufgrund einer geheimen Macht Gedanken lesen und die Zukunft vorhersagen. Ein Scharlatan. Genau das ist er. Ein Scharlatan, dessen Geschäft das Einschüchtern von Menschen ist. Und was die Zukunft angeht, so erhebe ich mich einfach darüber, indem ich mich geistig höheren Dingen widme.

Die Straße war mir wohlbekannt, jede Biegung, jeder Baum und jeder Stein, und dabei war ich lange nicht auf ihr gereist. Früher waren wir jeden Sommer aus unserem Stadthaus innerhalb der Mauern aufs Gut gezogen und nach der Ernte wieder zurück, doch die Zeiten waren lange dahin, desgleichen das weitläufige alte Haus meines Großvaters in der Rue de Bourgogne. Doch der Anblick der sanft gewellten Matten, auf denen hier und da weiße Schafe weideten, der vertrauten Felder und Wäldchen weckte heftige und lange vergessene Erinnerungen, die an meiner Seele zerrten. Vor meinem inneren Auge erhob sich ein Haus – nicht unseres, doch Tante Paulines unweit des Domplatzes –, und darin sah ich wieder das Zimmer mit den Gobelins, in dem das Licht golden durch die Fenster fiel und auf dem hellen Silber einer muschelförmigen Schale funkelte. Die Schale, das wußte ich noch – so wenig trügt die Erinnerung –, ist voll kleiner Bonbons, die nach Fenchel schmecken.

»Na mach schon, nimm dir eins«, sagt die Tante meiner Erinnerung. Mir kommt sie wie eine Märchenkönigin vor. Unter der eckigen Leinenhaube lugen dunkelbraune Locken hervor, die von einem schimmernden grünen Seidennetz gehalten werden. Eine hohe Halbkrause umrahmt ihr Gesicht, und über ihrem Tageskleid trägt sie ein langes, fließendes, ärmelloses Überkleid aus Brokat. Sie ist schön; alles an ihr raschelt, funkelt und duftet nach getrockneten Rosen und Maiglöckchenessenz. Die hellroten Falten ihres Unterkleides mit dem breiten Saum faszinieren mich – auf der Oberseite schimmern sie nämlich in einer anderen Farbe als in den tieferen Lagen. Ein Zaubergewand. Ich greife in die Schale, und Mutter wirft mir einen vorwurfsvollen Blick zu. Sie ist wieder einmal schwanger, ihr Kleid aus dunkelgrauer Wolle ist verblichen, die Ellenbogen ihrer Überärmel sind abgewetzt. Ich bin sechs und die

Älteste. Eine Magd hat meine kleine Schwester Laurette auf dem Arm, ein rundgesichtiges Kleinkind mit rosigen Wangen und goldenen Löckchen. Mutter hat Annibal, meinen vierjährigen Bruder, an der Hand. Auch er trägt noch Röcke und hat lange hellbraune Locken. Und Hamsterbäckchen, weil er sich den Mund mit Bonbons vollgestopft hat.

»Man sollte sie nicht verwöhnen«, meint Mutter.

»Sie sieht nicht aus wie die anderen«, sagt Tante Pauline.

»Sie ähnelt ihnen von Tag zu Tag weniger«, pflichtet ihr Mutter mit mattem Ausdruck bei. »Da sieh sie dir an. Sie hat sich selbst das Lesen beigebracht und läuft umher, statt wie gewöhnliche Kinder zu spielen – sie behauptet, daß sie Feen sucht. Was soll ich nur machen, Pauline?« Die Erwachsenen sagen so komische Sachen. Die Großen sind so langsam, so aufgeblasen und langweilig. Ich möchte, glaube ich, nie erwachsen werden.

»Hat er einen Verdacht?«

»Noch nicht.« Tante Pauline beugt sich im Stuhl vor. Der hat Beine, die wie Löwentatzen geschnitzt sind. Ich möchte unter dem Stuhl nachsehen, ob er da auch einen Löwenbauch hat, aber Tante Paulines Kleid ist zu bauschig.

»Gib sie mir«, sagt Tante Pauline mit funkelndem Blick. »Gib sie mir. Wozu ist mir dieser ganze Reichtum nutze? Ich bin unfruchtbar. Tausche einen Teil deines Reichtums gegen meinen.«

»Aber, mein Gatte – Hercule – sagt ...«

»Ich kenne meinen Bruder. Für ihn sind Mädchen nur eine Last. Du hast einen Sohn und ein schönes kleines Mädchen, und die hier mag er nicht einmal. Monsieur Tournet würde es ihm gut vergelten ...«

Daheim ein Unwetter. Eines von vielen. Ich verstecke mich unter dem Tisch.

»Und ich sage dir, diese Genugtuung gönne ich Pauline nicht!« Das Geräusch von Schlägen und Schluchzen über meinem Versteck. Der Deckel des Kessels, der im Küchenkamin hängt, hüpft und klappert unbeaufsichtigt. Blut von einem aufgeteilten Huhn tropft vor meiner Nasenspitze von der Tischplatte. Ein Paar schwere Stiefel stehen gleich hinter meinem

Rocksaum. »Und du, du kommst da heraus, du kleine Ratte. Ich sag's ja, du wirst mit jedem Tag widernatürlicher. Du wirst noch einmal irre, und dann sperrt man dich für immer ein. Ich schließe dich in eine Truhe ein, und da kommst du nie mehr heraus, wenn du nicht mit diesem Unsinn aufhörst!« Eine große Hand langt unter den Tisch, ich rutsche in den tiefsten Winkel. »Was hat meine Schwester ihr gegeben? Ich weiß, daß sie ihr hinter meinem Rücken etwas gegeben hat …« Die großen Hände haben mich geschnappt und zerren mich hervor. Meine Füße berühren den Boden nicht mehr. »Ich schüttele es aus dir heraus, so wahr ich lebe …« Mein Kopf fliegt hin und her, mein Hals fühlt sich an, als ob er gleich bricht. Das geschenkte Taschentuch mit meinem Monogramm, in das ich ein paar Bonbons gewickelt habe, fällt aus seinem Versteck in meinem Ärmel und zu Boden. Die schweren Stiefel zertrampeln und zertreten die Bonbons auf den strohbedeckten Küchenfliesen zu klebrigem Matsch.

»Vater!« schreie ich auf, doch das scheint von weit her zu kommen, nicht aus meinem Mund.

»Ich erlaube nicht, daß dich dieses Weib verdirbt, laß dir das gesagt sein. Lieber sehe ich dich tot!«

»Hercule, nein, nicht die Reitpeitsche. Sie ist doch noch so klein …«

»Du – siehst – sie – niemals – wieder – ich – verbiete – es.« Die Schläge hageln im Rhythmus seiner schrecklichen Worte herunter. Was stimmt nicht mit mir? Warum liebt mich Vater nicht?

»Ich … ich will auch ganz artig sein …«, schluchze ich.

Doch jetzt bin ich erwachsen, und ich bin gar nicht artig, dachte ich, während ich beim langsamen Klipp-klapp der Hufe meiner kleinen Stute über diese Erinnerungen nachgrübelte. Denn ich war unterwegs zu Tante Pauline. Und ich hatte vor, ihr alles zu erzählen.

Es gab eine Zeit im Kloster, kurz nachdem ich mein feinsinniges, spirituelles Naturell entdeckt hatte, da wollte ich mein

Leben Gott weihen. Doch leider kann man nicht ewig in Luftschlössern leben. Ein neuerlicher finanzieller Engpaß meines Vaters führte dazu, daß man meine zartbesaitete Seele gar roh aus ihrer wahren spirituellen Heimat riß und zu einer endgültigen Abmachung zwang, der zufolge ich endlich mit einem benachbarten Edelmann namens Thibauld Villasse, Monsieur de La Tourette, verbunden werden sollte. Als ich sechzehn Lenze zählte, hatte Monsieur Villasse zum ersten Mal um mich angehalten, doch damals hatte mein Vater noch ein größeres Vermögen und wies ihn wegen eines fehlenden uralten Stammbaums schnöde ab. Fürwahr, der Mann hatte überhaupt keine Wappenfelder, sondern lediglich ein großes, fragwürdiges Vermögen, das er durch Katzbuckeln bei einem königlichen Günstling, dem Maréchal St. André, und durch Kauf eines Salzmonopols erworben hatte. Seinem Titel fehlte das geheiligte Gütesiegel geadelter Tradition; mit einem Wort, er hatte seine Ländereien erst kurz nach meiner Geburt erstanden.

Wohlgemerkt, Monsieur Villasse wäre ohnedies nie für mich in Frage gekommen, weil er fast fünfzig und ganz verschrumpelt war und weil sich in seinem schütteren braunen Haar und seinem rötlichen Bart weiße Fäden zeigten. Und er hatte so einen Ausdruck in seinen kalten grünen Augen. Das Leben einer Braut Christi, auch wenn es noch so eingeschränkt war, erschien mir in der Tat wünschenswerter als der Bund mit einem solchen Mann. Aber – eine Demoiselle muß heiraten, wie es ihr Vater wünscht. Es ging dabei, glaube ich, um einen Weinberg, den mir mein Großvater mütterlicherseits als Mitgift vermacht hatte und der im Süden an Villasse' Ländereien grenzte, zu denen kein einziger Weinberg gehörte. Es hatte auch etwas mit verschiedenen Schuldverschreibungen zu tun, die dann null und nichtig wurden, während andere Anleihen verlängert wurden, wenn der Weinberg und meine Person (die man zu Monsieur Villasse' Ärger nicht voneinander trennen konnte) in seinen Besitz übergegangen wären. Doch ich habe noch nie behauptet, ich verstünde etwas von Geld. Dieses Thema schickt sich nicht für eine Dame, und eine Dame sollte sich tunlichst nicht darum kümmern.

Und dennoch zwingt uns Geld, auch wenn es noch so vulgär ist, daß wir uns mit ihm beschäftigen. Man stelle sich beispielsweise mein Erstaunen vor, als ich – begleitet von berittenen Bediensteten – meinem geliebten Saint-Esprit den Rücken kehren mußte und ich, als wir in Richtung unseres ländlichen Herrenhauses in La Roque-aux-Bois ritten, entdeckte, daß unser vornehmer und geräumiger Familienwohnsitz innerhalb der Stadtmauern an einen aufstrebenden italienischen Kaufmann verpachtet worden war! Das Stadthaus meines Großvaters, die Galerien, durch die meine Mutter als Kind getobt war, ausgerechnet die Räume, die mein erstes kindliches Geplapper gehört hatten, jetzt widerhallend von brabbelnden fremdländischen Stimmen, dem Klirren von Geld und dem Feilschen der Käufer! Warum nicht gleich an einen Pfandleiher oder ein Hurenhaus vermieten? Tiefer konnte man kaum sinken.

Doch einem feinsinnigen Gemüt bieten sich selbst unter veränderten Bedingungen stets neue Gelegenheiten, auch wenn das bedeutete, jahrein, jahraus auf einem Gut zu wohnen, das sich eher für einen angenehmen Aufenthalt während der Sommermonate eignete. Ein Zyklus von Naturlyrik, dachte ich, den jeweiligen Jahreszeiten zugeordnet. Und ich könnte eine botanische Sammlung anlegen und einheimische Kräuter zeichnen. Statt meinen durch meine Abgeschiedenheit geschmälerten gesellschaftlichen Pflichten nachzutrauern, könnte ich die Fäden meines ungemein erbaulichen, wenn auch nicht vollendeten Projektes wieder aufnehmen, eines Werkes mit dem Titel *Ein Dialog der Tugenden, in welchem die Überlegenheit wahrer Enthaltsamkeit, demütiger Hingabe und die Vortrefflichkeit des christlichen Glaubens in seiner Gänze von einer Dame dargelegt werden.* Natürlich hatte ich nicht vor, meinen Namen auf diesem Manuskript preiszugeben, denn eine Dame aus guter Familie muß stets anonym bleiben, wenn sie zur Feder greift, wie Schwester Céleste uns zu ermahnen pflegte. Ich hatte jedoch gar nicht vor, anstößig zu handeln und es tatsächlich drucken zu lassen. Nein, der Erfolg einer privaten Lesung, der rauschende Beifall eines ausgesuchten *cénacle* würden mir völlig genügen …

Und während ich meine Gedanken in diese Richtung schweifen ließ, ritt ich bereits durch das große Tor unter dem Taubenschlag auf unseren Gutshof, der von nun an unser Ganzjahresdomizil sein würde. Beim Absitzen kam mir der Gedanke, wieviel schöner doch der *cour d'honneur* sein könnte, wenn man die Hühner entfernen und vom Eingang bis zum hinteren Ende des staubigen Hofes Pflaster legen würde. Doch kaum trat ich durch die Haustür in die *salle*, da konfrontierten mich auch schon Vater und Monsieur Villasse am Tisch unter dem hinteren Fenster mit den Verlobungsdokumenten, die meiner Unterschrift harrten. Mutter, meine Schwestern und das Hausgesinde drängten sich stumm hinten in der Diele, so als wohnten sie einer Beerdigung bei.

Villasse wirkte etwas größer, als ich ihn in Erinnerung hatte, sein Gesicht war noch faltiger, seine kalten grünen Augen noch berechnender. Ich muß gestehen, daß mich eine kurze Beklemmung überfiel: Seine Ländereien waren so abgelegen, und es fehlte ihnen bekanntermaßen an den kleinen kultivierten Annehmlichkeiten, wie sie einer Dame meines zarten und empfindsamen Naturells gebühren. Außerdem gingen Gerüchte über den Tod seiner zweiten Gattin um, die ich zuerst von Matheline, meiner Base zweiten Grades, gehört hatte, die ihren Mangel an geistigen Gaben durch eine eindeutig weltliche Vorliebe für Klatsch und Tanz wettmacht. Nein, Villasse hatte zwar den Titel Monsieur de La Tourette erworben und war daher ein annehmbarer Ehemann, aber dennoch wirkte er nicht wie ein Mann, den man möglicherweise lieben lernte.

»Worauf wartest du noch? Unterschreibe. Da liegt die Feder«, befahl mein Vater im brüsken Ton eines *capitaine* der leichten Kavallerie im Ruhestand, der das Befehlen gewohnt war. Doch von uns Frauen, die wir nicht im Heer gedient haben, kann niemand verlangen, daß wir unsere zartbesaiteten Seelen einer barschen, ungehobelten Sprache beugen.

»Hier steht nichts über das Datum der Vermählung«, entgegnete ich.

»Die findet auf der Stelle statt; das Aufgebot ist bereits ausgehängt«, sagte mein Vater.

»Oh, das dürfte nicht möglich sein; da bleibt ja kaum Zeit, mir ein Schlafgemach in La Tourette einzurichten, ganz zu schweigen von all den kleinen Annehmlichkeiten, die eine Dame von Stand braucht.«

Villasse' Augen wurden ein wenig schmal, doch er fragte ausnehmend höflich: »Und wieviel Zeit würdet Ihr dazu benötigen, Demoiselle Sibille?«

»Oh, dafür so gut wie gar keine. Ich hoffe doch, das wird hier aufgeschrieben. Auch mir ist es sehr unlieb, den freudigen Augenblick hinauszuzögern; doch man muß auch an unser künftiges Glück denken. Darauf gilt es sich vorzubereiten.«

»Vorbereiten? Wie lange?«

»Also, ich muß meine Aussteuer, mein Brautkleid bestellen. Und dann die Bettvorhänge und die Bettwäsche. Und ich muß Eure Bibliothek durchsehen und mir jene Werke religiösen Trostes schicken lassen, die das weibliche Geschlecht nicht missen kann. Sechs Monate mindestens, bedenkt man die Zeit, die das Heranschaffen der Bücher erfordert.«

»Religiöse Bücher?« fragte Villasse, und an dem Faltenwurf seines Gesichtes waren die vielfältigsten Gefühle abzulesen. Ich warf meiner Mutter einen Blick zu, doch diese verharrte steif, bleich und stumm. Ich meinte jedoch, in ihren Augen ein Funkeln zu sehen.

»Ich habe Euch doch gesagt, daß sie gebildet ist«, meinte mein Vater.

»Ein Fehler. Glücklicherweise ist er Euch bei Euren anderen Töchtern nicht noch einmal unterlaufen.«

»Eine Marotte meiner Schwester. Sie schien besser fürs Kloster geeignet.« So drückte mein Vater in der Regel aus, daß er mich zu häßlich zum Heiraten fand. Und natürlich können die Jüngeren nicht heiraten, ehe die Älteste nicht unter der Haube ist. Als meine Tante Pauline, meine Patin, anbot, für meine Ausbildung zu zahlen, ergriff Vater die Gelegenheit, mich loszuwerden, mit beiden Händen. Ich spürte, wie sich mein jungfräuliches Antlitz rosig verfärbte. Nur weil der Geber aller guten Gaben der Meinung war, daß ein Übermaß an kühnem Schöpfergeist in meinem Fall einen gewissen Mangel an körperlichen Reizen wettmachte, hieß das noch lange nicht, daß man das an diesem bedeutsamen Tag in meinem Leben auch laut äußerte. Es stimmt schon, daß mich Mädchen, die auf meine Größe und knochige Statur anspielen wollten, gelegentlich ›Staubwedel‹ nannten; aber die waren schlicht neidisch auf meinen üppigen Schopf lockiger, wenn auch zuweilen widerspenstiger Haare, auf meine ausnehmend großen dunklen Augen und vor allem auf meine wunderschöne Singstimme. Außerdem war ich gewißlich hübsch genug für eine dritte Frau von Thibauld Villasse, dem es, wie ich schon sagte, nicht nur an Jugend und männlicher Schönheit, sondern auch an geistiger Bildung mangelte.

»Aha, du weigerst dich zu unterschreiben?« sagte mein Vater jetzt etwas drohend. Ich meinte zu hören, wie meine Schwester Laurette die Luft anhielt, konnte sie jedoch nicht sehen, weil sie im Schutz des riesigen geschnitzten Schrankes stand.

»Oh, um keinen Preis der Welt. Ich will nicht mehr, als Euch glücklich zu wissen, und sehne den freudigen Tag meiner Vermählung herbei. Aber ich weiß, daß es Monsieur Villasse danach verlangt, mich willkommen zu heißen, wie es sich für einen Mann seines Ranges geziemt, genau so wie es mich nach nichts anderem verlangt, als sein Haus und seine Person glücklich zu machen.« Mein Vater verdrehte die Augen, als wollte er sagen, was zum Teufel soll das nun wieder heißen, und ich lächelte ein zufriedenes Lächeln.

Als Villasse dieses Lächeln sah, strahlte er mich an und säuselte: »Fürwahr, lassen wir den Advokaten einen Nachtrag erstellen mit der Bedingung, daß Ihr das Datum unserer Vereinigung jederzeit beschleunigen könnt, falls es Euch so beliebt.«

»Ihr gebt nach? Dickköpfige Mädchen sollten die Peitsche zu spüren bekommen, sage ich. Und es gibt kein dickköpfigeres und launischeres als Sibille. Ein schlechter Anfang, Monsieur Villasse.«

»Meine Braut verdient jeden Respekt. Demoiselle, wenn die frommen Bücher eingetroffen sind, mögt Ihr mir in Euren Mußestunden daraus vorlesen.« In Vaters Blick lag Entsetzen, während Villasse ihm ein strahlendes Lächeln schenkte. Der Advokat kratzte etwas. Ich unterschrieb. »Wein zur Feier unseres Bundes«, sagte mein Verlobter mit seidenweicher Stimme, und Mutter nickte und lächelte ein blasses Lächeln. Während ich ein Schlückchen trank und die anderen sich zuprosteten, gab ich mich den herrlichsten Illusionen hin.

In sechs Monaten kann sich unendlich viel ereignen, dachte ich, als ich den *Giardino dei Pensieri* auf dem großen Himmelbett auslegte, das ich mit meinen Schwestern teilte. Ach, hätte ich doch wie Penelope eine unendliche Tapisserie, die ich nächtens wieder aufreifeln könnte, seufzte ich innerlich, während ich die Karten auslegte. Laß sehen, dachte ich, der Mai ist fast dahin, bleiben noch Juni, Juli, August, September, Oktober. Das ist eine ganze Ewigkeit. Außerdem machte nicht nur meine botanische Sammlung gute Fortschritte, sondern auch meine Zeichnungen von Flügelknochen verschiedener Vögel, mittels derer ich das Geheimnis des Fliegens entschlüsseln wollte.

»Aha, das bist du, Laurette. Die Münzen-Vier. Das bedeutet Geld – mit etwas Geduld –, da bin ich mir sicher. Das müssen wir nicht einmal nachschlagen, das weiß ich aus dem Buch.« Unter dem Bett kaute und knirschte es genüßlich. Gargantua, groß von Körper, jedoch klein von Hirn, verspeiste einen Ochsenknochen. Als Jagdhund wie auch als Wachhund nutzlos, war er zum Schoßhündchen geboren, doch leider fraß und wuchs er unentwegt. Niemand wußte, wann er aufhören würde. Doch er war ein treu ergebenes Geschöpf, daher erlaubte Mutter nicht, daß Vater ihn abschaffte.

»Ach, wie schön ist es, gebildet zu sein«, seufzte Françoise, die gerade erst zehn geworden war.

»Haben dir die Nonnen das Kartenlegen beigebracht?« fragte Isabelle, sie war zwölf und hielt nichts von Nonnen.

»O nein, Nonnen glauben nicht an Karten. Die sind im Kloster streng verboten. Aber schließlich wissen sie nicht alles, oder? Kuchen und Schoßkätzchen und Karten, alles findet den Weg ins Kloster.« Ich griff nach dem Kartenbuch und blätterte darin. »Dominique hat mir ihr Spiel geschenkt, als sie der

Welt entsagte. Und Base Matheline hat mir letztes Jahr ihr Buch überlassen, als sie sich verheiratete. Ihr Mann hat nichts für Kartenlegen übrig.«

»Ich habe sie zwei Tage vor unserem Umzug auf dem Weg zur Kathedrale gesehen«, verkündete Laurette, die mit ihren achtzehn Jahren die schönste unter uns Töchtern war. »Sie hat ein weißes, schmuckes Pferdchen geritten, und hinter ihr kam ein Stallbursche in Seidenlivree. Sie soll sich sehr reich verheiratet haben.«

»Eine Dame redet niemals über Geld«, erwiderte ich. »Das zeugt von niedrigem Geist.«

»Also wirklich, Schwesterlein, du hast einfach keinen Sinn für die Wirklichkeit«, widersprach Laurette. »Was kannst du schon ohne Geld anfangen: nicht einmal rumsitzen und in den Tag hinein träumen oder Verse kritzeln, was dir ja das liebste ist. Was mich betrifft, so bekenne ich mich lieber zu einem niedrigen Geist und verzichte auf die hehren Gefühle. Sag mir lieber, daß ich reich und Herrin eines großen Hauses sein werde, in dem ich zwei, nein, besser drei Bälle die Woche gebe. Und ich möchte Schmuck und Pferde haben, die mir ganz allein gehören.« Ich seufzte. Nicht nur, daß ich anders aussehe als meine Schwestern, ich will nicht einmal die gleichen Dinge haben. Schmuck ist hart und kalt, doch die Dichtkunst wärmt das Herz. Lieber möchte ich die Flamme der Inspiration in meinem Busen verspüren, als mit dem König höchstpersönlich zu tanzen.

Man kann schwerlich die Qualen einer feinsinnigen Seele beschreiben, die in die völlig falsche Familie hineingeboren wurde. Und dabei hätte der Allmächtige durchaus Gewinn davon gehabt, wenn er mich in einer vornehmeren und mir entsprechenden Umgebung untergebracht hätte. Gern hätte ich meinen Platz als Älteste – Weinberg hin Weinberg her – geopfert, wenn ich als einzige Tochter eines adligen Philosophen oder eines Doktors der Theologie aus gutem Hause auf die Welt gekommen wäre, statt in der ausufernden Familie eines patriotischen Kriegers eine von vielen zu sein. Ja, die Gottheit war so großzügig hinsichtlich Verwandtschaft gewesen, daß die Ländereien meines Großvaters väterlicherseits unter so viele aufgeteilt wurden, daß keiner davon so leben konnte, wie es die Ehre und unser altehrwürdiger Name erforderten. Von dieser Seite hatte nur Tante Pauline Geld, und das war erheiratet, sie hatte Rang und Glück dafür geopfert. Seither war sie für Vater gestorben, doch erachtete er ihre milden Gaben aus dem »Grabe« weniger gering als ihre Person.

Bei uns war Mutter die Erbin gewesen und sie hatte meinem Vater mehrere Güter, einen Weinberg mit einer Quelle und einem verfallenem Turm sowie das Stadthaus meiner Großeltern eingebracht. Doch ihre üppige Mitgift, abgesehen von La Roque-aux-Bois, fiel Vaters Verschwendungssucht zum Opfer. Nur dank Großvaters weiser Voraussicht war der Weinberg mir, dem ersten Kind – ganz gleich ob männlichen oder weiblichen Geschlechtes – vermacht worden, während ich noch im Schoße meiner Mutter ruhte. Vermutlich dachte er, Mutter würde die Geburt nicht überleben oder zumindest keine Kinder mehr bekommen, da sie unter einer Krankheit litt, die bereits ihren Bruder dahingerafft hatte. Großvater hatte das kleine Erbe rechtlich so gut abgesichert, daß es nicht von meiner Person zu trennen war. Ein eigenartiges Geschenk, eines, das mich nun von meiner wahren Berufung als Dichterin abhalten und mir statt dessen die Verlobung mit einem ungehobelten Klotz mit gekauftem Titel einbringen sollte!

Doch das Geschrei von Fremden und das Geräusch von Pferdehufen auf dem Hof störten mich in meinen Betrachtungen über die Wege des Schicksals. Sogar Träumen und Nachdenken muß man in einem Haushalt voller Barbaren hintanstellen.

»Sieh mal, wer da auf dem Hof ist.«

»Annibal! Er ist zurück und hat Gäste mitgebracht!«

»Die Pferde, Sibille. Sind die schön. Komm, sieh dir das an!«

Wir drängten uns am Fenster im ersten Stock, und unten bot sich ein prächtiger Anblick. Sechs bewaffnete Fußsoldaten begleiteten ein riesiges graugeschecktes Schlachtroß, das zwei Pferdeknechte am silberverzierten Zügel führten. Seine Ohren waren im militärischen Stil gestutzt, seine Mähne war abrasiert, und es war gut drei Handspannen größer als alle anderen Reitpferde des Trupps. Le Vaillant – so hieß das Schlachtroß, wie wir später erfuhren – wurde gefolgt von einem berittenen Pferdeknecht, seinem Ausbilder, und an der Spitze des Zuges ritten zwei Offiziere: Annibal in seinem kurzen bestickten Umhang, mit flachem Barett, Feder und hohen Stiefeln, und ein Fremder, dessen Pferd sogar noch prachtvoller und dessen Kleidung noch eindrucksvoller war als Annibals.

»Annibal, Annibal!« riefen die kleine Renée und Françoise, und da blickte er hoch und winkte. Der Fremde tat es ihm nach. Noch nie hatte ich einen so ritterlichen Mann gesehen: Sein Gesicht war schmal, zartknochig und aristokratisch; ein prächtiger dunkler Schnurrbart betonte seine selbstsichere Haltung und elegante Erscheinung. Sein Blick war der eines Adlers.

»Oh, wer ist denn das?« seufzte Isabelle.

»Ah, ich habe mich schon fast in ihn verliebt«, sagte Laurette.

Was mich anging, so war ich eine verlobte Frau und gestattete mir nicht, überhaupt etwas zu denken.

»Und als Monsieur de Damville hörte, daß Le Vaillant zum Verkauf stünde, hat er uns mit dem Kauf für seinen Vater, den Konnetabel, beauftragt.« Annibal stieß sein Messer in die Taubenpastete und schnitt sich noch ein Stück ab. »Hmm, schmeckt köstlich, es geht doch nichts über Hausmannskost.«

»Annibal, warum hast du mir nie erzählt, daß deine Schwestern allesamt Schönheiten sind?« Der Fremde hob seinen Weinbecher und warf Laurette einen so vielsagenden Blick zu, daß sie errötete.

»Monsieur d'Estouville, falls Ihr noch ein paar Tage bleibt, werdet Ihr die Jagd in der Gegend hier hervorragend finden …«, sagte Vater, der milde gestimmt war.

»Annibal, bleib doch ein wenig länger«, bat Mutter. »Dieser Tage bekommen wir dich kaum noch zu sehen.«

»Annibal, seiner Mutter sollte man keine Bitte abschlagen«, sagte sein Freund und bedachte erst Mutter, dann Vater mit einem Lächeln. »Das ist aber mal ein schönes Stück da an der Wand. Italienisch, nicht wahr?«

»Aus der Schlacht von Landriano. Habe sie einem Spanier abgenommen.«

»Das waren noch Zeiten, erzählt man. Und mit einem neuen Radschloß. Eine große Verbesserung. Mein Vater hat mir immer erzählt, wie die Arkebusiere ihre Hakenbüchsen auf Ständer gelegt, die Zündschnur angezündet und sich dann abgewandt haben aus Angst, die Dinger könnten explodieren, statt auf den Feind zu schießen.«

»Ein guter Mechanismus, aber heikel. Die Arkebuse da muß mindestens einmal im Monat gesäubert werden, vor allem bei feuchtem Wetter, und das würde ich keinem meiner Diener anvertrauen.«

Gewehre, Jagd. Die langweiligen Beschäftigungen eines barbarischen Gemüts, dachte ich. Fehlen nur noch Hunde oder Falken.

»Eure Bulldogge da ... Eine so große habe ich mein Lebtag nicht gesehen. Habt Ihr sie schon einmal auf Bären angesetzt?«

»Gargantua und Bärenjagd? Er ist das nutzloseste Geschöpf, das Gott je erschaffen hat. Tut nichts anderes als fressen und wachsen. Ihr könnt mir glauben, der würde sogar vor einem Kaninchen Reißaus nehmen, ganz zu schweigen von einem Bären. Ich hätte ihn schon längst ertränkt, wenn meine Töchter nicht heulen und wehklagen würden.«

»Oh, wer möchte diese reizenden Demoiselles auch nur einen einzigen Augenblick unglücklich machen.« Der charmante Fremde warf uns ein gewinnendes Lächeln zu.

»Wir können wirklich nicht noch länger bleiben«, warf Annibal ein.

»Ich habe einen neuen Wanderfalken, den ich auf Enten ansetzen möchte. Mögt Ihr die Falkenjagd, Monsieur d'Estouville?«

»Das könnte mich locken. Schließlich dürfen wir Le Vaillant nicht durch Gewaltmärsche ermüden, oder? Ein weiterer Tag. Sagt, welches Federspiel verwendet man in dieser Gegend des Landes?«

»Für die Falkenjagd am Bach? Wildentenflügel, nichts als Wildentenflügel. So haben es schon mein Vater und mein Großvater gehalten.«

»Ausgezeichnet! Also, Annibal, dein Vater hat mich in Versuchung geführt, noch einen Tag zu bleiben. Die Enten – und dann dieser herrliche Wein. Woher stammt er, sagt Ihr?«

»Von meinem Weinberg, südlich von Orléans gelegen – in Wirklichkeit gar nicht so weit von Blois. Bester Boden.«

»O ja, den Boden kann man immer herausschmecken.«

»Und die Sonne. Das Wetter ist in diesem Jahr prächtig für Trauben gewesen. Sicherlich ein außergewöhnlicher Jahrgang. Ich freue mich schon darauf, wenn der Großteil erst hier im Keller ist ...«

»Dank Sibille«, sagte Annibal und lachte.

»Und ihrer religiösen Inbrunst. Nein, das ist ein Familienwitz. Sagt, welcher Vogel läßt sich nutzbringender ausbilden, einer mit gutem Körperbau und schlechtem Gefieder oder einer mit schlechtem Körperbau und gutem Gefieder?«

»Es gibt Leute, die lassen sich durch das Gefieder täuschen, aber ich würde den Vogel mit dem guten Körperbau vorziehen. Er hat mehr Standvermögen.«

»Ich hatte einmal einen, der hat Enten schlicht verweigert. Sah zudem auch nicht gerade gut aus. Den habe ich einem Nachbarn verkauft, der mit ihm geliebäugelt hat und dachte, er könnte ihn ausbilden. Beim ersten Mal blieb er hocken; beim zweiten Mal ist er abgezischt und nie zurückgekehrt. Das war Monsieur de La Tourette, habt Ihr schon von ihm gehört?«

»La Tourette? Liegt das in der Grafschaft? Wie lautet der Familienname?«

»Villasse.«

»Villasse. O ja, ähem ...«

Meine üppig blühende Phantasie malte sich den kleinen Wanderfalken aus, wie er über Villasse kreiste und kreiste, und der saß auf seinem Pferd und befahl den Vogel zuerst mit dem Handschuh zurück, dann brüllte er wutentbrannt, während der Vogel merkte, daß ihn nichts mehr zurückhielt und selig in die Freiheit entfloh. Den Rest der Unterhaltung hörte ich nicht mehr, bis Annibal sagte: »Sibille, Sibille, du kommst doch mit, ja?«

»Was? O ja«, antwortete ich gedankenverloren.

»Wie schön, daß uns die Damen begleiten wollen«, sagte d'Estouville und schenkte mir ein ausnehmend hinreißendes Lächeln. Ich tat die ganze Nacht kein Auge zu.

Wir waren noch auf der Jagd, als Villasse' Brief bei Mutter abgegeben wurde. Ich stellte mir vor, wie sie die Hand aufs Herz legte, als er eintraf, und ein wenig blaß wurde. Doch da platschten wir gerade im leichten Galopp durch die Binsen am Teich und erschreckten die Enten, daß sie aufstoben, wo die bereits freigelassenen Falken auf sie warteten und munter kreisten, bis ihnen die Beute zugetrieben wurde. Funkelndes Wasser spritzte nach allen Seiten, Laurette lachte und bekam rosige Wangen, und Annibal zeigte in den hellblauen Himmel über uns.

»Seht mal, er hat eine.« Vaters Wanderfalke stürzte jählings hinab, packte eine Wildente mit den Krallen und beide schlugen unter Gequake und Flügelschlagen im Wasser auf.

»Habe ich nicht gesagt, daß er kühn ist«, sagte Vater und ritt ins Wasser, um den Wanderfalken zu retten, der die noch lebende Ente nicht loslassen wollte.

Sonnenschein glitzerte auf den Blättern der Bäume jenseits des binsenumstandenen Teiches. Die Enten kehrten bereits zum Wasser zurück, jedoch weit entfernt von unseren Pferden, wo sie vor den Wanderfalken sicher waren. Wie im Traum sah ich Annibal seinen Vogel aufnehmen, der unter Federgestöber und schnellem Flügelschlag eine Ente zur Erde geholt hatte, die sich mit aller Kraft wehrte.

»Das ist aber mal ein lieber kleiner Vogel«, sagte der Fremde und holte mit mir auf, während seine Augen mir einen schrägen, vielsagenden Blick zuwarfen. Irgendwie kam es mir so vor, als redete er gar nicht über Vögel. Ich senkte den Blick, und mein Gesicht glühte. »Sie steigen auf und treffen auf Gewalt, und der Schwächere wird in einem Kampf auf Leben und Tod zur Erde gezwungen, seine schönen Federn werden zerrupft und verteilen sich mit dem Lebensblut auf dem Wasser.« Da empfand ich eine gewisse Bangigkeit. »Der Tod hat etwas Sinnliches, findet Ihr nicht auch?« sagte er. Seine Stimme war sanft und einschmeichelnd. Er war so dicht aufgeritten, daß ich seinen Duft wahrnahm, der sich mit Pferdeschweiß und Leder vermischte. Dabei wurde mir bange ums Herz. Etwas in meinem Inneren erzitterte.

»Mein Bruder ist ein ausgezeichneter Falkner«, sagte ich.

»Das bin ich auch«, entgegnete er in diesem ganz eigenen Ton, der allem einen Doppelsinn verlieh. Er musterte mich, dann gab er seinem Pferd die Sporen und gratulierte Annibal. Auf einmal verabscheute ich mich, dachte, o Sibille, wie konntest du nur, du, der es gegeben ist, sich gewählt auszudrücken, die du einen so hellen Kopf hast, du hast jämmerlich versagt, hast nichts Witziges erwidert, nichts Leichtes und Charmantes, damit er noch länger an deiner Seite bliebe und sich mit dir unterhielte. Auf Papier strömen deine Worte wie ein glitzernder Wasserfall, im Leben bist du stumm wie ein Fisch.

»Ein Tag, wie er im Buche steht«, hörte ich ihn zu Annibal sagen, während wir an den grünen Halmen des wachsenden Weizenfeldes, den sich wiegenden Pappeln, den Bauernkaten mit ihren kleinen Gemüsegärten vorbei- und auf die Spitzdächer des Gutes zuritten. Die Brise verwehte die Antwort meines Bruders. Doch als wir durch die Gutstore klapperten, hörte ich d'Estouville sagen: »Du bist ein Glückspilz, Annibal, wirst von all diesen gutaussehenden Schwestern verwöhnt.« Wie schön seine Gestalt hoch zu Roß war, als wären Tier und Mensch eins, und sein Rücken war gerade wie eine Schwertklinge. Wieder warf er mir dieses hinreißende, vielsagende Lächeln zu. Wie blendend der Blick seiner bernsteinfarbenen Augen. Wie verwegen und bezaubernd und, Gott steh mir bei, wie jung und lebendig er mir vorkam, verglichen mit Thibauld Villasse. Doch zwischen uns standen Rang und Gunst, die Forderungen der Familie, guter Ruf und Ehre. Wenn ich es doch nur wagen würde ...

Er hatte sein Pferd angespornt und ritt jetzt neben Laurette, erzählte ihr einen Witz, und sie lachte. Ich sah, wie er verstohlen einen Blick auf ihre hübschen Knöchel warf, denn es war ihr gelungen, sie zu entblößen. Sie ritt im Damensattel und hatte ihre niedlichen, zarten Füße wie zwei Kleinodien auf das buntbemalte Brett gestellt, das an der linken Seite ihres Sattels festgeschnallt war. Ich sah, daß sie ihr bestes Paar grüne Strümpfe angezogen hatte. Und wie hatte sie es nur geschafft, daß sie so stramm anlagen? Ich blickte zu meinen eigenen großen, knochigen Füßen hinunter. Verräter, dachte ich. Deine Beine will niemand in Strümpfen sehen, wie hoch du auch immer die Röcke schürzt. Vielleicht ist Villasse ja alles, was du verdienst.

Man stelle sich nur die trübselige Gemütsverfassung vor, in der ich abstieg, sie stand ganz und gar im Gegensatz zu dem prachtvollen, roten Sonnenuntergang, als Mutter uns an der Tür mit dem unerwünschten Brief empfing, der mich an mein drohend bevorstehendes Schicksal gemahnte. Villasse hatte geschrieben, daß er bei einem Buchdrucker in Lyon ein ganzes Inventar an religiösen Büchern mit leuchtenden Initialen erworben und neue Vorhänge für unser Brautlager erstanden habe. Da es mir nun nicht mehr an persönlichem und spirituellem Trost ermangele, sähe er keine Veranlassung, das freudige Ereignis unserer Vermählung weiter hinauszuschieben.

»Er hat eine Liste der Bücher beigelegt, Sibille. Er scheint ziemlich viele gekauft zu haben«, sagte Mutter und reichte mir den Brief. O je, da waren sie aufgezählt, fromme Predigten, Werke der Kirchenväter, ein Meßbuch, ein Stundenbuch. Ich hatte geglaubt, er würde länger dazu brauchen, alles aufzutreiben. Er mußte seinen Schreiber sofort losgeschickt haben.

»Aber … aber meine Aussteuerwäsche ist noch nicht fertiggestickt«, stammelte ich.

»Recht so, meine gute Tochter«, sagte Vater lachend und schlug sich auf die Schenkel. »Zögere die Hochzeit ruhig die ganzen sechs Monate hinaus, dann habe ich den Wein dieses Jahres wohlbehalten im Keller, ehe das Brautlager warm ist!« Als Annibal dem schneidigen Philippe d'Estouville diesen Witz erklärte, errötete ich vor Scham, und verräterische Tränen stiegen mir in die Augen. Ich wünschte mir nichts sehnlicher, als daß der Gast ging – und mit ihm jedes Andenken an meine Schmach.

An diesem Abend spielten wir nach dem Essen Tricktrack, und später sangen wir am Tisch mehrstimmig Lieder. Doch die schreckliche Niedergeschlagenheit, die ich verspürte, drückte mir das Herz ab, so daß ich kaum einen Laut über die Lippen brachte. Ich war so bekümmert, daß ich mich nicht einmal anbot, die ersten Seiten aus meinem *Dialog* zu lesen, obgleich diese beim letzten literarischen Zirkel meiner Base Matheline so begeistert aufgenommen worden waren. Die künstlerische Leere wurde jedoch von Laurette gefüllt, die sich die goldenen Locken um den Finger wickelte, während sie sang, und an den Lippen des Fremden hing, als er vom Hofleben, von Politik und Günstlingswirtschaft in M. de Damvilles Kreisen erzählte und seine zwölf berüchtigten Duelle, bei denen er noch jeden Gegner getötet hatte, Stoß für Stoß schilderte.

»Ich habe nämlich große Schwierigkeiten bei Hofe ... Allzu viele Damen finden mich anziehend ... Ihre Ehemänner sind ja so eifersüchtig, aber nach jedem Ehrenhandel strömen die Damen in noch größerer Zahl herzu. Und so bewirkt meine Klinge mehr, als sie beendet ...«

»Natürlich, o ja, wie furchtbar, derlei Leute ertragen zu müssen«, sagte Laurette, während er sie mit seinen lodernden Augen musterte und die Wirkung seiner Worte abschätzte.

Am folgenden Tag, als Le Vaillant, gestriegelt und ausgeruht, von seinem Gefolge aus Pferdeburschen, Ausbilder und militärischer Eskorte durch das Hoftor geführt wurde, standen wir auf der Freitreppe und winkten, dann liefen wir ins Turmzimmer, um einen letzten Blick auf den Zug zu erhaschen, auf Annibals bunten Umhang und die elegante Gestalt des Fremden, bis wir sie auf der staubigen Landstraße aus den Augen verloren.

»Sibille, hol deine Karten und erzähl mir etwas über Philippe«, sagte Laurette, als sie verschwunden waren.

»Er wird einmal Ländereien in der Pikardie und Normandie erben, und er ist nichts für dich«, sagte ich ziemlich grausam. »Dazu brauche ich keine Karten.«

»Aber ich bin mir ganz sicher, daß er mich mag«, erwiderte sie. »Warum bist du nur so eifersüchtig? Du hast doch schon einen Ehemann.«

»Ich weise nur auf die Wahrheit hin. Ein Mann seines Ranges heiratet kein Mädchen ohne Mitgift.«

»Du brauchst dich gar nicht so aufspielen, nur weil Großvater dir einen Besitz hinterlassen hat. Das hätte er auch für mich getan, wenn ich vor seinem Tod geboren wäre. Und wenn Tante Pauline stirbt und Vater wieder zu Geld kommt, dann haben wir alle eine reichliche Mitgift. Er hat gesagt, ich hätte wunderschöne Augen. Schönheit zählt nämlich auch.«

»Dann rechnest du also mit Tantchens Ableben. Woher weißt du eigentlich, daß sie nicht alles der Kirche vermacht?«

»Ach! Du bist einfach gräßlich«, schluchzte Laurette und stürmte wutentbrannt die Turmtreppe hinunter. »Ich habe Besseres zu tun.« Ihre Stimme verwehte, als sie verschwand. Und ich Schlechteres, dachte ich, legte den Kopf auf die Fensterbank und weinte.

Eine gute Woche später stählte ich meine armen Nerven für einen Brief an Villasse, in dem ich ihm erklären wollte, daß meine Aussteuer noch nicht vollständig sei und daß der für mein Brautkleid in Orléans bestellte Stoff auf sich warten ließe, als sich etwas höchst Ungewöhnliches ereignete. Ich saß an Vaters großem Schreibtisch und schlug mich mit dem Antwortbrief herum, als ein Diener in Livree am Hoftor eintraf.

»Aber Sibille«, sagte Isabelle, die sich über meine Schulter beugte und las, was ich gerade schrieb, »du bestellst ja gar keinen Stoff in Orléans. Du weißt doch, daß wir Mutters Brautkleid umarbeiten.«

»Das ist fast das gleiche. Ein Kleid umzuarbeiten dauert lange. Sehr lange. In Wirklichkeit länger, als ein neues zu fertigen. Außerdem willst du doch nicht, daß er denkt, seine Braut würde ihm nicht einmal die Ehre erweisen, ein neues Kleid zu tragen, oder?« gerade wollte ich mich der Wirkung dieser ungemein überzeugenden logischen Argumente auf ein Mädchen von zwölf Jahren versichern, die anderer Leute Briefe liest, als Françoise hereingestürzt kam.

»Sibille, Sibille! Tantchen hat ihren Lakai mit einem Hochzeitsgeschenk geschickt! Oh, wenn du seine schöne Livree siehst. Er trägt ein seidenes Wams in ihren Farben.« Ach, arme Sibille, dachte ich, das ist Galle und Wermut zugleich. Welch gräßliche Sünde hast du unbewußt begangen, daß dir Marter um Marter auferlegt wird?

»Dann laß einmal sehen, was für ein Geschenk dieser verrückten alten Person diesmal eingefallen ist«, sagte Vater, als er feststellte, daß der Lakai sein Paket niemand anderem als mir übergeben wollte.

»Da ist auch ein Brief von Madame Tournet«, sagte der Lakai und wich geschickt Vaters Zugriff aus.

»Na schön, dann lies ihn, lies ihn«, drängte Vater. »Hoffentlich hat sie dir Geld geschickt und nicht wieder so ein albernes Buch mit Gedichten.«

»Meine liebe Patentochter«, las ich laut vor. »Die Karten haben mir verraten, daß es dir bestimmt ist, demnächst dein Heim zu verlassen. Vergangene Woche habe ich auf dem Weg zur Messe Monsieur Villasse auf der Straße unweit Eures früheren Hauses gesehen und von einem Diener erfahren, daß Monsieur dich ehelichen wird und daß dieser Tag nicht fern ist. Es sieht meinem Bruder ähnlich, mir das nicht mitzuteilen ...« Bei diesen Worten unterbrach Vater höhnisch: »Glaubt die etwa, ich müßte ihr von all meinen Geschäften erzählen?«

»Aber Vater, gewiß könntet Ihr sie einladen ...«

»Ich habe dir gesagt, ich möchte nicht, daß du sie jemals wiedersiehst, und das gilt für euch alle. Sie will doch nichts weiter, als euch zu sich in die Gosse ziehen, Schwester, pah! Meine Schwester ist tot!«

»Vater«, wandte Isabelle ein, »sie lebt ganz und gar nicht in der Gosse. Ihr Haus ist sehr groß, und es liegt im besten Viertel der Stadt.«

»Und ich hätte zu gern gesehen, wie es eingerichtet ist«, sagte Laurette.

»Ich verbiete euch, je einen Fuß in dieses Haus zu setzen.

Der Name Tournet darf in der Öffentlichkeit nicht über eure Lippen kommen.«

Doch ich las weiter: »Man hat mir zwar seit deinen Kinderzeiten nicht erlaubt, dich wiederzusehen, aber durch Annibal habe ich erfahren, daß du dich so entwickelt hast, wie ich es erwartet habe.«

»Warum darf Annibal sie sehen, wo sie doch meine Patin ist?« fragte ich. Und eine jähe Neugier veranlaßte mich, vom Brief aufzublicken.

Mein Vater hatte eine steinerne Miene aufgesetzt. »Annibal ist ein Mann«, sagte er. »Lies den Rest vor.«

»Tantchen hat ihm den schönen, schmucken Braunen gekauft, den er geritten hat. Das hat er mir erzählt«, zwitscherte Françoise dazwischen.

»Pssst«, mahnte Mutter und legte Françoise die Hand auf den Mund.

Ich las weiter. »Du mußt mein Geschenk immer bei dir tragen, es soll dir im Eheleben ein Trost sein. *Lies darin, wenn du allein bist.* Es wird vieles lindern. Meine guten Wünsche begleiten dich, was auch immer kommen mag. Ich bin wie stets dein dich liebendes Tantchen.«

Ich wickelte die gewachste Seide von dem Päckchen, das mir der Lakai reichte. Es war ein schlichtes, in Kalbsleder gebundenes Buch, das für seinen geringen Umfang eigenartig schwer war. Ich schlug es an einer beliebigen Stelle auf und erblickte einen schönen Stich Unseres Herrn, umgeben von bewaffneten Söldnern, wie er von einem finster aussehenden Burschen geküßt wird, dessen boshafter Blick mich unangenehm an meinen Zukünftigen erinnerte. »Passio domini nostri iesu xpi secundum Johannem«, stand in roten Buchstaben darunter. Ein Stundenbuch, ein ungemein schickliches und sehr geschmackvolles Geschenk, wenn auch nicht so großzügig, wie ich es mir erhofft hatte.

»Ein Gebetbuch. Diese Frau ist wirklich zu jeder Heuchelei fähig«, empörte sich Vater, und ich war mir bewußt, daß er Geld erwartet hatte oder Brautgeschmeide. Werte, auf die er dann die Hände hätte legen und die er zu einem guten Zweck nach eigenem Belieben hätte verwenden können. Doch wie schön war das Buch gefertigt mit dem schlichten Kalbsledereinband, auch wenn ein paar bräunliche Flecken seinen Wert geringfügig schmälerten. Aber da war noch die Sache mit dem Gewicht. Ich drehte es hin und her und prüfte es erneut. Was soll dieses Gerede vom Alleinsein, dachte ich. Aber vielleicht ist es mehr als nur ein Tribut an mein zartbesaitetes Gemüt. Wenn ich allein bin, sehe ich mir den Buchrücken genauer an. Tante Pauline kennt Vater zweifellos besser als ich und hat vielleicht ein wenig Geld für mich in dem Buch versteckt. Bei längerem Nachdenken wollte mir scheinen, daß dieses Stundenbuch, auch wenn es im Zweifarbendruck war, falls man nicht mit Hand nachkoloriert hatte, ein etwas zu schlichtes Hochzeitsgeschenk darstellte. An dem Buch war ganz eindeutig mehr als man ihm von außen ansehen konnte.

Doch meine Gedanken wurden jäh von Tumult und Geschrei unterbrochen. Mutter, die sich hinter Vater gedrängt hatte, weil sie mein Geschenk betrachten wollte, war in Ohnmacht gefallen.

4. Kapitel

Bei der ganzen Aufregung um Mutters Ohnmacht, dem Wasserholen, Rufen und Luftzufächern sollte eine ganze Weile vergehen, bis ich endlich mit dem Buch allein war. Da stellte ich fest, daß es zehn frisch geprägte und noch nicht abgenutzte Goldflorins enthielt, die, in ein Taschentuch gewickelt, ungefähr so in den Buchrücken eingebracht waren, wie ich es mir vorgestellt hatte. Die nähte ich vorsichtshalber in meinen Unterrock, denn sogar eine Dame braucht zuweilen eigenes Geld, nur für den Notfall natürlich. Die Ohnmacht, so sagte Mutter, kam von der Luft, doch sie mußte lange das Bett hüten, wo sie sich von Brühe ernährte und Blut hustete.

Binnen ein paar Wochen hatte Vater Mutters Krankheit satt und ritt auf unserem besten Sattelpferd davon, begleitet von seinem Verwalter auf dem zweitbesten Pferd, um die Miete vom Handschuhmacher – oder war es ein Handschuhhändler? – zu kassieren. Doch nun, da mich meine Phantasie seit dem Verlassen des Klosters, meiner wahren spirituellen Heimat, immer mehr auf Abwege brachte, argwöhnte ich allmählich, daß es sich um andere geschäftliche Unternehmungen handelte, denen es gleichermaßen an Ehrbarkeit mangelte und die Vater während seines Aufenthalts in der Stadt abwickelte.

Das kleine Gebetbuch mit dem fleckigen Einband hatte etwas

Melancholisches und Anrührendes, und deshalb trug ich es ständig bei mir. Während meiner kleinen Streifzüge durch die Natur blieb ich hin und wieder stehen, um es herauszuholen und zu überlegen, woher es kommen mochte, warum es fleckig war und wie das sonderbare Haus, aus dem es stammte, wohl im Inneren beschaffen war. Diese Grübeleien bewirkten Alpträume, und ich wachte mehrfach erschrocken auf, wußte nicht, was los war, und dachte, ich hätte Schreie gehört und das Klirren von Stahl. Und eines Nachts wachte ich wieder auf oder träumte, daß ich aufwachte, und da sah ich einen Mann, vielmehr einen Jüngling von vielleicht siebzehn, achtzehn Jahren, jünger als ich, in altmodischem Wams und Studentenrobe, der auf mich herabstarrte. Ein merkwürdiges Gesicht, sehr gut aussehend, wenn auch mit recht ausgeprägten Wangenknochen und von fremdländischem Schnitt. Doch es waren die Augen, klug, tief und kummervoll, die mir Angst einflößten. Bei ihrem Anblick mußte ich an Tod denken. Ich schnellte hoch und die im Schlaf gestörte Isabelle murmelte: »Sibille, hör auf, dich die ganze Nacht zu wälzen ... du hast mir schon wieder die Bettdecke weggezogen.« Aber da hatte sich die Gestalt oder der Traum schon verflüchtigt.

Am folgenden Tag türmten sich dicke Wolken am Himmel, und das Gewitter hielt mich von einem Spaziergang ab, was mich noch bänglicher und gereizter machte. Ich lief zwischen Küche und Diele hin und her, sehnte mich danach, die Karten zu befragen, fürchtete jedoch, sie noch einmal anzurühren. Doch schließlich klarte es wieder auf, und da sahen wir Vincent, den Verwalter, um die Wegbiegung kommen, aber er ritt allein durch die Pfützen.

»Vincent, wo ist mein Gatte?« fragte Mutter. Der Geruch von feuchter Wolle vermischte sich mit der stickigen Hitze in der Küche, als der Diener seinen Umhang vors Feuer hängte. Er war von dem langen Ritt von oben bis unten mit Dreck bespritzt. Mutter hatte sich von ihrem Krankenlager erhoben und überwachte das Häuten und Ausnehmen von zwei Hasen für den Suppentopf. Sie hatte sich eine große, blutbefleckte Schürze übers Kleid gebunden. In dem auf ihre Frage folgenden langen

Schweigen hörte man die Topfdeckel auf der köchelnden Suppe klappern wie ein ganzes Bataillon Schnarrtrommeln. Schließlich holte Vincent tief Luft und machte den Mund auf.

»Madame, der *bailli* hat ihn mitgenommen, er sitzt im Gefängnis.«

»Weswegen um Gottes willen?«

»Weil er Lutheraner und ein Häretiker ist.«

»Häretiker?« empörte ich mich. »Aber das ist doch lachhaft! Wie um Himmels willen kommt jemand auf diese Idee?«

»Wegen des Handschuhhändlers, dieses Dumoulin, der das Haus gemietet hat. Ich habe ihn ja gewarnt, aber Ihr wißt ja, wie er ist, wenn es um Geld geht... Die Nachbarn jedenfalls haben wöchentlich Leute reingehen sehen, und das fast immer um die gleiche Zeit, und spät wieder rauskommen. Jemand hat ihn angezeigt – niemand weiß, wer es war –, und die Behörden haben eines Nachts gewartet und sich alle geschnappt. Und siehe da, es war eine von diesen verdammichten Satansversammlungen, die sie »Predigt« nennen. Da waren sie alle beisammen, haben eine Orgie gefeiert und den Satan angebetet, und Dumoulin war der Anführer. Sie sollen nackt um einen Kelch mit Menschenblut getanzt sein und haben damit das Abendmahl verspottet. In jedem Schrank ketzerische Traktate aus Genf, und es wird erzählt, daß sie eine ganze Truhe voller Skelette von ihren blutigen Kinderopfern gehabt haben. Das hab ich alles im Mohrenkopf gehört, während ich auf Monsieur wartete, aber nein, er wollte ja nicht auf mich hören, wollte unbedingt seine Miete kassieren, und da haben sie ihn gefangengenommen. Ich, ich hab Glück gehabt und bin entwischt, als ich den *bailli* gesehn hab.«

»Orgien! Kinderopfer! Im Haus meines Vaters. Die Schande überlebe ich nicht«, jammerte Mutter, setzte sich jäh auf einen Stuhl und fing wieder an zu husten.

»Aber warum haben sie Vater festgenommen?« fragte ich.

»Dieser schlaue alte Dämon Dumoulin hat unter der Folter ausgesagt, daß Monsieur de la Roque davon wußte, als er ihnen das Haus vermietet hat, und jetzt denken sie, Monsieur gehört dazu.«

»Aber, Vincent, du hättest dableiben und ihnen sagen sollen, daß wir alle gute Katholiken sind«, sagte Mutter.

»Ach, Madame, ich wär hundertmal geblieben, wenn es nur was genutzt hätte. Aber als ich das den Jungs im Mohrenkopf erzählt hab, da haben die mir erklärt, daß man nie weiß, welche hohen Herren Ketzer sind, weil sie sich allesamt mit Hilfe des Teufels verborgen halten. Von außen kann man ihnen das nicht ansehen. Nicht mal eine Ehefrau weiß, ob ihr Mann heimlich Ketzer ist. Man muß es aus ihnen rausholen. Nächste Woche verbrennen sie nun den Handschuhhändler. Und die ganze Stadt will zusehen.«

Vincent wandte verstohlen den Blick ab, und da kam mir ein Verdacht. Gewiß hätte ein Mann, dem man so viel Vertrauen und solch eine Stellung in einer vornehmen Familie geschenkt hatte, tapfer bei seinem Herrn ausharren und ihn gegen die üble Verleumdung eines verräterischen, ketzerischen Handschuhhändlers verteidigen müssen. Doch ich schreibe viele seiner Charakterschwächen, vor allem eine gewisse feige Selbstsucht und eine schmierige Händlerseele, seiner Geburt zu, denn derlei Fehler findet man oft bei Bankerten aus großen Häusern. Vater hatte bekanntermaßen eine übermäßige Zuneigung zu Vincents Mutter empfunden, solange sie lebte, und diese Schwäche hatte ihn dazu verführt, mehr Vertrauen in ihren Sohn zu setzen, als ich für angebracht hielt.

»Angenommen, er hat davon gewußt? Angenommen, er hat es gewußt?« Mutter führte leise Selbstgespräche. »Guter Gott, dann sind wir am Ende doch ruiniert. Alles, was wir besitzen, wird eingezogen. Am Bettelstab, oh, Gott sei Dank muß mein Vater diesen Tag nicht mehr erleben. Meine Kinderchen, meine armen Kinderchen!«

»Mutter, jeder in der Stadt kennt uns. Gewiß wird Vater erklären, daß er ein guter Katholik ist und daß er nicht im Traum daran denken würde, sich mit Ketzern gemein zu machen, und dann lassen sie ihn frei.«

»Leider, Demoiselle Sibille, läuft das anders«, widersprach Vincent. »Sie können es nicht riskieren, einen von ihnen entkommen zu lassen. Außerdem denk ich, vielleicht hat er's ja doch gewußt. Nicht weil er einer von denen ist, o nein. Vielleicht hat er es nur der Miete wegen getan. Und hat nicht geahnt, wohin das führen kann, falls Ihr versteht ...«

Das Herz wurde mir schwer. Zuzutrauen wäre es deinem Vater, zischelte mein vernünftiges Selbst hämisch. Niemals, meldete sich mein edleres poetisches Selbst zu Wort. Bedenke, man könnte ihn sehr wohl völlig hintergangen haben, schließlich ist er ein Mensch, dem jeglicher Sinn für das Spirituelle im Leben fehlt. Ja, das war zweifellos die Erklärung. Das Herz wurde mir leichter und vollführte sogar einen Satz, als mein poetisches Selbst jählings eine großartige Eingebung hatte.

»Mutter, ich habe von einer Edelfrau gehört, die mit einer Bittschrift für ihren Sohn zum Bischof gegangen ist.«

»Eine Bittschrift? Wer sollte uns eine solche Bittschrift aufsetzen? Wer könnte noch rechtzeitig einen Advokaten herholen? Und wie käme sie zum Bischof ...? Die Wippe – damit werden sie doch wohl keinen Mann von edler Abkunft foltern –, Ketzerei ... wer weiß, was sie da alles machen? Oh, du lieber Gott, lieber Gott, wenn doch nur Annibal hier wäre.« Der Tumult und die schlechten Nachrichten hatten meine Schwestern und mehrere Hausdiener herbeigelockt, und nun drängten sie sich mit verstörten Blicken und ernsten Mienen in der Küche.

»Maman«, sagte Françoise und zupfte an Mutters Röcken, um auf sich aufmerksam zu machen. »Maman, Sibille ist sehr klug.«

»Oh, mir schwirrt der Kopf. Ich weiß nicht, was ich tun soll. Ich brauche Annibal, wir müssen ihn holen lassen ...«

Die in meinen Unterrock eingenähten Goldstücke wogen schwerer und schwerer, fast konnte ich spüren, wie sie ein Loch brannten. Damit kannst du alles erreichen, flüsterten sie. Du kannst einen Advokaten bestellen, der das Gesetz prüft und beweist, daß Vater wirklich nicht mit Ketzern gemeinsame Sache macht. Du kannst in die Stadt reisen und den Bischof aufsuchen. Er wird dir die Audienz nicht abschlagen; schließlich hat er dich vor langer Zeit höchstpersönlich getauft, als er noch Priester war, oder? Schon sah ich mich in tragisches

Schwarz gehüllt, wie ich ihm eine Bittschrift überreichte, die so elegant und ergreifend formuliert war, daß dem Leser die Tränen in die Augen stiegen und ihn zugleich zu großer Bewunderung für die Verfasserin bewogen. Oh, aufrüttelndes und tiefschürfendes Wort, was kannst du nicht alles mit Hilfe eines inspirierten Geistes vollbringen?

»Sibille, du mußt diese Bittschrift aufsetzen und Vater retten«, sagte Isabelle. »Annibal ist zu weit fort. Nur du kannst es.« Bei ihren Worten fegte mein edleres Selbst in einem wahren Sturzbach hehrer Gefühle alle Zweifel hinweg. Falls ich meinen Vater rettete, würde er sich nie wieder Bemerkungen über meine großen Füße erlauben und meinen knochigen Körperbau. Aus dem grausamen Kerker und vom drohenden Schatten des Galgen befreit, würde er mir die Füße küssen, auch wenn sie noch so großzügig bemessen waren, und sie in Dankestränen baden. Allein schon der Gedanke war so schön, daß mein vernünftiges Selbst diese niederträchtige leise Stimme, im Rausch einer köstlichen Vorfreude völlig übertönt wurde.

»Ich weiß genau, was ich zu tun habe«, sagte ich. »Ich habe alles in einem Buch gelesen. Man nimmt seine Bittschrift, wirft sich vor dem Bischof zu Boden und weint, und dann gewährt er einem die Bitte.«

»War das ein Buch über Bischöfe?« fragte Laurette, deren kleines Hirn und unempfindsames Wesen sie oft dazu verleitete, Menschen zu mißtrauen, die von edleren Gefühlen inspiriert wurden.

»Nicht genau, eher eines über Bittschriften.«

»Über was für welche? Bittschriften für Ketzer? In diesem Augenblick sahen ihre blauen Augen wie emaillierte Perlen der gewöhnlicheren Art aus.

»Nein, über Bittschriften für Verräter, was fast auf dasselbe hinausläuft. Dort wird beispielsweise beschrieben, wie die Herzogin von Valentinois ihren alten Vater vor dem Tod als Verräter bewahrt hat, indem sie sich König Franz zu Füßen warf.«

»Sibille! Das ist eine schreckliche, skandalöse Geschichte«, rief Mutter und war auf einmal ganz von ihrem Kummer abgelenkt. Sie blickte mich mit rotgeränderten Augen an und legte dann die Hand aufs Herz. »Woher hast du solch eine schmutzige Geschichte?«

»Von Matheline. Wir Mädchen haben eine bedeutsame Diskussion darüber geführt.«

»Im Kloster?« entrüstete sich Mutter.

»Oh, aber es ging doch um das moralische Prinzip. Ich meine, wir haben nicht das Buch an sich erörtert, aber wir hatten es alle gelesen. Matheline sagte, das sei in Ordnung, weil wir unbedingt wissen müssen, ob es besser ist, ungehorsam zu sein und das Rechte zu tun, oder gehorsam zu sein und das Böse triumphieren zu lassen. Der Vater der Herzogin hat ihr für ihre Tat aus tiefstem Herzen gedankt.«

»Und Matheline hat das verwerfliche Buch also heimlich herumgehen lassen. Was hat sie euch sonst noch gezeigt? Diese Matheline ist ja ein Wolf im Schafspelz!«

»Aber, Mutter«, sagte ich, denn mir schoß da etwas durch den Kopf, »woher wißt Ihr denn, was in dem Buch steht?«

»Ich bin auch einmal jung gewesen«, erwiderte Mutter mit eisiger Stimme. »Und ich habe dafür gezahlt. Ich hatte gehofft, du würdest es besser machen.«

»Wer sonst geht hin und bittet für Vater, wenn nicht ich?«

»Ich schicke Vincent im Morgengrauen los, damit er Annibal Nachricht bringt. Annibal soll seinen Einfluß bei den Montmorencys geltend machen; er muß zum Konnetabel höchstpersönlich gehen und für seinen Vater bitten.«

»Und angenommen, er schafft es nicht mehr rechtzeitig?«

»Oh, Annibal, Annibal, wenn du doch nur nicht so schnell aufgebrochen wärst!« Mutter rang die Hände, dann beugte sie sich vornüber, weil sie wieder einen Hustenanfall bekam. Mit halbgeschlossenen Augen in Vaters großen Stuhl gelehnt, erteilte sie den Befehl, einen Stallburschen auf unserem zweitbesten Pferd gen Norden zu schicken, Annibal in Compiègne aufzusuchen und ihm zu sagen, er solle ihre Bitte dem großen Konnetabel Montmorency vortragen, damit er sich wegen Vaters früherer Verdienste für die Krone für ihn einsetzte. »Töchter«, so hauchte sie, als man sie halb ohnmächtig in ihr Zimmer trug, »können nichts anderes tun als beten.«

Es war fast Mitternacht. Mein Hirn loderte von tausend Sorgen, während ich im Nachtgewand an ebendem Tisch saß, an dem ich mit meiner Unterschrift auf meine Freiheit und Großvaters Weinberg verzichtet hatte. Das Haus schlief, ich aber schrieb und schrieb. Eine beinahe heruntergebrannte Kerze warf ihren matten Schein auf ein Meer von zerknüllten Blättern. Ich legte die Feder beiseite und prüfte die letzte und gelungenste Fassung. Warum wirkte mein poetischer Stil nur so albern und unzulänglich? War die Dunkelheit schuld, die sommerliche Hitze, die mir den Schweiß auf die Stirn trieb und mir die Hände feucht werden ließ? Vielleicht sollte ich es in einem herkömmlicheren Stil angehen, etwas strenger und mit weniger Adjektiven. Ich griff erneut zur Feder und las: »Oh, hört den verzweifelten und jammervollen Aufschrei elender und hilfloser Waisen, hoher christlicher, großmütiger und scharfsichtiger Herr ...« Resolut kratzte ich ›Waisen‹ weg und ersetzte sie durch ›treuer und gehorsamer Töchter der Kirche‹. Waisen deutete vielleicht an, daß Vater am Ende doch schuldig war. Aber irgendwie wirkte der Zusatz auch nicht passend. Ich zerknüllte das Papier, griff zu einem weiteren Blatt und begann erneut. Irgendwo, irgendwo, dachte ich, muß es eine Muse der amtlichen Dokumente geben, verschrumpelt wie eine Pflaume, gekleidet in eine triste Robe, die mit Siegelwachs geziert ist. So sitzt sie irgendwo auf einem Thron aus vergilbtem Papier und macht sich über mich lustig. Ach, warum mußte ich mich nur so brüsten, warum war ich mir so sicher gewesen, daß meine leidenschaftlich flammende Feder der Aufgabe gewachsen war?

Mein Blick schweifte gedankenverloren über die dunkle Wand, die voller stachliger Geweihe von längst verblichenen Hirschen hing. Genau in diesem Augenblick vernahm ich auf dem Hof, hinter den geschlossenen Fensterläden der Diele, ein ganz, ganz leises Geräusch. Es hörte sich an wie sorgfältig umwickelte Pferdehufe. Das kann nicht sein, dachte ich. Unsere Gutsgebäude, das Gutshaus, die Gesindewohnungen, die Ställe und Scheuern bilden eine hohe Mauer um das geschlossene Geviert des Hofes. Und drumherum zieht sich ein beschaulicher Burggraben, der mit Pappeln bepflanzt ist. Wer auch immer naht, er muß durch das Tor oder durch die kleine Tür unter dem Haus des Torwächters, wo Vincent wohnt. Und Vincent verriegelt jeden Abend als letztes das große Tor sowie das Halbtor und läßt die Bulldoggen auf den Hof. Dort kann niemand sein. Selbst der arme Gargantua, das nutzloseste Geschöpf auf Gottes weiter Welt, der nur unter unserem Bett schlafen will, war in die Sommernacht hinausgeschickt worden, weil er der Köchin einen frisch gerupften Kapaun vor der Nase weggestohlen hatte. Wer kommt schon ohne eine laute Begrüßung an Gargantua vorbei? Meine Nerven sind wirklich nicht die besten, dachte ich.

Leise stand ich auf und ging zu den geschlossenen Fensterläden, wo ich eingehender lauschen konnte. Plötzlich war ich mir sicher. Direkt vor den Fensterläden, fast vor mir, hörte ich leise Schritte, und dann schlug etwas mit einem Rums an die Mauer. Warum hatten die Hunde nicht gebellt? Ich hörte einen geflüsterten Befehl. Fremde waren auf dem Hof und lehnten eine Leiter an die Mauer zu den Schlafzimmern im ersten Stock über der Diele, wo meine Schwestern schlafend im großen Bett lagen, das wir uns alle teilten.

Trotz meines zartbesaiteten Naturells rinnt in meinen Adern feuriges Kriegerblut. Schließlich bin ich die Tochter eines Kriegshelden, der unter dem seligen König Franz bei Pavia gedient hat. Diebe wollten unsere jungfräuliche Laube stürmen! Da galt es beherzt und unverzüglich zu handeln! Ein Geistesblitz durchzuckte mich und wies mich zu Vaters Arkebuse mit dem Radschloß an der dunklen Wand hinter mir, die nur einen Nachteil hatte, nämlich den, daß ich noch nie damit geschossen hatte. Doch schließlich, so sagte ich mir kühn, habe ich Dutzende von Malen dabei zugesehen, nichts einfacher als das! Fürwahr, Frauen könnten jederzeit Musketen abschießen, wenn es ihnen so beliebte, wäre das nicht so unvereinbar mit ihrer Anmut. Doch welche weiblichen Reize hatte ich schon zu verlieren, da mir eine vergeßliche Gottheit diese Gaben verweigert und mir lediglich doppelt bemessene Füße zugedacht hatte? Und da packte mich ein jäher, löwinnengleicher Mut, und ich holte das schwere alte Ding herunter, wobei ich unter seinem Gewicht fast ins Wanken geriet, drehte es um, schüttete Pulver in das offene Ende und schob die Watte mit dem langen Stock nach, der daran hing, genauso wie ich es bei Vater gesehen hatte. Ich riß den Schlüssel vom Haken und stahl mich im Dunkeln leise nach oben in unser Schlafzimmer.

Der Lauf der Arkebuse machte klick, als ich sie auf einer niedrigen Kommode ablegte und in der Finsternis auf den Fensterladen zielte. Und da lauerte ich nun wie der gefährliche gefleckte Panther Indiens, der sich im Baum verbirgt, um von dort unvorsichtige Jäger anzuspringen.

»Du hast mir schon wieder die Decke weggezogen«, murrte Laurette im Schlaf und tastete nach mir. »Sibille? Sibille? Wo bist du?« fragte sie und wurde halb wach, als sie die leere Stelle fühlte.

»Um Gottes willen, pssst«, flüsterte ich beschwörend, denn ich suchte die Stelle, wo man den Schlüssel einführt, um den Abfeuermechanismus aufzuziehen.

»Was machst du da?« fragte sie, und ich konnte hören, wie sie sich im Bett aufsetzte.

»Das«, sagte ich und zog das klappernde Rad auf. »Bleib, wo du bist.«

Dann ging alles sehr schnell.

Jemand schob ein langes, dünnes Messer durch den Spalt zwischen den Läden und hob den Riegel an. Mondschein flutete ins Zimmer und zeigte uns einen Maskierten, der über das Fensterbrett klettern wollte und dabei haarscharf vor die Mündung meiner mächtigen Waffe gelangte. Laurette kreischte und sprang auf, was die anderen weckte. Zur gleichen Zeit betätigte ich den Abzug, und schon zischte das Pulver, das Rad sprühte Funken, und dann gab es einen mächtigen Rums! Zu spät fielen mir die Geschichten von Arkebusieren ein, die von ihrer eigenen Waffe in die Luft geblasen wurden, und als ich zu Boden geworfen wurde, war ich überzeugt, daß ich erst in der nächsten Welt wieder zu mir kommen würde. Wenn das Gekreisch nicht schon das Haus geweckt hätte, dann die Explosion. Das ganze Zimmer stank nach Schießpulver. Als Menschen hereingelaufen kamen, merkte ich, daß ich noch auf dieser Welt weilte, und stand auf. Rachedurstig stürzte ich zum offenen Fenster und warf die Leiter auf die unten zusammengekauerten Gestalten. Denn im Bruchteil der Sekunde, ehe ich den Abzug betätigte, hatte ich den speckigen Kragen des ledernen Jagdrocks und den schmalen, hämischen Mund unter der Maske erkannt. Es war Thibauld Villasse.

»Diebe, Diebe! Da unten! Fangt sie!« hörte man schreien. Ich sah vom Schlafzimmerfenster aus zu, wie das Gesinde auf den mondhellen Hof strömte. Aber die Männer unter der Leiter hatten bereits ihre Bürde aufgehoben, über ein wartendes Pferd geworfen, und nun galoppierten sie unter gräßlichem Rachegeschrei durch das offene Hoftor in der Finsternis. Ich sah von oben aus zu, wie tanzende Fackeln im Dunkeln hin und her schwankten, während die Diener, die sie hielten, den Hof absuchten. In ihrem Schein fanden sie eine tote Bulldogge nach der anderen, allesamt vergiftet und im Dreck liegend.

»Das ist Nero, er ist tot«, vernahm ich die Stimmen unter mir. »Was für ein Verbrechen. So einen wie ihn gibt's nie wieder.«

»O nein, nicht auch noch Belle.«

»Seht mal«, sagte eine andere Stimme, »einer bewegt sich noch.«

»Ausgerechnet der nutzloseste. Gargantua, das Faß ohne Boden. Der hat sich an den vergifteten Ködern überfressen und alles wieder ausgespuckt.«

»Vincent, wo ist Vincent?« fragte Mutter. Wir halfen ihr nach unten. Da saß sie nun kerzengerade im Nachtgewand, mit einem türkischen Schal um die Schultern, die Nachtmütze auf dem ergrauenden Blondhaar auf Vaters großem Stuhl. Noch immer krank und trotz ihres nächtlichen Aufzugs, wirkten ihre feinen Züge im Kerzenschein irgendwie kräftiger, und es war klar, wer hier den Befehl führte. Ihr gerades Rückgrat und ihr jählings grimmiger Blick strahlten einen eisernen Willen aus.

»Madame, anscheinend ist er mit ihnen geflohen«, sagte ein Diener.

»Verräter«, sagte sie. »Mein Vater hätte solche falschen Verwalter niemals geduldet.«

»Mutter ... Mutter«, stammelte ich. »Ich – ich weiß, wer das war. Der Mann mit der Maske. Ich bin mir sicher, es war Thibauld Villasse.«

»Das überrascht mich nicht.« Ihre Stimme klang gelassen. »Aber du mußt noch vor dem Morgengrauen fort, ehe man auf den Gedanken kommt, dich abholen zu lassen – falls man das überhaupt wagt.«

»Aber, aber warum?«

»Warum? Falls dein Vater schuldig gesprochen würde und unser Besitz an die Kirche fiele, verlöre er auch seinen Weinberg. Doch wäre es Villasse gelungen, dich gewaltsam zu entführen und zu heiraten, hätte er seinen Anspruch darauf behalten. Ich bin überrascht, daß er so viel riskiert hat. Vielleicht weiß er mehr über Vaters Festnahme als wir.«

»Mutter, ich habe auf ihn geschossen. Ich habe ihn umgebracht.«

»Ich weine ihm keine Träne nach, denn ich habe ihn nie gemocht«, erwiderte sie. »Aber natürlich hast du keine Beweise, daß er es war.«

»Aber ich bin mir sicher ...«

»Dummes Zeug. Das bildest du dir nur ein. Du warst von Sinnen. Zu viele Sorgen. Das kann bei einem jungen Mädchen zu Wahnvorstellungen führen. Die eingedrungenen Männer waren Räuber und die Behörden sollten sie verfolgen und hängen. Man denke nur, da versuchen sie, junge, unschuldige Jungfrauen im Schlafzimmer zu überfallen! Zweifellos haben sie gehört, daß der Hausherr abwesend ist, und gehofft, unser Silbergeschirr stehlen zu können. Habt ihr das alle gehört? Ich möchte, daß ihr das aussagt, wenn man euch dazu befragt.« Mutters gebieterischer Blick schweifte über ihre Kinder und über das inzwischen auf der Diele zusammengelaufene Gesinde. »Obwohl ich mir kaum vorstellen kann, daß es jemand wagen würde«, fügte sie mit kaltem, hartem Gesicht hinzu.

»Mutter«, sagte ich, »wie kommt es, daß Ihr in solchen Dingen so bewandert seid?«

»Ich habe einige Erfahrung darin, wie man sich nach einem Mord benehmen muß«, erklärte sie in gelassenem und zurückhaltendem Ton. Ihr Blick schweifte ab, als ob sie in einem sonderbaren Traum befangen wäre, dann richtete er sich vom Schreibtisch zur geöffneten Haustür, wo der schwache Sternenschimmer die Gestalt eines Stalljungen erhellte, der die toten Hunde an den Beinen fortschleifte. »Ich sehe, daß die Sterne vor der Morgendämmerung fliehen, meine Tochter. Du mußt dich ankleiden und aufbrechen.«

»Aber wohin? Was soll ich nur tun?«

»Wohin? Ei, natürlich zu Pauline«, sagte Mutter.

»Das würde Vater mir nie verzeihen ...«

»Dein Vater? Der wird nie wieder jemandem etwas verzeihen, es sei denn, er hat mehr Glück, als ich mir vorstellen kann. Aber du hast am Schreibtisch wohl einen Brief verfaßt. Deine Kerze ist völlig heruntergebrannt. Was für eine Verschwendung, bei Kerzenlicht zu schreiben. Du weißt doch, daß wir sparen müssen.«

»Ja, Mutter.«

»Du wolltest einen Brief an den Bischof schreiben, ob ich es nun wünsche oder nicht. Habe ich recht?«

»Ja, Mutter.«

»Dann nimm den Brief mit. Er wird der Welt erklären, warum du uns so plötzlich verlassen hast. Vielleicht könnte er dir sogar nützlich sein. Pauline wird wissen, was da zu tun ist. Es wurde mir seit vielen Jahren nicht mehr erlaubt, sie zu sehen, aber ich traue ihr vorbehaltlos. Und jetzt helft mir wieder ins Bett. Ich bin sehr erschöpft.«

Binnen einer Stunde hatte ich das Haus meines Vaters auf dem kleinen Packpferd verlassen, begleitet von einem bewaffneten Diener, der es am Zügel führte. Doch als ich die Brücke überquert hatte und an den Bäumen vorbeigeritten war, drehte ich mich zu einem letzten Lebewohl von Heim und Familie um, und da sah ich einen Jagdhund herangaloppieren, fast so groß wie ein Kalb. Die Zunge hing ihm aus dem Maul, und sein großes, geflecktes Gesicht drückte beflissenen Eifer und abgöttische Liebe aus. Es war Gargantua.

5. Kapitel

16. März 1554

Meine Frau wird zwei Tage vor Michaeli ihr bestes Umschlagtuch einbüßen. Die neue Magd, die nächsten Monat zu uns kommt, wird es stehlen. Marie wird dann mit dem Blechschmied durchgebrannt sein, der sich mit seinen Töpfen und Pfannen in die Küche eingeschmeichelt hat. Anne daran erinnern, daß sie keine Mägde mit fehlendem Vorderzahn einstellt. Habe ihr eindringlich gesagt, daß der Zuber zum Wäschekochen nicht ausgebessert werden muß. Aber wann hätten Frauen jemals zugehört?

Letzten Dienstag das Geburtsdiagramm für meinen Sohn César vollendet. Das Sprichwort ›Schusters Kinder gehen barfuß‹ hat etwas Wahres. Der Junge ist darüber fast ein Jahr alt geworden. Vielversprechend! Aus ihm wird einmal ein namhafter Historiker, und er wird die Vergangenheit erforschen wie ich die Zukunft. Vielleicht ein sichererer Weg – nein, Tyrannen und Gönner wollen ihre Vergangenheit genauso geschönt haben wie ihre Wünsche und Marotten für die Zukunft. Nur Heilige legen keinen Wert auf diese Art Schmeichelei. Und Heilige gehören nicht zu den Gönnern von Historikern oder Weissagern. Ich will ihm mein großes Werk widmen, *Centuries*, falls mir der Geber aller guten Gaben die Zeit zugesteht, es zu vollenden.

Eine Gesichtssalbe bestellt, deren Rezeptur ich für Madame de Peyrés angefertigt habe. Dem elenden Apotheker gesagt, daß ich woanders herstellen lasse, falls er nicht schneller arbeitet. Madames Sohn hat sich von seinem Katarrh erholt, nachdem man ihm den Kopf mit meinem Balsam aus Lilienöl, Gartenraute, Dill und Mandeln eingerieben und ihm ein von mir erfundenes Klistier verabreicht hat, das die schädlichen Säfte austreibt. Ha! Und das alles, nachdem dieser falsche Arzt von der Pariser Fakultät angeordnet hatte, ihm Blut aus der Lebervene abzuzapfen! Hätte er mein Buch gelesen, statt den sogenannten Weisheiten seiner jämmerlichen Lehrer anzuhängen, dann hätte er gewußt, daß dergleichen nur bei Rippenfellentzündung hilft, die der Schwachkopf nicht von einer Wintererkältung unterscheiden konnte. Nachdem seine Kur nicht angeschlagen hatte, ist er mit eingekniffenem Schwanz in seinen Hundezwinger an der Seine zurückgekrochen. Ich sage immer, man sollte sie mit ihren eigenen Lanzetten zur Ader lassen und ihnen eine Dosis ihrer eigenen falschen Arzneien eintrichtern, bis sie den Himmel um Gnade für ihre Sünden anflehen.

Ich selbst ... Auf königlichen Befehl in zwei Jahren eine lange, unerquickliche Reise gen Norden. Ein Mann meines Alters wird es leid, daß man wie nach einem Damenschneider nach ihm schickt. Sehe für diese Reise wenig Gewinn und viel Ärger voraus. Muß mich erneut mit Anael beraten.

Das geheime Tagebuch des Nostradamus

Nostradamus hatte nicht die Absicht, an jenem golden-staubigen Augusttag auf der Straße Paris–Orléans zu sein, als er der alleinreisenden Dame im schwarzen Kleid vor der Schänke begegnete. O nein, der gute Doktor hätte es vorgezogen, in seinem bequemen Haus in Salon de Provence zu bleiben, wo er, umgeben von seinen zahlreichen Familienmitgliedern, einen florierenden Versandhandel mit Weissagungen betrieb und obendrein noch gewinnträchtige Almanache für Bauern und medizinische Bücher zur Selbsthilfe herausbrachte. Er reiste ungern: Zu seinem grauen Bart hatte sich die Gicht gesellt. Daher verließ er sein Heim nur noch, wenn es seine reichen ortsansässigen Gönner oder sein Lehrstuhl an der medizinischen Fakultät der Universität Montpellier von ihm verlangten. Das war nicht immer so gewesen. Betäubt vom Tod seiner ersten Frau und seiner Kinder, die Praxis vernichtet, hatte er auf der Suche nach dem Geheimnis des Lebens Europa und Asien durchwandert. Er hatte zu Füßen von Magiern, Philosophen und Mystikern studiert. Was er gefunden hatte, war – nun ja, was es auch immer war, es führte dazu, daß er in seine sonnige Heimat zurückkehrte, eine wohlhabende und gutherzige Frau ehelichte und sich in einem behaglichen Haus niederließ, das von einer wachsenden Zahl Nachkommen bevölkert wurde.

Nun hatte ihn das Schicksal abermals auf eine Reise geschickt. Er hatte es vor zwei Jahren mit gelindem Ärger in der mit Gravuren versehenen Wasserschale aus Messing kommen sehen, die in seinem Geheimzimmer auf einem hölzernen Dreifuß stand. »Vermaledeit«, hatte er gesagt, als er sein Abbild hoch zu Roß erblickte, das nach einem anständigen Gasthof Ausschau hielt. Der Geist der vergangenen und zukünftigen Geschichte namens Anael beugte sich über seine Schulter und lachte stillvergnügt.

»Geschieht dir recht, da du mich zu so ungelegener Zeit belästigst«, sagte er. Das war im Jahre 1554 in einer stürmischen Märznacht um die zwölfte Stunde, zwei Jahre vor seiner langen und beschwerlichen Reise gen Norden. Der Wind klapperte mit den Fensterläden und pfiff gespenstisch, und die Balken des Hauses knarrten.

»Ich habe dich um eine Vision vom Ende der Zeit gebeten, nicht um das da.« Draußen zogen regengeblähte Wolken über das bleiche Antlitz des Mondes. Eine angemessene Nacht zum Beschwören von Geistern, wenn auch ein wenig kühl.

»Tut mir leid«, sagte Anael. »Bei mir liegt alles durcheinander. Ihr Menschen unterteilt die Geschichte in ordentliche Kategorien, wenn sie Vergangenheit ist. Dann schreibt ihr alles auf, und für euch ergibt das einen Sinn, aber nicht für mich.

Ihr verwahrt die Geschichte auf eure Weise, ich auf meine. Na und?« Jetzt prasselte der Regen auf das Dach und spritzte in Schauern gegen die Fensterläden. Der Meister des Okkulten trug zum Schutz vor Kühle und Feuchtigkeit unter der heiligen weißen Wahrsagerrobe aus Leinen einen pelzgefütterten Morgenmantel. Hausschuhe aus Pelz und ein seidengefütterter viereckiger Doktorhut, mit Pferdehaar versteift und von einem Knopf geziert, vervollständigten den Aufzug. Es ging um die Autorität. Geistern mußte man zeigen, wo ihr Platz ist.

Nostradamus zog sein kleines grünes Notizbuch hervor, das geheime, das nur für Vorhersagen für sich und seine Familie bestimmt war, und schrieb: »Eine lange, unerquickliche Reise gen Norden ...«

»... auf königlichen Befehl«, half Anael nach und legte einen schemenhaften Finger – dunkelblau wie wehender Rauch – auf die Stelle in dem Büchlein, wo die Feder des alten Doktors innegehalten hatte.

»Königlicher Befehl? Dann schaut am Ende ein wenig Geld dabei heraus«, sagte der Doktor und wurde merklich heiterer.

»Darauf würde ich nicht rechnen«, sagte Anael.

»Böser und ungehorsamer Geist«, skandierte Nostradamus und spritzte ein wenig Wasser aus der Bronzeschale in Anaels Richtung, »beuge dich meinem Willen. Ich beschwöre dich mit den vier Wörtern, die Gott zu seinem Diener Moses sprach, Josata, Ablati, Agla, Caila...«

»Schon gut, schon gut, wenn du es so haben willst«, fügte sich der Geist, richtete sich zu voller Größe auf und stieß dabei an die Decke des Studierzimmers, dann verschränkte er die Arme. Anael war ein stattlicher Geist: Aus irgendeinem Grund, den nur ein spielerischer Gott kannte, war er nicht nur der Hüter vergangener und zukünftiger Geschichte, sondern auch des Planeten Venus mit all ihren Epizyklen und Einflüssen. Sein äußeres Erscheinungsbild war das eines jungen Mannes, doch völlig nackt und mit langem, ungebärdigem Haar. Er war durchscheinend und von mitternachtsblauer Farbe mit kleinen, funkelnden Sprenkeln, die umherwirbelten, wenn Anael sich ärgerte – so wie jetzt. Dazu kam ein riesiges Paar rabenschwarzer Flügel, die irisierend blau und violett schimmerten und die er wie einen Umhang zusammengefaltet hatte. Seine seltsamen gelben Augen schienen bis zum Anfang und Ende der Zeit zu sehen. Dazu besaß er ein bezauberndes spöttisches Lächeln und einen recht seltsamen Sinn für Humor, wie sowohl die Geschichte als auch die Liebe zu wiederholten Malen bewiesen haben …

»Zeige mir, o Geist, eine Vision vom Ende der Zeit«, beschwor Nostradamus, steckte das grüne Notizbüchlein weg und holte ein großes aus braunem Leder mit Prägung hervor. Das stand voller Weissagungen, die der Geist ihm eingegeben hatte: Kriege, Todesfälle, Eroberungen. Es sollte sein Meisterwerk werden, der Almanach der Almanache, und die französische Monarchie leiten bis zur Wiederkehr des Herrn und bis zum weltweiten Triumph des katholischen Glaubens. Zur Fertigstellung war nur noch eine aufrüttelnde Vision vom Ende der Zeit erforderlich, dann konnte es gedruckt werden. Als er es Anael zum ersten Mal erläuterte, hatte der hämisch gelacht. Dann hatte der Geist das Wasser bewegt und ihm die Vision eines bleichen, fetten kleinen Mannes gezeigt, dem vor einer Menge vulgärer Menschen mit Hilfe einer Art Apparatur der Kopf abgeschlagen wurde. In jener Nacht waren Michel de Nostredame ein paar neue weiße Fäden in seinem Bart gewachsen, die seine Frau zu dem Rat veranlaßten, von seiner haarsträubenden Liebhaberei abzulassen, nämlich der nächtlichen Beschwörung höllischer Geister.

»Unfug, mein Schatz. Das bedeutet Brot und Butter auf dem Tisch. Außerdem möchte ich sehen, wie alles endet«, hatte er ihr entgegnet. Sie seufzte. So ein guter Mann, so weise, so würdevoll und ansehnlich und ein so guter Vater. Vermutlich ist diese ganze Magie besser als eine Mätresse, dachte sie. Mutter hat immer gesagt, daß auch der beste aller Ehemänner eine Schwäche hat. An diesem Abend kochte sie ihm sein Lieblingsgericht. Dazumal, als der Geist mir gezeigt hat, welche Frau ich heiraten sollte, da hat er gute Arbeit geleistet, erinnerte sich der alte Doktor, während er darauf wartete, was er ihm dieses Mal zeigen würde.

Doch Anael war vom Bauchnabel an unsichtbar. Man hörte Gepolter und Geklapper, so als ob er in einem großen unordentlichen Schrank herumkramte. »Scheine ich verlegt zu haben«, kam eine Stimme aus dem Nichts herangeweht. »Möchtest du einen Antichrist haben?«

»Was meinst du mit *einem*? Gibt es denn mehrere?« fragte Nostradamus, der langsam eine Gänsehaut bekam.

»Oh, und hier ist noch einer, der dir vielleicht gefällt.« Auf einmal spürte der alte Mann seine Erschöpfung.

»Na schön, zeige sie mir. Es ist spät, und morgen muß ich zur Taufe von Sieur de Granvilles Sohn. Sein Bruder hat als Geschenk ein Horoskop bestellt, und das muß ich noch zu Ende abschreiben.« Die obere Hälfte des Geistes tauchte wieder auf, er hatte die Arme verschränkt und eine geheimnisvolle Miene aufgesetzt, und seine gelben Augen wirkten schwarz und unergründlich. Nostradamus ließ das Wasser in der Messingschale kreisen, dann blickte er lange Zeit hinein. Als sich das Wasser beruhigte, bildeten sich allmählich Farben und Formen.

Ein überfüllter Saal mit Männern und Frauen in üppigen, fremdartigen Gewändern. Eine Zeremonie. Der Papst mit sämtlichen Insignien seiner Macht. Er sieht alt und krank aus. Er will einem gedrungenen kleinen Mann mit schlauer Miene und durchdringendem Blick eine höchst merkwürdige Krone aufsetzen, keine königliche Krone, sondern eine, die an den goldenen Lorbeerkranz der römischen Imperatoren aus alter Zeit gemahnt. Plötzlich greift der Mann nach oben und nimmt dem Pontifex die Krone aus den zitternden Händen. Er krönt sich selbst.

»Ein Usurpator«, flüstert Nostradamus. »Er hat sogar den Papst bezwungen. Was hat er sonst noch getan?«

Eine Stimme hauchte dem alten Mann etwas ins Ohr. Mit der Vorsicht, die eine kurze Begegnung mit der Inquisition bewirkt hatte, verschlüsselte Nostradamus die Silben und vermischte sie. Soll sie doch jemand anders entschlüsseln, wenn die Zeit gekommen ist. »Po, Na, Loron.« Napoleon.

»Wird die einzig wahre Kirche vor dem Ende siegen?« fragte der alte Prophet.

»Immer stellst du die falschen Fragen«, entgegnete der Geist milde.

»Wie viele Antichristen gibt es?«

»Nach deiner Auslegung drei«, wisperte Anael.

»Wann wirst du sie mir offenbaren?«

»Laß nur, sie werden sich schon einstellen. Sie sind irgendwo da drin. Ich bin nämlich wirklich sehr sorgsam. Habe noch nie etwas verloren. Die Dinge sind nur ein wenig durcheinandergeraten. Möchtest du nicht das andere Bild sehen, das ich gefunden habe?«

Die Vision im Wasser verflüchtigte sich. Nichts war im Zimmer zu hören als das Kratzen der Feder, mit der der Prophet in sein braunes Buch schrieb. Dann hielt der alte Mann inne, bedeckte die Augen mit den Händen und gönnte ihnen ein Weilchen Ruhe. Die Kerzen im siebenarmigen Kandelaber auf seinem Arbeitstisch flackerten jäh auf, so daß er zusammenzuckte und die Augen aufriß. Ein leichtes Beben durchlief seinen Körper. Als er das Wasser mit seinem Zauberstab berührte, merkte er, daß seine Hand zitterte. Ein Bild formte sich unter der gekräuselten Oberfläche, und dann erkannte er allmählich die Gesichter, die Kleidung. Das hier ist unserer Zeit ganz nahe, dachte er. Und ich kann alles, was sich zuträgt, deutlich hören. Und – ja – sie sprechen französisch. Kannst du, o Geist, mir nicht wenigstens die Geräusche ersparen?

Die Vision einer brennenden Scheune, umgeben von Söldnern. Männer, Frauen und Kinder in schlichter dunkler Kleidung wollen durch die offene Tür fliehen. Reiter stürzen sich auf sie und metzeln sie nieder. Geschrei, Hufschläge, das gräßliche Knirschen von Stahl, Entsetzensschreie. Kinderleichen, Frauen, die sich über ihre Kinder warfen und zu Tode getrampelt worden sind. Bücher, die die Sterbenden fallen ließen, liegen zerstampft in Schlamm und Blut. Die Scheune ist nur noch ein Haufen rauchender Balken. Zwei Männer hoch zu Roß reiten heran und prüfen den Schaden. Die Anführer. Der alte Doktor erkennt sie. Zwei Brüder mit schmalen, spitzen Gesichtern. Die Brüder Guise. Bei dem Älteren zieht sich eine eingefallene große Narbe über die Wange, wo ihm einst der Kno-

chen zertrümmert wurde. Franz, Herzog von Guise, auch Le Balafre – »Die Narbe« – genannt. Der Jüngere, der den geistlichen Habit zugunsten einer Halbrüstung abgelegt hat, ist der Kardinal von Lothringen, Großinquisitor von Frankreich.

»Wieder ein Nest von Teufelsanbetern ausgehoben«, sagt die Narbe. Nostradamus bemerkt nun auch den Geruch. Die Strafe dafür, daß er so nahe an der Jetzt-Zeit ist. Er riecht Pferdeschweiß und Blut und auch die Ausdünstungen des Herzogs, der sich des längeren nicht gewaschen hat.

Die Szene im Wasser verändert sich, und bei ihrem Anblick entringt sich dem Zuschauer, dem alten Mann, ein tiefer Seufzer. Jetzt ist Rauch zu sehen, der über der Stadtmauer zum Himmel wölkt. Eine vertraute Mauer. Noch näher, ja, das ist Orléans selbst, die Stadt der Fürsten und Schätze, und da ist die große Kathedrale, die die Stadtsilhouette beherrscht. Auch sie steht in Flammen. Bewaffnete Männer in schlichter, dunkler Kleidung schwärmen aus wie Ameisen, Plünderer flüchten aus den Portalen.

»Reißt den Satansturm ein.«

»Rache! Vernichtet die Götzenanbeter! Heute ihre Kathedrale der Schändlichkeiten, morgen den Großen Antichrist in Rom!« Man hört ein Krachen und Knirschen, als die Balken nachgeben, dann eine Explosion, als die Pulverladungen, die man unter das Fundament geschoben hat, endlich zünden. Der riesige altehrwürdige Turm fällt in sich zusammen, und die Menge rings um die Kathedrale johlt.

»Ein Bürgerkrieg«, entfuhr es Nostradamus mit bebender Stimme. »Ein blutiger Religionskrieg. Und schon bald. Anael, immer mußt du mehr Fragen aufwerfen, als du beantwortest. Wer bleibt Sieger in diesem Krieg? Die einzig wahre Religion?«

»Hmm. Den Teil scheine ich unter einem Haufen südamerikanischer Präsidenten verlegt zu haben«, antwortete Anael, wobei sein Oberkörper schon wieder verschwand.

»Du Versucher, du elendiger Teufel«, sagte der alte Mann.

»Mit Verlaub, ich bin ein Engel.«

»Ein gefallener.«

»Nur halbwegs gefallen. Außerdem war es deine Idee, mich

zu beschwören. Schließlich habe ich mich nicht freiwillig gemeldet. Du willst die Geheimnisse aller Zeiten wissen. Jetzt hast du sie. Ihr Menschen seid doch nie zufrieden.« Anael gähnte und reckte die rabenschwarzen Flügel. Die funkelnden Sprenkel hörten auf zu wirbeln und bildeten nach und nach kleine Spiralmuster. »Ich muß los; ich bin es müde, all diese Fragen zu beantworten.«

»Noch eine letzte kleine«, sagte Nostradamus. »Was ist ein südamerikanischer Präsident?«

Doch der Geist war bereits verschwunden.

Im Schloß von Fontainebleau wurde emsig ausgepackt. Mehrere schwere Karren mit Möbeln waren auf den schlammigen, ausgefahrenen Straßen steckengeblieben und erreichten erst jetzt den Hof, wo sie unter großem Durcheinander entladen wurden. Mägde mit Armen voller Bettwäsche trippelten durch die Flure, Scharen von Lakaien trugen schwere Kisten herein, während Diener die letzten Teppiche entrollten und den Gobelin im Empfangszimmer des Königs aufhängten. Auf dem Hof wimmelten die verschiedenen Haushaltungen durcheinander: die des Königs, die der Königin, die der anwesenden Hofdamen und Kammerherren, die der hohen Offiziere und des Adels, die mit dem Hof zogen und nicht auf ihren Ländereien weilten. Hinzu käme noch der Haushalt der Kinder, doch diese hielten sich wieder einmal wegen Ansteckungsgefahr in Blois auf. Sogar die Zwerge der Königin hatten ihren Haushofmeister, ihre Wäscherinnen, Diener und Haustiere. Durch diesen Tumult schritt die Königin, nur von zwei *dames d'honneur* begleitet, ohne nach rechts oder links zu blicken.

Die Damen, die der Königin an diesem Tag aufwarteten, waren ihre engsten Vertrauten – Italienerinnen aus verbündeten Florentiner Familien, die französische Edelmänner geheiratet hatten. Sie stiegen zunächst eine breite, dann eine schmale Treppe hinunter, durchmaßen mehrere Schlafgemächer und gelangten zuletzt an eine niedrige Tür. Hier klopfte die Königin brüsk an, und als sich die Tür öffnete, bedeutete sie ihren beiden Begleiterinnen, draußen Wache zu halten. Der Raum, den sie betrat, war schlecht beleuchtet und staubig, die Gegenstände darin waren erst zur Hälfte ausgepackt. Leere Arbeitstische in einer Ecke ein Athanor, der Sandbad-Ofen der Alchimisten, dessen Feuer noch nicht angezündet war, kalt und bar aller Gefäße. Hinten im Raum wieselte eine in schwarzes Leder gekleidete Gestalt zwischen Kisten und Kästen voller Glasgegenstände hin und her wie ein unheilvoller Krebs.

»Schickt Euren Jungen fort, Cosmo, ich muß allein mit Euch reden«, befahl die Königin und blickte den jämmerlichen Wurm an, der ihr die Tür geöffnet hatte. Der Junge verschwand wortlos, und Cosmo Ruggieri, durch Erbrecht Zauberer der Königin, trat herbei und verbeugte sich vor seiner Herrin.

»Schönste, erlauchteste Hoheit.«

»Es reicht, Cosmo. Ich brauche deine Wahrsagegabe, du mußt herausfinden, mit welchem Zauber sich die Herzogin von Valentinois die Liebe des Königs erhält.«

»Endlich seid Ihr zu mir gekommen, zu Eurem armen, treuen Cosmo, statt zu den furchtbaren Scharlatanen zu gehen, die Euch belagern.« Der Zauberer der Königin sprach jetzt italienisch, als könnte die Unterhaltung in ihrer Muttersprache das Herz seiner Gönnerin erweichen.

»Als ob ich das nicht früher auch getan hätte! Was hast du mir nicht alles versprochen? Und ich habe dich mit Gold überschüttet, deine Verwandten eingestellt und Intrigen geduldet, deren sich eine Schlange schämen würde.«

»Cosmo hat hart daran gearbeitet, hart gearbeitet, Euch zur Königin zu machen, Euch Erben zu schenken ...«

»Verübelst du noch immer die Zahlungen, die der König an Doktor Fernel geleistet hat? Daran konnte ich nichts ändern.

»Wenn Ihr dem König meine Fähigkeiten schildern würdet ...«

»Der König glaubt nicht an deine Fähigkeiten, ungetreuer Schurke. Es soll dir genügen, daß ich daran glaube. Und ich glaube auch, daß die Herzogin im Besitz eines Zauberringes ist. Den zu allem Überfluß nur du hergestellt haben kannst.«

»Meine Königin, da ich Eure Wünsche kenne, war er für Euch bestimmt.«

»Lügner, du hast ihn für sie gegossen. Dein Vater hätte keinen Tag länger gelebt, wenn er meinem Vater das angetan hätte.«

»Mein Vater war aber auch höher angesehen; er hatte bei großen Anlässen Zutritt bei Hofe, während ich versteckt werde, und dabei bin ich so arm, habe so viel bedürftige Angehörige …«

»Cosmo, ich schwöre dir, dieses Mal lasse ich dich umbringen. Ich lasse dich bei lebendigem Leibe in Stücke reißen und zur Erbauung aller treulosen Magier verbrennen.«

»O Majestät, das wäre ein großer Jammer. Ihr wißt doch: Die Sterne sagen, daß Ihr mich nur um drei Tage überlebt.«

»Du niederträchtiger, hinterhältiger Lügner …«

»Versucht es nur, Majestät. Ach, so sehr ich mich auch wegen meines eigenen Todes grämen würde, für Frankreich wäre es ein weitaus größerer Verlust, eine solche Königin zu verlieren.«

»Ich lasse dir die Zunge herausschneiden.«

»Was für eine törichte Verschwendung. Ich könnte Euch nicht mehr zu Diensten sein.«

»Ich schicke dich fort.«

»Habt Erbarmen, Majestät. Fern Eures schönen und erhabenen Antlitzes würde ich mich aus lauter Gram vergiften.«

»Cosmo, du bist ein Teufel. Und das weißt du.«

»Ach, Madame, ich bin nur ein Florentiner, genau wie Ihr.«

»Von allen Andenken, die ich von daheim mitgebracht habe, würde ich mich am freudigsten von dir trennen. Weißt du das, Cosmo?«

»Oh, Majestät, das macht nur diese augenblickliche Bitterkeit, daß Ihr so mit Eurem treuesten Diener redet. Euer Kummer greift mir ans Herz. Wie ich mich der schändlichen und schmeichlerischen Lügen dieser bösen Herzogin schäme! Doch aus innigster Ergebenheit laßt mich Euch mit Verlaub einen Vorschlag unterbreiten: In genau drei Wochen steht Saturn im Haus des Königs, die Gelenkkrankheit von einst wird ihn erneut überfallen, zusammen mit einem Fieber, das ihn aufs Krankenlager wirft. Macht Euch die Aufregung in seinem Krankenzimmer zunutze, und wenn die Herzogin von Valentinois nicht an seinem Lager weilt, laßt Ihr ihm den Ring abziehen.«

»Cosmo, verschaffe mir diesen Ring zurück, und du stehst wieder in meiner Gunst.«

»Nur in Eurer Gunst? Die Taufe meines jüngsten Neffen, die Geschenke, Ihr versteht, das Fest, alles so teuer ...«

Doch die Königin von Frankreich hatte bereits die Tür hinter sich zugeschlagen.

Pfützen schimmerten auf dem Kopfsteinpflaster, und silbrige Wassertropfen hingen noch an den Bäumen, als Michel de Nostredame, der Seher von Salon, an die Haustür trat und die städtischen Würdenträger begrüßte, in deren Gesellschaft er zur Taufe von Sieur de Granvilles Sohn reisen wollte. Es war einer dieser frischen südlichen Märztage nach einem ausgiebigen Regen, wenn der Wind die Wolken fortgeblasen hat und eine bleiche Wintersonne am blauen Himmel den Mai erahnen läßt. Doch Nostradamus hatte zu lange gewacht, um den Tag genießen zu können; der Kopf schmerzte ihm, weil er zuviel Rauch vom Kohlebecken mit den fremdartigen Kräutern eingeatmet hatte, und das Herz war ihm schwer vom schmerzlichen Wissen, das ihm seine mitternächtlichen Untersuchungen vermittelt hatten. Jetzt sah er, daß sich zwischen ihm und dem Jungen mit dem Maulesel Stadtbewohner und ein halbes Dutzend Bauern vor seiner Haustür drängelten, die vom Landgut des Sieur de Chasteauneuf geschickt worden waren und in einem Korb ein Ungeheuer mitgebracht hatten.

»Maistre Nostredame, Maistre Nostredame«, schrie es aus der Menge auf.

Lieber Gott, nicht schon wieder. Jede Mißgeburt auf dreihundert Meilen in der Runde wird mir ins Haus gebracht. Behutsam, gestützt auf seinen Malakkastock mit dem silbernen Knauf, stieg er die Stufen hinunter und trat näher. Die kühle Nacht war seiner Gicht nicht gut bekommen. So viele Geheimnisse, dachte er, und ich bin nicht schlau genug, um das Geheimnis der Gicht zu enträtseln. Vielleicht hat Anael ja recht, ich sollte mich zurückziehen.

Seine klugen dunklen Augen schweiften über die Menge. Rings um jede Gestalt sah er in der Luft eine tanzende, schimmernde Bewegung, nicht unähnlich den Hitzewellen über einem sommerlichen Weizenfeld. Und jede Aura vermittelte ihm ein Gespür für das Schicksal ihres Trägers: Hier ein Unfalltod, dort Vermögen und ein rüstiges Alter, an anderer Stelle eine tödliche Krankheit, die im verborgenen nagte. Eine jener Fähigkeiten, die er während seines langen Exils entwickelt hatte und die zu besitzen er jetzt bedauerte. Bei normalen Unterhaltungen mußte er immer so tun, als ob die Aura nicht vorhanden wäre, die ihm die Geheimnisse des Gegenübers entgegenrief. Sonst riskierte er ein blaues Auge oder eine gebrochene Nase oder, schlimmer noch, eine Runde auf der Wippe, die einen seiner Lehrmeister, den großen Guy Lauric, verkrüppelt hatte, weil der so töricht gewesen war, dem Tyrannen von Bologna die Wahrheit zu sagen.

Mein Fluch, dachte er. Ich war jung und dumm und erfüllt von dem leidenschaftlichen Verlangen, in die Zukunft zu sehen. Ich habe gewußt, daß es falsch ist, aber wer hätte dem Abgesandten des Versuchers höchstpersönlich schon widerstehen können? Ein gerechtes Schicksal hat meine Strafe genau in dem Augenblick festgesetzt, als das üble, übernatürliche Ding mir die Kräfte, um die ich bat, gewährt hat: Jetzt sehe ich und bin zum Schweigen verdammt. Meine Strafe ist ein Leben im quälenden Käfig des Wissens. Kassandra wurde wenigstens die Gnade gewährt zu sagen, was sie sah, auch wenn man ihr nicht glaubte. Mir wird geglaubt, aber wenn ich nicht in Stücken vor dem Stadttor hängen möchte, darf ich nichts sagen. Lieber Gott, wie bist du doch ironisch. Da bin ich ausgezogen, das Geheimnis der Ewigkeit zu erforschen, und wo bin ich gelandet? Als Verfasser von Almanachen, nach denen die Bauern ihre Felder bestellen.

»Ei, ei«, sagte Nostradamus und strich sich den Bart, »was haben wir denn da? Aha, ein Kind mit zwei Köpfen.« Einer der Köpfe, auf dem sich neben Stirnhöckern auch ein Paar mißgebildeter Ohren abzeichnete, blähte ihn an. »Hmm, es lebt und macht Lärm. Ich fürchte, das ist ein schlimmes Omen.«

»Meister, Meister, sagt uns, was es bedeutet.« Die Leute umdrängten ihn. Eine allgemein gehaltene, recht hoffnungsfrohe Antwort ist stets die sicherste, dachte der alte Mann und nickte, als wälzte er tiefschürfende Gedanken.

»Es bedeutet«, sagte er bedächtig, »daß das Königreich Frankreich zweigeteilt wird, daß jedoch Leib und Seele letzten Endes eins bleiben und daß das Rechte obsiegt.« Der mißgebildete Kopf blökte erneut. Der Kopf mit den beiden normalen Ohren sah aus, als schliefe er.

»Ha! Der Häßliche ist Lutheraner!« rief ein Spaßvogel, der – wie die meisten anderen auch – den Unterschied zwischen Lutheranern und Calvinisten nicht kannte.

»Der recht denkende Kopf schläft. Wach auf, wach auf! Die Heiligen sind in Gefahr!« schrie ein anderer.

»Beiß ihn, beiß ihn«, drängte eine Stimme den schläfrigen. Nostradamus schüttelte den Kopf. Wie sich diese Toren doch in einen endlosen Irrgarten aus Sorge und Blut stürzen, dachte er. So wie jeden Mensch umgab auch die Menge eine Aura. Und die war voll flackernder schwarzer Flecken. Tod und Wahnsinn. Aber wann? Falls er sein *Centuries* jetzt veröffentlichte – ob das auch nur einen Menschen dazu bringen würde, sein Tun zu ändern, innezuhalten auf dem schrecklichen Abstieg in den Untergang? Nachts wachte er zuweilen auf und spürte Frankreichs Aura. Und dabei gerann ihm das Blut in den Adern.

6. Kapitel

Menander von Korinth, auch unter dem Namen Menander der Magus bekannt, 239 v. Chr. –? Über den historischen Menander ist wenig bekannt. Angeblich gründete er eine Sekte, die sich mit orgiastischen Zeremonien und Zauberriten der Verehrung Apollos widmete. Die Menander-Legende mittelalterlicher Alchimisten ist möglicherweise später entstanden und hat keinen Bezug zum tatsächlichen Leben des berühmten Magus. Im Austausch für das Geheimnis des ewigen Lebens soll Menander dem Teufel seine Seele verschrieben haben. Der Herr der Hölle habe teuflisch Rache an ihm genommen, als er entdeckte, daß man ihn hereingelegt hatte, denn die Erfüllung des Wunsches machte es ihm unmöglich, sich die Seele des klugen Magus zu holen. Der Teufel erfüllte den Geist des Königs von Persien mit Abgunst und solcher Furcht, der Magus könne einem anderen dienen, daß er Menander den Kopf abschlug, welcher aber nichtsdestoweniger weiterlebte. Aus Rache verdammte der Teufel den Magus dazu, daß er im Austausch gegen die Seele des Besitzers die Wünsche jedes Menschen erfüllen mußte, der die Schatulle mit dem Kopf besaß.

Die Suche nach dem Kopf des Herrn aller Wünsche ist eines der finstersten Geheimnisse im okkulten Sagengut des Hoch-

mittelalters und der Frührenaissance. Man sagt einigen Menschen nach, ihn irgendwann besessen zu haben. Zu ihnen zählen Kaiserin Theodora, Michael VIII. Paleologus und Katharina von Medici.

Enzyklopädie des Übernatürlichen
Band 6

»Tut mir leid, Madame, er möchte Euch nicht sehen.« Der Kammerdiener vor dem Krankenzimmer des Königs wich und wankte nicht. Die Herzogin von Valentinois, eine schlanke Gestalt in schwarzem Samt mit weißer Satinpaspelierung, hielt eine Flasche Stärkungsmittel in der Hand, das sie eigenhändig angefertigt hatte. Abgesehen von einer leichten Anspannung der Gesichtsmuskeln war ihr nicht anzumerken, daß sie innerlich vor Wut kochte.

»Das muß ein Irrtum sein«, beharrte sie. »Erst heute morgen hat er mich um diesen Stärkungstrank gebeten.« Durch die halb geöffnete Tür konnte sie den fiebernden König in seinem großen Bett an mehrere Kissen gelehnt sehen, er hatte die Augen geschlossen und murmelte vor sich hin. Mehrere Leibärzte in langen Roben waren zugegen und überwachten einen Chirurgen, der am Handgelenk des Königs eine Ader öffnete. Nahezu schwarzes Blut tropfte langsam in ein Becken, einer nach dem anderen beugten sich die Ärzte darüber, dann nickten sie einhellig.

»Euch ist der Zutritt zum Zimmer verwehrt. So lauten die Befehle seiner Majestät.«

Der König zupfte mit langen, bleichen Fingern an der Bettdecke. Mit einem Blick prüfte Diana von Poitiers seine Hände. Wo war ihr Ring? Dieser vermaledeite, hinterhältige italienische Astrologe, dachte sie. Er hat mich an sie verraten. Zweifellos wird er mit irgendeiner erfundenen Geschichte zu mir zurückgekrochen kommen. Bei Gott, ich würde ihm etwas zustoßen lassen, wenn er nicht vorhergesagt hätte, daß ich eine Woche nach ihm sterbe …

Einer der Leibärzte reichte dem Kammerdiener einen kleinen Gegenstand, den sie nicht erkennen konnte; der Diener verbeugte sich, drehte sich um und wollte den Raum verlassen.

»Heda, guter Mann«, sagte sie, als er aus der Tür trat. »Was hat man dir da drinnen gegeben?«

»Einen Ring, den der König der Königin als Zeichen seiner Gunst versprochen hat.«

»Darf ich ihn sehen?« fragte sie. Der Diener erinnerte sich, wie sich der König für gewöhnlich an Leuten rächte, die sich mit der Herzogin überwarfen, und zeigte ihr den Ring.

»Ei, ist der schön«, rief sie bewundernd. Jäh packte ihn die Angst, sie würde ihm den Ring wegnehmen. Was sollte er dann sagen? Was sollte er tun? Doch sie gab ihm den Ring zurück.

»Den Ärzten ist, glaube ich, ein Fehler unterlaufen. Das ist der Ring, den ich ihm geschenkt habe, und er hat geschworen, sich nie von ihm zu trennen. Er hat den Rubinring an seiner anderen Hand gemeint. Steck diesen dem König wieder an den Finger und zieh ihm statt dessen den anderen ab.« Mit Genugtuung sah die Mätresse des Königs, wie sich der Kammerdiener mit den Leibärzten beriet, wie die Ärzte sich untereinander berieten und der Kammerdiener den Ring an die linke Hand des Königs steckte und den Rubinring vom Ringfinger der anderen abzog. Der König hatte die Augen halb geschlossen und bewegte die Lippen. Einer der Leibärzte beugte sich tief zu ihm hinunter, damit er seine Worte aufnehmen konnte.

»Was ist?« hörte sie einen anderen Arzt fragen.

»Hat die Herzogin von Valentinois das versprochene Stärkungsmittel gebracht? Er fragt danach. Er sagt, daß er nur genesen kann, wenn sie anwesend ist.«

»Ei, warum verspätet sie sich dann, schickt einen Pagen, daß er sie holt.«

»Sie wartet bereits draußen«, sagte der Kammerdiener mit dem Rubinring. »Ich schicke sie sofort hinein.«

Die kalten Augen der Herzogin funkelten triumphierend, als sie mit raschelnden seidenen Unterröcken ins Zimmer schritt und als sie die Hand streichelte, die der eigenartige kleine Goldring zierte.

Wieder und wieder durchmaß die Königin die lange Galerie zwischen den Staatsgemächern und dem ovalen Hof in Fontainebleau. Regen prasselte an die hohen Fenster, und draußen, in der Ferne, verlor sich das Grollen eines abziehenden Gewitters. In ihrem Gefolge trippelten mehrere kleine weiße Schoßhündchen und zwei Zwerge in Maurentracht, die sich bemühten, sie mit albernen Späßen aufzuheitern. Tagelang hatte sie sich über Kopfschmerzen und das Eingesperrtsein wegen des schlechten Wetters beklagt, doch wer ihr in die Augen sah, ahnte, daß sie von einer geheimen Wut verzehrt wurde. Diana von Poitiers regierte noch immer und ohne das leiseste Anzeichen eines Endes, nein, sie hatte sogar den ganzen Hof im kommenden Winter zu ausgefallenen Weihnachtsfestlichkeiten auf ihr prächtiges Schloß Anet eingeladen, so sicher war sie sich ihrer ungebrochenen Herrschaft. Der verschlagene Astrologe Cosmo Ruggieri hatte sich vorsichtshalber wegen eines Auftrags nach Lyon verzogen und war nicht auffindbar, und die Königin hatte ein halbes Dutzend Männer ihrer Leibgarde ausgesandt, die ihn aufspüren und zurückschleppen sollten. Die kleinen Hunde fingen jäh an zu bellen und zu toben, die Zwerge ließen von ihren Späßen ab, und die Königin lächelte rachsüchtig: Zwei Leibgardisten standen am Ende der vergoldeten, üppig dekorierten Galerie und hatten zwischen sich eine wohlbekannte Gestalt in schwarzem, etwas abgewetztem Leder. Cosmo stürzte auf sie zu und warf sich ihr zu Füßen, badete diese in Tränen und suhlte sich in melodramatischer Selbsterniedrigung. Nur mit Mühe unterdrückte die Florentinerin den mächtigen Drang, ihm einen Fußtritt zu versetzen.

Seit mehreren Wochen spielte sie jetzt die Rolle der demütigen und zufriedenen Ehefrau, während Diana all ihre Schachzüge durchkreuzte. So ging es mit dem kleinen Anwesen, das sie vom König für den Ehemann einer ihrer Hofdamen erbeten hatte: Diana beanspruchte es beim König. Dann wurde die Königin der Schotten krank, dieser undankbare, vierzehnjährige Fratz, und als Katharina mit einer Liste unfehlbarer Hausarzneien an ihr Lager eilte, wies man sie aus dem Krankenzimmer, denn Diana war bereits mit zwei namhaften Leibärzten und einem Chirurgen dort, der sie nicht einmal, nein, gleich zweimal zur Ader gelassen hatte. Als sie eine Liste der für die Ausbildung des Dauphins unerläßlichen Fächer zusammengestellt hatte, mußte sie feststellen, daß Diana M. d'Humières bereits Anweisungen erteilt hatte, der Dauphin solle weniger lernen und zur körperlichen Ertüchtigung mehr Sport treiben.

Und während die Dichter nicht aufhörten, Diana zu preisen, kämpfte die Königin gegen tausend Ärgernisse wie gegen einen Fliegenschwarm. Wie konnte man es wagen, ihre Söhne in den neuesten Flugblättern aus Paris als entartet zu bezeichnen! Vor einem Erben, der auf die Empfehlung eines Quacksalbers, eines Fruchtbarkeitsfachmannes während der Menstruation der Königin gezeugt worden war, war die Rede. Das wäre der Grund für seine Einfalt und seine hartnäckigen Schwären. Was für ein Unfug. Ihre Kinder waren vollkommen. Daraus sprachen nur Mißgunst und Bosheit, man mußte die Schreiber der Flugblätter ausfindig machen und hinrichten! Das einzige Problem mit ihrem Sohn François, dem Dauphin, war, daß seine Verlobte, die Königin von Schottland, ein Jahr älter und um einiges größer war als er. Ein verwöhntes Mädchen – und keck obendrein. Neben ihr kam er schlecht weg. Die üblichen Kinderkrankheiten, ein paar Erkältungen, mehr hatte er nicht. Gehörte zu seinem Alter. Größer werden, ein besserer Schneider, ein wenig mehr Unterweisung in Latein, und schon wäre er das Abbild eines Königs. Übrigens war ein Grüppchen italienischer Schauspieler mit einem Klaumaukstück, wie sie es liebte, an den Hof gekommen ...

Und jetzt gemahnte sie ihr verschlagener Zauberer an all das, was ihr fehlgeschlagen war. »Zehntausend, hunderttausend Entschuldigungen, meine erhabene, meine gnädige Königin«, winselte der Wurm zu ihren Füßen.

»Cosmo, du befleckst meinen Schuh. Fort mit dir. Du weißt, daß sie ihren Ring noch hat. Man sollte dich hängen.« Zwerge und Hunde zogen sich in sicherem Abstand zurück.

»Oh, meine geliebte Königin, wie furchtbar wird es mich schmerzen, wenn ich den Kranz für die Beerdigung bestelle.« Der Regen draußen ließ nach. Ein dünner Sonnenstrahl fiel auf das Parkett, auf dem sich die lederbekleidete Gestalt suhlte.

»Deine Familie laß ich vor deinen Augen foltern. Du weißt noch gar nicht, was Leiden ist.«

»Dann sterbe ich vor Gram.«

»Verfluchter Erpresser«, sagte die Königin, doch an ihrem Tonfall meinte Ruggieri eine Andeutung von Respekt für jemanden zu erkennen, der ihr an Gerissenheit nicht nachstand.

»Erhabene und edle Gönnerin, wir sind nun schon so lange zusammen. Wie könnte ich ohne den wohltätigen Sonnenschein Eurer Gegenwart weiterleben? Für welch gewaltige Tat wünscht Ihr meine bescheidenen Dienste?« Jetzt versuchte er, den Saum ihres Gewandes zu küssen, doch die Königin trat zur Seite.

»Ich habe den Herzog von Nemours gebeten, ihr Vitriol ins Gesicht zu schütten. Ein augenloses, gesichtsloses Ungeheuer wird dem König nicht gefallen, wie viele Ringe sie auch immer trägt. Ihr sollt in den Sternen lesen, wann der richtige Zeitpunkt dafür ist.«

»Keine gute Idee, Majestät. Für diese Deutung brauche ich keine Sterne. Auch wenn der Herzog von Nemours auf der Stelle flieht, wird man Eure Verbindung zu ihm herausfinden.«

»Aber seine Familie ist bekanntermaßen mit den Guises, ihren Verwandten, verfeindet.«

»Und er ist bekanntermaßen mit Euch befreundet. Glaubt mir, Madame, die Mauern dieses Palastes haben Ohren. Und sie haben sogar kleine Augenlöcher.«

»Cosmo ...«, das klang jetzt drohend.

»Oh, Vergebung Majestät, ich würde nie im Leben vorschlagen ... aber denkt daran, falls Euch der König entdeckt, wird er aus übergroßer Liebe auf Rache sinnen. Er wäre nicht der erste König von Frankreich, der seine Gemahlin für immer einkerkern ließe. Oder er könnte Euch sterben lassen. Und das würde mir ganz und gar nicht gefallen, Majestät, denn es würde auch meinen eigenen Untergang besiegeln. Ihr seht also, ich spreche zu Eurem eigenen Besten, denn letzten Endes sind unsere Leben durch das Schicksal eng verbunden.«

»Die Schmach, auf diese abscheuliche Weise an eine Kröte wie dich gebunden zu sein, ist unbeschreiblich.«

»Oh, es ist in der Tat ein Jammer, aber unumgänglich. Die Sterne haben es so bestimmt. Weh mir, verflucht sei der Tag, als ich jenen Ring gefertigt habe!«

»Verflucht, weiß Gott. Hör auf, mich mit einem Meer von Krokodilstränen zu behelligen. Du hast das doch nur getan, um mich zu einer Erhöhung meiner Zuwendungen zu bewegen.«

»Ich? Das sollte ich getan haben? Für wie habgierig müßt Ihr mich halten. Es geht um den ältesten Sohn meines Vetters, sein kleines Mädchen braucht eine Aussteuer, meiner Schwester geht es nicht gut, sie muß ins Bad, mein armer kleiner Patensohn – Ihr seht, ich bin vielen ein Vater. Die Verantwortung ist erdrückend ...«

»Cosmo, ich sage dir hier und jetzt, daß ich meinen Gemahl aus den Banden dieser Frau befreit wissen möchte. Ich will seine Liebe, seine Achtung. Ich will die Ehre, die mir als Königin von Frankreich gebührt. Nie wieder möchte ich den Ausdruck ›italienische Kaufmannstochter‹ aus dem Mund dieser Frau hören. Tu etwas, Cosmo, oder ich lasse dich einkerkern, bis du wünschst, du wärst tot, doch dazu fehlen dir dann die Mittel.«

»Meine Königin, meine Königin, wie könnt Ihr nur so wenig Vertrauen zu mir haben? Ich habe gezögert, Euch davon zu erzählen. Aber jetzt, ja, jetzt muß ich Euch ein Geheimnis enthüllen, das unendliche Macht, aber auch Verderben mit sich bringt.« Bei diesen Worten merkte die Königin auf. Sie legte den Kopf schräg, als ob sie nachdächte, und Cosmo hätte schwören können, daß er ihre Zungenspitze sah, die sich den Mundwinkel leckte. Gut, gerettet, dachte er. Wie schlau von mir, daß ich Simeoni auf die Sprünge gekommen bin, der mich entmachten will. Der Narr kann nicht einmal das Kommen des nächsten Samstags vorhersagen, und falls er es geschafft hätte, den Herrn aller Wünsche zu behalten ... Oh, Asmodeus!

Nicht auszudenken. Was für ein Glück, daß ihn mein Diener an sich genommen hat, ehe er in seine Hände gelangen konnte. »Ja. Ich habe letztens einen diabolischen Gegenstand voll abgründiger Magie erworben, der alle menschlichen Wünsche erfüllen kann, abgesehen von einem.«

»Von einem? Aber warum nicht alle?«

»Der eine ist Erlösung, und sie zu gewähren, liegt nicht in der Macht des Satans.«

»Ach ja? Jetzt verstehe ich. Ich würde meine Seele verkaufen, wenn ich diese Hure loswerden könnte. Aber was genau habt Ihr in Euren Besitz gebracht?«

»Ja, hmm, es gelangt in Kürze in meinen Besitz. Seid Ihr bei Eurer okkulten Lektüre jemals auf den Herrn aller Wünsche gestoßen?«

»Der Herr aller Wünsche? Ja, mag sein. Sprich weiter, du Kröte.« Sie weiß nichts, dachte er. Jetzt kann ich sie blenden.

»Gewiß erinnert Ihr Euch an die Geschichte von Menander, dem Magus?«

»Von dem behauptet wird, daß er das Geheimnis des ewigen Lebens entdeckt habe?«

»So sagt man. Heute wäre er fast zweitausend Jahre alt.«

»Ewiges Leben ... ewiges Leben«, murmelte die Königin. »Dann gibt es also keine Hölle, oder? Man ist vom Jüngsten Gericht befreit, kann tun und lassen, was man will ...«

»Aber der Legende zufolge hat er höllische Macht erhalten, weil er seine Seele dem Teufel verschrieben hat ...«

»Der sie nicht eintreiben konnte, weil er unsterblich war. Ja, an die Geschichte erinnere ich mich. Aber was hat das mit Eurer neuesten Entdeckung zu tun?«

»Erhabene und hochherzige Herrin, erlauchteste und mächtige Königin, die Legende endet hier nicht. Der König von Persien hatte mit Menander eine Rechnung zu begleichen und ließ ihn deswegen enthaupten. Mein Vater kannte einen Astrologen, der ihm wahrhaftig Menanders Fingerknochen verkaufen wollte ...«

»Dann sind das also alles Narrenpossen, die du dir erlaubst? Cosmo, treibe kein Spiel mit mir, mit Leuten, die sich über meine Sorgen lustig machen, verfahre ich ohne jede Schonung.«

»Meine Königin, meine Königin, vertraut Eurem armen, alten Diener, Eurem demütigen, weinenden Diener.«

»Kommt zur Sache, Cosmo. Was und wieviel?«

»Meine Königin, Menanders Kopf wurde zwar vom Körper getrennt, aber er lebt weiter. Das war Satans Rache für den Streich, den Menander ihm gespielt hat. Und diesen lebenden, abgeschlagenen Kopf, dessen magische Kräfte und geheime Weisheit noch unversehrt sind, habe ich für Euch erworben.«

»Daß er mein Sklave sei?«

»Daß er Euch jeglichen Wunsch erfülle, erhabene Königin. Seine Macht, die diabolisch ist, kennt keine Grenzen, und sein lebender Kopf ist dazu verurteilt, jedem zu dienen, der ihn besitzt.«

»Cosmo, wenn Ihr immer schon davon gewußt habt, warum habt Ihr ihn mir nicht längst besorgt?«

»Erhabenste und glorreichste Majestät, der unsterbliche Kopf von Menander dem Magus mag Euch jeden Wunsch erfüllen, doch vertraut man allen Berichten, macht sein Besitz nicht glücklich.«

»Ich bin keine glückliche Frau, Cosmo. Fluch, Verdammnis oder Satan, ich will, daß Ihr mir diesen Kopf bringt.«

Als sich die Tür hinter dem katzbuckelnden Zauberer geschlossen hatte, kam der Königin ein Gedanke. Falls dieser abscheuliche Mann das Ding jemals herbeischafft, wird er sich als erstes seine eigenen Wünsche erfüllen lassen. Sodann wird er mir meine Wünsche zuteilen und mir für jeden einzelnen Geld abknöpfen. Dieser unsterbliche Kopf ist ganz eindeutig noch nicht hier, sonst hätte er sich schon damit gebrüstet. Gewiß läßt er ihn sich von irgendwo zuschicken. Ich sollte ihn beschatten lassen und den Kopf abfangen, ehe Cosmo ihn in Händen hat. Wenn der Herr aller Wünsche so mächtig ist, wie er behauptet, dann wünsche ich mir einfach, daß er mich von Cosmos Niedertracht befreit, nachdem ich mir die Herzogin vorgenommen habe.

7. Kapitel

Es ist Zeit, meine Herren, gesellen wir uns zu den Damen.« Heinrich II., König von Frankreich, ein hochgewachsener und ernster Mann, führte seinen Hofstaat zu den Gemächern der Königin. Der König war eine überaus ritterliche Erscheinung, doch sein Gemüt war getrübt. Eine Kindheit als Geisel in einem spanischen Gefängnis hatte bewirkt, daß er sich nie mehr freuen konnte. Inmitten von Possen, Streichen, Späßen und Intrigen eines vergnügungssüchtigen Hofes blieb er ungerührt. Ob geistreich oder humorlos – jede Bemerkung verfehlte ihre Wirkung auf ihn. Musik, Wein, Zoten, alles ging an ihm vorbei. Seine Zerstreuungen waren die Jagd, Kriege und seine betagte Mätresse, die ihn entfernt an seine längst verstorbene Mutter erinnerte. Seine Tage teilte er ein wie ein durch die Pflicht aufgezogenes Uhrwerk. Kein Mensch hatte ihn jemals lachen sehen.

Zu seiner Linken und etwas hinter ihm schritt sein engster Berater, der Alte Konnetabel Anne de Montmorency, Großmeister und Konnetabel von Frankreich. Darüber hinaus bekleideten er selbst oder Mitglieder seiner Familie die Ämter als Oberster der französischen Infanterie, Admiral von Frankreich und Gouverneur der vier größten Provinzen, der Provence, des Languedoc, der Picardie und der Isle de France. Zur

Rechten des Königs ging der Hauptrivale des Alten Konnetabel, der Herzog von Guise, auch als »Die Narbe« bekannt, Oberhaupt der zweitmächtigsten Familie des Königreiches. Durch Heirat war er mit der Mätresse des Königs, Diana von Poitiers, verschwägert, und mit dem Dauphin selbst war er verbunden durch dessen Verlobung mit Guise' Nichte Maria, die als Kleinkind die Krone Schottlands geerbt hatte. Hinter der »Narbe« folgte sein jüngerer Bruder Karl, Kardinal von Lothringen, mit der bauschigen roten Robe und dem Pektorale eines Kardinals der römischen Kirche. Die Brüder Guise schmiedeten insgeheim weitreichende Pläne, nämlich die Vereinigung der Königreiche Frankreich, Schottland und England unter ihrer Gewalt. Und als nächstes sollten alle drei Königreiche von protestantischer Ketzerei gesäubert werden.

Die Karten waren bereits ausgeteilt: Maria, die »Mädchenkönigin« der Schotten, war durch ihre Mutter, die Schwester des Kardinals und des Herzogs, eine Guise. Und weil sie väterlicherseits direkt von Heinrich VII. von England abstammte, war sie die letzte legitime katholische Erbin des englischen Throns, wenn Edward, der kränkliche Sohn Heinrichs VIII., und Maria, die kinderlose Tochter der ersten katholischen Gemahlin Heinrichs VIII., gestorben wären. Prinzessin Elisabeth, Liebling der protestantischen Partei, die nach der Scheidung Heinrichs VIII. von Anne Boleyn geboren wurde, war für die katholische Partei ein Bankert ohne Thronansprüche. Die Maria der Guise war die legitime Erbin und dazu ausersehen, England wieder in den Schoß der katholischen Kirche zurückzuführen. Ihre Onkel, die Brüder Guise, blendeten den König mit ihrem Anspruch und der Aussicht, daß sein Erbe durch Heirat mit ihrer Nichte König in drei Königreichen werden könnte.

Die Vermählung würde die Vorherrschaft der Guise besiegeln, und der Alte Konnetabel Montmorency tat sein Möglichstes, diese seiner eigenen Familie zuliebe hinauszuzögern oder zu verhindern.

Die Brüder Guise waren brillant, wußten sich aber in Geduld zu üben; sie spielten nicht um schnelle Erfolge. Mit sechs Jahren hatten sie die kleine Maria aus Schottland herausgeschmuggelt und dafür gesorgt, daß sie all die Jahre zusammen mit dem Dauphin erzogen und von Diana von Poitiers in den Künsten ausgebildet wurde, die den König bezauberten und seinen kränklichen, einfältigen Sohn in Schach halten würden. Man hielt das Mädchen zu Eitelkeit und weiblicher Keckheit an, vor allem aber dazu, sich an ihre lieben Onkel, den Herzog und den Kardinal, zu wenden, wenn sie ernstlich Rat benötigte. Deren Puppenspiel war fast fertig aufgebaut. Irgendwann würden sie – mit Hilfe Marias – herrschen.

Diesen ränkeschmiedenden Rivalen und Unterstützern des Throns folgte ein Schwarm Höflinge, die höchsten Edelleute, militärischen Befehlshaber und Landbesitzer des Reiches, alle in Satin und goldbesticktem Samt, in seidene Kniehosen gekleidet, mit schimmernden Strumpfbändern und Schamkapseln, die sich wölbten und wie ihre wattierten Wämser ausgestopft waren. Der Dauphin, ein verwachsener und übellauniger Knabe, begleitete seinen Vater. Er besaß nichts von der Würde des Königs, dessen düsteres Profil mit der langen Nase ihm den Anstrich großer Ernsthaftigkeit und Zielstrebigkeit verlieh. Doch der König, der jetzt auf dem Höhepunkt seiner Macht stand, hegte den Wunsch, sein Sohn möge eines Tages ein noch größerer König sein, als er selbst es war.

»Oh, der Garten der Freuden«, hauchte der König von Navarra, der höchste Fürst von Geblüt, als die Höflinge das mit Gobelins geschmückte Empfangsgemach der Königin betraten. Auf einer Galerie spielten Musikanten, auf kleinen, beliebig aufgestellten Tischen standen Spiele und Speisen bereit. Die Königin saß auf einem niedrigen gepolsterten Stuhl, neben dem ein etwas prächtigerer und größerer stand. Auf dem farbig gefliesten Fußboden breiteten sich erlesene Teppiche aus und bestickte Seidenpolster, auf denen die märchenhaft herausgeputzten Hofdamen mit sich bauschenden Röcken rings um Katharina von Medici saßen. Nachdem die Herren die Königin förmlich begrüßt hatten, gesellten sie sich zu den Grüppchen von Hofdamen, um Karten zu spielen, Geschichten zu erzählen und sich den neuesten Klatsch und die neuesten Lieder anzuhören. Die Abende bei der Königin gehörten zu dem, was kein Mann von Adel missen mochte. Man konnte den Damen den Hof machen, ein Stelldichein verabreden und eine alte Mätresse gegen eine neue eintauschen. Harmlose Zerstreuungen, so dachten sie, während sie die Ehrendamen musterten, die man dem Haushalt der Herzogin und der Königin zugewiesen hatte. Frauen waren ja so flatterhaft, so entzückend und leicht zu täuschen. Nie würden sie begreifen, daß sie in den Fängen zweier rivalisierender Spionagenetze zappelten, die mit dem ganzen taktischen Geschick zweier militärischer Befehlshaber an der Front geleitet wurden.

Der König begab sich mit einem halben Dutzend seiner Herren zu seiner Gemahlin und unterhielt sich höflich mit ihr.

»Sire«, sagte sie im Bemühen, ein Thema anzuschneiden, bei dem sich ihre unterschiedlichen Interessen trafen, »habt Ihr dieses eigenartige Buch mit den Weissagungen eines gewissen Doktor Nostradamus gelesen? Es enthält allerhand Merkwürdiges bezüglich der Zukunft des Königreiches.«

»Ich hole mir keinen politischen Rat bei selbsternannten Weissagern«, entgegnete der König. »Das war angemessen für die heidnischen Kaiser in Rom, und es hat sie ins Elend gestürzt. Wir haben das Glück, in einem christlichen Königreich zu leben.«

»Aber ich habe das Buch hier, und es ist äußerst kurios«, sagte sie und zeigte ihm eine aufgeschlagene Seite. Langsam las der König den Vers, auf den sie wies.

> Le lion jeune le vieux surmontera
> En champ bellique par singulier duel:
> Dans cage d'or les yeux lui crèvera:
> deux classes une, puis mourir, mort cruelle.

Die Höflinge hinter ihm traten von einem Fuß auf den anderen. ›Der junge Löwe wird den alten im Zweikampf besiegen …‹ Der Löwe war ein König, daran bestand kein Zweifel. Weissagungsbücher waren derzeit die große Mode, aber dieses war skandalös. Da gab es doch einfache Menschen, die meinten, genau diese Strophe prophezeie den Tod Heinrichs II. Aber war es nicht Hochverrat, den Tod des Königs vorauszusagen? »Das hat gar nichts zu bedeuten«, sagte der König. »Ein Mann, der ein Prophet sein möchte, sollte seine Worte besser wählen. Seht Euch nur diese Verse an. Latein mit Französisch vermischt – und obendrein noch Anagramme und Dialekt eingeflochten. Er will lediglich Rätsel aufgeben, denn dann kann er hinterher sagen, er habe recht behalten. Und wer könnte das Gegenteil behaupten? Aus diesen unzusammenhängenden Versen wird kein Mensch schlau.«

»Mein Cosmo sagt, es prophezeie Gefahr, und davor müßt Ihr Euch hüten.«

»Euer Cosmo?« sagte der König verächtlich. »Dieser gräßliche Zauberer, dieser Scharlatan, den Ihr aus Italien mitgebracht habt?«

»Die Ruggieri haben den Medici seit Generationen trefflichst gedient«, beharrte die Königin.

»Seit dem Tag, als sie sich aufs Pfandleihen und Hausieren verlegt haben«, flüsterte Diana von Poitiers ihrem kleinen Schützling, der Königin der Schotten, zu, und das Kind kicherte. Katharina hatte die Bemerkung verstanden, doch das einzige Anzeichen war ein flüchtiger Blick in Richtung der Urheberin.

»Aber wie möchte er diese Strophe ausgelegt wissen? Auch mir scheint sie viel zu rätselhaft«, bemerkte der Alte Konnetabel, ein Verbündeter Königin Katharinas im heimlichen Kampf gegen die Guise, weil er die Wogen glätten wollte.

»Er sagt, dem König drohe große Gefahr im Zweikampf getötet zu werden. Sire, diese Strophe hat mich so beunruhigt, daß ich den berühmten Gauricus in Rom gebeten habe, Euer Horoskop zu überprüfen.« Der König seufzte. Horoskope, Wahrsager, Karten, alles Närrische und Abergläubische bot seiner Gemahlin Zerstreuung. Das und diese gräßlichen italienischen Komödien, über die sich alle anderen lustig machten. Hatte sie denn keinerlei normale Interessen?

»Na schön, hat er es gründlich überprüft?«

»Er hat mir diesen Brief geschickt, den M. de l'Aubespine

aus dem Lateinischen ins Französische übertragen hat. Er schreibt, daß Ihr insbesondere ›jeglichen Zweikampf in geschlossenen Räumen meiden sollt‹, vor allem im einundvierzigsten Jahr, ›weil dem König in dieser Epoche seines Lebens eine Kopfwunde droht, die rasch zu Blindheit oder Tod führen kann‹«. Die Königin reichte dem König die Übersetzung des Briefes aus Italien, und der umdüsterte Blick des Monarchen ruhte einen Augenblick auf der Anstoß erregenden Textstelle. Er schwieg lange, und als er dann sprach, waren seine Worte nicht an die Königin, sondern an den Alten Konnetabel gerichtet.

»Da seht Ihr, mein Freund, wie sie alle meinen Tod vorhersagen«, meinte der König. Das klang spöttisch, doch der Alte Konnetabel spürte die unterschwellige Niedergeschlagenheit. Man mußte den König nicht noch in seiner Düsternis und Schwarzseherei bestärken.

»Ach, Sire! Ihr werdet diesen angeberischen, lügnerischen Scharlatanen doch nicht glauben? Werft den albernen Brief ins Feuer.«

»Mein alter Freund«, gab der König mit matter Stimme zurück, »zuweilen sagen diese Leute auch die Wahrheit.« Der König, der niemals lachte, hob die Schultern und fuhr fort: »Mir ist jeder Tod recht, doch durch wessen Hand auch immer, mir wäre es lieber, es handelte sich um einen tapferen und ritterlichen Mann, und der Ruhm wäre mir gewiß.«

Oh, diese verfluchte Diana von Poitiers, dachte die Königin. Sie hat ihm mit diesem Rittergesäusel aus alten Balladen den Kopf vernebelt. Ein König sollte praktischer denken. Wozu dient ein schönes Vermögen, wenn nicht zur Abwendung von Gefahr. Wenn mein Vetter Ippolito auf seinen Wahrsager gehört hätte, er wäre nie von meinem Vetter Alessandro vergiftet worden. Und an einem großen Hof sind die Feinde allüberall. Man bedenke nur, wie mein Gemahl auf den Thron gekommen ist, nämlich dadurch, daß sein eigener Bruder, der sich nicht einmal einen Astrologen hielt, vergiftet wurde! Zum Wohle seiner Untertanen sollte ein König dem Schicksal entgegen wirken, indem er sich viele Zauberer hält. So wie ich.

Laut, und sich der Aufmerksamkeit ihrer Zuhörer durchaus bewußt, sprach sie: »Sire, Ihr seid König eines mächtigen Reiches. Eurem Volk zuliebe und in Gedanken an die Jugend Eures Sohnes, ganz zu schweigen von mir und Euren anderen Kindern, die Euch ergeben sind, flehe ich Euch an, Euch in Eurem einundvierzigsten Jahr gut vorzusehen. Das ist gar nicht mehr so fern, und danach gilt die Weissagung von Luc Gauric nicht mehr.«

Der König blickte sie an, als wäre sie das dümmste Wesen auf Gottes weiter Welt, dann entgegnete er: »Gauricus ist lediglich einer der Weltuntergangspropheten. Wieder ein anderer ist dieser Nostradamus. Gibt der ein Datum an? Was kann diese Wahrsager noch davon abhalten, sich eine weitere Prophezeiung auszudenken und dann noch eine, nur um mir den Ruhm vorzuenthalten und Euer Gold in ihre Börsen umzuleiten.«

»Nostradamus, Sire, ist weitaus mehr als ein gewöhnlicher Wahrsager. Dieses Buch erweist ihn als großen Propheten, der weiter sieht als andere. Laßt mich nach ihm schicken, damit er die Worte, die er hier geschrieben hat, erläutern und die Zukunft des königlichen Hauses deuten kann. Es würde Euch beruhigen.«

Gott, ist diese Frau aufdringlich, dachte der König. Was für eine dumme, häßliche, übereifrige Person. Aber es ist besser, wenn sie durch ihre Liebhabereien beschäftigt ist. Diana hat gesagt, ich solle sie in ihren Vorlieben bestärken; dadurch haben wir mehr Zeit füreinander. Zurückhaltend und sachlich signalisierte der König Zustimmung.

Am folgenden Tag wurde ein königlicher Kurier mit Depeschen für den Gouverneur und Großen Seneschall der Provence losgeschickt. Darunter auch ein königlicher Befehl an Doktor Michel de Nostredame, sich sobald wie möglich bei Hofe einzustellen. Das geschah im Juni 1556 – fast zweieinhalb Jahre nach der unerquicklichen Unterhaltung mit dem Geist der Geschichte, die Nostradamus in seinem grünen Notizbuch vermerkt hatte.

»Ich habe es gewußt«, seufzte Nostradamus, als der Diener des Seneschalls vor seiner Haustür vom Pferd stieg. Er beschattete die Augen gegen die südliche Hochsommersonne, die so gleißend war, daß sogar die Pflastersteine vor Hitze zu brüllen schienen. Juli 1556, fast ein Jahr nachdem der Drucker in Lyon das Manuskript von *Centuries* aus seiner Hand erhalten hatte. So gewiß wie ein Felsblock hügelabwärts rollt, hatte eines das andere nach sich gezogen, genau wie vorhergesagt. »Also ist der vermaledeite königliche Befehl endlich eingetroffen«, sagte er zu dem staubbedeckten Burschen mit den hohen Lederstiefeln, der ihn erschrocken anblickte. »Paris, o nein! Mit meiner Gicht? Das ist selbst mit königlichen Postpferden eine Reise von über einem Monat.« Nostradamus war so verärgert, daß er den Burschen nicht in den Schatten bat, sondern im Hauseingang stehenblieb und die Siegel erbrach. »Macht nichts«, murmelte er. »Meine Taschen sind bereits gepackt. Ich habe diese Reise vorhergesehen.« Der Bote wurde blaß.

»Ihr sollt so schnell wie möglich aufbrechen«, stammelte er.

»Ich wäre ein schöner Prophet, wenn ich nicht darauf vorbereitet wäre, daß ich meine Praxis für einen Monat schließen muß. Ich habe bereits einen Vertreter; sage dem Seneschall, daß ich morgen nach St. Esprit fahre. Übrigens, hat er mir Geld für die Reise mitgegeben?« Mit einem dümmlichen Grinsen zog der Bote eine kleine Börse aus der Tasche.

»Gut«, sagte Nostradamus. »Man sollte nie versuchen, einen Menschen mit übernatürlichen Kräften für dumm zu verkaufen. Hmm. Diese Börse ist aber leicht. Das reicht nicht einmal für den halben Weg. Was erwartet man von mir? Daß ich auf eigene Kosten reise?« Brummelnd und mit tappendem Malakkastock betrat er sein schattiges Haus, während sich der Bote davonmachte, von abergläubischer Furcht ergriffen.

Auf der Route der königlichen Poststellen, aus Sicherheitsgründen möglichst in Gesellschaft von Kaufleuten oder im Gefolge eines erlauchten Edelmannes, kamen Nostradamus und sein Diener ungewöhnlich schnell voran und befanden sich

Mitte August auf der Straße Orléans–Paris. Tag für Tag hatte Nostradamus in seinen Bart gebrummelt, daß er ohne Léon noch schneller gereist wäre und daß seine Frau daran Schuld habe, weil sie so sehr um ihn bangte. Schließlich hatte er in seiner Jugend die ganze bekannte Welt bereist. Sollte ein Mann so tief sinken, daß er wie ein Geck, der seine Kleidung dreimal am Tag wechselte, einen Kammerdiener mitschleppte, nur weil seine Frau Angst um ihn hatte?

»Wenigstens schreibt er mir und läßt mich wissen, wie es dir geht«, hatte sie ihn beschworen. »Du weißt ja, daß du für solche Dinge immer zu beschäftigt bist.«

»Schreiben«, hatte der alte Mann entgegnet, »der Kerl kann ja nicht einmal eine Feder halten.«

»Aber er hat schon zwanzig Jahre bei meinem Vater gedient, ehe er zu uns gekommen ist, er ist uns treu ergeben und weiß sehr wohl, wie man einen sachkundigen Briefschreiber anheuert. Außerdem ist Léon sehr praktisch veranlagt. Jemand muß sich doch um dich kümmern.« Und nun war Léon also dabei und er erwies sich in vielerlei Hinsicht als nützlich. Dennoch war es eine zusätzliche Ausgabe, ein weiteres hungriges Maul war zu füttern, und das störte Nostradamus. Schließlich war er ein Mann, der mutterseelenallein ins tiefste Arabien gereist und den Fängen des Großsultans von Konstantinopel entkommen war, der unter den Magi des Heiligen Landes die Geheimnisse der Kabbala studiert und noch nie einen Kinderhüter gebraucht hatte, der ihm überallhin folgte ...

Dieses Problem überdachte er übellaunig bei einem besonders heruntergekommenen Ausspann, der angesichts seines völlig ungenießbaren Weins nur Kundschaft hatte, weil er der einzige im Ort war, als ihm etwas Merkwürdiges auffiel. Nein, eher jemand Merkwürdiges: eine junge Frau, vollkommen fehl am Platz und ohne Begleitung, abgesehen von dem größten und häßlichsten Welpen, den er seiner Lebtag erblickt hatte. Das schlaksige Geschöpf umkreiste sie hoppelnd und beschnüffelte alles, und sie redete es mit Gargantua an. Da merkte der alte Mann auf. Belesen. Hmm. Vornehm, ja, zu vornehm, um ohne Anstandsdame zu reisen. Ein Lakai, falls man einen Bauernjungen ohne Livree als solchen bezeichnen kann. Das Kleid, ein umgearbeitetes Trauerkleid, ist zu kurz, sie ist jedoch ganz und gar nicht traurig. Die Aura – schuldbewußt, weil sie sich nicht schuldig fühlt. Die Frau hat gerade etwas Haarsträubendes angestellt. Sehr beschäftigt mit einer ungewöhnlichen Aufgabe. Etwas war besonders merkwürdig. Die meisten Auren, die der alte Prophet zu sehen bekam, fielen an dem Menschen wie ein schlapper Umhang herunter, lesbar, aber nicht sonderlich bemerkenswert. Einmal jedoch hatte er einen Schäfer mit einer riesigen Aura gesehen, die ihn fast zwanzig Fuß umloderte. Er hatte sich vor ihm verneigt und ihn als künftigen Papst angesprochen. Doch diese junge Demoiselle, nein, wie sonderbar. Ihre Aura hickste. Sie umgab sie eng, dehnte sich hier und da aus, wurde aber immer wieder zurückgesogen. Irgend etwas ging in ihr vor. Sie war dabei, sich zu verändern. Aber was war es?

Die Neugier überkam ihn, und er musterte sie eingehender. Mit ihrem zarten Adlerprofil, der olivfarbenen Haut und dem dunklen Lockenhaar sah sie eher wie eine Südfranzösin aus, war jedoch größer als die Frauen aus dem Süden. Und sie hatte eine königliche Haltung, aber, du lieber Himmel, die kantigsten Ellenbogen, die knochigsten Fesseln und die größten Füße, die er je erblickt hatte! Irgendwie anders. Man konnte sie als gutaussehend bezeichnen, ja, sogar als schön, aber keinesfalls als hübsch. Er sprach sie an; sie antwortete im Akzent der Gegend, musterte ihn aber lange mit ihren dunklen, abschätzenden Augen, die seinen nicht unähnlich waren. Ja, sie hatte etwas Südländisches.

Er hatte seinen großzügigen Tag und las ihr kostenlos die Zukunft, doch da tat sie beleidigt und kehrte ihm den Rücken. Ihr Pferd war im Schatten angebunden. Ein kleiner brauner *roussin*, für den der bunt verzierte und bemalte Damensattel viel zu schwer war. Nostradamus kratzte sich an der Schläfe. Sein geheimes Gespür meldete sich und sagte ihm, daß dieses aufgeblasene, aufreizende Geschöpf Teil des Problems war, mit dem er sich herumschlug. Irgendwie war sie mit dem Schicksal Frankreichs verbunden. Binnen der nächsten vierundzwanzig Stunden würde etwas geschehen, etwas, in das sie verwickelt war. Eine alberne Person, und er würde sie wiedersehen.

8. Kapitel

»Au feu, au feu, meurent les Lutheriens!« Tod den Ketzern! Der Anblick, der sich mir draußen vor der Stadtmauer unweit des Tores bot, war nicht gerade vertrauenerweckend. Eine große Menge drängte sich unter dem schweren Fallgitter hindurch und strömte auf die dahinterliegende Landstraße. In ihrer Mitte ging ein Mann im Hemd, der auf dem Rücken ein Bündel Anmachholz trug. Ein Häretiker, der vor die Stadtmauern geführt wird, um bei lebendigem Leib verbrannt zu werden. Wer war er? Ich erkannte ihn nicht. Schon möglich, daß er jener Handschuhhändler war. Und was war mit Vater? ging es mir durch den Kopf. Angesichts dieser von Leidenschaften aufgepeitschten Menge trieb ich den verschreckten Jungen am Zügel meines Pferdes zur Eile an, um durch das Gedrängel am Stadttor zu gelangen.

»Demoiselle, Ihr wollt hinein, während alle Welt hinaus will«, hörte ich einen Mann sagen. Ich erblickte einen gedrungenen, ungehobelten Gesellen, der aussah wie ein Artillerist, auf dem Weg zu seiner Kompanie. Er hatte seine Pulverladungen um den Hals geschlungen und ein Bündel auf dem Rücken. An seiner Seite hing ein Kurzschwert, und auf dem Kopf trug er einen verbeulten Hut mit einer struppigen Feder. Irgend etwas sah verkehrt an ihm aus, aber was?

»Wo ist Eure Arkebuse?« fragte ich.

»Ach, Demoiselle, das ist eine lange Geschichte – ich habe sie als Sicherheit bei einem Pfandleiher in der Rue Sainte Anne innerhalb dieser Stadtmauern gelassen, und ohne sie kann ich nicht zu meiner Kompanie zurück. Legt mein Bündel hinter den Sattel, dann helfe ich Eurem Jungen, freie Bahn zu schaffen.« Ich war noch immer völlig durcheinander von dem Menschenauflauf vor mir und nickte. Gargantua beschnüffelte das Bündel, das der Mann befestigte, als enthielte es etwas Köstliches, etwa Schinken, doch für Gargantua sind auch alte Schuhe ein Leckerbissen. »Macht Platz, macht Platz für die Demoiselle, die man ans Totenbett ihrer Großmutter ruft«, schrie der Soldat, und mit seinem Geschrei und seiner wuchtigen, kriegerischen Gestalt bahnte er uns einen Weg zum Tor.

»Gillier, du alter Salzschmuggler, halt an«, rief einer der Wachposten, und die beiden anderen stürzten herbei, ehe er sein Schwert aus der Scheide ziehen konnte.

»Ich und anhalten? Damit Ihr es nur wißt, ich bin bekehrt und stehe im Dienste dieser Dame hier«, sagte er. Jetzt kamen Leute hinzu, um sich unser kleines Spektakel anzusehen, und trotz meiner damenhaften Eleganz wollte ich nichts als weg, ehe mich jemand als Tochter des Mannes erkannte, der sein Haus an den Ketzer vermietet hatte.

»Ich will meine kranke Tante, Madame Tournet, besuchen, die unweit des Domplatzes wohnt«, erklärte ich. Die Wachen durchsuchten den Soldaten, und ich war schon im Begriff, ihm sein Bündel zu geben, doch da fiel mir Villasse und sein Salzmonopol ein, und ich beschloß, ihn darin keineswegs zu unterstützen, auch wenn es ihm jetzt nichts mehr nützte. Warum Beweismaterial aushändigen, flüsterte mein vernünftiges Selbst. Damit wirst du nur hineingezogen und aufgehalten. Sehr gut, sagte mein edleres Selbst, dieses eine Mal bin ich derselben Meinung. Schließlich sollte Salz frei erhältlich sein, da es Gott für alle Menschen in großer Fülle erschaffen hat. Dieser abscheuliche Villasse hätte auch noch versucht, sich Luft bezahlen zu lassen, wenn das möglich gewesen wäre. Da kam mir der Gedanke, daß es seine Schuld war, wenn er ermordet wurde, weil Gott ihm dieses Ende wegen seiner Habgier zugedacht hatte. Ich war lediglich ein göttliches Instrument und hatte mir deshalb so gut wie nichts vorzuwerfen.

Mitten in diesen Überlegungen überkam mich die Angst, daß gewisse weltliche Behörden, die sich derzeit der Verbrennung des Handschuhhändlers widmeten, meine Rolle als göttliches Instrument durchaus falsch verstehen konnten. Der Mann warf mir einen erschrockenen Blick zu, als wollte er sagen, gib es ihnen nicht. Da wurde mir klar, daß eine Befragung wegen gesetzwidrigen Besitzes auch zur Aufdeckung des unseligen Unfalls von Monsieur Villasse führen konnte. Mein vernünftiges Selbst reagierte sofort. »Meine Tante hat gesagt, ich dürfe mich nicht verspäten. Ich habe einen Brief meiner Mutter an sie«, sagte ich mit hoher Stimme. Ich sah, wie sie die Anschrift mit zusammengekniffenen Augen musterten, und wußte, daß sie nicht lesen konnten.

»Das reicht, Ihr könnt passieren«, sagte der Wachtposten. »Aber Euer Diener kommt vor den *bailli.*« Der ist bald wieder draußen, dachte ich, schließlich haben sie keine Beweise, und dann sind wir beide im besten Sinne vogelfrei.

Als mein Junge und ich das Tor passierten, wollte uns ein merkwürdiger, dunkelhaariger Mann mit Ohrring nacheilen.

»Kerl, du nicht«, hörte ich die Wachtposten hinter mir sagen. »Du siehst wie ein Fremder aus. Falls du keine Geschäfte innerhalb der Mauern nachweisen kannst, darfst du nicht hinein. Diese Stadt ist kein Ort für Fremde und herrenloses Gesindel.« Vollkommen richtig, dachte ich. Man kann gar nicht genug aufpassen, sonst läßt man noch jeden Gauner in die Stadt.

In der gesamten Erbauungsliteratur ist nachzulesen, daß es das Schicksal von Verbrechern ist, immer hoffnungsloser auf die schiefe Bahn zu geraten, bis das Jüngste Gericht sie in eine Feuergrube wirft. Und als ich mich dann vom Pferd beugte, um den Bronzeklopfer an Tante Paulines Hoftor zu betätigen, schoß es mir durch den Kopf, daß ich vielleicht schon tiefer gesunken war, als ich angenommen hatte. Das Tor sah unauffällig aus und anders, als ich es in Erinnerung hatte: ungestrichen, die Torangeln verrostet. Die Mauern zu beiden Seiten bröckelten und waren von Ranken überwuchert. Das hier war eindeutig mein erster Schritt auf der schiefen Bahn. Aber vielleicht verdammte mich das Schicksal ja nicht wegen des erforderlich gewesenen Abfeuerns der Arkebuse, sondern wegen der geheimen, freudigen Aufwallung, als ich merkte, wen ich da erschossen hatte. Ja, so war es. Es mußte mir lediglich leid tun, dann war ich nicht mehr schuldig, und der Arm der göttlichen Gerechtigkeit würde innehalten.

Ich klopfte erneut, dieses Mal lauter. Noch immer keine Antwort. Angenommen, Tante Pauline war gestorben, und niemand hatte uns benachrichtigt? Ein vernachlässigter Pflaumenbaum von einem verborgenen Garten hatte verfaulte Früchte über die Mauer geworfen, und der süßliche Geruch vermischte sich mit dem ekelerregenden Gestank der Straße. Als Monsieur Tournet noch lebte, hatte ihn sein Reichtum in allen zweifelhaften Kreisen beliebt gemacht, obwohl man uns nie erlaubt hatte, sein Haus zu betreten.

»Schmutziges Geld«, pflegte mein Vater zu sagen. »Sie hat unsere Familienehre für Bares an einen Niemand verkauft.« Zuweilen hörte ich die älteren Frauen zu Mutter sagen: »Natürlich können wir sie nicht empfangen, das mußt du verstehen. Der Mann, den sie geheiratet hat, ist vollkommen unmöglich. Was war nur in die Eltern deines Mannes gefahren, daß sie solch eine Mißheirat erlaubt haben?« Meistens schwieg Mutter, doch manchmal erklärte sie auch: »Madame Tournet bleibt eine Verwandte, wen auch immer sie geheiratet hat und damit Schluß«. Einmal, in einem schwachen Augenblick, sagte sie zu mir: »Und wie hätten deine Großeltern wohl ihr Anwesen ohne Jean Tournets Darlehen halten können? Die Flotten für den König zu finanzieren und auszurüsten, dazu war er gut genug, aber nicht gut genug für sie. Und sie halten es für unter ihrer Würde, ihm das Geld jemals zurückzuzahlen.« Solche Worte gaben mir eine leise Ahnung einer verborgenen Seite an ihr, ich sah eine Fremde, bei der Gerechtigkeit vor Rang kam. Welch andere geheime Gedanken, die sich so sehr von Vaters unterschieden, mochte sie noch hegen? Doch das verborgene Fenster zu ihren Gedanken schloß sich so jäh, wie es sich geöffnet hatte, und sie rauschte würdevoll und mit ausdrucksloser Miene davon, ein Abbild guter Erziehung und Korrektheit. Und dann war Monsieur Tournet dahingegangen – und mit ihm seine Darlehen und unser Wohlstand.

Ich hämmerte erneut auf das Tor ein, dieses Mal noch lauter. Und da tauchte hinter dem Gitter im Tor ein Gesicht auf, nahm meinen Namen entgegen und verschwand. Nach weiterer endloser Warterei öffnete sich das Tor unter furchtbarem Gequietsche. Während ich noch das nicht getünchte, zugerankte, fast verlassen aussehende Herrenhaus innerhalb der Hofmauer anstarrte, führte ein grämlicher Diener meinen Lakai und mein Pferd wortlos fort. Das Gesicht hinter dem Gitter gehörte zu einem alten Kammerdiener mit Holzbein, der mich stumm von Kopf bis Fuß musterte und mich dann über den kopfsteingepflasterten Innenhof zur Haustür begleitete, die nach innen aufging und in das dämmrige Innere des Empfangszimmers führte.

»Herein, herein«, erklang eine Frauenstimme aus der Tiefe des dunklen, eleganten Raumes. Auf einem mit seltenen Hölzern eingelegten Tisch standen ein paar Kerzen, und er glänzte und schimmerte in ihrem matten Schein. Dunkle, schwere geschnitzte Möbel, Stühle, Bänke und Truhen schienen an Wänden und in Winkeln zu lauern. Hier und da verfing sich das Kerzenlicht auf Satinkissen und seidenen Gobelins. Man hatte mich durch eine Flucht ähnlicher Zimmer geführt, alle leer, dunkel und nach Mäusen und Verfall riechend, ehe wir in diesem anlangten. »Ach, du hast einen Hund mitgebracht. Das wird Señor Alonzo aber gar nicht gefallen.«

»Tut mir leid, Madame Tournet. Er ist von daheim durchgebrannt und mir nachgelaufen, er will einfach nicht von mir weichen.«

»Madame Tournet? Sibille, meine Patentochter, nenne mich Tantchen oder *ma tante*. Schließlich bin ich deine Tante. Komm näher, komm näher. Ich habe dich nicht mehr zu Gesicht bekommen, seit du sechs warst, und ich möchte doch wissen, wie du dich herausgemacht hast.« Tantchen saß am Tisch und hatte ein Spiel Karten vor sich ausgebreitet. Bildkarten, Trumpfkarten, Farben, da wurde ein vollständiges Tarockspiel gespielt. Sie legte eine Münzen-Sechs aus und tat den Rest des Spiels beiseite.

»Ich bringe dir einen Brief meiner Mutter«, sagte ich und reichte ihn ihr. Tantchen hatte Vaters Nase, der Rest war sie selbst. Sie war mit den Jahren mollig geworden und benötigte einen ziemlich breiten Stuhl. Ihr Haar glänzte so eigenartig schwarz, wie es nur das Färben bewirkt. Ihre Augen blickten klug, ein bernsteinfarbenes Braun, und waren umkränzt von Krähenfüßen – Zeugen eines geheimen, schrecklichen Wissens. Ihr Mund war geschminkt, und auf ihren Wangen prangten Kreise aus Rouge. Sie hatte einen Anflug von Damenbart, doch ihre Haut war weich und weiß und für ihr Alter sonderbar faltenlos. Meine Erinnerung hatte nicht getrogen, Gesicht, Haltung und die Art, wie sie die Hände bewegte, ließen noch immer erkennen, daß sie einst eine große Schönheit gewesen war. Ein Stock mit einem seltsamen Silberknauf in Form eines Affen lehnte an ihrem Stuhl. Gargantua, der in dem fremden Zimmer herumschnüffelte, stieß ihn um. Als sie zu dem Brief griff, hob ich ihn wieder auf.

»Ach, danke, mein Schatz. Meine Gicht, na, du weißt schon. Zuweilen fällt mir das Gehen schwer. Die Siegel auf diesem Brief sind erbrochen. Sibille, du unersättlich neugierige Patentochter, hast du ihn gelesen?«

»Tantchen, den hat die ganze Welt gelesen. Man wollte mich so kurz vor Sonnenuntergang nicht in die Stadt lassen, also mußte ich Mutters Brief vorzeigen.«

»Wie unangenehm für dich, daß man dich für eine übelbeleumdete Person gehalten hat. Man muß sehr grob mit dir umgesprungen sein.« Was hatten Tantchens absonderliches Haus und ihre noch absonderlichere Erscheinung nur an sich, daß ich mir wund und bloß vorkam und ich mich danach sehnte, ihr meine sorgsam gehüteten Geheimnisse anzuvertrauen.

»Ich bin schlimmer als eine übel beleumdete Person, Tantchen. Ich bin eine Mörderin. Und falls Vater nicht freikommt, auch eine Bettlerin. Wirst du mich nun aus dem Haus weisen?« Sie blickte mich mit ihren bernsteinfarbenen Augen an, deren Pupillen im Halbdunkel wie große schwarze Brunnen waren.

»Eine Mörderin? Der Daus, wie diskret sich deine Mutter in ihrem Brief ausdrückt. Wen hast du denn ermordet?« Tantchen blieb ganz gelassen.

»Meinen Verlobten, Thibauld Villasse.«

Bei diesen Worten ließ die alte Frau ein seltsames Geräusch vernehmen, halb war es ein Schnauben, halb ein Kichern. Als sie sich wieder gefaßt hatte, sagte sie: »Zieh dir einen Stuhl heran, mein Schatz. Ich will alles darüber wissen. Du kannst dich darauf verlassen, daß ich dein Geheimnis wahre. Danach dann ein bescheidenes Abendessen.« Sie läutete ein Silberglöckchen. »Arnaud«, sagte sie, »lege ein drittes Gedeck auf. Meine Patentochter wird ein Weilchen bei uns bleiben.«

Ich hatte die Geschichte, wie sich Thibauld plötzlich und unerwartet die religiöse Literatur zu eigen gemacht hatte, kaum zu Ende erzählt, da war es Zeit, die Unterhaltung an den zum Abendessen gedeckten Tisch zu verlegen.

»Du meine Güte, mein Schatz«, sagte sie, während sie sich an Dutzenden üppiger Speisen gütlich tat, die eine nach der anderen aufgetragen wurden, »du ißt ja wie ein Spatz. Kein Wunder, daß du so dünn bist.«

»Tantchen, obwohl ich hungrig bin, bekomme ich kaum einen Bissen hinunter. Ich mache mir solche Sorgen um Vater, daß ich Magenschmerzen habe.« Bei der Erwähnung ihres Bruders rümpfte sie fast unmerklich die Nase, dann bediente sie sich von der Entenbrust mit kandierter Orangenschale und einem eigenartigen Gewürz, das für mich fast unerträglich roch. Ihre Tafel ist wirklich sonderbar, dachte ich, während ich ihr beim Kauen zusah. Mir gegenüber befand sich ein leerer Platz, der mit einem kleinen Silberkelch und Teller gedeckt war. Der Stuhl davor war hoch, schmal und hatte ein Kissen.

»Um den solltest du dich heute abend nicht kümmern«, bemerkte sie. »Es ist wichtiger, daß du ißt und dich ausruhst. Du hast gewiß einen furchtbaren Schreck bekommen. Villasse. Ha, ha, ha.« Sie wischte sich die Lippen mit der Serviette, dann nahm sie von dem Rindsragout in einer großen Silberschüssel. »Jammerschade, daß es Señor Alonzo nicht beliebt, uns Gesellschaft zu leisten. Sieh mal. Ich habe heute abend sein Lieblingsgericht auftragen lassen, kandierte Birnen. Das wird ihn ärgern, diesen undankbaren Wicht. Leider, mein Schatz, ist er eifersüchtig, weil du gekommen bist. Er wird von Jahr zu Jahr verhätschelter.« Aha, das war also Señor Alonzos Stuhl, kein Kinderstuhl. Er mußte ein Zwerg sein. Alle reichen Damen halten sich Zwerge und Narren. Die vertreiben ihnen zwischen Karten, Klatsch und der Jagd die Zeit. Ich konnte mir allerdings nicht vorstellen, daß Tantchen etwas für die Jagd übrig hatte.

»Wer ...«

»Also, du mußt mir jetzt genau erzählen, wie du Villasse' Ableben bewerkstelligt hast. Ich möchte mir die Einzelheiten auf der Zunge zergehen lassen.« Tantchen war schon ein sonderbares Publikum. Wo ich erwartete, daß sie die Stirn runzelte, lachte sie ihr eigentümliches Lachen, wo ich Entsetzen erwartete, zeigte sie großäugige Sorge, wo Interesse, da Mißbilligung. Jemand wie sie war mir noch nie begegnet. Sie schien keine Ahnung davon zu haben, was sich im Leben gehörte und was sich nicht gehörte. Und während sie redete und zuhörte, verspeiste sie ein erstaunliches Aufgebot an Speisen.

»Du sammelst Steine?« fragte sie, als ich ihr von Monsieur Villasse' blutrünstigem Tod erzählte. »Welche Arten? Oh, wie interessant. Aber du hast keinen Magenstein. Ich besitze mehrere. Vermutlich sind sie zu kostspielig für die Sammlung eines Mädchens. Aber du scheinst mir viel von Naturwissenschaften zu verstehen. Ach was, du zeichnest Knochen? Das würde ich eines Tages gern einmal sehen. Dieser Villasse, der hat erhalten, was er verdient. Aber wenn du deinen Vater freibekommst, kannst du gewiß sein, daß es seine Familie nie wagen wird, ein Wort darüber zu verlieren. Und nun sag einmal, interessierst du dich für Sterne? Ich ziehe die Nacht dem Tag vor. Die Sterne leiten uns; die Sonne verdirbt lediglich den Teint. Zieh die

Vorhänge auf, Sibille. Es ist jetzt dunkel genug, und ich möchte den Mond aufgehen sehen.«

»Er muß unseren Verwalter bestochen haben …«

»Ach, das soll vorkommen. Das kommt immer wieder vor. Hier, innerhalb der Stadtmauern, haben wir trotz der städtischen Wache auch unsere Entführungen. Villasse war schon immer ungestüm. Ein schlechter Charakterzug, findest du nicht auch? Da sieh mal, ist der Mond nicht prächtig? Hilf mir aus dem Stuhl, ich will zum Fenster und mich mit ihnen unterhalten. Mit wem? Mit den Sternen natürlich. Da, siehst du den Polarstern? Der ist mein Führer. Ein sicherer Hafen, sagte mein Seliger. Mögen sich die anderen bewegen, der da bleibt am Fleck. Sibille, ich habe dich nie vergessen, auch wenn sie das gern gesehen hätten. Manches ist richtig, manches falsch. Der Polarstern ist immer richtig. Villasse, mein Schatz, langweilt mich bereits. Er war böse. Nun wird er in der großen Gruft der Geheimnisse begraben, die unter dieser Stadt verborgen liegt. Es ist wirklich komisch, daß dich ausgerechnet ein Mord zu mir zurückgebracht hat. Eines Tages wirst du begreifen, warum.« Jählings durchzuckten mich Gewissensbisse. Sie bemerkte es und sagte: »Was ficht dich an, mein Schatz, habe ich etwas gesagt, was dich erschreckt hat? Leider habe ich mir im Verlauf der Jahre angewöhnt, die Menschen zu erschrecken.«

»Nein, das nicht, Tantchen. Mir liegt etwas auf der Seele. Ich habe ein Bündel, in dem ist etwas, das nicht mir gehört, und ich weiß nicht, wie ich den Besitzer finden soll. Er hat mir nämlich sehr geholfen. Aber wenn ich es wegwerfe, mache ich mich schuldig.«

»Laß mich Arnaud rufen«, sagte sie, nachdem sie sich meine Geschichte angehört hatte. »Die ganze Sache kommt mir ziemlich verdächtig vor. Nach dem, was du erzählst, ist dieser Mann wahrscheinlich ein abgebrühter Geselle, der seinen Sack ohne dessen Inhalt überprüft zu haben, in die Stadt schmuggeln wollte. Du bist ein dummes Gänschen, mein Schatz, und viel zu vertrauensselig im Umgang mit Fremden.« Sie läutete, und der holzbeinige Hausdiener kehrte mit einer weiteren Flasche Wein zurück, aus der er uns beiden erneut die Becher vollschenkte. »Arnaud, hol mir den Sack, der bei der Kiste meiner Patentochter war; ich will sehen, was darin ist. Es sollte mich doch sehr wundern, wenn es Salz ist.« Nochmals mußte ich meine Geschichte erzählen, während Arnaud aufmerksam lauschte. »Meiner Meinung nach wird er ihn sich holen«, sagte Pauline.

»Ganz meine Meinung«, pflichtete ihr der Diener bei. »Ich teile es dem Hausgesinde mit.« Arnaud stapfte davon und kam mit dem Sack zurück, damit Pauline ihn untersuchen konnte.

Doch als er ihn auf dem Tisch öffnete, fiel der Kerzenschein auf funkelndes Metall, und wir hielten einhellig den Atem an. Es handelte sich um einen schweren Lederkasten, der mit dem Wappen der Königin von Frankreich versiegelt war.

»Sibille, mein Schatz, das hier ist schlimmer, als ich befürchtete. Dein Fremder hat einen königlichen Kurier beraubt.«

»Ein königlicher Kurier stirbt lieber, als daß er sein Gepäck hergibt«, meinte Arnaud.

»Da hast du recht«, sagte Tantchen und wischte sich mit ihrer Serviette Reste von Fett aus dem Damenbart. »Die Frage ist nur, ob wir den Kasten vergraben oder morgen früh dem *bailli* schicken und behaupten, wir hätten ihn auf der Landstraße gefunden. Glücklicherweise sind die Siegel unversehrt, ich denke, wir können es mit dem *bailli* riskieren. Die Kunde wird sich verbreiten, also brauchen wir nicht zu befürchten, daß die Räuber auftauchen, um sich ihre Beute zu holen. Arnaud?«

»Wird gemacht, Madame.«

»Ausgezeichnet. Bring das Ding dahin zurück, wo du es gefunden hast. Und noch einen kleinen Schluck von dem Süßwein dort. Der ist gut zum Einschlafen.«

Stunden später, beschwipst vom Wein, folgte ich dem taktvollen Hausdiener mit dem Holzbein auf mein Zimmer. Der gestohlene Kasten, der Mord, den ich begangen hatte, die ganzen Ereignisse der vergangenen Stunden, setzten mir zu und machten mir angst, Gefühle, die sich in dem fremdartigen, nach Schimmel riechenden Haus verstärkten. Der Schein der Kerze, die Arnaud durch gewundene Flure und Räume vor mir hertrug, beleuchtete bizarre fremdländische Gegenstände, die zwischen Gobelins mit Heiligen und Nymphenstatuen aufgestellt waren. Da lehnten bemalte Lederschilde, Speere und Keulen von Wilden, lange Röhren mit Pfeilbündeln. Häßliche Masken grinsten von den Wänden herab. Als wir den hohen Raum betraten, in dem ich wohnen sollte, begann ich – eine Frau, die ohne mit der Wimper zu zucken eine Arkebuse abgefeuert hatte – zu frösteln. Genau in diesem Augenblick fing auch Gargantua an zu knurren, dann bellte er und hechelte durchs Zimmer, ich vernahm einen eigenartigen Schrei und schon sprang mir etwas Pelziges, Übelriechendes und Klauenbewehrtes auf den Rücken und verfing sich in meinen Locken. Ich kreischte und versuchte, das haarige Ding abzuwehren. Es verschwand im Dunkel, und ich hörte es trippeln und klettern, während der Hund das Himmelbett anbellte, als hätte er eine Katze auf den Baum gejagt. Von der Decke her kam ein seltsames Geschnatter, und im Kerzenschein sah ich, daß der Betthimmel schaukelte und wippte, als spränge jemand darauf herum.

»Was ist das für ein gräßliches Ding?« rief ich, am ganzen Leib zitternd.

»Ach, Señor Alonzo, da bist du ja«, sagte der Hausdiener, der jetzt zum ersten Mal den Mund aufmachte. »Du fehlst Madame. Komm runter, komm runter.« Er stellte die Kerze hin, machte tssst, tssst, griff in seine Tasche und holte etwas heraus, was mir nach einem Stück Kuchen aussah. Es raschelte, dann sprang das Ding vom Betthimmel auf des Dieners Schulter, braun und haarig, langgeschwänzt und mit einer bestickten Samtjacke. Während es sich den Kuchen ins Maul stopfte, blickten mich schwarze Knopfaugen aus einem Gesicht an, das unbeschreiblich alt und trostlos aussah.

»Ein Affe«, sagte ich und faßte mich wieder. »Was hat ein Affe hier zu suchen?«

»Das hier ist nicht irgendein Affe. Das ist Señor Alonzo, mein zweiter Vorgesetzter«, sagte der Diener. »Wir beide, er und ich, sind zusammen zur See gefahren.« Bei diesen Worten zog der Affe auf seiner Schulter eine Grimasse und entblößte dabei spitze kleine Eckzähne. »Wir halten alles für Madame in Schuß, was, Alonzo?« Gargantua schnüffelte und jaulte auf dem Fußboden mitten in einem Berg von Unterröcken.

»Oh, meine Sachen! Alles ruiniert!« rief ich und beeilte mich, sie aufzuheben. Was für eine Katastrophe. Überall lagen Unterröcke und zerknüllte Manuskriptseiten herum, eine Flasche Parfum war ausgelaufen, das ganze Gepäck zertrampelt.

»Tut mir leid, Mademoiselle. Der Señor muß den Hund gewittert haben. Und er ist böse auf Euch, weil Ihr hierbleibt und Madame Gesellschaft leistet. Ich bringe das alles für Euch in Ordnung. Ei, ist das ein schöner Kasten, den Ihr da mitgebracht habt. Was für ein seltsames Muster.« Als er die versilberte Schatulle aufhob und sie auf eine Kommode stellte, fing der Affe an zu plappern und sprang auf einen großen Schrank mit reichen Schnitzereien.

»Der gehört mir nicht. Ich habe ihn noch nie gesehen... Nein.« Auf dem Fußboden lag der aufgerissene Lederkasten. In seiner Zerstörungsorgie hatte der Affe die Siegel erbrochen und die Verschlüsse geöffnet. »Eine Schatulle«, sagte ich. »Das war also in der Depeschentasche.«

»Na schön«, sagte der Diener mit dem Holzbein. »Das spricht gegen unseren Plan, ihn dem *bailli* zu übergeben. Man würde uns dort zu viele Fragen stellen, auf die Ihr keine Antwort wißt. Ich werde mich mit Madame beraten. Am besten stecken wir die Schatulle wieder in die Ledertasche, werfen sie morgen früh vor dem Stadttor fort und lassen das Schicksal entscheiden. Oder, besser noch, wir versenken sie in einem Brunnen.« Ich krümmte mich innerlich bei dem Gedanken an die Arglosigkeit, mit der ich auch noch meine Patin in solch gefährliche Lage gebracht hatte. Je eher wir das Ding loswurden, desto besser.

In dieser Nacht fand ich kaum Schlaf. Schreckliche Träume hielten mich wach. Wieder sah ich die bösartige, aufgebrachte Menge und hörte ihren unheildrohenden Gesang, nur daß jetzt Vater im Unterhemd das Holzbündel trug. Doch als ich das Schafott erblickte, sah ich nicht ihn dort, sondern eine andere Hinrichtung, jemanden, der enthauptet werden sollte. »Ach«, sagte ein Vorbeigehender, »eine Frau, die ihren Verlobten umgebracht hat. Furchtbar. Widernatürlich.« Vom Richtblock tropfte Blut... Und wieder und wieder schien eine leise Stimme listig zu sagen: »Ich kann dir alles geben, was du dir wünschst. Mach mich einfach auf, sprich die Worte, die über dem Schloß eingraviert sind, und deine schönsten Träume werden wahr.« Wer mochte das sagen? Ich wachte auf und starrte ins Dunkel, hörte aber nur Gargantua atmen. Doch dann wurde mir bewußt, daß da noch jemand anders atmete. Sehr, sehr leise, es war fast nur ein Hauch. Dieser gräßliche Affe, dachte ich, er hat sich zurückgeschlichen. Aber nein, die Tür war zu. Dann war ein leiser Laut zu vernehmen, ja, ein Flüstern, von oben auf der Kommode. Es ist doch der Affe, redete ich mir ein, und er hat Angst herunterzukommen, weil Gargantua hier ist. Ich zog mir die Bettdecke über die Ohren, drehte mich um und versuchte wieder einzuschlafen.

Endlich, als das silbrige Licht in mein Zimmer drang, das unter dem rosigen Vorhang der Morgenröte hervorlugt (oh, Sibille, das ist sehr gut, das mußt du dir für dein nächstes Gedicht merken), zog ich mir die Bettdecke vom Gesicht und sah, daß der Affe nicht da war. Feder und Papier, dachte ich, ich muß das mit dem Vorhang der Morgenröte aufschreiben, ehe ich es über den Sorgen des Tages vergesse. Die Poesie, einst meine ganze Wonne, sei mir jetzt Trost. Barfuß und im Nachtgewand begann ich, in dem seltsamen Schlafzimmer herumzutapsen.

Und da hörte ich das Geflüster, diesmal jedoch noch dringlicher als zuvor: »Du eingebildetes Weibsbild, bist du denn gar nicht neugierig? Mach die Schatulle auf, denn in ihr findest du ein Geheimnis, das dich zur größten Dichterin aller Zeiten macht.«

Ohne nachzudenken entgegnete ich: »Wozu sollte das gut sein? Es gibt ohnedies kaum Frauen, die sich den Musen wahrhaft hingeben.« Beim Klang meiner Stimme wachte Gargantua auf.

»Na, dann eben Dichter. Größter aller Schriftsteller, gottgleich verehrt, auf der ganzen Welt von Liebenden zitiert.« Das Geflüster klang jetzt gehetzt. Ja, ganz eindeutig. Es kam oben von der Kommode. Ich erstarrte. In der Schatulle war etwas, etwas Gräßliches. Und es flüsterte mir meine innigsten Träume zu. Ich erschauerte. Und war zugleich gedemütigt, weil diese vulgäre, schmeichlerische Flüsterstimme meine Geheimnisse ausplauderte. Also beschloß ich, diesen Kasten niemals aufzumachen. Je eher er auf dem Grund irgendeines Brunnens landete, desto besser.

»Deine Träume auf dem Grund eines Brunnens? Wie könntest du dergleichen tun?« Gargantua knurrte, als könnte er es auch hören.

Wenn etwas völlig Unlogisches geschieht, begegnet man ihm am besten mit Logik. Statt also wie eine Irre durch die Flure eines fremden Hauses zu rennen, redete ich lieber mit dem, was sich auf der Kommode befand: »Ich habe auf den Fremden gehört, und das hat mir nichts als Ärger eingetragen. Auf dich höre ich nicht. Wer du auch immer bist, ob Geist oder Dämon, ich habe genug von Versuchern. Die Zeit ist reif, daß du in die Feuergrube zurückkehrst. Ich hätte nicht übel Lust, dich exorzieren zu lassen.« Aus dem Kasten kam ein gespenstisches Wehgeschrei. Ganz klar ein Dämon, sonst hätte ihn die Drohung mit dem Weihwasser nicht so betrübt. Fast konnte er einem leid tun.

»Oh, das ist das Ende. Ich bin doch nur ein armes, erbärmliches Ding und hier drinnen eingesperrt. Ich könnte dein Herzensschatz sein, sanft und liebreich ...«

»Lügner« entgegnete ich. Mein Gott, war das Ding schlau, es paßte sich jeder flüchtigen Laune an. So, sagt man, geht der Teufel vor.

»O nein, gar nicht schlau. Ein bekümmertes, elendes kleines Ding, das sich nach einer reinen Jungfrau sehnt, die es erlöst und durch einen Kuß in einen schönen Prinzen verwandelt ...« Bei der Vorstellung, ich wäre eine liebeskranke, schwachsinnige Träumerin wurde ich wütend.

»Es reicht!« schrie ich, stellte mich auf die Zehenspitzen, holte die Schatulle von der Kommode und stopfte sie in die lederne Depeschentasche.

Als ich sie zuschließen wollte, flüsterte die Stimme ein letztes Mal: »Bist du denn gar nicht neugierig, wer ich bin, wenn mich die Königin von Frankreich so unbedingt haben will?« Dann schwieg sie.

Vielleicht habe ich es umgebracht, weil ich so damit herumgepoltert habe, dachte ich. Es ist so schrecklich still. Was es wohl sein mag. Falls es tot ist, kann es mir nichts mehr tun. Es kann nicht so schädlich sein, wenn es die Königin höchstpersönlich haben will. Ich meine, wahrscheinlich ist es in einer Flasche oder so. Ich habe kein Glas bersten hören, also ist es nicht frei. Ein kleines Zauberding in einer Flasche. Ein Kobold oder eine Fee. Einmal kurz hineinschauen kann nicht schaden. Vor allem jetzt, wo es tot oder bewußtlos ist. Ich kann die Schatulle schnell wieder zuklappen, das ist, als hätte ich nie hineingeschaut. So viele Gedanken, aber kein Geflüster. Nur Schweigen. Gespenstisches Schweigen. Ganz klar, das Ding war zumindest bewußtlos. Ich zog die reichverzierte, versilberte Schatulle aus der Tasche. Kein Laut, nicht einmal ein Atmen. Falls ich es umgebracht habe, muß ich es wissen, dachte ich. Nur ein einziger Blick, mehr nicht. Als ich die Schatulle heraushob, jaulte Gargantua, dann verschwand er unter dem Bett.

Auf der Schatulle waren merkwürdige Buchstaben eingraviert, die ich nicht lesen konnte, weil ich dergleichen mein Lebtag nicht gesehen hatte. Auch die Zeichnung war recht sonderbar. Da war ein Ding in einem Streitwagen, das hatte gewundene Beine und einen Hahnenkopf. Über dem Schloß war ein Schild mit unsinnigen Wörtern in lateinischen Buchstaben angebracht. Ich schüttelte die Schatulle. Nichts klapperte. Ich schnupperte daran, roch aber nichts Ungewöhnliches. Ich stellte sie auf den Nachttisch und öffnete das Schloß, um einen winzigen Blick zu riskieren.

Auf einmal war da ein Getöse, das rosige Licht der Morgendämmerung wurde jählings zu Mitternacht, der Deckel flog auf, und ein kräftiger Wind zerrte an meinem Nachtgewand und ließ die Bettlaken durchs Zimmer flattern. Als das Licht zurückkehrte, erblickte ich etwas unsäglich Altes und Böses, das auf einem modrigen, hellroten Seidenkissen in der Schatulle thronte. Es war ein mumifizierter Kopf, verschrumpelt, dunkelbraun und mit pergamentener Haut.

»Lieber Gott!« schrie ich laut und bekreuzigte mich.

»Zu spät«, hörte ich die einschmeichelnde Stimme säuseln. Die vertrockneten, spröden Lippen bewegten sich dabei kaum. »Du hast einen Blick hineingeworfen. Jetzt gehöre ich dir.« Ein faltiges Lid hob sich, und ein Auge blickte mich lebendig an. Das abartige Ding zwinkerte, und seine Pergamentlippen schienen sich zu einem hämischen Lächeln zu verziehen. Mit einem Schrei knallte ich den Deckel zu.

Darauf entstand ein furchtbares Getümmel, denn Gargantua tauchte auf und bellte, Diener kamen herbeigestürmt, und zuletzt ächzte Tantchen im Morgenmantel und mit Rüschenhaube, auf ihren Spazierstock gestützt, ins Zimmer.

»Was ist denn hier los? Was hat der Tumult zu bedeuten? Hat dein Hund eine Ratte gefangen? Sibille, du bist mir doch wohl keine Zimperliese.«

»Tantchen, Tantchen, in dem Kasten ist ein gräßlicher, vertrockneter Männerkopf.«

»Hm«, sagte sie, »dann können wir ihn wohl doch nicht in einen Brunnen werfen. Er könnte ihn vergiften. Laß sehen. Ein Kopf per Kurier. Das könnte sehr wohl der Kopf eines vornehmen Menschen sein, den man hingerichtet hat ...«

»Und nach dem wird jetzt gewiß schon gesucht. Vielleicht von verschiedenen Interessengruppen. Derlei Sachen haben Gefühlswert«, sagte Arnaud, der Kammerdiener.

»Dann vergraben wir ihn im Keller und werfen die Schatulle in den Brunnen«, verkündete Tantchen. Bei diesen Worten drang ein gespenstischer Aufschrei aus dem Kasten.

»Tantchen, er ist ... Er ist lebendig. Er redet gräßliche, gräßliche Sachen ...«, sagte ich, und bei dem Gedanken an das lebende, hämische Auge wollte mir schier der Atem stocken. Das Ding im Kasten gab so furchtbare Laute von sich, daß sich selbst Arnaud bekreuzigte.

»Sei still, du, ich denke nach«, sagte Tantchen und versetzte dem Kasten ein paar tüchtige Hiebe mit dem Spazierstock. Und dabei war sie so in ihre Gedanken vertieft, daß sie gar nicht merkte, wie sie den Deckel der kostbaren Metallschatulle eingebeult und zerkratzt hatte.

»Wehe, du beschädigst meinen Kasten«, schrie das Ding darin. Und vor meinen Augen beulte sich die Delle wieder aus, die Kratzer verblaßten allmählich, und dann war die Schatulle heil wie zuvor. Tantchen schien das nicht wahrzunehmen.

»Ein sprechender Kasten«, sagte sie. »Derlei ist Geld wert. Zweifellos sollte er als Kuriosität an den Hof geschickt werden. Kein Wunder, daß man ihn gestohlen hat. Sag an, du da drinnen, taugst du zu mehr als nur zum Schwatzen?« Darauf breitete sich Schweigen aus. Ich hatte eindeutig den Eindruck, daß das Ding im Kasten schmollte. »Heda, wach auf!« Tantchen hieb noch einige Male auf den Kasten ein. Es folgte ein leises, unheimliches Gejaule.

Endlich sprach eine schwache, erboste Stimme. »In den ganzen siebzehn Jahrhunderten nach meiner Enthauptung ist mir noch kein so widernatürliches Frauenzimmer begegnet. Weib, du bist der Gipfel der Abscheulichkeit.«

»Das möchte ich auch hoffen«, sagte Tantchen. »Ich habe einiges dazugelernt, seit dem Tag, da ich meinen Seligen seines Geldes wegen geheiratet habe. Und dazu gehört auch, daß ich mir von spirituellen Phänomenen mit schlechten Manieren nichts gefallen lasse. Sag an ... Taugst du nun zu etwas? Sonst ab mit dir in den Keller. Ganz nach unten. Und laß dir ja nicht einfallen, dieses Haus zu verfluchen. Es ist bereits bis ans Dach voll wandelnder Gespenster und verfluchter Gegenstände. Die sind meinem Mann wegen seiner Arbeit nach Hause gefolgt. Das heißt, für dich ist kaum noch Platz.«

»Sprich die Worte über dem Schloß nach und blick mir ins Gesicht, dann erfülle ich dir deinen größten Herzenswunsch«, kam es herausgeweht. Doch es klang etwas matt.

»Wenn das keine Torheit ist. Die meisten Menschen denken darüber viel zu wenig nach und wären entsetzt, wenn sie das, was sie für ihren Herzenswunsch halten, erfüllt bekämen.«

»Genau das ist meine Methode«, sagte die Stimme auf einmal fröhlich. »Warum bist du der erste Mensch, der das erkennt, ehe er versucht ist, sich in meine Gewalt zu begeben?«

»Ganz einfach«, erklärte Tantchen. »Ich wollte vor allem anderen Geld haben. Und schon taucht Monsieur Tournet auf und wirft auf Schritt und Tritt mit Geld nur so um sich. Nicht der Herzenswunsch macht den Ärger, sondern die Begleitumstände.«

»Ah, sehr gut. Könnte fast von mir stammen.« Bei soviel hämischer Freude verstummte Tante Pauline einen Augenblick.

»Du bist weiß Gott ein boshaftes kleines Ding«, sagte sie. »Sibille, es wird Zeit, daß wir dieses Geschöpf loswerden. Zwar möchte gewiß die halbe Menschheit seiner habhaft werden, aber mir kommt es aus dem Haus. Ich habe einfach keinen Platz für eine weitere Kuriosität.«

»Zu spät«, freute sich das Ding im Kasten hämisch. »Die junge Frau, die sich einbildet, eine Dichterin zu sein, hat bereits in mein Antlitz geblickt. Da mein letzter Besitzer ermordet wurde, gehöre ich ihr, bis sie stirbt oder sich durch ihre ständigen Wünsche selbst zur ewigen Verdammnis verurteilt. Sie wird von mir angezogen wie von einem Liebhaber und wird sich jedes Mal, wenn sie mein Gesicht sieht, mehr hassen. O ja, ich schenke den Menschen genau das, was sie haben wollen, und dann müssen sie nachbessern und nachbessern, und geraten immer tiefer und tiefer hinein.«

»Nicht meine Patentochter, die belästigst du nicht auf diese Weise. Arnaud, bring das da fort und wirf es in den Fluß. Die Depeschentasche verbrennen wir. Sibille, hör auf zu schniefen und zieh dich an. Du hast heute zu tun, auch wenn dein Vater deine Ergebenheit nicht verdient. Mein innig geliebter Bruder, ha! Der hat seit Jahren nicht mehr mit mir geredet, außer um mich um Geld anzubetteln.«

Ich sah zu, wie Arnaud mit dem Kasten hinausging, und da hörte ich die Stimme: »Nicht in den Fluß, oh, bedenke, was ich gelitten habe. Ausgerechnet du, der ohne Bein lebt, du solltest einen Mann verstehen, der ohne Körper leben muß. Ich könnte dir deinen Herzenswunsch erfüllen – hättest du nicht gern wieder ein schönes, starkes Bein?«

»Du alter Quacksalber, warum gibst du dir dann deinen Körper nicht wieder?« Doch der Rest der Unterhaltung verwehte auf dem Flur. Ich sah Tantchen an, und meine Brauen hoben sich zu einer unausgesprochenen Frage.

»Oh, mach dir keine Sorgen. Der kommt nicht in Versuchung. Arnaud kennt sich mit dem Bösen recht gut aus. Und damit kein Zweifel besteht, der Kasten da ist das leibhaftige Böse.«

»Aber … Aber er hört sich ziemlich mitleiderregend an. Ich meine, er weiß, daß er häßlich ist.«

»Sibille, fall nicht darauf herein. Bösewichter hören sich immer mitleiderregend an, wenn man mit ihnen in Berührung kommt. Sie haben mehr Ausreden als der Hund Flöhe. Die ganze Welt ist schuld, nur nicht sie. Ha, zeige mir einen rechtschaffenen Mann, der behauptet, ihm sei übel mitgespielt worden, er revanchiere sich lediglich, und ich zeig dir einen wahren Schurken. Ich bin überzeugt, selbst wenn man ein so ruchloses Geschöpf wie Nero zu seinen Verbrechen befragte, würde man feststellen, daß auch er behauptet, er verdiene Mitleid.«

Selbst an besonders guten Tagen würde ich das für einen schwierigen Gedanken halten, und dieses war kein besonders guter Tag. Ich war jedoch mit den Nerven völlig am Ende und fragte nur höflich: »Tantchen, woher weißt du so viel über derlei Dinge?« In Wirklichkeit dachte ich, wie kaltblütig und furchtlos sie dem gegenübergetreten war, was mir einen nie gekannten Schrecken eingejagt hatte. Ich meine, da stand sie im Morgenmantel mit ihrem Spazierstock und hieb – noch vor dem Frühstück – auf diabolische Gegenstände ein.

»Über das Böse?« erwiderte sie. »Sibille, mein Schatz, vielleicht erzähle ich dir eines schönen Tages, wie Monsieur Tournet zu seinem Geld gekommen ist …«

9. Kapitel

Ich beneide dich, Bruder, ein so trautes Heim, eine so nette kleine Stadtpraxis. Du hast ja keine Ahnung, wie schwierig und anstrengend es ist, einer einzigen Gönnerin zu dienen, die obendrein allmächtig ist. Nein, du hast Glück, daß du dein eigenes Geschäft hast und nicht die unersättlichen Forderungen der Königin befriedigen mußt.« Cosmo Ruggieri deutete auf die beengten Räumlichkeiten, das beste Zimmer seines Bruders Lorenzo, das zu einer im oberen Stockwerk gelegenen Wohnung in der Rue de la Tisseranderie gehörte. Er hatte die schwarzen Lederstiefel auf den einzigen Fußschemel gestellt, und sein schwarzer Umhang hing an einem in die Wand eingeschlagenen Haken. An die Decke waren mehrere Sternenkarten neben das in Rot aufgemalte magische Zeichen von Asmodeus gemalt, dem Schutzdämon der Familie Ruggieri. Schließlich war Zauberei und Weissagen das Familiengewerbe.

Die Ehefrau von Cosmos Bruder, eine nette kleine Frau im Hauskleid, in weißer Haube und Schürze, eilte herbei und schenkte ihm Wein nach. Im Nachbarzimmer hörte man Kinder ihre Lektion herbeten. Sie wurden von dem jüngsten Ruggieri-Bruder unterrichtet, solange seine Gemälde ihm nicht genügend Geld für einen eigenen Haushalt einbrachten.

»Ja, Cosmo, das ist dein Segen und dein Fluch zugleich – du bist eben der älteste von uns. Du hast den Gönner der Familie geerbt… Beatrice, hast du für meinen verehrten Bruder noch mehr von diesen Küchlein? Und was für ein Glück! Was für Sterne! Unser Vater hat immer gesagt, daß unsere Duchessina zur Königin von Frankreich bestimmt ist. Und jetzt sieh uns hier an, es geht uns allen gut, weil sie Glück hat – und damit auch du! Cosmo, ich sage dir, du hast einfach schwache Nerven. Du solltest heiraten; das würde dir ungemein guttun. Meine Frau hat eine Base in Italien, die so schön sein soll, daß die Kirchturmuhr stehenbleibt, wenn sie vorbeigeht.«

»Das darf ich nicht, Bruder. Häusliches Eheglück wäre meiner geheimnisvollen Aura ebenso abträglich wie eine andere Farbe als Schwarz für meine Kleidung. Berufsrisiko. Vater hat mich immer gewarnt. Und jetzt hackt die hohe Dame beinahe jeden Tag wie eine Harpyie auf mir herum. Weiß nicht den geringsten Dank dafür, daß ich sie zur Königin gemacht habe. Welche Aussichten hatte sie denn schon als Frau eines Zweitgeborenen? Ich sage dir, mein Leben steht auf dem Spiel, wenn ich sie dieses Mal nicht zufriedenstellen kann.«

»Schon wieder? Gibt es denn keine Dankbarkeit mehr? Erst war sie kinderlos und fürchtete verstoßen zu werden, und dann hat sie dank dir und dem Zauber unseres Vaters neun Kinder geboren.«

»Dafür heimst dieser aufgeblasene, eingebildete Doktor Fernel die ganze Anerkennung ein. Ebenso wie der Chirurg, der den König operiert hat und auch diese aufdringliche Gondi, die sich immer wieder Zauberarzneien von Quacksalbern hat schicken lassen, außerdem der Alte Konnetabel Montmorency, der von seinen Reisen fremdländische Arzneien mitgebracht hat – nahezu jeder, der um ihre Gunst buhlt. Schließlich kann man nicht erwarten, daß sich Laien mit anständigen, ordentlichen, diabolischen Prinzipien auskennen.«

»Der Fluch unseres Berufes, nicht wahr, Bruder? Vater hat recht gehabt. Jeder Laie glaubt, daß er sich auf Zauberei versteht, und wir gehen dabei vor die Hunde und müssen mit

Rauchwolken und geheimnisvollen Gewändern Eindruck schinden. Salonzauberei! Vielleicht hat Roger recht daran getan, sich auf Malerei zu verlegen. Zaubern ist ein anstrengendes Geschäft.

»Bestenfalls. Hm, diese Küchlein – deine Frau versteht sich wirklich aufs Backen.« Cosmo Ruggieri wischte sich die Krümel von seinem düsteren schwarzen Lederwams und sagte: »Die Königin gibt keine Ruhe, bis sie die Herzogin von Valentinois aus dem Bett ihres Mannes gezerrt hat. Sie hat angefangen, sie auf laienhafte Weise mit einem Zauberbann zu belegen, aber es gelingt ihr nicht.«

»So läuft es immer.«

»Und dann hat sie mir gedroht, diesen lästigen alten Michel de Nostredame holen zu lassen und mich durch ihn zu ersetzen.«

»Nicht ganz richtig im Kopf, dieser Mann. Und obendrein ein schlechter Dichter. Die *Centuries*. Billiges Eigenlob ...«

»Und Simeoni kommt mir zu nahe ...«

»Simeoni? Der taugt nicht mal zu ...«

»Aber er hat gehört, daß irgendein venezianischer Astrologe den legendären Herrn aller Wünsche entdeckt hat. Und nun glaubt er, mich in der königlichen Gunst überrunden zu können; also hat er einen Spion losgeschickt, der den Kopf für sie herbeischafft.« Cosmos Bruder ließ sich auf einen kleinen gepolsterten Schemel fallen und schlug sich an die Stirn.

»Der Herr – meinst du damit den unsterblichen Kopf Menanders des Magus? Dieses schreckliche Ding. Hat nicht Gauricus ihn besessen?«

»Nein, das ist ein Gerücht. Der ist zu klug, der rührt ihn nicht an. Das war Josephus Magister. Ich habe also Giovanni losgeschickt, damit er ihn Simeonis Helfershelfer stiehlt ...«

»Dieses Ding – dieses abscheuliche, schmutzige Ding –, selbst Vater wollte nichts damit zu tun haben, als man es ihm anbot. Cosmo, das ist ein Fehler.«

»Ich mußte etwas unternehmen, die Königin wurde langsam ungeduldig. Also habe ich ihr erzählt, daß ich das Ding erwerben will. Dann ist eine ihrer Damen wegen eines Liebestrankes zu mir gekommen und hat mir unter dem Siegel strengster Verschwiegenheit erzählt, daß die Königin zwei königliche Kuriere losgeschickt hat, die es abfangen sollen.«

»Es tut bereits sein Werk. Diesem Ding folgt eine Spur des Elends.«

»Und die Herzogin von Valentinois will es jetzt auch besitzen, damit die Königin nicht über die Macht verfügt, die es gewährt. So wie ich sie kenne, glaube ich, daß auch sie ihre eigenen Spione losgeschickt hat, um seiner habhaft zu werden.«

»Uff, Frauen, überall Frauen. Es gibt nichts Schlimmeres. Beatrice, meine Liebe, mach die Flasche auf, die wir unter dem Bett aufbewahren. Cosmo, du bleibst doch zum Abendessen?« Cosmo willigte mit stummem Kopfnicken und mit vom Wein erhitzten Gesicht ein und wischte sich mit einem schwarzen Seidentaschentuch, das er aus dem Ärmel zog, die Schweißperlen von der Stirn.

»Eine nette Zutat«, sagte sein Bruder mit einem bewundernden Blick auf das teure Ziertüchlein.

»Ein Geschenk der Königin – ach, Bruder, Bruder, je höher man steigt, desto tiefer kann man fallen. Augenblicklich würde ich alles für eine hübsche kleine Stadtpraxis wie deine geben: reiche Damen, die ein Horoskop für ihr Schoßhündlein haben wollen, liebestolle junge Männer, die ein, zwei Liebestränke ordern, ein laienhafter Teufelsanbeter, der auf eine Séance mit seinem Lieblingsdämon aus ist – und keine Spur einer Drohung durch die Streckfolter oder die *poire d'angoisse*. Ach Asmodeus, sieh an, wie ich leide!«

Doch herrlicher Duft nach Knoblauch und Rosmarin, warmem Brot und brutzelndem Lamm zog durchs Zimmer, und das einladende Geklirr von Metallbechern und Bestecken, mit denen der Tisch gedeckt wurde, lenkte den Obersten Zauberer der Königin von seinen melancholischen Grübeleien ab. Als sie ins Nachbarzimmer gingen, legte der Jüngere dem Älteren den Arm um die Schulter.

»Eine Frau, das ist es, was du brauchst – und einen traulichen kleinen Haushalt, den du geheimhalten könntest. Die alte

Dame, die unten wohnt, macht es nicht mehr lange, und meine Frau würde sich über Gesellschaft freuen.«

Doch Cosmo Ruggieris Gedanken schweiften in anderen Gefilden.

»Den unsterblichen Kopf Menanders des Magus' auf die königliche Familie loszulassen. Eine schreckliche Idee. Aber von mir stammt sie nicht. Irgendwie geschieht es ihr recht, warum muß sie sich als Laie mit Dingen befassen, von denen sie nichts versteht. Und falls ich dieses widerliche alte Ding nicht in Schach halte, könnte es gegen mich arbeiten. Eine versiegelte Nische, mit den sieben heiligen Zeichen geschützt. Treffen bei Neumond. Irgendwie muß ich sie dazu bewegen, daß sie es ist, die den Kasten öffnet. Jedenfalls soll er nicht an mir hängenbleiben. Jeder, der ihn besaß, ist eines frühen und schaurigen Todes gestorben ...

»Ich bin mir sicher, daß das sehr klug ist«, sagte Tantchen, während sie mit zusammengekniffenen Augen meine Bittschrift las. »Die Wörter sind lang. Lange Wörter zeugen von Klugheit, und du hast davon so viel wie die Wurst Knoblauch. Und welche Ergebenheit! Mein Bruder verdient gar keine Tochter wie dich. Warum sind die anderen nicht hier? Sag nicht, ich hätte immer gewußt, daß du kommen würdest. Ungestümer Mut, leidenschaftliche Hingabe.« Sie hielt inne und schüttelte den Kopf. »Intelligenz. Sie liegt dir im Blut. Ich habe gewußt, daß es so sein würde.«

Tantchen legte das Leseglas beiseite, schloß den Vorhang und sperrte damit den winzigen Sonnenstrahl aus, der ihren reichverzierten Schreibtisch beleuchtet hatte. »Sonne«, so sagte sie, während sie mein Gesicht eingehend musterte, »nichts schadet dem Teint mehr. Sieh dir meinen an. Keine einzige Runzel. Und du bist bereits gebräunt. Zuviel Sonne, nachdem ihr aufs Land gezogen seid. Bald kommen Fältchen, dann Falten und Hängebacken, und schon siehst du nicht besser aus als der vertrocknete alte Kopf in dem Kasten, den wir gerade hinausgeworfen haben. Oh, schau nicht so entsetzt. Noch ist es nicht zu spät. Du mußt lediglich ein Schönheitsprogramm befolgen.

Noch heute nachmittag, wenn du vom Bischofspalast zurück bist, verbrennen wir die abscheulichen Kleider, die du mitgebracht hast, und dann ruhst du eine Stunde mit einer Gesichtsmaske aus Gurkenscheiben und Sahne, mein eigenes Rezept.« Sie läutete ihr Glöckchen. Erschrocken musterte ich mein Kleid. In ihrem reichen, wenn auch recht heruntergekommenen Haus wirkte es auf einmal kläglich, ländlich-bieder und zu kurz, und eine Schleppe hatte es auch nicht.

»Sehe ich denn so schlimm aus? Mein Kleid ...«

»Du hast doch wohl nicht vor, das da anzuziehen? Hochgestellte Persönlichkeiten lassen sich durch Armut nicht beeindrucken. Das bilden sich nur die Armen ein. Schwarze Seide, ja, da habe ich aus meinen schlankeren Tagen genau das Richtige für dich. Amalia hat es gestern abend für dich länger gemacht.« Sie musterte meine Gehwerkzeuge mit abschätzendem Blick. »Diese Füße, o je, die müssen dein kleines Geheimnis bleiben.« Darauf legte sie den Kopf schräg, als dächte sie nach. »Das Haar, ja, es glänzt, auch wenn es eine gewöhnliche Farbe hat – der Hauch eines Schleiers. Er wird sich für dich erwärmen, ehe du auch nur ein Wort gesagt hast. Und, ja, tu mir einen Gefallen. Trag diesen Ring. Er wird dir Glück bringen.« Sie kramte in der Schreibtischschublade und förderte einen seltsamen alten Ring aus Rotgold mit üppigem Blumenmuster zutage, in den die Buchstaben ›P‹ und ›M‹ eingraviert waren. Winzige Brillanten überrankten die Buchstaben. Es war ein Frauenring und für einen schmalen kleinen Finger gedacht.

»Oh, ist der hübsch, den kann ich nicht ...«

»Nur heute, mein Schatz«, sagte sie und steckte ihn mir an den Finger, wo er für meine knochige braune Hand viel zu prächtig wirkte. »Er ist eine Art Andenken. Aber heute wird er dir Glück bringen. Ach, da bist du ja, Arnaud. Georges soll Flora Sibilles Damensattel auflegen. Dazu die samtgesäumte Decke mit der Goldstickerei, die ich sonntags benutzt habe, als ich noch auf einem Pferd sitzen konnte. Denk daran, Sibille. Eine Dame setzt nie einen Fuß auf die Erde, sie geht nicht einmal über den Domplatz. Und nur eine Provinzgans käme auf die Idee, mit diesem albernen Packpferd deines Vaters zu reisen. Selbst er würde auf ihm nicht in die Stadt reiten. Ich habe dich gerade noch rechtzeitig in die Hand bekommen, ehe du ein hoffnungsloser Fall geworden wärst.«

Ich muß eine geheimnisvolle Figur abgegeben haben, eine verschleierte Frau auf einem schmucken, grauen Damenpferdchen mit zwei livrierten Lakaien. Schwitzende Händler, eine Wäscherin mit ihrem Korb, zwei Schreiber im Gespräch, herumlungernde Jungen und sogar die Bettler im Schatten des Kathedralenportals blickten kurz zu mir hin, dann wandten sie sich ab, als ob auch Gaffen bei der Hitze zu anstrengend wäre. Immer wieder probte ich meine Rede und fand sie von Mal zu Mal schlechter. Beim Gedanken an meine Bittschrift wäre ich am liebsten im Boden versunken. Das Werk einer Törin, einer Unwissenden. Wenn sie doch nur in Latein von einem gewitzten Advokaten aufgesetzt worden wäre.

Einer von Tantchens Lakaien hielt das Pferd auf dem Hof des bischöflichen Palastes am Zügel, während mir der andere beim Absteigen behilflich war. Wieder gafften Diener auf Botengängen, ein Priester hielt im Gebet inne und rümpfte mißbilligend die Nase, und zwei gutgekleidete ältere Männer in schweren Seidengewändern und mit Goldketten behangen blieben oben auf der Treppe stehen und musterten mich. Ein, zwei Schritte hinter ihnen, so als wollte er nicht in ihrer Gesellschaft gesehen werden, schlenderte ein großer, schlaksiger junger Mann. Die vornehme Kleidung paßte nicht zu ihm, so als hätte man ihn überfallen und sie ihm unter Todesandrohungen aufgezwungen, und sie befand sich, wohl aus reiner Aufsässigkeit, im Zustand der Auflösung. Unter dem Wams baumelte eine lose Nestel, sein kurzes Gewand hing schief, und die Krause lag ihm schlapp und kläglich um den Hals. Doch etwas fiel mir ins Auge, nämlich sein flaches schwarzes Samtbarett. Statt gediegen und gerade auf der Stirn zu sitzen wie bei den Älteren, trug er es keck und verwegen schief. Der Blick unter der Krempe war gereizt, gelangweilt und aufmüpfig. Dennoch, er sah gut aus, auf seine etwas linkische Art, und ich ertappte mich bei dem Wunsch, er möge an meiner Kleidung nichts auszusetzen haben. Mit erhobenem Kinn wollte ich an ihm vorbeirauschen, da bemerkte ich, wie er die Augenbrauen leicht hochzog und ein seltsamer Glanz in seine dunklen Augen trat. Mein neues, kostbares Seidenkleid schien diese umwerfende Wirkung auszuüben. Jetzt rasch an ihm vorbei, dachte ich, bevor ich meine auswendig gelernte Rede vergessen habe.

Doch einer der Älteren wandte sich mir plötzlich zu. Sollte ich ihn etwa kennen? O ja, er hatte sich den Bart anders stutzen lassen und war grauer geworden: Es war der Gatte meiner klatschsüchtigen Base Matheline, der reiche Bankier M. Bonneuil.

»Fürwahr, wenn das nicht Mathelines Base Sibille ist?« sagte er und trat in Begleitung seines Gefährten näher. »Sibille, Ihr seid ja richtig elegant geworden, seit wir uns zuletzt gesehen haben. Gestattet, daß ich Euch einen lieben Freund vorstelle, Monsieur Montvert aus dem Hause Fabris und Montvert, und dies ist sein Sohn.« Das übrige hörte ich kaum noch, so sehr sorgte ich mich, daß sich durch diese Störung das, was mir von meiner Rede noch im Gedächtnis geblieben war, auch noch verflüchtigte. Außerdem hatte ich noch nie von Montvert gehört, was auch immer das sein mochte. Ohne Zweifel irgendein neues Anwesen mit einem gekauften Titel oder eine Bank zwielichtiger Italiener. »Demoiselle Sibille ist in unserer Stadt als namhafte Dichterin bekannt, und ihr *Dialog der Tugenden* ist Michaeli letzten Jahres im *cénacle* meiner Gattin mit großer Bewunderung ...«

Alles weg – ganz weg – ich schaffe es nicht ... Und das alles wegen eines prächtigen Seidenkleides, das diesen Emporkömmling, Mathelines ungehobelten Ehemann, so entzückt hat, dachte ich. Dann bemerkte ich, daß die beiden Fremden meine Füße anstarrten. Guter Gott, meine Schuhe. Was für ein Kontrast zu dem geliehenen Kleid und dem Schleier – und so groß – das Kleid – nicht lang genug – ich spürte, wie ich unter dem Schleier errötete. Dann hörte ich den fremden älteren Mann etwas über die Muse sagen und stammelte irgendeine

Antwort, doch über allem anderen hörte ich mein Herz in heller Scham hämmern und poltern.

»Ein Jammer, daß Euer Vater in der Klemme sitzt«, fuhr Mathelines Mann erbarmungslos fort. »Leider werdet Ihr die meisten Türen verschlossen finden, meine Liebe, unsere übrigens auch, falls er brennen muß. Ketzerei, wie Ihr wißt ... Man kann dieser Tage wirklich kein Risiko eingehen. Aber Ihr tut recht daran, Euch an den Bischof zu wenden. Ich bekomme den Klatsch der Bankiers zu hören, und es geht das Gerücht, daß M. D'Apchon, diese Kreatur des Marschalls St. André, schon seit längerem ein Auge auf Euer Haus geworfen hat. Falls es dann beschlagnahmt ist, hat er dafür gesorgt, daß es an ihn fällt. Und wie ich höre, hat er eine beträchtliche Summe aufgenommen, nicht nur um es neu zu möblieren, sondern auch um den *bailli* zu bestechen und ...«

»Annibal ist unterwegs mit einem Brief von Montmorency«, stammelte ich, »aber wir befürchten, daß er zu spät kommt.«

»Paßt auf, liebe Base, Ihr müßt die Verbindung Eurer Familie zum Konnetabel herausstreichen. Er steht bei Hofe in Gunst, noch über St. André, und selbst M. D'Apchon wird es nicht wagen, ihn zu verärgern. In diesem Fall geht es nicht um Schuld oder Unschuld – denkt daran.« Mit den üblichen höflichen Floskeln verabschiedeten sie sich und ließen mich mit dem sicheren Gefühl stehen, daß mein Untergang durch diese Störung besiegelt war. Die einst so anrührend und elegant formulierte Rede hatte sich jetzt in nichts aufgelöst, an ihre Stelle war blanke Panik getreten.

Und die Panik verdoppelte sich noch, als ich die harten Bänke im langen Saal vor dem Audienzzimmer des Bischofs erblickte. Sie waren dicht an dicht mit bleichen, erschöpften Bittstellern besetzt, die mir mehr oder weniger glichen, nur daß sie um einiges schlechter gekleidet waren. Die sind möglicherweise schon tagelang hier, dachte ich. Vielleicht empfängt er mich nie. Doch Tantchens Lakai führte mich zu dem Diener an der geschlossenen inneren Tür und bedeutete mir, meinen rechten Handschuh auszuziehen. »Seht Euch den Ring meiner Herrin an«, sagte er, »und sagt Eurem Herrn, daß Madame

Tournets Nichte um eine Audienz bittet.« Das waren wohl genau die richtigen Worte, denn wir wurden sogleich in das Audienzzimmer des Bischofs geführt, in dem Priester und Sekretäre auf wichtig wirkenden Botengängen hin und her wieselten.

Das Zimmer selbst war von einer Üppigkeit, die es mit den schönsten Räumen in Tantchens luxuriösem Herrenhaus aufnehmen konnte. An jeder Wand hingen kostbare Gobelins, und zwischen die vergoldeten Bögen, die die Decke trugen, hatte ein geschickter Künstler Szenen gemalt, die Christus auf dem Himmelsthron zeigten, umgeben von Engeln und Heiligen. Unter diesem himmlischen Baldachin schien jedoch eine vollkommen weltliche Unterhaltung zu Ende zu gehen, die mit Kirchenbesitz und den Einkünften irgendeines Anwesens zu tun hatte, dessen Rechtstitel strittig waren. Wie seltsam, da hatte ich mir immer vorgestellt, daß Bischöfe ihre Freizeit im Gebet verbringen, doch selbst im Schatten von Gottes Tempel wurde nur über Geld gesprochen, und ich sah Bankiers und andere Leute mit berechnendem Blick ein und aus gehen. Doch dann führte mich mein Begleiter durch das Zimmer und stellte mich vor, und ich durfte auf die Knie fallen und den bischöflichen Ring küssen.

Das glatte, wohlgenährte weltliche Gesicht des Bischofs zeugte davon, daß er einst ein gutaussehender Mann gewesen war. Bei meinem Anblick heiterte sich seine Miene auf, dann warf er einen Blick auf den Ring an meiner Hand. Seine Augen funkelten ein wenig, und da wußte ich, daß der seltsame Gegenstand seine Wirkung getan hatte. »Schön, schön«, sagte er, als ich aufstand, und musterte mich von Kopf bis Fuß, »das ist also der dritte Gefallen in einem Vierteljahrhundert. Laßt mich die Bittschrift sehen.« Er lächelte spöttisch, als er sie entfaltete und sich mein Werk ansah. »Das habt Ihr offensichtlich selbst geschrieben.« Die Panik, die ich inzwischen unterdrückt zu haben glaubte, stieg erneut auf. »Was für eine interessante Verteidigung Eures Vaters.« Mein Herz hämmerte stärker. Was sage ich nur, was sage ich? »Seid Ihr die Tochter, die Madame Tournets Patenkind ist?« fragte er. Ich nickte, und das hoffentlich ungemein würdevoll, doch kein Laut kam über meine Lippen. Oh, diese Elenden auf dem Hof, tausendmal Fluch über sie. »Ist das Eure Idee gewesen?« fragte er. Ach, es lagen Stunden zwischen jeder Frage, und ich merkte, daß er Rede und Antwort von mir erwartete.

»Ich ... Das ist alles so furchtbar, nichts als eine Verschwörung ... Mein Vater würde nie ein Buch von M. Calvin lesen und schon gar nicht eins besitzen wollen. Er ... er liest so gut wie nie ... er findet, Theologie ist für Priester ... und Annibal ist zu weit weg, er kann nicht schnell genug kommen, weil der Konnetabel gerade jetzt oben im Norden ist, auch wenn Mutter nach ihm geschickt hat ...«

»Der Konnetabel? Der Sieur de Montmorency?«

»Mein Bruder ist bei der leichten Kavallerie in der Kompanie seines Sohnes *enseigne*, und M. de Damville verläßt sich völlig auf ihn ... Ja, Annibal kommt kaum noch nach Haus.« Was war aus meiner Rede geworden? »Und Ihr in Eurer Güte und edlen Barmherzigkeit und mit Eurem großen Scharfblick werdet gewißlich einsehen, daß mein Vater unschuldig ist, und werdet eingreifen, der göttlichen Gerechtigkeit zuliebe.«

»St. André dürfte schwerlich gewußt haben, daß Ihr über so gute Beziehungen verfügt ...« Ein sonderbares, spöttisches Lächeln huschte über das weltliche Gesicht des Bischofs. War es Dummheit, die mich veranlaßte, mit dem niederträchtigen Klatsch herauszuplatzen, den ich gerade gehört hatte?

»Das Haus hat unserer Familie gehört, seit es Gaston de la Roque unter der Herrschaft König Karls VII. erbaut hat. M. D'Apchon ist ein gemeiner Intrigant, und sogar sein Gönner, M. St. André, wird ihn fallenlassen, wenn er den Konnetabel beleidigt, der sich höchstpersönlich betrüben wird, wenn ein so tapferer Mann wie mein Bruder den Dienst seiner Familie verlassen muß, weil sich falsche Menschen verschworen haben, Vater seinen Besitz zu stehlen.« Die hellen Wuttränen liefen mir jetzt über die Wangen. Ach, was war los mit mir? Warum hatte ich es nicht so glatt und elegant zustande gebracht wie in meiner Vorstellung? Und was war das für ein Laut, den ich da hörte? O Gott, der Bischof hatte die Hand vor den Mund gelegt. Dieser Laut. Ich bin verloren, dachte ich, denn ich war mir sicher, daß der Bischof die Nase gerümpft hatte.

»Nun«, sagte er leise bei sich, »mir will scheinen, Pauline hat eher mir einen Gefallen getan.« Er musterte mich neugierig. »Wer hätte gedacht, daß ausgerechnet Ihr von der ganzen Familie zu mir kommen würdet? Mir scheint, Ihr seid ihm treu ergeben.«

»Nein – mein Vater ist ein bedeutender Mann. Er verdient es nicht ...«, sagte ich.

»Ich werde sehen, was ich tun kann«, sagte der Bischof. »Die Beweise sind fadenscheinig.«

»Sie sind gefälscht, allesamt gefälscht.« Ich wischte mir die Augen unter diesem Hauch von einem Schleier, damit ich mich wenigstens einigermaßen würdig und schicklich verabschieden konnte.

»Nun?« fragte Tantchen, als ich ihr den Ring zurückgab. »Bist du empfangen worden?«

»Ja, *ma tante*, aber ich war viel zu ängstlich und habe nur das Falsche gesagt. Ich habe es nicht geschafft, Tantchen, und nun verlieren wir alles. Was sollen wir nur tun? Wovon sollen wir leben?« Wir waren in Tantchens prächtigem, vergoldeten Empfangszimmer, wo sie auf ihrem gepolsterten Stuhl thronte und die Samtvorhänge gegen die gefährliche Mittagssonne fest zugezogen hatte. Draußen konnte ich die Straßenhändler hinter dem Hoftor gedämpft ihre Ware ausrufen hören. Leben und Luft schienen sehr fern zu sein. Ich hatte das Gefühl, ersticken zu müssen. Vater. Alles verloren. Auf dem Tisch neben ihr lag ein Buch *Über die Wahrnehmung von Geistern*, und das geprägte Lesezeichen schaute aus der Mitte hervor.

»Schade«, sagte sie. »Ich dachte, sein Gedächtnis wäre noch ein wenig besser. Das Alter setzt vermutlich allen zu.« Sie seufzte und hob die Schultern. »Vermutlich könntest du hier wohnen. Und deine Mutter – sie war meine beste Freundin, ehe sie meinen Bruder geheiratet hat, hast du das gewußt? Jetzt hätte ich sie gern zur Gesellschaft hier. Aber deine Schwestern – ich befürchte, daß sie es hier nicht aushalten. Zu zart, zu nervenschwach.« Für einen Augenblick ärgerte ich mich. Ich meine, schließlich bin ich die Empfindsame und viel zarter als sie. Empfindsamkeit, die aus Klugheit erwächst, ist weitaus empfindsamer als schlichte weibliche Schwäche.

»Was meinst du damit?« fragte ich.

»Siehst du das da drüben?« sagte sie und griff zum Spazierstock, der am Tisch lehnte, und zeigte in Richtung des Vorhangs. Eine leichte Brise bauschte ihn, und in der oberen rechten Ecke, dicht unter der Decke, hing etwas Verschwommenes, fast wie ein Nebel.

»Aber ja doch«, sagte ich. »Der Vorhang bewegt sich. Steht das Fenster offen?«

»Genau das meine ich. Selbst Annibal hat geschaudert, als er gesehen hat, wie sich der Vorhang bewegte, und dabei brauchte er so dringend Bargeld für die kleine Stute. Und deine Schwestern – o je! Die würden es hier gewißlich nicht lange aushalten. Aber du, du fragst schlicht, ob das Fenster offensteht. Nein, das ist nicht der Fall. Es ist Doña Vargas y Rodriguez. Sie darf bleiben, weil ich ihre Gesellschaft mag. Sehr vornehm, ausgezeichnete Konversation, auch wenn ihr Französisch schlecht ist.« Sie blickte hoch und sprach zu dem Vorhang. »Alles in Ordnung, Dolores, das hier ist eine Verwandte. Du kannst hervorkommen. Sibille, darf ich bekannt machen: Doña Dolores ist wohlerzogen, sie materialisiert sich nicht ohne förmliche Vorstellung.« Und dann stellte mich Tantchen der Luft vor – und die Luft mir. Alles sehr, sehr eigenartig.

Doch als ich die Stelle beobachtete, mit der sie redete, nahm der Nebel allmählich die Gestalt einer schlanken, jungen Frau in einem schweren spanischen Seidenkleid an. Ihr üppiger, spitzer, überall mit Perlen besetzter Kopfputz schmiegte sich an den Kopf, ihre dunklen Augenbrauen waren beweglich und ausdrucksvoll, ihre Augen und ihr Mund wie verborgene Teiche. Und die Kehle war ihr von einem Ohr zum anderen durchgeschnitten. Der schwarze Schatten geisterhaften Blutes tränkte ihr Kleid bis zum Saum. Unwillkürlich überlief es mich kalt. Doch der Geist, denn das war sie offensichtlich, schien von meiner Reaktion peinlich berührt und zog sich mit einem abbittenden Lächeln einen leichten Schal über den Hals.

»Siehst du? Was für eine Dame. Sie ist mein Liebling. Nicht alle sind so rücksichtsvoll wie sie.« Der Mund der nebligen Dame öffnete sich, um lautlose Worte zu formen. »Kannst du sie hören?« fragte Tantchen. »Nein? Na ja, das wird schon noch. Dazu braucht man Übung. Sie erzählt dir ihre Geschichte. Das muß sie immer, ehe wir es uns zu einem anständigen Tratsch unter Frauen gemütlich machen. Sie hat mir ein paar hervorragende Rezepte gegeben.«

»Aber ihre Geschichte?« Der Geist der Dame war gerade bei einer sehr dramatischen Stelle in seinem Bericht angelangt, denn Dolores warf den Schal ab und entblößte ihre tödliche Wunde.

»Sie war jung verheiratet und mit ihrem Mann auf einer Galeone, die nach Neuspanien segelte, als Kapitän Tournet sie wegen ihres Brautschmuckes und ihrer Aussteuer ermordete, nicht ohne zuvor Ungehörigkeiten ausgesprochen zu haben, die nichts für die unschuldigen Ohren einer jungen Frau sind.«

»Aber dein Mann ...«

»Mein Schatz, deine Familie hat mich zweifellos immer schlechtgemacht. Aber hat man dir denn nie erzählt, wie Monsieur Tournet sein Vermögen verdient hat?«

»Nur, daß er nicht gesellschaftsfähig war.«

»Ha! Das sieht Hélène ähnlich. Über ihre Lippen ist nie ein böses Wort gekommen, solange wir noch gute Freundinnen waren. Sie übt sich in Verniedlichungen, deine Mutter! Sibille, mein Schatz, mein Mann war, freiheraus gesagt, Pirat. Oder, freundlicher ausgedrückt, Freibeuter mit einem Freibrief. Der berüchtigte Kapitän Jean Tournet, der so manche Privatflotte für seine Majestät von la Rochelle aus befehligte. Hätte er ein älteres Wappen gehabt, er wäre, nachdem er zu Reichtum gelangt war, durchaus gesellschaftsfähig gewesen. Und man sollte meinen, unter den vielen Leuten, die es durch Verbrechen zu etwas bringen, wäre er nicht weiter aufgefallen.« Tantchen seufzte, hob die Schultern und spreizte die molligen weißen Hände. »Aber ihn hat man verfolgt. Von Meer zu Meer, und dann von Ort zu Ort. Wir haben einst zwei prachtvolle Häuser am Meer besessen, dazu ein Anwesen im Norden und dann das kleine hier, im Land meiner Vorfahren, das er mir zuliebe gekauft hat. Nicht eines, das nicht von Geistern wimmelte. Welcher ehrbare Mensch würde schon ein Haus besuchen, in dem sie sich aufhalten? Versteh mich recht, er hat nie von seinen Morden gesprochen, aber die Geister sitzen in den Wänden und raunen.«

Aha, dachte ich. Das erklärt das seltsame Geraschel, das ich zuweilen in der Wand gehört habe. Ich dachte, es wären Mäuse. Gespenster jagen mir keinen Schrecken ein. Doch der Gedanke, daß Monsieur Tournet möglicherweise von niedriger Herkunft war ... und ich dachte immer, Vater sei überheblich, übertreibe ... angenommen ... oh, du liebe Zeit ... war dieser verworfene Kerl gar mein Patenonkel? Wie überaus peinlich. Ich wagte es nicht, Tantchen danach zu fragen.

»Dieses Haus, dieses Vermögen ist wie so viele andere vollkommen in Blut gebaut. Oh, sei nicht so entsetzt. Woher, glaubst du, stammt das Geld auf dieser Welt? Von Arbeit? Nein, von Diebstahl. Die Neue Welt hat den spanischen König reich gemacht – und auf Umwegen auch uns. Monsieur Tournet hat sich fern vom Meer zur Ruhe gesetzt und versucht, ein Mann von Stand zu werden. Du weißt ja, wie das abläuft; eine ehrbare Ehe schließen, ein bankrottes Anwesen erwerben, ein großes Haus bauen, Geld für gute Zwecke spenden. Bei ihm hat es nicht geklappt. In seinen Häusern waren zu viele Geister. Die meisten sind hier mit eingezogen, als ich nach seinem Tod die anderen Häuser verkaufte. Der Schmuck, das Gold, die jämmerlichen Dinge, deretwegen sie sterben mußten, daran hängen sie. Siehst du die Kerzenhalter dort drüben?« Sie wies auf ein Paar große goldene Kandelaber auf dem Boden. Hinter ihnen konnte ich schwach eine Reihe fremdartiger Männer mit unbewegten Gesichtern und Federumhängen ausmachen. »Mit Sicherheit aus einem eingeschmolzenen Götterstandbild gefertigt«, sagte sie. »Das waren nicht wir, nein, die Spanier. Man sollte meinen, sie würden in den Kirchen von Toledo und Madrid spuken, wo man aus ihren Schätzen Kirchenschmuck herstellte. Aber nein, sie müssen sich auch noch hier einnisten. Vielleicht weil ich zu gastfreundlich bin.« Sie seufzte.

»Ich weiß auch nicht, warum sie bei uns sind, da so viele andere sie auch verdienen. Na schön. Sie leisten mir Gesellschaft. Wenn sie Ruhe geben, lasse ich sie nicht exorzieren – das ist nämlich sehr teuer und bringt alles durcheinander. Aber deine Familie, ja – die wäre nicht so beherzt wie du. Und ich bin wirklich nicht reich genug, um ihnen ein anderes Haus zu kaufen. All diese Aussteuern – nein, das geht wirklich nicht. Hercule konnte es nicht, und ich sehe nicht ein, warum ich es tun soll. Vor allem weil er so überaus gern Monsieur Tournets beflecktes Geld angenommen hat, als der noch lebte, aber mit mir, seiner eigenen Schwester, wollte er kein einziges Wort mehr sprechen. Was ihm zugestoßen ist, auch wenn es auf falschem Zeugnis beruht, ist seine gerechte Strafe.« Bei diesen Worten nickte Dolores' Geist erfreut Zustimmung, doch ich war wie betäubt. Keine Hilfe vom Bischof, keine Hilfe von Tante Pauline. Was konnte Annibal da noch ausrichten? Wenn er hier eintraf, wäre es zu spät. Die Verbrennung wurde immer gleich nach dem Ende des Verhörs angesetzt. Selbst ich wußte das. Ob man das Verhör in die Länge ziehen konnte? Sollte ich eine andere Bittschrift, eine schönere, überarbeitete dem Kardinal von Paris überbringen? Aber wie eine Audienz bekommen?

»Du siehst blaß aus, mein Schatz. Das macht dieses gräßliche Kleid. Du brauchst leuchtendere Farben, die deinen Teint besser zur Geltung bringen. Und eine warme Mahlzeit. Essen hilft in jeder Lebenslage. Und wie du siehst«, sagte sie und deutete auf ihre üppige Figur, »habe ich jede Menge Hilfe benötigt.« Sie stieg ächzend die Treppe hinauf, und ich folgte ihr zu ihren eigenen Räumen, die voller Möbel standen: ein riesiges Bett mit geschnitzten Amoretten, die einen Betthimmel trugen, Stühle, Truhen, silberne und goldene Kerzenhalter, Teller, Becken und Wasserkrüge aus feinem Porzellan, alles mit goldenen und bunten Emaillemustern, Figurinen von Göttern und Göttinnen aus der griechischen Mythologie und mehrere Schränke, die schier überquollen von kostbaren Hofgewändern aus Samt und Seide in allen Stilarten und Größen.

»Die habe ich früher alle getragen«, sagte sie. »Ich weiß, du glaubst mir nicht, aber in meiner Jugend war ich genauso rank und schlank wie du jetzt, nur natürlich nicht so groß. Laß sehen ... ein Morgenmantel ... Tageskleid, ja, das blaue ist nett ... und das hier. Etwas für den Abend – die Schuhe passen natürlich überhaupt nicht –, deine Füße zählen nicht gerade zu deinen Vorzügen, mein Schatz. Sie sind viel zu groß. Wir müssen sie kleiner wirken lassen. Längere Kleider vielleicht, aber keine Volants ... schlichte Säume, den Zierat oben, damit er das Auge ablenkt.«

Ich wußte, sie meinte es gut, doch während sie in den Schränken herumkramte und Selbstgespräche führte, verwandelte ich mich vor meinem inneren Auge allmählich in einen knochigen Lulatsch mit Riesentretern, statt das zartbesaitete und poetische Naturgeschöpf zu sein, für das ich mich lieber hielt. Dies brachte mich mehr durcheinander als die Geister. Das heißt, bis ich merkte, was sich auf ihrem Frisiertisch tat.

»Tantchen, sieh dir deinen Frisiertisch an«, sagte ich, und sie zog den Kopf aus dem grüngoldenen Schrank in der Ecke. Auf der mit Elfenbein und Lapislazuli eingelegten Tischplatte schimmerte etwas Durchscheinendes.

Tantchen kniff die Augen zusammen und griff zu ihrem Spazierstock. »Du schon wieder! Habe ich dir nicht gesagt, du sollst verschwinden?«

»Ich warne dich, du alte Kuh, verbeule nicht noch einmal meinen Kasten, sonst wirst du dafür teuer bezahlen.« Das schimmernde Ding hatte sich jetzt gänzlich materialisiert. Von seinen Kanten tropften Reste von Flußschlamm. Es war die versilberte Schatulle mit dem gräßlichen Kopf im Innern.

»Meine liebliche, törichte Sibille. Ich habe dir doch gesagt, daß ich dich nie wieder verlasse«, rief es aus dem Kasten. Und in diesem Augenblick, in einem Zustand des abgründigsten Entsetzens, überkam mich die Versuchung. Sie wuchs wie blindes Verlangen. Schon wollte ich den Kasten öffnen und – ja, ich wollte mir kleinere Füße wünschen. »Spürst du es? Spürst du das Verlangen? Oh, mach meinen Kasten auf und sprich die Worte, dann erfüllt sich dein Herzenswunsch.«

»Hör nicht auf das Ding da«, befahl Tantchen. »Es führt dich auf geradem Weg in die Hölle. Mit dem Bösen kenne ich mich bestens aus.«

»Aasgeier«, meckerte das Ding im Kasten. »Du kommst als nächste dran.«

Cosmo Ruggieri saß in seinem Turmzimmer in einer neuen schwarzen Lederweste und ledergesäumter Kniehose, in deren Schlitze schwarze Wollstreifen eingelassen waren. In dieser Montur sah er aus wie ein Riesenkäfer. Vor ihm kniete sein Diener Giovanni, der Mann mit dem Ohrring, der Simeonis Kurier den Herrn aller Wünsche gestohlen hatte.

»Erhabener Hexenmeister, großmächtiger Herr, es ist nicht meine Schuld ... es war ein Kinderspiel, ihn Simeonis Helfershelfer zu stehlen ... bedenkt meine Reisen, die Entbehrungen ...«

»Warum hast du ihn mir dann nicht gebracht?«

»Maestro, in Marseille haben ihn mir zwei Schurken geraubt und mich für tot liegengelassen ...«

»Eine wundersame Genesung«, meinte Ruggieri.

»Ja, wie durch ein Wunder bin ich genesen, und Nachfragen bei der Küchenmagd des Gasthauses haben ergeben, daß sie im Dienst eines Mächtigen stehen ...«

»Schweig, es reicht«, sagte der Zauberer der Königin, doch innerlich kochte er vor Wut, weil seine eigene Gönnerin ein doppeltes Spiel mit ihm getrieben hatte.

»Ich hinter ihnen her – ich habe mich an sie geheftet wie ein Blutegel, den langen Weg nach Lyon, wo ein finsterer Geselle ihnen in einer Taverne etwas in den Wein schüttete und sich dann hastig absetzte.«

»Ausreden, nichts als Ausreden.« Ruggieri trommelte ungeduldig auf den steifen, schwarzen Ledereinsätzen seiner Kniehose. »Hast du herausbekommen, für wen der gearbeitet hat?«

»Sein Gesicht war mir bekannt, Maestro. Den habe ich schon in Diensten der Herzogin gesehen.«

»Psst. Die Wände haben Ohren.«

»Der ... ach ja, der anderen Dame. Er ist ein elender Verbrecher, ein alter Soldat mit schmeichlerischer Zunge. Als er sich umblickte und mich sah und vor sich die Stadttore von Orléans, da hat er es einer Dame übergegeben, die es für ihn mit in die Stadt genommen hat. Das war auch gut so, denn man hat ihn am Tor wegen eines anderen Verbrechens verhaftet, und dann hätten die es bekommen, und für uns wäre es auf immer verloren gewesen.«

»Eine Verbündete, ja? Die … andere … Dame ist immer für eine Überraschung gut. Hast du herausgefunden, wer das gewesen ist? Eine Bedienstete jener anderen Person?«

»Ich habe die Wachen am Tor ausgefragt. Es war eine große dunkelhaarige Frau, an die man sich leicht erinnert. Sie hat einen Brief an ihre Tante vorgezeigt, an eine gewisse Witwe Tournet, die innerhalb der Stadtmauern wohnt. Eine wohlhabende, wunderliche alte Frau, aber ihr Haus ist verschlossen und gut bewacht. Sie geht nur selten aus. Es ist mir nicht gelungen, dort einzubrechen.«

»Na schön, dann werden wir uns anderer Methoden bedienen müssen. Wie, sagtest du noch, lautet der Name der Dunkelhaarigen?«

»Sibille de la Roque.«

»Von den mächtigen de la Roques?«

»Nein, der Name leitet sich vom Gut eines jämmerlichen, aufgeblasenen *hobereau* ab, es liegt am Waldrand unweit der Landstraße Paris–Orléans und heißt La Roque-aux-Bois.«

»Hmm«, raunte Ruggieri. »Mir fällt gerade etwas ein.«

»Danke, danke, Maestro. Schickt mich, wohin es Euch beliebt. Ich will Eure Hände, Eure Augen sein.«

»Und mein Dolch«, fügte Ruggieri hinzu und bedachte seinen katzbuckelnden Diener mit einem gütigen Lächeln.

»Steht auf, Cosmo. Fernel sagt, Ihr simuliert. Fieber, daß ich nicht lache! Ihr schwitzt doch gar nicht.« Die plumpe kleine Medici-Königin hatte sich zu dem Schlafzimmer ihres Astrologen auf einem Dachboden des Louvre Zugang verschafft. Es lag unter den langen Kammern, in denen die Dienerschaft zu dritt in einem Bett schlief, war jedoch kleiner und abgeschiedener als die Kammern der höheren Palastangestellten. Wie eine Rachegöttin stand sie am Fußende des Bettes, und ihre kleinen Froschaugen funkelten vor Wut. Ihr zorniges Italienisch prasselte hernieder wie Hagelkörner. An der hinteren Tür des kleinen Zimmers, das in Wirklichkeit nur ein erweiterter Flur war und an beiden Enden Türen hatte, stellte Ruggieris italienischer Lehrling, ein Verwandter, den Krug mit dem Erfrischungsgetränk ab, den er gerade geholt hatte, und suchte das Weite. »Ihr versteckt Euch. Versteckt Euch vor mir trotz meines Befehls, Euch bei mir einzufinden. Ihr habt meinen Zauberkopf gestohlen und ihn an die Herzogin von Valentinois verkauft. Ich habe alles im Traum gesehen. Und meine Träume trügen nie. Sie trügen nie, hört Ihr? Sie zeigen mir, wo die Verräter lauern.« An der vorderen Tür stand eine Frau mit verschränkten Armen und blitzendem Blick, den Mund mißbilligend zusammengepreßt. Madame Gondi, die Frau des Bankiers, die jetzt Madame Peron hieß und der Königin bei ihren Geschäften mit dem Übernatürlichen eine Gefährtin war.

»Meine erhabene und glorreiche Königin, verzeiht mir, daß ich zu schwach bin, um aufzustehen und Euch gebührend zu begrüßen. Ich bin Euch ewig dankbar, daß Ihr mir Euren eigenen Arzt geschickt habt, doch seine Weisheit war meiner Krankheit nicht gewachsen.«

»Er sagt, Euer Urin sei so gesund wie Pferdepisse. Wie könnt Ihr es wagen, mir mit tödlicher Krankheit zu drohen.«

»Es ist mehr als eine Krankheit des Leibes, erlauchte Majestät. Es ist eine Krankheit der Seele – der kleinste Schrecken, und ich bin nicht mehr.« Bei diesen Worten zuckte die Königin zusammen, dann huschte ein winziges Lächeln über ihr rundes, kinnloses Gesicht.

»Oh, ich werde mich bestens um Euch kümmern. Cosmo, mein Freund, wie ich höre, zaubert Euer Bruder neben seinem kleinen Geschäft als Astrologe auch noch ein wenig. Es wäre mir ganz und gar nicht recht, wenn die guten Doktores von der Sorbonne davon Wind bekämen.« Cosmo holte tief und zitternd Luft und schloß kurz die Augen. »Gut«, sagte die Königin. »Endlich verstehen wir uns. Und wo ist nun mein

Zauberkopf, den Ihr mir versprochen habt?« Ruggieri schlug das Laken zurück und stemmte sich im Bett in eine sitzende Stellung hoch. Die Königin bemerkte, daß sogar sein Nachthemd schwarz war. Ein gutes Zeichen, er widmete sich mit Hingabe seiner wichtigsten Aufgabe. Unter all den Wahrsagern, die bislang in ihrem Dienst standen, wirkte nur Cosmo Ruggieri von Kopf bis Fuß wie ein Fachmann.

»Die Herzogin von Valentinois hat ihn nicht, obwohl sie versuchte, ihn in ihren Besitz zu bringen.« Ruggieri schwieg, wollte Zeit gewinnen, während sein Kopf eine Ausrede ersann. »Sie ... sie hat eine Zauberin als Helfershelferin eingestellt, die meinen Boten betäubte. Die Frau – womöglich Beauftragte einer fremdländischen Macht – hat den Kopf zu ihrem eigenen Nutzen behalten.«

»Cosmo, du lügst. Du versteckst ihn vor mir. Jemand hat meine Boten vergiftet, und da war weit und breit keine Frau. Unverkennbar das Siegel deiner Arbeit.« Die Königin ließ sich auf den Schemel neben dem Bett nieder und trommelte ungeduldig auf ihren Knien. Sie trug ein reizendes Tageskleid aus dunkelgrüner Seide, das mit Perlen bestickt war und abnehmbare, geschlitzte Puffärmel in Lachsfarbe hatte. Die steife, durchscheinende Leinenkrause um ihren Hals zitterte vor kaum verhohlener Entrüstung.

»Erhabene, mächtige Majestät, es ist die reine Wahrheit. Diese Frau besitzt ihn.«

»Und wie lautet der Name dieser sogenannten Zauberin?«

»Demoiselle Sibille de la Roque.«

»Ach«, sagte die Königin, während sie nachdachte. »Die la Roques. Ich wäre nie darauf gekommen, daß sich im Schoße dieser Familie ein Adept der Schwarzen Kunst befindet. So eine langweilige Sippe. Und ich hatte schon gehofft, sie wäre eine Frau von zweifelhaftem Ruf. Fremdländisch vielleicht. Das ändert alles. Wie überaus gerissen – den Kopf zu ihrem eigenen Nutzen an sich zu bringen. Möglicherweise kommt sie sogar aus freien Stücken zu mir. Ja, der Plan ist einfach.« Sie beriet sich kurz mit Madame Gondi, die sich sogleich vor Neid verzehrte. Schließlich war sie bei der Königin in Gunst gekommen, weil sie ihr einen seltenen und ungewöhnlichen Schoßhund verschafft hatte. Wieviel weiter konnte es da eine Frau bringen, die ihr den unsterblichen Kopf Menanders des Magus' brachte?

»Ich werde sie mit einer Anstellung bei Hofe locken«, sprach die Königin zu sich selbst, »ihr vielleicht einen passenden Ehemann in Aussicht stellen? Aber sie muß am Leben bleiben – ihre Verwandtschaft könnte sich einmischen. Ein Mann – möglicherweise weniger fügsam – *könnte* ihn in seinen Besitz bringen, falls ihr etwas zustieße ...« Die Königin blickte sich bedeutungsvoll um, und Cosmo entging es nicht. Aber sie darf nicht wissen, wieviel ich weiß. Ich werde ihr klarmachen: eine einzige Unterschrift – und sie verschwindet für immer von der Bildfläche. Wieviel glücklicher könnte sie da als eine meiner Bediensteten leben. Ja, das ist es, der ein oder andere Dienst, und niemand braucht zu wissen ... Das ist es.« An dieser Stelle packte auch Ruggieri eine heftige Anwandlung von Eifersucht. Er kannte die Königin. Sie würde nicht nur ihren Zauberkopf von einem anderen Menschen bekommen, nachdem er sich soviel Mühe gegeben hatte, nein, auch das Verdienst dafür würde jemandem zufallen, der so gerissen war, daß er nicht nur ihn überlistete, sondern allem Anschein nach auch die Herzogin von Valentinois. Die Medici-Königin respektierte Menschen, die nur aus Eigennutz handelten. In ihren Augen machte sie das leicht durchschaubar. Tausend Teufel, dachte Ruggieri. Ich hasse diese Unbekannte. Aber wie kann ich ihr nur diesen Kopf entwenden, ohne daß sie mich weiß der Himmel wohin wünscht?

10. Kapitel

Nun sieh nur, Sibille. Man ahnt gar nicht, daß wir den Unterrock etwas eingehalten, einen schlichten Streifen angesetzt und ihn vorn verlängert haben. Jetzt dreh dich um. Ja, die Schuhe sind fast nicht mehr zu sehen.« Eine Woche lang hatten Näherinnen sich bemüht, die Kleider abzuändern, die Tantchen aus ihrer reichhaltigen Garderobe mit den vielen unterschiedlichen Größen ausgesucht hatte. Die Farben, die sie gewählt hatte, kamen mir ein wenig zu leuchtend vor, und der Schnitt... nun ja, ich behaupte nicht, daß ich viel von Mode verstehe, da ich mich mein Leben lang höheren, geistigen Zielen gewidmet hatte. Aber die Kleider sahen nicht aus wie die, die andere Menschen trugen. Und nun, nach der Änderung, schon gar nicht mehr. Aber wenigstens waren sie aus kostbarer Seide und erlesenem Samt, und Gewebe und Schimmer strahlten eine ganz eigene sinnliche Schönheit aus. Ich hätte nicht im Traum daran gedacht, jemals solche Sachen zu tragen. Dabei kam mir der Gedanke, daß ein kultivierter, dekorativer Stil vielleicht meine Gedichte beflügeln könnte, insbesondere das Epos, in dem möglicherweise Piraten vorkommen würden. Jeden Nachmittag legte ich mich eine Stunde hin, auf dem Gesicht einen Brei aus zerstoßenem Obst und Gemüse und anderen glitschigen Dingen, der den Teint bleichen und verfeinern sollte. Doch bei den Füßen half gar nichts; wir konnten nur schlichte, dunkle Schuhe für mich bestellen, damit die Größe nicht so auffiel, wie Tantchen meinte.

»Falls man Schleppkähne unsichtbar machen kann«, sagte Menander der Unsterbliche oben auf der Kommode.

»Wenn du weiterhin so niederträchtige Bemerkungen machst, klappe ich deinen Kasten wieder zu«, gab ich zurück. Seit Tagen verfolgte mich der Kasten durchs ganze Haus, materialisierte sich im Schlafzimmer und mäkelte an meinen Waschungen herum, folgte mir ins Empfangszimmer, wo er mich beim Kartenspielen mit Tantchen kritisierte, und in den Garten, wo er mir den geistigen Austausch mit der Natur verdarb. Das Ding im Kasten gab aufreizende Geräusche von sich; damit beabsichtigte es, daß ich den Deckel aufmachte und es mitbekäme, was los war. Und da lag es dann völlig vertrocknet und häßlich und verdrehte die abartigen, lebendigen Augen unter den pergamentenen Hängelidern und störte ständig durch Bemerkungen. Ganz erstaunlich, wie sehr man sich daran gewöhnen konnte, wenn man es jeden Tag sah.

»Niedertracht liegt in meiner Natur«, sagte der unsterbliche Kopf. »Du hast Glück, daß ich dich nicht in den Wahnsinn treibe. Ich habe eine ganze Reihe meiner Besitzer völlig verrückt und irre gemacht. Weißt du, was aus einem Menschen wird, der keinen Schlaf mehr bekommt?«

»Er kriegt eins auf den Kasten, dann findet er auch keinen Schlaf mehr«, erwiderte Tante Pauline ungerührt. »Sibille, probiere bitte die himmelblaue Seide an. Die bringt deinen Teint so schön zur Geltung. Und ich möchte sehen, wie sich das Kleid macht, das wir durch das Samtband unter dem Mieder verlängert haben.«

»Es wäre einfacher gewesen, wenn du dir deine Kleider länger gewünscht hättest«, schmollte der Kopf.

»Und wir den ganzen Spaß mit dem Umändern nicht gehabt hätten? Ehrlich, du weißt aber auch gar nichts. Das ist noch unterhaltsamer als Möbel umstellen«, widersprach Tantchen. Inzwischen hatte ich mich bis auf Unterrock und Schnürleibchen ausgezogen. Natürlich hielt es keine Zofe auch nur kurze Zeit mit mir im selben Raum aus, weil mir dieser lächerliche Kopf überallhin folgte.

»Was für eine knochige Figur«, höhnte der Kopf. »Laß die Quälerei und begnüge dich mit dem Wissen, daß du eine Mißgeburt bist.« Ich funkelte ihn böse an und ging zur Kommode, um den Kasten zu schließen. Doch der Kopf, der tatsächlich ziemlich raffiniert war, lenkte mich mit einer Bemerkung von meinem Vorhaben ab. »Ehrlich«, sagte er und verdrehte beim Anblick meiner Unterwäsche ein grausiges Auge, »warum drückst du dich mit dem steifen Ding da so flach und ziehst dann die bauschigsten Kleider darüber, die ich je im Leben gesehen habe? Ich habe schon Geschwulste gesehen, die hatten eine gefälligere Form als deine ausgestopften Ärmel. Als ich jung war, da haben die Frauen wirklich schön ausgesehen in ihren fließenden Gewändern, die einen entzückenden kleinen Busen sehen ließen.«

»Du hast überhaupt keine Ahnung von Damenmode«, sagte Tantchen. »Wie lange ist es her, daß du dergleichen gesehen hast?« Sie hielt die himmelblaue Seide hoch und wollte sie mir über den Kopf ziehen.

»Ungefähr tausend Jahre. Aber damals war die Mode schöner.«

»Das sagen alle alten Leute«, meinte Tantchen und half mir beim Zuknöpfen.

»Du bist mehr als tausend Jahre unter Menschen und hast noch nie bemerkt, was Frauen so tragen?« fragte ich.

»Nicht meine Schuld«, murrte der Kopf. »Die meiste Zeit war ich mit Zauberern eingesperrt. Ewig das gleiche Fledermausdekor, die gleichen mystischen Gewänder, die gleichen Zauberstäbe und Karten. Und ich war beschäftigt. Ich war sehr beschäftigt. Es ist gar nicht so leicht, sich Mittel und Wege auszudenken, wie man die Leute durch ihre eigenen Wünsche in ihren wohlverdienten Untergang zieht. Dazu braucht man ein brillantes, stets arbeitendes Hirn.«

»Papperlapapp«, sagte Tantchen. »Das schaffen die Menschen auch allein, dazu brauchen sie dich nicht.«

»Das«, murrte der Kopf, »ist eine schwere Beleidigung. Derlei Bemerkungen vergesse ich nicht. Von mir hast du keine Gnade zu erwarten.«

Tantchen lachte.

»Das ist nichts Neues. Sibille, mein Schatz, sieh in den Spiegel. Du mußt doch zugeben, daß du ganz verwandelt bist.«

Das Kleid, ein umgeändertes spanisches Modell, hatte einen Schlitzrock aus dunkelblauem silbrigem Brokat, der mit himmelblauer Seide unterlegt war. An das dazu passende Oberteil waren abnehmbare und geschlitzte Puffärmel aus gleicher Seide angebracht, die mit Spitzenvolants verlängert worden waren, damit sie meine langen Arme und die knochigen Handgelenke verbargen. Über einem steifen, mit Fischbein verstärkten Kragen reichte die schmale gefältelte Krause mir fast bis an die Ohren. Das war die ganz große Mode und das eleganteste Kleid, das ich je im Leben gesehen hatte.

»Es sieht aus, als ob dein Kopf auf einem Teller liegt«, bemerkte das Ding im Kasten.

»Ist das richtig so?« fragte ich.

»Die allerneueste Mode, von der Herzogin von Valentinois selbst eingeführt. Das hat mir meine Schneiderin letzten Monat versichert«, sagte Tantchen. »Laß dich nicht von der alten Mumie da beirren.«

»Ich habe schon Kalbsköpfe gesehen, die genau so serviert wurden«, kicherte der unsterbliche Kopf.

Tantchen griff zu ihrem Spazierstock und schlug mit einer einzigen raschen Bewegung den Deckel des Kastens zu. »Es reicht«, sagte sie, während das Ding nur noch erstickt und entrüstet quietschen konnte. »Und da du jetzt so elegant bist, Sibille, laß uns im Empfangszimmer Karten spielen. Ich habe eine Botschaft von ... einem alten Freund und erwarte für heute einen Besucher, auch wenn ich nicht weiß, wann er kommt. Freitag. Ja, wir haben Freitag, nicht wahr? Julian hat gesagt, er würde gegen Freitag morgen draußen sein.« Julian? Wer war das? Du liebe Zeit, kannte sie den Bischof etwa persönlich? Sie stemmte sich von ihrem Stuhl hoch und bewegte sich schwerfällig und mit tappendem Spazierstock zur Tür.

»Aber ja, natürlich ist heute Freitag, Tantchen. Wer kommt denn?«

»Das, mein Schatz, ist eine Überraschung. Und nun sag, warum nimmst du beim Kartenlegen immer die Trumpfkarten heraus und legst nur die Münzen aus?« Wir gingen jetzt in Richtung des Empfangszimmers im vorderen Teil des Hauses. Einige kostbar möblierte, kleinere Zimmer gingen ineinander über und bildeten eine Art Flur. Ein ums andere Mal blieb Tantchen stehen und fegte mit dem Spazierstock ein besonders großes Spinnennetz weg. All dieser Luxus, und nahezu unbewohnt.

»Im *Giardino dei Pensieri* steht, daß man es so tun soll. Es ist doch nur ein Spiel, Tantchen. Matheline hat mir gezeigt, wie es geht, als sie mir das Buch schenkte.«

»Diese Matheline. Eine Pfuscherin auf allen Gebieten! Du mußt alle vier Farben ausspielen, mein Schatz, und alle Bildkarten. Denn gerade die Bildkarten vermitteln das geheime Wissen. Ich bringe es dir bei. Bei mir lügen die Karten nie. Sie haben mir gesagt, daß du kommst, und so ist es geschehen. Jetzt erzählen sie mir, daß ich reisen werde. Und das in meinem Alter! Ich habe nicht die geringste Lust. Also mußt du die Karten legen und für mich deuten. Eine zweite Meinung kann nie schaden.«

»Tantchen, ich mag die Trumpfkarten nicht. Sie flößen mir so komische Gefühle ein, wenn ich sie ansehe.«

In diesem Raum waren die Vorhänge zufällig nicht zugezogen, doch das machte keinen Unterschied. Die Fenster waren von wildem Wein zugerankt, und es drang fast kein Tageslicht herein.

»Komische Gefühle? Ach, warum solltest du dich vor ihnen erschrecken? Mein Schatz, ich glaube, du bist die geborene Kartenlegerin. Schließlich macht dir der seltsame, gefederte Kerl im hinteren Schlafzimmer auch nichts aus. Warum also solltest du dich vor gemalten Bildern auf Pappe fürchten?«

Wir verbrachten den größten Teil des Tages in angenehmer Unterhaltung beim Studium der Karten. Und für eine gewisse

Zeit blieb der schmollende Kopf schweigsam in seinem Kasten und materialisierte sich nicht.

»Und jetzt leg sie noch einmal aus, Sibille, die zweite Reihe quer zur ersten. Siehst du, dieses Mal haben wir die Päpstin. Das ist mein ganz besonderer Liebling.«

»Was macht ihr da? Schon wieder eine neue Mode?« Menanders Kasten nahm allmählich schimmernd auf der geschnitzten Anrichte aus Zedernholz Gestalt an. Seine Stimme klang so verlogen, als erwarte er etwas, was wieder seinen miesen Charakter erfreuen konnte. »Zu meiner Zeit hat eine gute Widderleber zum Wahrsagen genügt. Macht meinen Kasten auf.« Doch uns blieb keine Zeit zum Antworten. Ohne darauf zu warten, daß man ihn anmeldete, hatte jemand die Haustür so heftig aufgerissen, daß sie gegen die Wand donnerte. Tantchen sah nicht einmal von ihren Karten auf. Man hörte ein Gerangel, als der Besucher Tantchens Lakai beiseite schob.

»Heb ab, Sibille«, sagte sie, ohne auch nur aufzusehen. Eine Stimme dröhnte durch das von Geistern bewohnte Haus.

»Da bist du also, du habsüchtiges altes Weib! Und was treibst du hier, Sibille, aufgeputzt mit kostbarer Seide wie die Mätresse eines reichen Mannes? Ich reiße dir den Tand vom Leib. Habe ich es doch gewußt, daß ich dich hier finden würde. Habe ich dir nicht gesagt, daß du nie wieder einen Fuß in dieses Haus setzen darfst? Zieh sofort deine alten Sachen an. Ich bringe dich auf der Stelle nach Haus!«

Vater.

Das war nicht gerade das Wiedersehen, das ich mir ausgemalt hatte, in meiner Phantasie war es viel bewegender ausgefallen und hatte Dankbarkeit und Rührung beinhaltet. Vielleicht, so hatte ich gedacht, würde er weinen, wenn er mein Gesicht erblickte, nachdem er der Schwelle des Todes so nahe gekommen war, und mich dann umarmen und mich für meine Tapferkeit wegen der Bittschrift beim Bischof loben und sagen, daß er mich noch nie richtig zu schätzen gewußt habe, daß er jetzt aber, angesichts seines nahenden Todes, blitzartig zu Einsicht gelangt sei. So hatte ich es mir mehr oder weniger vorgestellt, doch vermutlich spielte mir das Schicksal, das mir meine Rede verdorben und mich gedemütigt hatte, auch diesen unerquicklichen Streich, um meinen bereits angeschlagenen Stolz endgültig zu vernichten.

»Ja, ja, Hercule. Undankbar wie eh und je. Du hast mich noch nicht einmal begrüßt.« Sie hatte noch immer nicht von den Karten aufgeblickt.

»Pauline, du weißt, was du bist. Ich habe Sibille verboten, dieses Haus jemals wieder zu betreten. Und jetzt treffe ich sie hier beim Kartenspielen an, in einem Kleid, das ihr nicht gehört, und an wer weiß welchen Ausschweifungen beteiligt.« Vater befand sich in einem erbärmlichen Zustand. Er benötigte dringend ein Bad, und sein Haar war ganz zerzaust.

»Ei, Hercule, ich erinnere mich noch gut, wie du im Haus unseres Vaters vor mir gekniet und mich angefleht hast, der Familie zuliebe Kapitän Tournet zu heiraten. Du hast mir versprochen, mich nie im Stich zu lassen. Ehre! Ha! Du kennst dieses Wort nicht einmal.«

»Du erwartest doch wohl nicht... Wer würde meine Töchter überhaupt noch heiraten wollen, wenn er wüßte, daß wir mit dir verwandt sind. Mein guter Ruf...« Vater schnaufte, hielt inne in seiner Jagd auf dem türkischen Teppich und packte mich beim Ohr.

»Oder die Töchter eines hingerichteten Ketzers? Sibille, das pflichtbewußteste deiner Kinder, hat sich allein auf den Weg gewagt, um dem Bischof eine selbstverfaßte Bittschrift zu überreichen, in der sie in außerordentlich stichhaltigen Argumenten deine Unschuld beteuert hat.«

»Dummes Zeug. Lüg nicht das Blaue vom Himmel herunter. Ich habe nie gestanden. Meinen eisernen Willen hat nicht einmal der Anblick der Folterinstrumente brechen können. Man war so beeindruckt von meiner Loyalität, daß mich der Bischof höchstpersönlich verhörte. Dann haben sie mir erlaubt zu widerrufen. Widerrufen! Ich! Wißt Ihr, was es bedeutet, wenn man ihr schmieriges, verlogenes Papier unterschreibt? Und wie wird es mir nun gedankt, daß ich meine Familie – meine Tochter – vor dem sicheren Ruin bewahrt habe?« Hohläugig und verbittert spuckte Vater diese Worte geradezu aus.

»Den Dank verdient deine Tochter«, sagte Tante Pauline kalt. »Nicht jeder erhält die Gelegenheit zu widerrufen – vor allem nicht, wenn ein königlicher Günstling mit dessen Besitz liebäugelt.« Vater kniff die Augen zusammen und musterte mich eingehend.

»Sie verdient gar nichts. Ich bin es, dem Dank gebührt, weil ich mich darum bemühe, ihr ein anständiges Leben zu bieten.«

»Blau steht ihr gut, findest du nicht? Es bringt ihren schönen, olivfarbenen Teint zur Geltung. Und der Kopfputz mit den Perlen – sie hat so ausdrucksvolle, kluge Augen.« Irgend etwas an ihren Worten brachte ihn in Rage. Mit wutentbranntem Blick wollte er mich packen, aber ich sprang so rasch auf, daß ich beinahe den Tisch umstieß. Im gleichen Augenblick sauste Tantchens Stock blitzschnell herunter und traf ihn am Musikantenknochen. Aufheulend griff er sich an den Arm, und schon eilten mehrere Diener herbei, um ihn hinauszubefördern. »Gewalttätig wie eh und je«, meinte Tantchen und winkte ab. »Setz dich auf den Stuhl da drüben. Falls du dich aus eigener Kraft befreit hast, dann sag mir doch bitte, woher ich wußte, daß ich diesen Stuhl genau am Freitag für dich bereithalten mußte? Arnaud, schenke M. de la Roque einen Becher von dem ausgezeichneten Wein ein, den ich für ihn aufgehoben habe. Hercule, ich habe dir ein geschäftliches Angebot zu machen, und ich will, daß du mich bis zu Ende anhörst.«

»Der ist gewiß vergiftet«, knurrte Vater, während man ihm Wein eingoß. »Sibille so aufzuputzen, ihr den stolzgeschwellten Kopf noch weiter zu verdrehen. Demut ist es, was sie braucht. Demut und harte Arbeit, keine Seidenkleider.«

»Was kümmert es dich, wenn es mir gefällt, sie hübsch zu sehen?« sagte Tantchen. »Schließlich ist es mein Geld. Alles mein Geld, Hercule, und nur meines.« Ich beobachtete die beiden, wie sie sich böse anfunkelten, und es kam mir so vor, als liefen hier zwei Unterhaltungen ab, die eine mit Worten und die andere wortlos, und die hatte mit lange verborgenen Geheimnissen zu tun, von denen ich keine Ahnung hatte. »Und im Gegensatz zu meinem seligen Mann muß ich mich nicht bemühen, deine Gunst zu erkaufen in der vergeblichen Hoffnung, dadurch etwas ehrbarer zu werden.«

»Das sieht dir ähnlich, Pauline, nichts als Ausreden für Knauserigkeit und dafür, daß du deiner Verwandtschaft den Rücken kehrst.«

»Nicht ich habe dir den Rücken gekehrt, Hercule.«

»Falls du etwas zu sagen hast, dann heraus damit. Ich möchte hier nicht noch mehr Zeit verschwenden.«

»Gut, dann will ich ganz offen sein. Es macht mir Freude, Sibille hier zu haben. Sie ist klug und geistreich und kann sich angeregt über tausend Themen unterhalten. Ihr ist es einerlei, daß mein Haus voller ...«

»Und wovon ist es voll? Ratten? Typisch. Wahrscheinlich will sie ihre Knochen studieren oder Ratten züchten, damit sie sehen kann, ob alle die gleiche Farbe haben. Pfui. Ich habe immer gewußt, daß du eine schlechte Hausfrau bist, Pauline. Oder ist es voller Ungeziefer?«

»Gleichviel. So etwas in der Art«, sagte Tantchen. »Kommen wir zum Thema zurück.« Ich konnte sehen, daß sich Doña Dolores hinter Vater manifestierte und sehr interessiert zuhörte. Warum spürte er sie nicht einmal? Vermutlich gibt es Menschen, die sich nicht durch Geister stören lassen. Vielleicht gehörte auch M. Tournet dazu? Das ist wohl nötig, wenn man ein Lasterleben führt. Tantchen beugte sich zu Vater und legte ihre Faust, an der auf jedem Finger ein Ring prangte, auf den Tisch. »Hercule«, sagte sie, »ich möchte, daß du mir Sibille überläßt.«

»Niemals«, entgegnete Vater. »Das haben wir alles schon besprochen.«

»Ja, aber da hattest du noch nicht dein letztes Stück Land beliehen.«

»Sibille, du hast schon wieder geplaudert. Lernst du denn nie, den Mund zu halten.« Ich machte große Augen. Das war ganz und gar ungerecht. Kein Sterbenswörtchen hatte ich verlauten lassen.

»Welchen anderen Grund könntest du haben, außer mir eine Bitte abzuschlagen?« sagte Tante Pauline. »Du weißt, daß Gott mir keine Kinder geschenkt hat. Ich wünsche mir eine Tochter, und du bist so knauserig, daß du sie nicht einmal verheiratest.«

»Und wieviel willst du dieses Mal bieten?« Was meinte er mit dieses Mal? Liebte mein Vater mich wirklich? Weigerte er sich aus Ehrgefühl, mich als Gesellschafterin zu verkaufen? Und war meine nachsichtige, immer freundliche Patin in Wirklichkeit nur kalt und geldgierig und dachte, mit Geld bekäme sie alles? Ich war entgeistert. Es ging nicht nur um meine zarte Seele, sondern ich zweifelte allmählich daran, daß ich mich mit dem menschlichen Charakter auskannte, während die beiden vor meinen eigenen Augen die Gestalt zu wechseln schienen.

Doch jetzt feilschten sie um mich wie um ein Schwein auf dem Markt. Vater mit vom Wein erhitztem Gesicht und Tantchen mit ihrem bleichen, teigigen Teint und Pupillen, die im Halbdunkel riesig wirkten.

»Du hast mehr geboten, als sie sechs war.«

»Damals war auch ich jünger. Sie hätte mein sorgenvolles Leben schon jahrelang verschönern können.«

»Du hättest sie durch und durch verdorben, meinst du. Sie mußte lernen, wo ihr Platz ist.«

»Du hast sie ja nur behalten, weil ich sie haben wollte.«

»Pauline, du verdienst keine Kinder, ist dir der Gedanke noch nie gekommen?«

»Und du verdienst keinen *sou* von meinem Geld. Alles fällt nach meinem Tod an die Kirche.«

»Oder an Sibille, wenn ich sie dir gebe. Warum sollte ich ihr zu einem schönen Leben verhelfen, damit sie dann ihre Schwestern und ihren Bruder herumkommandieren kann?«

»Habe ich nicht gesagt, ich bezahle all deine Schulden? Das ist mehr als genug. Denk an meine Großzügigkeit und daran, wie wenig du sie verdienst, du kaltherziger Schuft von einem Bruder.«

»Wer ist hier der Schuft, Pauline? Ich habe sie ehrbar aufgezogen und überdies eine anständige Heirat für sie arrangiert, und das ist mehr, als sie verdient.«

»Sklavendienste für ein junges Ding? Das nennst du anständig? Ich nenne das die kälteste aller Grausamkeiten. Und was wäre, wenn Großvater ihr nicht den Weinberg vererbt hätte? Villasse! Und welche Schandtat hast du mit dem ausgeheckt? Ha! Das hätte ich ja fast vergessen. Du mußt sie hierlassen, Bruder, ob ich dich nun auszahle oder nicht. Ein Jammer, daß dir nun das ganze Geld entgeht!«

»Wovon redest du, du Wahnwitzige?«

»Villasse ist tot, und Sibille hat seinen Tod verursacht. Sie ist vor dem Skandal geflohen, Bruder. Du kannst sie nicht im Haus behalten, ohne daß der gute Ruf deiner ganzen elendigen Familie in Gefahr gerät.«

»Sie hat ihn in den Selbstmord getrieben? Das hätte ich ihm nie zugetraut. O Gott, diese Schande!«

»So ähnlich jedenfalls. Ich an deiner Stelle würde es nie erwähnen. Du willst doch nicht, daß es sich herumspricht.«

»Die Anleihen, die er mir versprach ... Was ist mit meinen Schulden?«

»Habe ich mir doch gedacht, daß dich das interessiert. Betrachte mich als Ersatz für Villasse und unterschreibe das Papier hier, Bruder. Ich traue dir in keiner Weise und habe bereits alles vorbereitet. Eine rechtskräftige Vormundschaft. Die verhindert, daß du, wenn sie ihre Mutter besucht, deine väterlichen Rechte wieder geltend machst und beschließt, sie ins Kloster zu stecken.«

»Das hier ist ein altes Papier ...«

»Ja, aber es ist so gültig wie am Tag, an dem es aufgesetzt wurde.«

»Dann nimm Sibille und zur Hölle mit dir. Wie schön, sie los zu sein. Sie hat mir nur Ärger bereitet, und jetzt ist sie überreif und nicht mehr zu verheiraten. Ich wünsche dir viel Freude an ihr.«

»Aber, aber Vater ...« Tränen schossen mir in die Augen.

»Und ich will Bargeld sehen«, sagte Vater.

»Keine Bange, Hercule, du bekommst es. Weine nicht, Sibille, es ist zu deinem eigenen Besten.« Aber ich war bereits aus dem Zimmer gestürzt. Als ich in mein Schlafzimmer kam, legte ich das schöne Seidenkleid, die hohe Leinenkrause und den Perlenkopfputz ab – warf mich aufs Bett und weinte.

»Du könntest dir doch wünschen, daß sie dich wahrhaft lieben«, sagte die Schmeichelstimme aus dem Kasten.

11. Kapitel

21. August 1556

Letzte Nacht zu Tisch bei Monsieur de Biragues. Das Hühnchen war schlecht gerupft, und von der Sauce habe ich schon wieder eine Magenverstimmung. Wie überleben die Mächtigen nur ihre Küche? Habe Léon zu dem elendigen Apotheker in der Rue St. Jacques nach Sennesblättern geschickt, mögen diese mich bei der nächsten Einladung ins Reich der hohen Herren mit den eisernen Mägen stärken.

Anmerkung: Ein Traum, der zweifellos von der Sauce herrührt. Zumindest hoffe ich, daß es die Sauce war. Ich befand mich um einiges nach Mitternacht im verdunkelten Raum eines Hexenmeisters und sah von hinten, wie eine Frau in schwarzer Witwentracht eintrat und vor einem Tisch mit schwarzen Kerzen niederkniete, der als Altar diente. Vor ihr stand eine Schatulle, doch als sie diese öffnete, erlosch das Kerzenlicht, als hätte es ein fürchterlicher Wirbelwind erfaßt. Aber ehe es dunkel im Zimmer wurde, bei Gott, da erblickte ich etwas, was ich nie im Leben wiedersehen wollte. Ich erwachte von einem gräßlichen Lachen, bei dem mir die Ohren klangen, von einer Stimme, die sagte: »Michel de Nostredame, endlich bin ich nach Frankreich gekommen, um dich auf die Probe zu stellen. Gebiete mir dieses Mal Einhalt, wenn du kannst.« Griff nach einem Becher mit einem erfrischenden Getränk, der neben meinem Bett stand, und sprach verschiedene Gebete. Ich hoffe darauf, daß dieser Traum nicht prophetisch war. Denn ich könnte beschwören, den Kopf Menanders des Unsterblichen gesehen zu haben – Zerstörer von Königreichen, Seelenräuber, Pforte zur Hölle –, so wie ich ihn zum ersten Mal in der Schatzkammer des mächtigen Sultans Suleiman des Prächtigen erblickte. O Gott, um meiner Sünden willen verfolgt mich das Andenken an dieses abartige Ding und bewirkt Furcht und ängstliches Verlangen.

Das geheime Tagebuch des Nostradamus

Unweit des Pont St. Michel kochte Nostradamus noch immer vor Zorn über den unseligen Zwischenfall mit seiner Robe, die Ignoranten in der Rue St. Jacques mit Dreck beworfen hatten, und als er jetzt aufblickte, sah er einen Gasthof, dessen oberer Stock aus Fachwerk bestand und dessen Wirtshausschild den heiligen Michael zeigte, seinen Namensvetter. Der Erzengel im hellroten Gewand hatte etwas Glückverheißendes an sich, wie er da mit ausgebreiteten Flügeln und Flammenschwert triumphierend einen Haufen Dämonen bekämpfte, die den Scharlatanen der medizinischen Fakultät von Paris glichen. »Ein ausgezeichnetes Schild, Léon; hier bleiben wir, das bringt uns Glück«, sprach Michel de Nostredame, und kaum führte man ihre Pferde über den Hof des Gasthofes fort, da sorgte Léon bereits dafür, daß ein Bote nach St. Germain losgeschickt wurde, der ankündigte, daß der große Weissager Nostradamus in Paris eingetroffen sei. Unseligerweise hatte jemand zugehört und noch ehe es Nostradamus gelungen war, sein Abendessen zu sich zu nehmen, belagerten Dutzende von Mägden, Stallburschen, zwei Köche, ein Sattler und ein Sporenmacher sein Zimmer. Doch je mehr er sich mühte, sie wieder loszuwerden, desto mehr drängten durch die Tür. Schließlich gab er es auf. Es war wohl ein Wink des Schicksals, daß er die Zeit, in der er auf die Antwort der Königin wartete, dazu nutzte, seine stark beanspruchte Reisekasse wieder zu füllen.

Am dritten Abend hatte er gerade den letzten Kunden, einen Pferdezüchter, abgefertigt, als sich zwei Offiziere der Kavallerie einen Weg durch die Menge bahnten. Als der dunkle eine Handvoll Münzen auf den Tisch warf, kniff Nostradamus die Augen zusammen. Ehrgeizige arrogante Schnösel, dachte der alte Prophet. Zudem wird mein Essen kalt. Gerade wollte er sie bitten zu gehen, als er vor seinem geistigen Auge ein Bild sah: das Bild des großen, knochigen Mädchens auf dem braunen Pferdchen. Mit hochgereckter Nase und vor Angst verzerrter Aura ritt sie auf die Kirchtürme von Orléans zu.

»Hat jemand von Euch mit einer hochgewachsenen, knochigen jungen Frau zu tun, die Gedichte schreibt und einen ungewöhnlich großen scheckigen Hund namens Gargantua besitzt?« fragte er.

»Meine Schwester«, platzte der blonde junge Mann mit rundem Gesicht heraus. »Aber woher kennt Ihr sie?« Er dachte einen Augenblick nach, dann riß er die Augen auf und trat ehrfürchtig einen Schritt zurück.

»Ich habe eine Warnung für Euch. Haltet Eure Habgier im Zaum. Das Vermögen, das Eure Schwester eines Tages erben wird, wird niemals Eures sein. Stößt ihr etwas zu, geht es an ein Kloster. Also schaut zu, daß sie Euch wohlgesinnt bleibt.«

»Sie mir wohlgesinnt? Aber sie hat mir mein Erbe gestohlen.«

Nostradamus zuckte die Achseln. »So wie es ausschaut, ist es nicht ihre eigene Familie, sondern die des Mannes, den sie heiratet, die reich ist. Und jetzt laßt mich allein. Mein Abendessen wird kalt, und ich habe Euch nicht gerufen.«

»Wie könnt Ihr es wagen, uns wegzuschicken«, sagte der andere junge Offizier mit dem dunklen Haar und dem schmalen Gesicht. »Wenn ein d'Estouville einen Niedrigstehenden mit seiner Gegenwart beehrt, läßt er sich nicht wie ein Diener wegschicken.« Seine Hand legte sich auf den Griff seines Schwertes.

»Krümmt ein Härchen auf meinem Kopf, und Ihr müßt Euch vor dem König von Frankreich verantworten«, erwiderte Nostradamus, ohne die Stimme zu erheben. »Außerdem werdet

Ihr den Besitz Eures Onkels nicht erben, denn der wird Euch überleben. Seid Ihr nicht gekommen, um das herauszufinden? Jetzt wißt Ihr Bescheid. Und laßt Euch noch etwas gesagt sein: Ihr werdet Euer dreizehntes Duell verlieren.« Der dunkelhaarige Mann erblaßte, seine Hand sank vom Schwertgriff.

»Glaub ihm kein Wort, Philippe ...«, beschwichtigte sein blonder Freund.

»Das tue ich auch nicht. Annibal, es ist ohnedies besser, tapfer auf dem Schlachtfeld zu fallen, als alt und verschrumpelt zu sterben.«

Während die beiden aus dem Zimmer stolzierten, rief der alte Weissager hinter ihnen: »Das habe ich nicht gesagt.« Doch nur Annibal hörte es.

Als sich die Tür hinter ihnen geschlossen hatte, stand Nostradamus auf und verriegelte sie, damit nicht noch weitere Bittsteller hereinkämen. Genug der armen Teufel, dachte er. Ich bin nicht meiner Gesundheit wegen in Paris, aber bis ich die Königin gesehen habe, fehlt es mir an Bargeld. Er kramte die Geldschatulle hervor, legte sein letztes Honorar hinein und fragte sich, wo sein Essen geblieben sei. Doch als er sah, daß Léon es über einer Kerzenflamme aufwärmte, war er zufrieden. Er füllte seinen Becher mit dem wirklich ausgezeichneten Rotwein, ließ ihn einen Moment darin kreisen und genoß den Vorgeschmack. Eines der größten Geheimnisse, das er auf seinen Reisen entdeckt hatte und an dessen Vervollkommnung er noch immer arbeitete, lautete: den Augenblick an sich genießen. Vor allem, wenn es sich bei dem Augenblick um das Abendessen handelt.

»Das ist nicht gerecht, das ist einfach nicht gerecht!« Laurette weinte so heftig, daß sie fast erstickte. Dann warf sie sich bebend vor Wut und Gram aufs Bett. Ihre kleinen Schwestern standen starr und still vor Staunen über diesen Vulkanausbruch an Gefühl um das große, durchhängende Himmelbett herum. Laurettes Wehgeschrei hallte durch die oberen Räume und lockte neugierige Dienstmägde und schließlich ihre Mutter herbei, die mit aufgekrempelten Ärmeln und einer großen weißen

Schürze über dem wollenen Tageskleid geradewegs aus der Küche kam.

»Laurette, Laurette ...«

»Geht weg. Das versteht Ihr einfach nicht. Ihr könnt es nicht verstehen!«

»Ich verstehe mehr, als du denkst«, sagte ihre Mutter.

»Sie hat ihn mir gestohlen. Sie hat mir meinen Philippe weggenommen. Dabei hat er mich gemocht! Sie ist häßlich! Und eingebildet! Sie bekommt alles!«

Madame de la Roque bemerkte ein zerknülltes Blatt Papier auf dem gefliesten Fußboden, bückte sich und hob es auf. Sie glättete es und sagte: »Annibals Brief war an die ganze Familie gerichtet, Laurette. Du hast kein Recht, ihn wegzunehmen und so zu zerknüllen. Ich bewahre alle seine Briefe in meiner Truhe auf, und diesen hast du ruiniert.«

»Er sollte verbrannt werden«, kreischte Laurette, die die Ellenbogen in die Kissen stemmte und ihre Mutter trotzig anblickte.

»Darin schreibt er nur Artigkeiten und erzählt von seinen Erfolgen. Seine Briefe sind eines Tages ein Familienschatz. Welches Recht hast du, mich und unsere Nachkommen dieser Freude zu berauben?«

»Die Kinder von Sibille und Philippe berauben, meint Ihr! Mein Philippe. Ich hätte Madame d'Estouville werden sollen! Habt Ihr denn den Teil nicht gelesen, wo er schreibt, daß M. d'Estouville derzeit großes Vergnügen an Sibilles Unterhaltung findet? Welch vorteilhafte Verbindung es für unsere Familie wäre, wenn ...?«

»Laurette, mein liebes Kind. Ein Blick, selbst ein Liebäugeln, ist noch lange kein Eheversprechen. Eine familiäre Verbindung dieser Art gründet sich nicht nur auf einen Stammbaum, sondern auch auf eine Mitgift. Ich könnte mir denken, daß deine Tante hat verlauten lassen, sie würde sich großzügig ...«

»Sie ist auch meine Tante. Sibille hat schon einen Weinberg. Die Mitgift hätte ich bekommen sollen. Tante Pauline hätte sie mir vermacht, wenn Sibille nicht zu ihr gegangen wäre wie eine

Bettlerin. Warum habt Ihr nicht mich zu ihr gesandt? Ich würde es viel mehr verdienen reich zu sein!«

»Laurette, mein Liebling, du weißt doch warum ...«

»Ich weiß, daß Sibille einen Ehemann hatte und daß sie ihn erschossen hat, weil sie Philippe für sich wollte. Aber Philippe liebt mich, das weiß ich. Ich bin hübscher als sie. Und nun sitzt er ihr zu Füßen, während sie, in Samt und Seide gekleidet, ihre albernen Gedichte zum besten gibt.«

»In dem Brief steht nichts davon, Laurette ...«

»Könnte es aber getrost ... Ihr wißt, daß es sich genau in diesem Augenblick so verhält.« Madame de la Roque setzte sich auf das Bett neben ihre wütende Tochter und streichelte ihr den Rücken.

»Laurette, mein Kind, hör mir zu. Beim Heiraten zählen nur Tatsachen. Du hast keine Aussteuer. Nur durch Gottes Gnade hat dein Vater die Anschuldigungen des bösen Handschuhhändlers niederschlagen können, und wir mußten nicht ins Armenhaus. Falls deine Schwester eine vorteilhafte Verbindung eingeht und in den Augen der Welt an Ansehen gewinnt, wird das auch deinem Bruder zugute kommen, und durch ihn bessern sich auch deine Aussichten auf eine gute Heirat, eine sorgenfreie Heirat ...« Madame de la Roques Gesicht wirkte gequält und blaß, ein weißer Grabstein eines geheimen Kummers.

»Ein alter Mann, ein häßlicher oder ein armer Mann, das ist es, was mir bleibt, Ihr könnt es ruhig aussprechen.«

»Mein Schatz, mein liebes Kind – wie die Dinge liegen, gibt es gar nichts für dich. Möchtest du als Almosenempfängerin im Haus eines anderen leben?«

»In Sibilles Haus, meint Ihr! Und ich sage Euch, nie im Leben. Ich hocke nicht in ihrem Haus herum, hüte ihre Kinder, sehe zu, wie Philippe sie zärtlich am Kinn kitzelt und sie ›Schätzchen‹ nennt, während sie diese selbstgefällige, eingebildete Miene aufsetzt wie immer, wenn sie lächelt!«

»Ach, Laurette, mein schönes, schönes Mädchen – du weißt gar nicht, wie ich für dich bete.«

»Beten! Wozu soll das gut sein? Sibille stolziert in den prächtigsten Roben umher, und Geld fließt auf sie herab wie Wasser, und ich habe nur Gebete.«

»Laurette, mein Schatz, mein geliebtes Kind. Hör auf meinen Rat. Laß dich nicht von deinen Gefühlen mitreißen. Falls du dich gemäß der Stellung verheiraten willst, die dir durch deine Herkunft gebührt, mußt du lernen, dich mit eisernem Willen zu beherrschen, so wie ich es gelernt habe – kommt, Mädchen, ich brauche Hilfe, und eure Schwester braucht Ruhe.« Laurettes Mutter stand auf, um an ihre Arbeit zurückzukehren. Doch als sie mit Françoise und Isabelle das Zimmer verließ, flüsterte Laurette mit verkniffener, bitterer Miene: »Wenn Ihr Euch so gut zu beherrschen wißt, warum hat es Euch nichts Besseres eingetragen als eine Heirat mit Vater?«

Der Alte Konnetabel höchstpersönlich ließ sich dazu herab, Nostradamus zur gegenwärtigen königlichen Residenz in St. Germain-en-Laye zu geleiten. Es gab einen Aufruhr im Gasthof wegen seiner eleganten Pferde und der Militäreskorte in leichter Rüstung. Nostradamus bemerkte die jungen Männer, die ihn aufgesucht hatten, beide prachtvoll beritten. Wer hätte sich besser geeignet für diesen Auftrag als der Alte Konnetabel: In der langen Zeit der Kinderlosigkeit der Königin hatte er auf seinen Reisen in ferne Länder Rezepturen gesammelt, den Rat von Hexenmeistern eingeholt und Fruchtbarkeitszauber für sie mitgebracht. Sie unterhielten eine rege Korrespondenz, wenn ihr Gemahl im Felde stand, denn der König selbst erzählte ihr überhaupt keine Neuigkeit; die vertraute er seiner Mätresse an. Die Königin nannte den Alten Konnetabel ihren »Tratschfreund«, unterzeichnete selbst als »vostre bonne coumère et amye«, und verließ sich darauf, von ihm zu hören, was ihr Ehemann im Ausland trieb; er hielt sie für seine Freundin. Er war so alt, ein Überbleibsel vom Hof König Franz' I., und sie um so vieles jünger, von so viel höherem Rang und so unansehnlich, daß niemand eine heimliche Liebschaft argwöhnte. Und was das Vorankommen auf der gesellschaftlichen Leiter betraf, so hatte niemand auf sie gesetzt, ehe sie die Kinder bekam: Wer unbedingt in Gunst stehen wollte, scharte sich um die Mätresse, nicht um die Ehefrau.

Doch es gab noch einen anderen Grund, warum Anne de Montmorency, Großkonnetabel von Frankreich, Nostradamus von Paris zum Schloß begleiten wollte, das nur ein paar Meilen entfernt auf einem Felsvorsprung über der Seine thronte. Er wollte sich von dem Wahrsager auf dem Ritt inspirieren lassen. Auch hatte er vor, sich mit ihm anzufreunden, sein Vertrauen zu gewinnen und sich heimlich die Zukunft auslegen zu lassen, wobei es nicht um die Zukunft Frankreichs ging, sondern um seine eigene bei Hofe.

Montmorency sah sich selbst als Königsmacher, als graue Eminenz, doch er hatte Rivalen. Während sie dahinritten, zählte er sie im Kopf zusammen: Da waren zunächst die Brüder Guise, mit ihrer kleinen Nichte Maria, der Schottenkönigin. Sie konnten sich getrost zurücklehnen und warten, bis sie eines Tages die Fäden in der Hand hielten, wenn Maria den Dauphin heiraten würde. Ihn, den alten Konnetabel, würden sie dann zum alten Eisen werfen. Als nächstes kamen die Bourbonen-Brüder, Fürsten von königlichem Geblüt. Sie waren die »natürlichen« Rivalen der Guise, doch auch sie würden die Montmorency wegwischen, wenn sie an die Macht gelangten, und den Guise würde das gleiche Schicksal widerfahren.

Wie stellte man ein Gleichgewicht zwischen den rivalisierenden Familien her, ohne selbst zwischen die Fronten zu geraten? Sie waren alle schrecklich, doch auf ihre Weise: Die Guise mit ihrer kalten Brillanz und ihrem fanatischen Katholizismus; und die drei Bourbonenbrüder, unzuverlässig, wetterwendisch und zu nichts zu gebrauchen. Verdammt!

Ich muß die Heiratspläne der Guise durchkreuzen, dachte der Alte Konnetabel. Das Datum hinauszögern, dann eine Braut mit besseren Verbindungen finden, an der man einfach nicht vorbeikommt. Dabei brauche ich Verbündete. Wer könnte mich darin unterstützen? Hm, niemand anders als die Bourbonen – ein nutzloser, lästiger Haufen, aber es muß sein. Vielleicht Antoine, der älteste der Brüder, König von Navarra, aber was für ein schwafelnder Tor! Der jeweils neuesten Mätresse hündisch ergeben. Der einzige Mann in der Familie ist seine Frau. Für einen Augenblick sah er Antoines nüchterne protestantische Frau vor sich. Jeanne d'Albret, die Tochter von König Franz' kluger Schwester. Also, wenn ich mich mit der verbünden könnte ... Ich muß diesen Nostradamus dazu bringen, mir zu verraten, wie alles ausgeht, dachte er. Dann kann ich entsprechende Vorkehrungen treffen. Mit einem Sitz wie ein Eisenpfeiler, mit ungerührter Miene und mit Träumen, die man ihm nicht ansah, ritt er auf seinem grauen Zuchthengst dahin und starrte geradeaus. Wer den alten Krieger sah, konnte denken, er weile in Gedanken auf dem Schlachtfeld.

»Maistre Nostredame«, sagte der Großkonnetabel von Frankreich und beugte sich großmütig von seinem prächtigen Hengst zu dem alten Mann herab, der auf einer kleineren Stute neben ihm ritt, »die Königin ist von Eurem Werk *Centuries* sehr angetan. Sagt mir, warum schreibt Ihr so kryptisch? Es gibt viel Streit um die Auslegung.«

»Sieur Konnetabel, wollt Ihr damit sagen, die Menschen denken, ich verberge mein Nichtwissen hinter einer schwierigen Sprache? Sollen sie getrost so denken. Die Visionen, die mir gewährt wurden, sind nicht für Ignoranten gedacht. Dumme Menschen machen schlechten Gebrauch von allem, auch vom Wissen um die Zukunft.«

Als sie aus dem Stadttor und über die Brücke in die staubiggoldene Landschaft klapperten, antwortete der Konnetabel: »Nun – ich glaube gewißlich an Eure Gabe. Ja, wirklich. Aber warum eine so wirre Darlegung? Damit habe ich große Schwierigkeiten. Wenn ich doch nur das Datum wüßte ...« Eine gackernde Hühnerschar stob vor den Pferdchen auseinander.

Nostradamus rutschte im Sattel hin und her und versuchte, eine bequemere Haltung für sein schmerzendes Rückgrat zu finden, dann sprach er etwas gereizt und wiederum in Rätseln: »Das Geschriebene ist so, wie es der Geist diktiert. Ich selbst habe damit nichts zu tun.« Oder mit seiner gräßlichen Hauswirtschaft, setzte er in Gedanken hinzu. Das muß ausgerechnet mir passieren, daß ich Verbindung mit einem Geist aufnehme, der nicht Ordnung halten kann. Als er bemerkte, wie der Konnetabel erschauerte, fügte er eilig hinzu: »Die Sterne formen das Schicksal, aber sie beherrschen es nicht. Wenn ich die Visionen in schlichter Sprache und mit Datum versehen aufschreiben wollte, dann würde sich niemand mehr um Veränderungen bemühen, und die Menschheit würde unter einem eisernen Joch zermalmt, das noch schrecklicher wäre als die Herrschaft des Antichrist! Es ist Gottes Wille, daß nur diejenigen, die das begreifen, Entscheidungen treffen, mit Hilfe derer sie der Verkettung der Geschichte entrinnen.« Da, das sollte dir reichlich zu denken geben, sinnierte Nostradamus, denn er spürte, daß hier jemand auf eine kostenlose Zukunftsdeutung aus war.

»Begreifen, ja, das sehe ich ein«, murmelte der Alte Konnetabel, denn er wollte zu den Auserwählten gehören und nicht zu den Dummen, die alles erklärt haben wollten, weil sie nicht imstande waren, ihr Schicksal zu meistern. Nostradamus ritt schweigend dahin und war es zufrieden. Schließlich war er der Inquisition in all den Jahren nicht nur durch Glück durchs Netz gegangen, und er freute sich immer wieder, wenn eine Gedankenkette aus seinem philosophischen Schatz genau die gewünschte Reaktion auslöste. Der alte Marschall würde die Kunde bei Hofe verbreiten, und sie würde das Leben des Propheten um einiges erleichtern.

Als sie die Freitreppe im *cour d'honneur* von St. Germain-en-Laye erreichten, war der alte Arzt dankbar für die bewaffnete Eskorte. Eine Menge umdrängte ihn, die mehr und mehr anschwoll und immer lauter wurde, während er zum Empfangsraum der Königin ging. »Nostredame, Nostredame!« wurde gerufen, und man stieß ihn und warf ihn beinahe um. »Er ist da! Der Mann, der die Zukunft kennt! Die Königin höchstpersönlich hat nach ihm geschickt.« Frauen wollten ihn berühren, und Fremde zupften an seiner Kleidung. Verzweifelte Menschen riefen ihm Fragen nach abhanden gekommenen Liebhabern und Söhnen zu, Spaßvögel stießen an seinen Spazierstock und feuerten witzig gemeinte Fragen auf ihn ab.

Soldaten, Pagen, Diener, aristokratische Müßiggänger, alles drängelte sich in den Fluren, um einen Blick auf ihn zu erhaschen.

»Fort, fort alle miteinander!« brüllte der Alte Konnetabel. »Macht Platz für den Astrologen der Königin.« Hinten in der Menge stand ein dunkelhaariger, italienisch aussehender Kerl, bärtig und in Schwarz gekleidet, der böse vor sich hin brummelte. Warum macht jeder so ein Theater um den Menschen, nur weil er ein Buch veröffentlicht hat, dachte Cosmo Ruggieri. Es ist so gewöhnlich und zeugt von einem niederen Instinkt, wenn man derart nach dem Lob der Masse giert. Meine Gedanken sind viel zu feinsinnig, als daß man sie in so etwas Vulgäres wie Schrift setzen könnte. Man muß schon Urteilsvermögen haben, wenn man meine Weisheiten verstehen will. Man sollte meinen, dieses elende Weib wüßte meine langjährigen Dienste und meine Brillanz zu schätzen. Man sehe sich nur diese Idioten an, wie sie um die Aufmerksamkeit dieses Nostradamus buhlen. Der Mann ist doch ein Nichts. Ein Betrüger, und niemand außer mir durchschaut ihn. Ich aber habe der Menschheit gegenüber eine Pflicht ...

Nostradamus spürte in der Menge eine Aura von blankem Haß, doch als er aufblickte und die Quelle ausfindig machen wollte, war sie verschwunden. Cosmo Ruggieri war nach Hause gegangen, um den alten Arzt mit einem Todeszauber zu belegen.

Die Aura der Königin war auf eine Art verschlagen und schwammig, wie sie Michel de Nostredame auf seinen Reisen schon häufig bei den Fürsten dieser Welt angetroffen hatte. Ungewöhnlich war nicht das honigsüße Lächeln, unter dem sie ihre Berechnung verbarg, auch nicht die Fülle der kleinlichen Spitzen, mit denen sie ihre schwache Stellung an einem Hof absicherte, an dem bei Frauen nur Schönheit zählte. Was von ihrer Aura hochloderte, war Wille, blanker Wille, angefeuert und angeheizt von der leuchtenden Flamme des Hasses und sorgsam unter einem Schleier der Vorsicht versteckt.

»Ich sehe ein langes Leben«, sagte Nostradamus, nachdem

er ihre Handlinien, die Sommersprossen auf ihren Unterarmen und die Züge ihres zu einem freundlichen Lächeln angespannten Gesichts gemustert hatte.

»Und mein Gemahl, der König …« Die Königin, die von den dunklen, durchdringenden Augen und der ruhigen, selbstsicheren Art des alten Arztes fasziniert war, zögerte, ihm die wesentliche Frage zu stellen, also verlegte sie sich auf die naheliegende. »Sein Leben … geht es bei der Weissagung in Eurem Buch um ihn?«

Nostradamus antwortete ausnehmend vorsichtig und taktvoll. »Der König, Euer Gemahl, wird neunundsechzig Jahre alt und als der größte Herrscher seit Caesar in die Geschichte eingehen. Er muß allerdings eine Vorsichtsmaßnahme einhalten: Er darf sich nie mit einem Mann duellieren, der einen Löwen im Wappen führt.«

»Aber der König ist nicht wie andere Menschen; man kann ihn nicht zum Duell fordern …« Mit einem Blick hatte Nostradamus die kabbalistischen Ringe, die Kette mit einem verborgenen Medaillon und Dutzende weiterer Anzeichen bemerkt, die von der Überzeugung der Königin sprachen, sie könne den dunklen Mächten gebieten.

»Bei Euren Gaben«, lenkte er ein, »werdet Ihr wissen, wann es soweit ist. Es liegt an Euch, ihm das auszureden. Damit werdet Ihr das Königreich retten.« Die Froschaugen wurden groß, und das runde Gesicht mit dem fliehenden Kinn nickte feierlich Zustimmung.

»Wird er, wird er … mich jemals lieben?« fragte sie.

»Er wird Euch allmählich schätzen lernen«, sagte der alte Prophet.

»Das geschieht nie, solange er im Bann seiner alten Hure ist«, platzte sie jäh und bitter heraus. »Wie ich mich danach sehne, sie loszuwerden! Gebt mir etwas, wodurch sie ihren Einfluß auf ihn verliert! Sagt mir, daß ich eines Tages von ihr erlöst werde!«

»Hoheit, wenn ich mit Zauberei herumspielte, verlöre ich meine Gabe der Weissagung«, gab der alte Doktor zu bedenken, der noch nie gezögert hatte, zu seinem eigenen Nutzen von Zauberei Gebrauch zu machen. Inzwischen hatte er sie jedoch aufgegeben, weil ihm dieses Geschäft zu schmutzig und ermüdend war. »Aber ich kann Euch versichern, daß die Zeit Eurer Erlösung naht.« Eine recht sichere Vorhersage angesichts des Altersunterschiedes zwischen den beiden Frauen, dachte er. Doch die Königin nahm an, er wollte taktvoll sein und ihr von Zauberer zu Zauberer mitteilen, daß ihre eigene Magie schon bald Erfolg haben würde. Das Herz hüpfte ihr vor Freude, und nach einem angenehmen Austausch über eine besondere Salbe, die Nostradamus eigens für sie hatte anfertigen lassen und die ihren Teint für immer strahlend erhalten und sie am Ende schöner als alle ihre Rivalinnen bei Hofe machen würde, bat sie ihn, zu ihren Kindern in Blois zu reisen und ihnen das Horoskop zu stellen. »Ich will, daß alle einen Thron bekommen«, sagte sie.

»Aber gewiß doch«, antwortete Nostradamus. Als man ihn aus dem Audienzzimmer der Königin führte, wurde ihm Unterkunft in einem der luxuriöseren Stadthäuser von Paris angeboten, im Hostel de Sens, dem Heim von Charles, Kardinal von Bourbon und Erzbischof von Sens. Dieses prächtige Gebäude, eins von denen, die zur alten königlichen Enklave namens Hostel de Saint-Pol gehörten, lag genau gegenüber von Les Tournelles und unweit der Bastille. Eine hervorragende Lage, um kleinere Nebengeschäfte zu tätigen, dachte der alte Doktor, wenn auch ein wenig weit entfernt von den Buchläden am linken Seineufer.

Schön, schön, jetzt fehlt nur noch eine Einladung von den Guise, dachte er zufrieden. Es geht doch nichts über rivalisierende Lager, um das Geschäft zu verbessern. Auf einem Hügel bedeutete er seiner Eskorte anzuhalten und genoß den herrlichen Anblick: Wie ein schimmernder Bogen lag die Seine unter ihm und zog sich zwischen smaragdgrünen Ufern in die Ferne. Er holte tief Luft und lauschte dem fernen Gesang eines Vogels, dem Krähen eines Hahns, dem Wind, der die Fahnen auf dem Schloß über ihm knattern ließ. Dabei dachte er glücklich an daheim.

Doch die angenehmen Vorstellungen von den hübschen kleinen Ergänzungen, die er an seinem Studierzimmer vornehmen würde, an die Ausbesserung der Gartenmauer, das neue Kleid zu Weihnachten für seine Frau, wurden durch schmerzende Stiche gestört. Seine Gicht. Verdammt, dachte er, jetzt muß ich vielleicht mit einem neuerlichen Anfall tagelang das Bett hüten. Die Stiche verwandelten sich in stechenden Schmerz. Als er wieder in Paris war, mußte man ihn die Treppe zum Palast des Erzbischofs hinauftragen. Es war, als durchbohrte jemand seine Gelenke mit Nadeln. Selbst nachdem er Léon nach Opium geschickt und dieser es gebracht hatte, floh der Schlaf sein Lager.

12. Kapitel

Mein Erstaunen beim Erhalt Eures Briefes war grenzenlos, aber da Euer Vater ihn mir gegeben hat, nehme ich an, daß wir uns mit seiner Erlaubnis treffen.« Eine Wolke bedrohte die Sonne, und in ihrem kalten Schatten erschauerte Laurette und hüllte sich enger in ihr Umschlagtuch. Sie stand im Apfelgarten unweit des Gutshauses und in Sichtweite der kalten Augen ihres Vaters, der das heimliche Stelldichein vom oberen Stockwerk aus beobachtete.

»Mein Vater und ich sind einer Meinung«, sagte Laurette. »Sibille hat Schande über uns gebracht, so wie sie in der Öffentlichkeit herumstolziert, sich wie eine Hure aufführt und unseren guten Namen in den Schmutz zieht.« Zu ihren Füßen roch es nach verfaulten Äpfeln, den Überbleibseln der letzten Ernte. Man hatte die Schweine in den Obstgarten geschickt, und ihr Gegrunze und der ferne Hahnenschrei störten die herbstliche Stille.

»Sie hat weitaus mehr getan, als Schande über mich zu bringen«, stieß Thibauld Villasse hervor. Sein Gesicht war für immer durch eine dunkle Verfärbung entstellt, die von einer Schwarzpulverexplosion ganz in seiner Nähe herrühren mußte. Sein rechtes Auge lag verborgen hinter einer schwarzen Lederklappe.

»Eure Verletzung betrübt mich sehr, Monsieur de la Tourette«, sagte Laurette mit groß aufgeschlagenem, blauem, mitfühlendem Blick. Ihr schlichtes blaues Wollkleid tat ein übriges, und das wußte Laurette. Sie hatte sich das volle goldene Haar zu einer Krone geflochten und sich in die Wangen gekniffen, damit sie für dieses wichtige Treffen rosig schimmerten. Zeig Interesse, hatte ihr Vater gesagt, und vielleicht heiratest du ja doch noch, mein Mädchen. Mein Vater ist dumm, dachte Laurette, aber ich nicht. Ich werde diese Chance ergreifen und bekommen, was ich will.

»Eure Schwester ist der leibhaftige Teufel«, sagte Villasse. »Ich lebe nur noch, weil sie nicht mit Feuerwaffen umgehen kann.« Er trug schwere Jagdstiefel, sein altes Lederwams und einen Hut mit breiter Krempe, den er sich über dem langen, strähnigen, ergrauenden Haar tief in die Stirn gezogen hatte. Seine braune Stute stand angebunden hinter ihm, ihre Flanken noch feucht vom langen Ritt.

»Ich verabscheue sie«, bekräftigte Laurette. »Sie ist nicht mehr meine Schwester. Außerdem hat sie mir die Aussteuer gestohlen, die meine Tante mir zugedacht hätte.«

»Wie auch das Erbe, das Euer Vater von seiner Schwester erwarten konnte. Schließlich hat sie keine Kinder – es war töricht von ihm, ihr Sibille zu geben …«

»Aber«, sagte Laurette, »falls Sibille ein schrecklicher Unfall zustößt und sie nicht heiraten kann, wird meine Tante natürlich großzügig mir gegenüber sein – schließlich bin ich auch ihre Nichte.«

»Ein Unfall? Ihr meint, umbringen …?«

»O nein, das wäre zu – ich meine, das ist eine Sünde –, aber Rache, Auge um Auge, Zahn um Zahn, das ist gerecht, oder … «

»Woran denkt Ihr?«

»Derzeit umschwärmen sie die Männer. Sie lebt im Luxus und freut sich über den Schaden, den sie Euch angetan hat. Es ist kein Verbrechen, es ihr heimzuzahlen …«

»Wie?« Villasse beugte sich vor, und seine Stimme klang auf einmal fordernd.

»Wenn sie häßlich wäre, blind – so wie sie versucht hat, Euch zu blenden –, dann könnte sie sich niemals verheiraten, sich nicht einmal mehr in der Öffentlichkeit blicken lassen. Sie wäre nicht mehr unterhaltsam. Meine Tante würde zweifellos dafür sorgen, daß sie im Kloster leben könnte. Sibille hat ohnedies immer gesagt, daß ihr das am liebsten wäre. Und dann würde Tante Pauline mich als Gesellschafterin haben wollen.«

»Und wie soll das geschehen?«

»Vitriolöl ... Ich weiß alles darüber. Man kann es nicht abwaschen. Es verbrennt das Fleisch bis auf die Knochen. Nur ein Spritzer, nun ja, aber an die richtige Stelle. Dann wird sie sich für den Rest ihres Lebens verstecken müssen, und den Angreifer kann sie dann auch nicht mehr erkennen.«

»Und ich soll das Ganze arrangieren?«

»Ich kann nicht weg von hier. Außerdem weiß ich nicht, wie man es beschafft. Aber Ihr, Ihr könnt überallhin.«

»Was für ein brillanter Plan«, sagte Villasse leise bei sich. »Einen solchen Plan kann nur eine Frau ersinnen.« Er blickte zu Laurette hinunter. Sie war so bezaubernd, so unschuldig, so viel hübscher als ihre knochige große Schwester, die Hexe. Wie konnten so verschiedene Wesen Schwestern sein? Die hier war eine echte Schönheit.

»Ich würde den Mann lieben, der mir Gerechtigkeit verschafft«, sagte Laurette und blickte durch ihre langen Wimpern zu ihm auf.

»Dann wollt Ihr also Euren Vater aus seinem Erbe verdrängen?« fragte Villasse in herablassendem, belustigtem Ton.

»Er ist schon verdrängt«, sagte Laurette. »Tante Pauline hat ihm erklärt, daß sie ihr Erbe Sibille oder aber einem Kloster vermacht. Aber wenn Sibille nicht mehr bei ihr weilt, wird sie einsam werden ... «

Während Laurette zusah, wie Villasse auf seinem Pferd in der Ferne verschwand, hörte sie hinter sich die welken Blätter rascheln.

»Nun, Laurette, hast du ihn auf meine Schulden angesprochen?« Als sie die Stimme ihres Vaters hörte, drehte sie sich um.

»Gewiß Vater, genau wie Ihr mich gebeten habt«, antwortete sie.

»Ich bin mir sicher, daß er deinem hübschen kleinen Gesicht nicht widerstehen kann«, sagte der Sieur de la Roque.

»Das wollen wir doch hoffen«, meinte Laurette.

In Paris, weit entfernt von diesem entlegenen Gut, steht in der Rue de Bailleul ein reiches Haus, dessen spitzgiebliges Schieferdach ein Dutzend Türmchen und die gleiche Anzahl Schornsteine zieren. In einer Nische über der Haustür prangt eine hübsche, italienische Madonna mit Kind in leuchtenden Farben, mit echt vergoldeter Krone und Sternen am Saum ihres mitternachtsblauen Überkleides. Das Haus gehört Monsieur Montvert, einem italienischen Bankier, Berater von Königen, Herzögen und eines jeden, der eine Anleihe für einen Krieg, ein neues Anwesen oder eine modische Mätresse braucht. Von den verglasten Fenstern bis zu den wohl versehenen Kellern verströmt es eine Aura von Wohlstand, neuem Geld und einer gewissen selbstgefälligen Zufriedenheit. Alles Dinge, die für den einzigen Sohn des Hauses eine Quelle unendlicher Erniedrigung sind: Jeden Stein des Gebäudes würde er dafür geben, als verarmter, französischer Aristokrat mit altehrwürdigem Stammbaum geboren zu sein und sich den Lebensunterhalt allein mit seinem stets bereiten Rapier und einem spöttischen Witz verdienen zu müssen. Genau in dem Augenblick, als Laurette im Apfelgarten weilte, lag Nicolas Montvert im Streit mit seinem unangenehm begriffsstutzigen Vater.

»...und wenn Ihr ihn schon von Monteverdi zu Montvert abändern mußtet, warum nicht wenigstens de Montvert ... «

»Das wäre falsch gewesen ... «

»Montvert auch ... «

»Nicolas, wechsle nicht das Thema. Ich habe dir bereits gesagt, du fährst nicht mit mir nach Orléans zurück, und damit Schluß. Deine Mutter braucht dich hier ... «

»Genausowenig, wie ich hierbleiben muß ... «

»Wozu denn? Du hast es verabsäumt, dich bei Monsieur Bonneuil einzuschmeicheln, geschweige denn bei den anderen wichtigen Verbindungen, die ich dir verschafft habe. Wieso solltest du auf einmal ... aha! Ich sehe dir an der Nasenspitze an ... «

»Meine Nase sieht genauso aus wie sonst.«

»O nein, das tut sie nicht. Du hast dich wieder einmal verliebt. Hattest du dir erhofft, daß du hinter der mageren Verwandten von Madame Bonneuil herschmachten könntest? Unter ihrem Fenster herumlungern und die Mandora spielen? Oder vielleicht Bares aus mir herausquetschen, damit du die Aufpasserin los wirst? Das ist es, ich sehe dir alles an der Nasenspitze an. Sibille Artaud – laß die Finger davon. Die gesamte Familie ist weiter nichts als ein Haufen blaublütiger, verschwendungssüchtiger Blutsauger ... «

»Vater, sie ist anders, das erkenne ich an ... «

»Nach einer einzigen zufälligen Begegnung? Du weißt ja nicht einmal, an welcher Seite man ins Bett steigt. Du Mondkalb! Solltest du jemals Verantwortung übernehmen und solltest du dir jemals einen achtbaren Platz in der Gesellschaft schaffen, schicken deine Mutter und ich dich zur Verwandtschaft in die Heimat, und dort suchst du dir ein gutes italienisches Mädchen, ein reines Mädchen aus wohlhabender Bankiersfamilie, die nimmst du zur Frau. Bis dahin laß die Finger von übel beleumdeten Personen. Ich zahle keinen *sou* ... «

»Sie ist keine ... wie könnt Ihr es wagen! Sie hat eine edle Haltung ... sie ... «

»Und ich habe von Gondi gehört, daß man sie aufgefordert hat, der Königin bei Hofe aufzuwarten, und was das bedeutet, weißt du: Liebschaften, Mitgiftjagd, vielleicht ein Liebhaber, der zu irgendwelchen höheren, politischen Zielen von der Königin höchstpersönlich ausgesucht wird. Laß die Finger davon, Nicolas. In diese Kreise gehörst du nicht – auch nicht in diesen Sumpf an Verderbtheit. Der verschlingt dich doch auf der Stelle ... «

»Ich werde nicht ... «

»Und ich sage dir, sollte ich feststellen, daß du dich bei dieser Frau herumtreibst, unterschreibe ich Papiere, die dich als ungeratenen Sohn, der ein Lotterleben führt, in die Bastille bringen ... «

Aber, ach, Scipion Montvert hatte in seinem Zorn und seiner Entrüstung genau das Argument vorgebracht, das die Unbekannte in eine beständige Aura von Begehren hüllte und ihr die köstliche Faszination einer verbotenen Frucht verlieh. Nicolas' unberechenbarer Blick, der sich so leicht von einer unzugänglich wirkenden, eleganten jungen Frau einfangen ließ, hing jetzt auf Dauer am Polarstern. Sibille Artaud de la Roque. Hochgewachsen, schlank, in aristokratisches Schwarz gehüllt, hinter ihrem Schleier eine geheime Trauer verbergend, eine Frau von Witz und Gelehrsamkeit, mit altehrwürdigem Namen, und was noch viel besser war, angemessen verarmt. Nur er, Nicolas, der Held, mit seinem kühnen Schwert und dem unerschrockenen Herzen, konnte sie dem üblen Pfuhl des Hoflebens entreißen, in den sie zweifellos durch grausamste Not getrieben worden war. Sie war alles, was er auf dieser Welt begehrte.

»... und übrigens, bei meiner Rückkehr erwarte ich, daß du die Zinsberechnung beherrschst.« Die Stimme seines Vaters wehte die Treppe hoch, während dieser in Richtung der Pferdeställe verschwand.

Gott hat mich nicht zum Buchhalter bestimmt, dachte Nicolas. Ich bin dazu auserkoren, die tragisch schöne Sibille vor den Intrigen eines finsteren und dekadenten Hofes zu erretten, wir sind dazu ausersehen, ein ...

»Und auch kandierte Kirschen! So viele Süßigkeiten habe ich, glaube ich, mein Lebtag nicht gesehen!«

»Die hat der Abbé fast genauso gern wie das *jeu de dames*. Vergiß nicht, das Brett dort drüben auf dem Tischchen aufzubauen. Arnaud, ich höre bereits meinen Cousin kommen. Führ ihn herein! Ich muß ihm unbedingt von meinem neuen Leiden berichten, hier dieses seltsame Ziehen oberhalb der Leber. Er soll mir sagen, welche Bäder am besten dafür sind.« Tante Pauline war ganz flattrig. Jeden Dienstagnachmittag, so regelmäßig wie ein Uhrwerk, stattete ihr ein Vetter zweiten Grades, der Abbé Dufour, einen Besuch ab, verschlang Süßigkeiten und sprach mit ihr über die neuesten Entdeckungen auf dem Gebiet der Wissenschaften und des Okkulten. Er war ein Mann von kleinem Wuchs und großer Weisheit.

Einmal im Jahr begleitete er Tante Pauline, zusammen mit einer anderen ältlichen, unverheirateten Base und seiner alten Mutter, ins Bad nach Plombières, nach Enghien-les-Bains, nach Evian oder an einen anderen Ort, wo Heilwässer die vielfältigsten Krankheiten zu heilen vermochten, angefangen bei Gliederreißen über Gicht, Kopfschmerzen, Blutarmut, Auszehrung, Schwindsucht, Herzklopfen, Wassersucht, Lähmungen, nervösen Anwandlungen, einem Übermaß an Säften bis hin zu tausend anderen Zipperlein, allesamt Leiden, die sie zu haben glaubten und von denen sie einige tatsächlich hatten. Andere Lieblingsthemen des Abbé waren die Symptome seltener und exotischer Krankheiten – vorzugsweise solcher, die zunächst harmlos wirkten, doch dann zu einem gräßlichen Tod führten, außerdem die Willkür des Schicksals, die Ziele Gottes und Wunderheilungen. An diesen Dienstagen lernte ich jede Menge, und da die Themen für mich allesamt neu waren und es nicht um Jagd ging, boten sie mir köstliche Unterhaltung.

Aber es war nicht der Abbé, der den Raum betrat. Ein Mann in der staubbedeckten Livree der Königin stand in der Tür und streckte Tantchen einen Brief entgegen.

»Lies ihn mir vor, ich bin ja so aufgeregt ... Ach nein, gib ihn mir zurück! Schau einmal, wie wunderbar, was für eine Überraschung ... Ja, da steht tatsächlich: ›...wird gebeten, vor der Königin zu erscheinen.‹ Ja, schwarz auf weiß, so steht es da. Und du sollst eine Auswahl deiner Gedichte lesen. O mein Herz.« Tante Pauline setze sich und legte eine Hand auf die Brust. Mit der anderen hielt sie den Brief und fächelte sich Luft zu: »Ja, ja, sagt der Königin«, wandte sie sich an den auf eine Antwort wartenden Lakaien, »wir fühlten uns äußerst geehrt und nähmen die Einladung gerne an.«

»Die Königin hat mich beauftragt, Euch zu sagen, sie habe eine Sammlung seltener und antiker Behältnisse, und es sei ihr zu Ohren gekommen, daß Ihr im Besitz einer Schatulle seid, die zu ihren Stücken passen könnte. Wenn Ihr sie der Königin überlaßt, so würde sie es Euch gebührend zu danken wissen ... Eine Position bei Hofe, möglicherweise – wenn Ihr versteht ... «

»Eine Schatulle? Nichts lieber als das«, erwiderte Tantchen freudestrahlend.

»Aber, aber ... meine Dichtkunst ... Woher weiß die Königin ... «, stammelte ich, als der Bote gegangen war.

»Woher weiß sie von der Schatulle? Königinnen haben so ihre eigenen Quellen ... Wie entzückt wird der Abbé sein, wenn er hört, daß er uns an den Hof begleiten kann. Diese Ehre, diese Auszeichnung! Sibille, die elendige Mumie im Kasten hat dir Glück gebracht, ohne daß du auch nur einen einzigen Wunsch aussprechen mußtest. Was wieder einmal zeigt, daß Tugend am Ende doch obsiegt. Aber – Arnaud, schau, da ist wieder jemand an der Tür. Das wird er sein. Beeil dich, ich hab ja solche Neuigkeiten!«

Doch keiner von uns war auf die Besucherin gefaßt, die bei Arnauds Ankündigung »Madame Bonneuil« eintrat. Ein Blick auf die farbenprächtige Kleidung, das Rouge und den Reispuder, die rotbraunen Locken, die gewagt unter ihrem perlenverzierten Kopfputz hervorlugten, ihre blaßblauen Augen genügte ...

»Base Matheline«, rief ich. »Was führt denn dich hierher?« Base Matheline schien sich sehr bewußt zu sein, daß sie nach der allerneuesten Mode gekleidet war; sie trug den neuen Reifrock, der ihre vielen Unterröcke und den Rock weiter abstehen ließ als bei irgend jemandem sonst; die schmale Halskrause, die aus ihrem hohen Seidenkragen hervorlugte, war aus echter Spitze, und an ihrer schmalen Schnürtaille hingen ein niedlicher bestickter Samtbeutel und ein Fächer aus bemalter Seide und geschnitztem Elfenbein.

»Ach, meine liebe, allerliebste Base und Ihr, liebste Madame Tournet – ich mache meinen längst überfälligen Anstandsbesuch. Ich bin ja so beschäftigt gewesen ... so völlig eingenommen von den ehelichen Pflichten. Aber endlich, endlich bist du in Orléans, und wir können uns wieder über deine wunderbaren Gedichte unterhalten.«

»Aber, meine Briefe ...«

»Briefe?« sagte Matheline mit ausdrucksloser Stimme und staunend gewölbten Brauen. »Du hast Briefe geschickt? Oh, wie grausam, die habe ich nie erhalten. Und dabei hätte ich so gern Briefe von dir bekommen. Wir waren doch immer Busenfreundinnen.« Ohne aufgefordert worden zu sein und noch im Stehen, schickte sie sich an, eine nach der anderen die kandierten Kirschen zu verspeisen.

»Nehmt bitte von den Kirschen, Madame Bonneuil.« Der Spott in Tantchens Stimme war nicht zu überhören.

»Ach, sind die köstlich. Hoffentlich habt Ihr meinen kleinen Dankesbrief bezüglich Eures Hochzeitsgeschenks erhalten. Ich wollte Euch schon so lange besuchen, aber ... « Ihr Blick schweifte zu mir zurück. »Sibille, du siehst gut aus – nicht auszudenken, daß die Königin höchstpersönlich den Worten lauschen wird, die wir zum ersten Mal in meinem bescheidenen provinziellen *cénacle* zu hören bekamen. Mein teurer Bonneuil war ja so beeindruckt, als er davon hörte. Man bedenke, hat er gesagt, Poesie. Aber ja doch, habe ich gesagt, die Poesie verleiht uns Flügel.«

»Gewiß, es ist ungemein beeindruckend, was eine literarische Begabung bewirken kann«, sagte Tante Pauline in genau dem Ton, mit dem sie die Kirschen angeboten hatte. »Und wie unglaublich schnell der Ruf wahrer Kunst vorauseilt.«

»Die Bankiers, meine Liebe, sie kennen einfach jeden. Es ist ihr Geschäft, die neuesten Gerüchte vom Hofe zu erfahren. Das war doch ein königlicher Bote, der gerade das Haus verlassen hat? Ach, die offiziellen Briefe brauchen doch zu lange.

Und ich weiß«, fuhr sie fort, mit einem spitzbübischen Fingerzeig in meine Richtung, »ich weiß, daß du alle Herzen im Sturm eroberst. Ei, da hat sich doch unser teurer Monsieur Montvert, der so überaus vermögend ist, auch wenn seine Familie erst seit kurzem in Frankreich lebt – er investiert, und er ist wirklich furchtbar klug –, beim Abendessen letzte Woche nach dir erkundigt. Seine Frau soll kränkeln ... meine Liebe, du kannst jederzeit mit einem Vermittler rechnen. Ei, so sage ich zu ihm, meine liebste Sibille und ich sind zusammen in

Saint-Esprit gewesen – ihr Stammbaum ist durch und durch untadelig –, und obwohl sie uns schon nach nur zwei Jahren verlassen mußte, merkt man doch, daß sie ungemein gebildet ... « Tante Pauline, die außerhalb von Mathelines Blickfeld war, gab unheilverkündende Laute von sich.

»Dann fühlte sie also keine Berufung zur Nonne«, fragte er, und ich sagte, nun ja, ihre Familie hatte eine Verlobung mit Thibauld Villasse, einem sehr vermögenden Landbesitzer, abgesprochen ... Dann ist sie also verlobt, reist jedoch an den Hof? fragte er, und ich versicherte ihm, daß Villasse keine Einwände erheben könne, da er schwer erkrankt darniederliege und sein Schlafzimmer die ganze Zeit über nicht verlassen hätte. Was ihm fehle, wüßte ich jedoch nicht, aber die einen sagten, es sei ein Jagdunfall gewesen, bei dem er sich durch eigenes Ungeschick angeschossen hätte, was er natürlich geheimzuhalten versuche ... « Tantchen und ich hielten beide die Luft an.

»Thibauld ... ist ... noch ... na ja, hoffentlich?« fragte ich.

»Ich denke schon, aber ich könnte mir vorstellen, daß er sich zu Tode schämt. Doch Montvert, da bin ich mir ganz sicher, ist an dir interessiert, sonst hätte er mich nicht so ausgequetscht, und ich weiß aus sicherer Quelle, daß er keine Mätresse hat, und er soll schrecklich großzügig sein, wohltätig, na, du weißt schon ... Und was seinen Sohn, diesen Nichtsnutz, angeht, so ist er ein Faß ohne Boden. Hier studieren, da studieren und nirgendwo ein Examen ablegen! Mein Gatte sagt, daß Nicolas Montvert der geborene Taugenichts ist. Und diese Geduld, die sein Vater mit ihm hat! Ein Heiliger, wahrhaftig ein Heiliger. Mein Gatte sagt, er würde einen Sohn, der so lebt, schnurstracks in die Bastille schicken. Du siehst also, Monsieur Montvert ist von Natur aus großzügig und nachsichtig. Und du mußt zugeben, daß er – nun ja, zwar ein wenig alt ist – aber weitaus vornehmer aussieht als Villasse, und bei Hofe, nun, da braucht eine Dame ihre kleinen Liebeleien, ich meine, vielleicht triffst du dort jemanden von höherem Rang, doch in der Zwischenzeit ... er dürfte leicht loszuwerden sein, falls du dich verbessern ... «

»Meine liebe Matheline«, sagte Tante Pauline mit honigsüßer Stimme, »bleibt doch bitte und lernt meinen Vetter kennen, den Abbé Dufour, der einen Vortrag für sein Leprosarium hält.«

»Sein ... ahem ... was?«

»Gewißlich habt Ihr schon davon gehört, von seinem kleinen Spital – Saint Lazare? Er ist ein ungemein heiliger Mann, ich bin überzeugt, Ihr werdet seine Unterhaltung recht erbaulich finden. Er wäscht den Leprakranken eigenhändig die Schwären.«

»Nein, wie wunderbar, wie wohltätig, wie edel. Hoffentlich treffe ich ihn ein anderes Mal an ... es ist schon so lange her, daß ich mich mit einem wahrhaft heiligen Menschen unterhalten habe. Viele Menschen sind heute so seicht ... oh, Sibille, komm in meine Arme, du hast mir ja so gefehlt.« Und Base Matheline, die sich gar nicht erst gesetzt hatte, drückte mich an ihren steif geschnürten, samten umhüllten Busen, wir gaben uns einen Kuß, und dann verabschiedete sie sich und ließ eine Wolke Fliederduft zurück.

»Sie hat alle Kirschen aufgegessen«, sagte Tante Pauline, die sich nicht von ihrem Platz am Tisch erhoben hatte.

»Ach, Tantchen, er ist gar nicht tot. Was soll ich nur tun? Als Mörderin war alles einfacher«, jammerte ich.

»Tun? Natürlich Dame spielen. Darin bist du besser als ich. Und ich spiele den Kibitz, was noch schöner ist, als selbst zu spielen, weil ich dann nicht verlieren kann. Ich höre, glaube ich, den Schritt des Abbé vor der Tür.«

Also, dieser Abbé Dufour wäre im Traum nicht auf die Idee gekommen, einen Leprakranken zu waschen, weil ihn das bei seinen Studien der Lebenszyklen seltener und merkwürdiger Pflanzen gestört hätte, ebenso bei seiner Suche nach dem verborgenen Willen Gottes, bei seiner Lektüre der Kirchenväter über das Wesen des Lebens nach dem Tode und insbesondere beim Verfassen seiner dickleibigen Monographie über das Leben der Schildkröte, die die Welt der wissenschaftlichen Philosophie in Erstaunen versetzen sollte. Und was die Lepra anging, so hätte für ihn nur die Theorie von der Lepra Bedeutung gehabt, die von der Krankheit Befallenen waren zu gewöhnlich für seine Überlegungen. Ein winziger Mann mit einem Buckel und blasser Gesichtsfarbe, war er ein Meister darin, die Damen mit seiner geistreichen Unterhaltung zu bezaubern und ihnen die praktischen Dinge voll und ganz zu überlassen. Nur was seine eigenen leiblichen Bequemlichkeiten betraf, da kannte er sich sehr genau aus. Dank dieser Gabe wählte er für uns – als wir endlich unsere schicksalhafte Reise antreten sollten – ein prächtig geeignetes Kloster zum Übernachten für unterwegs aus, wo der Koch sein persönlicher Freund war. Auch in Paris wußte er eine ausgezeichnete Unterkunft in einem Gasthof am linken Ufer der Seine in der Nähe seiner bevorzugten Buchläden.

Er war der vollendete Reisegefährte, denn ihm machte die Langsamkeit von Tante Paulines reichverzierter Sänfte nichts aus, die zwischen zwei großen grauen Pferden namens Flora und Capitaine baumelte. Ein ums andere Mal rief er ihr durch die geschlossenen Vorhänge zu, sie solle die Sonne Sonne sein lassen und sich diese oder jene interessante Sehenswürdigkeit in der Straße ansehen. Doch erst als die Strahlen der bösen Scheibe schräg fielen, zog Tantchen den Vorhang an der schattigen Seite auf, und alsdann ergötzte er uns mit vergnüglichen Geschichten über berühmte Räuber, die man auf ebendieser Anhöhe oder zwischen den Bäumen jenes fernen Gehölzes gefangengenommen hatte. Oder waren es behaarte Ungeheuer, die sich später als menschliche Wesen herausstellten, da drüben, jenseits der Häuschen, unweit des Hügels …

»Théophile, warum halten wir? Sind wir schon beim Gasthof?« Wir hatten die Sonne nur kurz in die Sänfte gelassen, als wir pausierten, ehe wir durch die Porte St. Jacques in die Mauern von Paris einziehen würden. Jetzt drangen rings um die rüttelnde, staubige Sänfte die verlockenden Geräusche einer fremden Stadt an unsere Ohren: die Schreie der Straßenhändler, die Zurufe von Frauen im oberen Stockwerk ihrer Häuser, der Lärm spielender Kinder.

»Es ist noch ein Stück, meine liebe Base«, sagte der Alte und beugte sich dabei von seinem rotbraunen Maulesel zu den geöffneten Sänftenvorhängen hinüber. »Das hier ist irgendeine gräßliche Auseinandersetzung zwischen Studenten, die uns leider den Weg versperren. Die Jugend in diesem Stadtviertel will einfach keine Ruhe geben.«

»Sind wir schon in Paris? Mach meinen Kasten auf, ich will mir den Ort ansehen«, kam eine gedämpfte Stimme unter unseren Kissen hervor.

»Ganz gewiß nicht«, erwiderte Tantchen, die den Vorhang fallen ließ. »Schlimm genug, daß wir dich überhaupt mitnehmen mußten. Aber mit dir mache ich bestimmt keine Besichtigungen in der Stadt.«

»Das wird dir noch leid tun«, schmollte das Ding im Kasten. »Ich bin gewohnt, mit mehr Achtung behandelt zu werden.«

»Wir müssen eine andere Straße nehmen«, drang eine Stimme durch den Vorhang. »Sie lockern schon die Pflastersteine. Uff, da fliegt einer, wirklich, eine andere Straße. Madame Base, wir müssen umkehren, seid so gut und befehlt Euren Lakaien, mit den Pferden in diese Gasse abzubiegen.«

Tante Pauline versetzte dem Ding unter den Kissen einen Schlag mit ihrer juwelengeschmückten Hand, während sie mit der anderen den Vorhang hob und laut rief: »Arnaud, Pierre, die Pferde sollen nach Anweisung meines Vetters abschwenken, und achtet bitte auf meinen kleinen Señor Alonzo, daß er mir bei diesem furchtbaren Lärm nicht erschrickt.« Bei dem Gekreisch des Affen in seiner eigens für ihn gefertigten, seidengepolsterten Reisetasche, dem Geklapper und Gepolter von Tante Paulines Lakaien, die die Sänftenpferde wenden ließen, und bei Gargantuas Gebell verlor sich das Gequengele unter den Kissen. Gut so, dachte ich. Bislang ist es uns gelungen, das Geheimnis sogar vor dem guten Abbé zu wahren. Wenn wir jetzt noch eine Möglichkeit finden, es loszuwerden, gehört mein Leben wieder mir.

In der schattigen Gasse öffneten wir wieder die Vorhänge und spähten hinaus.

»Oh, sieh mal, *ma tante*, da gegenüber – ein Buchladen,

›Zum König David‹.« Eine Schar Studenten rannte an uns vorbei und in Richtung des Aufruhrs, sie trugen eine Puppe, die mit Stroh ausgestopft war und eine akademische Robe anhatte. Zweifellos irgendein unbeliebter Professor, der *in absentia* Schändliches erdulden mußte.

»Morgen sehen wir uns einen besseren an – ›Zu den vier Elementen‹ –, der hat weitaus mehr Kuriositäten«, sagte der Abbé, doch Tante Pauline rümpfte beim Anblick der Studenten die Nase.

»So gar kein Modebewußtsein. Wie trist sie allesamt aussehen. Hier werden wir ganz gewiß nicht einkaufen. Sibille, laß den Vorhang herunter, ich sehe, daß die Straße frei ist für die Weiterreise.« Doch als wir durch die engen Straßen und fort vom Tumult getragen wurden, konnte ich nicht widerstehen und lugte nach draußen. »Und dann«, sagte Tantchen gerade, »mußt du einfach noch ein paar Sachen haben.«

»Aber, *ma tante*, ich besitze doch schon so viele Kleider.«

»Keine Widerworte Sibille. Ei, der kleine Laden, der Goldschmied dort, sieht gar nicht so übel aus, auch wenn er in einem weniger mondänen Stadtviertel gelegen ist. Oh, halt den Vorhang ein wenig höher, mein Schatz – siehst du den Laden dort drüben?«

»Aber, *ma tante*, du hast gesagt … «

»Ist doch einerlei, was ich gesagt habe. Sieh mal da. Ein Handschuhmacher. Wir müssen nicht zu den Schneidern, sondern zu den Schustern. Die Handschuhe da. Deine Hände und Füße sind nämlich zu groß für meine Sachen. Wir müssen unbedingt einkaufen! Ohne Handschuhe kannst du nicht zur Königin gehen!«

»Aber, ich habe ein Paar Handschuhe, du hast sie mir gerade … «

»Papperlapapp, ich höre mein Geld rufen. Wer wird einer alten Dame ihr Vergnügen abschlagen wollen? Ei, ich spüre, wie mir das Herz hüpft. Halte mich jetzt nicht auf, oder möchtest du schuld an meinem Tod sein?«

Ich muß schon sagen, es war, als ließe man einen Tiger aus dem Käfig. »Der Fächer!« rief sie, als sie eine Dame erblickte, die mit einem Fächer am Handgelenk hinter ihrem Lakai auf dem Pferd saß. »Hast du den gesehen, den deine gräßliche Base Matheline hatte? Du mußt einen viel schöneren bekommen. Ah! Da drüben! Nun sieh dir diesen Laden mit den süßen bestickten Hausschuhen an! Ich muß welche haben. Théophile, lieber Vetter, laßt anhalten! Baptiste, halt, halt hier an, lauf hinein und hol mir den Ladenbesitzer. Er soll mir die seidenen da mit den gestickten Rosen bringen, die ich auf dem Regal hinter seinem Arbeitstisch sehe.« Sie drehte sich zu mir um, und ihre Augen glitzerten. »Sibille, du mußt noch lernen, daß man beim Einkaufen keine Gelegenheit auslassen darf. Denn falls du das tust, siehst du dergleichen vielleicht nie wieder. Und dann träumst du davon. Das beste ist also, man greift auf der Stelle zu.«

Ich genierte mich zwar, aber man mußte einfach Mitleid mit Tantchen haben. So ergeht es einer besessenen Käuferin, die viele Jahre lang eingesperrt ist, und es ist nur natürlich, daß sie ein wenig außer sich gerät, wenn sie endlich in der größten Stadt des Reiches angekommen ist. Seit uns der Kurier der Königin mit dem Brief erreicht hatte, war sie vor Freude ganz aufgeregt, hatte sofort begonnen, Vorkehrungen für die Reise zu treffen, hatte Geschmeide, Schleier, Hauben aus- und eingepackt und frohlockt, daß Vater alle Rechte an mir aufgegeben und nun keinen Anteil mehr an meinem Ruhm hatte. Sie hatte ihm sogar einen Jubelbrief geschrieben, für ihn sei sie zwar nicht gut genug, für Könige jedoch allemal, ha.

Der Ladenbesitzer war auf die Straße getreten und brachte katzbuckelnd die Schuhe, nach denen es sie gelüstete. Tantchen nahm einen, zog ihn hinter dem geschlossenen Vorhang über ihren Gichtfuß und erklärte, er passe genau.

»Die nehme ich. Habt Ihr etwas Ähnliches, nur wesentlich größer?« fragte sie. Ich spürte, wie ich schon wieder errötete.

»Man könnte etwas anfertigen«, bot der Schuhmacher an. »Kommt herein und seht Euch die neueste Mode an, vielleicht findet Ihr ja etwas Passendes.«

»Madame, liebe Base, wir geraten in Verzug ... wir sind beinahe beim Gasthof angekommen ... vielleicht später ... «

»Théophile, mein teuerster Vetter, seid ein Engel, geht voraus und trefft die Vorkehrungen. Baptiste, du bleibst hier. Ich möchte mich noch ein Weilchen bei diesem Meisterschuster aufhalten und ein paar Kleinigkeiten bestellen.« Blind für die Menschenmenge, die zum Gaffen zusammengelaufen war, ließ sie sich aus der Sänfte heben und rauschte vor mir in den Laden, ein Lakai und Gargantua bildeten den Schluß unserer Prozession.

»Seht euch den Hund an, mein Gott!«

»Das ist doch nur ein Welpe.«

»Genau das meine ich ja. Er ist schon so groß wie ein Wolfshund. Wie der wohl aussieht, wenn er ausgewachsen ist?«

»Die Pfoten, das erkennt man an den Pfoten.«

»Ha, und die sind so groß wie die Füße dieser Frau ... «

»Wie groß sie wohl noch werden ... «

»Georges, ich glaube, das hat sie gehört.«

Lieber Gott, dachte ich, wenn ich doch nur Satirikerin mit einer spitzen Feder wäre, statt eine liebliche und zartbesaitete Seele mit poetischem Naturell. Dann könnte ich sie mit einer gemeinen Spitze erdolchen! Doch statt dessen wünschte ich nur, daß sich die Erde auftäte, um mich zu verschlingen. Am schlimmsten war das Stimmchen in meinem Hinterkopf, das mir sagte, daran solle ich mich lieber gewöhnen, da mein künftiges Leben eine Abfolge von Peinlichkeiten sein würde. Oder, wie Mutter immer sagte, wenn sich Vater öffentlich betrank: »Es gibt Dinge im Leben, mit denen muß eine Dame taktvoll umzugehen lernen.«

Mutters Ausspruch wurde im Gasthof erneut auf die Probe gestellt, als der arme Baptiste, mit unserem Gepäck beladen, geradewegs in einen provinziell aussehenden Kammerdiener hineinlief, der ähnlich beladen aus unserem Zimmer kam. Während sie ihre Siebensachen zusammensuchten, stellte sich heraus, daß persönliche Gegenstände des vorherigen Mieters noch im Zimmer waren, der nun ins Hostel de Sens umgezogen war.

»Tut mir leid, tut mir leid«, sagte der Kammerdiener, »mein Herr ist krank geworden, und ich hatte zuviel zu tun.«

»Krank, wie das?« sagte Tantchen, neugierig geworden, vertrat dem Diener mit ihrer Fülle den Weg und stieß mit dem Spazierstock nach ihm, um ihren Worten Nachdruck zu verleihen. »Ist es ansteckend? Ich möchte nicht in einem Zimmer wohnen, in dem jemand mit einer ansteckenden Krankheit das Bett gehütet hat. Wo bleibt mein Vetter? Wie konnte er mir das antun? Ohne meine Anleitung trifft er nicht einmal die einfachsten Vorsichtsmaßnahmen. Typisch Gasthofsbesitzer. Ei, der gibt einem noch ein Zimmer, aus dem man gerade eine Leiche herausgeschafft hat! Schamlose Schurken! Du da, sag mir, was deinem Herrn fehlt.«

Der Diener raffte sein letztes bißchen Geduld zusammen und sagte: »Mein Herr, der große Nostradamus, hat keine ansteckende Krankheit!«

»Und woher will er das wissen?« entgegnete Tantchen, während ich mich immer kleiner machte und den Himmel anflehte, daß niemand diesen Wortwechsel mit anhörte.

»Madame, mein Herr ist der beste Pestarzt auf der ganzen Welt. Und wenn er sagt, daß er keine ansteckende Krankheit hat, dann hat er auch keine. Und jetzt laßt mich bitte durch.« Ja, dachte ich, den Mann kenne ich. Jetzt war ich mir sicher. Es war der Diener, der dem aufdringlichen alten Mann, dem ich auf der Landstraße nach Orléans begegnet war, das Pferd gehalten hatte.

»Tantchen«, flüsterte ich, »es ist wirklich der Diener von Maistre Nostredame, dem großen Wahrsager.«

»Und wenn er der Erzengel Gabriel ist. Ich will seine Symptome wissen, sonst bleibe ich nicht in diesem Zimmer.«

»Es handelt sich um einen Rückfall: seine alten Beschwerden, die Gicht. Er hat Schmerzen, als würde man ihm heiße Eisen durch jedes Gelenk bohren. Und jetzt, Madame, laßt mich vorbei.«

»Heiße Eisen, aha«, sagte Tantchen, ließ jedoch ihren Spazierstock nicht sinken, sondern stieß ihn dem unseligen Diener in die Brust. »Nein, das sollte sich nicht wie heiße Eisen anfühlen – das ist etwas anderes.«

»Madame, ich schwöre Euch, es ist die Gicht.«

»Nein, die ist es nicht. Es hört sich an, als hätte man ihn verhext. Aber derlei Verhexungen sind nicht ansteckend. Du kannst gehen, Bursche. Falls dein Meister von dem bösen Zauber befreit werden möchte, so bin ich darin eine Art Expertin. Er braucht mir nur Nachricht zu schicken. Wir werden die nächsten beiden Tage hier sein und danach in Saint-Germain. Wir haben eine Audienz bei der Königin.«

»Tantchen«, flüsterte ich, »das ist Nostradamus, der weiß alles, er kann in die Zukunft sehen.« Und da bietet sie ihm guten Rat gegen Verhexungen an, so als wäre er ein Ignoramus und würde sich nicht mit übernatürlichen Dingen auskennen. Schon wieder wäre ich am liebsten im Boden versunken.

»Sibille, ich weiß, wer Nostradamus ist, genauso wie ich weiß, daß er ein Mann ist. Männer haben keine Ahnung, wie man Verhexungen unwirksam macht.« Mit diesen Worten setzte sie ihren Spazierstock wieder auf den Boden und stützte sich schwer darauf, während sie argwöhnisch das Zimmer betrat, die Wände beschnüffelte, die Bettdecken anhob und musterte. »Die Laken hier werden noch nicht gewechselt«, verkündete sie. »Sibille, sag bitte dem Diener, wenn er zurückkommt... Ach, da bist du ja wieder. Hast du noch einmal über die Verhexung nachgedacht?«

»Madame, ich muß den Schrank überprüfen, er hat, glaube ich, etwas vergessen... O mein Gott.« Als er die schweren Türen aufmachte, sahen wir alle, was auch er sah. Soeben materialisierte sich auf einem Bord dieser unselige Kasten.

»Ihr verfluchten Wichtigtuer«, schimpfte das Ding darin, »habt ihr nichts Besseres zu tun, als den ganzen Tag einzukaufen? Zuerst langweilt ihr mich fast zu Tode, und dann laßt ihr mich in der Sänfte im Pferdestall liegen. Ich sage euch, ich erwarte mehr Respekt.«

Beim Klang der Stimme aus dem Kasten fiel der fremde Diener in Ohnmacht.

»Baptiste, hol Wasser«, sagte Tantchen. »Mir scheint, wir haben ein Problem. Was mag es wohl kosten, sein Schweigen zu erkaufen? Gewißlich können wir ihn nicht ohne eine Erklärung gehen lassen. Das Ding ist, gesellschaftlich gesehen, eine unerträgliche Last. Sibille, was ist nur über dich gekommen, daß du die Schachtel geöffnet hast?«

»Ein sprechender Kasten, sagst du, Léon? Wie hat er ausgesehen?« Nostradamus lag, noch ganz betäubt vom Opium, in einem reichverzierten Bett in einem der Gästezimmer des labyrinthischen mittelalterlichen Stadthauses, das Kardinal Bourbon als Pariser Heim diente. Er hatte die Bettdecke von seinen schmerzenden Beinen zurückgeschlagen und streckte die nackten, geschwollenen Füße hervor. Die nahmen allmählich eine mattblaue Färbung an.

»Versilbert, reichlich verziert, mit Buchstaben über dem Schloß. So etwas wie Agaba, Orthnet ... «

»Nicht wiederholen, Léon, denn falls es das ist, was ich vermute, wäre es ... höchst unklug.« Nostradamus sprach langsam und bedächtig, doch sein Diener wußte, daß er selbst mit benebeltem Hirn noch schärfer dachte als jeder gesunde Mensch.

»Und ich könnte beschwören, daß ich die Jüngere gekannt habe. Die junge Frau von der Landstraße nach Orléans, nur jetzt so aufgetakelt, daß sie in dem blauen Reisekleid mit Schlitzärmeln und seidenen Paspeln kaum wiederzuerkennen war. Sie tat irgendwie verlegen.«

»Und das mit Recht – falls sie so dumm gewesen ist, den Kasten zu öffnen. Er wird ihr folgen, bis er sie umgebracht hat, Léon. Ich wußte doch, sie hatte etwas an sich. Habe ich dir das nicht gesagt? Sie hält den Schlüssel in Händen. Irgendwie ist sie mitten in Anaels historischen Kuddelmuddel hineingeraten. Dieser unselige Engel, warum hält er seinen Schrank nicht besser in Ordnung? Und die gräßliche Schatulle – sie führt auf geradem Weg in die Hölle und ist durchaus in der Lage, das ganze Land in den Untergang zu reißen. Kein Wunder, daß ich letztens so viele schreckliche Visionen hatte: Wie kann ich – oh – Frankreich retten? Wo sie den Kasten wohl gefunden hat ... Oh, diese Schmerzen. Völlig anders als Gicht. Bei Gott, meine Füße fühlen sich an, als würden sie ins Feuer gehalten, und scheinen blau, als ob sie erfroren wären. Es zermalmt mir die Brust. Die Bettdecke – weg von meinem Herzen ... So etwas ... so etwas habe ich noch nie erlebt. Vielleicht hat die alte Harpye doch recht gehabt. Mittlerweile bin ich willens, alles zu versuchen. Hol sie her, Léon. Falls es diesem gräßlichen Kasten gelingt, das zu tun, was er immer tut, geht er schon bald in den Besitz eines anderen über, und die Welt wird die beiden niemals wiedersehen. O mein Gott, diese Schmerzen. Wo ist mein Opium?« Léon schob die Bettdecke erneut zurecht, hob den Kopf seines Herrn vom Kissen und löffelte ihm die letzte Dosis Opiumtinktur aus der Flasche ein. Dann rannte er zum Gasthof mit dem Wirtshausschild des heiligen Michael.

Am anderen Ende der Stadt hatten die beiden Brüder Ruggieri die Tür zu Lorenzos kleinem Arbeitszimmer zugesperrt. Eine Wachspuppe, einen Stoffetzen um die Taille und Nadeln in den Gliedmaßen, lag neben einer mit Wasser gefüllten Schüssel und einer brennenden Kerze.

»Es klappt, Lorenzo. Die Königin selbst hat sich beschwert, daß Nostradamus vorgibt, er habe die Gicht, um nicht sogleich nach Blois aufbrechen zu müssen. Sie argwöhnt, daß er länger in Paris verweilen und Kundschaft empfangen möchte. Also, jetzt vermitteln wir ihm das Gefühl des Ertrinkens. Ganz gewiß glaubt sie, daß er sich krank stellt.«

»Erledige ihn, Cosmo. Je länger er in Paris bleibt, desto schlechter laufen unsere Geschäfte.«

»Nein, erst will ich ihn in Verruf bringen. Ich habe dieses ›Nostradamus dies, Nostradamus das‹, als wäre er das Orakel des Jahrhunderts, herzlich satt. Auf diese Weise vergilt sie meine treuen Dienste. Fliegt auf jeden neuen Scharlatan, von dem sie hört, sucht nach Garantien für Glück! Nein, ich will langsam vorgehen. Er soll das Bett hüten, und dann jeden Tag ein anderes Leiden erfahren. Seinen Kopf über die Flamme halten, schön langsam, damit ihm das Hirn Stück für Stück schmilzt. Wenn ich mit ihm fertig bin, wird niemand mehr im Traum daran denken, mir meinen Platz streitig zu machen.«

»Hm«, Tantchen musterte die blauen Füße, »eindeutig keine Gicht. Ihr seid verhext. Ich spüre es. Fehlt Euch etwas Persönliches? Ein Haar? Ein Schnipsel vom Fingernagel?« Doch der alte Prophet murmelte unzusammenhängende Worte, erstickte fast daran und prustete, als ob man ihm den Kopf unter Wasser hielt.

»Ihr seht, wie es um ihn steht. Schnell, Madame, falls Ihr ihm helfen könnt«, flehte sein entsetzter Diener.

»Baptiste, gib mir mein Hexenpulver. Ich reise nie ohne Hexenpulver. Sibille, schlag die kleine Trommel, die ich dir gegeben habe.« Baptiste griff in einen Holzkasten und reichte ihr ein zugestöpseltes Fläschchen, das halb mit einem giftig aussehenden, grünlichbraunen Pulver gefüllt war. Sie nahm eine kleine Prise und verstreute sie, wie man einen Topf mit Suppe salzen würde.

»Schluß mit dem teuflischen Krach«, sagte der große Nostradamus, schlug die Augen auf, prustete und wischte sich das Gesicht.

»Ha!« sagte Tantchen. »Es klappt doch immer.«

»Soll ich noch trommeln?« fragte ich. Es war eine kleine Trommel, kaum größer als ein kleiner Pokal aus dunklem Metall mit exotischen Mustern, die in Gold eingeritzt waren. Das straff gespannte Trommelfell hatte eine sehr unheimliche bräunliche Färbung. Meine Finger bekamen bereits blaue Flecken, so oft hatte ich auf den Rand geschlagen. Der Krach war so unangenehm, daß sogar der getreue Gargantua den Platz zu meinen Füßen geräumt hatte und unter klagendem Gejaule unter das Bett geflüchtet war. Ich trommelte behutsamer.

»Weiter so, Sibille. Jetzt nicht nachlassen. Als nächstes nehme ich mir die Nadeln vor.«

»Léon, das ist alles deine Schuld. Du liebe Güte, woher ist diese fürchterliche Frau gekommen? Läßt man mich denn gar nicht mehr in Ruhe? Mein Gott, was für Kopfschmerzen! Mein Kopf fühlt sich an, als würde er schmelzen. Schaff sie aus dem Zimmer.«

»Das verstehe ich nicht, Lorenzo. Sieh mal, ich halte den Kopf geradewegs in die Flamme, aber das Wachs schmilzt nicht.«

Während Cosmo Ruggieri den Kopf der Wachsfigurine tiefer in die Flamme hielt, vibrierten die Nadeln, die er durch das rechte Bein der kleinen Gestalt gestoßen hatte, zunächst langsam, dann immer schneller. Dann fiel eine mit einem Klick auf den Tisch.

»Steck sie bitte zurück, Bruder.«

»Es geht nicht. Das Wachs ist hart wie Eisen!«

»Dem helfe ich ab«, sagte Cosmo Ruggieri und ließ die Kerzenflamme erbarmungslos über den ganzen Körper des kleinen Wachsmännchens wandern. Doch das Wachs schmolz nicht, statt dessen geriet der Stoffetzen in Brand. Mit einem Aufschrei ließ der Zauberer die glühendheiße Figur auf den Tisch fallen, und die Flammen loderten jäh so hoch auf, daß sie nach seinem drahtigen schwarzen Bart und den Augenbrauen leckten. Cosmo sprang zurück.

»Die Vorhänge, Bruder, die Vorhänge, Schlag das Feuer aus, ehe es sich ausbreiten kann!« Sein Bruder reagierte rasch und schüttete das Wasser aus der Schale auf die brennende Figur. Es verzischte laut, die Flammen erstarben.

»Dieser vermaledeite alte Mann ... «, knurrte Cosmo Ruggieri.

»Dergleichen habe ich noch nie gesehen. Er hat ein Mittel gefunden, den Todeszauber umzukehren. Ich würde viel darum geben, wenn ich wüßte, wie.«

»Das dürfte er dir wohl kaum erzählen«, seufzte sein älterer Bruder. »Es hat den Anschein, als würden wir ihn auf diesem Weg nicht los. Ich muß mir etwas anderes einfallen lassen.«

»Du hast bislang immer Erfolg gehabt, Bruder. Einem Ruggieri kann niemand das Wasser reichen.«

»Ich hätte schwören können, daß es die Gicht ist.« Nostradamus setzte sich im Bett auf und rieb sich die nackten, rosigen Knöchel. Mir fiel auf, daß er ziemlich knochige Füße hatte und daß seine Zehennägel nicht sorgfältig geschnitten waren.

»Gegen Gicht kann ich nichts ausrichten«, sagte Tantchen, die sich unaufgefordert auf seine Bettkante gesetzt hatte. »Denn wenn ich das könnte, hätte ich sie nicht selbst. Aber mit Verhexungen kenne ich mich hervorragend aus.«

»Darf man fragen, wer Euch diese – ungewöhnliche Technik gelehrt hat?« erkundigte sich der alte Mann, während er den in Seidenbrokat gehüllten Fleischberg mit der eigenartig pilzbleichen Haut und der schwarzgefärbten Haarpracht unter dem exzentrischen Kopfputz von Kopf bis Fuß musterte.

»Ein afrikanischer Zauberer. Sibille, du weißt doch, der schwarze Kerl mit der Kette aus Krokodilzähnen? Damit klappt es immer.« Sie strahlte den bettlägrigen Propheten an. »Das Pulver ist auch seine Rezeptur. Es hat eine Ewigkeit gedauert, bis ich die Zutaten beisammen hatte, und eine davon ist Bilsenkraut, das bei Neumond gepflückt wird, denn das mußte ich als Ersatz für eine Pflanze nehmen, auf der er bestand, die ich aber nicht auftreiben konnte ...«

»Dann habt Ihr also Afrika bereist?« fragte Nostradamus mit einer gewissen Ehrfurcht. »Ich bin nur in Ägypten gewesen. Habe das Geheimnis der Mumien studiert, die Mysterien des Osiris und des ewigen Lebens. Doch darüber hinaus ... «

»Ich wollte immer reisen«, sagte Tantchen mit neidischem Blick. »Aber Monsieur Tournet war der Meinung, er wäre genug für uns beide gereist. Ich habe nie einen Fuß aus dem Haus gesetzt. Badeorte, ja. Bis Balaruc und Montpellier bin ich gekommen, doch nur vor meiner Heirat.«

»Aber der Zauberer?«

»Der ist zu mir gekommen. Mit der Trommel. Ein Sklavenschiff, na, Ihr wißt schon ... Mein Mann hat es verfolgt, und da haben sie alle Sklaven mitsamt den Ketten über Bord geworfen. Die Trommel war ein Andenken, das der Kapitän in seiner Kabine aufbewahrte. Praktisch, nicht wahr? Paßt in jedes Gepäck.«

»Dann gehe ich davon aus, daß Euch ... «

»Ein Geist unterwiesen hat. Aber gewiß doch. Mein Haus ist verseucht von Geistern. Und alles wegen der Geschäfte meines Seligen. Kein zartbesaitetes Gemüt, dieser Mann. Er hat sie nie bemerkt.«

»Aber Tantchen, sprach der afrikanische Kerl französisch, oder wie hat er dir die Rezeptur verraten?«

»Er konnte nur ein paar Brocken Portugiesisch, die habe ich verstanden, und das reichte. Er wollte schon mit Möbeln werfen, aber als ich ihm mit dem Exorzisten drohte, bat er um Waffenstillstand. Dann habe ich ihm angeboten, einmal wöchentlich für die armen Seelen auf dem Grund des Meeres zu beten, und seitdem kommen wir gut miteinander aus.«

»Ihr betet für Heiden?« Das rutschte Nostradamus' Diener, der interessiert zugehört hatte, unwillkürlich heraus.

»Na und?« entgegnete Tantchen. Ich sah, wie die Augen von Doktor Nostradamus interessiert und verständnisvoll aufblitzten. Tantchen schien ihn zu faszinieren wie ein Wal oder ein Vulkan oder irgendeine andere gewaltige Manifestation der Natur. Seine behutsam forschenden Augen waren so aufmerksam wie die Fühler von Insekten. Zuerst musterte er Tantchen, dann mich. Offensichtlich waren wir ein Phänomen. Mein Gesicht wurde schon wieder heiß, und am liebsten wäre ich durch die halbgeöffnete Tür verschwunden.

»Madame«, der alte Doktor hörte sich jetzt galant und besorgt zugleich an, »kann ich Euch im Gegenzug auch etwas Gutes – einen einmaligen – ehem, Gefallen tun?« Tantchens Miene war beklommen, sie nahm ihren Spazierstock, der am Fußende des Bettes gelehnt hatte, und deutete damit auf mich.

»Meine Patentochter. Als ich hörte, daß Ihr verhext seid, dachte ich an eine Fügung des Himmels. Der große Nostradamus höchstpersönlich. Und ich habe die Gelegenheit beim Schopf ergriffen, wie Ihr Euch denken könnt.«

»Ja, das kann ich mir sehr wohl denken«, sagte Nostradamus gespreizt, während er den knochigen, rosigen Fuß wieder unter die Bettdecke steckte und nach seiner Robe winkte.

»Seit ich mein Haus voller Geister verlassen habe, stelle ich fest, daß ich geradezu fliege. An jeder Ecke eine andere Gelegenheit. Und ich ergreife jede. Leben. Luxus. Überall! Die mit Rosen bestickten Hausschuhe beispielsweise. Ich habe mir zwei Paar gekauft. Und dann natürlich Ihr.«

»Ich rangiere also gleich hinter Schuhen. Madame, ich fühle mich geehrt.«

»Macht Euch nichts daraus«, sagte Tantchen und wedelte mit der Hand, als wollte sie Fliegen verscheuchen. Ich wäre am liebsten gestorben. »Meine Sibille wird von einem abscheulichen mumifizierten Kopf in einem versilberten Kasten verfolgt. Seht Ihr? Da ist er, nimmt auf Eurem Nachttisch Gestalt an.« Nostradamus blickte erschrocken, und ich sah deutlich, daß ihn schauderte. »Da Ihr die Geheimnisse aller Zeiten kennt, habe ich mir gedacht, Ihr wißt auch, wie man ihn los wird. Nachts weckt er sie mit seinem Geschwätz, und ständig bietet er an, uns unsere Herzenswünsche zu erfüllen. Obendrein macht er recht unhöfliche Bemerkungen über meine Haushaltsführung. Ich habe versucht, ihn in den Fluß zu werfen, aber er kommt immer wieder zurück.«

»Madame Tournet, das Ding habe ich früher im Besitz eines nun dahingeschiedenen Freundes gesehen. Es ist die Quintessenz des Bösen. Ich nehme an, sie hat den Kasten geöffnet und dem Ding ins Gesicht geblickt?«

»Genau das hat sie getan.«

»Dann hatte er zu der Zeit keinen Besitzer. Er hängt sich wie ein Blutegel an den ersten, der den Kasten öffnet, und erfüllt ihm unablässig die innigsten Wünsche, bis er ihn ins Grab und in die ewige Verdammnis gerissen hat.«

»Noch schlimmer als ich dachte«, sagte Tantchen. Der Kasten gab einen bösen Pfeifton von sich. »Du da drinnen, sei still. Ich berate mich mit dem weisesten Mann der Welt! Ich bitte um etwas mehr Respekt.« Sie versetzte dem Kasten mehrere Schläge mit dem Spazierstock.

»Ich habe dir doch gesagt, daß du das nicht tun sollst«, ertönte es zornig aus dem Kasten.

»Ich an Eurer Stelle würde es auch nicht tun«, sagte Nostradamus sanft, aber mit anerkennendem Blick, in dem jedoch Entsetzen mitschwang.

»Du da draußen. Du bist Michel de Nostredame, nicht wahr? Der französische Laffe, der sich einbildet, alles zu wissen. Nur Scaliger, der Tor, bildet sich noch mehr ein. Hast du die ganze Zeit bei ihm herumgelungert, Michel, du Tappergreis? Ist dein Bart seit unserer ersten Begegnung grau geworden? Vermutlich wirst du allmählich alt. Hättest du nicht gern ein paar Jährchen mehr für deine Studien? Bedenke, wieviel Gu-tes du damit tun könntest. Michel de Nostredame, der Retter Frankreichs – nein, der Retter der Menschheit! Das könntest du sein, Michel. Aber dazu braucht man Zeit, nicht wahr? Ich habe dir das Geheimnis des ewigen Lebens zu bieten. Es ist echt. Ägyptisch.«

»Scaliger und ich haben uns getrennt, Menander. Und mir etwas von dir zu wünschen, nein, das kommt überhaupt nicht in Frage. Ich habe von der Bitternis des von dir dargebotenen Bechers gekostet. Und ich habe gehört, was du mit Josephus gemacht hast.«

»Bitternis? Ich habe dir genau das gegeben, was du haben wolltest. Du hast das nicht richtig durchdacht. Die Gabe, wirklich in die Zukunft sehen zu können, habe ich recht? Hast du sie etwa nicht bekommen? Und dann warst du so niederträchtig, daß du obendrein noch gemogelt hast. Aber dir, einem alten Freund, gewähre ich noch einen Wunsch, und dieses Mal könntest du ihn besser formulieren. Dieses Mal – bedenke, falls du ewig lebst, könntest du erfahren, ob deine Prophezeiungen in *Centuries* auch in Erfüllung gehen.«

»Schon wieder irrst du. Zu meinem Glück habe ich mich, nachdem ich das Geheimnis aller Zeiten entdeckte, zunächst dafür entschieden, das Geheimnis des Glücks zu ergründen, und dabei habe ich nicht nur herausgefunden, wie ich dir entrinnen kann, sondern auch, daß ich nicht ewig leben muß. Sieh dich doch selbst an, eingekerkert in diesen Kasten, nicht mehr Herr deines Schicksals und dazu verurteilt, auf ewig an den alten Fehler erinnert zu werden, nämlich, daß du um Unsterblichkeit batest, ohne die Bedingungen näher zu erläutern.«

»Ich habe ganz und gar keinen Fehler gemacht. Ich bin jedenfalls sehr glücklich, wenn jemand die gewissen Worte spricht, und dann erfülle ich ihm seine Herzenswünsche.«

»Und diese Wünsche sind vergiftet und martern die Menschen mit Bedauern und unendlichem Leid.«

»Ich habe dir gesagt, daß mich das glücklich macht.« Das Ding verfiel in Schweigen.

»Schlicht und ergreifend gehässig«, kommentierte Tantchen.

»Ihr habt Euch doch noch nichts gewünscht?« fragte der große Prophet.

»Kein einziges Mal. Keine von uns. Ich denke mir, deshalb folgt es uns überallhin, statt zu Hause im Regal zu bleiben.«

»Mit seinen eigenen Wünschen führt es einen nämlich ins Verderben. Man formuliert sie nie ganz richtig. Und das Ding ist wiederum sehr gerissen und nimmt alles buchstäblich. Man wünscht sich Geld, und schon stirbt ein geliebter Verwandter und vermacht es einem. Man wünscht sich Liebe und bekommt die zudringliche Anbetung irgendeines Flegels, den man schon bald loswerden will. Man möchte den Wunsch verbessern und macht alles nur noch schlimmer. Das Opfer wird von Verzweiflung und Entsetzen getrieben und geht allmählich bei vollem Bewußtsein der Verdammnis entgegen. Manch einer wird verrückt und stürzt sich von hochgelegenen Stellen hinab, oder setzt sich selbst in Brand. Ewige Qualen, erst in dieser Welt, dann in der nächsten. Gräßlich, so zu enden.«

»O je«, sagte Tantchen. »So ungefähr habe ich es mir gedacht. Und dabei hatten Sibille und ich so viel Spaß am Einkaufen.«

»Bei den Griechen, den Römern, den Ägyptern. Im Laufe der Jahrhunderte hat es eine Spur des Unheils hinter sich gelassen«, fuhr Nostradamus fort. »Nach der Plünderung Roms war es für geraume Zeit verschwunden ...«

»Eins meiner besten Kunststücke«, meldete sich die widerliche Stimme aus dem Kasten wieder zu Wort. »Ich habe aus sechs sich widersprechenden Wünschen einen gemacht – das hat gründliches Nachdenken erfordert ...«

»Einmal habe ich die Schatulle in Konstantinopel gesehen. Danach soll sie in Venedig gewesen sein, im Besitz von Josephus Magister. Ich hatte gehofft, es würde nie den Weg nach Frankreich finden.«

»Ich habe das Hexenpulver an ihm ausprobiert«, sagte Tantchen unvermittelt.

»Und mit welchem Ergebnis?« fragte der Seher.

»Wehe Euch, Ihr macht das noch einmal«, schimpfte das Ding im Kasten.

»Es mußte niesen.

»Habt ihr eine Vorstellung, wie es ist, wenn man in einem Kasten niesen muß?« fragte Menander der Unsterbliche. »Macht das Ding auf, ich will sehen, wie der große Nostradamus derzeit aussieht. Älter vermutlich.«

Ich wollte schon zum Kasten gehen, doch der alte Mann warnte mich: »Junge Dame, Ihr schwebt in höchster Gefahr. Es ist willens, jahrelang auf der Lauer zu liegen. Es wird Euch an Eurer schwächsten Stelle angreifen, die in Eurem Fall nicht Habgier oder Machtlust ist, sondern Mitgefühl. Darauf seid Ihr stolz, nicht wahr?« Ich nickte stumm. »Dann ist das der Weg, auf dem es Euch in Versuchung führen kann. Wenn Ihr Mitleid empfindet, für ihn oder jemand anders, bietet es Euch einen Handel an, dem Ihr einfach nicht widerstehen könnt. Ein kleiner Wunsch, der bestgemeinte Wunsch der Welt, und die Pforten der Hölle öffnen sich. Ihr werdet qualvoll hinuntergezogen, und alles durch eigene Schuld. Nach all diesen Jahrhunderten, in denen er die Habgierigen und Rachedurstigen befriedigt hat, wird ihm diese Variante gewiß zusagen.«

»Halt den Mund, Michel«, murrte es aus dem Kasten.

»Aber – aber ich kann nicht anders. Ich bin einfach von Natur aus zartbesaitet. Meine poetische Ader, müßt Ihr wissen...« Das Ding gab ein höhnisches Kichern von sich. Der alte Nostradamus schüttelte den Kopf.

»Verhärtet Euer Herz«, sagte er.

»Aber wie werden wir es los?« fragte Tante Pauline.

»Ihr könntet versuchen, es zu verschenken. Vorzugsweise an jemanden, den Ihr nicht mögt und der eine lange Seereise machen will. Ihr habt ja gesehen, wie es verblaßt und Euch dann nachfolgt. Niemand weiß, wie weit es auf sich allein gestellt reisen kann... « Nostradamus schwieg und seufzte. »Allerdings habe ich noch nie gehört, daß es jemanden gelungen wäre, es zu verschenken. Es verführt seine Besitzer wie ein Liebender; sie können der Macht nicht widerstehen, die es anbietet. Doch bislang habt Ihr widerstanden. Gebt es weg, bringt einen anderen Menschen dazu, ihm ins Gesicht zu blicken, und vielleicht werdet Ihr es nie mehr wiedersehen. Das ist mein einziger Vorschlag.«

Ein abgründiger Seufzer schüttelte Tante Paulines üppige Gestalt. »Wer, wenn er noch bei Sinnen ist, möchte einen verfluchten, mumifizierten Kopf in einem Kasten haben?« fragte sie.

»Ihr würdet Euch wundern«, sagte der Kopf.

»Léon, hol mir meine Hausschuhe. Dank der Bemühungen dieser guten Frau fühle ich mich schon viel besser und würde meine Gäste gern zur Tür geleiten«, sagte der alte Prophet.

»O nein«, rief Léon, als er unter dem Bett suchte. »Da seht … « Und er hielt mit dramatischer Gebärde eine gut durchgekaute Sohle in die Höhe.

»Mademoiselle, Euer Hund hat meine Hausschuhe gefressen.« Nostradamus' Gesicht war eine gewisse Gereiztheit anzumerken, während er die traurigen Reste begutachtete. Gargantua, der wie alle Hunde genau spürte, daß die Rede von ihm war, blickte zufrieden, rollte sich auf den Rücken und schnaufte, was soviel bedeutete wie, daß er gekrault werden wollte. Ganz in Gedanken kraulte ich ihm den gefleckten Bauch, hielt aber jäh inne, als ich Nostradamus' warnenden Blick bemerkte.

»Wir machen uns sofort auf den Weg und besorgen Euch ein neues Paar. Sibille, ob wir nach diesem netten Mann im Schusterladen schicken, damit er bei Doktor Nostradamus Maß nimmt? Nein, das dauert zu lange. Wir brauchen gefertigte … Hm, ich erinnere mich, daß wir einen Laden gesehen haben, in dem Saffianleder sehr günstig angeboten … «

»Keine Stickereien«, wehrte der Prophet ab. »Ich bin ein einfacher Mann von schlichtem Geschmack.«

13. Kapitel

Cosmo Ruggieri hatte sich, um sich zu verkleiden, von seinem jüngeren Bruder ein mit Farbe bekleckertes braunes Lederwams mit abgewetzten Ärmeln ausgeborgt und sich auf den Weg zum Hostel de Sens gemacht, weil er mit eigenen Augen sehen wollte, was mit seinem Todeszauber schiefgelaufen war. Doch am Haupteingang zur Residenz wurde er von einer Menschenmenge fast zu Tode gequetscht, die lauthals forderte, Nostradamus zu sehen und sich die Zukunft weissagen zu lassen.

»Für heute ist Schluß«, schrie der Wachposten. »Er muß sich erholen.«

»Sagt ihm, daß Madame de Bellièvre ihr Horoskop wünscht.«

Ein Page drängte sich staubbedeckt und ganz außer Atem durch die Menge am Tor. »Laßt mich auf der Stelle ein, ich bin ein Page des Königs.«

»Ich habe einen Termin«, behauptete Ruggieri in der Hoffnung, sich dem Pagen des Königs anschließen zu können.

»Für heute hat er keine Besprechungen mehr angesetzt.« Danke lieber Gott für die alten Kleider meines Bruders, dachte Ruggieri. »Bei meinem Termin geht es nicht um ein Horoskop«, erläuterte der verschlagene Zauberer, »sondern um sein Porträt im Auftrag der Königin.« Der Wachposten warf einen

Blick auf das fleckige Wams, die zerrupften Federn auf dem billigen, farbenprächtigen Hut und den abgetragenen Umhang aus umgearbeiteter grüner Wolle. Tatsächlich hielt er die Schachtel mit den Giften und der Zauberausrüstung für einen Malerkasten und ließ Ruggieri im Gefolge des königlichen Pagen durch.

Ruggieri schlich durch lange Flure und spähte in unbekannte Räume, bis er endlich zum Schlafgemach kam, in dem Nostradamus Wohnung genommen hatte und wo der Page unentwegt auf die Tür einhämmerte. Die Tür ging einen Spalt auf, und ein Diener vertrat ihm den Weg. Ruggieri konnte die Stimme des Propheten hören.

»Was ist los, Königspage? Du machst einen Heidenlärm wegen eines entlaufenen Hundes. Such auf der Landstraße nach Orléans, dort wirst du ihn, an einer Leine geführt, finden.« Meiner Treu, er hat den Knaben nicht einmal gesehen oder gehört, was sein Begehr ist. Nein, das kann nicht sein – das ist ein billiger Trick. Als sich der tief beeindruckte Page zum Gehen wandte, um nach dem wertvollen Hund aus dem königlichen Zwinger zu suchen, der ihm entlaufen war, hörte man die Stimme erneut. »Lungert nicht länger vor meiner Tür herum, Cosmo Ruggieri der Jüngere. Der Geist hat mir gesagt, daß Ihr kommen und mich behelligen würdet. Geht oder kommt herein, stellt Euch vor, wie es sich gehört, und setzt Euch. Ihr wollt, glaube ich, wissen, warum Euer Todeszauber nicht gewirkt hat.«

»Keine Ahnung, was Ihr meint, Maestro«, sagte der Zauberer und kam der Aufforderung nach.

»Aha, so seid Ihr also am Wachposten vorbeigekommen«, sagte Nostradamus, während er Ruggieris abgerissene Maskerade musterte. »Es war sehr unhöflich, mich mit einem Todeszauber zu belegen, ehe Ihr zu einem Anstandsbesuch antretet.« Der alte Doktor saß in einem Sessel mit hoher Rückenlehne neben einem Tisch, auf dem Geburtskarten und eine Wahrsageausrüstung lagen. Seinen Gichtfuß hatte er auf einen gepolsterten Schemel gebettet.

»Wieso glaubt Ihr, daß ich es war?« fragte Ruggieri.

»Mein zweites Gesicht«, antwortete Nostradamus gelassen. »Ihr seid kaum zu verkennen – Ihr schlagt stark nach Eurem Vater, als er in Eurem Alter war. Und ich hätte Euch verdrängt, falls ich der offizielle Astrologe der Königin werden sollte. Wer sonst hätte sich also meinen Tod gewünscht?«

»Dieser Simeoni«, beeilte Ruggieri sich zu sagen. »Ihr habt keine Vorstellung, wie mißgünstig er ist.«

»Simeoni kann nicht einmal Regen vorhersagen, wenn der Himmel bewölkt ist. Habt Ihr die Geschichte gehört, wie er beim Horoskop des Herzogs von Mailand wegen eines Tintenkleckses den Mond in Jupiter gebracht hat?«

»Ha! Simeoni, wie er leibt und lebt«, höhnte Ruggieri und dachte nur eines: Horch ihn aus. Bring ihn zum Reden. Er wird sich brüsten und sein Geheimnis preisgeben. Das tut jeder. »Den könnte ein Kleinkind übertrumpfen. Aber ich ... mich schlägt niemand im Wahrsagen – oder im Zaubern ... « Ruggieri merkte, wie Nostradamus ihn musterte, abschätzte. Jetzt kann er nicht widerstehen, dachte der gerissene italienische Zauberer.

»Leider habe ich Euch übertrumpft. Aber natürlich war es einfach – ich hatte Hilfe von Menander dem Unvergänglichen.« Nostradamus lächelte ein geheimnistuerisches Lächeln, das Ruggieri noch mehr reizen sollte.

»Ihr habt ihn ... Ihr habt den Kasten. Er ... er gehört mir. Ich habe ihn holen lassen. Gebt ihn mir.«

»Leider habe ich ihn nicht«, sagte der alte Doktor. »Er ist im Besitz einer jungen Frau, die nicht weiß, was sie an ihm hat.«

»Hat sie ihn geöffnet?«

»Natürlich nicht; sie bekommt das Schloß nicht auf. Sie hat ihn hergebracht, damit ich mit meinem Zweiten Gesicht herausfinde, was sich drinnen befindet, und ich habe ihr gesagt, sie solle sich nicht sorgen, er sei wertlos.« Mit einem Blick zur Decke, als überlege er, sagte der listige alte Doktor: »Also – ich könnte mir vorstellen, daß sie ihn Euch verkauft, falls Ihr sie darum bittet. Sie wohnt in dem recht teuren Gasthof zum heiligen Michael, und ich bin überzeugt, daß sie demnächst

Geld brauchen wird.« Und als Ruggieri enteilte, ohne sich auch nur zu bedanken, sagte Nostradamus zu seinem Diener: »Léon, lauf schnell zu Madame Tournet und sag ihr, sie soll ihren Schmuck verstecken und den Kasten für jedermann sichtbar aufstellen. Der Astrologe der Königin wird ihn in Kürze stehlen.«

»Und Ihr habt ihm nicht gesagt, er könne ihn kaufen?«

»Falls er nur annähernd so geizig und verschlagen ist wie sein Vater, denkt er nicht im Traum daran. Es auf die ehrliche Art zu tun, widerspräche seinem Stolz. Nein, zweifellos wird er des Nachts ins Fenster klettern oder die Frauen mit einer List aus dem Haus locken. Dieser Mann ist zu allem fähig, wenn er dabei einen Sou sparen kann. Beeil dich, ich möchte nicht, daß sie überrumpelt werden oder Schaden nehmen.« Während Léon davoneilte und die Tür hinter sich zuzog, trat eine dunkelblaue Gestalt voll funkelnder Sprenkel aus ihrem Versteck im Schatten.

»Also, Anael, zurück an die Arbeit; dies war meine gute Tat für den heutigen Tag.« Nostradamus ergriff seinen Zauberstab, der auf dem Tisch lag. »Ich habe auf einen Streich diese albernen Frauen für ein Weilchen von der Versuchung befreit, habe Ruggieri ein Mittel gegeben, mit dem er sich selbst in die wohlverdiente Hölle wünschen kann, und mit ein wenig Glück der drohenden Dichterkarriere jener Demoiselle Einhalt geboten, die Frankreich mit weiteren schlechten Gedichten beschenkt hätte.«

»Recht gut eingefädelt«, meinte der Geist der Geschichte.

»Du weißt nicht zufällig, wie es ausgeht, oder?« fragte der alte Prophet.

»Ich dachte, gestern hätte ich jenen Abschnitt gefunden, und wollte ihn für dich aufheben, aber jetzt habe ich ihn wieder verlegt«, sagte der Geist und plusterte seine dunklen Flügel.

Auf dem Pont-au-Change, unweit des steinernen Tores mit den hohen Türmen, das die Brücke mit den zahlreichen Läden von der Cité trennt, bot sich Vorbeikommenden ein merkwürdiger Anblick, der zum Stehenbleiben verlockte. Eine farbenprächtige Sänfte mit Vorhängen, die zwischen zwei schmucken grauen Pferden schwebte, hielt vor dem Laden eines Goldschmieds. Hinter den zugezogenen Vorhängen gestikulierte eine mit Ringen geschmückte Frauenhand, und ein Lakai in Livree, einer von einem halben Dutzend, eilte herbei, um der Dame aus der Sänfte und in den Laden zu helfen.

Ein großer junger Mann mit kantigen Zügen in ein schwarzes Samtwams gekleidet, an dem zwei Knöpfe nicht geschlossen waren und einer fehlte, blieb stehen und gesellte sich zu den Gaffern. Kein Wappen auf der Sänfte, dachte er. Die Mätresse irgendeines bedeutenden Hofmannes, die einkaufen will. Eine Hand tauchte auf, ein Arm im seidenen Schlitzärmel, dann ein Fuß – ein recht großer, der taktvoll mit einem samtverbrämten Saum verdeckt wurde –, und der Mann sah die hochgewachsene königliche Gestalt einer schlanken jungen Frau aufs Pflaster treten. Ringsum waren Lärm und Getümmel: Ein Straßenhändler schob einen Karren mit alten Schuhen und Stiefeln vorbei, eine Frau verkaufte Aalpasteten, und – als Begleitmusik zu allem – rauschte die Strömung zwischen den Brückenpfeilern, begleitet von dem ständigen Gepolter und Geratter der Mühlräder unter der Brücke, die das Korn für die Bäckereien von Paris mahlten. Doch der junge Mann schien das alles nicht zu bemerken! Eine eigenartige goldene Stille breitete sich aus. Die Dame umgab für einen Augenblick eine Art Gloriole – war es nur eine Gaukelei des Lichts? Gott helfe mir armem Sünder, dachte er, sie ist ja noch schöner als bei unserer Begegnung im Hof der bischöflichen Residenz in Orléans. Oh, wie sich ihr edles Profil vor dem schwarzen Samt ihrer Kapuze abhebt – ein Adler, ein Falke –, ihre Haltung, wie vornehm, ihr Gang – ein Reh in der Morgendämmerung ... Eine Königin, nein, eine Kaiserin. Nichts ist gut genug für sie – und dennoch, oh, nicht auszudenken, soll sie sich begnügen mit dem unehrenhaften Umgang bei Hofe. Und dann wuchs in ihm die Neugier wie ein alles verschlingendes Rankengewächs. Ich werde ihr folgen. Ich muß wissen, mit wem sie sich eingelassen hat, wer sie aushält. Ich kann sie nicht aufgeben, ehe ich nicht ihre Gründe erfahren habe.

Doch in dem Augenblick, als ein erstaunlicher Haß auf den verderbten Lebemann, der ihr vermutlich die Unschuld geraubt hatte, sein Herz mit ehernen Klauen packen wollte, mußte er schon wieder staunen. Eine Frau von außergewöhnlicher Statur wurde von vier ächzenden Lakaien aus der Sänfte gehoben. Der junge Müßiggänger stand da mit offenem Mund; sein Auge konnte die Leibesfülle dieser Frau kaum fassen, die von bauschigen Unterröcken und einem prächtig verzierten Rock über einem spanischen Reifrock noch vergrößert wurde. Und dann dieser gepuderte Teint mit Rouge, der offensichtlich noch nie die Sonne gesehen hatte, und der phantastische Kopfputz aus gelber Seide mit den vielen schimmernden Perlen, und bei jeder Bewegung rauschte, raschelte und glitzerte es. Was für eine erstaunliche Dueña, dachte der junge Mann, ich habe mein Lebtag keine zwei Damen erblickt, die so wenig zusammenpassen. Der Drang, sie heimlich zu beobachten verstärkte sich. Er ging sehr langsam, besah sich die Auslagen der Läden und tat so, als mustere auch er die Vorbeigehenden, blieb mehrmals vor dem Schaufenster eines Juweliers stehen und erhaschte einen Blick auf das im Innern stattfindende Geschäft. Es war seltsam – die Ältere, die Dueña, schien auszusuchen, nicht die Jüngere. Als sie den Laden munter plaudernd verließen, schnappte er den Satz auf: »Señor Alonzos Kruzifix könnte an der Kette gar nicht besser zur Geltung kommen. Mein Schatz, du mußt es wirklich vorteilhafter zeigen ... « O weh, die Mätresse eines Ausländers! Schlimmer noch, die eines Spaniers. Es gilt die Ehre Frankreichs: Ich muß ihn ausfindig machen und zum Duell fordern, dachte der junge Mann. Ich werde ihn auf dem Felde der Ehre mit Schmach und Schande bedecken und ihn in seinen Hundezwinger jenseits der Pyrenäen zurückschicken. Das berauschende Gefühl, eine Mission zu haben, überkam ihn und löschte jeden noch so flüchtigen Gewissensbiß darüber aus, daß das Verfolgen einer Dame auch nicht gerade ehrenhaft war.

Am späten Nachmittag kannte er den Handschuhmacher, dem sie den Vorzug gaben, und die drei Schuster, den Tuchhändler, einen Fächerhersteller und zwei Konditoren, die sie mit einem Besuch beehrten. Außerdem hatte er bemerkt, daß die junge Dame die eigenartige Angewohnheit hatte, naturwissenschaftliche Werke zu lesen und zu diesem Zweck am Montag nachmittag in zwei Wochen zu ›Den vier Elementen‹ in der Rue St. Jacques zurückkehren und sich erkundigen wollte, ob ihre Bestellung der *Historia Animalium* eingetroffen war. Sie ist zu gut für diesen Spanier, dachte er betrübt, während er zu seinem Vaterhaus in der Rue de Bailleul zurückging. Sie kommt doch aus einer recht anständigen Familie, abgesehen von ihrer wirrköpfigen Base Matheline. Was hat sie dazu getrieben? Man kann nicht die ehemalige Mätresse eines Spaniers heiraten, selbst wenn man ihn getötet hat. Wozu sollte ein Duell noch gut sein? Ihr Ruf ist ruiniert. Es ist vorbei. Schlag sie dir aus dem Kopf, redete er sich ein. Doch je mehr er sich gut zuredete, desto klarer zeichnete sich ihr Bild strahlend vor der Sonne ab.

»Tantchen, meinst du nicht auch, daß Mutter das hübsche Armband, das wir ausgesucht haben, einfach hinreißend findet? Und die silberne Rassel ist genau richtig für das Kleine ... « Das Gesicht der hochgewachsenen jungen Frau glühte vor Freude, während sie ihre Einkäufe auf dem Bett ablegte. Die außergewöhnlich runde alte Dame, die ihr gefolgt war, seufzte, während sie sich auf den Stuhl neben dem Tischchen sinken ließ.

»Oh! Meine Füße. Ach, Sibille, das war ganz wie in alten Zeiten. Deine Mutter und ich hatten so viel Spaß, als wir noch jung waren. Wenn sie doch nur bei uns sein könnte! Wir würden auf der Straße nach dem schönsten jungen Mann Ausschau halten und davon träumen, daß wir eines Tages jede in einem Schloß wohnen und uns gegenseitig besuchen. Aber mein Bruder ist so tyrannisch, daß er sie nicht einmal mehr aus dem Haus läßt – ich weiß wirklich nicht, warum du darauf bestanden hast, auch ihm ein Geschenk zu kaufen. Ach! Sieh mal, der Tisch! Der gräßliche Kasten ist weg!«

»Und das Fenster steht offen«, bemerkte die Jüngere, ging durchs Zimmer und blickte nach draußen. »Nein, so etwas!

Jemand ist geradewegs vom Balkon da unten hochgeklettert und hat ihn gestohlen. Dieser Nostradamus ist der größte Prophet der Welt!« Sie schloß das Fenster und tanzte durchs Zimmer, während die alte Frau verständnisvoll lächelte.

»Nur eins verstehe ich nicht«, sagte Tante Pauline und bettete ihren schlimmen Fuß auf einen Schemel.

»Was denn nicht, Tantchen?«

»Wir haben vor drei Tagen Nachricht nach Saint-Germain geschickt, daß wir angekommen sind, und mittlerweile hätten wir darauf Antwort haben sollen. Allmählich kommt mir das alles verdächtig vor.«

»*Ma tante*, wir haben den Brief, und darin steht, daß sie so viel von meinen Gedichten gehört hat und wünscht, die Autorin kennenzulernen.«

»Ja, aber der Bote hat auch gesagt, daß es nichts schaden könne, wenn wir eine gewisse Schatulle mitbrächten, an der die Königin interessiert ist, wir wüßten schon, welche. Also, was hat dieser Léon noch gesagt – wer würde ihn stehlen? Maistre Cosmo, der Astrologe der Königin. Sibille, ich glaube, wir sind da in etwas hineingeraten, und nicht etwa wegen deiner Gedichte.«

»Die Königin muß keine Diebe losschicken, da wir ihr Menander mit Freuden überlassen würden.«

»Ja, aber vielleicht wissen noch mehr Menschen, daß wir ihn besitzen. Habe ich dir nicht gesagt, du solltest es geheimhalten? Bist du dir sicher, daß deine geschwätzige Base Matheline nichts davon mitbekommen hat?«

»Vollkommen sicher. Ich habe keiner Menschenseele davon erzählt. Aber es ist mir schrecklich peinlich, daß meine Kunst vielleicht nur den ihr zustehenden Beifall erhält, weil ich durch Zufall in den Besitz eines mumifizierten Kopfes gelangt bin.«

»Na schön, aber hier geht etwas vor … Ich frage mich, wie viele Menschen bei Hofe wohl wissen, daß wir ihn haben. Ich kann nur hoffen, daß man nicht herausfindet, wie man ihn dir endgültig wegnehmen kann und … «

»Du meinst, falls er wahrhaftig gestohlen ist, wird die Einladung widerrufen, und wir schleichen uns in Schimpf und

Schande mit den Leseexemplaren nach Hause. Und falls er zurückkehrt, ist mein Leben in Gefahr ... «

»Mehr oder weniger, ja.«

»Wirklich, Tantchen, ich weiß nicht, was schlimmer ist. Ist dir klar, wie sich Vater über mich lustig machen wird? Bei dem Gedanken wäre ich lieber tot.«

»Und ich lasse weder das eine noch das andere zu. Mir muß etwas einfallen. Ja, ich ziehe noch einmal Maistre Nostredame zu Rate. Der scheint sich mit Menanders Gewohnheiten gut auszukennen.«

»So schnell zurück?« sagte der Inhaber der ›Vier Elemente‹. »Das Buch ist noch nicht da und sie auch nicht.« Die Ladenglocke klingelte erneut, als sich zwei Alchimisten, in ein Gespräch vertieft, durch die Tür schoben. Das Fenster, das neben der Tür zu einem Schaufenster heruntergeklappt war, stand offen, ließ sowohl Licht als auch Luft herein, und den Studenten und gelehrten Doktores des Linken Ufers bot sich eine verlockende Auslage von Büchern.

»Ich ... ich suche nach Marozzos *Opera Nova*«, sagte Nicolas Montvert.

»Zum Kaufen oder zum Schmökern?« fragte Maistre Lenormand.

»Zum Kaufen, sowie mein Vater mir Geld gibt«, verkündete Nicolas. Der Buchhändler rümpfte spöttisch die Nase. »Tut nicht so herablassend«, sagte Nicolas. »Ich erwarte jeden Augenblick Geld von Achille – sonst kaufe ich woanders.«

»Nach all dem Geld, das ich Euch vorgestreckt habe? Ich hätte nicht übel Lust, Eurem Vater zu erzählen, daß Ihr Euch gegen Bezahlung in einer nicht zugelassenen Fechtschule mit Gecken meßt ... «

»Dann wird er dafür sorgen, daß ein gewisser Verhaftungsbefehl für die Bastille ausgestellt wird, und ich kann nie mehr Bücher bei Euch kaufen«, gab Nicolas zurück.

»Aber, aber, wer wird denn gleich so frech werden?« beschwichtigte der alte Mann. »Ihr wißt doch, daß ich kein hartes Herz habe.«

»Ihr solltet Euch lieber mit mir gutstellen.« Nicolas holte sich das begehrte Buch vom Bord und blätterte darin. »Ich habe die Absicht, eines Tages berühmt zu werden. Die Leute werden in Scharen genau hierher strömen, und das nur, weil ich hier Marozzo gelesen ... «

»Legt das zurück, Ihr nutzt es ab.«

»Da, seht her. So wie Marozzo hier die Riposte mittels einer niedrigen Parade beschreibt, liegt er völlig falsch. Mein Buch wird viel besser als das hier – Ihr werdet Dutzende von Exemplaren verkaufen.«

»Euer Buch existiert noch gar nicht, junger Herr. Und Ihr glaubt, Ihr könntet den berühmten Marozzo übertreffen? Habt Ihr es bereits zu Ende geschrieben? Habt Ihr schon einen Drucker gefunden?«

»Ja – ich bin fast fertig ... Und ich bin sicher, daß jeder gute Drucker die Gelegenheit ergreifen würde, einen solch wichtigen neuen Text über das Fechten zu ... «

»Nicolas, Nicolas, hört auf den guten Rat eines alten Mannes. Lernt das Gewerbe, das Euer Vater für Euch vorgesehen hat. Widmet Euch Euren Studien, macht ihn glücklich. Er ist kein schlechter Mensch, und er will nur Euer Bestes. So wie Ihr lebt, wie Ihr Euch mit diesen üblen Gesellen herumtreibt, endet Ihr eines Tages tot in der Gosse und brecht ihm das Herz. Tretet in sein Geschäft ein, Nicolas, Ihr gewinnt keinen anderen Stand als den, in den Ihr hineingeboren seid, wie sehr Ihr Euch das auch wünschen mögt.«

»Ich und Bankier werden? Aber dann – dann dürfte ich es nicht einmal wagen, den Blick zu ihr zu erheben. Sie steht so weit über mir, Maistre. Ich kann doch nicht im Dreck leben, wenn ich nach den Sternen greifen will. Ich muß berühmt werden, und das auf der Stelle. Berühmt und reich ...«

»Oder berüchtigt und tot«, knurrte der alte Buchhändler, als er Nicolas nachblickte, der auf die geschäftige schmale Straße trat.

Wieder einmal stand Madame Gondi vor Ruggieris Dachkämmerchen Wache. Hinter der verschlossenen Tür lüftete der

Zauberer schwungvoll ein Seidentuch, das einen langen, mit Flaschen vollgestellten Tisch unter dem Dachgesims bedeckte. Selbst um die Mittagszeit war es in dem kleinen Raum dunkel, und es roch nach Staub. Mehrere astrologische Karten waren aufs Geratewohl an die Wand geheftet, auf dem Kamin stand in Rot das magische Zeichen des Asmodeus geschrieben.

»Meine Königin«, sprach der Magier, »ich habe weder Kosten noch Mühe gescheut, um diesen Schatz für Euch zu erwerben.« Mit verstohlener Gier musterte die Königin die versilberte Schatulle mit den seltsamen Verzierungen, die zwischen den anderen Gegenständen auf dem Tisch thronte, dann die boshafte, triumphierende Miene ihres Zauberers. Der Hauch eines Lächelns zuckte um ihren Mund.

»Ihr meint, Ihr habt ihn der Zauberin gestohlen. Einfallsreich, Cosmo, einfallsreich. Sie dürfte keine nennenswerten Zauberkräfte besitzen, wenn Ihr sie so leicht überlisten konntet. Dann wird also nichts aus ihrem Versuch, sich meine Gunst zu erschleichen, und Ihr bleibt Sieger.«

»Majestät, vor Euch läßt sich nichts verbergen. Ihr seid noch immer die brillanteste und scharfblickendste Frau des Königreiches.«

»Aber jetzt werde ich auch die beliebteste. Macht den Kasten für mich auf, Cosmo.«

»Eure Majestät muß ihn selbst öffnen, sonst funktioniert er nicht«, sagte der Zauberer und wandte den Blick ab, während sie am Verschluß nestelte.

»Herr Jesus, es bewegt sich. Es lebt. O mein Gott! Was für ein grausiges Ding!« entfuhr es der Königin. Die spröden, pergamentenen Lippen des mumifizierten Kopfes bewegten sich, das Ding bleckte verfaulte, gelbe Zähne. Ein schrumpliges Lid hob sich, und ein glitzerndes, böses Auge, lebendig und leuchtend, wurde in der Tiefe der Augenhöhle sichtbar.

»Ihr seid auch nicht gerade anziehend«, sagte der Kopf Menanders des Unsterblichen.

»Cosmo – Cosmo, sagt ihm, was ich will«, hauchte Katharina von Medici, die sich in dieser Epoche ihres Lebens noch nicht so weit mit Schwarzer Magie eingelassen hatte, um angesichts des Entsetzlichen ungerührt zu bleiben. Die Resonanz eines schauerlichen, zittrigen Tons erfüllte den Raum, so als ob die Hölle selbst am Saum ihres Kleides und an ihren langen, glitzernden Ärmeln, ja, an ihrem Herzen zerrte.

»Majestät, das müßt Ihr ihm selbst sagen und zuerst die Worte nachsprechen, die über dem Schloß des Kastens stehen.«

»Ich will die Herzogin nicht töten, Cosmo, sie soll leben, damit sie meinen Triumph sehen kann. Ich will ... « Doch da begann der Kasten zu schimmern, dann wurde er durchsichtig und wollte ganz entschwinden. »Meine Schatulle. Wohin verzieht sich mein Zauberkopf?« rief die Königin.

»Ich wäre gern gefällig gewesen«, sagte der Kopf, während er langsam unsichtbar wurde, »aber dort, wohin ich gehöre, vermißt man mich bereits ... «

»Wo ist das?« schrie der Zauberer der Königin, entsetzt über das geheimnisvolle Verblassen seines Schatzes.

»Sibille de la Roque besitzt mich, zumindest im Augenblick ... «, flüsterte es aus dem Kasten, ehe er sich völlig in Luft auflöste.

»Nun ja, Cosmo, wie sich zeigt, seid Ihr doch nicht so über alle Maßen schlau. Ich hätte wissen müssen, daß Ihr schlicht mißgünstig wart, als Ihr sagtet, ich solle den Zeitpunkt ihres Besuchs noch verschieben. Sie ist eine mächtigere Zauberin als Ihr, aber das sollte ich nicht herausfinden. Wahrscheinlich hat sie jeden Eurer Züge vorausgesehen und sich den Schatz stehlen lassen, um Euch, wie eben, bloßzustellen.« Cosmo Ruggieri erblaßte. Was sollte er tun? In die winzige Wohnung seines Bruders ziehen? Seine Feinde ... er hatte so viele. Ohne die Protektion und Gönnerschaft der Königin war er ein toter Mann. Und alles war ihre Schuld. Wem zuliebe hatte er sich diese Feinde gemacht? Ohne sie hätte er eine angenehme kleine Praxis in guten Kreisen haben können, aber nein, er mußte Opfer ihrer Undankbarkeit werden. Oh, die Undankbarkeit der Mächtigen. Wie sie treue Diener wegen einer Modeerscheinung verstießen, wegen eines blöden Zaubertricks, wegen eines mumifizierten Kopfes, der reden konnte. Wahrscheinlich gewährte er ohnedies keine Wünsche. Alles Lug und Trug inszeniert von dieser geheimnisvollen Zauberin.

»Cosmo, komm mir ja nicht auf die Idee, sie zu vergiften. Falls sie umgänglich ist, will ich dafür sorgen, daß sie in meiner Nähe bleibt, damit mir der Kopf ständig zur Verfügung steht und nicht in die falschen Hände gerät. Damit nimmt sie die Gefahren auf sich, die sein Besitz mit sich bringt, und niemand außer mir kommt in den Genuß, sich etwas von ihm zu wünschen. Ich will meinen Zauberkopf zurückhaben, aber wehe, du bringst sie um, und er verflüchtigt sich möglicherweise für immer ...« O je, dachte Cosmo, daran habe ich noch nicht gedacht. Ich müßte an Ort und Stelle sein, wenn ich sie töte ...

»Sieh mir in die Augen, Cosmo, du Wurm. Ich kann deine Gedanken lesen, ist dir das klar? Spiel mir keinen Streich. Ich will diesen Kopf haben, sonst nehme ich mir deinen, und dann können wir sehen, wieviel deine Weissagung über meinen Tod wert ist. Ich kann mir andere Zauberer kommen lassen, die deine Kunst zunichte machen. Ei, vielleicht hebe ich deine Weissagung einfach mit meiner schönen neuen Zauberschatulle auf. Und jetzt benimm dich, sonst sperre ich dich ein und lasse dich so lange hungern, daß du dir wünschst, du wärst tot.«

»Erhabene, gnädige Königin, verzeiht Eurem elenden Diener«, stammelte er und ließ falsche Tränen rinnen, warf sich zu Boden und küßte den Saum ihres modischen Gewandes aus lila Taft und Samt. »Ich wollte Euch einen Gefallen tun, ach, seht meine übergroße Betrübnis und meine Leiden. Vergebt, vergebt!«

»Für Euch gibt es keine Vergebung, wenn Ihr den Saum meines Kleides befleckt, Cosmo. Schale Tränen, ich habe im Theater schon Besseres gesehen.«

»Dann vergebt Ihr mir; Ihr seid belustigt – ja, ich, Ruggieri der Jüngere, bin der elende Gegenstand Eurer Belustigung – welche Freude, daß mein erbärmlicher Zustand der erhabenen Königin einen Augenblick des Vergnügens bereitet hat, eine flüchtige Ablenkung von ihren schweren Pflichten ...«

»Cosmo, Schluß jetzt. Ich weiß, was Ihr denkt, und es gefällt mir nicht. Damit Ihr mich recht versteht: Ich erwarte, daß

Ihr höflich zu der neuen Zauberin seid, die ich zu Rate ziehen will, und keine Pülverchen verstreut – o ja, und auch keinen Todeszauber aussprecht.«

»Das kann ich ohnedies nicht«, knurrte er, »dagegen ist sie durch diesen Kopf gewappnet.«

»Mein Gott, tatsächlich? Was für ein Schatz! Mächtiger als meine Magensteine. Ja, ich schicke auf der Stelle meine Leibwache zu ihr, eine meiner vertrauenswürdigsten Damen soll sie begleiten. Oh, ich kann es kaum erwarten ...«

Undankbar, dachte Ruggieri und sah der plumpen Gestalt nach, die aus der Dachkammer rauschte. Welch bitterer Lohn für all meine Treue, meine unendliche Hingabe ...

Eine große, wuchtige Gestalt mit fettigem langem Haar und grauweißem Bart stand auf der Schwelle zu der kleinen Wohnung in der Rue de la Tisseranderie. Selbst Beatrice, die an den Anblick bedrohlicher Leute gewöhnt war, verspürte eine gewisse Beklemmung, als sie den finsteren einäugigen Mann sah.

»Euer Ehemann, ist er daheim?« fragte der Mann.

»Ei, augenblicklich nicht. Habt Ihr geschäftlich mit ihm zu tun?« fragte Beatrice, und der Gedanke schoß ihr durch den Kopf, der Mann könnte ein gedungener Mörder sein.

»Ich höre da drinnen eine Männerstimme«, sagte Villasse.

»Der – der Bruder meines Mannes. Ein Maler. Der Hofmaler.«

»Das habe ich nicht gewußt. Laßt mich ein, ich will auf ihn warten. Ich habe Geschäfte mit Eurem Mann zu besprechen. Wie ich höre, verkauft er etwas, das ich erwerben möchte.« Oh, die Erleichterung. Er will nicht ihn ermorden, dachte Beatrice, während er sich an ihr vorbeidrängte und auf dem besten Stuhl in ihrem kleinen Vorderzimmer Platz nahm.

»Möchtet Ihr ein Glas Wein trinken, während Ihr wartet?« fragte sie.

»Hier lieber nicht«, sagte Villasse mit einem höhnischen Auflachen. Er hatte den Raum flüchtig gemustert und sich gefragt, was die Zauberzeichen über dem Kamin zu bedeuten hatten, als Lorenzo, vollbeladen mit Päckchen, nach Hause kam.

»Maestro«, sagte Villasse, während Lorenzo seine Bürde ablegte und sich seinem Kunden zuwandte. »Maestro, wie ich höre, verkauft Ihr Vitriolöl.« Im Hinterzimmer hörte man einen Säugling plärren.

»Das und ein Dutzend weiterer Dinge. Ich nehme an, Ihr wollt Rache an einer Frau üben?«

»Woher wißt Ihr das?«

»Ganz einfach, weil jedermann dafür Vitriol haben will. Das Gesicht einer Frau – ist es nicht alles, was sie hat? Sagt mir, habt Ihr vor, selbst Gebrauch davon zu machen?«

»Natürlich nicht. Es könnte Zeugen geben. Dazu will ich jemanden dingen. Vielleicht könnt Ihr mir einen Namen nennen?«

»Ich kenne mehrere Burschen, aber die sind teuer. Falls Ihr nicht soviel ausgeben wollt, versucht es im Schwarzen Bullen, unten am Fluß. Dort verkehren ausgediente Soldaten, die zu allem bereit sind. Nur bezahlt dem gedungenen Mann nicht gleich die volle Summe. Bietet ihm die Hälfte, und die andere, wenn die Arbeit getan ist.«

»Eine ausgezeichnete Idee, Maestro. Ich merke schon, hier bin ich an der richtigen Adresse.«

»Ich bin stets bemüht, meinen Kunden nur beste Qualität anzubieten«, sagte Maestro Lorenzo und holte eine kleine braune Flasche mit Vitriolöl aus einem verschlossenen Schrank hinten im Zimmer. »Denkt daran, falls Ihr es doch selbst schleudern wollt, Ihr müßt unbedingt Handschuhe tragen.«

Eine träge Sommerbrise mit einem unterschwelligen Hauch des nahenden Herbstes wogte die Baumwipfel. Jenseits der Gartenterrasse von Saint-Germain erstreckte sich im Dunst das Panorama der Stadt Paris mit Fluß, fernen Mauern und Kirchtürmen. Die hochgewachsene junge Dame blieb stehen. »Ach, wie wunderbar«, seufzte sie. Sie spazierte am Arm ihres Bruders, eines kühnen, fröhlichen jungen Mannes von mittlerem Wuchs, der die Stiefel, die Pluderhosen und das Wams des Offiziers trug. Ein hellroter Umhang lag über seiner Schulter. Seit ihrer letzten Begegnung hatte er sich einen Schnurrbart wachsen lassen, der jedoch nicht ganz so prächtig ausgefallen war wie erhofft. Zu ihrer Linken schritt ein ungewöhnlich schneidiger junger Offizier mit durchdringenden blauen Augen und einem stattlicheren Schnurrbart. Er trug das otterbraune Haar unter dem kleinen Federhut straff zurückgekämmt, sein Wams mit dem hohen Kragen hatte eine Krause, die ihm bis zu den Ohren reichte – die allerneueste Mode. Ein kunstvoll gegossenes italienisches Rapier an seiner Seite, auch die allerneueste Mode, kündete vom Reichtum und vom Wagemut des Besitzers.

»Gedichte, Sibille – wer hätte gedacht, daß sie dir einmal eine königliche Audienz eintragen würden?« sagte ihr Bruder lachend.

»Ich bin mir sicher, daß ich die Gedichte deiner Schwester genauso zu würdigen wüßte wie deine Schwester selbst«, schmeichelte der junge Offizier.

Sibille errötete vor Freude. »Ich habe, abgesehen von dem Vorzeigeexemplar, nur eine armselige Abschrift.«

»Und welch ein Zufall, daß ich dich hier antreffe, daß der Konnetabel und M. de Damville von Ecouen hierher gekommen sind. Wer weiß, vielleicht wirst du die neue Entdeckung bei Hofe werden und sogar eine königliche Zuwendung erhalten. Wer hätte gedacht, daß dein Gekritzel so viel wert ist? Als ich Laurettes Brief bekam, mußte ich wirklich lachen. Man konnte sie vom Gut her vor Wut kreischen hören. Natürlich bin ich dir immer wohlgesinnt gewesen – aber du kannst es Laurette nicht verdenken, daß sie neidisch ist, weil Tante Pauline dich zur Gesellschafterin haben will, und nicht sie.«

»Ich bin froh, daß es zwischen uns nichts geändert hat, Annibal. Du bist der einzige, der sich über mein Glück zu freuen scheint.«

»Und ich«, fügte Philippe d'Estouville mit angenehm schmeichelnder Stimme hinzu. »Niemand hat das Glück mehr verdient.«

»Wie geht es Villasse?« fragte Annibal. »Laurette schreibt, daß ihn ein Jagdunfall fast aufs Sterbelager geworfen hat.«

»Tantchen ist fest entschlossen, die Verlobung zu lösen, ob

er nun gesund ist oder krank. Sie hat einen Advokaten gefunden, der beweisen kann, daß er durch einen entfernten Vetter mit Großvater verwandt ist. Und das bereinigt also alles. Sie sagt, der Gedanke, daß er auch nur den Hauch einer Gelegenheit erhält, die Hand auf ihr Vermögen zu legen, ist ihr unerträglich.« Sie war so vertieft in die Unterhaltung mit dem charmanten Offizier zu ihrer Linken, daß sie das leichte Zögern ihres Bruders beim Ausschreiten nicht bemerkte, auch nicht, wie er bei der Erwähnung des Wortes »Vermögen« in die Ferne blickte.

»Ich bin dem Mann einmal begegnet. Er ist zu häßlich für eine schöne junge Dame – Annibal sagt, er sei außerdem habgierig.«

»Nach einem Weinberg, meiner Mitgift«, ergänzte Sibille.

»Nach einem Weinberg, pah – was für ein kleinlich denkender Mensch«, entrüstete sich d'Estouville. Sibilles verstörter Blick ließ ihn hastig hinzusetzen: »Damit will ich sagen, daß ein Mann nur nach Schönheit trachten, nur aus wahrer Liebe heiraten sollte. Meint Ihr nicht auch?«

»O ja, natürlich«, antwortete Sibille erleichtert.

An diesem Abend klopfte es an die Tür der Räume, die der Abbé in der Kleinstadt zu Füßen des Schlosses gemietet hatte. Ein kleiner Page sagte: »Für Demoiselle de la Roque«, und drückte dem erstaunten Abbé einen Brief in die Hand.

»Was steht drin?« fragte er, während Tantchen versuchte, den Brief über Sibilles Schulter zu lesen.

»Es ist ein Rondeau – von Monsieur d'Estouville –, und es ist mir gewidmet«, antwortete Sibille, und dabei überzog ein rosiger Hauch ihren olivfarbenen Teint, und ihre Augen strahlten vor Freude, weil sich unerwartet ein heimlicher Traum erfüllt hatte.

»Ich habe noch nie gehört, daß er Gedichte schreibt«, wunderte sich Tante Pauline.

»Aber er schreibt welche, und das hier ist eins, und es ist obendrein sehr nett. Hört Euch das an: ›Rose, du errötest vor Neid auf meiner Sibille leuchtenden Blick ...‹«

»Wahrscheinlich hat er es schreiben lassen und dafür gezahlt«, entrüstete sich Tante Pauline.

»Hübsch formuliert, die Zeile ist sehr ausgewogen«, meinte der Abbé.

»Sein Interesse kommt mir ein wenig plötzlich«, wandte die alte Dame ein.

»Er ist mit Annibal unterwegs gewesen. Außerdem ist es nur natürlich, daß man bei Hofe neue Freunde findet.«

»Ganz recht«, sagte eine gedämpfte, sarkastische Stimme im Kasten auf dem kleinen Tisch. »Und gewiß verschwendet er keinen Gedanken an all das Geld, das du einmal erbst.« Aber Sibille war so glücklich, daß sie den Einwand überhaupt nicht hörte.

Die Gattin von Katharinas italienischem *maistre d'hostel*, Madame d'Alamanni, stellte dic hochgewachsene junge Frau der Königin vor, die im Kreise ihrer Hofdamen thronte. Auf einem Stuhl nahe der Raummitte erkannte Sibille die Herzogin von Valentinois an ihrem schwarz-weißen Kleid; ihr spitzes Gesicht war nicht mehr jung, aber offenkundig sorgfältig gepflegt. Sie war in eine Unterhaltung mit einer ihrer Hofdamen vertieft. Außer ihr saßen nur die beiden anwesenden Königinnen auf Stühlen, das rothaarige Mädchen, die Königin der Schotten, und die Königin von Frankreich. Diese hatte sich auf einem geschnitzten Polstersessel an einem reichverzierten Tisch niedergelassen, auf dem mehrere prachtvolle Bücher lagen. Demoiselle de la Roque – ihre Tante hatte sie bestens instruiert – näherte sich und machte einen tiefen Hofknicks, dann reichte sie der Königin zunächst zwei dünne gebundene Bücher im Quartformat mit schön gearbeitetem Ledereinband und eine versilberte Schatulle mit seltsamem Muster.

Wer in der Nähe auf einem der Samtpolster saß, die auf dem farbenprächtigen Orientteppich verstreut waren, konnte mehr oder weniger der Unterhaltung folgen, doch war diese nicht so ungewöhnlich, daß sie von dem üblichen Gesellschaftsgeplänkel des Nachmittags hätte ablenken können: vom Schöne-Augen-Machen, von Musik, Kartenspiel und der Lesung eines

Dichters, der ein Werk vortrug, das die göttinnengleiche Schönheit der vierzehnjährigen schottischen Königin pries. Das junge Mädchen auf seinem Stuhl war groß – größer als so mancher Franzose, und es würde noch weiterwachsen; die Hofdichter sahen seit neuestem von rühmenden Vergleichen mit Elfen und Feen ab und verlegten sich auf größer geratene Wesen. Einige Gattinnen von Katharinas italienischen Günstlingen bei Hofe schwatzten in ihrer Muttersprache – es ging um Fieber beim Zahnen –, und weiter hinten ließ ein junger Hofmann, von seinen Freunden angefeuert, seine Hand verstohlen unter die Röcke einer jungen Demoiselle gleiten, die sich angeregt mit zwei vor kurzem vom Land angereisten Basen unterhielt.

»Es ist mir eine Ehre, Euch dies anzubieten ...«, sagte Sibille, und die Königin nickte und verzog den Mund zu einem flüchtigen, aber eindeutig triumphierenden Lächeln.

»Es ist ganz rot geworden und hat die ganze Nacht gebrüllt, und ich habe der Amme Anweisung gegeben ... «, erzählte eine der italienischen Damen.

»Ihr sagt, es gibt da ein Problem? Nichts Ernstes hoffentlich ...« Die Stimme der Königin erhob sich über das Geplauder.

»Zähne schimmernd wie Perlen des Orients ...«, ließ sich die Stimme des Dichters in der Ecke leise vernehmen.

»Das Ding verblaßt, anscheinend folgt es mir überallhin. Doch die Ehre, im Besitz einer Person von Eurem Range zu sein, wird es hoffentlich dazu bewegen, bei Euch zu bleiben ... « Die Königin beugte sich vor und begutachtete die junge Frau neugierig.

»Ha! Die Königin der Becher. Ich habe gewonnen! Meinen Preis, Demoiselle!«

»Also, wenn er zu Euch zurückkehrt, dann müssen wir dafür sorgen, daß Ihr dem Hof folgt. Eine Anstellung vielleicht, ein geeigneter und fügsamer Ehemann ... Ihr sagt, der zweite Band hier enthält keine Gedichte?«

»Nur ein sehr kleines Werk mit dem Titel *Ein Dialog der Tugenden.*«

»Ich habe gesagt, nur einen! Nur weil Ihr das Spiel gewonnen habt, bedeutet das noch lange nicht, daß Ihr das Recht auf mehr als auf einen Kuß habt … «

»Als Eure Gönnerin. Eine Lesung hier, und einen Verleger …«

»Kalte Kompressen gegen das Fieber …«

»Eure Majestät, die – die Ehre ist zu groß für mich …«

»Dankbarkeit und Stillschweigen. Unser kleines Geheimnis …« Vom hinteren rechten Rand des Teppichs kam ein Aufschrei, die Demoiselle stand jäh mit hochrotem Gesicht auf, weinend vor Wut und Verlegenheit.

»Wie könnt Ihr es wagen, in meiner Gegenwart«, zischte die Königin mit einem bösen Blick in ihre Richtung. »Fort mit Euch, alle beide – ich möchte Euch hier nicht wieder sehen.«

»Aber, aber das war doch er … «, schniefte die junge Frau.

»Man sollte Euch auspeitschen lassen«, sagte die Königin zu der kleinen Hofdame, dann wandte sie sich wieder der hochgewachsenen Bittstellerin zu. »Und jetzt, o ja, Euer *Dialog der Tugenden*. Genau die Art Literatur, die ich fördern möchte. Wie ungewöhnlich für eine Frau, ein solches Werk zu schreiben. Habt Ihr die Alten Meister studiert?«

»Ein wenig. Vor allem aber die Naturwissenschaften.«

»Ach ja«, meinte die Königin vielsagend. »Ja, ungewöhnliche Studien. Vielleicht möchte ich Euch von Zeit zu Zeit zu den Naturwissenschaften befragen.« Als sich die junge Dame zurückzog und zu ihrer Dueña gesellte, einer sehr üppigen und farbenprächtigen Gestalt, wandte sich die Königin an Madame Gondi und sagte auf italienisch: »Ich hätte nie gedacht, daß es so leicht sein würde. Natürlich hat sie etwas zu verbergen, aber offensichtlich spürt sie meine eigenen spirituellen Kräfte. Wir, die wir dem Jenseits befehlen, erkennen einander. Man hat es einfach im Gefühl – eine Art Kribbeln, das man gar nicht falsch deuten kann. Und wie bescheiden: sie will lediglich einen Platz bei Hofe. Deswegen spielt sie mir Streiche mit meiner schönen neuen Schatulle. Und Schriftstellerin. Wer hätte das gedacht? Schriftsteller sind allesamt so eitel, so leicht zu blenden. Ein wenig Lob, von Zeit zu Zeit eine Börse mit Geld oder ein Orden, und die Peitsche hübsch verbergen. Sie gieren nach Lob wie Kleinkinder nach Süßigkeiten.« Sie seufzte und dachte an Cosmo Ruggieri. Wenn der doch nur Gedichte schreiben würde…

»Maddalena, man denke nur, jetzt habe ich nicht nur meine Schatulle, sondern auch einen beträchtlich gefügigeren Cosmo, seit er weiß, daß sie die Hüterin ist und daß mir die Kräfte dieser seltsamen Schatulle ständig zu Diensten stehen.« Auf einem niedrigen Tisch neben einer juwelengeschmückten Elfenbeinstatue der Jungfrau mit Kind und einem gebundenen Manuskript über die Heiligkeit der Ehe, Geschenke dieses Tages für die Königin, wirkte die versilberte Schatulle angemessen. Niemand saß so nahe, daß er das eigenartige Pulsieren spüren oder das leise Gesumm im Innern des Kastens hören konnte.

Cosmo Ruggieri quälte sich hinter seinem neunjährigen Neffen die dritte Außenstiege zu den Räumen seines Bruders hinauf. Im Lederbeutel an seiner Hüfte trug er ein Destillat aus Eisenhut, das rasch wirkte und garantiert tödlich war. Der Donner rollte in größeren Abständen, da das Gewitter langsam abzog, doch ein letzter Regenschauer durchnäßte das schwarze Lederwams.

»Vater sagt, du sollst die Hintertür nehmen, weil der Mann jeden Augenblick zur Vordertür reinkommen kann.« Der Junge kratzte leise an der Hintertür, dann ließ Lorenzos Frau in Haube und Schürze ihren Schwager verstohlen in die Küche. Im Raum war es erstickend heiß, und es roch nach feuchter Wäsche und gebratenem Fleisch. Beatrice bot Cosmo einen Schemel an, legte den Finger auf die Lippen und zeigte auf die geöffnete Tür hinter einer Wäscheleine, auf der Windeln trockneten. Die Stimmen im Raum drüben waren deutlich zu hören.

»Noch immer ziert sie sich trotz allem, wozu Ihr mir geraten habt.«

»Habt Ihr den Dichter angeheuert, wie ich empfohlen habe?«

»Ich habe ihr ein Rondeau, drei Sonette und eine Villanelle geschickt, alles sehr teuer, möchte ich hinzufügen, doch sie weigert sich, sich allein mit mir zu treffen.«

»Habt Ihr sie bei Vollmond mit dem Zauber verhext, den ich Euch gegeben habe?« Lorenzos Stimme drang durch den Vorhang aus Windeln. Verstohlen holte Cosmo die kleine braune Flasche mit dem Gift aus seinem Beutel und reichte sie Beatrice.

»Gieß das in eins davon«, flüsterte er und deutete auf mehrere leere grüne Glasgefäße auf dem Tisch. Sie trugen in großen eckigen Lettern die Aufschrift »Liebestrank«. »Paß auf, daß du die Flüssigkeit nicht berührst.«

Beatrice nickte stumm. »Ich brauche dazu einen Trichter«, wisperte sie, ergriff die braune Flasche und eine der grünen und verschwand hinter einer durchhängenden Wäscheleine mit Unterhemden und Kinderstrümpfen.

»Einmal bei Vollmond und einmal sicherheitshalber bei Neumond«, hörte man den Besucher im anderen Zimmer sagen.

»O weh, dann haben sie sich gegenseitig aufgehoben. Seid Ihr sicher, daß Ihr über keine anderen Mittel verfügt, sie zum Heiraten zu bewegen?« Lorenzos Stimme klang brüsk und fachmännisch, Beatrice tauchte wieder hinter der Wäscheleine mit den Hemden und Socken auf, reichte Cosmo stumm die umgefüllte Flasche und nickte verschwörerisch. Als Cosmo die kleine grüne Flasche mit der Aufschrift »Liebestrank« musterte, huschte der Anflug eines verkniffenen Lächelns über sein Gesicht.

»Ich muß schnell heiraten; wir ziehen ins Feld, und ich brauche einen neuen Brustharnisch und Helm, wie es sich für meinen Rang schickt. Monsieur d'Andelot fordert meine Spielschulden ein. Selbst mein Schneider will meine samtverbrämte neue Kniehose nicht ausliefern. Ich habe geschworen, er bekommt die Pferdepeitsche zu spüren, wenn er es noch länger hinauszieht. Ihr habt keine Ahnung, welche Schwierigkeiten mich plagen. Ihr Vormund ist eine wahre Goldgrube. Falls ich sie liebestoll machen und kompromittieren kann, wird sie mich anflehen, sie zu heiraten, je schneller, desto besser. Ich brauche den Liebestrank. Habt Ihr schon einen gemischt?«

»Ich glaube schon – laßt mich im Hinterzimmer nachsehen.

Aber zunächst brauche ich mein Honorar im voraus. Habt Ihr Bargeld bei Euch?«

»Aber ja doch, was denkt Ihr von mir?«

»Daß Ihr ein Mann von Stand seid und ich ein armer Bürgerlicher, der nicht von den bloßen Versprechungen hochstehender Herren leben kann.«

Cosmo konnte den Mann mit einer Börse klappern hören, dann tauchte sein Bruder auf, duckte sich unter den Windeln. »Hast du es?« flüsterte dieser.

»Hier«, wisperte Cosmo und reichte ihm die kleine Flasche mit dem stark destillierten Eisenhut. Es war eigene Herstellung, eine Spezialität, und tötete garantiert in Sekundenschnelle. Ein stummes Nicken, und sein Bruder verschwand wieder hinter den Windeln. Stimmen wehten durch die Türöffnung.

»Das hier bewirkt, daß sich jeder, der es trinkt, auf der Stelle und heftig in den ersten Menschen verliebt, den er nach dem Aufwachen erblickt.«

»Aufwachen? Also schläft man davon ein?«

»Man fällt in eine todesähnliche Ohnmacht. Entscheidend ist, daß Ihr der erste seid, den sie sieht, wenn sie die Augen wieder aufschlägt.«

»Aha, aha, aber das dürfte schwierig zu bewerkstelligen sein. Ihr Vormund ist ein furchtbares altes Weib und könnte mich daran hindern, falls sie ohnmächtig wird.«

»Ah, Ihr müßt es ihr also in Gesellschaft verabreichen, das ist nicht so einfach«, sagte Lorenzo. »Für gewöhnlich verabreicht es ein … Liebender … wenn man allein ist, danach läßt man der Natur freien Lauf, falls Ihr wißt, was ich meine. Dann habt Ihr sie gehabt, und sie erwacht liebestoll.«

»Das ist ein Problem, aber kein unlösbares; ich muß mir eine Einladung zu einem Diner verschaffen, das ist alles, und dabei neben ihr sitzen.«

»Genau das ist es, genau. Viel Glück, mein Herr. Bald seid Ihr reich.«

Schön, dachte Cosmo auf seinem Horchposten in der Küche. Sie stirbt, und ihm gibt man die Schuld daran. Der Gedanke, wie der wohledle Philippe d'Estouville einer Leiche Luft zufächelte und sie anschmachtete in der Hoffnung, sie würde sich liebestoll wiederbeleben, freute ihn über die Maßen. Er mußte nur noch herausfinden, wann die Einladung zum Diner war, und den Kasten an sich nehmen, wenn sie nichts mehr mitbekäme ....

14. Kapitel

Während Nostradamus im Palast des Kardinals von Bourbon mit Gicht das Bett hütete, tagte König Heinrich II. in St. Germain-en-Laye mit dem Kronrat. Es ging um Krieg. Die sommerliche Hungersnot und der – wenn auch unsichere – Friedensvertrag mit Philipp II. von Spanien hatte dem französischen Heer Ruhe verschafft. Doch nun war der Herzog von Alba, Philipps Heerführer, in den Vatikanstaat eingefallen, und der Papst forderte den König von Frankreich auf, seine Zusagen einzuhalten und zur Verteidigung des Vatikans ein Heer nach Italien zu entsenden. Doch das Gelöbnis gegenüber dem Papst einzulösen und den Friedensvertrag mit Spanien zu brechen bedeutete Krieg mit Philipp. Durch seine Heirat mit Maria I. Tudor war Philipp II. nicht nur König von Spanien, sondern auch König von England. Frankreich wäre durch solch einen Krieg umzingelt von Feinden.

König Heinrich II., der auf einem reichverzierten Stuhl auf einer Estrade am Kopf des Ratstisches saß, beugte sich mit ernster Miene vor. »Sieur Konnetabel, Ihr habt den neuen besorgniserregenden Bericht über die Vorgänge im Vatikanstaat gelesen. Wie lautet Euer Rat? Wie sollen wir auf die Bitte des Heiligen Vaters reagieren?«

Der Alte Konnetabel mit dem grauen Haar, Edler unter Edlen, Heerführer zweier großer Könige, sprach bedächtig und überlegt. Es war ein offenes Geheimnis, daß er einen päpstlichen Dispens brauchte, um seinen Sohn, einen Soldaten, mit einer Nichte der Herzogin von Valentinois vermählen zu können. »Wenn der Herzog von Alba den Waffenstillstand von Vaucelles gebrochen hat, gebietet es die Ehre Frankreichs, daß wir Hilfe schicken. Das könnte zu einem großen Krieg mit Spanien in einer Zeit schlechter Ernten und magerer Steuereinnahmen führen. Falls Eure Majestät jedoch erklären, daß die Taten des Herzogs von Alba keine Verletzung des Abkommens darstellen, sind wir auch nicht verpflichtet, gegen Philipp ins Feld zu ziehen. Das scheint mir das weiseste Vorgehen; so können wir den Frieden wahren, während wir dem Heiligen Vater zu Mitteln verhelfen, damit er selbst ein Heer aufstellen kann.«

Doch die Brüder Guise, der mächtige Herzog Franz und der Kardinal von Lothringen, wurden bei diesem Vorschlag blaß vor Wut. Die große Narbe, die sich quer über die ausgeprägten Backenknochen des Herzogs zog, zeichnete sich auf den bleichen Wangen hochrot ab, und mit einem wutentbrannten Blick in Richtung seines Bruders bedeutete er ihm stumm, daß einer von ihnen den Mund aufmachen mußte.

»Majestät«, sagte Lothringen im hinterhältigen Ton eines Politikers und mit ungerührter Miene, »Eure Ehre erfordert es, der Bitte des Heiligen Vaters nachzukommen und unverzüglich eine Expedition zusammenzustellen.« Da spricht die Kirche, dachte Montmorency, doch zuallererst ist er ein Guise. Unter dem Saum der weiten Ärmel seiner purpurnen Kardinalsrobe konnte der Alte Konnetabel eine geballte Faust sehen.

»Falls sich Alba nicht sofort zurückzieht, müssen Eure Majestät den Krieg erklären, oder Ihr verliert in den Augen des Heiligen Vaters und der ganzen Welt Eure Ehre«, ergänzte ›die Narbe‹.

»Wir haben auch unser Ehrenwort gegeben, den Waffenstillstand einzuhalten«, sagte der Alte Konnetabel, noch immer bestrebt, den Herzog von Guise von einer militärischen

Expedition nach Italien abzuhalten. »Aber«, so fuhr er fort, »wenn wir dem Papst zu Hilfe eilen, muß das so erfolgen, daß wir den Friedensvertrag nicht verletzen. Das ist nur möglich, wenn wir statt einer Armee Geld nach Italien schicken. Ansonsten laufen wir Gefahr, daß uns Philipps Truppen nicht nur an der südlichen, sondern auch an der nördlichen Grenze angreifen. Ein Zweifrontenkrieg nach dieser Hungersnot ...«

»Wir müssen eine Armee entsenden«, drängte der Herzog von Brissac. »Die englische Königin Maria ist eine alte Frau, ihr Königreich geschrumpft und verbraucht. Sie wird ihren Gemahl, König Philipp, wohl kaum tatkräftig unterstützen können. Was kann er also im Norden ausrichten? Gar nichts.«

Konnetabel Montmorency erforschte eingehend das Gesicht des Königs, während die Debatte andauerte. Am Senken der schweren Augenlider las er, daß der Monarch dabei war, seine Meinung zu ändern. Ich habe getan, was ich konnte, dachte der Alte Konnetabel und spürte, wie sein Einfluß versickerte wie Wein aus einem geborstenen Faß.

Wie lange, wie klug hatte er die Zügel der Regierung in Händen gehalten, indem er den König vor verderblichen Einflüssen im Kronrat abgeschirmt hatte. Und dennoch spielten sich die Guise, kaum daß sie sich im Kronrat trafen, ihre gut abgestimmten Argumente zu und beeinflußten allzu schnell die Meinung des Königs. Fürwahr, bei Ratssitzungen argumentierten zwei aufeinander abgestimmte Köpfe immer besser als einer, besonders wenn sie vorgaben, unterschiedlicher Meinung zu sein. Und dieser unselige Antoine von Bourbon, der sich sonst immer unaufmerksam räkelte, war nun ganz Zustimmung, da es um einen Krieg ging, der ihm die spanische Hälfte seines Königreiches Navarra wiederbringen sollte. Da sieh ihn dir an, wie er nickt und mit jedem übereinstimmt und sich den jämmerlichen Ziegenbart in dem fetten, selbstgefälligen Gesicht streicht! Schau sie dir an, diese blinden Narren!

»Ich werde eine Armee entsenden«, sagte der König. »Da ich dem Papst lediglich zu Hilfe komme, verletze ich nicht den Waffenstillstand mit Spanien. Der Herzog von Guise, unser getreuer Diener, wird das Expeditionskorps in Italien befehligen. Wir müssen, ungeachtet der Hungersnot, die Steuern erhöhen.«

Guise. Er kann sich also rühmen, eine Armee zu befehligen. Frankreich wird verlieren, aber er nicht.

»Majestät, Steinen kann man kein Blut auspressen. Wir müssen die Bankiers in Lyon fragen – die italienischen Bankiers«, wandte der Alte Konnetabel ein.

»Und wer sagt das? Meine Gemahlin?« fragte der König.

»Majestät, wir müssen sie um Hilfe bitten, und die Königin ist dafür die beste Vermittlerin. Ihr Rat ist keineswegs ohne Wert.«

»Und ich sage Euch, ich möchte nicht, daß sich diese Frau in Staatsangelegenheiten einmischt! Begreift Ihr denn nicht, daß sie, wenn man ihr den kleinen Finger reicht, gleich die ganze Hand nimmt? Ich will nichts davon hören, sie darf sich nicht an Staatsgeschäften beteiligen. Frankreichs Thron finanziert seine Kriege selbst. Wir werden der Stadt Paris befehlen, mehr Geld zur Verfügung zu stellen ... «

»Majestät, das Parlament könnte dagegen ... «

»Das Parlament!« fauchte der Kardinal von Lothringen, der zugleich Großinquisitor im Königreich Frankreich war. »Ein Ketzernest! Jeder einzelne ein Verräter! Wenn ich doch jeden von ihnen hängen könnte.«

Es gleitet mir aus der Hand, dachte Montmorency. Krieg, Krieg an zwei Fronten, und, falls Lothringen auf das Parlament losgelassen wird, vielleicht auch noch ein Bürgerkrieg, ein Religionskrieg. Und mitten drin, wie Dämonen im Rauch, steigen die Guise auf, wächst ihr Haus, ihr Einfluß. Das darf nicht geschehen. Dieses Spiel können auch zwei spielen; ich mache mir das Durcheinander zunutze. Mein Sohn ist ein großer Heerführer geworden, und wenn er erst einmal mit Diana von Poitiers verschwägert ist ...

Als die Guise zusammen aus dem Ratszimmer rauschten, hörte Montmorency, der allein ging, den Graf von Saint-Pol hinter sich zum König von Navarra sagen: »Habt Ihr gehört, was ich gesagt habe? Der König hat in meine Richtung genickt.

Jetzt hört er auf meinen Rat. Ein empfindlicher Schlag, würde ich meinen …«

Und dann wehte die Stimme jenes ichverliebten Hohlkopfs Navarra bis zu ihm, die sprach: »Gut, gut. Eure Ideen sind vielversprechend. Also, wenn es Krieg mit Spanien geben sollte, werde ich nach unserem Sieg um nichts weniger verhandeln als um die Rückkehr des spanischen Teils von Navarra in mein Königreich.«

»Die Spanier, was sind die schon? In der Schlacht nimmt es ein tapferer, französischer Edelmann mit Dutzenden dieser verweichlichten Südländer auf.«

Falls uns die Spanier den Krieg erklären, dachte der Alte Konnetabel, kann ich die Guise bei den Friedensverhandlungen überlisten, indem ich eine Heirat zwischen einer spanischen Prinzessin und dem Dauphin anstatt der Ehe mit dem Guise-Mädchen, der Königin der Schotten, arrangiere. Nein, noch ist nicht alles verloren. Wir werden schon sehen, wer am Ende gebietet …

Zwei schwerbewaffnete Männer suchten sich im Fackelschein einen Weg durch die schmalen, schlammigen Straßen von Paris. Das flackernde Licht fiel hier auf einen Torbogen, dort auf bemaltes Fachwerk von Fassaden, deren wuchtige Läden fest geschlossen waren. Es war die Stunde der Füchse und Wölfe in Menschenkleidern, der Mordbuben, der Einbrecher, der Verkäufer von Kleidern Toter und der gefallenen Frauen. Doch niemand kam diesen beiden Männern nahe. Der zweite, ein stämmiger, alter Soldat, war ein wohlbekannter *escrimeur* aus der übel beleumdetsten Fechtschule der Stadt. Der erste – nun ja, dieser genoß einen gewissen Ruf, und außerdem trug er eine Mandoline auf dem Rücken. An dem Paar war eindeutig nichts zu verdienen.

»Hier ist die Straße. Sie wohnt um die Ecke, fast am anderen Ende«, flüsterte der Größere.

»Eine sehr gefällige Gegend«, sagte der Stämmige.

»Ich habe dir doch gesagt, Alonzo ist reich.«

»Wenn sie das Fenster aufmacht, was dann?«

»... werfe ich ihr den Brief zu.«

»Aber was ist, wenn sie das Fenster nicht öffnet?«

»Sie muß, sie muß einfach. Sonst kann sie doch überhaupt nicht darauf hoffen, ihm zu entrinnen.«

»Still, ich höre etwas ... da sieh mal, hinter der Biegung – all diese Menschen. Laternen. Und Musik – ein anderer Ständchenbringer ist dir zuvorgekommen, Nicolas ...«

»Drei Violen, eine Laute, zwei Oboen und eine Trompete ... Was für eine Katzenmusik! Die knöpfe ich mir vor! Ich jage sie alle miteinander in den Fluß! Bei Gott, sie beleidigen die Nacht mit ihrem Gejaule!«

»Nicolas, sie sind in der Überzahl – sei kein Narr –, sie sind bis an die Zähne bewaffnet, und sieh mal, da im Dunkel, du bist nicht der erste Rivale Alonzos ...« Unter dem überhängenden Stockwerk des Nachbarhauses warteten drei vornehme Herren darauf, ob die Serenade die Geliebte oder die Dueña auf den Plan rufen würde. Das Fenster ging auf, und da stand sie, ein bleicher Schatten, ihr weißes Nachtgewand angestrahlt vom schwachen und flackernden Schein der Kerzen hinten im Raum. Nicolas stand wie festgenagelt. Sogar sein Freund stieß einen Ausruf der Bewunderung aus. Einer der unbekannten Herren trat vor die Musikanten und hob an, ein Gedicht zu deklamieren.

»Kein weiteres Wort, du dünkelhafter Papagei!« schrie Nicolas, zog sein Schwert und übergab die Fackel seinem Begleiter. »Die Dame ist zu klug, um auf deine billigen, gekauften Verse zu hören.« Die Musikanten staunten und hielten inne.

»Was weißt denn du von dieser Dame, du Schandmaul?« rief der Unbekannte, warf sein Gedicht fort und zog seinerseits das Schwert. »Sprich ihren Namen aus, und ich zerteile dich wie einen Braten.« Nicolas' Gefährte löschte beide Fackeln und faßte nach seinem Schwertgriff.

»Sie verachtet dich, du hohlköpfiger Geck!« rief Nicolas, Schrammen und Klirren von Stahl, doch die anderen waren sichtlich in der Übermacht.

Genau in diesem Augenblick wurden sie von einem sonderbaren Gekreisch innen im Raum abgelenkt, gefolgt von einer

Frauenstimme, die rief: »Señor Alonzo! Nein!« und dann etwas Unverständliches. Beide Männer blickten hoch und sahen, wie die Hand eines Unbekannten die Läden mit einem Knall zuschlug.

»Da seht Ihr, was Ihr angerichtet habt!« rief der unbekannte Herr, doch als er sich umblickte, war niemand da, nur seine eigenen Musikanten und Gefährten. Nicolas und sein Freund hatten sich die Ablenkung zunutze gemacht und waren in der Dunkelheit verschwunden.

»Sie hat geschrien. Ich habe ihren Schrei gehört. Und jemand hat das Fenster zugeschlagen. Das war Alonzo, da drinnen, er hat Rache geübt, sie vielleicht geschlagen ...«

»Nicolas, ich habe gehört, daß die Dueña ihm Nein! zugerufen hat, als die Schwerter gezogen wurden. Der Schrei, das war die Demoiselle, die in Ohnmacht gefallen ist. Es war der Mann unter dem Fenster, dem die Dueña etwas zugerufen hat. Der da war Alonzo höchstpersönlich, mit seinen Musikanten. Fast hättest du ihn erledigt.« Doch Nicolas blickte grimmig.

»Oder es gibt zwei von der Sorte. Den verabscheuungswürdigen Alonzo drinnen und den Stutzer draußen. Auf mein Wort, ich folge ihr, bis ich das Geheimnis gelüftet habe, dann komme ich zurück. Zu dir, zu den anderen. Machst du mit, Robert?«

»Immer. Wir tunken sie allesamt in den Fluß.«

»Und Alonzo muß sterben«, sagte Nicolas. »Das erfordert meine Ehre.«

»Das ist Männersache, Majestät. Das Los der Frauen ist das Leiden«, sagte Madame d'Alamanni. »Ist das nicht immer so gewesen?« Die schwere vergoldete Tür hatte sich hinter dem Alten Konnetabel geschlossen, und Katharina von Medici war allein mit zwei vertrauenswürdigen Damen. Die Königin atmete schwer und legte die Hand aufs Herz.

»Das also hat mein Traum der letzten drei Nächte bedeutet«, sagte sie. »Träume vom Untergang, Träume von Blut. Und mittendrin habe ich das Gesicht meiner Tochter Elisabeth gesehen. O Gott, es war so weiß wie der Tod! Was hat das zu bedeuten? Was ist, wenn wir in diesem Krieg nicht siegen? Der König, mein Gemahl, muß zu Biragues gehen, zu Gondi, zu den italienischen Bankiers. Ich muß ihn anflehen, daß er auf mich hört, weil ich von Blut geträumt habe.«

»Aber, Madame, der Konnetabel hat gesagt, die Guise wollen nicht, daß er sich an die Italiener wendet. Die glauben doch, wir Frauen verstünden nichts von Krieg und Finanzen. Und obwohl Ihr die Gabe prophetischer Träume besitzt, haben sie ihre Pläne gemacht und hören nicht auf Euch.«

»Sie hören nicht! Sie hören nicht! Der König, mein Gemahl, macht sich lustig über meine Gabe, die er zu seinem eigenen Schaden geringachtet! Und auf wen hört er? Auf diese vertrocknete, ehrgeizige, geldgierige Frau, die mich auf Schritt und Tritt verfolgt. Nicht einmal im Kindbett oder wenn ich krank bin, entkomme ich ihr. Schon ist sie zur Stelle, leitet alles, sagt ihm, was er tun soll, als wäre sie ich – und ich nichts. Und wo ist er heute abend? In ihrem Bett! Und hört auf sie!«

»Gewiß ...«

»So gewiß, wie es im Winter schneit, sagt sie ihm in diesem Augenblick, was für ein bedeutender Krieger er ist, und macht ihn so aufgeblasen, daß er nicht mehr daran zweifelt, daß die Pläne ihrer Verwandten, dieser Guise, Frankreich Ruhm und Ehre eintragen und ein neues Reich, das aus den spanischen Besitzungen aufgebaut wird. Ich kenne sie – sie plant schon ihren triumphalen Einzug in Toledo! Sie hat bereits Dichter beauftragt, die den Sieg preisen, und Maler, die ihr neue Fahnen gestalten. Wie sie an mir zehrt, diese Frau, und selbst die Haare auf meinem Kopf verachten sie noch!«

»Majestät, Ihr müßt umsichtig vorgehen.«

»Und dabei habe ich dem König, meinem Gemahl, eine Nachricht wegen meines Traums geschickt. Er aber sagt, er sei zu sehr mit Staatsgeschäften beschäftigt und dürfe nicht gestört werden. Seine Staatsgeschäfte haben ihn genau an diesem Abend jedoch nicht von einem Besuch bei der Herzogin von Valentinois abgehalten. O diese Schande. Er setzt den Thron meines Sohns aufs Spiel, weil ihn diese Dämonin verhext hat. Und ich sage Euch, ich kann auch mit dem Teufel verhandeln.«

Damit wandte sie sich an Madame d'Elbène, ihre engste *dame d'honneur*: »Lucrèce, ich möchte, daß Ihr auf der Stelle einen Pagen ruft. Er soll diese Demoiselle de la Roque und ihren Zauberkasten holen. Ich will sie noch heute hier haben, noch vor Einbruch der Dunkelheit.«

Als Madame d'Elbène auf der Suche nach einem Boten davontrippelte, wandte sich die Königin an Madame Gondi. »Maddalena, holt meine schwarzen Kerzen und meine Leinenrobe. Heute abend begnüge ich mich nicht mit Prophezeiungen: Diesmal werde ich selbst eingreifen.«

»Oh, Majestät ...«

»Warum beeilt Ihr Euch nicht? Habe ich Euch nicht einen Befehl erteilt?«

»Aber ... wenn Ihr Nostradamus befragen könntet ... dann wüßtet Ihr, wie alles ausgeht.«

»Zweifelt Ihr an meinen Träumen? Habe ich während meiner letzten Schwangerschaft nicht geträumt, daß sich eine schwarze Gestalt mit Kapuze über eine Doppelwiege beugt? Und als ich Zwillinge geboren hatte, da wußte ich, daß sich mein Traum erfüllt hatte und beide zum Sterben verurteilt waren. Meine Träume sind eine echte Warnung! Außerdem ist Nostradamus erst Ende der Woche aus Blois zurück. Bis dahin sind sie bereits auf dem besten Weg, den Friedensvertrag zu brechen. Nein, es muß heute abend sein. Heute abend bezwinge ich den bösen Zauber der Herzogin mit dem Herrn aller Wünsche.«

Bei unserer Rückkehr von Saint-Germain hatte Tantchen geräumige Zimmer in einem Haus in der Rue de la Cerisaie gemietet, die günstig zu dem netteren Viertel um das alte Hostel de St.-Pol gelegen waren, wo heute viele vornehme Leute wohnen. In dieser Umgebung war ihre lange begrabene Leidenschaft für ein gesellschaftliches Leben wieder erwacht. Sie war auf der Jagd nach Gästen. Doch in einem blieb sie unerbittlich: Philippe d'Estouville sollte keine Einladung erhalten.

»Laß sehen, Dienstagabend könnten wir eine Auswahl erlesener Geister hier versammeln.«

»Aber Tantchen, warum nicht M. d'Estouville?«

»Ich mag ihn nicht. Ich kann ihn nicht riechen. Er wird dir nichts als Ärger bereiten … Uff, wenn nur dieser gräßliche Gichtanfall etwas nachläßt. Théophile, teurer Vetter, ich habe das Gefühl, ins Bad reisen zu müssen. Enghien ist vielleicht nicht so vornehm wie Evian-les-Bains, aber so bequem gelegen. Und das Heilwasser – so angenehm schwefelhaltig.«

Die Pferde waren bereits angeschirrt, als die ersten Tropfen vom Himmel fielen. Tantchen zögerte auch nicht einen Augenblick und ließ die Sänfte wieder in den Stall bringen. »Bei Regen reise ich nicht. Das verschlimmert meine Gicht nur noch.« Ehe wir auch nur halb ausgepackt hatten, war der blaue Himmel dunkel und grau geworden, und als wir das *jeu de dames* aufgebaut hatten, prasselte der Regen gegen die Fensterläden.

»Nach dort mußt du springen, siehst du das denn nicht?« sagte Tantchen, die mir über die Schulter blickte.

»Das ist eine Falle, Tantchen – schau mal da. Der Abbé liegt wie ein Wolf nach meinem Stein auf der Lauer. Dann kann er dahin springen … und dahin …«

»Base Sibille, wie unfein von Euch, mir auf die Schliche zu kommen …« Jemand hämmerte auf die Haustür ein, und Arnaud führte einen Knaben und zwei Soldaten der königlichen Garde mit schweren, tropfnassen Umhängen, schmutzbespritzten Stiefeln und Reithosen ins Zimmer. Der Knabe war ein Page, den wir im Haushalt des Königs gesehen hatten.

»Die Königin wünscht Demoiselle de la Roque noch heute vor ihr Angesicht, und sie soll eine gewisse Schatulle mitbringen, die sie in ihrem Gewahrsam hat. Ihr wüßtet schon, um welche Schatulle es sich handelt.«

»Und ob«, sagte Tantchen. »Aber erst müßt Ihr trocknen und etwas zu Euch nehmen. An diesem Tag reist man besser nicht, ohne zu essen.«

»Madame, wir würden Euer Angebot gern annehmen, aber wir müssen sofort zurück, wenn wir vor Einbruch der Dunkelheit in Saint-Germain sein wollen. Wenn der Palast nach dem *coucher* des Königs erst abgeriegelt ist, wird nicht einmal der Papst hineingelassen. Wir sind schon in Verzug, weil wir in Les Tournelles frische Pferde genommen haben. Wir müssen los ... ah, ich sehe, die Demoiselle ist reisefertig ...«

Als ich den versilberten Kasten in die Reisetasche stopfte, sagte der Abbé: »Meine teure Base, was ist mit dem Spiel?«

»Laßt das Brett so stehen, ich bin gewiß schnell zurück. Und vergeßt nicht, ich habe ein ausgezeichnetes Gedächtnis ...«

»Sibille, nimm dich in acht«, mahnte Tantchen und drückte mich an ihren üppigen Busen. »Ich habe bei dieser Sache ein ungutes Gefühl. Geh nirgends allein hin. Versprich mir ...«

Wir ritten in forschem Trab durch die verlassenen Straßen, Schmutzwasser spritzte auf, und der Regen klatschte uns ins Gesicht. Unter dem Stadttor legten wir eine kurze Pause ein. Als wir Mauern und Wallgraben hinter uns gelassen hatten, trieben wir dort, wo die Straße es zuließ, die Pferde zum leichten Galopp an. Und so ging es querfeldein und fort von den dunklen Fluten des rauschenden Flusses. Die Hufe der Pferde schleuderten dicke Lehmklumpen hoch, und selbst als der Regen nachließ, wurde der Ritt nicht angenehmer, denn nun ging es durch eine bewaldete Gegend, und die Bäume luden ihr Wasser auf uns ab.

Es war fast dunkel, als wir über uns auf dem Felsvorsprung die Türme des alten Schlosses erblickten, die unter dahineilenden grauen Wolken dräuten. Bäume und Nebengebäude waren zu schwarzen Schatten geworden, und schon konnte man in den Fenstern von König Heinrichs neuem Schloß flackernden Kerzenschein erkennen. Das Schloß war in modernem Stil unterhalb der massigen alten Festung erbaut worden

»Gott sei Dank, die Tore sind noch offen. Die Königin würde keine Entschuldigung hinnehmen.« Der Junge erschauderte, und ich war mir nicht sicher, ob es nur die nassen Kleider waren.

Die Schweizergarde war schon im Schloßhof, als wir einritten; gerade wollte sie die Tore verrammeln und die Fackeln entzünden, die während der Nacht in den vier Ecken des Hofes brennen würden. In der Ferne hörte man noch den Donner grollen. Der Knabe ergriff meinen Arm, damit ich auf dem glitschigen unebenen Pflaster nicht ausrutschte, denn jetzt gingen wir zu Fuß. Nur Mitgliedern der königlichen Familie war es vorbehalten, hoch zu Roß oder in der Sänfte den Hof zu durchqueren. Im Schloß verteilten sich auf den Treppen bereits Bogenschützen, und Hausdiener entzündeten Fackeln, die des Nachts die steinernen Flure, die öffentlichen Säle und die Treppenabsätze erhellten. Paläste sind nachts wie Städte, da gibt es Verbrechen, Blut und heimliches Geflüster in dunklen Korridoren. Und vielleicht lebt man in ihnen noch gefährlicher, denn man ist weniger auf Böses gefaßt als in einer städtischen Hintergasse.

Der Knabe führte mich zu einer reichverzierten verschlossenen Tür, wo eine Hofdame auf sein Klopfen antwortete, ihn entließ und mich hineinbat.

»Gut«, sagte sie, »Ihr seid gerade noch rechtzeitig gekommen. Gebt mir schnell die Schatulle, dann schicke ich nach einer Dienerin, die Euch trocknet.«

»Das geht leider nicht. Die Königin höchstpersönlich hat angeordnet, daß ich sie nie in andere Hände als ihre eigenen gebe.«

»Das gefällt mir«, hörte man eine Stimme aus der Tiefe des Zimmers, und dort erblickte ich eine gedrungene, plumpe Gestalt in weißem Gewand neben einem kleinen Tisch, der wie ein Altar geschmückt war und an dessen Enden schwarze Kerzen in silbernen Kerzenhaltern brannten. »Ich merke, Ihr seid diskret und haltet Wort. Mehr könnte ich nicht verlangen. Und jetzt gebt mir die Schatulle.« Ich holte den Kasten aus der Reisetasche. Gespenstisch flackerte der Kerzenschein auf seiner Oberfläche. Ich hasse dieses Ding, dachte ich, als ich es der Königin gab. Wenn ich es doch nur los wäre. Das könntest du dir wünschen, sagte Menanders Stimme in meinem Kopf. Und so, wie du arbeitest, erfüllst du mir den Wunsch, indem du mich tötest, entgegnete ich genauso stumm, während ich der Königin die Schatulle überreichte. Natürlich, sagte die heimliche Stimme, genauso sind mich die anderen losgeworden.

Doch die Königin hatte den Kasten schon auf den Altar zwischen die beiden schwarzen Kerzen gestellt, und obwohl sie mir den Rücken zukehrte, konnte ich sie in einer unbekannten Sprache psalmodieren hören wie eine Geisterbeschwörerin im Theater. Danach machte sie mit einem Ruck den Deckel auf. Die Dame neben mir hielt den Atem an und erschauerte beim Anblick von Menander. Irgendwie sah er an diesem Abend noch abstoßender aus, seine Haut glich der abgestreiften Haut einer Viper, die braunen Zähne in seinem gräßlichen, mumifizierten Mund wirkten wie Reißzähne, und seine brandigen Augen waren das personifizierte Böse. Er wußte, daß er ein Opfer hatte und daß dieses Opfer eine Königin war, die vor Begierde jede Vernunft vergaß und zu allem fähig war, sogar zum Schacher mit ihrer Seele. Mir wurde übel, und ich fröstelte in meinen klammen, kalten Kleidern.

Doch die Stimme der Königin ertönte gelassen und ohne ein Beben: »Endlich«, sagte sie. »Endlich gehört dein Zauber mir, o Unsterblicher. Und heute abend will ich eine große Tat vollbringen, eine, nach der ich mich schon lange gesehnt habe.«

Die Hofdame neben mir wandte sich ab, schloß die Augen und bedeckte die Ohren, als sich das abstoßende Ding im Kasten bewegte, als wollte es sprechen.

Schließlich sagte es mit schwacher Stimme, die klang, als wär sie eingerostet und käme aus einer anderen Welt. »Erlauchte Königin, befehlt mir.«

Mit fester Stimme sprach Katharina von Medici die Worte, die unter dem Schloß des geöffneten Kastens eingraviert waren: »Bei Agaba, Orthnet, Baal, Agares, Marbas beschwöre ich dich. Almoazin, Membrots, Sulphae, Salamandrae öffnet das dunkle Tor und hört mich an.«

»Sagt Euer Begehr«, sprach das Ding, und ein Verwesungsgeruch stieg von ihm auf.

»Ich, Katharina von Medici, Gemahlin des großen Heinrich II., Sohn des mächtigen Franz I., befehle und wünsche, daß der Herzogin von Valentinois der Einfluß auf meinen Gemahl genommen wird, und zwar für immer.«

»Es ist geschehen«, sagte der Herr aller Wünsche. »Die Zeit wird die Wahrheit erweisen.«

»Endlich.« Die Königin holte tief Luft. »Ich bekomme meinen Herzenswunsch erfüllt und kann meinem Sohn den Thron sichern. Vor den Spaniern – und vor den Guise. Alles mit einem einzigen schlichten Wunsch.« Als sie den Kasten zuklappte, drehte sie sich zu mir um. »Versiegelt das hier gut und nehmt es mit – ach, Ihr seid ja ganz naß. Maddalena, führt die Demoiselle fort, sie soll sich am Kamin trocknen, besorgt ihr Nachtwäsche und ein Bett ... Nicht, daß sie sich ein tödliches Fieber holt. Ich merke schon, an ihr habe ich eine treue Dienerin.« Während ich den Kasten verpackte, fragte sie jäh: »Demoiselle, warum habt Ihr diesem Zauberkasten keinen Herzenswunsch anvertraut?«

»Majestät«, sagte ich fröstelnd, »weil ich Angst habe.«

»Ach«, gab sie zurück. »Ihr seid eben keine Königin.«

In dieser Nacht tat ich in dem geborgten Nachthemd und der Schlafmütze kein Auge zu und lauschte auf den Atem der beiden anderen Hofdamen im Bett, denn die furchteinflößende Schwärze innerhalb der Bettvorhänge raubte mir den Schlaf. Mir war, als hörte ich auch Menander leise und finster in seinem Kasten unter dem Bett atmen.

Und dann seine Stimme, ein Flüstern wie abgestorbene Binsen, die im Winterwind rascheln: »Du solltest dich umbringen. Es wäre ganz leicht. Du stehst einfach auf und springst aus dem Fenster.« Mein Herz fing an zu hämmern. Was hatte Menander jetzt wieder vor?

»Es wäre besser, wenn ich einer großen Königin dienen könnte. Wieviel mehr Spielraum hätte ich, wieviel mehr Seelen könnte ich gewinnen. Wieso solltest du, ein Niemand, eine häßliche alte Jungfer, einen Schatz wie mich besitzen? Du bist ein wertloses Nichts, und deine Gedichte sind abscheulich, eine Lachnummer. Niemand mag sie. Steh auf und geh zum Fenster.« Trotz meines Entsetzens blieb ich fest. Es war, als ob ich in der Finsternis irgendwie neben mir stand, mir zusah und zu mir selbst sagte, Menander kann dich nicht dazu bringen, daß du dich tot wünschst, also möchte er dich in den Selbstmord treiben. Er sieht, wieviel mehr Böses er tun könnte, wenn er der Königin gehörte. Ich höre nicht auf dich, du vertrockneter Schädel in einer Schachtel, sagte ich im Geist zu ihm.

Oh, aber du mußt, sagte die heimliche Stimme des Magus. Du willst mich nicht loslassen, also lasse ich dich auch nicht los.

Menander, du bist nichts weiter als ein billiger Emporkömmling.

Falls ich deine Seele so nicht haben kann, dann auf anderem Weg. Steh auf und geh zum Fenster.

Und das tue ich nicht, antwortete ich ihm, während ich mir die Fäuste an die Augen hielt, aus denen die Tränen rannen. Im Geiste sang ich Marots Psalmen lauter und immer lauter. Bei den heiligen Worten, die sich in meinem Kopf formten, konnte ich ihn aufkreischen hören, dann schwieg er. Draußen, in der wirklichen Welt, atmeten meine beiden Bettgenossinnen stetig wie zuvor. Wie lange rangen wir wohl miteinander, bis ich erschöpft einschlief? Minuten? Stunden? Mir kam es wie eine Ewigkeit vor. Und ich wußte, daß meine Nächte jetzt voller Kampf und Entsetzen sein würden, bis entweder ich oder Menander der Unsterbliche aufgegeben hätte. Nostradamus, sagte ich bei mir. Du mußt Nostradamus wieder aufsuchen. Er weiß die Antwort.

Am nächsten Morgen schickte die Königin beim *lever* ihren Flötenspieler fort, statt dessen ließ sie sich von Madame Gondi einen ungewöhnlichen Dialog über die Tugend aus einem schmalen Bändchen vorlesen, das fachmännisch auf Pergament kopiert und sehr hübsch in geprägtes Saffianleder gebunden war.

»Klug, diese Bemerkung, die Demoiselle de la Roque Athene in den Mund legt«, bemerkte die Königin, während sich ihre Zofe mit ihren kunstvollen Locken beschäftigte. »Lest das noch einmal, diesen Teil über die Heiligkeit der Ehe, wo Hera spricht. Es liegt soviel Gefühl darin.« Die Königin war an diesem Morgen ungewöhnlich ruhig und friedfertig, doch sie spürte, daß Madame Gondis Hand beim Zurückblättern zitterte. Die ist eben auch keine Königin, dachte Katharina von Medici. Zu schwache Nerven. Leute mit schwachen Nerven haben schon Königreiche eingebüßt, und hinterher schlachtet der siegreiche Fürst die Thronerben ab. Das habe ich in Florenz gelernt, als die Feinde meiner Familie versuchten, mich als Kanonenfutter an die Stadtmauer zu hängen. Selbst Machiavelli, der auch für meinen Vater geschrieben hat, was weiß der schon von diesen Wahrheiten? Er kratzt mit seinem Federkiel und begreift nur mit dem Kopf, aber ich, ich weiß diese Dinge im Herzen.

»... Und aus diesem Grund ist die Ehe als heiliges Sakrament eingesetzt ...« Die Königin blickte um sich auf das reichgeschmückte Gemach und die katzbuckelnden Hofdamen, die ihre Herzen verborgen hielten und ihre Blicke verschleierten. Jede von ihnen kann aus dem Hinterhalt zuschlagen. Als Königin ist man anders als andere Menschen: Man spielt um einen höheren Einsatz.

»... Und so wie aus Zuneigung geborene Kinder schöner sind, so sind aus ehelicher Zuneigung geborene diesen noch überlegen ...« Madame Gondi las mit etwas zittriger Stimme. Sie hatte dunkle Ringe unter den Augen, und ihr Teint war geisterblaß. Sie hatte Alpträume von dem sprechenden mumifizierten Kopf gehabt.

»Haltet ein wenig inne, ist das die Stelle, wo Hera Aphrodite zurechtweist?«

»Nein ... nein, die kommt später, wo der Erzengel die wahre christliche Ehe erläutert ...«

»Das sind elegante Gefühle ... es ist mir keineswegs peinlich, daß sie dieses kleine Werk mir gewidmet hat. Ich möchte im ersten Abdruck als Schirmherrin stehen. Vielleicht sollte ich andeuten, daß ich an einem meiner Nachmittage eine Lesung abhalte. Das dürfte die Ergebenheit und Treue der Demoiselle meiner Person gegenüber verdoppeln, meint Ihr nicht auch? Aber was fehlt Euch? Habt Ihr etwa auch Fieber wie sie?«

»Nein, Majestät – das macht nur die leise Zugluft.« Heilige Maria, heilige Muttergottes, ich will nie wieder mit Zauberei und Glücksbringern herumspielen, sagte Madame Gondi bei sich, während sie das Entsetzen der letzten Nacht von neuem überkam. Heiliger Jakob, ich schwöre, ich mache eine

Wallfahrt und kaufe mir ein härenes Gewand. Dafür halte du den Fluch dieses Dinges von mir ab ...«

»Gut. Fernel versichert mir, daß es nichts ist, aber ich habe ihr von meinen eigenen Arzneien geschickt, bei Fieber gibt es nichts Besseres ... das Pflaster aus Rosenblättern und Hühnereiern, das sich so hervorragend bewährt hat, als die Königin der Schotten so krank war.« Drei Damen waren damit beschäftigt, das Kleid der Königin hinten zu schnüren. Anschließend steckten sie ihre Halskrause mit Nadeln fest. Als sie zum Schluß den Kopfputz und den schimmernden Seidenschleier auf dem Kunstwerk der Zofe befestigten, wandte sich die Königin an Madame Gondi. »Was haltet Ihr von dem Plan, ihr Versprechungen auf einen Ehemann von Rang zu machen? Das würde sie, glaube ich, für immer an mich binden. Sie hat das Risiko – und ich den Nutzen. Ist es nicht so?«

»Aber, Majestät, welcher Mann von Rang würde eine Frau ohne großes Vermögen nehmen? Ei, als Ihr Euch mit vierzehn vermählt habt, da wart Ihr nicht nur eine Erbin, sondern auch auf dem Höhepunkt Eurer großen Schönheit, und diese Demoiselle scheint mir nicht mehr die Jüngste zu sein.«

»Ach, teure Freundin und Kupplerin, ich zähle dabei auf Euch. Findet mir einen Mann, der in Ungnade gefallen ist und alles tun würde, um meine Gunst zu gewinnen, oder einen Mann mit beschlagnahmtem Vermögen, aber von einigermaßen guter Familie – oder einen Mann ohne Einfluß, vielleicht einen jüngeren Sohn ...« Die Königin wedelte mit der Hand in der Luft, um die Liste der Männer zu vervollständigen, die wohlfeil zu haben waren. »Stell mir eine kleine Auswahl zusammen, Maddalena.«

»Ein bestimmtes Alter?«

»Ach, alles paßt. Hauptsache, er ist gefügig, billig zu bekommen und niemandem außer mir dankbar. Vielleicht lasse ich sie wählen. Das ist wirklich nicht wichtig; sie können ja getrennt leben, falls sie sich nicht mögen ... Ach, wen höre ich da im Vorzimmer? Was für ein furchtbarer Aufruhr. Sagt ihm, daß ich ihn nicht empfangen kann. Ich muß heute morgen Briefe schreiben und möchte nicht gestört werden.«

Doch der Mann im Vorzimmer riß sich von den Wachen los und stürmte ins Schlafgemach der Königin, wo er sich ihr, die vor ihrem Himmelbett stand, zu Füßen warf. »Meine Königin, meine Königin«, rief der in schwarzes Leder gekleidete Mann, wobei er sich auf dem Teppich krümmte, »ich flehe Euch an, begeht keinen Fehler, der Euch alles kosten kann.«

»Cosmo, du Quälgeist, steh auf. Wie hast du herausgefunden, daß die Demoiselle mich besucht und mir meinen kleinen Kasten gebracht hat?«

»Ich sage Euch, er ist verflucht, verflucht«, stöhnte der Mann in schwarzem Leder. »Er hat nichts als Verderben im Gefolge.«

»Und was genau, Cosmo, wollt Ihr damit sagen, da Ihr doch als erster vorgeschlagen habt, ihn mir zu besorgen?«

»Er ist eine Gefahr – eine schreckliche Gefahr, falls er nicht von einem Fachmann gehandhabt wird. Fürwahr, das falsche Wort, ein unbesonnener Wunsch ...«

»Ach, darauf wollt Ihr hinaus, Cosmo. Ihr könnt mir glauben, daß ich in diesen Dingen selbst nicht unerfahren bin. Ich habe mir ausgedacht, wie ich alles mit einem einzigen Wunsch erreiche, und den habe ich ausnehmend sorgfältig formuliert.«

Der Astrologe, noch auf den Knien, schnappte nach Luft. »Dann ist es also geschehen? Wie lautete der Wunsch?«

»Warum sollte ich Euch das sagen? Ich weiß, was Ihr wollt. Ihr wollt Euch meines kleinen Kastens bemächtigen und meiner geheimsten Gedanken, Euch in all meine Geschäfte einmischen. Ich habe jedoch Besseres im Sinn und – andere Wünsche.«

»Erhabene Königin, ich flehe Euch an, beschmutzt Euch nicht ... laßt jemanden, der kundig ist in der Kunst des ...«

»Sagt, Cosmo, seid Ihr noch immer nicht verheiratet?« fragte die Königin, die ihn von Kopf bis Fuß musterte.

»Setzt ihn auf die Liste«, sagte die Königin mit einer Geste in Richtung Madame Gondi, die ein schmales Buch beiseite legte und aus einer Schublade des königlichen Schreibtisches Feder, Papier und eine kleine Schachtel Sand holte. Sie legte das Blatt auf den Tisch, tauchte die Feder in ein reichverziertes Tintenfaß, das von drei Amoretten getragen wurde, und kritzelte oben auf die leere Seite: »Cosmo Ruggieri, 43, gedrungen und dunkelhaarig.«

»Was soll das?« fragte Ruggieri neuerlich besorgt. Er hatte in seinen Diensten bei den Medici so manche Liste gesehen, die bei Sternenschein, heimlich und mit verstohlenen Blicken erstellt worden war. Listen von Feinden, Todeslisten.

»Ei, ich habe mir gedacht, Ihr würdet Euch gern mit einer guten, alten französischen Familie verbinden und dazu vielleicht noch ein wenig Geld und einen Titel bekommen.« Schweißperlen standen auf Ruggieris Stirn, und seine Blicke suchten verzweifelt nach einem Ausweg. Erblich, diese Ader für Ironie, dachte er, dieses Katz-und-Maus-Spiel mit den Verurteilten. Und nun war sie schließlich auch bei der Duchessina durchgebrochen. Warum er, warum er? Jetzt benötigte er die Schatulle mehr denn je, dann konnte er sich von der Todesliste wegwünschen, die die Königin so beiläufig aufstellte, wie sie sich das Haar frisieren ließ.

»Ha! Seht nur, wie er rennt«, sagte die Königin.

»Seid Ihr sicher, daß er auch ...«

»Ach, vielleicht doch nicht. Schließlich, warum sollte ich ihm durch eine Heirat mit ihr die Schatulle zuspielen? Laßt Euch jemand anders einfallen. Einen alten Speichellecker, der leicht zu täuschen ist.«

»Was ist mit dem geizigen Tappergreis, der meinen Gemahl ständig um Gefallen angeht – dieser Bankier – ach, wie heißt er noch ... Monteverdi, nein, Monsieur Montvert. Ist der noch verheiratet? Nein? Hat er einen Sohn oder Neffen?«

»Es gibt, glaube ich, einen Sohn.«

»Gut, schreibt den auch auf. Und besorgt mir noch ein paar. Ich lasse Euch wissen, wenn mir weitere einfallen ...«

Laut Dekret Heinrichs II. waren Fechtschulen, diese Sammelbecken von Gesindel und Kaufmannssöhnen, innerhalb der Mauern von Paris verboten. Doch in einer verrufenen Gasse, die von der Rue St. Jehan am Linken Ufer abging, gab es im Schwarzen Eber hinter der Schänke einen langen Raum, aus dem das Geklirr von Schwertern zu hören war. Falls zufällig ein grauhaariger alter *escrimeur* aus der Zeit von König Franz anwesend war, falls sich Studenten und Hufschmiedsöhne zufällig in Selbstverteidigung übten, falls zufällig Geld den Besitzer wechselte – wen ging das schon etwas an. Der Besitzer des Schwarzen Eber, der schwerhörig zu sein schien, hatte keine Ahnung, woher der ganze Lärm rührte, obwohl die Kundschaft für seinen sauren Wein und das billige Bier regelmäßig durch die niedrige Hintertür hinter den Fässern in die Schänke strömte.

Eine hochgewachsene Gestalt durchmaß rasch diese dumpfige Trinkerhöhle, bahnte sich einen Weg vorbei an besetzten Tischen und Betrunkenen, die auf dem harten Lehmfußboden lagen.

»Hoppla! Das ist Nicolas, der Italiener!«

»Nicolas, ich dachte, Ihr kommt heute nicht!«

»Nicolas, was macht die Dame? Noch immer nicht angebissen?«

Es war eigenartig, aber etwas geschah mit Nicolas, als er durch den Raum in Richtung der *salle* ging. Er ließ die Schultern nicht mehr hängen, schlenderte auch nicht mehr lässig, sondern ging kerzengerade mit raschem Schritt, der Blick fest und durchdringend wie der eines Adlers. Hier war er am richtigen Platz, hier würde es niemand wagen, für ihn zu beten und zu brabbeln und ihn einen verlorenen Sohn zu nennen. Hier war der Ort, wo sich die Zeit, die er in ganz Europa vertan hatte, als nicht umsonst erwies. Hier war der Ort, wo ihn ausgebuffte Bösewichter grüßten, wenn er sich in sein schweres Plastron aus Leder schnürte und zum Übungsflorett griff, auf dessen Spitze ein Korken steckte, damit niemandem die Augen ausgestochen wurden. Nicolas Montvert war ein Taugenichts und ein Träumer. Doch Nicolas, der Italiener, hatte freudig seine Studien der Rechte, der Philosophie und Theologie an verschiedenen Universitäten Italiens aufgegeben zugunsten der hohen Kunst des Fechtens nach der neuesten Mode. Nun war er ein außergewöhnlich guter Rapierfechter der italienischen Schule und erwies sich auch als geschickt in der Kombination von Rapier und Dolch, Rapier und Umhang oder selbst mit dem altmodischen Schwert und dem runden Schild. Sein Vater hätte ihn in Maestro Achilles Fechtschule nicht wiedererkannt. Und falls doch, so wäre er entgeistert gewesen.

»Sprich den Namen meiner Dame aus, Jean-Claude, und du bist ein toter Mann«, sagte Nicolas, doch es hörte sich fröhlich an.

»Aber, aber, das war doch nur Spaß. Stehst du heute zum Üben zur Verfügung? Die *botte*, die du mir gezeigt hast, beherrsche ich noch nicht ganz.«

»Heute nicht, ich wollte nur Achille sehen.«

»Schuldet er dir noch immer zwei Kronen, Nicolas?«

»So gewiß, wie ich Schulden in den ›Vier Elementen‹ habe«, sagte Nicolas.

»Etwas zu trinken ... bleib ein Weilchen bei uns.«

»Das geht nicht. Geschäfte ...« Nicolas war bereits durch die Tür hinter den Fässern verschwunden.

»Weißt du, was für Geschäfte das sind?« fragte einer der Zecher den anderen, sowie er außer Hörweite war. »Er steigt irgendeiner Hofdame durch die ganze Stadt nach wie ein krankes Kalb und sucht nach Gelegenheiten, sie anzusprechen.«

»Unser Nicolas? Dem liegt doch jede Frau zu Füßen. Er sieht gut aus, sein Vater ist reich, und er ist ein vermaledeit guter Fechter. Das sollte jeder Frau genügen ...«

»Dieser aber nicht. Hochnäsige Familie, fein, schreibt Gedichte, und ein Mann mit Titel ist hinter ihr her.«

»Einer mit Titel? Armer Nicolas – dann zieht er wohl den kürzeren.«

Nachdem seine Gicht vorübergehend auskuriert war, brachen Nostradamus und sein Diener auf zwei übellaunigen königlichen Postpferden nach Schloß Blois auf, wo man die königlichen Kinder abgeschirmt von der neuesten Krankheit bei Hofe, einquartiert hatte. Trotz der lauen Herbstluft und der Schönheit des trägen grünen Flusses, dessen Ufern er folgte, empfand Nostradamus die Reise als unerquicklich. Der Gasthofbesitzer der Drei Könige in Orléans hatte ihm zuviel abgenommen, und ein Gericht, nämlich gekochte Kutteln, nach dem ihn gelüstet hatte, war ihm auf den Magen geschlagen. Dann hatte Léons Pferd unweit Beaugency ein Hufeisen verloren, und selbst als er den Befehl der Königin vorzeigte, beeilte sich der dickköpfige Dorfschmied durchaus nicht. Nostradamus stand an der Tür der strohgedeckten Schmiede, musterte die vorbeifahrenden Boote auf dem Fluß und beschloß, nie mehr zu reisen, wer auch immer es anordnen mochte. Gauricus verschickte seine Horoskope schließlich auch mit der Post, und niemand verlangte von ihm, daß er auf schlechten Pferden ritt, sich den Magen verdarb und mit begriffsstutzigen Schmieden verhandelte, und das alles für ein völlig unzureichendes Honorar.

Sein Entschluß festigte sich noch, als er die Wachposten im Hof des Schlosses erreichte und hören mußte, daß er als Dienstbote eine dunkle Hintertreppe benutzen solle. Erst nach großem Aufstand und mehreren Botschaften hin und her an M. de Humières, den Betreuer der Kinder, kam Nachricht, daß in diesem Fall, und nur in diesem Fall, dem berühmten Maistre Nostredame die achteckige Freitreppe zur Verfügung stehe. Während Léon, mit Büchern und Instrumenten beladen, hinter ihm die Stufen hochächzte, wirkte Nostradamus wie in tiefe philosophische Gedanken versunken, seine Lippen bewegten sich stumm und formten geheimnisvolle Worte. Hätten die beeindruckten Diener und Gaffer die mystischen Worte mitbekommen, so hätten sie gehört: Die Sache ist es nicht wert. Zeitverschwendung. Nächstes Mal Postzustellung.

Nach einer Beratung mit M. de Humières und einer Überprüfung des Befehls der Königin, für alle Kinder – auch für die Königin der Schotten – Horoskope zu erstellen, wies man Nostradamus ein Zimmer mit Blick auf einen Teil des Daches vom Kapellenmittelschiff und auf ein halbes Dutzend neugierige Tauben an. Das Bett war widerlich klamm, und die Kerzen bestanden nicht aus Bienenwachs, sondern aus Unschlitt, genau die Sorte, von deren Geruch er Kopfschmerzen bekam. Nie wieder, beschloß er. Falls Frankreich gerettet werden muß, kann es auch per Post geschehen.

Am darauffolgenden Morgen, gestärkt durch ein wirklich

hervorragendes Frühstück – angenehm zarte Brötchen, ein köstliches Gericht Räucherfisch und frische Butter –, machte er sich daran, sich die königlichen Kinder anzusehen. Diener, Edelleute und Zofen, außerdem Monsieur und Madame de Humières höchstpersönlich drängten sich in dem langen blaubemalten Saal. Dazu gesellten sich noch mehrere große Jagdhunde, drei Zwerge, einer mit einem gezähmten Papagei, und eine Dame mit einem weißen Frettchen an silberverzierter Leine.

Doch noch ehe Franz, der Thronerbe, hereingeführt wurde, hatte der gewitzte alte Doktor auf einmal das Gefühl, Blei im Magen zu haben, und das war nicht das Frühstück. Er wußte Bescheid. Trotz der pulsierenden, wirren Aura der Menge rings um ihn konnte er die graue zitternde Luft um den Jungen genau deuten. Geistig gestört, kränklich, dann der Tod, und das in nicht allzu ferner Zukunft. Als er den Leib des Kindes eingehend musterte, waren die Zeichen unverkennbar, selbst für einen Menschen, der kein Mystiker war. Die Mutter muß sie auch sehen, dachte er, und alle Welt sagt ihr, daß sie sich irrt. Darum hat sie nach mir geschickt. Sie will es wissen, und dennoch kann man es ihr nicht sagen. Der Dreizehnjährige war zu klein, der Kopf aufgedunsen, die Augen leer und einfältig, das Gesicht von eitrigen Pusteln zerfressen. Während er den Doktor beobachtete, wischte sich der Junge die laufende Nase am Ärmel.

»Laufen die Ohren auch?« fragte Nostradamus.

»Eine Erkältung, nichts Schlimmes«, antwortete der Erzieher des Dauphins. Doch Nostradamus hatte mit geübtem Blick die Vorderzähne des Knaben gesehen, als dieser schniefte. Eingekerbt. Die Familie war erbkrank. Welchen Wahnwitz, welche Zerstörung würden diese Kinder vor ihrem unvermeidlichen Ende anrichten? Die italienische Krankheit hatte sich in den Stammbaum der Valois eingeschlichen, und diese unterentwickelten, fahlgesichtigen Kinder waren zu einem Leben in Elend und Kummer verdammt. Die einzige Frage war, wie lange die Krankheit dauern und welche Form sie annehmen würde. Die Mutter muß es wissen, dachte der alte Prophet. Im tiefsten Inneren weiß sie es, und sie wird dagegen bis zum bitteren Ende kämpfen. Sie wird planen, intrigieren und sich abmühen, um aus ihnen etwas zu machen, was sie nicht sind. Sie sind alles, was sie hat. Und ich, der sein behagliches Heim schätzt, ich kann es ihr auch nicht sagen. »Dieser Knabe ist dazu bestimmt, ein bedeutender König zu werden«, sprach er feierlich. Alle Damen nickten, und Geplauder schwirrte durch den Raum.

Der Reihe nach untersuchte er die Thronerben, vier Jungen, einer noch schlimmer dran als der andere. Der dreizehnjährige Franz war bereits sichtbar krank, und beim Anblick des sechs Jahre alten Charles mit seinem spitzen kleinen Mausgesicht und den boshaften Augen fühlte sich der alte Mann an den kleinen Caligula erinnert. Aha, der hier ist hübscher – aber nein, was ist nur mit seiner Seele? Und sie glaubt, dieser hier, Heinrich, sei normal, dachte der Prophet. Dann war da noch das Kleinkind Herkules mit dem verräterisch großen Kopf. Und dann ein Mädchen, Elisabeth, mit Elfengesicht und klugen Augen, aber auch sie gezeichnet, und eine jüngere Tochter, Claude, mit seltsam verdrehten Gliedmaßen. Und ein kleines Mädchen im Laufgeschirr, fröhlich und keck. Unfruchtbar von Geburt an, besagte ihre Aura. Die schenkt keinem Mann einen Erben.

Ah, hier kommt die Ausnahme, sagte sich der alte Mann, als er einer hochgewachsenen tizianroten Vierzehnjährigen mit rosigem Teint und klaren, funkelnden Augen vorgestellt wurde. Die Königin der Schotten, die künftige Braut des Erben, ist gesund und wohlgeformt. In ihr erkenne ich das Guise-Blut, aufgehellt durch die rötlich-goldene Kraft der schottischen Linie. Kein Wunder, daß sie der Liebling des Königs ist. Er glaubt, daß sie mit ihrer Gesundheit seine Blutlinie erneuern könne. »Zu spät«, seufzte Anaels Stimme in seinem Ohr, doch der alte Prophet zwang sich zur Heuchelei, erzählte allen, daß sie eine ruhmreiche Zukunft erwarte, strahlte und verbeugte sich vor der Menge ringsum. Alsdann ließ er sich viel Zeit mit der Niederschrift seiner Bemerkungen in einer Kurzschrift, die er selbst erfunden hatte und die niemand außer ihm entschlüsseln konnte. Beständig hallte eine Stimme in seinem Ohr, der König wird keine andere Ehe für seinen Sohn erlauben, wer auch immer anderes vorschlägt, und diese Ehe wird das Elend auslösen, das Frankreich bis auf die Knochen ausmergeln wird. Krieg und Tod, Bruder gegen Bruder, die Guise zertreten ihre Feinde und werden ihrerseits zertreten.

»Sag mir, Anael«, sprach Nostradamus zu dem Engel der Geschichte, »was ist, wenn die Schrecknisse der Zukunft ausgelöst werden vom Schicksal einer hübschen kleinen Unschuldigen? Bei diesem ungeheuerlichen Gedanken dreht sich mir der Magen um. Die einzig moralische Entscheidung ist Schweigen. Aber was würde geschehen, wenn ich mein Wissen preisgäbe?« Es war Nacht, doch die Fensterläden im Kämmerchen mit den schrägen Wänden standen offen. Sechs Sterne, nein, acht zwinkerten ihm jenseits des dunklen Dachschattens zu. Anael saß auf der Fensterbank und war mit seinem schummrig-blauen Leib und den glitzernden Sprenkeln nur etwas heller als der Nachthimmel. Eine einzige Kerze erleuchtete das komplexe Diagramm eines Horoskops unter Nostradamus' Hand. Am Rand in der Nähe des Zeichens für Mars schrieb er eine Reihe Notizen nieder, dann legte er seufzend die Feder beiseite.

»Du glaubst, du könntest die Geschichte ändern?« Anael grinste und plusterte die Federn seiner rabenschwarzen Flügel. »Du? Ein sterblicher alter Mann? Für das Wissen, daß du sogleich von einer der Parteien ermordet würdest, brauchst du keinen Zauberstab.«

»Willst du damit sagen, daß mein Entschluß nicht durch und durch moralisch ist?« Nostradamus war zu lange aufgeblieben, hatte alle Horoskope fertiggestellt, und als er sich aus der Küche sein Essen holen lassen wollte, schickte man ihm Nachricht, es sei nichts mehr da und das Feuer sei gelöscht. Folglich hörte er sich ziemlich gereizt an.

»Ach, sei doch nicht verstimmt. Die Sache ist lediglich ein Wirrwarr – wie alles, was ihr Menschen macht.« Anael lümmelte sich im Fenster, baumelte mit den übergeschlagenen Beinen und sah so selbstgefällig aus, daß er den alten Propheten noch mehr reizte.

»Nun, wenn du so vollkommen bist, warum sorgst du nicht dafür, daß die Geschichte einen besseren Lauf nimmt?«

»Ist nicht meine Sache. Ich kümmere mich nur um den Schrank. Außerdem ist es einerlei, was irgend jemand von uns zu diesem Zeitpunkt tut. Eine große Sache wie ein Religions- und Bürgerkrieg ist wie Wasser, das bergab läuft. Es läßt sich nicht aufhalten; es bahnt sich immer einen Weg, also läßt man lieber die Finger davon und macht einen Bogen darum.«

»Hat es einen Zeitpunkt gegeben, zu dem man noch hätte Einhalt gebieten können?« Nichts interessierte Nostradamus mehr als ein ernsthafter philosophischer Diskurs. Diese Aussicht stimmte ihn gleich heiterer.

»Du meinst, indem man jemanden wie Monsieur Calvin ermordet hätte, der nicht im entferntesten so anziehend ist wie die kleine Guise?«

»Nun ... Also das habe ich so nicht gesagt ...«

»Oder vielleicht möchtest du noch weiter zurückgehen, zu Monsieur Luther beispielsweise? Du kannst mir glauben, früher oder später hätte diese alte verderbte Institution selbst ihren Ruin bewirkt ...«

»Und was ist mit der Verderbtheit? Hätte man der Einhalt gebieten können? Was ist mit dem Erfinder des Generalablasses?« Anael lachte, und Nostradamus zog die wilden Brauen zusammen. Schließlich war er in einem Alter, in dem man ihn ernster nehmen durfte. Zuweilen vergaß er, daß er für einen Unsterblichen wie Anael gerade erst geboren war.

»Glaubst du etwa, nur ein einziger Mensch wäre auf diese brillante Idee gekommen? Der Same war gesät. Wenn die Zeit reif ist für die Verderbtheit, dann ist sie reif.«

»Ja, ja, wie Wasser, das bergab läuft, wie du bereits gesagt hast«, meinte Nostradamus, denn Anaels Überheblichkeit reizte ihn.

»Und außerdem, bedenke, wieviel Kunst und Schönheit mit diesen Ablaßbriefen gekauft worden ist. Wäre die Welt ohne sie besser dran? Die Rose ist am schönsten kurz vor dem Verblühen. Nun, das Geld der Arglosen und Leichtgläubigen ging über an die Verschlagenen und Gerissenen: Aber kann man deshalb behaupten, es war nicht richtig?«

»Anael, du bist das amoralischste Geschöpf, das mir je begegnet ist …«

»Erwartest du etwa, daß Geschichte moralisch ist? Michel, ich hätte nie gedacht, daß deine Tiefen so viel Seichtheit verbergen …« Es klopfte schüchtern an die Tür, und schon war Anaels anmutige Gestalt in die dunkle Ecke gehuscht, die nicht von Nostradamus' Kerze erhellt wurde.

»Herein«, sagte der Prophet in der Hoffnung, es wäre doch noch eine bescheidene Mahlzeit.

Zwei kleine Mädchen in Nachthemd und Nachtmütze, fest in dicke *robes de chambre* aus Pelz gehüllt, standen auf der Schwelle, hinter ihnen ihre Gouvernante, Madame de Humières, das graue Haar unter der Nachtmütze zum Zopf geflochten. Begleitet wurden sie von vier stämmigen bewaffneten Wachposten, die sich im Hintergrund aufgebaut hatten. Eine Konspiration, dachte Nostradamus. Sie dürften gar nicht mehr auf sein, ganz zu schweigen hier, aber dennoch war er gerührt. Er zupfte und zog sein Gewand glatt und versuchte, etwas Ordnung auf seinem Tisch zu schaffen. Schließlich war er das Ziel eines heimlichen, nächtlichen Kinderabenteuers und hatte seiner Rolle gerecht zu werden.

Das jüngere der kleinen Mädchen hatte die großen braunen Augen und das fliehende Kinn seiner Mutter. Dunkle Locken lugten unter der weißen Rüsche der Nachtmütze hervor. Das war die kleine Valois-Prinzessin Elisabeth. Neben ihr stand ihre größere und ältere Freundin, mit der sie ein Zimmer und ein großes Himmelbett teilte. Das unverkennbar tizianrote Haar lag ihr in zwei schweren Zöpfen auf den Schultern, ihr Porzellanteint war rosig vor Erregung über ihre kühne Unternehmung. Die Mädchen-Königin von Schottland, die seit Kleinkindzeiten keinen Fuß mehr auf schottischen Boden gesetzt hatte. Die beiden starrten die Instrumente und Karten an, die Nostradamus auf dem Tisch ausgebreitet hatte. Geheimnis und Magie, das war es, was sie sehen wollten. Sonderbare Gefäße, in denen vielleicht Kobolde ihr Unwesen trieben. Nostradamus merkte, daß er ihren Erwartungen nicht ganz gerecht wurde.

»Maistre Nostredame, wir sind gekommen, weil wir mehr über unsere Zukunft wissen wollen«, sagte das dunkeläugige kleine Mädchen beherzt. Nostradamus schob die Karte beiseite, an der er gerade arbeitete, damit nicht eine von ihnen einen Blick auf die Zahlen erhaschte, die sie womöglich entschlüsseln könnte. Darauf stand nämlich, was die Sterne für das rothaarige Mädchen voraussagten: Witwenschaft, Verbannung, Verrat, Einkerkung und Hinrichtung. Das alles entfaltete sich im Schatten ihrer ehrgeizigen Onkel, war Erbe ihres Blutes – so wie Krankheit das Erbe des dunkelhaarigen kleinen Mädchens mit dem Gnomengesicht war.

»Ja, wir wollen alles über unser Leben wissen, wenn wir Königinnen sind, welche Paläste wir haben werden.«

»Und welche Juwelen; ob wir prächtige bekommen?« Nostradamus seufzte, und sie faßten das als Ungeduld auf.

»Wir werden Euch gut entlohnen, wenn wir groß sind«, sagte das rothaarige Mädchen in ungemein würdevollem und herablassendem Ton, so als ahmte es jemanden nach.

»Wir wären auch nicht so spät gekommen, wenn man uns nicht gesagt hätte, daß Ihr bald abreist, vielleicht schon morgen«, setzte die Dunkelhaarige hinzu.

»Das macht nichts«, antwortete der alte Mann. »Aber bringt mir nicht die anderen auf Gedanken, ja? Ich weissage Euch die Zukunft aus der Hand. Stellt Euch hierher, neben die Kerze, ich will mir Eure zuerst ansehen.«

»Nein, erst müßt Ihr Marias ansehen, die ist als Königin geboren, und Vater sagt, sie kommt immer zuerst, auch an der Tür.«

»Na schön. Hmm. Hmm. Ja. Ihr werdet Königin in zwei Königreichen sein.«

»In zweien, nicht in dreien? Ich bin Königin von Schottland, heirate Frankreich und erbe England.«

»Nein, nicht drei. Die Zeichen besagen zwei. Aber aus Euch wird ein Stammbaum von Königen hervorgehen – und Ihr werdet die Leidenschaft der Männer erregen, wohin Ihr den Fuß setzt.«

»Oh«, seufzte die Mädchen-Königin, »das wird wunderbar.« Nicht wenn du wüßtest, wie selbstsüchtig und haßerfüllt einige dieser Leidenschaften sein werden, dachte der alte Mann. Verflucht sei Menander, der mir jede Weissagung zur Qual macht. Wie er gelacht hat, als ich meinen Wunsch geäußert habe, und wie schmerzlich Wissen doch ist.

»Jetzt bin ich an der Reihe.« Die dunkelhaarige Elfjährige streckte ihm ihre kleine Handfläche hin.

»Ah, das sind interessante Linien«, sagte der alte Mann und tat so, als müßte er erst nachdenken. »Ihr werdet eine sehr, sehr große Königin sein, mit Schränken voll prächtiger Gewänder, und Ihr habt die wundervollsten Juwelen und mehr, als Ihr in einem Leben überhaupt tragen könnt ... die Reichtümer eines großen Königreichs.« Ihre Karte lag zusammengerollt in der Schreibtischschublade. Er hatte vor, sie hinreichend zu überarbeiten, um ihre Mutter mit der geschönten Version zufriedenzustellen. Darin erblickte er die düsteren, üppigen Paläste des spanischen Königs, Vermählung mit einem lieblosen alten Mann, die frostigen, durchdringenden Blicke der Rivalinnen. Und dann jung, ach so jung, Gift.

»Und werde ich auch Mutter von Königen?«

»Von Töchtern, liebes Kind, aber das werdet Ihr nicht bedauern. Euer Volk wird Euch so sehr lieben, daß es Euch die Königin des Friedens und des Wohlstands nennen wird.«

»Steht da noch mehr?« fragte Elisabeth, die sehr klug und der Liebling ihrer Mutter war, denn sie hatte gemerkt, daß der alte Mann etwas sonderbar dreinschaute.

»Aber nein, mehr nicht«, sagte der alte Prophet. »Das ist alles, was die Handlinien aussagen, außer daß Ihr eine sehr kluge junge Dame seid und brav lernt.«

»Aber das weiß ich schon.«

»Genau, und darum muß ich es Euch nicht erzählen.«

Als sich die Mädchen verabschiedet hatten, sah Nostradamus, wie sich Anael in der Ecke reckte und streckte, dann die Arme verschränkte und die Nase rümpfte. »Die Geschichte verändern wollen, ha! Du bringst es niemals übers Herz, jemanden auszulöschen. Du bringst es ja nicht einmal übers Herz, diesen beiden kleinen Mädchen zu sagen, daß sie ermordet werden.«

»Und was würde ihnen das nützen? Es würde ihnen doch nur das wenige an Freude rauben, das ihnen zu Lebzeiten bleibt«, murmelte der alte Mann bekümmert.

»Und darum verschlüsselst du deine Weissagungen. Du erträgst die Wahrheit nicht, erträgst sie einfach nicht. Michel, hat dir schon einmal jemand gesagt, daß du ein komischer Vogel bist?«

»Schon sehr viele Menschen, Anael. Lieber Gott, ich war ein Unwissender und verwünsche den Tag, an dem mich danach verlangte, die Zukunft deuten zu können.«

»Du weißt, das ist alles deine Schuld.«

»Ja, und dieses Wissen macht es nur noch schlimmer.« Er seufzte. »Ich war jung, ich war töricht, ich war verrückt vor Verlangen nach den Geheimnissen des Orients. Aber wenigstens hat mir dieser verfluchte Kopf im Kasten niemals gehört. Und ich habe wirklich Glück gehabt, daß er seinem Besitzer in Konstantinopel gestohlen wurde, ehe ich einen Wunsch äußern konnte.«

»Und so bist du vor dir selbst bewahrt worden. Aber wirklich, ich sollte dein Bedauern als Beleidigung auffassen. War es denn so schlimm, meine Bekanntschaft zu machen?« fragte der Geist der Geschichte.

»Nein, Anael, es hat auch seine guten Seiten. Aber sag mir, wie können wir Menander den Unsterblichen loswerden, ehe er Frankreich in den Untergang treibt?«

»Michel, du bist leicht zu durchschauen. Glaubst du wirklich, daß es so einfach ist, die Geschichte zu verbessern?« Der Engel grinste und zeigte dabei gleichmäßige, weiße Zähne, dann entfaltete er die rabenschwarzen Flügel, daß ihre schimmernden Federn im Kerzenschein schillerten. Nostradamus seufzte tief. »Sei nicht so niedergeschlagen, alter Sterblicher. Ich gebe dir einen Fingerzeig. Du findest ihn im Horoskop dieses Mädchens.«

»In ihrem? Dem der kleinen Königin.«

»Nein, in dem des Mädchens, dessen Patin Zauberpulver auf Menanders Kasten gestreut hat.«

»Die? Ihr Hund hat meine Hausschuhe aufgefressen. Ich will sie nie wiedersehen.«

Der Engel hob die Schultern, auf seinem durchscheinenden Leib wirbelten und tanzten glitzernde Sprenkel.

»Wie du willst. Hausschuhe oder Frankreich«, sagte er.

»Na schön, wenn du es so hinstellst. Aber lieber Gott im Himmel, wie ärgerlich. Diese Streberin, diese Plaudertasche, diese Schnüfflerin, und dazu noch diese Besserwisserei! Und dann die gräßlichen Gedichte – hast du gewußt, daß sie mir eine eigenhändig verfaßte Villanelle geschickt hat? Die Endreime – pfui – mir haben sich die Haare gesträubt.«

»Das Horoskop, Michel, vergiß es nicht«, säuselte der Engel der Geschichte und flog davon.

15. Kapitel

Monsieur,

heutigen Samstags, am 29. November des Jahres 1556, erhielt ich Eure Briefe, die am 12. Oktober dieses Jahres in Paris abgeschickt wurden. Und mir will scheinen, daß Eure Briefe übellaunig, streitsüchtig und voller Entrüstung bezüglich meiner Person klingen. Ihr beschwert Euch, daß Ihr mir bei meinem Aufenthalt in Paris, als ich Ihrer Majestät der Königin meine Aufwartung machte, zwei Rosennobel und zwölf Kronen geliehen habt, was richtig und wahr ist. Aber mir zu schreiben, daß ich Paris undankbar für Eure Gastfreundschaft verlassen hätte ... Das ist völlig wider meine Natur. Und was die gute Entlohnung bei Hofe angeht, als ich krank darniederlag, so hat mir Seine Majestät der König einhundert Kronen geschickt. Die Königin schickte mir dreißig, und das ist das ach so hübsche Sümmchen, das ich für eine Reise von sechshundert Meilen erhalten habe und wovon hundert Kronen verausgabt sind – bleiben dreißig Kronen. Doch darum geht es nicht: Nachdem ich von Saint-Germain nach Paris zurückgekehrt war, suchte mich eine ehrenwerte, bedeutende Dame auf, die mir bisher fremd war ... und die mich wissen ließ, daß mich die Herren der Gerichtsbarkeit von Paris zu den Methoden befragen wollten, nach denen ich meine Weissagungen treffe. Ich sagte, es verlohne die Mühe nicht, da ich vorhätte, am nächsten Morgen in die Provence zurückzukehren, was ich dann auch tat. Doch Ihr glaubt, ich mache so viele Worte, weil ich meine Zahlungen an Euch hinauszögern will. Keineswegs. Mit diesem Schreiben schicke ich Euch zwei Briefchen, und so Ihr diese mit Verlaub abliefert, bin ich mir sicher, daß man Euch das Geld unverzüglich auszahlen wird.

Auszug aus einem Brief von Nostradamus
an Jean Morel
Fonds latin, Nr. 8589, Französische Nationalbibliothek

»Noch ein Kissen, Léon, ehe ich an der Prunksucht des Kardinals sterbe.« Nach seiner Rückkehr von Blois hatte Nostradamus auf dem überwältigend großen geschnitzten Holzsessel, den man ihm im Zimmer der palastartigen Behausung des Kardinals zur Verfügung gestellt hatte und dem jeglicher Komfort fehlte, Platz genommen. Der Aufenthalt als Hausgast hatte für den alten Doktor seinen Reiz verloren; Essen und Gesellschaft waren hervorragend, doch die offenen, hohen, steinernen Räume, die so kühl und zugig waren, der ständige Ärger mit fremden Dienstboten, die mit viel Fleiß geschnitzten Gesichter der grotesken Figuren und wilden Tiere, die ihn von zahlreichen bösartig-scharfkantigen Möbelstücken anglotzten, erweckten Sehnsucht nach dem eigenen trauten Heim, seiner gutgelaunten Frau und dem fröhlichen Lärm der eigenen Kinder. Und dann waren da noch seine Bücher, von denen er sich nur ungern trennte. Vor allem ärgerten ihn die redseligen Ignoranten, deren Honorare so mickrig waren, daß er dem vertrauensseligen Maistre Morel noch nicht einmal zurückzahlen konnte, was der ihm geliehen hatte. »Laß keine Menschenseele herein; ich möchte das Horoskop des Dauphins fertigstellen.«

»Ich dachte, das hättet Ihr längst getan«, sagte Léon mit einem Blick auf den Berg beschrifteten Papiers, der auf einem von Löwentatzen getragenen Tisch lag, an dem der alte Prophet schrieb.

»Stimmt. Das hier ist eine neue, verbesserte Version. Ich brauche eine Entlohnung von der Königin für unsere Rückreise, und es ist nicht einzusehen, warum ich mir ihre Dankbarkeit verscherzen sollte.«

»Kurzum, Ihr streicht die tödliche Krankheit und ersetzt sie durch große Gefahren ...«

»Léon, du nimmst dir aufgrund deiner langen Dienste zuviel heraus. Der Dauphin wird der größte König Europas, wenn er die Zeit der großen Gefahren überstanden hat.«

»Genau.« Léon schob seinem Herrn ein weiteres Kissen in den Rücken und rückte den Schemel für seinen Gichtfuß zurecht. »Möchtet Ihr das Abendessen nach oben gebracht haben?«

»Natürlich. Aber keine Sahnesauce mehr. Die bringt meine Verdauung durcheinander.« Als Léon ging, tauchte Nostradamus seine Feder wieder ins Tintenfaß und schrieb: »In seinem siebzehnten Jahr muß der Sire Dauphin die Jagd völlig aufgeben, will er eine Zeit großer Gefahren überstehen ...« Wie gut, daß Léon nicht lesen kann, dachte Nostradamus, sonst würde er mich mit seinem Kichern aus dem Konzept bringen. Wir wissen beide nur zu gut, daß der Dauphin die Jagd niemals aufgeben wird.

Zuerst ein Rascheln, dann schnaubte jemand belustigt hinter seinem Rücken. Ohne den Kopf zu wenden, sagte Nostradamus: »Anael? Du solltest dich schämen. Spionierst du etwa? Ich habe dich nicht gerufen.«

»Michel, ich habe dir doch gesagt, ich gehe, wohin ich will.«

»Doktor Nostradamus, wenn ich bitten darf.«

»Du rufst mich bei meinem Vornamen, also rufe ich dich auch bei deinem.«

»Dann hast du also noch andere Namen?«

»Natürlich. Dutzende. Und auch Titel. Ich bin nur nicht so eitel wie manch einer unter euch Menschen.«

»Krittelei wie immer. Man kann nie eine Arbeit zu Ende bringen, ohne daß jemand lästige Ratschläge erteilt ...«

»Oder beim Anblick des großen Propheten feixt, der für Geld ein Horoskop schönt, damit er die Stadt verlassen kann.«

»Hebe dich hinweg, du Quälgeist, und komme erst wieder, wenn ich dich rufe.«

»Oh, ich denke nicht im Traum daran. Du hast dir den Geist der Wahrsagung gewünscht, und den hast du bekommen, nämlich mich, ob dir das nun paßt oder nicht.« Anael nickte spöttisch und machte eine schwungvolle Verbeugung wie ein Edelmann, wenn er vorgestellt wird. »Außerdem habe ich ein wenig *ennui* mit meinem ewigen Leben verspürt, und da gleich etwas Lustiges geschehen wird, schaue ich vorbei.«

Nostradamus, der es beflissen vermieden hatte, den Engel anzusehen – was diesem zusätzlich Genugtuung bereitet hätte –, blickte jetzt von seinen Papieren auf und merkte, daß Léon die Tür offengelassen hatte. Auf der Schwelle stand die hochgewachsene, knochige Gestalt der eingebildeten Dichterin und hielt ein mit einem ausgefallenen Band verschnürtes Päckchen vor die Brust. Lieber Gott, dachte Nostradamus, ein ganzer Haufen Gedichte, und von mir wird vermutlich erwartet, daß ich jedes einzelne lese. Doch sie stand stocksteif da und sagte dieses eine Mal gar nichts. Und auf einmal verstand der Prophet, daß sie Anael sah. Er war für sie nicht unsichtbar.

»Ich wußte nicht, daß Ihr Besuch habt«, sagte sie und musterte die unbekleidete Gestalt mit den rabenschwarzen Flügeln. »Entschuldigung, Monsieur … ach ja … Anael, nicht wahr. Ich komme wieder, wenn Ihr Eure Toilette beendet habt.«

»O nein, so bleibt doch, bitte«, sprach Anael, und an Nostradamus gerichtet: »Siehst du? Das ist jemand, der sich mit der höflichen Anrede auskennt.«

»Und woher kennt Ihr Anael?« fragte Nostradamus. »Und wie kommt es, daß Ihr ihn sehen könnt?«

»Ach … ich sehe häufig … etwas«, sagte sie, machte jedoch noch immer große Augen vor Schreck. »Und wie Ihr wißt, lese ich.« Sie zögerte. »Monsieur Anael, dunkelblau, sehr gut aussehend – der Engel der Venus …« Hier errötete sie. »Das mit Euren kleinen funkelnden Sprenkeln habe ich nicht gewußt. Wie der nächtliche Himmel.« Während sie dastand und staunte, kam der Prophet wieder zu sich, bedeckte den Entwurf zu dem Horoskop mit einem leeren Blatt Papier und beschwerte es mit einem Buch und dem Tintenfaß.

»Habt Ihr etwa diesen Jagdhund mitgebracht?«

»Ich weiß, daß Ihr Gargantua nicht mögt, also habe ich ihn daheim gelassen.«

»Und die Tante?«

»Tantchen läßt gerade in einer netten kleinen Wohnung, die wir gemietet haben, die Möbel umstellen. Sie liegt gar nicht so weit von hier. Ich habe Euch auch etwas mit ...«

»Legt es getrost dorthin«, fiel ihr der Prophet ins Wort und gab sich geschlagen. »Ich lese es später. Ihr seid doch nicht etwa so weit gegangen, mir ein Gedicht zu widmen, oder? Das kann ich nun wirklich nicht zulassen ...«

»Es ... es sind nur Hausschuhe. Wir haben sie nach Euren alten anfertigen lassen. Genau die gleichen ...« Auf einmal kam sich Nostradamus sehr gemein und kleinlich vor, denn er merkte, daß ihr die Tränen in die Augen geschossen waren. »Mein Vater hat sie auch nie gemocht, aber ich glaube, die Königin hat sie sehr bewundert, und M. Montmorency auch, vor allem das Gedicht über Euch ... Verzeihung ...« Sie wischte sich eine Träne ab und schüttelte den Kopf, damit nicht noch mehr kamen.

»Bitte, setzt Euch doch, Demoiselle Sibille.« Anael nahm gerade mit seiner riesigen Gestalt auf dem Himmelbett Platz, das in einer Ecke des Raums stand, und klopfte auf die Fläche neben sich. »Nicht jeder besitzt die Gabe. In Euren Prosadialogen gibt es viele Passagen, die sehr geistreich und witzig sind.«

»Findet Ihr wirklich?« fragte sie, zögerte aber noch, sich zu setzen.

»Aber ja«, sagte Anael. »Und Ihr solltet Euch der Geschichte annehmen. Auf diesem Gebiet besitze auch ich eine Begabung. Dabei könnte ich Euch helfen. Michel, du bist ein unhöflicher Flegel. Du hast der Dame noch nicht einmal einen Platz angeboten.«

»Oh, tut mir leid. Ich muß mit meinen Gedanken woanders gewesen sein. Habt keine Angst, Euch neben Anael zu setzen. Vermutlich ist er nicht nach der neuesten Mode gekleidet, aber er ist wohlerzogen.« Als sich Sibille unschlüssig neben die riesengroße nackte Gestalt setzte, merkte Nostradamus, daß sie sorgsam ihren Saum ordnete, um ihre großzügig bemessenen Füße zu verbergen, und da taten ihm die Worte, die ihm herausgerutscht waren, noch mehr leid.

»Ich dachte, vielleicht ist die Zeit gekommen, daß meine Kunst Anerkennung findet. Ich meine, die Lesungen sind so gut gelaufen, und selbst ... Ihr glaubt doch nicht, daß dieser gräßliche Menander dahintersteckt?«

»Habt Ihr Euch etwas gewünscht?« fragte der alte Doktor entsetzt.

»Nein, aber fast jeder würde es tun, wenn er nur an ihn herankäme. Die Königin behält mich in ihrer Nähe, und Ihr würdet es nicht glauben, wer mir alles schmeichelt, nur um einen Blick auf ihn werfen zu können. Ich hoffe ... daß nur ein wenig davon aufrichtig ist. Aber wahrscheinlich hat er recht. Es ist alles nur Schmeichelei.«

»Was meint Ihr mit ›er hat recht‹? Und wo ist er überhaupt? Ich denke, er folgt Euch auf Schritt und Tritt. Mittlerweile sollte er sich materialisieren.«

»Menander hat mir gesagt, daß er mich abgeschrieben hat, so lange, bis ich merke, daß es nur einen Ausweg für mich gibt, wenn ich nicht eine einsame alte Jungfer werden will, nämlich mir einen reichen, gutaussehenden Ehemann von ihm zu wünschen. Und er hat gesagt, daß er inzwischen in besseren Kreisen verkehrt ...«

»In besseren Kreisen?« Der alte Prophet spürte, wie er eine Gänsehaut bekam.

»Vor zwei Tagen ist ein Mann eingebrochen und hat ihn gestohlen, und ich habe gehört, daß ihn jetzt die Herzogin von Valentinois hat. Ich bin erleichtert, auch wenn die Königin außer sich ist. Er – er redet nämlich nachts mit mir und läßt mich nicht schlafen. Er – er sagt, falls ich mir nichts wünsche, so soll ich ihn zumindest nicht daran hindern, Höhergestellten als mir zu gehören. Und immer, wenn ich ganz zufrieden bin, kommt er zurück und verdirbt mir alles ...«

»Demoiselle Sibille, merkt Ihr denn nicht, daß er Euch in Versuchung führen will?« fragte Anael.

»Ich weiß, aber es ist unerträglich.«

»Er bearbeitet immer die schwachen Stellen«, sagte Nostradamus. »Und da er unsterblich ist, hat er dazu alle Zeit der Welt. Ihr solltet ihn nicht unterschätzen, er ist hinterhältig und niederträchtig.«

»Das sagt auch Tantchen, und sie sagt, ich soll mich des Lebens freuen um ihm zu trotzen, aber er raubt mir alle Freude.«

»Und so macht er weiter, bis ihr Euch etwas wünscht, und dann hat er obendrein noch Eure Seele. Ihr müßt ihm Widerstand leisten.« Nostradamus war hellauf empört, mitfühlend und brannte darauf, Menander den Unvergänglichen in diesem schmutzigen Spiel zu schlagen. Und während er das sagte, merkte er nicht, daß Anael stillvergnügt in sich hineinlächelte.

»Zuerst hat er gespottet, daß mir meine neuen, hübschen Kleider nicht stehen und daß sie an mir vollkommen unansehnlich und lächerlich wirken. Ich sei ohnedies häßlich. Mir ist die Lust daran vergangen, in den Spiegel zu schauen, weil ich dabei jedes Mal nur Mängel erblicke – meine Nase, meine Brauen, einen Pickel –, und dergleichen mehr.

Dann habe ich gedacht, wenigstens bin ich gesund, und da hat er mich daran erinnert, daß Gesundheit niemals von Dauer ist und daß die schlimmsten Krankheiten mit den unbedeutendsten Anzeichen beginnen. Und wenn ich jetzt eine Erkältung habe, sagt er, daß er jemanden kennt, der daran gestorben ist, und dann geht es mir noch schlechter. Als ich plötzlich zu Lesungen bei den Erbauungsnachmittagen der Königin eingeladen wurde, höhnte er, es sei alles bloß Schmeichelei, weil sie nur an ihn herankommen wolle. Hinter meinem Rücken würden alle über mich lachen.

Und ich könnte schwören, Maistre Nostredame, auf Schritt und Tritt ist Getuschel hinter mir, und wenn jemand etwas Gutes und Nettes über mich sagt, höre ich gleich eine versteckte Kränkung heraus. Aber noch habe ich mir nichts gewünscht. Weder Schönheit noch ewige Jugend und Gesundheit und nicht einmal, daß jemand meine Schriftstellerei bewundert – ich bin stark geblieben.«

»Aha, aha. Ihr habt länger durchgehalten als irgend jemand vor Euch …«

»Und dann hat mir M. d'Estouville den Hof gemacht und hat Männer angeheuert, die unter meinem Fenster die Viole und Laute spielten. Könnt Ihr Euch das vorstellen? Der schönste, schneidigste Mann, den ich jemals kennengelernt habe! Rang und Vermögen, und von meinem Bruder und Vater bewundert! Ich bin auf Wolken gegangen. Menander stand auf der Kommode und sagte hämisch, er sei nur hinter dem Geld her, das Tantchen mir einmal vererbt, und er hat mir genau gesagt, wieviel Schulden d'Estouville hat und daß sein reicher Onkel viel zu gesund ist, um bald zu sterben …« Alles nur zu wahr, dachte Nostradamus, der dem schneidigen M. d'Estouville das Horoskop gestellt hatte.

»Versteht Ihr? Tantchen will Philippe deswegen nicht im Haus haben, und selbst Ihr wißt, daß es stimmt«, fuhr Sibille fort. »Und als ich mich dazu durchgerungen habe, wenigstens noch Freude an meiner Kunst zu finden, da hat er mir eingeflüstert, sie sei gräßlich, und schon war jegliche Inspiration dahin. Meine Musen sind geflohen, eines Tages werde ich auf einem Dachboden verhungern, und man findet meine Leiche erst dann, wenn sie bereits mumifiziert ist, genau wie er gesagt hat …«

»Das ist dummes Zeug«, sagte der Prophet.

»Das habe ich auch geantwortet. Ich habe doch Tantchen, hielt ich ihm entgegen. Worauf er wiederum behauptete, daß sie mich Vater nur abgekauft hat, um ihn zu ärgern, und daß mich meine eigene Familie überhaupt nicht liebt. Was könne ich da schon erwarten …«

»Euer Vater hat Euch verkauft?«

»Sozusagen. Er war nämlich sehr verschuldet, und da willigte er ein, daß Tantchen mich adoptierte, wenn sie seine Schulden bezahlte. Meint Ihr nicht auch, ein wahrer Vater hätte ›Niemals‹ gesagt oder mich vielleicht nur für ein Weilchen verborgt? Es ist alles so furchtbar – und als ich zu dieser gräßlichen Mumie sagte, daß der große Nostradamus mir eine bedeutende Zukunft prophezeit, da meinte er, Ihr wärt ein Quacksalber …«

»Das reicht!« sagte Nostradamus und sprang so wütend auf, daß er seinen wehen Fuß ganz vergaß. »Bei meiner Ehre, ich werde dafür sorgen, daß dieses elendige Stück Abfall im Kasten vernichtet wird, und wenn es das letzte ist, was ich auf dieser Erde tue!« Er hieb mit der Faust auf den Tisch, daß der Deckel des Tintenfasses klapperte. »Faßt Euch ein Herz, Demoiselle! Glaubt Ihr etwa, ich kenne mich so wenig mit Menschen aus, als daß sich bewahrheiten sollte, was er Euch einredet? Dieses böse, hinterhältige Ding nimmt sich ein Körnchen Wahrheit und entstellt sie, bis es große Flecken sind. Er bearbeitet Euren Willen, und er hat eintausend Jahre Zeit gehabt, das zu lernen! Seht Ihr denn nicht, was er will? In die Verzweiflung getrieben, nehmt Ihr Euch das Leben, dann hat er Eure Seele, ohne daß er sich überhaupt für die Erfüllung eines Wunsches von Euch anstrengen mußte. Für ihn ist das nichts weiter als ein neues Spiel. Quacksalber, ha! Ich werde diesen abscheulichen Menander in den Staub treten!« Der alte Prophet war so wütend, daß die Adern an seinem Hals schwollen und ihm die Haare zu Berge standen, und dabei merkte er überhaupt nicht, daß Anael triumphierend von einem Ohr zum anderen lächelte.

An diesem Morgen schreckte Nicolas Montvert aus dem Traum hoch, sein Vater stünde an seinem Bett, belehrte ihn über die Tugenden des Frühaufstehens, über verschwenderisches Kerzenbrennen bis nach Mitternacht, über die Ausgaben für Erziehung und Reisen, mit denen er ihn ständig überfordert hätte, über sein eigenes vorgerücktes Alter und Nicolas' Mangel an Verantwortungsgefühl, und im Traum wollte Nicolas gerade antworten: ›Aber ich will nicht Bankier werden‹, als er die Augen aufschlug und seinen Vater in seinem dunklen Seidengewand, mit Goldkette und flachem Hut und langem Bart erblickte. Er hörte ihn sagen: »... schamlose Verschwendung – dein Großvater dreht sich im Grabe um ... deine Mutter weint sich die Augen aus. Sogar die Engel weinen. Müßiggang ist eine der sieben Todsünden ...«

»Uff, ach«, seufzte Nicolas, der sich völlig in seinen Laken verfangen hatte.

»... und tut so, als ob er schläft, das ist eine Beleidigung! Wie viele Lasten muß ich alter Mann denn noch tragen? Bald liege ich im Grab, und es wird deine Schuld sein, du undankbarer ...«

»Ich bin wach, ich bin wach.« Nicolas reckte sich. Das Haar stand ihm stachlig zu Berge, und die vergangene, kurze Nacht hatte dunkle Ringe unter seinen Augen hinterlassen.

»Ich will, daß du die Bücher mit mir durchsiehst, denn heute nachmittag nehme ich dich zum Oberbuchhalter der Königin mit, du hast ja keine Ahnung, wie lange ich auf diesen Termin gewartet habe; du solltest für solch eine Gelegenheit dankbar sein ...«

»Bin ich auch, Vater, bin ich auch. Ehrenwort, ich bin da. Um welche Uhrzeit?«

»Und wohin willst du jetzt, da du dich so eilig anziehst?«

»Zur Messe, Vater. Ich ... letztens verspüre ich ein Bedürfnis nach vollkommenerer, tieferer Andacht ...«

»Messe am Wochentag, aber nicht am Sonntag? Ach, ich bin ein törichter, alter Mann, daß ich schon wieder auf dich hereinfalle. Geh, geh. Lieber Gott, lieber Gott, wie kommt es nur, daß in einer Familie ein Kind voller Tugend ist und das andere Sünden sammelt wie der Hund Flöhe?«

Schließlich ist das hier auch eine Art von Andacht, sagte sich Nicolas, während er in die engen Gassen des Marais eintauchte, in der Rue St. Antoine wieder zum Vorschein kam und sich fast mühelos vor der Schwelle des Hauses in der Rue de la Cerisaie einfand. Diese Schwelle ist der Altar der Venus. Jeden Tag berührt sie Sibilles schöner Fuß. Und heute – heute wird sich das Warten auszahlen. Ich finde heraus, wer der üble Spanier ist, und dann, ja, dann beleidige ich ihn und zwinge ihn, mich zu fordern ...

Genau in diesem Augenblick ging die Tür auf, und sein Herz machte einen Satz, als er sie erblickte, sie ganz allein, sie ohne die Sänfte, ohne die Dueña, ohne den riesigen, sabbernden Hund, die Lakaien. Zu Fuß, im schlichten, dunklen Umhang, ein geheimnisvolles Päckchen an den Busen gedrückt. Vorsichtig blickte sie sich nach beiden Seiten um, die Straße war scheinbar leer, und schon enteilte sie raschen, entschlossenen Schrittes. Nicolas hütete sich, die schattige Seite der Straße zu verlassen, und folgte ihr so flink und leise wie eine Katze. Dieses Mal entrinnt mir der Spanier nicht. Aber angenommen, es ist ein weiterer Liebhaber, mit dem sie sich heimlich trifft? Ich fordere beide und schlage mich an aufeinanderfolgenden Tagen mit ihnen, dachte er. Das wird mich berühmt machen. Er stellte sie sich im Alter vor, wie sie in einem Klostergarten in der Sonne saß und jemand über sie sagte: »Die ist es? Montverts berühmtes Doppelduell, das ihretwegen ausgefochten wurde?« Und dann die Antwort: »Aber, meine Liebe, das ist schon lange, lange her. Du kannst dir nicht vorstellen, wie schön sie damals war. Aber alles umsonst. Nach dem Sieg hat sich der Chevalier de Montvert geweigert, noch einmal mit ihr zu sprechen, schließlich war sie entehrt, und seitdem ist sie vor Gram einfach wie betäubt.«

Doch er war gerade beim besten Teil angekommen, als sie an den Schweizergarden vorbei den Hof des Hostel de Sens betrat, und als er ihr folgen wollte, fragten ihn die Garden äußerst grob nach Rang und Begehr. Er zerbrach sich den Kopf: Was konnte er angeben? Nicolas Montvert, Philosoph und Lebensbeobachter? Nicolas Montvert, Randalierer, Stammgast von Studentenkneipen in halb Italien und Frankreich, Herumtreiber in billigen Fechtsälen, Autor einer noch nicht veröffentlichten Abhandlung *Über die Geheimnisse der italienischen Fechtkunst*? Nicolas Montvert, Bankierssohn, aber kein Bankier? Keine der Beschreibungen wurde seiner ungewöhnlichen und erhabenen Beziehung zur gewöhnlichen Menschheit und der ins Auge gefaßten ruhmreichen, jedoch noch verschwommenen Zukunft gerecht. Ich brauche einen Titel, dachte er verdrießlich, während er am Tor herumlungerte und darauf wartete, daß sie wieder herauskam. Einen Titel, der so prächtig ist, daß mich gedungene Schweizergarden nicht am Hoftor abweisen wie einen Straßenhändler.

Doch dann fiel ihm auf, daß ihm jemand Gesellschaft leistete, eine abgerissene Gestalt, ein entlassener Soldat in schmutzigen Lumpen, ziemlich betrunken für die frühe Tagesstunde. Diese Sorte bringt Menschen, die einen Grund zum Herumlungern haben, in Verruf, dachte Nicolas. Der finstere Kerl spähte wie er zum Tor, beobachtete Besucher, Priester, Kaufleute und Bittsteller beim Hinein- und Hinausgehen und wartete offensichtlich auf jemanden. Ein gedungener Meuchelmörder, befand Nicolas. Solchen Gesellen bin ich hier und da begegnet. Wie tief gesunken – oder wie gut bezahlt – muß jemand sein, um am hellichten Tag einen Mord begehen zu wollen? Eine Frau mit einem Tablett voller Fleischküchlein kam vorbei, der Herumlungerer kaufte sich eins, und während er kaute, spürte Nicolas, daß er noch nicht gefrühstückt hatte. Das führte zu einer Betrachtung über die gräßliche Knauserigkeit seines Vaters, denn er hatte keinen roten Heller, um auch nur ein Küchlein zu erstehen, und dann kam ihm in den Sinn, daß Geizhälse einen unseligen Tod starben, und gerade als er sich seinen Vater reuig auf dem Totenbett ausmalte, wie er seinen leidgeprüften Sohn, der nur noch ein mitleiderregendes menschliches Skelett war, um Vergebung bat, da kam sie durch das Tor, sah unglücklich aus und war das Päckchen los.

»Demoiselle Sibille de la Roque?« fragte der finstere Geselle und vertrat ihr den Weg. Als sie ratlos nickte, ging plötzlich alles ganz schnell.

»Das hier ist von Monsieur Villasse!« schrie der Mann und hob den Arm, aber gleichzeitig stürzte sich Nicolas auf ihn, so daß der Gegenstand, den er in der Hand hielt, wegflog. Eine Flüssigkeit versprühte zwischen ihnen, tat aber keinem ernstlich etwas zuleide, nur ein paar Tropfen Säure fraßen sich durch seinen Ärmel, während Sibille schrie: »Meine Hand! Meine Hand! O Gott, tut das weh!« Schon hämmerte Nicolas den Kopf des Mörders auf das Pflaster und rief: »Der Spanier! Sag seinen Namen, oder ich bringe dich hier um! Wer ist Señor Alonzo?« Und die Schweizergarde versuchte vergeblich, sie auseinanderzureißen. »Wahnsinn! Nein, ein Anfall! Nein, ein

Mordversuch!« riefen Passanten, die jetzt auf die beiden kämpfenden Männer zurannten.

»Mörder!« schrie Nicolas, als sie ihn von dem zerlumpten Mann wegzerrten. Hinter ihm sagte jemand: »Vitriolöl ... Es ist überall ...«

»Sie wird ohnmächtig, die Demoiselle wird ohnmächtig!« rief Nicolas, als er sich zu Sibille umwandte, und fing sie gerade noch rechtzeitig auf. »Rasch, einen Arzt.«

»Nein ... nein ... faßt mich nicht an. Mein Arm ... meine Hand ...« Sibille weinte und zitterte am ganzen Körper. »Wasser, so bringt doch Wasser, um Himmels willen!« Doch dann merkte sie, wer es war. »Ihr! Seid ihr mir wieder gefolgt? Aber Ihr habt verhindert, daß ...«

»Es sind Verbrennungen. Ihr seid nicht bei Sinnen, rasch, wir brauchen einen Arzt.« Nicolas hatte sie in den Hof geführt, und ein ganzer Schwarm Menschen war ihnen gefolgt.

»Kennt Ihr die Demoiselle?«

»Ihr Vetter ist mein bester Freund ...« Eine leichte Übertreibung, die durch die Umstände gerechtfertigt wurde.

»Es brennt ... o Wasser, Wasser! Hilfe!« schrie sie. Jemand spritzte Wasser auf die Hand, die sie an sich drückte und machte beide naß, doch es half nicht gegen das schreckliche Brennen. »Es brennt, o Jesus, es verbrennt mich!« Geschrei und Schritte, als Diener in das große Gebäude rannten, um Hilfe zu holen. Dann war kurz das Tapp-tapp eines Malakkastockes zu hören, doch es ging in dem allgemeinen Tumult unter.

»Demoiselle, wir müssen den Ärmel abschneiden, hier, in den Eimer, ja, den ganzen Arm ...« Nicolas kniete, er wußte auch nicht, wie es gekommen war, auf den harten Pflastersteinen des Hofes und hielt seine Göttin in den Armen, während ein alter Mann in Arztrobe ihren Arm in einen Eimer Wasser mit Holzasche tauchte, um die brennende Säure abzuwaschen. Nicolas konnte Sibilles Puls spüren – ihren Atem, der in schnellen Stößen ging, und er konnte spüren, wie sie zitterte.

»Er hat auf mein Gesicht gezielt – auf meine Augen ...«

»Ihr hattet Glück«, sagte der Arzt. »Léon, mehr Wasser, und rühre reichlich Holzasche hinein – wir müssen auch die kleinste Spur Säure abwaschen, sonst frißt sie sich tiefer. Zum Glück hat er sie verfehlt, und zum Glück weiß ich, daß Wasser allein das schlimme Werk des Vitriol nicht aufhält.«

»Wir haben den Mann, Demoiselle«, rief einer aus der Schweizergarde. »Dieser Bursche hier hat Euch gerettet.«

»Ach ja«, sagte der alte Doktor und blickte Nicolas in die Augen. Nostradamus' Bart glich dem von Nicolas' Vater, doch irgendwie sah er bei ihm anders aus. Die Augen darüber, die machten den Unterschied – sie waren so klug und verständnisvoll. »Sonne im Löwen«, sagte der Doktor. »Ihr werdet es weit bringen.«

»Was meint Ihr damit? Ein Schurke hat versucht, die Demoiselle mit Vitriolöl zu bespritzen, und Ihr faselt von meinen Geburtszeichen.«

»Junger Mann, ich bin Michel de Nostredame.«

»Der Astrologe?« Nicolas staunte mit offenem Mund. Hieß das, Sibille hatte kein Stelldichein gehabt, sondern einen Wahrsager aufgesucht? Wie dumm von ihm, zu glauben ... Erleichterung und Enttäuschung übermannten ihn, denn das berühmte Doppelduell verflüchtigte sich wie Rauch.

Doch gerade sagte Maistre Nostredame: »Ihr solltet nach diesem furchtbaren Schreck wirklich nicht unbegleitet heimgehen. Laßt Euch von diesem jungen Mann nach Haus geleiten und grüßt Eure Tante von mir. Denkt daran, Wasser und Holzasche, falls es wieder brennt, und dann einen Umschlag aus Honig und Eiern, damit keine Narben zurückbleiben ...«

Mittlerweile führten Bogenschützen den Angreifer ab, die Menge zerstreute sich, anderswo lockten lohnendere Spektakel. Der Gefangene beteuerte lauthals seine Unschuld. »Dreist, dieser Verbrecher«, hörte Nicolas jemanden sagen.

»Ha! Welcher Dummkopf dingt auch schon einen Trunkenbold, wenn es um Vitriol geht? Er hat sie verfehlt«, bemerkte ein anderer.

»Wahrscheinlich hat der Schwachkopf ihn gleich ausgezahlt, und da hat er sich vor der Arbeit schon betrunken.«

»Und sie kann noch immer sehen, sie kann ihn also identifizieren …«

Als Nostradamus sich entfernt hatte, flehte Nicolas seine Angebetete an: »*Mademoiselle*, seht Ihr nun ein, wohin das alles führt? Gebt dieses schreckliche Leben auf, verlaßt den abscheulichen Spanier …«

»Welchen Spanier?« fragte sie.

»Ach, spielt doch nicht die Unschuldige. Ich weiß alles, und ich vergebe Euch. Aber Ihr müßt begreifen, daß ich Euch als Mann von Ehre nicht den Hof machen kann, ehe ich ihn nicht getötet habe.«

»Töten, wen denn?«

»Den, der Euch zu diesem furchtbaren Leben verleitet hat, den, der Eure unschuldige Schönheit mißbraucht hat, den verabscheuenswürdigen Señor Alonzo …«

»Señor Alonzo?« sagte sie. »Wenn Ihr mich nach Haus begleitet, stelle ich ihn Euch vor …«

Ein Wort – sie würde es später in einem Dutzend hehrer Zeilen zur Geltung bringen – drängte sich in ihrem Kopf nach vorne und ließ Schmerz und Kummer, Verwirrung und Schrecken verblassen. Das hagere Gesicht des jungen Mannes erschien ihr auf einmal edler als das Apollons.

Das Wort lautete »Schönheit«.

Es war fast Mitternacht, und Nostradamus' Kerze war beinahe niedergebrannt. Léon schnarchte auf seinem Notbett, das man am Fuß des großen Himmelbetts an der Wand aufgebaut hatte. Keine Diener wieselten mehr durch die Türen des Zimmers aus und ein, das in dem sonderbaren Palast auch als Durchgang diente, und selbst die Mäuse hatten sich endlich schlafen gelegt. Doch der alte Prophet mühte sich noch immer verbissen mit einem Horoskop, in dem viel durchgestrichen war und das mehrere Tintenkleckse aufwies – Zeichen blanker Enttäuschung.

»Es geht noch immer nicht auf, Anael«, jammerte er und schlug in einem kleinen Buch mit astronomischen Berechnungen nach. »Das treibt mich noch zum Wahnsinn. Da sieh mal, hier sind Stunde und Geburtsdatum, die sie mir gegeben hat, sechs Uhr früh am elften Februar, und hier habe ich den Charakter und die Zukunft, und gar nichts paßt auf dieses Mädchen und auf das, was ich in ihrer Aura lese.«

»Hmm«, meinte Anael und verschränkte die Arme auf der nackten Brust. »Ich verstehe, was du meinst.«

»Du verstehst gar nichts. Du siehst ja nicht einmal hin«, sagte Nostradamus.

»Du weißt doch, ich sehe auch ohne hinzusehen«, sagte Anael, und das hörte sich ziemlich hochnäsig an. Der alte Prophet knurrte und machte sich wieder an die Arbeit.

»Schau dir das hier an, da, schau. Demzufolge ist sie ein zerbrechliches, empfindsames, poetisches Wesen, das schon vor zwei Jahren, noch vor seinem zwanzigsten Geburtstag, im Kindbett hätte sterben sollen. Und dabei ist sie ein großes gesundes Pferd und nicht einmal verheiratet.«

»Sie hält sich aber für empfindsam und poetisch.«

»Ihre Gedichte sind gräßlich, und was die Empfindsamkeit angeht ... also, für meine Begriffe ist sie der reinste Dickhäuter. Und während sie faselt und faselt, daß sie eine zerbrechliche Lilie sei, lauert hinter ihren Worten ein scharfer Witz, mit dem sie Komödienschreiberin werden könnte. Alles nur vorgetäuscht, Anael.«

»Vielleicht hat sie dich mit ihrem Geburtstag angelogen. Sie ist ein wenig empfindlich, was ihr Alter angeht«, meinte Anael mit gespielter Hilfsbereitschaft.

»Nein – ihre Aura zeigt mir, daß sie nicht gelogen hat, wenigstens dieses Mal nicht. Sie hat gesagt, sie habe es sich von ihrer Patin bestätigen lassen, um ganz sicherzugehen.« Der alte Prophet fuhr sich mit der Hand durchs Haar, bis es an einer Seite zu Berge stand. Anael lachte stillvergnügt. Nostradamus krempelte die Ärmel hoch, damit sie nicht tintenfleckig wurden, und beugte sich erneut über das Horoskop. »Es kommt mir fast so vor, als versuche sie, die Person zu sein, die das Horoskop beschreibt«, brummelte er in seinen Bart. »Es ergibt einfach keinen Sinn.«

»Vielleicht solltest du es überschlafen«, empfahl der Engel der Geschichte.

»Du weißt doch, daß ich in diesem furchtbaren Bett nicht schlafen kann. Das Kissen – es ist mit ausnehmend billigen Federn gestopft, nicht mit guten Gänsedaunen wie mein eigenes. Das bewirkt schlechte Träume. Des Nachts sehe ich Aufstände, Tod und einen Bruderkrieg. Schlimmer könnte ich gar nicht träumen. Wenn ich nicht auf das Honorar der Königin warten müßte, wäre ich gestern schon aufgebrochen. Nein, vorgestern. Die Wachteln vom gestrigen Abendessen haben mir nicht gefallen. Zähe, knochige Dingerchen, und die Sauce hatte einen Stich. Seitdem habe ich Magendrücken. Diese Köche aus dem Norden wissen einfach nicht, wie wertvoll Knoblauch ist.«

»Nur weil sie ihn nicht roh kauen wie die Leute aus dem Béarnais ...« Doch der große Nostradamus war über seinen Papieren eingenickt. Anael beugte sich über den Schlummernden und blies die zischende Kerze aus.

»Ihr seht also«, sagte Tantchen, »wir besitzen zwar einige Stücke aus seinem Schatz, doch der echte Señor Alonzo, ein alter Feind meines Mannes, liegt auf dem Grund des Meeres, und Monsieur Tournet hat meinen kleinen Liebling hier nach ihm genannt; der war viele Jahre lang der einzige Trost einer armen, alten Witwe, und das um so mehr, als sie einen hochnäsigen und undankbaren Bruder hat. Da, mein Schatz.« Sie schnalzte mit der Zunge und bot dem Affen noch ein Stückchen kandierte Orangenschale an. »Seht nur seine niedlichen Hände, solch winzige Fingerchen!« Señor Alonzo kletterte am Vorhang hoch, hockte sich auf die Gardinenstange und schnitt meinem tapferen, heldenhaften Retter Grimassen. Dieser errötete, schob sich zur Tür und wollte gehen.

»Ein Affe«, murmelte er vor sich hin, »ein Affe, und Ihr seid ihre Patin ... ich ... ich muß gehen ... dringende Geschäfte ...«

»Und um welche Geschäfte handelt es sich, Monsieur Montvert?«

»Ich muß mich Punkt vier Uhr mit meinem Vater am Louvre treffen ... ein Termin ... sehr wichtig ...«

»Ei, es ist nicht im entferntesten vier Uhr, ja, noch nicht einmal Mittag, und ich bin mir sicher, Ihr habt noch nicht gegessen.« Wie gut, daß Tantchen Worte für zwei hatte, denn nach dem ganzen Aufruhr brachte ich nicht eines heraus. Die Worte fehlten mir, jedoch nicht das Augenlicht. Und ich konnte von seinem Anblick nicht genug bekommen. Warum hatte ich bisher nicht bemerkt, wie hinreißend offen er sein Hemd unter dem Wams trug, so daß die Spitze locker um seinen Hals lag? Warum hatte ich seine Schlichtheit nicht zu würdigen gewußt, die es ihm verbot, die einengende Halskrause nach der gängigen Mode zu tragen und sich das Haar sorgfältig zu ölen und zu kämmen? Warum waren mir seine warmen und bezaubernd braunen Augen nicht aufgefallen, seine langen, aristokratischen Hände? Ja, Schlichtheit und eine ungezwungene Garderobe – ach, wie gut kleideten sie doch einen schönen Mann, einen edlen Geist wie meinen Retter.

»Aber ... ich muß mich umziehen ... meine Kleidung, ach, ja ... ich muß die Kleidung wechseln ...« Er blickte sich verlegen um. Sein Auge schien auf einem von Tantchens schrillen Gobelins zu verweilen, einer Abbildung des Paris mit drei nackten Göttinnen.

»Ach, Euer Ärmel! Nun seht nur diese furchtbaren Löcher! Vitriol ist ein so schlimmes Zeug ... mein Schneider soll bei Euch Maß nehmen, ich schicke Euch ein völlig neues Wams als Zeichen meiner Dankbarkeit. Könnt Ihr denn wirklich nicht zum Essen bleiben?« Tantchen schien gar nicht zu bemerken, daß etwas nicht stimmte – mit ihm wie auch mit mir. Warum hörte sie das laute Hämmern meines Herzens in den verlegenen Pausen der Unterhaltung nicht?

»So bleibt doch«, brachte ich irgendwie heraus. Wie hinreißend keck sein Barett aussah, das er sich schief in die Stirn gesetzt hatte.

»Ihr ... Ihr wollt, daß ich bleibe, auch nachdem ich ...«

»Nachdem was? Nachdem Ihr mich gerettet habt. Mich vor der schrecklichen Rache dieses Villasse bewahrt habt ...«

»Villasse«, stieß er hervor, und flugs wich die hochrote Farbe aus seinem Gesicht, und er setzte sich aufrechter hin. »Ich werde ihn ausfindig machen und ihn dafür töten. Ich fordere ihn und vernichte ihn auf dem Feld der Ehre.« In seinen Augen blitzte es so wunderschön auf wie bei einem stolzen Adler, und seine Miene erheiterte sich. Mein Verteidiger! Mein Ritter!

»Ich flehe Euch an, Monsieur Montvert, überlaßt ihn der königlichen Gerechtigkeit. Sein Helfershelfer wird alles gestehen, dann braucht Ihr Eure Klinge nicht zu beflecken«, sagte Tantchen.

»So halten es Feiglinge«, murmelte er.

»Monsieur Montvert – an wie vielen Ehrenhändeln habt Ihr bereits teilgenommen?« fragte Tantchen.

»Nun ja ... ähm ... an keinem ... also, an keinem der formellen Art ... bislang«, antwortete er. »Aber, aber ich weiß viel darüber. Nun, ich bin gereist. Kenne die neuen italienischen *bottes* ...«

»Ich kenne Villasse mein halbes Leben, inzwischen ist er alt, aber bösartig. In seiner Jugend hat er eine Reihe von Duellen überlebt – meistens war Betrug im Spiel. Ihr müßt wissen, daß er einmal heimlich Öl auf eine Stelle des Duellplatzes gegossen und seinen Gegner dorthin getrieben hat. Nie hat ihn jemand beschuldigt. Er ist listig wie eine Schlange, der Schurke, und falls Ihr ihn fordert, hat er die Wahl der Waffe ...«

»Dennoch kann ich nicht guten Gewissens ...«

»Das sollten wir lieber beim Essen besprechen. Ihr müßt nach allem, was Ihr für uns getan habt, ohne eine Sekunde lang an Euch selbst zu denken, schrecklich hungrig sein. Was für eine Ritterlichkeit! Gewiß wollt Ihr uns nicht Eurer Gesellschaft berauben ...«

»Falls es die Demoiselle ... wünscht ...«

»Sibille«, brachte ich hervor. »Bitte, nennt mich Sibille ...«

»Falls Demoiselle Sibille es wünscht ...« Ich nickte stumm.

»Also, dann nehmt den Arm meines Schätzchens und geleitet sie bitte ins Eßzimmer. Es ist, glaube ich, Zeit.« Ich erinnere mich nur noch, daß ich bei seiner Berührung fast ohnmächtig wurde, und kann mich beim allerbesten Willen an kein einziges Wort unserer Unterhaltung bei Tisch erinnern.

»Seid Ihr sicher, daß er von edler Abkunft ist?« fragte die Herzogin von Valentinois. Sie stand am Kamin eines schönen Vorzimmers in ihrem bezaubernden Schloß Chenonceaux. Das Schloß mit den weißen Türmchen war ein Geschenk ihres vernarrten Liebhabers, des Königs, um das sie alle beneideten, vor allem die Königin. Der marmorne Kaminsims war mit gemeißelten und bemalten ›HD‹, für Heinrich und Diana, verziert, an den Wänden hingen erlesene Gobelins, und auf einem reichgeschmückten niedrigen Tisch stand ein silberner Kasten mit eingravierten Symbolen und einem Gott mit Hahnenkopf in einem fliegenden Streitwagen. Draußen, unter den Pfeilern der großen Galerie, kräuselten sich die kühlen grünen Fluten des Cher, der Himmel zeigte jenes göttliche Blau, wie man es nur an Bilderbuchtagen im Herbst sieht, und die Blätter in den Wäldern schickten sich an, ihr sommerliches Grün zu verfärben. In der Ferne erscholl der Ruf der Jagdhörner durch den Forst, während sich berittene Gäste im Galopp vom Schloß entfernten.

»Ich versichere Euch«, sagte Simeoni, ein großer hagerer Zauberer in schäbiger schwarzer Robe, »daß dieser Menander von edler Abkunft ist, wenn auch in seinem eigenen Volk. Von königlichem Geblüt.«

»Ach, dann bin ich überzeugt, daß es richtig ist. Es gibt so viele Reliquien von jämmerlichen Niemanden. Ich möchte meine Herzenswünsche schließlich nicht irgendeinem – pfui – Bauern, anvertrauen, wenn Ihr versteht, was ich meine.«

»Oh, edle Dame, ich würde nicht im Traum daran denken, jemandem Eurer edlen Herkunft und Eures kultivierten Geschmacks dergleichen vorzuschlagen.«

»Na schön, Maistre Simeoni, fahren wir fort. Öffne ich nun die Schatulle, oder geht sie von allein auf, wenn ich die Zauberworte aufsage?«

»Ich werde sie öffnen, aber Ihr müßt mir versprechen, nicht zu erschrecken.«

Die Herzogin von Valentinois nickte zustimmend, fuhr jedoch zurück, als sie den runzligen, mumifizierten Kopf im Kasten erblickte. »Oh, der ist ja ganz vertrocknet! Wie gräßlich!« rutschte es ihr heraus.

»Nicht weniger mumifiziert als Ihr.« Menander hob ein ledriges Lid und verdrehte ein abstoßendes Auge in Richtung der Herzogin.

»Also wirklich, Sieur de Menander, Ihr solltet Euch anstandshalber etwas Gurkensalbe auf diese schrecklichen Wangenfalten tun«, sagte die Herzogin und schürzte dabei geziert die schmalen Lippen. »Ich bin entsetzt. Wie kann sich ein Mensch Eures Ranges so gehenlassen.« Und dabei glättete sie mit einem gepflegten weißen Finger eine verirrte Falte auf ihrem reichbestickten Überärmel.

»Mach weiter, du dummes Frauenzimmer«, sagte Menander. »Vermutlich willst du ewige Jugend haben.«

»Von Euch gewißlich nicht«, entgegnete Diana von Poitiers, »da die Erhaltung Eures eigenen Teints sehr zu wünschen übrigläßt. Gegen Eure Krähenfüße solltet Ihr es wirklich einmal mit meinem Rosenöl versuchen. Ihr habt Euch völlig vernachlässigt.«

»Simeoni, dafür werde ich mich an dir rächen«, knurrte Menander leise.

»Ich flehe Euch an, Madame, habt etwas Nachsicht mit Sieur de Menander – schließlich ist er fast zweitausend Jahre alt.«

»Das ist überhaupt keine Ausrede für solch – pfui – klägliche Körperpflege«, sagte die Mätresse des Königs. »Aber gut ... vermutlich ... er ist schließlich kein Franzose, wer will da schon Verständnis für Kultur erwarten. Ja, ich sehe ein ...«

»Und Ihr müßt bedenken, in welcher Gesellschaft er sich letztens befunden hat«, beeilte Simeoni sich zu sagen, der sich verzweifelt den Kopf zerbrach, wie er sein Honorar retten könnte.

»Na schön, das ist durchaus verständlich. Diese gräßliche kleine Königin aus der fremdländischen Pfandleiherfamilie. Neureiche wie diese abscheulichen Gondis, diese gräßliche Dichterin ... es sei Euch verziehen, Sieur de Menander, da Ihr so gelitten habt.«

»Na hoffentlich«, antwortete der mumifizierte Kopf mit einem entrüsteten Schniefen.

»Also schön. Simeoni, Ihr sagt ihm, was ich haben will.«

»Madame, das kann ich nicht. Ihr müßt die Zauberworte selbst nachsprechen und dann Sieur Menander Euren Wunsch vortragen.«

»Wenn es denn sein muß. Laßt sehen, ah, dort stehen sie geschrieben. Bei Agaba, Orthnet, Baal, Agares, Marbas beschwöre ich dich. Almoazin, Membrots, Sulphae, Salamandrae öffnet das dunkle Tor und hört mich an.«

»Sagt Euer Begehr«, sprach der häßliche Kopf.

»Ich, Diana von Poitiers, Herzogin von Valentinois, befehle und wünsche, daß Ihr, Sieur de Menander, verhindert, daß die Königin jemals Einfluß über König Heinrich II. von Frankreich bekommt, welchen Zauber auch immer sie verwendet.«

»Es ist geschehen«, sagte der Kopf Menanders des Unsterblichen. »Die Zeit wird die Wahrheit erweisen.« Sein lebendiges Auge glitzerte böse, und um seinen Worten Nachdruck zu verleihen, schickte er eine dunkle Wolke und einen kleineren Blitz mit Donner durchs Zimmer. Simeoni fiel auf den teuren Teppich und winselte vor Angst.

Doch die Herzogin von Valentinois pochte mit dem schmalen moschus-duftenden Fuß und sagte: »Also wirklich, wie gewöhnlich. Mein Rosenöl, Menander, und laßt ab von dieser billigen Effekthascherei. Damit bringt Ihr Euch um Kundschaft aus besseren Kreisen.«

»Wer glaubt Ihr eigentlich, wer Ihr seid, daß Ihr so mit mir redet? Ich bin doch nicht Eure Zofe!« brüllte Menander, ließ den Deckel seines Kastens zuknallen und verflüchtigte sich, hinterließ aus Bosheit jedoch eine versengte Stelle auf dem Lacktisch.

Ich sollte das Land lieber für ein Weilchen verlassen, dachte Simeoni, als er das Honorar der Herzogin in den alten Lederbeutel an seiner Taille steckte. Informanten hatten ihm von den Wünschen der Königin berichtet, und in diesem schrecklichen Augenblick ging ihm jählings auf, wie Menander der Unvergängliche sowohl den Wunsch der Herzogin als auch den der Königin gleichzeitig erfüllen konnte – durch ein einziges furchtbares Ereignis. Wenn ich nicht mehr im Lande bin, beschuldigen sie einen anderen. Warum sollte er enden wie Gauricus? Seeluft und vielleicht eine Stellung beim Herzog von Urbino, das würde dem alten Simeoni in den kommenden ein, zwei Jahren guttun. Diese Franzosen wußten einen erstklassigen Astrologen ohnedies nicht zu schätzen.

»Laß sehen«, sagte Tantchen und prüfte das Tarotspiel, das sie ausgelegt hatte. »Die Liebenden, die Sonne, alles hervorragend – außer dieser Karte hier, die, auf der die Königin der Schwerter querliegt. So gelegt gefällt sie mir ganz und gar nicht. Aber eins steht fest. Nicolas ist der Richtige für dich, Sibille. Ein vollkommenes Paar.«

»Die Karten sind dafür und ich auch«, sagte der Abbé. »Er spielt hervorragend Schach. Leidenschaft ist nie von Dauer, aber Schach kann man sein Leben lang spielen. Listig, dieser Jüngling! Habt Ihr mitbekommen, was mein Freund Wily vergangenen Donnerstag mit meinem König gemacht hat? Und jetzt beeilt Euch, beendet das Spiel, Sibille, ich dürste nach Revanche.«

»Geht nicht«, sagte ich. »Nicolas hat mich in die Enge getrieben, da, und ich muß mir den Weg freikämpfen. Außerdem ist es nicht nett, über andere Menschen hinter ihrem Rücken zu sprechen.« Wir blickten uns über dem Schachbrett an, es waren nur noch ein paar Züge bis zum Schachmatt, aber keiner wich einen Zollbreit. Die Zeit war wie in einem Zaubernebel vergangen, seit Tantchen ihm erlaubt hatte, mich jeden Tag zu besuchen. Wir lasen Gedichte, er spielte auf seiner Mandora, und wir sangen Duette und bekriegten uns beim Schach, bei dem wir keine Gnade kannten. Wenn wir uns so nahe waren, schlugen unsere Herzen im gleichen Takt, und wenn wir nicht beieinander waren, war uns, als ob uns eine Hälfte unseres Selbst genommen wäre. »Aha! ein Zug. Pech gehabt, Nicolas!«

»Ihr seid mir in die Falle getappt! Zieht, zieht! Ade, ihr zwei Könige!«

»Aber jetzt ... Sieh doch mal ...« Der Abbé kam herübergeschlendert.

»Ach, ach, beide sitzen fest. Ich würde es Remis nennen. Ja,

Remis, eindeutig. Das ist das Problem mit Euch beiden. Zu ebenbürtig.«

»Ah, wie gut sie zusammenpassen! Nicolas, ich habe einen Plan, ich schicke einen Vermittler, der mit Eurem Vater spricht. Meine Bedingungen sind attraktiv und werden ihm bestimmt gefallen. Dieser ganze Unfug mit einer fremdländischen Braut – so geht das einfach nicht. Ihr müßt ihm klarmachen, daß mein Schatz eine tugendhafte Frau ist, daß sie geziemend begleitet wird, daß sie eine schöne Mitgift bekommt. Gewiß gibt er nach, wenn er merkt, daß Euer Glück auf dem Spiel steht.«

Doch Nicolas blickte niedergeschmettert. »Ach, Madame Tournet. Jedes Mal, wenn ich ihm gegenüber überhaupt etwas von einer französischen Braut andeute, sagt er, Französinnen liebäugeln schamlos, eine französische Gattin macht mich zum Gespött und setzt mir Hörner auf... Überhaupt, daß er sich sehr gut auskennt. Dann brüllt er etwas von Bastille oder daß er mich zur Verwandtschaft nach Genua schickt – was soll ich nur tun? Wie Ihr wißt, gibt es für mich nur eine Braut, und das ist Sibille. Lieber sterben, als ohne sie leben.«

»Hmm«, sagte Tantchen. »Das ist ein Problem. Brennt Ihr durch, verzeiht Euer Vater Euch das nie. Das gibt ihm das Recht, Euch einzusperren, die Ehe zu annullieren – all das und noch viel mehr. Und dabei möchte ich, daß meine Sibille von Eurer Familie geachtet wird. Wir müssen Euren Vater irgendwie überzeugen. Es muß mir einfach etwas einfallen. Keine Bange, mir fällt immer etwas ein.«

»Schluß mit diesem vulgären Geklopfe! Hat man Euch nicht gesagt, daß ich heute niemanden empfange? Ich habe Kopfschmerzen!« schrie Nostradamus in Richtung der verschlossenen Türen. Den ganzen Tag über hatte die Dienerschaft auf Zehenspitzen Umwege gemacht, statt die Abkürzung durch Nostradamus' Zimmer zu nehmen, und das, seit er mit dem Tintenfaß nach dem Barbier des Kardinals geworfen hatte. Nostradamus machte sich deswegen keine Gewissensbisse, nein, überhaupt nicht. Eine Reihe Teufel setzten ihm zu, allen voran der flüchtige Anael, der ihm seit Tagen keine einzige Vision eingegeben hatte. Dann hatten diese abscheulichen Brüder Ruggieri ein Phantom in phosphoreszierender Rüstung beschworen, das angeblich den künftigen Ruhm des triefnasigen Dauphins bedeutete, wenn er erst Herr über drei Königreiche wäre, und schon lief ihm die Königin nach wie ein verliebtes Schulmädchen. Und schließlich war da noch Menanders billiger Hohn und das fleckige Stück Papier mit dem einzigen Horoskop, das nicht aufgehen wollte. Und als er gerade sein seelisches Gleichgewicht dank eines wirklich hervorragenden Ragouts und eines angenehmen Bordeaux-Weines wiedererlangt hatte, da lieferte ein Lakai in der Livree des Königs zwei Börsen ab. Beim Nachzählen hatte er feststellen müssen, daß die Samtbörse des Königs hundert Kronen enthielt und die der Königin dreißig. Eine klägliche Summe für seine Dienste und kaum genug, um die Reisekosten zu decken.

»Léon, hüte dich vor der Großzügigkeit von Königen«, knurrte der alte Doktor und verwahrte das Geld in seiner abgewetzten Lederbörse. Danach war der Tag einfach dumm gelaufen, wirklich dumm, und jetzt hämmerte ein Lakai mit einem Stock auf seine Tür ein.

»Aufmachen, aufmachen!« rief eine Frauenstimme. »Ich habe wichtige Nachrichten für den großen Maistre Nostredame.«

»Na los, Léon, ich bin zum Märtyrer auserkoren«, seufzte Nostradamus. Doch als er die füllige Gestalt im Türrahmen erblickte, die den Spazierstock mit dem Silberknauf schwang, da erblaßte er und stand von seinem Arbeitstisch auf. »Madame Tournet«, sagte er, »was führt Euch zu mir?«

»Nachrichten von höchster Wichtigkeit für Euch. Und außerdem bin ich wegen des Horoskops meiner Patentochter gekommen. Es sollte, wie versprochen, schon vor drei Tagen bei uns sein. Das habt Ihr doch wohl nicht vergessen?«

»Es ist noch nicht fertig«, entgegnete der entnervte Prophet.

»Nicht fertig, nicht fertig?« sagte sie, und schon hatte sich die furchteinflößende Gestalt der Mitte des Teppichs genähert, von wo aus sie die Papiere auf dem Arbeitstisch des Propheten sehen konnte. Rasch stellte er sich vor den Tisch, doch zu spät. »Was haben wir denn da? Das da mit den vielen Tintenklecksen? Sonne im Wassermann; gewiß meine Patentochter. Wir nehmen auch den Entwurf.«

»O nein«, sagte Nostradamus, richtete sich zu voller Größe auf und blickte sie gebieterisch an. Doch eine Piratenwitwe kann so leicht nichts erschüttern. »Aber ja doch; Ihr müßt auf der Stelle fort und habt keine Zeit mehr, eine schöne Abschrift anzufertigen. Dann nehme ich mit dem da vorlieb...« Doch Nostradamus packte das Papier vom Tisch, bevor sie zugreifen konnte, und barg die Hand auf dem Rücken. Es ihm dort wegzunehmen hätte mehr Unhöflichkeit erfordert, als selbst Madame Tournet aufbrachte.

»Was soll das heißen, ich muß auf der Stelle fort? Ich habe vor, noch mindestens drei Wochen zu bleiben«, sagte der Prophet.

»Falls Ihr drei weitere Wochen bleibt, bleibt Ihr für immer.«

»Und mich beschuldigt man der Geheimnistuerei. So redet, Madame, sonst gebe ich Euch das Horoskop nie.«

»Damit meine ich, daß Ihr Eure Gebeine hierlaßt. Ich habe es von allerhöchster Stelle, daß die Theologen der Sorbonne und ihre Freunde von der Pariser Gerichtsbarkeit prüfen wollen, woher Eure Kräfte rühren. Und wir beide wissen, daß sie dabei nicht gerade zimperlich vorgehen. Selbst wenn man Euch erspart, bei lebendigem Leibe verbrannt zu werden, bleibt kein Gelenk in Eurem Körper heil.«

»Woher wollt Ihr das wissen? Ich glaube Euch kein Wort.«

»Ich sage die Wahrheit; ich habe es beim Kartenspiel von der Gattin eines hohen Würdenträgers gehört. Man ist neidisch auf die Gunst, die Euch die Königin erwiesen hat, und möchte ein Exempel statuieren. Ihr müßt auf der Stelle fliehen.«

»Ihr habt mich schon einmal belogen«, sagte Nostradamus.

»Nie im Leben«, entgegnete Madame Tournet, »ich bin die Wahrheit in Person.«

Nostradamus, der seine Chance gekommen sah, spielte nun seinen *coup de Jarnac* aus, seinen brillanten Fechtkniff. Es war auch ein Schuß ins Blaue, doch klug gewählt. Schließlich kamen solche Dinge auch in den besten Familien vor. »Ihr seid eine Lügnerin. Ihr habt bereits Eure Nichte belogen und durch sie auch mich. Das Geburtsdatum Eurer Nichte ist falsch, damit habt Ihr mich genarrt, und das hat mich viele Kerzen gekostet. Und jetzt steht Ihr da, wollt ihr Horoskop haben und mich dazu bringen, daß ich aus irgendeinem fadenscheinigen Grund aufbreche.« Der Prophet machte sich auf einen Sturm der Entrüstung gefaßt, doch statt dessen schien die massige Gestalt Madame Tournets in ihren wattierten Röcken zu schwanken und zu schrumpfen. Ihr Gesicht wurde so weiß wie ihre Spitzenkrause, so daß sich der kleine schwarze Schnurrbart noch stärker abhob. In ihre dunklen Augen traten Tränen, sie suchte blindlings nach einem Stuhl, fand einen und ließ sich laut vernehmlich darauf sinken.

»Vor Gottes Altar habe ich geschworen, es niemals zu erzählen. Es gibt nur drei Leute auf der Welt, die das Geheimnis kennen. Ihr werdet der vierte sein. Schwört mir, schwört mir, daß Ihr es meiner Patentochter niemals sagt. Es würde ihr das Herz brechen.«

»Die anderen beiden?«

»Die nehmen das Geheimnis mit ins Grab.«

»Dann ist einer von ihnen der Priester, der sie getauft hat.«

»Ihr seht zuviel, Maistre Prophet.«

»Und der andere?«

»Meine beste Freundin auf dieser Erde ... aber mehr kann ich nicht sagen ...«

»Aber da ist noch eine Sache. Ich muß die wahren Daten haben ...«

»Ich kann nicht ...«

»Entweder das oder Menander der Unvergängliche wird diese Schlacht irgendwann doch noch gewinnen; dann ist Demoiselle Sibille verloren, und das versteht Ihr besser als jeder andere.«

»Ich ... ich ... ja, dann muß ich ...«

Der Prophet wartete darauf, daß der Kampf, den die alte Dame mit sich ausfocht, endete. »Ich kann Nachricht schicken, sowie die Arbeit vollendet ist«, half er sacht nach. »Und falls Ihr es vor ihr verstecken müßt, schicke ich das Horoskop direkt an Euch, wenn es fertig ist. Ich erledige übrigens die meiste Arbeit auf dem Postweg.«

»Kommt näher, dann kann ich flüstern«, sagte Madame Tournet, wischte sich die Tränen unter einem gewaltigen Nebel von Reispuder ab und blickte sich um, ob auch kein anderer Mensch in Hörweite war.

»Aha.« Nostradamus beugte sich über Madame Tournets füllige Gestalt. »Das ändert alles.«

16. Kapitel

Der Kardinal von Lothringen war im Ratszimmer geblieben, bis auch der letzte aus Montmorencys Lager gegangen war. Es war ein schlimmer Winter nach der Hungersnot gewesen, und es versprach ein schlimmer Frühling zu werden. Draußen prasselte ein für die Jahreszeit ungewöhnlicher Schneeregen an die rautenförmigen Scheiben der schmalen Fenster im Louvre. Der Alte Konnetabel war an der Nordfront, und der König war ohne dessen ausgleichende Gegenwart verunsichert. Lothringens älterer Bruder, der Herzog von Guise, feierte im Süden Triumphe, die ihm Ruhm eintrugen, doch seine Abwesenheit entfernte ihn auch vom Zentrum der Macht. Es wurde Zeit für Lothringen, im Interesse des Hauses Guise zu handeln.

»Majestät«, sprach er, gerade als der König hoffte, sich zurückziehen zu können. »Majestät, ich habe Nachrichten aus Rom, die Euch freuen werden.« Heinrich II. wandte seinem Berater eine ruhige, ernste Miene zu, doch unwillkürlich zuckte ein Muskel an seiner rechten Hand. Er hatte letztens bemerkt, daß er um die Mitte eindeutig dicker geworden war und sehnte sich nach seinem überdachten Ballhof. Er tat, als interessierte ihn die Neuigkeit, nickte stumm und strich sich den schmalen schwarzen Bart. Seine Lieblingsgeste, die ihm unverdientermaßen den Ruf eines tiefschürfenden Denkers eingebracht hatte. »Majestät«, fuhr Lothringen fort, »unsere Bittschriften sind endlich erhört worden. Der Papst hat das Heilige Offizium angewiesen, mit der Säuberung unseres Reiches von der neuen Ketzerei zu beginnen.« Ein kühler, verirrter Luftzug verfing sich in den Gobelins des Ratszimmers und kräuselte sie.

»Aha«, sagte der König, nickte erneut und wandte sich zur Tür, »und wen hat man zum Großinquisitor ernannt?«

»Mich«, sagte Lothringen, während er ihm auf den Flur folgte und sich an den Tennispartnern des Königs vorbeidrängte. »Aber bedauerlicherweise konnte der Papst nicht umhin, zwei andere Kardinäle zu ernennen, nämlich Chatillon und Bourbon. Eine Sache der Präzedenz, Ihr versteht, wie bedauerlich auch immer.«

»Was ist daran bedauerlich, wenn drei mächtige Edelleute eine so große Sache gemeinsam betreiben?« fragte der König.

»Majestät, ich habe Grund zu dem Verdacht, daß Chatillon … Chatillon gehört zu ihnen.« Lothringen dämpfte die Stimme, so daß sie auf der steinernen Treppe nicht widerhallte. Der König hielt inne und blickte den Kardinal über die Schulter an.

»Ach? Dann erhält er also Briefe aus Genf?«

»Nein, soweit geht er nicht. Er hat Mitleid mit ihnen und geht nachsichtiger mit ihnen um, als er sollte. Alles Anzeichen, daß er vor Euch und vor dem Heiligen Vater etwas zu verbergen hat. Die Ketzerei hat in seinem Herzen Wurzeln geschlagen.« Sie hatten jetzt einen unteren Flur erreicht, und ein Page mit einem Wasserkrug blieb stehen und sah sie mit großen Augen an. Vom Ballhof am Ende des Ganges klangen einladende Geräusche herüber, ein Mann rief etwas, man hörte Beifallklatschen und das Plopp eines Schmetterballs.

»Selbst wenn er seine Seide ablegen und eine Predigt in ihrem Tempel halten würde, was ich doch sehr bezweifeln möchte, hättet Ihr noch Bourbon auf Eurer Seite. Bourbon, das weiß ich, ist ein guter Katholik.« Sie hatten jetzt die geöffnete Tür zum Ballhof erreicht. Das Seil war gespannt, und neugierige Gesichter spähten von den oberen Galerien herab.

Um die rasch nachlassende Aufmerksamkeit des Königs zu fesseln, beeilte Lothringen sich zu sagen: »Das stimmt, Majestät, und Euer Scharfblick bezüglich seines Mitleids ist vollendet. Aber habt Ihr nicht eine gewisse Lauheit, eine gewisse Neigung zum Wohlleben und zu Lustbarkeiten an ihm bemerkt, die an seiner Energie bei der Verfolgung dieser verräterischen Ketzer zehren könnten? Seine gute Laune, seine Liebe zu allem Neuen – all dies führt zu übertriebener Duldsamkeit. Fürwahr, erst im vergangenen Herbst hatte er diesen Scharlatan Nostradamus zu Gast. Wie ich gehört habe, hat er ihn fast jeden Abend an seine Tafel gebeten und die Gesellschaft zahlreicher Damen von Rang genossen, die kamen, um sich die Zukunft deuten zu lassen.«

Beim Thema Zukunftsdeutungen drehte sich der König zu Lothringen um und sagte in gereiztem Ton, diesmal sichtlich aufmerksam geworden: »Aberglauben, mein teurer Kardinal. Ich verabscheue ihn, aber er ist überall zu finden. Glücklicherweise ist er nicht gleichzusetzen mit Ketzerei. Die Königin, meine Gemahlin, widmet sich, wie Ihr wißt, den lächerlichsten, abergläubischsten Ritualen – und dennoch könnt Ihr auf der ganzen Welt keine treuere Katholikin finden. Messen, Gebete – sie bekommt nicht genug davon. Es liegt ihr im Blut. Keine Ausgeglichenheit. Nun ja, Italienerin und Nichte des Papstes. Nein, Aberglaube alleine ist kein Grund, um einen Mann zu verdächtigen …« Der König endete seine Rede mit einem Ausdruck auf seinem langen, verdrießlichen Gesicht, der schwer zu deuten war.

»Eure Auslegung seines Charakters ist brillant, Majestät. Aber zuweilen … zuweilen sorge ich mich, daß er, auch wenn er ein noch so guter Katholik ist, seine Familie übermäßig begünstigt. Sein Bruder …«

Jetzt funkelten die Augen des Königs gereizt. »Der König von Navarra? Der wechselt die Meinung wie ein Wetterhahn. Um den König von Navarra schere ich mich überhaupt nicht. Der plappert und phantasiert und intrigiert vergebens, um die spanische Hälfte seines Königreiches zurückzubekommen, und alles andere ist ihm einerlei. Der ist mal hier, mal da, ein Taugenichts. Mag er ein Fürst von Geblüt sein, ich bin froh, daß ihn drei Thronerben von der Macht in diesem Reich trennen. Er würde Frankreich im Handumdrehen aus reiner Vergeßlichkeit verkaufen, oder weil jemand, der ihn vorübergehend amüsiert, ihm einflüstert, daß es gar keine schlechte Idee ist. Nein, der hat nicht die Willenskraft zum gefährlichen Ketzer.«

»Ja, aber seine Frau hat sie, und sie ist eine von ihnen. Ihr Hof bietet ihnen einen sicheren Hort.«

»Eine Frau? Kaum der Rede wert. Und vergeßt nicht, Ihr sprecht von der Tochter meiner Tante Margarete, der geliebten Schwester meines Vaters, König Franz.« Der König blickte ärgerlich zur Seite, dieses Mal war Lothringen zu weit gegangen.

»Oh, ich will nichts gesagt haben, Majestät. Zweifellos steht sie im Bann von Navarras jüngerem Bruder, Condé, der – da bin ich mir sicher – ihnen auch angehört.«

»Wirklich? Das ist mir neu. Na schön, vermutlich muß ich ihn besser überwachen lassen. Aber was die Königin von Navarra angeht, so möchte ich, daß man sie in Ruhe läßt. Königliches Blut – besser als Eures, Lothringen. Falls sie die Exzentrikerin spielen möchte, so ist das ihre Sache.« Der König bückte sich unter der niedrigen Bogentür des Ballhofes, doch Lothringen blieb ihm dicht auf den Fersen.

»Und was ist mit dem Befehl, daß alle Protestanten des Todes sind?« Der König löste sein Gewand und reichte es einem wartenden Pagen. Jetzt stand er im Wams, nahm die freudigen Zurufe seiner Tennispartner entgegen und winkte, daß man ihm einen Schläger brachte.

»Gewiß, gewiß … befolgt einfach das bestehende Gesetz. Schließlich sind sie Ketzer der allerschlimmsten Sorte; aber laßt mir die deutschen Söldner in Ruhe, denn ihre Fürsten sind kleinlich … Manchmal muß man über gewisse Dinge hinwegsehen …« Mit diesen Worten ließ der König den Kardinal am Rand des Platzes stehen, während er unter vereinzelten Beifallsrufen von der oberen Galerie den Platz betrat.

Die Saat ist gesät, dachte Lothringen, während er allein durch die feuchten Steinflure ging und den Palast durch den

Hofeingang verließ. Die Bourbonen stehen unter Verdacht – und die Montmorencys ebenfalls. Wenn ein gütiger Gott doch den Alten Konnetabel in der Schlacht den Heldentod sterben ließe… Eine Schlange ohne Kopf ist ein totes Ding, und so geht es dann mit dem Einfluß der Montmorencys. Diese Sippe ist mit zuviel geistiger Unabhängigkeit geschlagen. Ketzerei ist der nächste Schritt. Heute mögen sie noch Helden sein, doch morgen schon könnte ich sie ohne große Mühe als Verräter des Glaubens bloßstellen. Die Inquisition wird an Kraft gewinnen, und mit ihr werden die Guise wachsen, die einzigen wahren, unzweifelhaften Katholiken. Und ich, ich werde die Inquisition kontrollieren. Zeit, Zeit – nur noch kurze Zeit, und die Guise herrschen in drei Königreichen.

Es war ein schöner Frühlingstag. In den Bäumen sangen die Vögel, spielende Kinder tobten auf der Straße, und Hausfrauen beugten sich aus den Fenstern im oberen Stock und tauschten über die Wäsche hinweg Klatsch aus. Doch im behaglichen Haus in der Rue de Bailleul wurden diese Frühlingsgeräusche vom Keller bis zu den Dachbalken durch das laute, gramvolle Geschrei Scipion de Montverts übertönt – des Bankiers, vermögenden Bürgers und Familienvaters. Alle Dienstboten, sogar der kleine Junge, der in der Küche die Messer schärfte, schlichen auf Zehenspitzen, bedeuteten einander zu schweigen und taten so, als hörten sie das Gebrüll vor der verschlossenen Tür des Sohnes und Erben des Hauses Montvert nicht.

»Wie kannst du es wagen, mir die Tür zu versperren, deinem eigenen Vater? Aufmachen, sag ich, sonst unterschreibe ich die Papiere, die dich als ungeratenen Sohn in die Bastille bringen! Das wäre besser! Wenn ich sage, aufmachen, dann machst du…« Ein undeutliches Knurren erfolgte als Antwort. Die Dame des Hauses Montvert legte die Hand aufs Herz und fand eine Stütze in der bleichen, dunkelhaarigen Tochter des Hauses, die die Augen zum Gebet nach oben gerichtet hatte.

»Junger Mann, denkst du denn mit keinem Gedanken an dein Leben, das dir zwischen den Fingern zerrinnt? In deinem

Alter bin ich im Morgengrauen aufgestanden und habe mich bemüht, mein Gewerbe zu erlernen. Sprachen, Gesetze, Finanzen. Und dich habe ich auf die besten Universitäten geschickt: Bologna, Montpellier, Toulouse. Und aus jeder hat man dich hinausgeworfen! Und jetzt gehst du die Nacht über aus und verschläfst den Tag! Du hast jeden Sündenpfuhl in sechs Nationen ausprobiert. Und mit wem treibst du dich herum? Etwa mit bedeutenden Menschen, die dir weiterhelfen könnten? O nein, mit Söhnen zwielichtiger Schänkenbesitzer, mit Raufbolden aus Fechtschulen, mit verarmten, klatschsüchtigen Schreiberlingen und fiedelnden Galgenvögeln, ja, das sind die Leute, von denen sich mein Sohn angezogen fühlt wie von einem Magneten!«

»Mutter«, flüsterte Clarette, als ihr Vater eine Atempause einlegte, »darf mich Bernardo zur Messe begleiten?« Nicolas' tugendreiche jüngere Schwester hielt ein Gebetbuch in der lilienweißen Hand, und auf ihrem Busen baumelte ein großes Kreuz.

»Tunichtgut!« hörte man den Vater von oben brüllen. Nicolas' Mutter erschauerte.

»Du weißt, dein Vater hat Bernardo befohlen, deinem Bruder überallhin zu folgen, ihn aus Schänken zu holen, von Raufereien und öffentlichen Skandalen fernzuhalten. Und hörst du denn nicht? Er will aufstehen.«

»O Mutter, eigentlich sollte mich Nicolas begleiten. Wenn er doch nur einmal den Fuß in die Kirche setzen würde. Es wäre wunderbar, wenn er eines Tages durch mich der Liebe Gottes teilhaftig würde.«

»O mein Schatz, mein tugendreiches Mädchen. Warum hat Gott dir nur so viel Güte geschenkt und deinem Bruder nichts davon? Bei Gott, er ist noch mein Tod.«

»Wenn Ihr doch nur ...« Jetzt seufzte Clarette und richtete den Blick zur Decke. »Wenn Ihr doch nur Vater davon überzeugen könntet, daß er mich ins Kloster gehen läßt.«

»Du weißt, daß Vater dagegen ist. Wer bleibt denn von den Montverts, wenn dein Bruder ... O Gott, wie ich seinetwegen leide ...«

»In deinem Alter war ich ein nüchtern denkender junger Geschäftsmann. Ich war mit deiner Mutter verheiratet. Ich hatte eine Zukunft! Was bleibt dir außer einer Laufbahn als Söldner, literarischer Schmierfink oder Berufsspieler? Kannst du mir das beantworten?«

»Schon gut, Vater, ich fange ein neues Leben an ...« Bei diesen Worten hielten alle im Haus den Atem an. Die beiden Frauen, Mutter und Tochter, spitzten die Ohren. Jedoch taten sie so, als wären sie tief in Gedanken versunken. »Ja – mit dem heutigen Tag. Gebt mir die Erlaubnis zu heiraten, und ich ergreife einen ehrbaren Beruf – Advokat –, wie Ihr es immer gewollt habt.« Clarette und ihre Mutter sperrten Mund und Nase auf.

»Nicht so schnell, du Wiesel. Du hast dein Jurastudium an drei Universitäten abgebrochen, jedenfalls nach letzter Zählung. Wer sagt mir, daß du dich nicht wieder einschreibst und alles von vorn anfängt? Nie mehr, sag ich. Eine ehrliche Lehre in der Bank deiner mütterlichen Verwandten in Genua, und ich arrangiere eine Heirat mit einer praktisch denkenden jungen Frau aus vermögender Familie ...«

»Vater, es gibt schon eine Demoiselle ...«

»Eine was? Du wagst es, mich auf diese Weise hereinzulegen?« Clarette und ihre Mutter schlichen sich leise und mit großen Augen die Treppe hoch.

»Sie ist schön, von edler Geburt, sie betet mich an, und ich ... ich liebe sie so sehr, daß ich alles für sie tun würde ... sogar Bankier werden. Alles – für Euren Segen, Vater.«

»Du hast einer Frau ohne meine Erlaubnis den Hof gemacht? Ich hatte dich gewarnt, mir das nie wieder anzutun!«

»Ihr habt gesagt, ich solle die Bekanntschaft von Menschen edler Abstammung und mit hohen Verbindungen suchen ...«

»Von Männern, nicht von Frauen, du Schwachkopf!«

»Sie stammt aus einer ausgezeichneten Familie – Schwertadel. Sehr alt ... Die Artauds de la Roque-aux-Bois. Und sie hat höchst bedeutende Beziehungen bei Hofe – zur Königin höchstpersönlich ...«

»Du, du, du ... was? Eine Kurtisane? Ich weiß alles über diese Frau! Und ich weiß, was du bist – ein tumber Tor. Also habe ich mich erkundigt, als du diese Liederliese zum ersten Mal gesehen hast, und ich habe über diese furchtbare Person mehr erfahren, als mir lieb ist! Sibille Artaud de la Roque, deren Base Matheline von Geburt an eine schamlose Metze ist und die ihrem guten Mann unendliches Leid zugefügt hat. Und diese Sibille treibt es noch ärger, verläßt eine anständige Familie, lebt bei ihrer ruchlosen Tante eines Erbes wegen, das rechtens ihrem Vater gehört, und hat jetzt geheimnisvolle Beziehungen zum Hof! Sündige Beziehungen zweifellos!«

Nicolas' Mutter und Schwester waren jetzt fast am Kopf der Treppe angelangt, gerade außer Sichtweite der beiden Streithähne an der Tür. Sie blieben stehen und verhielten sich mäuschenstill, und in dieser Stille konnte man fast hören, wie ihre Ohren immer spitzer wurden.

»Mein Sohn, mein Sohn, hast du auch noch den letzten Funken Verstand verloren? Weißt du denn nicht, warum sich eine Frau ihres Schlages für dich interessiert? Eine Frau, die der Königin aufwartet? Die sich in der Öffentlichkeit zeigt, die bei literarischen Zusammenkünften liest und, was noch schlimmer ist, unter ihrem eigenen Namen Bücher veröffentlicht? Sie will einen Ehemann von Stand, den sie herumkommandieren kann ... ein Deckmäntelchen für ihre Sünden, ihre Liebeleien, die zweifellos bereits so zahlreich sind wie die Sterne am Himmel. Denn so leben diese Frauen, diese Frauen mit Verbindungen zum Hof. Begreifst du denn nicht? Sie sind nicht wie wir ...«

»Vater, *Ihr* begreift nicht. Es handelt sich um wahre Liebe. Ich kann ohne sie nicht leben. Ich sterbe, wenn ich sie nicht bekomme.«

»Du stirbst, wenn du sie bekommst. Die tausend Tode eines Hahnreis! Genug ist genug. Ich, dein Vater und dein Gebieter, ich schließe dich in diesem Zimmer ein, bis du einwilligst, nach Genua zu reisen, ein neues und anständiges Leben zu führen und ein Gewerbe zu erlernen, das deinem Stand angemessen ist. Andernfalls unterschreibe ich die Papiere, die dich wegen Verwahrlosung in die Bastille ...« Der Krach einer zugeknallten Tür erschütterte das ganze Haus, und die beiden Frauen schlichen sich leise fort.

»Ein englischer Herold, hier?« fragte König Heinrich, einen Fuß im Steigbügel, den ein Kammerdiener hielt. Der Frühling wurde mit Macht zum Sommer. Die Pferde standen auf dem Hof bei den Stallungen in Fontainebleau, aufgeregte Jagdhunde bellten – man war bereit zur Jagd. Auch Königin Katharina, die trotz ihrer pummeligen Figur mit dem Mut eines Mannes im Damensattel ritt, saß auf ihrem schlanken grauen Jagdpferd, die Zügel in den molligen Fingern, atmete die vielversprechende Morgenluft tief ein und brannte auf den Ausritt. »Lassen wir ihn warten«, sagte der König und schwang sich in den Sattel. »Ein Mann von Ehre vergeudet keine Zeit für Kriegserklärungen, die ihm eine Frau macht.« Der französische Adel, der das mithörte, lachte und wiederholte die Bemerkung, bis sich jeder Mann von Ritterlichkeit und Geist an dem Witz erfreut hatte. Und so ritten der König und sein Hof bester Dinge auf die Hirschjagd, und der englische Herold durfte die nächsten Tage ausharren, bis es dem König beliebte, sich anzuhören, daß ihm England den Krieg erklärt und den Kaiserlichen, die sich an der Nordfront zusammenzogen, Truppen geschickt hatte.

»Habt Ihr den Honig, Madame?« fragte die Königin. Lucrèce Cavalcanti reichte ihr ein kleines Glas im Silberständer.

»Da, Madame«, sagte sie und stellte es auf den großen Eichentisch in Reichweite der Königin. Diese blickte nicht einmal auf. Neben ihrem rechten Arm lag ein geöffnetes Buch mit handschriftlichen Notizen. Katharina von Medici trug an diesem Morgen keine Hoftracht, sondern ein lockeres Hauskleid aus hellgelbem Taft, dazu ein schlichtes Spitzenhäubchen, und sie zerstieß emsig ein graues Pulver in einem Mörser. Ohne ihren Schnürleib war sie kugelrund, ihr dickes Gesicht glühte vor Eifer, ihre Augen waren auf die Arbeit gerichtet.

Endlich schien sie mit der Masse im Mörser zufrieden zu sein, und sie drehte sich mit einem lauten Rascheln ihrer Taftröcke zu ihrer Hofdame um. »So«, sagte sie. »Geranienpulver und eine Spur – wirklich nur eine Spur – Muskatnuß. Gegen Sommerfieber gibt es nichts Besseres. Stillt den Schmerz und verkürzt die Hustenanfälle. Und jetzt den Honig – sonst nimmt mein kleines Mädchen die Arznei niemals ein.« Eifrig mischte sie das Fiebermittel und goß es in eine Deckelschale aus Porzellan, die mit mythischen Figuren bemalt war.

»Majestät, Ihr seid nicht nur eine bedeutende Königin, sondern auch die gütigste und aufmerksamste Mutter«, säuselte ihre *dame d'honneur* und bedeutete dabei einer Dienerin, zu kommen und hinter ihnen sauberzumachen.

Die Königin seufzte. »Ich bemühe mich, Lucrèce, ich bemühe mich. Aber trotz all meines Wissens habe ich meine kleinen Zwillinge verloren.«

»Kummer ist das Los jeder Frau.«

»Aber, mit Verlaub, nicht meiner Tochter.« Begleitet von einem Pagen, der sie anmeldete, durchschritten die Königin und ihre Begleiterin die Flure von Saint-Germain zum Krankenzimmer von Elisabeth Valois. Da die Königin nicht einmal ihrer engsten Gefährtin traute, trug sie die Arznei eigenhändig, so als ob sich ihre mütterlichen Gefühle geradewegs durch das Porzellan übertragen könnten. Doch auf der Schwelle blieben sie stehen. Sie kamen bereits zu spät. Die Herzogin von Valentinois stand neben dem großen Himmelbett, in dem die Tochter der Königin lag. Hinter ihr hielt ein Leibarzt ein Gefäß mit Urin vors Fenster und prüfte die Farbe. Ein anderer Leibarzt in langer Robe erteilte einem Chirurgen Anweisungen, der bereits eine Ader am Handgelenk geöffnet und eine Kupferschale unter den Arm gestellt hatte, die das herauslaufende dunkle Blut auffing. Neben dem Bett bei der Herzogin stand das hochgewachsene, tizianrote Mädchen, Elisabeths beste Freundin – die Königin der Schotten, der Guise-Schützling der Herzogin.

Beim Anblick der Königin blickten alle auf und verstummten jäh.

»Ich bringe meiner Tochter eine Arznei«, sagte Katharina von Medici und trat unter allgemeinem Stillschweigen näher.

»Eine Arznei?« fragte Diana, wölbte eine Braue und konnte nur knapp ein herablassendes Lächeln verbergen.

»Geranienpulver«, sagte die Königin.

»Fernel hat uns bereits beraten«, erwiderte Diana.

Der bärtige Arzt mit dem Uringefäß drehte sich um und verbeugte sich tief vor der Königin. »Erlauchte Majestät, ich habe eine Reihe von Aderlässen angeordnet, bei diesen Fällen unfehlbar.«

»Das sehe ich.« Die Königin musterte ihre bleiche Tochter, deren Lebensblut in das Becken rann.

»Mutter, ich möchte lieber deine Arznei einnehmen«, flehte Elisabeth.

»Unfug«, erwiderte die Herzogin. »Damit stört Ihr nur die Behandlung. Vertraut Euren Leibärzten, meine Liebe. Ich habe die besten im Königreich gerufen. Eure Mutter hätte sich gar nicht zu bemühen brauchen.«

»Das sehe ich«, wiederholte Katharina mit eisiger Stimme.

Doch als sie sich zum Gehen wandte, hörte sie, wie die Herzogin der Königin der Schotten zuflüsterte: »Die drei Kugeln der Medici ... mir scheint, es sind Apothekerpillen.« Die Heranwachsende kicherte.

Draußen vor der Tür blieb die Königin stehen und holte tief Luft. Ihre Augen funkelten, doch ihre Stimme war frostig. »Lucrèce«, sagte sie mit eherner Miene. »Laßt Demoiselle de la Roque holen.«

»Majestät ...« Lucrèce Cavalcanti war blaß geworden.

»Ich wünsche, daß meine Tochter einen höheren Rang als die Königin der Schotten bekommt und daß meine Kinder die Herzogin von Valentinois im Staub vor sich kriechen sehen.«

»Aber das Ding... Es ist verflucht«, flüsterte ihre *dame d'honneur*.

»Das kümmert mich nicht. Heute abend werde ich Menander dem Unvergänglichen befehlen, all meinen Kindern einen Thron zu verschaffen und meine Tochter Elisabeth so hoch zu stellen, daß Diana von Poitiers – diese unfruchtbare alte Hexe – es nicht wert ist, ihr die Schuhe zuzuschnüren.«

»Das mußt du einatmen! Das schwefelhaltigste Wasser ganz Frankreichs. Man riecht förmlich wie gesund es ist. Sibille, bald schon schüttelst du deine trübe Stimmung ab und bist wieder die alte.« Wir hatten unser Gepäck mit dem des Abbé in unseren Räumen im Badeort gelassen, und uns zur Inspizierung des Bades aufgemacht. Im Hintergrund glitzerte der See, auf dem hier und da ein Schwan oder ein Lustboot still in der Sonne dahinglitt. Auf einem Uferpfad ergingen sich alte Damen am Arm von Badewärtern und hofften auf den Ruf der Natur, der dem Genuß von Heilwasser zu folgen pflegt. Vor uns lag das steinerne Badehaus mit seinen Umkleideräumen, Wannen, Masseuren und schattigen Bogengängen hinter der hohen Umfassungsmauer des Hauptbades verborgen. Hier konnte man sich vom ortsansässigen Chirurgen schröpfen oder seinen Urin von einem geschulten Doktor untersuchen lassen. Hinter der Mauer hörten wir die einladenden Geräusche Badender, die im großen Freibad herumplanschten, nach den Badewärtern riefen und plauderten. Und über allem lag der Gestank nach Schwefel wie eine Wolke – geradewegs aus der Hölle.

»Verzeihung, *ma tante*, aber es riecht, als ob tausend faule Eier auf einmal aufgeschlagen worden wären. Gewißlich fühlt man sich allein schon deswegen besser, weil man diesen Ort endlich verlassen darf.«

»Merkst du etwas? Du wirst munterer, dein Witz stellt sich wieder ein. Bald bist du so inspiriert, daß du dein schönes Epos über das Leben der Königin Clothilde vollenden kannst. Du hast zu lange Trübsal geblasen; es ist offensichtlich deine Leber, wie Doktor Lenoir gesagt hat. Deine Eingeweide bedürfen einer besseren Regulierung …«

»Aber, Tantchen, du weißt doch, daß es nicht darum geht. Mein Nicolas hat nur um die Heiratserlaubnis bitten wollen, und seitdem ist er verschwunden. Ich bin mir sicher, man hat ihn eingesperrt wie einen Dieb. Sein gräßlicher, alter Vater ist zu allem fähig, nur um ihn auf ewig von mir fernzuhalten. Mein Herz ist gebrochen. Ich habe keinen Appetit, und das können sämtliche Schwefelbäder auf der ganzen Welt nicht heilen.« Und jede Nacht, aber das erzählte ich ihr nicht, thronte Menander auf meiner Kommode und flüsterte: »Weißt du denn nicht, daß er vor seinem Vater in die Knie gegangen ist. Warum auch nicht? Aus den Augen, aus dem Sinn. Er liebt dich nicht mehr. Man hat eine wunderschöne Braut für ihn gefunden, gerade mal sechzehn Lenze und taufrisch wie eine Rose, mit zierlichen Füßen und Händen, und nun ist ihm aufgegangen, daß du wiederum eine große, häßliche, entstellte Mißgeburt bist. Es war nur Verliebtheit, und jetzt ist er fort. Warum wünschst du ihn dir nicht zurück? Es wäre ganz einfach, wenn du nicht ebenso dickköpfig wie dumm wärst. Ohne meine Hilfe wird dich nie ein Mann lieben. Wünsche! Wünsche! Warum tust du es nicht? Es ist so einfach.« Nun bemühte ich mich zwar, meine Sorgen für mich zu behalten, ließ jedoch immer mehr den Kopf hängen und bekam dunkle Ringe unter den Augen. Tantchen hatte es bemerkt und beschlossen, mir ihr Allheilmittel angedeihen zu lassen, nämlich die Schwefelwasser des nächstgelegenen Badeortes.

»Sibille, du mußt wieder guten Mutes werden, und das wirst du auch, wenn ich dir erzähle, daß sein Vater mir geschrieben hat ...«

»Hat er nachgegeben?« Mein Herz machte einen Satz.

»Also, nicht so ganz ... aber wenn du zwischen den Zeilen liest, so mußt du dich, glaube ich, nicht sorgen, daß Nicolas schwach geworden sei: Sein Vater hat dir Geld angeboten, wenn du auf deine Ansprüche verzichtest und Nicolas einen Brief schreibst, in dem steht, daß du ihn nicht mehr liebst.«

»Tantchen, wie abscheulich! Wie demütigend. Was für ein böser alter Mann! Hoffentlich hast du ihm deine Meinung wissen lassen!«

»Nicht direkt, liebe Sibille. Wo doch er mit dem Zwiegespräch angefangen hat. Mit der Hilfe meines lieben Cousins hier habe ich einen listigen Brief aufgesetzt, der ihn noch tiefer verwickelt ... Vertrau mir, liebe Sibille. Du wirst deinen Nicolas wiedersehen.«

»Ei, ei, das sind ja eine Menge neue Baderegeln, die der Direktor hier angeschlagen hat«, meinte der Abbé und versuchte, das Thema zu wechseln. Er kniff die Augen ein wenig zusammen und studierte die Tafel, die am Eingang angebracht war. »Verbot! Kein Mensch, gleich welcher Herkunft, Verfassung, Gegend oder Provinz, darf provozierende, beleidigende Worte im Munde führen, die Händel auslösen könnten, desgleichen keine Waffen tragen, während er sich in obenerwähntem Bad befindet, er darf niemanden der Lüge zeihen oder die Hand an die Waffe legen. Störenfriede, Aufwiegler und alle, die Seiner Hoheit nicht gehorchen, werden aufs strengste bestraft. Desgleichen ist es allen Prostituierten und unkeuschen Frauen bei Strafe des Auspeitschens verboten, das Bad zu betreten oder sich ihm bis auf fünfhundert Schritt zu nähern ... Dieselbe Strafe erleiden alle diejenigen, die vor Damen oder Jungfern oder anderen Frauen und Mägdelein, die das Bad aufsuchen, eine unzüchtige oder sittenlose Sprache führen, sie in unziemlicher Art und Weise berühren oder das Bad in lästerlichem Aufzug, welcher das öffentliche Anstandsgefühl verletzt, betreten und verlassen ...«

»Oh«, entfuhr es mir, »baden Männer und Frauen etwa zusammen?« Wer hätte das gedacht. Das brächte ich nicht über mich, ich könnte das einfach nicht ... Vielleicht sollte ich krank spielen und im Zimmer bleiben ...

Die Badewärter am Eingang öffneten einem ältlichen Herrn, den das Gliederreißen völlig verkrümmt hatte und der in einer Sänfte getragen wurde. Ich sah, wie sie sich zur Begrüßung verbeugten.

»Es geht wirklich ungemein gesittet zu, liebe Base«, beschwichtigte der Abbé. »Jeder Mann trägt eine Leinenjacke, jede Frau ein Hemd. Ihr werdet hier die vornehmsten Leute antreffen.«

»Im Hemd? Tantchen, du hast mir nicht gesagt ...«

»Komm nicht auf den Gedanken, dich krank zu stellen und im Zimmer zu bleiben, Sibille, denn dann lassen wir dich in einer Sänfte hinbringen, so wie den da. Du mußt dich erholen, und das hier wird dir unendlich guttun.«

»Alle miteinander?« fragte der Badewärter am Eingang und musterte unsere Prozession, denn wir boten wohl einen noch wunderlicheren Anblick als der alte Herr in der Sänfte. Allen voran trippelte der verschrumpelte Abbé mit seinem großen Hut und der schwarzen Robe, die Augen funkelnd und forschend wie die eines Eichhörnchens. An seinem Arm hing seine alte Mutter, mit ihren gebrechlichen Knochen kaum noch in der Lage zu gehen, danach kam Tante Pauline, riesig und prächtig in gelber Seide, die sich auf ihren Spazierstock mit dem Silberknauf stützte. Ihr folgte ein Lakai, der ihr einen Sonnenschutz aus geblümtem Musselin über den Kopf hielt. Als nächstes kam ich selbst, groß und mit Leichenbittermiene, sodann zwei Lakaien, beladen mit Tüchern und Bademänteln.

»Alle«, sagte der Abbé und drückte ihm ein hübsches Trinkgeld in die Hand.

Ich hatte noch nie ein Bad betreten, denn ich war nicht nur immer kerngesund gewesen, sondern Vater verabscheute Bäder, behauptete, sie seien der reinste Sündenpfuhl, in dem sich Männer und Frauen orgiastischen Lustbarkeiten hingäben, und nur ein so schlechter Mensch wie seine Schwester könne auf solch unerhörtem Benehmen beharren. Doch das große Bad innerhalb der Bogengänge sah mir eher wie die Folge der Sünde aus als wie die Sünde selbst, es ähnelte den Gemälden in Kirchen, auf denen die Seelen der Verdammten in dampfenden Schwefelbecken gesotten werden. Das Becken hatte flache Stufen, die ins Wasser führten, und Männer an Krücken, Frauen, verkrümmt wie Zwerge, und sogar bleiche Kinder mit verkümmerten und nutzlosen Gliedmaßen wurden von Badewärtern ins Wasser geführt. An einem Ende des Beckens hatte man ein Zeltdach errichtet, und dort verhalf man Tantchen zu einem Sitzplatz auf den Stufen im Wasser, wo sich ihr riesiges Hemd um ihren Körper bauschte. Dort war sie auf der Stelle von einer Reihe anderer alter Damen umringt, und man tauschte sich so schnell über die unterschiedlichen Zipperlein aus, daß ich kaum noch mitkam. Über allem hing der widerliche Geruch wie ein Fluch. Und was mich betraf – ich konnte nur beten, daß mich niemand bemerkte, so schlaksig im nassen Hemd, das mir am Leib klebte. Wo konnte ich mich verstecken? Ich mußte tiefer ins Wasser, mußte mich mitten im Bad hinhocken, damit das Wasser mir bis ans Kinn reichte.

»Sibille, Sibille«, hörte ich meine Patin rufen. »Hierher ... Hier sind ein paar Damen, die du unbedingt kennenlernen mußt!« Ich hatte die Augen geschlossen und tat, als hätte ich nichts gehört.

»Geh aus der Sonne, Sibille, du verdirbst dir den Teint!« Ich wandte den Kopf, wollte wissen, woher die Worte kamen, und erblickte die alten Damen mit auf und ab hüpfenden Köpfen unter dem Zeltdach. Wenigstens bist du nicht so alt wie die da, meldete sich ein verwerflicher Zug meines Charakters zu Wort. Bekümmert dachte ich an die häßlichen frischen Narben, die meine linke Hand und den linken Arm bedeckten. Auch wenn ich noch so jung bin, meine hübsche Hand ist entstellt. Ich bewegte die Finger. Die Narben spannten noch immer und sahen gräßlich aus, rot und wulstig.

Ein gebrechlicher Knabe mit gelähmten Gliedmaßen wurde von den Badewärtern ins Wasser getragen. Er hätte mir eigentlich leid tun müssen. Doch mein nichtswürdigeres Selbst sagte, da bist du mit deinem narbigen Arm noch besser dran. Wieder mischte sich mein schlechtes Gewissen ein: Schäm dich! Statt Mitleid mit den Unseligen ringsum zu empfinden, geht es dir allmählich besser, weil du siehst, daß andere Menschen noch schlechter dran sind als du. Während die Gewissensbisse noch an mir nagten, ging ich in dem übelriechenden Wasser langsam auf die schattige Stelle unter dem Zeltdach zu.

»Na endlich!« rief Tantchen. »Sibille, ich könnte schwören, ich sehe eine Sommersprosse. Du mußt dich wirklich mehr in acht nehmen!« Und die Damen ließen von ihrem Thema ab, bei dem es um eine Frau ging, deren Gebärmutter sich nach der Geburt ihres vierten Kindes gesenkt hatte, um sich meines Falles anzunehmen, den sie herrlich skandalös fanden.

»Nicht auszudenken! Ein gedungener Angreifer mit Vitriol! Meine Gute, habt Ihr ein Glück gehabt, daß Euch die Heirat mit diesem Menschen erspart geblieben ist!« Damit hatten sie gewiß recht. Es war mir in der Tat erspart geblieben, Villasse zu heiraten. Während sie plauderten, spürte ich, wie meine düstere Stimmung wich.

»Ei, die Narbe ist gar nicht so schlimm. Ein Handschuh, oder Ihr haltet den Fächer einfach so ...«

»Meine arme Nichte glaubt, daß ihr Verehrer, ihr tapferer Retter, sie nicht mehr aufsucht, weil sie entstellt ist.«

»Ei, das kann ganz und gar nicht sein. Man bedenke seine Ritterlichkeit, sein großes Interesse. Meine teure Pauline, was ist nun an jenem Abend unter Eurem Fenster geschehen?«

»Ein furchtbarer Aufruhr. Und als wir aus dem Fenster blickten, war er bereits zur Stelle und hat die von Monsieur d'Estouville geschickten Männer, die ihr ein Ständchen brachten, mit der Pferdepeitsche vertrieben.«

»Ha! Darum ist er verschwunden! Ganz gewiß hat dieser Edelmann im Dunkeln zugesehen und gedroht, ihn umzubringen. Vielleicht hat er Meuchelmörder gedungen, die Euer Haus beobachten und den tapferen Jüngling ermorden sollen. So etwas Ähnliches ist mir einst, als ich noch jung und schön war, auch zugestoßen.« Schön? Es ging mir eindeutig besser und besser.

»Gewiß doch ... Es ist nicht wegen der kleinen Narbe da auf Eurer Hand. Ich habe einst eine Frau gekannt, die hatte ein Mal genau an der gleichen Stelle, und ihr Liebhaber konnte nicht genug von ihr bekommen. Nach allem, was geschehen ist, kehrt der junge Mann zurück. Er wird Euch Nachricht schicken. Wer weiß, vielleicht ist bereits eine abgefangen ...«

»Ei, Euer Gesicht – das allein zählt, und kein einziger Tropfen hat es erreicht. Ihr seid so lieblich wie eh und je ... Ach, wenn ich doch nur Euren Teint hätte ...« Lieblich? Er mochte mich vielleicht noch? Er hatte nicht festgestellt, daß ich zu groß, zu klug, entstellt war? Jetzt bemerkte ich, wie blau der Himmel über dem Becken war. Die Gesellschaft war amüsant und heiter. Der schattige Bogengang wirkte anmutig und einladend, und ich hörte die Vögel in den Bäumen hinter der Wand des Badehauses singen. Der Schwefelgestank hatte sich verflüchtigt, ich roch ihn kaum noch. Lieber Himmel, Tantchen hatte doch recht – dieses Wasser war ungemein heilsam.

»Euer Haar, so voll und lockig, das läßt sich gut im neuesten Stil frisieren. Er wird sich von neuem in Euch verlieben. Ich schicke Euch meine Zofe, sie ist ein Genie …«

»Siehst du, Sibille. Habe ich nicht gesagt, daß du ins Bad mußt? Deine Miene sieht schon heiterer aus«, sagte Tantchen.

»Eine große junge Frau und eine sehr umfangreiche Dame mit Stock? Ja, die sind drinnen«, sagte der Badewärter.

»Dann laßt mich hinein«, befahl der Rittmeister und wollte sich vorbeischieben.

»O nein. Nicht ohne zu bezahlen. Und das Schwert laßt Ihr bei Eurem Diener. Seht Ihr die Baderegeln?« Der Badewärter zeigte auf die am Eingang angebrachte Tafel.

»Diese Regeln gelten nicht für Leute von Adel.« Der Rittmeister hatte sich prächtig aufgeputzt, seine hohe weiße Halskrause war mit Spitze gesäumt, sein braunes Samtwams hatte in den Schlitzen cremefarbenen Satin, seine große ärmellose Schaube war mit Pelz verbrämt und hellrot bestickt. An seiner Seite hingen Rapier und Dolch, und er trug immer noch Sporen an den Stiefeln.

»O nein, die Regeln sind vom König und gelten für jedermann. Keine Waffen, keine Händel.«

»Ich habe nicht die Absicht, Händel anzufangen. Ich will nur Sibille de la Roque sehen.«

»Keine unsittlichen Anträge. Eine weitere Vorschrift des Königs.«

»Kerl, für deine Unverschämtheit könnte ich dich niederstrecken.«

»Beschwert Euch nicht bei mir, sondern beim Direktor des Bades. Ihr dürft hinein, wenn Ihr badet. Das ist alles.«

»Also gut, dann will ich baden«, murrte Philippe d'Estouville und kramte in seiner Börse.

»Keine Schwerter«, beharrte der Badewärter.

Ganz unbewaffnet musterte Rittmeister d'Estouville im Schutz des Bogenganges das große Badebecken. Der dunkle Lockenschopf seines Rivalen war nirgendwo zu erblicken. Gut. Und die Damen, wo waren die? Aha, da drüben unter dem

Zeltdach. Ja, da war sie, gleich neben ihrer vulgären alten Tante, die ihn nicht ins Haus lassen wollte. Doch früher oder später mußte Sibille aus dem Wasser kommen, sich abtrocknen, vielleicht im Bogengang ein erfrischendes Getränk zu sich nehmen. Vielleicht würde der alte Drachen ja auch zu einer Massage oder zum Schröpfen im Badehaus verschwinden. Dann konnte er der Nichte eine leichte Stärkung anbieten. Erstaunlich, wie einfach es mit einem Liebestrank in der Vorstellung lief, und wie schwierig es war, ihn ihr einzuflößen. Insbesondere wenn man einem anspruchsvollen Herrn diente, der zwischen seinen Gütern und dem Hof hin und her reiste, und wenn es eine argwöhnische alte Dueña schaffte, ihm bei jedem gesellschaftlichen Anlaß den Weg zu verstellen. Dieses Mal, dieses Mal mußte es gelingen, Sibille würde sich hoffnungslos in ihn verlieben, und er wäre seine Geldsorgen für immer los.

Eine laue Junibrise kräuselte das Wasser des Sees und wehte den Klang einer Laute, mit der ein junger Mann seiner Herzallerliebsten weit draußen in einem Boot auf dem Wasser aufspielte, ans Ufer. Doch der melancholische Bursche, der die Schwäne fütterte, nahm keine Notiz von dem hübschen Anblick. Es war ihm gelungen, aus dem Haus seines Vaters mit nur einem einzigen Aufpasser zu entkommen. Er hatte behauptet, er sei so dünn geworden, daß er ins Bad müsse, um sich vor der langen und gefahrvollen Reise über die Alpen und in die Verbannung zu erholen. Immer wieder probte er, was er sagen wollte. Sie war hier, seine himmlische Göttin, und er würde nur einen Augenblick haben, um ihr Lebewohl zu sagen. Angenommen, sie glaubte, er hätte sie verlassen? Angenommen, ein anderer Mann hatte sich seine Abwesenheit zunutze gemacht und Lügen über ihn verbreitet, Zweifel gesät? Angenommen, sie weigerte sich, mit ihm zu sprechen? Dann würde er still gehen, dahinsiechen und sterben ... Was würde seinem Vater mehr ausmachen, wenn er unterwegs dahinsiechte und starb oder wenn er das erst im Haus seines Onkels in Genua tat? Gleichviel, ein grausames Geschick würde das auf die tragischste Weise erledigen.

»Monsieur Nicolas, es tut nicht gut, hier Trübsal zu blasen und zu verweilen; Ihr müßt baden, sonst werdet Ihr nicht gesund für die Reise.« Hmm, dachte Nicolas, wie werde ich Bernardo los? Was für ein Glück, daß ich herausgefunden habe, daß sie hier ist. Aber was nutzt es mir, wenn ich den Aufpasser meines Vaters nicht abschütteln kann? Er wird alles erzählen. Lässig schlenderte er zum Eingang des Badehauses, und der alte Diener blieb ihm dicht auf den Fersen.

»Mein Gott, sieh dir die Tafel da an«, sagte Nicolas in einiger Entfernung vom Eingang. »Ich darf Schwert und Messer nicht mit hineinnehmen. Bernardo, könntest du sie in mein Zimmer bringen?«

»Erst wenn Ihr wohlbehalten drinnen seid. Solange Ihr noch Kleider tragt, könntet Ihr entfliehen.«

»Nicht ohne mein Schwert. Du weißt, es ist zu kostbar, um es zurückzulassen.« Widerstrebend sah der Ältere zu, wie sich Nicolas an einen Baum lehnte und in seiner Börse nach dem Eintrittsgeld kramte. Er sah noch magerer und hohläugiger aus als zu der Zeit, als er sich in Bologna in die Nichte eines Kanonikers verliebt hatte, die man flugs zu Verwandten auf dem Land verfrachtet hatte. Armer alter Mann, dachte der Diener; dieser undankbare Taugenichts ist sein einziger Sohn.

Während Bernardo sich zurückzog, ohne seinen Schützling aus den Augen zu lassen, war Nicolas zum Eingang geeilt. Er entrichtete sein Eintrittsgeld und begab sich ins Badehaus.

Als er sich umgekleidet hatte und in den Bogengang hinaustrat, fiel sein Blick auf d'Estouvilles modisches Bärtchen und sein strahlendes Lächeln, und er hörte sein munteres Plaudern, während er Sibille zum Beckenrand geleitete. Seine Sibille, schöner als eine Nymphe, tauchte sie mit Kopf und Schultern aus dem Wasser auf. Und darunter klebte das nasse Hemd an ihrem Körper ... Nicolas spürte, wie er am ganzen Leibe erbebte. Diese Entweihung! Dieser widerliche Frauenheld, so nah, so dreckig! Er blieb sprachlos stehen und beobachtete, wie d'Estouville Sibille über die Stufen des Beckenrands half, sie zu den Damenkabinen geleitete und selbst in der Umkleidekabine der Herren verschwand.

Dem werde ich's zeigen, dachte er zähneknirschend. Und schon tauchte sein Widersacher wieder im Eingang zur Kabine auf – in ein Handtuch gewickelt und in der einen Hand sein Wams. Alle Farbe wich aus d'Estouvilles Gesicht, als er Nicolas im Laubengang erblickte, und er blieb verdutzt stehen. In dem Moment fiel ein Fläschchen aus der Tasche seines Wamses und rollte Nicolas geradewegs vor die Füße. Noch ehe d'Estouville bei ihm war, hatte der Bankierssohn das Fläschchen aufgehoben; ein kurzer Blick auf die Beschriftung, und der junge Mann brach in höhnisches Gelächter aus.

»Fürwahr, seht Euch das an«, sagte er laut und vernehmlich, während er den Gegenstand in seiner Hand musterte, »eine Flasche mit einem Liebestrank.«

»Gemeiner kleiner Mistkerl, gebt mir das zurück!« rief der Rittmeister.

»Liebestrank! Liebestrank!« schrie Nicolas und wich dem Griff des Rittmeisters aus. »Ihr konntet sie mit Euren fürchterlichen Ständchen nicht gewinnen, und nun wollt Ihr ihr Herz mit einem Liebestrank vergiften! Was für ein Liebhaber! Vielleicht gefällt ihr Euer Schnurrbart nicht.«

»Nicolas! O Nicolas, Ihr seid wieder da! Wo wart Ihr nur die ganze Zeit über?« rief Sibille, die aus ihrer Kabine herausstürzte.

»Wie könnt Ihr es wagen, einen d'Estouville zu beleidigen! Ich fordere Euch zum Duell auf dem Feld der Ehre!«

»Ihr fordert mich! Nein, Windbeutel, ich fordere Euch!«

»Keine Duellforderungen im Bad! Werft die beiden hinaus. Dafür werdet ihr euch vor dem Direktor verantworten. Euch ist lebenslang der Zutritt verboten.«

»Der Zutritt zu dieser abscheulichen Einrichtung? Ihr werdet von meinem Onkel, dem Seigneur de Vieilleville hören …«

»Nicolas, geht nicht.«

»Ich muß, Sibille, ehe man mich verhaftet!« rief Nicolas und griff seine Stiefel, während zwei vierschrötige Badewärter ihn beim Hals packten. »Sibille, mein Vater will mich verbannen… Ich werde Euch schreiben«, rief er über die Schulter zurück, während man ihn hinter seinem Rivalen aus dem Bad schleifte.

»Verbannung für Euch«, sagte einer der Männer, die ihn zum Ausgang bugsierten. »Das überrascht mich nicht, Unruhestifter.«

»Und ich sage euch, ich stamme aus der edelsten Familie Frankreichs. Mein Onkel ist der getreueste Gefährte des Königs... Ihr werdet euer Verhalten noch bereuen.« D'Estouvilles Geschrei wehte vom Vordereingang zurück.

»Wunderbar«, sagte eine der verkrüppelten alten Damen, die mit Krücke ins Bad gegangen war, jedoch ohne deren Hilfe wieder herauskam. »Besser als ein Stück im Theater. Meine Schmerzen sind wie weggeblasen.« Dann wandte sie sich an Sibille, die den beiden nachblickte und die Hände rang. »Junge Dame«, sagte sie, »nehmt den im Hemd, der seine Stiefel trägt. Er ist bei weitem der Hübschere.«

»Was sagt der päpstliche Abgesandte dazu?« fragte König Heinrich und blickte in Richtung des Kardinals von Lothringen. Um den Ratstisch sah man grimmige Mienen. Ein Zweifrontenkrieg drohte, und so hatte man Guise' Heer aus Italien abgezogen, doch in den vergangenen drei Monaten waren riesige Schulden aufgelaufen. Vierhundertvierunddreißigtausend Taler, und die Schatzkammer war leer.

»Seine Heiligkeit hat der neuen Besteuerung der Geistlichkeit mit acht *décimes* zugestimmt.«

»Ich wünsche, daß Ihr eine Inventarliste aller kirchlichen Gegenstände aus kostbarem Metall anfertigt«, sagte der König. Die Männer am Tisch blickten verbittert. Die letzten Wertgegenstände im Königreich, die man einsammeln und einschmelzen konnte, falls der Krieg noch länger dauerte.

»Ihr müßt Euch an die Bankiers in Lyon wenden, an die italienischen, die deutschen Bankiers. Wir brauchen eine Anleihe von mindestens fünfhunderttausend Talern.«

»Sagt ihnen«, forderte König Heinrich, »sagt ihnen, daß ich ein Fürst von Ehre bin und ihnen, anders als König Philipp von Spanien, die Zahlung ihrer Zinsen zusichere.«

Im weiteren Verlauf der Sitzung wurden Pläne gemacht und entsprechende Befehle erlassen: Der Alte Konnetabel würde gegen Monatsende aufbrechen und den Befehl an der Nordfront übernehmen, und jeder Mann bei Hofe, der noch eine Waffe tragen konnte, war angewiesen, mit ihm zu ziehen. König Heinrich persönlich würde sich nach Compiègne und damit in die Nähe der Front begeben, und dort wollte er sich zu Beginn des nächsten Monats dem Nordheer anschließen. August, der heiße Monat, würde der Monat des Sieges werden.

17. Kapitel

Was für Silber! Was für herrliches Leinen! Oh, meine teure Pauline, Ihr habt uns alle übertroffen.« Als Tantchens Gäste unseren Salon betraten, verliehen sie ihrer Freude über die reichverzierten Schüsseln mit Leckereien, die hübschen kleinen Geschenke an jedem Platz und die beiden gutaussehenden jungen Männer, die in der Ecke Flöte und Spinett spielten, mit Ausrufen des Erstaunens Ausdruck. Konnte es eine noch grausam-ironischere Umgebung für jemanden geben, der sich vor Gram verzehrte? Im Abstand von nur wenigen Tagen die wahre Liebe zu gewinnen und wieder zu verlieren; mein Held – ein Gefangener im Haus seines Vaters oder bereits unterwegs auf der steinigen Straße der Verbannung, und ich, ich inmitten falscher Lustbarkeit in einer schalen Farce.

»Das ist doch nicht der Rede wert und viel zu wenig zu Ehren meiner lieben Gäste, und oh, allerliebste Erminette, es wird mir nie gelingen, Eure prachtvolle *salle* zu übertrumpfen.« Da waren sie alle, tanzten geradezu auf dem Grab meiner Sorgen, die gesamte Sippschaft. Tantchen sprudelte über, war großzügig wie immer. Niemand hatte mehr für nachmittägliche Kartenspiele übrig als sie, und sie hatte es geschafft, einen Kreis krächzender alter Damen um sich zu scharen, die ihr glichen: Witwen und Gattinnen des Verdienstadels mit neuerworbenen und etwas dubiosen Titeln, allesamt entzückt, daß sie Verbindungen zum Hof unterhielt, und alle ausgemachte Klatschbasen. Paris, wo man einkaufte und ein Gesellschaftsleben führte, wo niemand über ihr altes, einsames, rankenüberwuchertes Haus voller Geister Bescheid wußte, vor dem Passanten den Schritt beschleunigten und sich im Vorbeigehen bekreuzigten! Nach allem, was sie für mich getan hatte, wollte ich keine Spielverderberin sein, und zudem bot ich ein leuchtendes Beispiel der Selbstaufopferung.

»Meine Kirschen jedenfalls wirst du nie übertrumpfen, meine Liebe. Sie sind mein Geheimnis, und das gebe ich nicht einmal meiner Tochter auf dem Totenbett weiter«, sagte die alte Dame mit einem rauhen Kichern. Die beiden kräftigen Lakaien, die sie mitgebracht hatte, halfen ihr auf einen gepolsterten Stuhl, deckten ihre geschwollenen Beine hastig mit einer Reisedecke zu und begaben sich nach unten, wo sie den Küchenmägden schöne Augen machten.

»Man sagt, daß das Fieber viele Leute von der Teilnahme an Madame Cardins Beerdigung abgehalten hat. Nur ihr Enkel ist gekommen, und der noch nicht einmal in voller Trauer.«

»Ich wiederum habe gehört, daß alle enttäuscht waren von ihrem Erbe ...«

»Liebste Katharina«, sagte Tantchen und wechselte das Thema, das eventuell in eine gefährliche Richtung abgleiten könnte, »wo ist denn Eure Tochter? Ich habe gedacht, sie wäre heute bei uns?«

»Sie ließ sich nicht davon abbringen, daß es ihre Pflicht ist, heute Almosen an die Armen zu verteilen, anstatt so sinnlichverderbten Vergnügungen wie dem Kartenspiel oder der Lektüre weltlicher Bücher zu frönen. Ich weiß auch nicht, wer ihr diese Launen eingibt. Je eher alle diese gräßlichen sogenannten ›Tempel‹ der Calvinisten abgerissen werden, desto eher endet ihr schlechter Einfluß. Danke deinem guten Stern, Pauline, für eine so vernünftige, pflichtbewußte Tochter wie deine allerliebste Sibille.«

»Und obendrein noch so begabt«, ergänzte eine andere

Frau, eine massige Gestalt in schwerem schwarzem Satin und Spitze.

Der Flötenspieler hatte sein Instrument abgesetzt und sang nun schallend. »O schönste Schäferin, hab stets im Sinn, wie bald die Rosenzeit dahin …« Einer meiner empfindsamsten Verse, recht feinsinnig und originell. Ach, wie bittersüß war es doch, meine Verse gesungen zu hören, während ich aller Hoffnung auf Liebe entsagt hatte.

»Ich habe ein halbes Dutzend ihrer schönsten Gedichte in Noten setzen lassen« , sagte Tantchen sehr zufrieden mit sich. Ihr zuliebe, und nur ihr zuliebe, war ich Gramgebeugte die Treppe hinuntergeschwebt, um ihr beim Kartenspiel Gesellschaft zu leisten. Schließlich war mein abgrundtiefer Kummer dieser Tage in aller Munde, und allein schon meine Anwesenheit bei ihrer Kartengesellschaft machte ihre Freundinnen neidisch.

»Und alle handeln von der Rosenzeit, der Zeit der Liebe. Ach, wie kurz, wie kurz. Und ihre reizenden kleinen Verse sind noch mehr in Mode als früher, jetzt, da das liebe Mädchen Gegenstand des berühmtesten Duells der Saison ist. Man denke nur: d'Estouville, der schon zwölf Männer auf dem Feld der Ehre getötet hat. Fürwahr, welch ein Held!«

»Und ich sage, das Duell findet nicht statt. Ihr wißt doch, das Edikt des Königs, das Duelle verbietet …«

»Ich wette ein hübsches Sümmchen, daß es doch stattfindet. Man weiß ja, wie junge Männer so sind …«

»Nicht, wenn jeder gesunde Mann an die Front muß. Der König wird sie gewißlich verhaften lassen, falls sie überhaupt auf dem Feld der Ehre auftauchen, um ein Exempel zu …«

»D'Estouville verhaften? Nie im Leben! Dazu steht sein Onkel Vieilleville bei Hofe zu hoch in Gunst.«

»Dann eben den anderen jungen Mann. Seine Familie, nun ja, hat kein … kein blaues Blut. Außerdem habe ich gehört, daß sein Vater ihn selbst einsperren oder in die Verbannung schicken will, damit er nicht auf d'Estouville trifft.«

»Welch ein Mangel an Ehrbegriff. Lieber einen toten Sohn als einen, der eine Forderung nicht angenommen hat. Andererseits, sein Vater ist Bankier, wie man so hört …«

»Pfui, Geld. über Geld redet man nicht ...«

»Aber ihr wißt ja, wie es heutzutage so geht. Den Anleihen zuliebe nur nicht die Bankiers verärgern, den deutschen Söldnern zuliebe nur nicht die Lutheraner verärgern. Wer bleibt da noch? Dieser Tage wird man vom Abschaum doch geradezu überrannt.«

»Nehmt es nicht persönlich, liebe Sibille. D'Estouville verleiht der Sache Stil, also kann das Duell Eurer Position nicht schaden. Und denkt daran, nach solch einem eleganten Duell könnt Ihr jeden Liebhaber haben, den Ihr haben wollt.«

»Erliegt nie der Liebe, Sibille, meine Gute. Die Männer sind es nicht wert«, verkündete Erminette von ihrem Thron am anderen Ende des Tisches kurzatmig, denn sie mußte ihre Karten auslegen und zugleich reden. »Erst letzte Woche habe ich gesehen, wie man Madame de Bonnevilles Kammerzofe gehängt hat, die ihren Säugling ertränkt hat, damit sie ihre Stellung behalten konnte. Dahin führt die Liebe! Ins Grab! Meiner Meinung nach können wir von Glück sagen, daß wir die Rosenzeit überlebt haben. Aha! Ich habe die Dame.«

»Man munkelt, daß der Vater Priester war ...«

»Aber natürlich doch. Wer denn sonst? Ich steche mit einem König, liebe Erminette.« Geld klapperte auf den Tisch. Die rohe Herzlosigkeit dieser fröhlichen Harpyien, denen mein Gram völlig einerlei war, war fast zuviel für mich.

»Liebste Sibille, spielt Ihr heute nicht mit?«

»Ich fühle mich nicht ganz wohl ... Ich muß mich hinlegen.«

»Trinkt ein Gläschen Likör, und schon geht es Euch besser.«

»Ja, wir halten Euch einen Platz bei Tisch frei«, hörte ich sie hinter mir herrufen, als ich auf mein Zimmer entfloh.

Fern der rohen Machenschaften der Kartenspielerinnen stiegen mir die überwältigende Bitternis und der Kummer stechend in die Augen. Aufgelöst wollte ich mich aufs Bett werfen, als sich mir ein entsetzlicher Anblick bot.

Dort auf dem Teppich lag mein treuester und ergebenster Gefährte, mein letzter Freund auf Erden – Gargantua –, mit einem Bauch, der schrecklich aufgedunsen war. Und oben auf dem Kleiderschrank untersuchte Señor Alonzo seinen haarigen Körper zufrieden nach Flöhen, und da wurde mir jählings klar, daß er diese schreckliche Tat begangen hatte. Neben Gargantuas Kopf lagen ein paar zerbissene Reste eines menschlichen Schädels, das Bruchstück eines Unterkiefers, braune uralte Zähne – und der geöffnete Kasten Menanders des Unvergänglichen. Haß packte meine Seele, ich ergriff die nächstbeste Waffe, einen großen Briefbeschwerer aus Messing in Form eines Löwenkopfes, und warf damit nach der widerlichen, pelzigen kleinen Kreatur. »Du abscheulicher, abscheulicher Affe – du hast mir meinen allerliebsten Gargantua umgebracht!« Behende wich der Affe meinem Geschoß aus und sprang auf den Betthimmel. »Ich bringe dich um, bei Gott, ich bringe dich um!« schrie ich und griff nach dem großen Stickreifen, der mir in die Hände kam, kletterte auf das untere Bettende, hielt mich am Bettpfosten fest und versuchte, den Affen mit der anderen Hand zu verjagen. Bei dem Krach kam Baptiste angerannt, und in dem Augenblick rutschte ich aus, stürzte und tat mir am Rücken so weh, daß ich ein Weilchen nicht aufstehen konnte.

»Ach, da hat doch der kleine Teufel den Kasten vom Schrank geworfen, und jetzt hat Euer großer Hund Euren Zauberkopf gefressen. Was für eine Katastrophe!« Er versuchte, mir aufzuhelfen, aber ich konnte nur stöhnen.

»Nicht anfassen. Töte das kleine Ungeheuer mir zuliebe. Sieh doch nur, was er meinem Hund angetan hat.«

»Komm, na, komm schon. Mademoiselle, er muß seinen Käfig aufgemacht haben.«

»O Gargantua, du bist das einzige Wesen auf der ganzen Welt gewesen, das mich wahrhaft geliebt hat«, jammerte ich unter Tränen, während ich noch immer lang hingestreckt auf dem Boden lag und mich nicht rühren konnte.

»Jetzt wird Euch die Königin nie mehr holen lassen. Unser ganzes Glück ... oh, was für ein schreckliches Pech aber auch. Wie soll ich das bloß Madame beibringen?« Wie war das? Die Königin würde nicht mehr nach mir schicken? Der Kopf war fort, also war ich doch wohl frei? Du armer, treuer Hund, du hast mich um den Preis deines eigenen Lebens befreit. Vielleicht war Nicolas noch gar nicht in Verbannung. Ich würde schreiben ... Ja, sowie ich aufstehen konnte, würde ich einen Brief in sein Haus schicken und ihm mitteilen, daß ich ihn heimlich treffen und seine bittere Verbannung mit ihm teilen wolle.

»Ach, das arme Geschöpf, das arme Geschöpf, es ist gestorben, um mich vor dem gräßlichen Ding zu erretten.« Ich streckte die Hand aus, um meinen lieben, aufopfernden Gargantua zu streicheln. Doch dann geschah etwas Entsetzliches:

Mit einem Ruck riß die arme Kreatur die Augen auf, in denen blankes Entsetzen stand. Der Hund gab ein ersticktes, gurgelndes Geräusch von sich und erbrach, ohne den Kopf zu heben, eine gelbe Flüssigkeit mit braunen, ekligen Stückchen. Bei diesem widerwärtigen Anblick vergaß ich ganz meine Verletzung und sprang auf. Und dann sah ich, wie sich die Stückchen zu größeren Stücken zusammenfügten, wie sich auch die größeren Stücke zusammenfügten ...

»Ahhh!« schrie Baptiste entsetzt. »Er lebt noch!« Sogar der Affe hörte auf zu plappern und zu hüpfen, hockte sich auf die Vorhangstange und sah sich das Ganze neugierig an.

»Mein Hund ... Gargantua ... oh, er lebt, er lebt!« rief ich und war hin und her gerissen zwischen Freude, daß mein Liebling am Leben war, und Ekel, als ich sah, wie sich der gräßliche Menander erneut zusammenfügte. Jetzt krochen die braunen Zähne mit ihren vertrockneten Wurzeln wie eklige Insekten über den Teppich und suchten blindlings nach dem Kieferknochen, aus dem sie herausgerissen worden waren. Die Schädelfragmente wackelten und flitzten aufeinander zu, fanden zueinander und fügten sich an ihrem Platz ein.

»Nie, niemals in siebzehn Jahrhunderten habe ich eine solche Erniedrigung hinnehmen müssen«, klagte Menander der Unvergängliche und schüttelte ein wenig den Kopf, als er es sich in seinem Kasten bequem machte, so wie sich ein Mensch nach einem harten Tag ins Bett kuschelt. »Der größte Magus aller Zeiten, der sich aus einem Hundemagen neu zusammensetzen muß!« Der Affe, der es sich inzwischen auf der Vorhangstange bequem gemacht hatte, fletschte die Zähne in Richtung Menander. Irgendeine gute Seite muß er doch wohl haben, schoß es mir durch den Kopf, wenn er diese alte Mumie so sehr haßt, daß er sie auf den Fußboden wirft. Nicht etwa, daß Señor Alonzo dadurch liebenswerter geworden wäre.

»Mein armer, süßer, tapferer Gargantua, geht es dir besser?« sagte ich und streichelte meinem Hund Rücken und Bauch, während ich seinen Kopf in Tränen badete.

Er wiederum belohnte mich mit einem matten Schwanzwedeln, und da sagte doch dieser abscheuliche mumifizierte Kopf: »Alles für einen Hund? Du bist das gefühlsduseligste, hirnloseste Frauenzimmer, das jemals zur Feder gegriffen hat.«

»Deine Meinung ist mir einerlei. Ich liebe meinen Hund, das ist alles.«

»Er ist ein mißratenes Ungeheuer, auf das kein Mensch mit einem Fünkchen Verstand Liebe verschwenden würde.«

»Er ist einfach vollkommen, treu und liebevoll, und er hat sein Leben riskiert, um mich vor dir zu erretten.«

»Er hat es für einen kleinen Imbiß riskiert, dummes Weibsbild. Das hätte er auch für eine verfaulte Schinkenrinde auf dem Abfallhaufen getan.«

»Dummes Zeug. Wer wie du kein Fünkchen Ehre im Leibe hat, kann sie bei anderen Wesen auch nicht erkennen.«

»Ehre, daß ich nicht lache! Nach allem, was ich für dich getan habe, solltest du um mich weinen und mich streicheln! Wo wärst du wohl mit deinen gräßlichen Gedichten ohne die Gunst der Königin, die ich dir gratis verschafft habe? Ich hätte nicht übel Lust, dir auch einmal übel mitzuspielen.«

»Baptiste«, sagte ich und strich mein Kleid glatt, »ich stehe unter Schock, ganz furchtbarem Schock. Bring mir ein Gläschen von dem Stärkungsmittel, das Tantchen unter ihrem Bett verwahrt, sonst falle ich noch in Ohnmacht und werde sterbenskrank. Und schick Marie hoch – sie soll die Schweinerei auf dem Teppich beseitigen.« Ich seufzte abgrundtief. Keine Freiheit. Keine Verbannung. Nur weitere Anforderungen von der Königin, und keine Erlaubnis, mich außerhalb ihrer Reichweite zu begeben. Weitere langweilige Geheimzimmer, weitere Stunden öder Schwarzer Magie und von den Mächtigen weitere geheime Wünsche, die sich stets als die allergewöhnlichsten herausstellten. Und dabei wollte ich nichts außer Nicolas' unsterbliche Liebe – ohne unsterbliche Köpfe, die im Dunkeln, wenn ich schlafen will, häßliche Bemerkungen machen. »Na ja, Gargantua, wenigstens hast du es versucht.« Ich setzte mich auf mein Bett, jedoch behutsam, weil ich mein schmerzendes Steißbein nicht zu sehr strapazieren wollte. Er blickte mich mit hängender rosa Zunge an und klopfte munter mit dem Schwanz auf den Teppich, so als hätte er nie versucht, das widerlichste Futter auf der ganzen Welt zu fressen.

Als Baptiste das Zimmer verließ, rief Menander ihm nach: »Du könntest dir eine bessere Stellung wünschen.«

Baptiste antwortete mit einem geknurrten: »Du bringst mich nicht dazu, daß ich mir von einem heidnischen redenden Kopf etwas wünsche ...«

Der Geruch nach schmutzigen Windeln und Kohl drang bis in das kleine Empfangszimmer des Zauberers. Der große Mann rümpfte die Nase und nahm behutsam Platz, so als könnte er sich auf dem dunklen, niedrigen Holzstuhl, auf den er sich gesetzt hatte, eine ansteckende Krankheit holen. Zum Besuch in diesem Teil der Stadt hatte er alte Kleider angezogen, eine altmodische dunkle Kniehose aus Wolle und ein Wams, darüber einen schlichten schwarzen Wollumhang. Es war ein hünenhafter, finsterer Mann, der sich den schwarzen Biberhut auf dem fettigen, ergrauenden Haar so tief in die Stirn gezogen hatte, daß er fast auf der Augenklappe saß, die sein linkes Auge bedeckte. Beim Reden trommelte er ungeduldig mit den Fingern auf dem Tisch.

»Maestro Lorenzo, das mit dem Vitriolöl hat nicht geklappt.«

»Aber, Monsieur, gewißlich hat es gebrannt. Es war beste Qualität«, entgegnete Lorenzo Ruggieri.

»Es hat gewaltig gebrannt, aber das Ganze stand unter einem Unstern, sie konnte ausweichen und so ihr Gesicht retten.«

»Aha, davor hatte ich Euch gewarnt. Bei Vitriol ist Gelegenheit alles. Man muß ganz nahe ans Ziel heran, sonst verfehlt man es. Ein Todeszauber dagegen ist eine ganz andere Sache. Einem Todeszauber kann man weder ausweichen, Monsieur Villasse, noch sich vor ihm verstecken, selbst nicht an den entferntesten Flecken der Erde.«

»Ein Zauber? Diesem Zauber mißtraue ich. Woher soll ich wissen, daß ich bekomme, wofür ich gezahlt habe? Nein, ich will etwas Stärkeres, etwas, das ganz sicher wirkt. Etwas, das furchtbare Qualen bereitet ...«

»Kein Problem. Schließlich bin ich ein Meister meiner Kunst. Und jetzt sagt mir noch einmal, was ich alles für Euch tun soll. Wenn ich mich recht entsinne, ist es ziemlich kompliziert.«

»Sie ist jetzt eine große Erbin, ein Günstling der Königin – Gott allein weiß, warum –, und ein hochrangiger Offizier macht ihr den Hof. Wenn er sie erst geheiratet hat, komme ich an den Besitz, der mir zusteht, nicht mehr heran. Das Vitriol hätte dem vielleicht ein Ende bereitet, aber nun – nein, es ist besser, wenn sie stirbt. Außerdem gibt es ... andere, die ein gewisses Interesse haben ...«

»Ach, eine andere Erbin für die Ländereien?«

»Ja. Schöner ... und wild auf die Ehe.«

»Ehe? Habt Ihr nicht gesagt, daß als nächster ein Bruder an der Reihe ist?«

»Das ist so oder so einerlei. Er ist beim Militär. Da kann viel passieren«, sagte Villasse achselzuckend.

»Aha, so langsam sehe ich klar«, rief Lorenzo Ruggieri und schlug sich an die Stirn. »Zuerst die Frau, etwas Schmerzhaftes, dann der Mann, etwas Stilles. Habe ich recht?«

»Vollkommen. Ihr könnt Gedanken lesen, Italiener.«

»Einen listigen Kerl wie Euch, der so weit im voraus denkt, muß man einfach bewundern. Das ist höhere Intelligenz. Die besitzen außer uns nur wenige. Aber fahrt fort – möchtet Ihr auch einen Liebestrank haben?«

»Ha, den brauche ich nicht. Menschen, die ein und dieselbe Person hassen, müssen sich lieben. Die Frau hat ihrer jüngeren Schwester den Verehrer ausgespannt, und als die Schwester gehört hat, daß die beiden heiraten wollen, haben wir uns in Rache vereint. Ha, das mit dem Vitriol ist ihr eingefallen ...«

»Ist mir gleich wie die Idee einer Frau vorgekommen«, murmelte der Zauberer in seinen Bart.

Doch Villasse hörte nicht zu, sondern fuhr fort: »Sie braucht eine hohe Stellung ... eine stolze Familie, aber arm. Und ich werde mit jedem Augenblick reicher. Und sie ist schön, fügsam, weiblich – völlig anders als die Mörderin, ihre irre ältere Schwester ...«

»Laßt Euch warnen, Monsieur, der Drang zum Töten ist erblich – Ihr solltet auf der Hut sein. Also, ein anständiger Liebestrank ...«

»Ihr würdet alles tun, damit Euer Honorar höher ausfällt, was? Zuerst die Ausgabe für das Vitriol, und jetzt wollt Ihr mir drei Sachen statt zweier andrehen.«

»Weil ich mitdenke und nur zum Wohle meines Kunden handle. Ihr habt gesagt, Ihr braucht als erstes etwas, das Qualen bereitet?«

»Ja. Langsames Sterben unter schrecklichen Qualen. Und zweitens brauche ich etwas, das schnell wirkt und nicht entdeckt wird.«

»Das zweite ist einfach. Weißes Arsen. Es wird fälschlicherweise für Lagerfieber gehalten. Schlägt auf die Eingeweide. Schickt es in einem Essenspaket an die Front. Wurst eignet sich hervorragend. Die Schuld wird immer der Wurst gegeben.« Eingedenk einstiger Erfolge blickte Lorenzo verträumt in die Luft. Doch Villasse trommelte abermals – diesmal merklich ungeduldiger – auf dem Tisch, was Lorenzo zurück in die Gegenwart holte.

»Aber das erste, hmm, laßt sehen ...« Er lächelte lieblich und legte die Hand aufs Herz. »Ach ja, furchtbare Qualen. Ihr könntet Krötengift nehmen – das wirkt nicht zu schnell, furchtbares Leiden, unabwendbares Ende. Zufällig habe ich ein wenig davon verfügbar, das kann ich Euch zum gleichen Preis wie das weiße Arsen anbieten, und es ist billiger als Viperngift, das ich Euch erst besorgen müßte.«

»Wie – ähm – sehen diese Qualen aus?« fragte Monsieur de

la Tourette mit einem glitzernden Auge und leckte sich freudig-genüßlich die Lippen.

»Unübertroffene Qualen. Zuerst verträgt man kein Licht mehr, dann wachsen Geschwüre auf den Augäpfeln und machen das Opfer allmählich blind. In der Zwischenzeit verringern sich die geistigen Fähigkeiten auf die eines Tieres, und schlimme Schmerzen zerreißen den Körper, vor allem die Zeugungsorgane.«

»Blindheit und Schmerz? Oh, ausgezeichnet. Seid Ihr Euch sicher?« Gierig rieb sich der Fremde die behandschuhten Hände.

»So als ob Ihr sie mit einem glühendheißen Eisen vergewaltigt hättet.«

»Ha, und dazu noch ein gutes Geschäft. Ich nehme es, wenn Ihr mir sagt, wie ich es ihr einflößen kann.«

»Meiner Treu, anscheinend mögt Ihr diese Frau nicht besonders.«

»Anscheinend? Da, das Auge? Seht Ihr das hier?« Villasse erhob sich zu voller Größe, sein Gesicht wurde hochrot, und die Adern am Hals schwollen an. »Seht, seht Euch das an!« brüllte er, schob die Augenklappe beiseite und zeigte eine gräßliche Narbe, die für alle Zeit von den dunklen Pulverspuren eines aus nächster Nähe abgefeuerten Schusses entstellt war. »Das hat sie mir angetan.«

»Wirklich ein gewaltiger Hieb. Wie hat sie so zuschlagen können? Wenn sie so gewalttätig und schwer anzulocken ist, wird es schwieriger, sie zu vergiften.«

»Sie hat mit der Donnerbüchse ihres Vaters aus nächster Nähe auf mich geschossen. Aber dumm, wie sie ist, hatte sie nicht richtig geladen. Hat die Kugel vergessen und lediglich mit der Zündwatte geschossen.«

»Hmm. Ein ziemlich boshafter Drachen, würde ich sagen. Sie würde Euch also nicht auf einen Becher Wein ins Haus bitten.«

»Wohl kaum.«

»Hmm, dann kann ich Euch den Ring nicht anbieten«, sagte Ruggieri der Jüngere, zog einen Vorhang beiseite, der ein

Regal mit Schachteln und Flaschen verdeckte, und holte eine eisenbeschlagene Schatulle herunter. Er stellte sie auf den Tisch, öffnete sie und zeigte dem Besucher eine Reihe von Gegenständen unterschiedlicher Größe, die in Stoff eingeschlagen waren. »Da«, er wickelte einen kleinen Ring aus. »Ein schönes Ding. Es hat drei Herzögen, einem Kaiser und sogar einem Papst gehört. Seht her: eine winzige Feder, sie springt heraus und läßt Gift in einen Becher fallen, wenn Ihr nur mit der Hand darüberfahrt.«

»Reizend. Aber nichts für mich.«

»Offensichtlich. Und hier haben wir mehrere kleine Apparaturen, die über kurze Entfernung Pfeile abschießen.«

»Keine Pfeile. Ich habe schon zuviel Zeit mit dem Anheuern dieses Halunken vergeudet, der sie verfolgen und das Vitriol schleudern sollte. Ich will etwas, was ohne mein Zutun wirkt.«

»Also, Ihr könntet ihr ein Geschenk schicken ...«

»Nicht ich.«

»Warum nicht von ihrem großzügigen aristokratischen Verlobten? Laßt es in seinem Namen bei ihr abliefern.« Lorenzo Ruggieri zog sich Handschuhe an und wickelte ein anderes kleines Päckchen aus, in dem ein Samtkästchen lag. Er öffnete es und hob aus dem satingefütterten Inneren eine erlesene, juwelenbesetzte Brosche mit einer scharfen, kleinen Nadel auf der Rückseite. Sie glich zwei reichverzierten Zweigen, hatte in der Mitte eine große Perle, über der ein Smaragd und eine kleinere Perle angebracht waren. An der großen Perle in der Mitte hing ein Kettchen aus kleinen Perlen, die abwechselnd mit Goldkügelchen versetzt waren. Die goldenen Flügel waren kunstvoll verziert, auf ihnen funkelten Brillanten und kleine Staubperlen.

Sogar Villasse verschlug es den Atem, so schön war die Brosche. Dann knurrte er: »All diese Perlen. Unerschwinglich für mich, glaube ich.«

»Die Perlen sind falsch, aber noch keiner, der die Brosche geschenkt bekommen hat, hatte Zeit, das zu bemerken. Und falls Ihr sie zurückholen könnt, wenn sie ihre Wirkung getan hat, kaufe ich sie Euch zum halben Preis wieder ab.«

»Sie wird geblendet sein. Wie jede Frau. Wie funktioniert sie?«

»Seht Ihr die kleinen Blumen da? Allesamt schärfer als Messer. Die Nadel auf der Rückseite hat ein Schloß, das schwer zu öffnen ist – und sie federt. Daran kann man sich leicht stechen. Und selbst wenn man sich nicht an der Nadel sticht, muß man sich an den Blumen kratzen, wenn man sie am Kleid oder am Hut befestigt. Ein winziger Kratzer genügt. Man leckt daran – oder vielleicht auch nicht. Die Flügel sind nämlich innen hohl, und die Löcher gehen bis an die Oberfläche, sind jedoch fürs Auge unsichtbar. Und wenn das Gift farblos ist wie beim letzten Mal, darf die Oberfläche der Brosche sogar bemalt sein …«

»Beim letzten Mal?«

»Ich kann Euch versichern, daß die Brosche noch nie versagt hat.«

»Ausgezeichnet. Ich dinge einen alten Soldaten, der sie abliefert. Sie wird keinen Verdacht schöpfen.«

»Ich bewundere einen Mann der Tat. Was ist nun mit dem Jüngling an der Front? Wollt Ihr dem das Päckchen selbst schicken?«

»Das Problem ist der Brief zum Geschenk. Er dürfte die Schrift kennen. Es sollte lieber ein Geschenk seiner Schwester sein.«

»Der, die mit Musketen schießt?« fragte Lorenzo, während er die Rückseite der Brosche mit dick behandschuhten Händen öffnete und aus einer Flasche mehrere Tropfen einer durchsichtigen Flüssigkeit in die winzige Öffnung träufelte, die hinter dem Schloß nicht zu sehen war.

»Nein, von der, die mich vergöttert.«

»Monsieur, ich spreche jetzt als jemand, dessen Gewerbe Täuschung ist. Ihr seid ein Meister unseres Faches.« Er verschloß die Öffnung und legte die Brosche in ihr Samtkästchen zurück.

»Aber gewiß doch«, sagte Villasse, zählte ihm Goldstücke aus seiner Börse hin, verstaute ein Fläschchen in seiner Tasche und wickelte das Kästchen in ein Taschentuch, damit er es wohlbehalten mitnehmen konnte. »Das Leben ist ungerecht, aber es hat mich alle Tricks gelehrt. Sie haben mich das letzte Mal betrogen, diese kaltherzigen Leute mit dem blauen Blut. Die Rachegöttin hat mir brillante Gedanken eingegeben.« Als sich die Tür hinter der Gestalt im dunklen Umhang schloß, rief Lorenzos Frau zu Tisch. Vorsichtig zog er seine Handschuhe aus und stellte den Kasten wieder in das Regal hinter dem Vorhang.

»Ach, Beatrice, was für ein Beruf«, sagte er und nahm vor einer Schale mit dampfender Suppe Platz. »Nun, allein heute habe ich das Schulgeld eines ganzen Jahres für unseren kleinen Fortunato verdient. Aber du – und auch du, Roger –, ich muß euch noch einmal warnen: Macht keine Pakete auf, die hier abgeliefert werden. Wenn die Tat vollbracht ist, wird ein Mann seines Schlages zweifellos in seinem elenden Spatzenhirn auf den Gedanken kommen, daß er alle Zeugen loswerden muß. Dank Asmodeus bin ich schlauer als er.«

»Es gibt Menschen, die sind schlicht undankbar«, sagte seine Frau, während sie ringsum erneut Suppe austeilte.

18. Kapitel

Es ist bewiesen, daß es weniger effektiv ist, das Schwert zu schwingen, als mit ihm zu stoßen. Denn ein Kreis hat einen längeren Weg als eine gerade Linie. Das Schwert schwingen lediglich Menschen, die an Waffen der alten Schule gewöhnt sind, wie etwa französische und englische Edelleute, die nicht leicht für das neue italienische Rapier zu gewinnen sind und deren eitle Worte und Stellungen dem Wehen des Windes gleichen. Derart unbelehrbaren Menschen sollte man begegnen, indem man ihren Angriff abwartet, denn sie verraten sich und überlassen dem Verteidiger die bessere Position. Sollte einer derselben mit einem Schwingen angreifen, so kann man unter seiner Klinge zustoßen. Sollte er mit einem Stoß angreifen, was ihm von Natur aus fremd ist, pariert man mit der Klinge oder mit der linken Hand, über die man einen dicken Leder- oder Kettenhandschuh ziehen sollte.

Will man eine *imbroccata* in niedriger Deckung abwehren, fängt man den Stoß am besten mit der linken Hand in Klingenmitte ab, pariert die Klinge des Gegners mit der eigenen, ergreift seine Rapierglocke mit der linken Hand und entwaffnet ihn auf diese Weise. Diese *botte secrète* hat Maestro Francesco Altoni nur einigen wenigen weitergegeben, denn wird sie nicht richtig ausgeführt, kann sie den Tod zur Folge haben.

Aus *Geheimnisse der italienischen Fechtkunst*
Montvert N., Sieur de Beauvoir et
Chasteauneuf-sur-Charetonne, Lyon, 1571

In der Rue de Bailleul stieg der Lärm dröhnender Trommeln und das Knirschen von Stiefeln bis zu den oberen Fenstern hoch. Eine Kompanie städtischer Pikeniere marschierte mit fliegenden Fahnen, begleitet von Offizieren hoch zu Roß, zur Stadt hinaus, um zu den Truppen an der Nordfront zu stoßen. Frauen jubelten ihnen zu und warfen Blumen aus den oberen Stockwerken der Häuser, die die Straße säumten, und Straßenjungen liefen neben und hinter den kunterbunt gekleideten Soldaten her und jauchzten und winkten. Nur ein Fenster, ein Fenster im Geviert eines Turms mit spitzem Dach blieb geschlossen. Hinter den blasigen, grünlichen kleinen Scheiben betrachtete ein untersetzter Mann mit gerade geschnittenem Bart, seidenem Gewand und schwerer Goldkette sinnend den blinkenden Stahl, der sich wie ein Fluß durch die schmale Straße ergoß. Meine Stiefel, meine Piken, meine Pferde und mein Vorschuß auf den Sold, dachte Bankier Montvert. Ob der König wohl Zinsen zahlt? Falls wir verlieren, ist das Geld natürlich auch weg. Da ist es praktischer, beide Seiten zu finanzieren, dann kann man wenigstens bei einem König abkassieren. Er seufzte. Könige waren in solchen Angelegenheiten immer so heikel, dachten, jeder könne nur eine Seite wählen. Aber schließlich mußte man sich auch für einen Wohnort entscheiden. Er seufzte erneut. Könige nehmen dein Geld, dachte er, und ihre Diener suchen Streit mit deinem törichten Sohn, der sich von Pomp und lügenhafter Ritterlichkeit blenden läßt. Wer, wer ist auf meiner Seite?

Doch jetzt kam seine bleiche Tochter Clarette mit dem Antlitz einer Heiligen wie ein zartes Herbstblatt an seine Seite geschwebt, fuhr mit ihrer kühlen Hand über seine Stirn und sagte: »Padre mio, Ihr habt so drückende Sorgen, vertraut sie mir an, dann will ich für Euch beten.«

»Hämmert dein Bruder noch immer auf die Tür oben ein?«

»So laut wie eh und je, seit dem Tag, an dem Ihr ihn eingeschlossen habt. Er sagt, Ihr habt seinen guten Namen ruiniert, weil Ihr ihn davon abhalten wollt, sich mit d'Estouville auf dem Feld der Ehre zu treffen.«

»Was sonst noch?«

»Tausend andere Dinge, Vater, viele von ihnen unschicklich für weibliche Ohren.«

»Dann hast du also wieder einmal gelauscht«, murrte der alte Mann.

»O nein, Vater, aber ich kann nicht anders als mithören, weil ich vor seiner Tür auf Knien für die Errettung seiner Seele bete.«

»Ach so. Nun denn, meine Lilie, mein Kleinod, bete auch für die Errettung seines Leibes und dafür, daß er ein anständiges Gewerbe erlernt und sich vermählt. Andernfalls wirst du für Enkelkinder sorgen müssen.«

Die bleiche Jungfrau erschauerte und griff nach dem Kruzifix – eines aus ihrer großen Sammlung –, das auf ihrer Brust hing. »Vater, die Karmeliterinnen ...«

»Ich habe dir wieder und wieder gesagt, Claretta mia, meine geliebte weiße Rose, daß ich dich nicht auf dem Altar Christi opfern kann. Sobald d'Estouville an die Front aufbricht, habe ich vor, deinen Bruder zu den Verwandten deiner Mutter in Genua zu verfrachten – notfalls in Ketten –, und dann schicke ich Botschaft nach Florenz und nehme mit der Familie Pazzi Verhandlungen wegen eines passenden Bräutigams für dich auf. Möchtest du lieber Giacomo haben, der zwei Jahre älter ist als du, oder Giuseppe, der sechs Monate jünger ist? Letzterer, so wird gesagt, soll der hübschere von beiden sein.« Mit dem Aufschrei eines verwundeten Rehkitzes entschwebte das bleiche Mädchen wie ein Geist, ohne daß man auch nur einen Schritt hörte.

»Die Närrin«, sagte ihr Vater, als er ihr nachblickte. »Je eher sie verheiratet wird, desto besser – ehe sie sich gänzlich verflüchtigt.«

Im oberen Stock nahm Clarette ihren gewohnten Platz vor

der vernagelten Tür ihres vom Satan besessenen Bruders ein und betete erneut für seine Errettung. Die Dienerschaft und ihre Mutter schlichen auf Zehenspitzen umher und redeten in ehrfürchtigem Flüsterton, als sie merkten, daß sie sich wieder ihrer heiligen Mission widmete.

»Eine Heilige – eine Heilige ...«, flüsterten sie.

»Oh, Madame, Eure Tochter ist eine gebenedeite Jungfrau«, flüsterte die alte Kinderfrau, die auch schon die ihrer Mutter gewesen war.

»Gott hat mir viel Leid geschickt«, hörte sie ihre Mutter sagen. »Er hat mir meine kleinen Zwillinge genommen, meinen Vater und meinen Bruder. Aber das hat er mir tausendfach vergolten, indem er mir zum Trost dieses gebenedeite Kind geschenkt hat.« Die Stimmen verklangen auf der Diele, und Clarette wurde warm ums Herz. Komisch, dachte sie, in Nicolas' Kammer ist es so ruhig geworden. Sie würde ihm ein Gebet durch die Klappe schicken, durch die man ihm auch sein Essen reichte. Schon rechnete sie mit den schlimmsten Beschimpfungen seitens ihres Bruders. Doch kein Knurren und Murren drang an ihr Ohr. Und als sie ins Zimmer spähte, erblickte sie keinen eingesperrten Tiger, sondern ein ungemachtes Bett, ein zerbrochenes Fenster und das Ende eines Lakens, das an den Bettpfosten gebunden war.

Ihr Geschrei rief die Familie zusammen, und in dem allgemeinen Wirrwarr und Händeringen hörte sie wie im Traum die Stimme ihres Vaters, der den Befehl erteilte, das Zimmer aufzusperren, und den Krach, mit dem die Verriegelung aufgestemmt wurde. Alle miteinander, Vater, Dienerschaft, Mutter, Kinderfrau und Schwester stürzten ins Zimmer.

»Mein Junge ist fort. In seinen Untergang!« rief die Mutter, einer Ohnmacht nahe.

»Durchs Fenster hinaus«, ergänzte Bernardo und musterte das Seil aus Laken und alten Kleidern, »und Schwert und Dolch sind auch nicht da.«

»Verflucht!« schrie Nicolas' Vater, »ich habe nicht gewußt, daß ich die mit ihm eingeschlossen hatte ... Warum habe ich nicht zuerst nachgeschaut, ehe ich die Tür vernageln ließ?«

»Meine Schuld«, rief Clarette, verdrehte die Augen und wurde noch bleicher als sonst, aber in dem allgemeinen Tumult fiel das niemandem auf. Wie ärgerlich. Und wie üblich drehte sich wieder einmal alles um Nicolas. Es war ein Fluch, die Jüngere und noch dazu ein Mädchen zu sein. »Ich will zur Heiligen Jungfrau beten«, sagte sie ein wenig lauter, doch niemand hörte es.

Ihre Mutter weinte vor sich hin: »Mein Junge, mein Junge, tot!«

Ihr Vater fluchte schrecklich, und selbst die Diener waren so besorgt um die beiden, daß sie der blassen jungen Frau in der Ecke keine Aufmerksamkeit schenkten. Während alle das Laken ansahen, das um den Bettpfosten geschlungen war, setzte sie sich gekränkt und verbittert auf das Kopfende.

Und da fiel ihr etwas Ungewöhnliches ins Auge, ein Gegenstand, auf dem ein verirrter Sonnenstrahl funkelte und blinkte. Ein Fläschchen, ein grünes Glasfläschchen stand wie eine Trophäe auf dem Nachttisch. Ihre Neugier war geweckt. Ein Parfüm? Eine Arznei? Sie nahm es an sich und sah, daß es rings um den Korken fest mit Wachs versiegelt war. Sie drehte es um und las die Aufschrift »Liebestrank«. Erstaunlich, dachte sie. Schaffte Nicolas es damit, stets der Beliebteste zu sein? Trank er jeden Tag davon? Oder goß er es in das Glas Wein, das er mit dieser bösen Kurtisane teilte, die zu ehelichen man ihm verboten hatte? Und zog diese ihn deshalb allen anderen Liebhabern vor? Brachte es andere Menschen dazu, einen zu lieben, oder liebte man selbst? Bedurfte es dazu nur eines Tropfens oder der ganzen Flasche? Die Fragen nagten an ihr, und sie bemühte sich, an heilige Dinge zu denken, doch diese teuflische kleine Flasche störte sie in der frommen Andacht. Woher hatte er sie? Gab es noch mehr davon? Verstohlen ließ sie das Fläschchen in ihr Mieder gleiten, und als sie das kalte Glas fühlte, kribbelte ihre Haut, und ihr Herz erbebte. Falls sie jemand bemerkt hätte, als sie geräuschlos entschwebte, hätte er sehen können, daß sich rosige Flecken auf ihren schneeweißen Wangen abzeichneten.

»Laß Arnaud nachsehen, wer da auf die Haustür einhämmert, Sibille, ich bin viel zu elend zum Aufstehen. Falls es Doktor Lenoir ist, so bestelle ihm, daß sein neues Brechmittel nur grüne Galle zutage gefördert hat und daß meine Gicht schlimmer ist denn je.« Tante Pauline lag stöhnend und kugelrund unter der Bettdecke, hatte allerdings die Laken von ihrem schlimmen Fuß entfernt, denn den durfte nichts berühren, wenn sie einer dieser Anfälle plagte. Bei diesen Gelegenheiten wurde ihr geschnitztes Himmelbett zum Tempel des Leidens, wie sie es nannte, und sie pflegte nach dem Doktor und der Letzten Ölung zu rufen und zu verkünden, daß bald alles vorüber sei. »Und vergiß nicht, der kleine Elfenbeinkasten auf dem Kaminsims ist eigens für dich bestimmt.« Doch Gesellschaft, Getue und Arzneien ließen sie natürlich immer wieder genesen, und sie erhob sich in alter Pracht, befahl ihrer leidgeprüften Zofe, sie in ihren schönsten Staat zu kleiden, und sagte: »Auf meinem Schmerzenslager habe ich ständig an dieses wunderbare italienische Stückchen Samt denken müssen, das ich in dem kleinen Laden im Palais gesehen habe. Meinst du nicht, daß sich daraus eine hübsche Kapuze machen ließe? Laß uns hinfahren und nachsehen, ob es noch da ist. Meine Genesung ist ein Wunder, ein Wunder, sage ich … Ich muß aus dem Haus und Gott danken … Eine neue Kapuze wäre dafür genau das richtige – aus Ehrerbietung nämlich. Vielleicht ein Seidenfutter in Himmelblau …« Und die Krise war fürs erste beigelegt.

Doch dieses Mal war es nicht der Doktor. Auf der Schwelle stand ein unerwarteter Besucher, ein Mann mit harter, gequälter Miene und einem sorgenvollen faltigen Gesicht. Bart und Haar waren zerzaust, das Gewand am Saum mit übelriechendem Pariser Schlamm bespritzt, sein ganzer Aufzug sprach von einer raschen Durchquerung der Stadt.

»Sag Doktor Lenoir, daß ich eine neue ewige Pille brauche; meine Zofe hat es verabsäumt, die letzte aus dem Nachttopf zu fischen, und ich bin am Boden zerstört. Die hatte mir meine Mutter nämlich hinterlassen.« Tantchens Stimme drang aus dem Schlafzimmer bis zu mir.

»Es ist nicht der Arzt, *ma tante*«, rief ich zu ihr hinaus, »es ist Nicolas' Vater.«

»Sag ihm, daß er in meinem Haus nicht willkommen ist«, kam die Antwort.

»Demoiselle, ich flehe Euch an, ist mein Sohn hiergewesen?«

»Nicht seit Ihr ihn eingesperrt habt. Ich weiß alles. Ihr habt mich zum Gespött gemacht, mich als Raubtierweibchen hingestellt, das ein jungfräuliches Lamm reißen will, welches man deswegen einsperren muß. Ich habe ihn das letzte Mal gesehen, als er um Eure Erlaubnis für unsere Heirat bitten wollte. Und er ist nie zurückgekommen. Als er mich dann im Bad aufsuchte, um mir Lebewohl zu sagen, ehe er in die Verbannung gehen sollte, da habt Ihr ihn wieder eingeschlossen und aller Welt erzählt, daß Ihr ihn fortschickt, um ihn meinen Klauen zu entreißen. Monsieur Montvert, Ihr seid ein böser Mann und habt meinen Ruf ruiniert, und ich muß Euch fortschicken, wie es meine Tante wünscht.«

»Euren Ruf«, sein Gesicht wurde puterrot, er zügelte jedoch seine Zunge. »Demoiselle, Ihr seid die einzige, an die ich mich wenden kann. Nicolas ist entkommen, und für heute ist das Duell anberaumt, für das Ihr im Bad den Grund geliefert habt. Ich bin überzeugt, er will d'Estouville an diesem Vormittag vor der Stadtmauer treffen, wo man ihn dann wie ein Kalb abschlachten wird. Und da alles Eure Schuld ist, könntet Ihr ihn zumindest dazu bewegen, von diesem tödlichen sogenannten Ehrenhandel abzulassen.«

Er ist frei und hat mir nicht einmal Nachricht zukommen lassen, dachte ich. Es ist sonnenklar, seine Liebe hat sich abgekühlt. Ja, alle Männer sind Verräter, wie es im Lied so schön heißt. Das Lied hat recht gehabt, nicht mein Herz. Ich war jedoch fest entschlossen, mir vor diesem gräßlichen alten Mann nichts anmerken zu lassen. »Wenn er fort ist, woher wißt Ihr dann davon?«

»Weil er nichts als Schwert, Umhang und Dolch mitgenommen hat. Sein Geld, alles andere ... ist noch in seinem Zimmer. Demoiselle, auf mich hört er nicht, aber wenn Ihr ihn anfleht, Ihr könntet Einfluß auf ihn ...«

»Warum sollte ich, eine Artaud de la Roque, einen Mann anflehen, den Feigling zu spielen? Ist die Ehre nicht alles im Leben? Monsieur, Ihr bringt Schande über Euch, wenn Ihr um dergleichen bittet.«

»Deswegen müßt Ihr nicht so hochfahrend sein. Ausgerechnet Ihr solltet wissen, daß es sich lohnen kann, wenn man sich diesen sogenannten Ehrenkodex ein wenig zurechtbiegt. Mein Junge ist Student, und d'Estouville ist dafür berüchtigt, daß er bereits ein Dutzend Männer im Duell getötet hat. Was gilt ihm das Leben meines Sohnes, außer daß er sich damit brüsten kann, Nummer dreizehn umgebracht zu haben? Er spießt ihn doch auf wie einen Braten, und ich habe nur diesen einen Sohn. Einen, begreift Ihr? Und er ist mein kostbarster Schatz. Falls er jemals etwas Nützliches lernt, könnte er es wirklich zu etwas bringen – zu etwas Besserem als Würmerfraß.«

»... den Ehrenkodex ...? Und ich soll das wissen? Wofür haltet Ihr mich? Mein Ruf war lilienweiß, bis Ihr ihn durch Euer häßliches Benehmen befleckt habt.«

»Befleckt? Ihr lockt meinen Jungen in ein öffentliches Hurenhaus, wo Euer Liebhaber über ihn herfällt und ihn dann zum Duell fordert, in dem er umkommen wird. Und wofür? Nur damit Ihr als eine Frau bekannt werdet, für die Männer gestorben sind? Wollt Ihr ein Gedicht darüber schreiben, das Eure Liebhaber dann bei Hofe singen können?«

»Meine Liebhaber? Abscheulicher Mann, geht, geht sofort! Nicolas hatte recht ... Ihr hegt schmutzige Gedanken und würdet ein reines Herz und ehrenhafte Absichten nicht erkennen, selbst wenn Ihr im Dunkeln darüber stolpern würdet. Ihr verdient keinen Sohn wie ihn!«

»Sibille, was höre ich da unten, Stimmen? Hast du dem Mann nicht gesagt, daß er in unserem Haus nicht willkommen ist. Er hat dir bereits genug geschadet«, wehte Tantchens Stimme aus dem Schlafzimmer.

»Ich habe ihn keineswegs angelockt. Er haßt d'Estouville, weil er ist, wie er ist: ein Parasit mit Titel und ein Mitgiftjäger, der hinter meinem Erbe her ist, und ich habe ihn nicht einmal ins Haus gelassen ...«

»Erbe?« fragte Nicolas' Vater und ließ seinen Blick über Möbel und Gobelins in der Eingangshalle schweifen.

»Und obendrein ist das Bad sehr ehrbar, Damen aus den höchsten Kreisen suchen es regelmäßig auf.«

»Aber man sieht Euch bei Hofe, unverheiratet ...«

»Die Königin höchstpersönlich hat mich eingeladen.«

»Aber Eure Base hat gesagt ...«

»Matheline? Was hat die denn damit zu tun?«

»Sie hat gesagt ... Eure Gedichte hätten Euch Liebhaber von höchstem Rang eingebracht, und sie wolle selbst zur Feder greifen, es sei dieser Tage die große Mode unter den Hofdamen ...«

»Liebhaber? Liebhaber? Ich wage gar nicht, mir Liebhaber zu nehmen! Die wären doch nur hinter dem Kasten der Königin her, den ich nicht loswerden kann. Menander der Unvergängliche hat mein Leben ruiniert, und der einzige Mensch, der das versteht und sich um mich sorgt, ist Nicolas, und den habt Ihr mir genommen. Hoffentlich werdet Ihr glücklich mit dem, was Ihr angerichtet habt. Alles ist Eure Schuld, Ihr habt Euch alles selbst zuzuschreiben, und er ist nur ins Bad gekommen, um Lebewohl zu sagen, und wenn Ihr uns hättet heiraten lassen, wäre das alles niemals geschehen.«

»Menander der Unvergängliche? Wer ist das?«

»Sibille, ich habe alles gehört. Ich habe dir doch gesagt: Schick ihn fort. Aber nun ist dein Mundwerk mit dir durchgegangen, also laß ihn ein. Ich möchte ihm in die Augen sehen.« Tantchens Stimme klang für jemanden, der eben noch auf dem Sterbebett lag, recht kräftig.

»Wer ist das? Tut mir leid, aber ich muß fort. Nicolas ...«

»Sag ihm, er soll hereinkommen, sonst verhexe ich ihn, daß ihm die Haare zu Berge stehen. Familie, Vermögen, alles verloren, wenn er mir jetzt in die Quere kommt. Sag ihm, daß Menander der Unvergängliche ihn hierhaben will.« Ich merkte, daß Monsieur Montvert ziemlich blaß wurde. Zwar stand er fluchtbereit auf der Schwelle, doch auf einmal blickte er sich erneut in der Halle um, atmete tief durch und machte einen Schritt zurück.

»Zauberei«, flüsterte er. »Nicht Sünde, sondern Zauberei. Wo seid Ihr nur hineingeraten?«

»Kommt mit und seht es Euch an«, sagte ich.

»Rettet das meinen Jungen?« fragte er.

»Nur um einen Preis, den Ihr ungern zahlen würdet«, gab ich zurück.

»Ich würde meine Seele dafür geben.« In dem Augenblick, als er diese Worte sprach, verließ mich aller Haß, und er tat mir nur noch leid, er tat mir so leid, daß es kaum auszuhalten war. Ich wußte, glaube ich, noch besser als er, was er meinte.

»Bittet Menander um nichts«, beschwor ich ihn. »Er ist der Bösesten einer. Wünscht Ihr Euch etwas, so verbiegt er Euren Wunsch und stürzt Euch ins Verderben. Der große Nostradamus hat mir einmal gesagt, er führt auf geradem Weg in die Hölle. Ich ... ich begleite Euch, wo auch immer sie sich zum Duell treffen wollen, auch wenn mein Ruf dabei in Scherben geht. Ich flehe Nicolas an, Euch zuliebe seine Ehre zu verraten. Aber gebt mir nicht die Schuld, einen anderen Menschen in den Abgrund gelockt zu haben.«

Der alte Mann drehte sich um und blickte mir fest in die Augen, starrte mich stumm mit hagerem Gesicht an. In seinen Augen standen Furcht und Sorge. Dann betrat er entschlossenen Schrittes, wie ein Mann, der zum Galgen geht, Tantchens Schlafzimmer, wo der geöffnete Kasten mit Menander dem Unvergänglichen auf dem dunklen Tisch am Fenster stand.

»Schön, schön«, sagte Menander, und seine Stimme war wie das Flüstern trockener Blätter, »noch ein Mann, den es danach verlangt, seine Seele loszuwerden. Sie ist ein totes Gewicht, Monsieur Bankier, und Eure ist ohnedies verloren. Warum nicht für eine gute Sache?«

Monsieur Montvert trat zurück und wieder vor, so als mustere er Menander in dem geöffneten Kasten auf dem Tisch aus allen Blickwinkeln, dächte nach und rechnete. »Jetzt, da ich Euer niederträchtiges kleines Auge sehe, habe ich keinerlei Zweifel, daß Ihr ein noch größerer Betrüger seid als die Monarchen, denen ich Geld leihe. Die zahlen niemals Zinsen und selten das Kapital zurück. Habt Ihr Eure Versprechen jemals erfüllt, Monsieur Kopf des Bösen?«

»Ich zahle immer – genau wie es sich meine Anbeter wünschen, nicht mehr und auch nicht weniger. Ich nehme es sehr genau. Vertraut mir Euren Wunsch an, und ich erfülle ihn – na, macht schon, es ist so einfach, und eine Seele kann man ohnedies nicht sehen. Die bildet man sich zweifellos nur ein, also wird sie Euch auch nicht fehlen.«

Doch statt Versuchung und Verlangen zeigte das Gesicht des alten Bankiers nichts als eherne Entschlossenheit, und sein Mund verzog sich angewidert. »Leute wie Euch kenne ich. Erbitterte Schacherer, verscherbeln Hehlerware und die Haare toter Frauen. Alles schön und recht, nicht wahr?« Der alte Mann wandte sich zu mir, und seine Augen musterten mich eingehend. »Sagt, Demoiselle, seit wann betreibt Ihr Zauberei als Liebhaberei? Habt Ihr das Ding da durch Schwarze Magie an Euch gebracht? Oder habt Ihr ihm selbst das Leben eingehaucht?«

»O nein. Das Ding da gehörte einem Fremden und ist durch Zufall an mich geraten, und jetzt werde ich es nicht mehr los, obwohl ich es ein Dutzend Male versucht habe. Aber die Königin will es für sich haben – also bewahre ich es für sie auf und bringe es ihr, wenn sie sich etwas wünschen möchte. Daher darf ich mich nicht weit von ihr entfernen, falls sich plötzlich etwas ergibt und sie sich etwas wünschen muß.«

»Das ist also das Geheimnis. Weit entfernt von dem, was ich mir vorgestellt habe. Und bei Euch, Madame Tournet, entschuldige ich mich für mein Eindringen. Ich scheine alles falsch verstanden zu haben. Ich kenne den Sieur de la Roque-aux-Bois, Euren Bruder, Madame ...«

»Und da habt Ihr gedacht, die Tochter wäre genauso schamlos wie der Vater: eine mittellose Abenteurerin, die sich bei mir eingeschmeichelt und mich benutzt hat, um bei Hofe ihr Glück zu machen, und die jetzt als Deckmäntelchen für ihre Liebschaften einen Dummkopf als Ehemann braucht.«

»Das soll schon vorgekommen sein«, entgegnete Montvert. »In diesen bösen Zeitläuften finden sich mehr ehrgeizige Frauen als ehrliche.« Er hob die Schultern, als wollte er häßliche Erinnerungen abschütteln. »Aber jetzt ist das Leben meines Sohnes in Gefahr, und ich muß Euch ein paar Fragen stellen. Ist es richtig, daß dieser mumifizierte Kopf Wünsche zu erfüllen vermag?«

»Wenn Ihr die Worte auf dem Kasten da nachsprecht.«

»Und auf hinterhältige Art? Das heißt, er faßt den Wunsch buchstäblich auf und gibt einem genau das Gewünschte?«

»Ja, so ist es. Ich kann Euch nur raten, sehr sorgfältig zu formulieren. Falls Ihr Euch das Leben Eures Sohnes wünscht, wird er möglicherweise blind. Falls Ihr wünscht, daß er gesund bleibt, verliert er möglicherweise den Verstand. Menanders Spiel besteht darin, daß er Euch dazu bringt, noch einen Wunsch zu äußern, um den ersten nachzubessern, und so weiter und so fort, bis Ihr vor Entsetzen und Bedauern in die Grube fahrt.«

»Dann nimmt er im Austausch nicht nur die Seele, sondern ist so gierig beim Eintreiben, daß man sie vor der Zeit aushaucht?«

»Darum geht es mehr oder weniger. Seit er bei uns ist, haben wir mit angesehen, wie mehreren törichten Leuten genau das widerfahren ist.«

»Und die Königin?«

»Sie hat einen ehernen Willen und teilt sich ihre Wünsche sehr sorgfältig ein.«

»Und Ihr?«

»Wir wünschen uns nichts. Er hat keinen Leib, mit dessen Kraft er uns zwingen könnte, und vermag nur tätig zu werden, wenn sich jemand etwas wünscht, also kann er uns nichts anhaben.«

»Allerdings flüstert er des Nachts. Er sagt fürchterliche Sachen«, setzte ich hinzu.

»Flüstert die ganze Nacht über, verlockt Menschen, ihre Seele zu verkaufen, bewirkt, daß Fremde im Haus herumgeistern. Demoiselle Sibille, mittlerweile habe ich zwar die höchste Meinung von Eurem Charakter, aber – es tut mir leid – mit diesem Klotz am Bein möchte ich meinen Sohn nicht sein Leben lang belastet sehen. Bei all den nächtlichen Störungen könnte er in seiner Laufbahn kaum vorankommen, und leider hat er einen sehr schwachen Willen.«

»Durchaus verständlich«, erwiderte Tantchen. »Das ist etwas, was nicht einmal das riesige Vermögen aufwiegt, das sie einmal von mir erbt.« Als sie merkte, daß ihr Pfeil ins Schwarze getroffen hatte, sah ich den Anflug eines Lächelns unter ihrem schwarzen Schnurrbart, einen Anflug jedoch, der die Puderschicht um ihre Augen nicht kräuselte.

»Na schön, ich bin zu einem Entschluß gekommen«, sagte Monsieur Montvert.

»Und Euer Wunsch?« fragte Menander, und sein Auge unter dem schuppigen, schilfernden Lid glitzerte böse.

»Ich wünsche mir, daß Sibille bei ihrem Angebot bleibt, mitzukommen und meinen Jungen zu überzeugen, daß er nicht kämpft. Ihr feilscht schlimmer als der König von Portugal.«

»Was?« kreischte Menander. »Von mir wünscht Ihr Euch nichts?«

»Natürlich nicht«, sagte Scipion Montvert barsch. »Ich bin Bankier und treffe meine Entscheidungen auf der Basis von Kosten-Nutzenrechnungen. Eure Kosten sind hoch, der Nutzen fragwürdig, und Ihr könnt mich zu nichts zwingen. Der König von Portugal aber kann es durchaus. Soll doch ein anderer Tor durch Eure Magie zugrunde gehen.«

Tantchen lachte schallend. »Bankier, es gefällt mir, wie Ihr denkt«, sagte sie.

»Und ich, Madame, respektiere Euch ebenfalls.« Er verneigte sich vor der fülligen Gestalt im Himmelbett. »Und jetzt, mit Verlaub, wartet unten ein schnelles Pferd mit gepackten Satteltaschen und einem Kreditbrief. Wenn Sibille mir sagt, wo sie sich treffen und Ihr ihr erlaubt, mich zu begleiten, ist mein Sohn auf diesem Pferd und außer Landes, ehe d'Estouville und seine Sekundanten eintreffen.«

Tantchen nickte zustimmend. »Bringt sie mir wohlbehalten zurück. Sie ist der größte Schatz, den ich besitze.«

»Madame, ich verspreche es«, sagte er.

»Aber ... ein zusätzliches Pferd? Habt Ihr denn im voraus gewußt, daß ich mitkommen würde?«

»Demoiselle. Ich bin zwar zuweilen töricht, aber nicht dumm. Und wahre Liebe erkenne ich auch. Ich habe nie daran gezweifelt, daß Ihr mir helfen würdet, wenn Ihr die Sache erst richtig seht.« Doch ich wußte, daß er im Geist hinzufügte: Auch wenn es dich deinen Sohn für alle Zeiten kostet.

»Also, meine Freunde, es sieht mir danach aus, als ob der Feigling geflohen ist«, sagte Philippe d'Estouville und musterte den Duellplatz. Das niedergetrampelte, halb vertrocknete sommerliche Unkraut sprach davon, wie beliebt der Platz für ungesetzliche Begegnungen war. Eine schmale Fahrspur, die man kaum als Straße bezeichnen konnte, führte am Platz vorbei, und nur ein paar vereinzelt stehende Windmühlen überragten dieses verlassene Fleckchen Erde. In der Ferne konnte man auf der Hauptstraße in Richtung Porte St. Antoine ein frühes Grüppchen Reisender erblicken – es war die Straße, auf der die Duellanten die Stadt verlassen hatten. Innerhalb der Mauern flatterten auf den dunklen Türmen der Bastille bunte Fähnchen in der Morgenbrise. Alles sprach dafür, daß es ein Hundstag werden würde. D'Estouville war abgestiegen, schritt mit seinen Sekundanten auf und ab. Immer wieder blickte er in die Ferne nach Anzeichen für die gegnerische Partei, oder er untersuchte den Boden auf vorteilhafte Stellen hin.

»Wartet ein wenig ... Da kommt jemand durchs Stadttor, nein, zwei – drei.«

»Zu Fuß. Das sind sie gewißlich nicht. Selbst Bankierssöhne besitzen Maultiere.« Die Offiziersgruppe lachte.

»Je eher du ihn tötest, desto besser«, sagte einer von d'Estouvilles Sekundanten. »Meine Schwester hat Schimpf und Schande über die gesamte Familie gebracht, weil sie mit diesem Kerl Umgang pflegt.« Annibal de la Roque schnipste sich eine Pferdebremse vom Ärmel.

»Sie kommen näher. Schön, schön, es sieht so aus, als ob ich schließlich doch noch meinen dreizehnten Mann bekomme.«

»Wer sind die Sekundanten? Edelleute? Einer sieht wie ein Student aus.«

»Den anderen kenne ich – es ist der Sohn des Schänkenbesitzers vom Weißen Roß. Sein Vater hat versucht, ihm eine Stelle in Monsieur St. Andrés Kompanie zu kaufen.«

»Und nicht einmal der korrupte Leutnant Peyrat wollte ihn haben?« Wieder lachten die Offiziere.

»Nun seht euch das an, ich glaube, er hat ein Rapier bei sich. Habe gar nicht gewußt, daß derlei Leute eins besitzen. Was für ein Jammer, daß er nicht der Herausforderer ist. Dann hätte er die Wahl der Waffen ... Tafelmesser, könnte ich mir vorstellen.«

»Man behauptet, daß die Engländer dem Herausgeforderten die Wahl der Waffe überlassen ...«

»Typisch Engländer – zäumen das Pferd immer beim Schwanz auf.« Als Nicolas und seine Sekundanten in Rufweite waren, rief d'Estouville ihnen zu: »He, Montvert, warum seid Ihr gekommen?«

»Ich bin gekommen, um meine Ehre zu verteidigen«, sagte Nicolas gemäß Duellcode und fügte noch hinzu: »Wobei Eure längst dahin ist, Ihr mit Eurem Liebestrank. Den habe ich daheim auf meinem Schreibtisch stehen als Andenken an unsere letzte Begegnung, und wenn ich Euch besiegt habe, lege ich Eure Waffen daneben.«

»Liebestrank? Du hast meiner Schwester einen Liebestrank eingeflößt?« fragte Annibal, während sein Freund vor Wut hochrot anlief.

Der andere Sekundant versuchte ihn zu beschwichtigen: »Philippe, laß dich nicht durch irres Gerede aus dem seelischen Gleichgewicht bringen. Das ist eine List.« Und während d'Estouville innerlich kochte, prüften die Sekundanten die Länge der Klingen und vergaßen darüber ihre allererste Pflicht, nämlich zwischen den Duellanten zu vermitteln und so den Streit noch gütlich beizulegen.

Die dunkel gekleideten Männer, die sich auf dem Duellplatz berieten, bemerkten nicht, daß sich ein halbes Dutzend berittene Bogenschützen aus dem Stadttor näherte und von der

Hauptstraße auf die Fahrspur abgebogen war, die an den Windmühlen vorbeiführte. Ihr Rittmeister hatte den schriftlichen Befehl, dem königlichen Erlaß gegen das Duellieren Geltung zu verschaffen. D'Estouville sollte mit Rücksichtnahme auf die Stellung seiner Familie seines Ranges enthoben und auf dem schnellsten Wege an die Nordfront geschickt werden. Der Montvert-Junge sollte hingerichtet werden, um ein Exempel zu statuieren. »Da drüben«, sagte der Rittmeister, als er die Männer erspähte und sah, wie diese plötzlich auseinanderliefen. Auf sein Zeichen hin verfielen die Reiter in Trab, daß die Harnische klirrten. Dann hob er jäh die Hand und gebot Halt. »Der Gruß – sie haben angefangen«, sagte er. »Sieht mir ganz nach einem guten Kampf aus. Wir wollen warten, bis d'Estouville seine Ehre gerettet hat.«

»Ha, Nummer dreizehn bringt Glück! Ich habe sechs Kronen auf d'Estouville gesetzt.«

»Das ist doch gar nichts. Wetten, daß der Student nicht lange durchhält?«

Die Reiter hielten in kurzer Entfernung von den Kämpfenden an. Hoch zu Roß genossen sie einen hervorragenden Blick auf ein ungesetzliches Duell. Das war besser als die Stierhetze, die schönste aller blutigen Sportarten.

Von hier aus konnten sie das Klirren und Schrammen der Stahlklingen hören. Vor ihnen schwangen die beiden Männer, die den Umhang um den linken Arm gewickelt hatten, schwere italienische Rapiere der neusten Mode.

»Ein Treffer ... Nein, d'Estouville trägt einen Harnisch unter dem Wams.«

»Ein Stoß – sauber pariert!«

Die Fechter kämpften eng und haßerfüllt, sie blickten wütend und schwitzten. Und dann trennten sie sich jäh, es gab eine rasche Balgerei, so rasch, daß das Auge kaum folgen konnte.

»Seine Füße, derlei habe ich noch nie gesehen ...«

»D'Estouville... dieser Hieb ... Nein, er hat ihn verfehlt ...«

»Bloß nicht näher heran, sonst verderben wir alles«, sagte der Rittmeister der Bogenschützen.

Gegenüber von den Soldaten hatte sich ein zweites Grüppchen gesammelt und beobachtete den Verlauf des Duells. Einige waren Schaulustige, die den Soldaten gefolgt waren und mit einem prächtigen Schauspiel belohnt wurden. Sie schrien Ermutigungen und schlossen Wetten ab. Neben ihnen hielt ein Diener zwei Pferde, eines mit vollbeladenen Satteltaschen. Ein alter Herr legte einer großen jungen Frau die Hand auf den Arm.

»Es ist zu spät. Nein, Demoiselle, werft Euch nicht zwischen die Klingen. Mein Junge ... nein, er pariert, jetzt ... ja, was ist denn das, dieser Ausfall, diese sonderbare *botte*? Vielleicht ... lieber Gott, der Mistkerl trägt unter dem Wams einen Harnisch. Nicolas ist verloren ...«

Von der Weggabelung bei den Windmühlen näherte sich der Gruppe auf dem Feld eine Maultiersänfte für Damen zwischen zwei Reitern, gefolgt von einem Mann und einem Knaben zu Pferd. Unbemerkt von den durcheinanderlaufenden Männern und Pferden erhob sich unter den Nahenden eine Mädchenstimme zum Gebet. »Erhabenste und heiligste Jungfrau Maria, verschone in deiner Gnade das Leben meines Bruders, auf daß seine Seele erlöst werde und er bereuen und in Zukunft ein Leben voll guter Werke führen kann ...«

»Beeilt Euch, oh, beeilt Euch!« rief Nicolas' Mutter dem Berittenen vor der Sänfte zu. »Weiter, Maistre, vielleicht rettet Ihr ihn noch!« Der Feldscher mit seinem Gehilfen und seinen Instrumenten hinter dem Sattel trieb seinen knochigen Braunen vor der Sänfte zum Trab an. Das Waffengeklirr klang so, als ob das Duell kurz vor der Entscheidung stünde. Möglicherweise ein Patient, vielleicht zwei oder noch mehr, falls sich die Sekundanten einmischten, wie es oftmals geschah.

Clarette hatte sich an diesem Morgen in fließenden weißen Musselin gekleidet, ihr dunkles Haar zu zwei Zöpfen geflochten und zu Schaukeln über ihren Ohren befestigt, jedoch so locker und flüchtig, daß sie sich im Augenblick der Anfechtung lösen und ein Bild himmlischer, flehender Weiblichkeit bieten würden, das selbst den hartherzigsten Zuschauer beeindrucken mußte. Als sich die Sänfte dem blutbefleckten Feld der Ehre näherte, stieg sie aus und postierte sich unmittelbar zwischen die berittenen Bogenschützen und die kämpfenden Duellanten, so daß sie einen unverstellten Blick hatte. Dort kniete sie nieder, betete den Rosenkranz und richtete die Augen gen Himmel.

Doch das Geknurre, der Schweißgeruch und der Klang von Stahl lenkten sie vom Beten ab und bewirkten, daß ihre Augen wieder zur Erde zurückkehrten und den schönsten Schnauzbart aller Zeiten, ein Adlerprofil, einen hinreißend blutbefleckten Ärmel und ein verschwitztes, etwas zerrissenes ärmelloses Wams bemerkten. Und nichts davon gehörte ihrem verwöhnten und verdorbenen Bruder. Es gehörte dem unschuldigen, ritterlichen Jüngling, den ihr sündenbedeckter Bruder in seiner Bosheit umbringen wollte. Plötzlich fühlte sie den fremden Gegenstand in ihrem Mieder, ein grünes Glasfläschchen, das auf sich aufmerksam machte.

D'Estouville war in Schweiß gebadet und atmete schwer. Sein Gegner schlug sich ungewöhnlich gut für einen Menschen, der nicht von blauem Blut war. Nummer dreizehn würde nicht so einfach werden, wie er es sich gedacht hatte. Das italienische Rapier war in Frankreich eine neue Waffe und eine harte Lehrmeisterin, die die Hiebe alten Stils, in dem alle guten Fechter ausgebildet worden waren, verhöhnte. Es belohnte seinen Besitzer mit blitzschnellen Stößen, listigen Paraden und für den Franzosen neuen, italienischen *bottes*, der gut gehütete Schatz hinterhältiger fremdländischer Fechtmeister. D'Estouville öffnete beim Angriff mehrfach zu weit, durch seine Hiebe war er unter dem rechten Arm, wenn auch nur für einen Augenblick, ohne Deckung. Doch der Harnisch glich die Schwächen seiner Abwehr aus, er hatte bereits zwei guten Stößen und einer schlauen *riposte* standgehalten, die an ihm abgeglitten waren, sich in seinem Ärmel verfangen hatten und ihm auf dem rechten Arm eine blutende, jedoch leichte Wunde zugefügt hatten. Er hatte bereits einen niedrigen Hieb – etwas unbeholfen – pariert und eine Wunde über dem linken Knie hinnehmen müssen. Das Knie gab langsam nach, doch er merkte, daß auch Nummer dreizehn sichtlich müde wurde, schwer atmete und die Schwertspitze senkte. Offensichtlich besaß er nicht die Ausdauer eines Soldaten, der täglich übte. Bald hatte er es geschafft. Ein schneller Angriff über die Spitze, diese niederdrücken und dann das Ziel in die Brust treffen, ins Herz. Liebestrank, pah! Bald würde er seine Demütigung in Blut ertränken, und Sibille würde ihm die Füße küssen.

Doch was sollte dieser letzte, verzweifelte Angriff? Rasch, heftig und nicht gegen seinen Oberkörper gerichtet – nein, wohin? Gegen sein Schwert. Unerhört. Der Kerl war ganz nah aufgerückt, ergriff die Glocke von d'Estouvilles Rapier mit der linken Hand und stellte den rechten Fuß neben den linken des Gegners. Ihre schwitzenden Gesichter waren sich jetzt ganz nahe. D'Estouvilles Griff war fest, und er konnte sein Rapier retten, doch verlor er das Gleichgewicht, als er mit einem heftigen Ruck an der Glocke über den Fuß seines Gegners und über dessen Körper gezogen wurde, dann traf ihn ein Knie unmittelbar auf die Schamkapsel, und er ging zu Boden. Die geheime *botte* von Maestro Altoni. Nicht elegant, aber ungemein wirksam.

Als nächstes hörte er den Aufschrei einer Frau, das Gewicht eines Körpers auf seiner Brust trug noch zu seiner Not und Verwirrung bei. Ein Schwertstoß durchs Herz? Nein, es war ein bleiches Mädchen in Weiß, dessen Haar sich gelöst hatte, als sie sich zwischen ihn und die Klinge des Siegers geworfen hatte.

»Clarette, du Landplage«, hörte er seinen Gegner rufen, doch sehen konnte er ihn nicht, weil ein Schopf brauner Haare auf seinem Gesicht lag. »Herunter mit dir! Ich habe gewonnen, er hat Leben und Waffen verwirkt.«

»Nicolas, du Unseliger! Wie kannst du nur!« Die alberne Frau drückte d'Estouville zu Boden; ihr Haar kitzelte ihn in der Nase und sorgte dafür, daß er kaum etwas sehen konnte. Jemand schien Nummer dreizehn wegzuzerren, dann bellte ein Unbekannter einen Befehl, die Schwertspitze, die über seinem linken Auge geschwebt hatte, verschwand, und dann hörte er das Geklirr von Waffen und Geschrei, und das schwere Gewicht auf seiner Brust rief: »Feiglinge! Wehe, Ihr rührt ihn an! Seht Ihr denn nicht, daß er verwundet ist?«

»Rittmeister, er ist uns entwischt ...«

»Wenigstens haben wir den hier ...«

»Ich bin Feldscher ... Seine Wunden müssen versorgt werden.«

»Ich habe etwas ...«, sagte eine Frauenstimme, dann eine Bewegung, und ein breiter Musselinvolant raubte ihm vollends die Sicht. »Es ist ... ein belebendes Tonikum ...«

»Runter von mir, Weibsbild«, sagte d'Estouville.

»Erst ... wenn ... Ihr das hier getrunken habt.« Eine brennende Flüssigkeit wurde ihm eingeflößt, und noch ehe er husten konnte, wurde ihm schwarz vor Augen.

Die Wachen, die gezögert hatten, die Jungfer in Musselin vom Leib des Verlierers wegzuzerren, standen wie angewurzelt und staunten, als sie ein Fläschchen aus ihrem Mieder zog, den Korken löste, ihm ein paar Tropfen einträufelte und dann den Rest selbst austrank. Noch ehe sie alles geschluckt hatte, fiel sie schon wie tot über das blutende Opfer.

Der Feldscher zerrte sie auseinander und legte die Hände auf beider Brust. Kein Herzschlag. »Tot«, verkündete er. »Alle beide.« Sein Bedauern klang echt. Zwei gewinnbringende Aufträge dahin, und wahrscheinlich viel vergeudete Zeit für eine elende amtliche Befragung. O Fortuna, du feile Metze, dachte er.

»Mein Mädchen, mein gebenedeites Mädchen«, rief eine Dame, die aus einer Sänfte gestiegen war, völlig außer sich.

»Wer ist das?« fragte der Rittmeister.

»Meine Tochter, seine Schwester ... Wer hätte gedacht, daß sie so heftige Rachegelüste im Herzen hegt?« rief der alte Monsieur Montvert. »Sie hat den Herausforderer vergiftet und dann, um der Strafe zu entgehen, sich selbst.«

»Sie war solch ein gutes, stilles Kind. Sie hat immer nur gebetet. Ist jeden Tag zur Messe gegangen«, schluchzte Madame Montvert. Die Soldaten, die Zuschauer drängten sich mit schreckgeweiteten und entsetzten Augen um die beiden leblosen Körper.

Da lagen sie: der hübsche, blutende Offizier mit offenem

Mund wie ein Fisch auf dem Trockenen, mit nach oben gerichteten Stiefelspitzen und auf ihm die gefühlsselige Jungfrau in weißem Musselin mit gelöstem Haar, das über beider Körper floß. Einfach tot, ohne Vorwarnung, ohne Priester, ohne ein Gebet. Das war zuviel. Es übermannte so manchen, einige fingen an zu weinen.

»Hebt sie auf«, setzte der Rittmeister an.

Der Tote bewegte ein wenig die Hand.

»Seht doch, sie rührt sich – ich höre sie seufzen«, rief eine Stimme.

»Feldscher, Ihr seid ein Dummkopf … Sie leben noch …«

»Ich könnte schwören, daß ich keinen Herzschlag mehr …«

Langsam und mit einem abgrundtiefen Seufzer hob die weißgekleidete Jungfrau den Kopf und musterte das Gesicht des Verwundeten mit abgöttischer Bewunderung. Seine Lider flatterten und hoben sich, und niemand konnte den Blick verkennen, mit dem er das Mädchen ansah: Er betete sie an. Ihre Blicke hingen aneinander, ihre Wangen wurden rosig. Ihre Herzen, die sich so nahe waren, begannen im gleichen Takt zu schlagen. Liebe, die wahre Liebe, eine unendliche Liebe hatte sie ergriffen.

»Diese häßliche Schulterwunde muß verbunden werden, Monsieur«, sagte der Feldscher.

Und Sibille, deren scharfem Blick keine Einzelheit des Dramas entgangen war, dachte bei sich: Jetzt ist Nicolas schon so weit, daß sie ihn nicht mehr einholen können.

»Ich … ich verstehe gar nichts mehr«, murmelte Nicolas' Vater mit ratlosem Blick.

»Habt Ihr nicht gewußt, daß er an einem Buch über die Kunst des Fechtens mit dem italienischen Rapier schreibt?« fragte Sibille.

»Nein, ich meine das Zeug, das meine Tochter dem Kerl da eingeflößt hat: Was hat sie getan?«

»Es ist leider so, daß sie sich jetzt für alle Zeit lieben«, antwortete Sibille, hob das weggeworfene Fläschchen auf und betrachtete das im Sonnenschein funkelnde Ding mit zusammengekniffenen Augen.

»Lieben ... diesen Tunichtgut, diesen Offizier? Einen Gekken? Einen Parasiten, der sein Leben lang mit der Hand in meiner Börse leben wird?«

»Wenigstens hat er gute Beziehungen – und eines Tages auch einen Titel.«

»Das Kloster ... Warum habe ich nicht auf sie gehört, als sie mich darum gebeten hat?« stöhnte der alte Bankier.

In der billigen, nach Kohl riechenden Wohnung brüllte Lorenzo Ruggieri seine Frau an: »Beatrice, hast du wieder einmal mein weißes Arsen gegen Ratten verwendet? In der Flasche ist nur noch ganz wenig!«

»Aber, Liebster, überhaupt nicht. Siehst du den Strich, den du gemacht hast? Ich habe sie nicht angerührt.«

»Habe ich dir nicht hundertmal verboten, die Dinge meines Gewerbes anzufassen? Angenommen, jemand bietet gutes Geld für ein erstklassiges Gift, und ich habe nicht genug. Dann geht er mit seinen Geschäften zu jemand anders.«

Lorenzos Frau balancierte ihren Säugling auf der Hüfte und rührte dabei eine himmlisch duftende Suppe aus Schweinshachsen und Knoblauch um, die ihr Mann für sein Leben gern aß.

»O mein Kindelein«, sang sie mehr bei sich. »Wenn er diese Suppe kostet, ist das Unwetter vorbei. Er wird nie herausbekommen, daß ich seine Flasche mit Resten aus den anderen aufgefüllt habe. Welche Mühe das alles macht. Er verkauft all das Gift, und ich, ich sorge dafür, daß er keine Sünde begeht. Und außerdem, was soll an Liebe falsch sein? Meiner Meinung nach braucht die Welt mehr davon. Mehr Liebe, weniger Ratten, und überall würde Frieden herrschen, mein kleiner Süßer.«

Der Säugling strahlte über das ganze Gesicht, als er die Stimme seiner Mutter vernahm.

19. Kapitel

Der heiße südliche Nachmittag hatte Nostradamus an einem schattigen Fleckchen seines Gartens Zuflucht suchen lassen, auf einer Bank unter einem Baum, wo er auf seinem Lieblingskissen saß und einen Brief las. Über ihm raschelten sacht die grünen Blätter, und um ihn herum war ein Flattern und Tschilpen. Ganz in seiner Nähe schmeichelte das Plätschern eines kleinen Springbrunnens seinem Ohr, und über allem konnte man den Lärm spielender Kinder hören. Rosen in voller Blüte wölkten ihren lieblichen Duft in die warme Luft, und nur sein Pflichtgefühl hielt den alten Doktor davon ab, ein Nickerchen zu machen, zu dem der Nachmittag geradezu einlud.

Der Brief war von seinem alten Lehrer, dem brillanten uralten Gauricus, der auf seine Bitte hin die römischen Archive durchforstet und ein Buch mit längst vergessenen Geheimnissen gefunden hatte, nämlich den Originalvertrag zwischen Menander dem Unvergänglichen und seinem Meister Luzifer, dem Fürsten der Hölle.

»Hmm«, sagte Nostradamus und las den Brief zum zehnten Male, »da muß es doch etwas geben ... Laßt sehen, ewiges Leben und Macht über irdisches Glück zu den folgenden Bedingungen ...«

»Papa, was machst du mit dem Papier da? Liest du eine Geschichte?« Der kleine César, ein frühreifer Lockenkopf, mit runden Augen, blickte fragend zu ihm hoch. Er war noch ein Kleinkind im langen Röckchen und ritt auf einem Steckenpferd mit bemaltem Kopf.

»Was ich mache? Ich rette Frankreich, mein kleiner César«, sagte der alte Mann.

»Bloß mit Papier?«

»Mit Papier und Weisheit, mein Junge«, antwortete Nostradamus. »Eines Tages wirst du begreifen, wieviel Kummer man sich mit der richtigen Anwendung dieser beiden Zutaten ersparen kann.«

»Dann habe ich ein Schwert – Galopp, Galopp!« rief der kleine Junge, ritt auf seinem Holzpferdchen davon und gesellte sich zu seinen älteren Vettern.

»Und du wirst in einer besseren Welt leben, wenn Menander vernichtet ist«, sagte Nostradamus, dem kleinen Jungen nachblickend.

Als er sich wieder seiner Lektüre widmete, dachte er, kein Wunder, daß Menander so ist, wie er ist. Geht einfach hin und unterschreibt diesen zwielichtigen Vertrag, und dabei ist sein Schicksal glasklar formuliert, klarer geht es gar nicht. Man hat ihn hinters Licht geführt; sein Blick war getrübt, als er sich einbildete, er bekäme mehr als da buchstäblich geschrieben steht. Kein Wunder, daß er nun allen anderen das gleiche antun will. Laß sehen: »Mit dem Tod des Körper – des Körpers, aha – endet die Fähigkeit, eigene Wünsche zu haben.« Was für ein schmutziger Trick. Und laut Paragraph 3B muß er erfüllen, was auch immer gewünscht wird, es sei denn, es ist logischerweise unmöglich. Wie interessant, sogar die Hölle hat ihre Grenzen ... Also noch einmal das Horoskop.

Nostradamus entfaltete den Entwurf von Sibilles Horoskop, auf dem er soviel herumgekritzelt hatte, um es mit dem wahren Geburtsdatum, das Pauline Tournet ihm anvertraut hatte, in Einklang zu bringen. Und das war nun wirklich ein Geburtstag! Unter den gegebenen Umständen der glücklichste überhaupt. Und daraus ergab sich ein ganz anderer Charakter als der der zerbrechlichen, launischen Lilie des späteren Datums. Dieses Geschöpf, Steinbock im Übergang zum Schützen, war unerschrocken, einfallsreich und leidenschaftlich. Eindeutig ein besserer Charakter, dachte er. Das kommt nicht nur durch das Datum. Zählen wir die Monate – sieben, acht, neun – und jetzt nehmen wir einmal an, da sie die Älteste ist, haben sie ihren Geburtstag als neun Monate nach der Eheschließung der Eltern angegeben, und um zu diesem Datum zu kommen, rechnen wir noch einmal … Ja, das ist es. Die junge Frau wurde drei Monate früher gezeugt. Wer war der Vater? Falls es nicht der Mann ist, der sie aufgezogen hat, haben wir hier einen Ansatzpunkt zu …

An diesem Abend saß Nostradamus trotz der Hitze in seiner Zauberertracht in der kleinen Dachkammer, seinem abgeschiedenen Studierzimmer, vor der Zauberschüssel und rief Anael herbei.

»Michel, bist du nicht ganz bei Trost? Du solltest im Bett liegen. In diesem kleinen Zimmer ist es heißer als an den Pforten der Hölle.«

»Anael, bewahrst du in deinem Schrank nicht nur die Zukunft, sondern auch die Vergangenheit auf?«

»Natürlich. Die Vergangenheit ist doch nichts als übriggebliebene Zukunft. Ich habe das alles irgendwo …«

»Kannst du mir eine Szene aus der Vergangenheit zeigen?«

»Ich habe mich schon gefragt, wann du darauf kommen würdest. Zukunft, Zukunft, Zukunft, das ist es, was alle wissen wollen. Wahre Kenner ziehen die Vergangenheit vor, ihr Geschmack ist viel eleganter und kultivierter. Hättest du gern die Krönung Karls des Großen gesehen? Die habe ich gleich hier oben.«

»Ich hatte eigentlich an etwas anderes gedacht. Du weißt, was ich haben will?«

»Michel, du bist ein alter Mann und hast eine schmutzige Phantasie.«

»Bitte, es handelt sich um wissenschaftliche Forschung.«

»Alles der guten Sache zuliebe, um Menander loszuwerden, was? Michel, du erstaunst mich. Aber ich glaube, ich habe da etwas …« Ein Teil von Anaels Oberkörper verschwand, und dann waren Geklapper, Geknister und Geklirr zu hören, während alle möglichen Dinge im Schrank hin und her gerückt wurden. Wenn der Engel herumkramte, erzeugte er immer so einen eigenartigen Lärm, daß der Doktor neugierig wurde, in welcher Form vergangene und zukünftige Geschichte dort wohl gelagert war. Bücher waren es gewiß nicht.

»Rühr in deiner Schüssel, Michel. Ich kann die eigentliche Sache nicht finden, aber das hier tut es auch.«

Nostradamus rührte das Wasser mit seinem Zauberstab um, und als sich die Oberfläche wieder glättete, sah er eine seltsame Szene. Es war dunkel, und Männer mit Fackeln beugten sich über einen Toten auf der Straße. Er lag ausgestreckt am Fuße einer Leiter, und rings um ihn breiteten sich auf dem Pflaster Blutlachen aus, die im Fackelschein schwarz aussahen. Hinter den Fackeln schluchzte aufgelöst ein Junge. Nein, kein Junge ... Das lange Haar war aufgegangen und fiel unter einer tief in die Stirn gezogenen Mütze hervor. Ein als Junge verkleidetes Mädchen. Ein Fluchtversuch war schiefgegangen. Ein grauhaariger Mann, der neben der Leiche stand, steckte sein Schwert in die Scheide, trat rasch auf das Mädchen zu, packte es bei den langen Haaren und hielt ihr Gesicht über das des Toten. Das Gesicht des alten Mannes war verzerrt, sein verkniffener Mund formte unverständliche Worte. Doch lag die Szene zu weit zurück, als daß man hören konnte, was er sagte.

»Wie alt ist der Jüngling?« fragte Nostradamus.

»Gerade mal achtzehn«, antwortete Anael.

»Er kommt mir bekannt vor... Die Nase, ja – das ist es. Aber sie ist älter. Ich könnte schwören, er ist das Abbild von Sibille, der gräßlichen Dichterin.«

»Wenn du doch nur nicht so hart mit ihr ins Gericht gingest, Michel. Ich habe sie recht gern. Und wie ich dir gesagt habe, sie wird dir zum Trotz in die Geschichte eingehen. Sie ist nämlich begabt, weiß das nur nicht richtig anzuwenden. Und sie ist so mitfühlend. Du bist nichts als ein neidischer alter Mann.«

»Das ist ihr Vater, nicht wahr? Ist das Mädchen unten an der Leiter schwanger?«

»Im dritten Monat, du engstirniger alter Kerl.«

»Mit Verlaub, ich bin Arzt.«

»Und dennoch ein engstirniger alter Kerl. Was hast du jetzt vor?«

»Ich habe herausgefunden, wie man Menanders bösen Taten ein für allemal ein Ende setzen kann«, triumphierte Nostradamus.

»Und wie?« fragte der Engel der Geschichte.

»Es gibt keine Möglichkeit, ihn zu töten, aber ich werde ihn so beschäftigen, daß er nie wieder etwas anzustellen vermag. Was auch immer ihm aufgetragen wird, muß er erfüllen. Wünscht sich jemand etwas in sich Widersprüchliches, etwas Unmögliches, muß er schrecklich lange nachdenken, arbeiten und arbeiten und kommt doch nie zu einem Ende. Ich werde also an Sibilles Tante schreiben, daß Sibille Menander um einen Gefallen für ihren Vater bitten soll, den Sieur de la Roque, dann ist Menanders Hirn für alle Zeiten ein Knäuel, weil ihr Vater nicht ihr Vater ist. Und was den Verlust ihrer Seele angeht, so muß sie sich keinerlei Sorge machen, auch wenn sie sich den Mond wünschen würde. Siehst du da ihren wahren Geburtstag? Die Tante war so darauf bedacht, ihn zu verheimlichen, daß ihr die Bedeutung noch nicht klargeworden ist. Mitternacht am Heiligabend. Haargenau zwischen dem vierundzwanzigsten und fünfundzwanzigsten Dezember. Satan höchstpersönlich könnte keinen Handel mit jemandem abschließen, der zu dieser heiligen Zeit geboren wurde. Hätte Menander nur so viel Glück gehabt.«

»Endlich hast du es begriffen. Es ist zwar nicht der klügste Wunsch, aber er tut es gewiß.«

»Du hast es gewußt? Du hast es gewußt und es mir nie gesagt?«

»Ich bin lediglich verpflichtet, die Geschichte aufzubewahren, nicht sie zu verändern«, sagte Anael von oben herab.

»Es ist spät geworden. Ich schreibe noch das Horoskop ab, an die Tante wende ich mich morgen.« Der Prophet konnte sein Gähnen nur mit Mühe unterdrücken.

Als der Bolzen der Armbrust den Rand der Zielscheibe traf, klatschten die Hofdamen, die sich hinter der Schützin scharten, mit behandschuhten Händen Beifall. Dann nahm ein Lakai der Mädchenkönigin der Schotten die Armbrust aus der Hand, ein anderer zog einen zweiten Bogen auf, lud ihn und legte ihn auf den langen, schmalen Tisch vor ihr.

»Das macht die Entfernung«, sagte Königin Katharina, »außerdem weht eine Brise. Hineinzielen, meine Liebe.« Die dahinziehenden weißen Wolken verdeckten die Sonne und der Schießstand draußen vor dem Louvre lag einen Augenblick im Schatten. Man hatte den Stand in den Schranken des Turnierplatzes aufgebaut, der für den alten König Karl einst als Garten am Ufer der Seine angelegt worden war. Einige Frauen und Diener sahen von Balkonen und Fenstern aus zu, nur wenige Edelmänner von Rang – zu alt oder zu krank für den Krieg – warteten den Königinnen auf. Die Herzogin von Valentinois, die etwas entfernt unter einem Sonnensegel saß, fröstelte und zog sich ein leichtes Tuch über das weiße Dekolleté. Sie beteiligte sich nie am Sport im Freien, aber es durfte nicht sein, daß sie bei einem gesellschaftlichen Ereignis nicht anwesend war. Sie mußte ihre Geschöpfe, zu denen sie auch die beiden Königinnen vor sich zählte, auf ihren Platz verweisen.

Als die Sonne wieder hervorkam, griff das ranke rothaarige Mädchen zur Armbrust und sagte mit einem hochmütigen Blick auf die plumpe kleine Königin von Frankreich: »Dieses Mal mache ich es besser.« Sie hatte sich die Mütze mit der Feder keck in die Stirn gezogen, ihre gesteppten, gestickten Satinärmel schimmerten im Sonnenschein, ihr hübsches Gesicht war angespannt, so sehr sammelte sie sich, doch als sie das weit entfernte Ziel anvisierte, glich sie ganz und gar einem Märchenwesen. Hinter den hohen Mauern rauschte der grüne Fluß; ein klammer Geruch wehte von ihm herüber. Die Herzogin von Valentinois nickte im Gespräch mit der Gouvernante der Königin von Schottland, einer der Damen, die sich unter dem Sonnensegel um sie geschart hatten. Sie hatte die Gouvernante selbst ausgesucht, ebenso wie die gesamte Dienerschaft der Kinder. Sie sorgte in der Öffentlichkeit so gut für die königlichen Kinder, daß sogar der König die Herzogin allmählich für eine Art offizielle Mutter für sie hielt. »Unsere kleine Königin schlägt sich gut für ihr zartes Alter«, sagte die Herzogin in vertraulichem Ton, so als wäre sie und nicht die Florentinerin die Mutter und die Königin.

»O ja, wirklich«, bestätigte König Heinrichs Gemahlin, die die spitze Bemerkung durchaus mitbekommen hatte. Katharina von Medicis Ton war berechnend honigsüß, und der darin enthaltene Stachel war kaum zu überhören, so daß einigen der älteren Zuschauer jäh einfiel, wie sie als vierzehnjährige Braut, die soeben auf der Galeere des Papstes eingetroffen war, den großen König Franz I. in einem ähnlichen Wettstreit geschlagen hatte. König Franz hatte schallend gelacht und gefragt, welche anderen Tricks sie noch beherrsche. Doch das war in der guten alten Zeit, am alten Hof; damals, als das Lachen irgendwie gelöster und weniger boshaft geklungen hatte.

Der Mechanismus knackte, und es zischte, als der Bolzen von der Armbrust der Fünfzehnjährigen davonschoß und sich in den mittleren Ring der Zielscheibe bohrte.

»Viel, viel besser«, lobte Katharina die Schützin. »Laßt mich auch einmal versuchen.« Sie stellte sich zu dem Mädchen hinter dem Tisch, während Lakaien herbeieilten und einen neuen Satz Armbrüste luden. Ein kunstvoll geschlitztes, besticktes Kleid mit zahlreichen Unterröcken, eine schmal gefältelte Halskrause und Reihen von künstlichen Locken, auf denen ein kleiner, überladener Seidenhut mit Schmuck und Federn saß, vermochten die pummelige Figur der Königin nicht zu verbergen. Als die gedrungene, kleine Frau mit geübter Hand die Armbrust ergriff, unterdrückte einer der jüngsten Diener der Herzogin ein Lächeln. Wie konnte die Italienerin nur den stummen Anflug eines spöttischen Lächelns in ihrem Rücken ahnen? Doch so war es, es war für sie genauso spürbar wie die Windrichtung auf ihren Wangen und die Stärke und Spannung der Armbrust, die sie begutachtete, während sie einen Augenblick innehielt. Sie kniff ein schlaues, dunkles Auge zusammen, dann hörte man ein Klicken, und der Bolzen landete genau in der Mitte der Zielscheibe. Ringsum bewunderndes Lachen und

Beifall von den wenigen loyalen Damen ihrer »fliegenden Schwadron«, während unter dem Sonnensegel Schweigen herrschte.

Als die Lakaien Tische für eine Stärkung aufstellten, bemerkte die Herzogin zu einer ihrer Damen: »Aber natürlich hat mich der König als erste zu Rate gezogen ... In Kriegszeiten kann man bei Anstellungen gar nicht vorsichtig genug sein. Und natürlich hat er gebeten, daß ich zu ihm in sein Hauptquartier nach Compiègne komme.«

Die Königin kniff den Mund fest zusammen. War das ein Spiel der Sonne auf ihrem Gesicht, oder funkelten ihre Augen vor heimlichem Zorn über die taktlose Art, wie die Stimme der ach so teuren Herzogin zu ihr herüberdrang? Gelassen wandte sich Katharina an Madame Gondi, die in ihrem Kleid aus dunkelgrüner Seide finster und ernst wirkte. »Oh, so viele neue Gesichter, und so viele Verwandte der Herzogin. Es ist, glaube ich, an der Zeit für ein kleines – künstlerisches Zwischenspiel. Holt Demoiselle de la Roque und sagt ihr, sie möge ihren Freund mitbringen. Ich will mit ihr über ... Poesie sprechen.«

Wir hatten Mitte August und damit die Hundstage, an denen durch die geöffneten Fenster statt einer frischen Brise nur der Gestank der Straße ins Zimmer dringt, als mich die Königin wieder einmal holen ließ. Auf der engen Straße gab es Bewegung und Aufruhr, als sechs bewaffnete Reiter in der Livree der Königin über das Pflaster klapperten und vor unserer Tür anhielten.

»Aha«, sagte Tantchen, die den Tumult durchs geöffnete Fenster gehört hatte, »du schaffst es, glaube ich, doch noch, der Hitze zu entfliehen. Habe ich dir nicht gesagt, daß es so kommen würde? *La Reine des Épées* hat letzten Abend quer zu den ausgebreiteten Karten gelegen.« Wir hörten, wie die unbekannten Männer durch die Tür zu ebener Erde eingelassen wurden, und Stimmen, die riefen: »Auf Befehl der Königin.«

»Hoffentlich«, meinte der alte Monsieur Montvert, der bei uns weilte, um Tantchen in Finanzdingen zu beraten, »ist das kein böses Zeichen.« Seit das Duell sein Familienuniversum auf den Kopf gestellt hatte, suchte Montvert mehr und mehr bei Tantchen Trost und Rat und erteilte ihr im Gegenzug sehr kluge Ratschläge für Geldanlagen, durch die sie ihr Vermögen beinahe verdoppelt hatte. »Es ist das Seufzen, das Schluchzen am Fenster, das Briefeschreiben, das mich zum Wahnsinn treibt«, pflegte er zu sagen. »Meine Frau hat mich gezwungen, mich mit seinem Vater in Verbindung zu setzen, und das ist ein fürchterlicher Blutsauger von altem Adel, dem nichts anderes einfiel, als daß ich die Mitgift verdopple. Diese Heuchelei! Falls gewöhnliches Blut so befleckt ist, wie könnte Geld wohl alles reinwaschen? Warum habe ich nicht auf sie gehört, als sie Nonne werden wollte? Mit dieser Mitgift hätte ich ein ganzes Kloster ausstatten können. Jeden fettfleckigen Brief, den dieser widernatürliche Laffe von der Front schreibt, birgt sie am Busen, und dann bläst sie Trübsal und läuft mit einer Leichenbittermiene herum, als hätte sie das Viertagefieber. Sitzt den ganzen Tag an ihrem Schreibtisch. Was diese Kuriere kosten! Ach, da tut es gut, Leute zu besuchen, die noch bei klarem Verstand sind. Wenn sich der gelehrte Doktor Nostradamus doch nur mit seinem Brief und mit der Erklärung beeilen wollte, wie wir den mumifizierten Kopf da loswerden können, dann wäre Euer Haushalt in bester Ordnung.« Der alte Bankier tat sich noch ein paar von Tantchens Küchlein auf und ließ sich bekümmert in den Sessel zurücksinken, auf dem in der Regel der Abbé saß. Der jedoch war ausgegangen, um sich einen neuen Flötenspieler anzuhören, der sehr gut sein sollte.

»Ich bezweifle, daß die Königin der Schwerter ein schlechtes Vorzeichen ist«, sagte Tantchen, beugte den massigen Leib zu ihm und meinte in vielsagendem Ton: »Schließlich hat der König der Münzen auf ihr gelegen.«

»Leider kenne ich mich mit Tarot überhaupt nicht aus. Was genau hat das zu bedeuten?«

»Mein lieber Scipion, Ihr seid der König der Münzen. Habt Ihr das nicht gewußt? Also, was ist nun mit dieser kleinen Leibrente?«

»Kann ich nicht empfehlen, da ich die Leute kenne, die sie auflegen, statt dessen rate ich zu ...«

»Ich hole meine Sachen«, beeilte ich mich zu sagen, als der befehlshabende Offizier in unseren kleinen Salon im oberen Stock geführt wurde. Jedes Mal, wenn die Königin nach mir schickt, wird mir eine eindrucksvolle Eskorte zuteil. Bei Menander geht die Königin kein Risiko ein.

So ritt ich also inmitten der königlichen Eskorte davon. Gargantua hechelte neben mir her, und Menanders Kasten war in einer Tasche aus Sackleinen hinter meinem Sattel festgebunden, aber ich mußte unwillkürlich denken, wie sehr ich es doch verabscheute, mit dieser alten Mumie zu reisen. Zum einen roch sie bei Hitze immer so fürchterlich, und zum anderen wußte man nie, was für unanständige Bemerkungen sie in der Öffentlichkeit machte, nur damit ich mich zu Tode schämte. Als wir durch die engen Straßen zum Palast ritten, hörte ich Menander ein schmutziges Liedchen summen, denn die Leute sollten denken, ich wäre das. Glücklicherweise herrschte zuviel Geklapper und Lärm, und Straßenhändler riefen ihre Waren aus, so daß nur ich ihn vernahm. Zu guter Letzt erreichten wir den Hofeingang zum Schloß, mußten jedoch den Rest des Weges zu Fuß gehen – so wie alle, die nicht von königlichem Blut sind. Der Hof war groß, das Pflaster uneben und heiß, Menander verbreitete seinen Mumiengeruch, und ich wünschte, ich könnte ihn der Königin einfach schenken und Ferien auf dem Lande machen.

Man führte uns eilig die Freitreppe hinauf und an der Ehrenwache vorbei, durch riesengroße, reichverzierte Portale und in Flure, die nach Urin stanken und von auftragenden Dienern und Frauen und den Höflingen wimmelten, die krank oder verwundet oder aus anderen Gründen nicht in der Lage waren, den König in sein Hauptquartier an der Nordfront zu begleiten. Wir stiegen zwei weitere Innentreppen hinauf und wurden in ein stickiges, fensterloses Vorzimmer geführt. Hier übergaben mich die Wachen der Obhut von Madame Gondi, der italienischen Dame, die eine der engsten Vertrauten der Königin ist.

»Der Hund da. Er ist sehr groß. Muß er mit?« fragte sie.

»O Madame, ich bitte um Entschuldigung, aber ich habe ihn nur ein einziges Mal zu Haus gelassen, und schon hat jemand versucht, mich mit Vitriolöl zu bespritzen. Er ist zwar groß, aber sehr artig.« Als verstünde mich Gargantua, legte er sich zu meinen Füßen und seufzte so genüßlich und abgrundtief, daß es wie der Blasebalg eines Schmiedes klang.

»Vitriolöl...«, murmelte Madame Gondi, »das hört sich an nach, nein, das ist unmöglich. Was könnte sie gegen eine Frau haben, die keine Rivalin ist?« Und laut, mit einer Spur Furcht in der Stimme, sagte sie: »Weiß sonst jemand von dem Unsterblichen?«

»Madame, niemand weiß von ihm außer mir und meiner Patin, und keine von uns hat ein Sterbenswörtchen verlauten lassen. Ihn zu besitzen ist beileibe kein Spaß«, seufzte ich und holte Menanders Kasten aus der Sackleinentasche. »Und es ist mir schrecklich peinlich, daß er mir gehört.«

»Peinlich?« sagte Madame Gondi etwas ratlos. »Das ist nicht gerade das Wort, das ich gebrauchen würde.« Sie drehte sich um, kratzte an der Innentür des Vorzimmers, und eine Hofdame der Königin machte auf und zog sich dann zurück. Die Königin hatte Briefe geschrieben; mehrere lagen bereits auf ihrem Schreibtisch. Briefe an die Gouvernante ihrer Kinder, Briefe, in denen sie um Posten für italienische Freunde bat, einige waren bereits gefaltet und versiegelt. Hinter dem Schreibtisch stand in einer Ecke ein kleiner Tisch mit zwei schwarzen, brennenden Kerzen, obwohl es ein heißer, hellichter Sommertag war. Sie hatte Menander erwartet; wahrscheinlich hatte er sogar einen Termin in ihrem Kalender: »Donnerstag nachmittag den unsterblichen Kopf befragen.« Ich konnte es mir richtig ausmalen. Ich sah, daß sie über ihrem Hofkleid eine Adeptenrobe aus weißem Leinen trug, die man eigens für sie angefertigt hatte. Offensichtlich hielt sie noch mehr von ihren magischen Kräften, seit sie sich mit Menander eingelassen hatte. Wie hinterlistig sich diese alte Mumie doch die menschliche Eitelkeit zu eigen macht, dachte ich. Je aufgeblasener sie sind, desto besser kann er sie hinterher ins Verderben stürzen. Doch dann sagte eine leise Stimme in meinem Hinterkopf: »Und wenn er sie nun nicht ruiniert? Warum wünschst du dir nichts, damit auch du bekommst, was du begehrst?« Halt den Mund, sagte ich zu der Stimme, aus dir spricht der leibhaftige Teufel. Ich reichte der Königin den Kasten, ging unter Verbeugungen rückwärts aus dem Zimmer und ließ mich aufseufzend auf die Bank im Vorzimmer gegenüber von Madame Gondi fallen, die auf den Knien lag und den Rosenkranz in einer Schnelligkeit betete, die selbst den Blitz herausforderte.

Doch die Tür war nicht verriegelt, und die Königin war zu vertieft um zu merken, daß sie sich etwas geöffnet hatte. Durch diesen schmalen Spalt konnte ich ihre leise Stimme hören, die unverständliche Beschwörungen murmelte, doch Sitte und Anstand geboten, nicht zu lauschen. Dann übertönte Menanders höhnisches Lachen sogar Madame Gondis Gebete, und sie riß die Augen auf. Beide vernahmen wir nun deutlich, wie die Stimme der Königin entschlossen sagte: »Ich möchte in Staatsangelegenheiten von meinem Gemahl respektiert und um Rat gefragt werden.«

»Es sei, wie Ihr wünscht, erhabene Königin«, hörten wir Menander antworten.

»Und das bald«, sagte sie. »Madame de Valentinois, diese überhebliche alte Frau, herrscht noch immer im Herzen meines Mannes, Ihr habt bezüglich meines letzten Wunsches noch immer nichts unternommen.«

»Die Zeit wird die Wahrheit erweisen, erhabene Königin«, erwiderte Menander. Mir wollte scheinen, daß seine Stimme etwas gekränkt klang. »Große Dinge erfordern große Taten. Ich denke viel über meine Arbeit nach. Rom ist auch nicht an einem Tag erbaut worden, desgleichen kann sich das Herz eines mächtigen Königs nicht über Nacht ändern.«

»Beuge dich meinem Zauber, ungehorsamer Diener«, befahl die Königin und sprach eine neue Zauberformel. Du liebe Zeit, die lernt ja dauernd etwas Neues, dachte ich, als ich hörte, wie sie Menanders Kasten zuschlug. Heute abend werde ich keinen Schlaf finden, weil ich mir sein Gejammer anhören muß.

Wenn sich Nostradamus doch beeilen und mir das Geheimnis schicken würde, wie ich ihn loswerde. Diese schauerliche Mumie im Kasten wird noch meinen Willen brechen, wenn sie mich jede Nacht wachhält, aber das darf sie nicht wissen.

Vom Flur draußen drang Gekreisch herein, begleitet von trippelnden Frauenschuhen. Dann wurde auf die Tür des Vorzimmers eingehämmert. Die Königin trat aus dem inneren Gemach.

»Was ist los?« fragte sie. »Hat eine von Euch etwas gehört?« Auf Madame Gondis verneinendes Kopfschütteln hin befahl sie, die äußere Tür zu öffnen. Vor ihr standen einige Hofdamen und rangen die Hände, eine von ihnen weinte.

Unter ihnen war auch ein Kurier, der aus Compiègne vom König kam, schwungvoll niederkniete und die Nachricht verlauten ließ: »Der König, Euer Gemahl, schickt Kunde, daß das Nordheer, das die Garnison von St. Quentin verstärken sollte, von den Engländern geschlagen wurde; Konnetabel Montmorency ist verwundet worden und in Gefangenschaft geraten, und Marschall St. André ist auch gefangen. Man hat den Dauphin zu seiner eigenen Sicherheit nach Süden, nach Blois gebracht, und der König bittet Euch, die königlichen Kinder und die Königin der Schotten auch dorthin zu schicken.« Die sich um uns Scharenden waren starr vor Entsetzen. Mehrere Damen fingen an zu weinen.

»Was befiehlt mir der König, mein Gemahl, sonst noch?« Die matronenhafte Frau blieb ungerührt. Ihre Augen blickten schlau und tränenlos. Und jetzt sah ich in dieser ungeliebten, plumpen Mutter mit den honigsüßen Tönen erstmals ein anderes, bislang verstecktes Wesen, stahlhart und brillant, jedoch leise und listig wie eine Giftschlange. Diese brillante und gefährliche Seite hat sie vor allen verborgen gehalten, sogar vor sich selbst, schoß es mir durch den Kopf. Wehe dem, der dieses wahre Wesen aus der juwelenbesetzten Schale weiblicher Selbsttäuschung befreit.

»Er möchte, daß Ihr die Juwelen aus der Kathedrale und der königlichen Gruft in St. Denis holen laßt und sie nach Süden, in sicheren Gewahrsam schickt«, sagte der Kurier.

»Mein alter Tratschfreund ein Gefangener und verwundet.« Die Königin schüttelte verwundert den Kopf. Dieser verschlagene Krieger, dachten die anderen. Wie konnte das nur geschehen? »Weiß man, ob der Konnetabel Montmorency noch am Leben ist?«

»Das weiß niemand. Viertausend liegen tot auf dem Schlachtfeld, und die Herolde sind noch nicht mit dem Zählen fertig.« Bei diesen Worten stockte mir der Atem. Mein kühner Bruder Annibal. Lebte er oder war er tot? Was war mit Philippe d'Estouville, Clarettes großer Liebe?

Doch Katharina von Medici blieb so ruhig, als säße sie am Stickrahmen. »Ist St. Quentin schon gefallen?« fragte sie.

»Der Neffe des Konnetabel, Coligny, hält die Stadt noch, aber sie sind in der Minderzahl.«

»Wenn St. Quentin fällt, steht der Weg nach Paris offen. Guise ist in Italien. Wer kann unsere Hauptstadt jetzt noch vor den feindlichen Truppen schützen? Was ist mit meinem Gemahl, dem König?«

»Er ist zutiefst betroffen durch den Verlust des Konnetabel und hat Madame de Valentinois holen lassen, daß sie Bittgottesdienste für Montmorencys Genesung arrangiert. Auch hat er Maistre Paré befohlen, sich durch die feindlichen Linien zu schlagen und sich um die Wunden des Gefangenen zu kümmern. Der Kronrat wurde einberufen, ist aber noch nicht zusammengetreten. Auch hat er eine feierliche Prozession in Notre-Dame angesetzt.«

»Aha«, sagte die Königin leise zu sich selbst. »So steht es also. Die Herzogin hat ihn noch immer fest im Griff. Und wir müssen alle Guise anflehen zurückzukommen, und wenn er das tut, wird er regieren, wer auch immer auf dem Thron sitzt.« Dem Kurier befahl sie: »Kehre zu Seiner Majestät, meinem Gemahl, zurück und melde ihm, daß alles geschieht, wie er befohlen hat.« Als der Kurier gegangen war, wandte sich die Königin an Madame Gondi. »Schickt einen Kurier zu Eurem Gatten: Er und die anderen Bankiers, die noch in Paris sind, werden für morgen zu einer Audienz einberufen. Die Zofen sollen Trauerkleidung für mich zurechtlegen. Ich werde persönlich mit meinen Hofdamen vor das Parlament treten. Ich, die Königin, werde darum bitten, Geld zur Verteidigung der Stadt aufzubringen. Wir werden alle Schwarz tragen, damit sie begreifen, daß der Thron selbst in Gefahr ist. Prozessionen in der Kathedrale, schön und gut, aber trotz allem, was die blaublütigen Familien hier behaupten, führt man Krieg nicht mit Federn und Ritterlichkeit, sondern mit Geld. Und Ihr, Demoiselle«, jetzt drehte sie sich um, als hätte sie gerade bemerkt, daß ich mit offenem Mund dastand, »Ihr bleibt bis morgen früh. Ich will Euren Freund auf die Probe stellen. Er soll dafür sorgen, daß die feindlichen Truppen wie angewurzelt am Fleck verharren.« Eine Medici, wie sie leibt und lebt, dachte ich, die geht auf Nummer Sicher, verhandelt mit Gott und Mammon gleichzeitig – und zu allem Überfluß auch noch mit dem Teufel.

Die Kunde verbreitete sich rasch, und während die Schlacht von St. Quentin noch tobte, schickten wohlhabende Familien ihre eigenen Feldschere an die Front, damit sie ihre verwundeten Söhne suchten und nach Haus brachten. Verwundete, denen es gelungen war, sich zur Behandlung nach Paris durchzuschlagen, brachten gräßliche Berichte von Rathäusern voller Sterbender mit. Die arme Clarette war ganz außer sich vor Angst und wartete auf die Diener, die ihr Vater nach Norden geschickt hatte, damit sie Kunde von Philippe und Annibal brachten. Doch auch die gingen im Mahlstrom unter, wurden zweifellos ins Heer gepreßt, und als man nichts hörte, mußte man das Schlimmste befürchten. »Wie gut, daß Nicolas außer Landes ist; sie nehmen jetzt jeden gesunden Mann«, sagte Monsieur Montvert. Und dann begann er, mit Tantchen Pläne zu schmieden, wie er Frau und Tochter sowie die wichtigsten Haushaltsgüter zusammen mit uns aus der Stadt wegbringen könnte.

»Mein lieber Scipion, seid versichert, Ihr seid alle in meinem Haus in Orléans willkommen, solange dieser furchtbare Krieg dauert.«

»Meine liebe Madame Tournet, der Umzug ist nur vorübergehend. Viel länger kann der Krieg nicht dauern. Beide Seiten sind bankrott. Die einzige Frage ist, wer hat den längeren Atem. Und falls wir das nicht sind, fällt Paris noch bevor der Friede ausgerufen wird.«

»Scipion, zuweilen glaube ich, Ihr seid der Prophet und nicht Maistre Nostredame.«

»Nein, leider nicht. Es handelt sich lediglich um gesunden Menschenverstand angesichts des Unfaßbaren.«

»Wie schön könnte die Welt beschaffen sein, wenn jeder gesunden Menschenverstand walten ließe. Und was die Mitnahme der Juwelen Eurer Frau betrifft – mein Haus verfügt über einen verborgenen Safe, doch für die Reise empfehle ich, daß sie diese in ihr Mieder einnäht.«

Während dieser sonderbaren Wochen, als die ganze Stadt auf den Sieg der Verteidiger von St. Quentin wartete, lieferte ein Kurier in unserem Haus in der Rue de la Cerisaie eine kleine Schachtel ab. Philippe d'Estouville sei der Absender. Doch ehe ich ihn weiter ausfragen konnte, hatte er sich weggestohlen.

»Tantchen, das muß ein Irrtum sein. Clarette hat seit Wochen keinen Brief erhalten, und mir schickt er einen märchenhaften Schmuck? Den darf ich einfach nicht annehmen – er ist gewiß für sie bestimmt.« Aber dann dachte ich, daß Clarette annehmen könnte, er wolle mich als Mätresse haben. Wenn ich Clarette also den Schmuck gäbe, würde ich ihr das Herz brechen. Also legte ich das Kästchen in meinen Frisiertisch und grübelte weiter darüber nach, doch dann vergaß ich die Angelegenheit im Getümmel des Aufbruchs.

Während dieser schrecklichen Zeit vermischten sich Gerüchte und Nachrichten zu gleichen Teilen. Nevers würde die Stadt verteidigen, Nevers habe versagt. Die Truppen König Philipps von Spanien seien eingetroffen und überwachten den Angriff. Die Truppen König Philipps von Spanien seien in einer heldenhaften Schlacht zurückgeworfen worden. Doch endlich, gerade vor Monatsende, kam die Kunde, daß die Stadt St. Quentin in einer Orgie aus Blut und Plünderung gefallen sei. Jetzt brach Panik aus, und auf den Straßen von Paris stauten sich Karren mit Möbeln. Verstörte Frauen, die ihre Säuglinge an die Brust drückten, wohlhabende Männer, die versuchten, Pferde zu kaufen, Menschenmassen auf Mauleseln, zu Fuß und mit Handwagen, alles drängte durch die Stadttore in Richtung Süden. Doch Tantchen und der gewitzte, alte Bankier hatten die wertvolleren Möbelstücke bereits Richtung Süden geschickt.

»So lebt denn wohl, meine Lieben«, sagte Monsieur Montvert. »Ich schicke Euch Nachricht, falls die Stadt verschont bleibt – falls nicht, so wünscht mir glückliches Entrinnen.« Er umarmte uns alle der Reihe nach und vertraute uns für die Reise in den Süden dem Abbé an, dann wandte er sich ab, damit wir die Tränen auf seinen Wangen nicht sehen konnten. Und gleich darauf schob sich unsere merkwürdige Karawane aus dem Hof und mischte sich unter die außer Rand und Band geratene Flüchtlingsschar, die wie ein Fluß die Rue St. Antoine entlangströmte. Tantchens Sänfte mit ihren Kissen, die klumpig waren, weil wir in letzter Minute Wertsachen eingenäht hatten, schwankte und wurde angerempelt, so daß Madame Montvert, die zusammen mit Tante Pauline reiste, aufschrie. Und wir, die wir jeweils zu zweit ritten, sorgten uns, daß uns bei den Menschenmassen und bei all dem Geschrei und Peitschengeknalle über eingeklemmten Karren und Packeseln die Pferde durchgingen und uns abwarfen. Doch es war nicht die Angst auf der Straße, die mir am schwersten auf der Seele lag. Es war eher das sichere Wissen, daß wir auf halbem Wege in La Roque-aux-Bois Station machen mußten. Bei dem Gedanken an zu Hause kam ich mir unansehnlich und schäbig vor: wieder und wieder hörte ich den letzten heftigen Wortwechsel zwischen Tantchen und Vater. Nicht einmal der Gedanke, daß ich meine Mutter umarmen würde, konnte ihn aus meinem Kopf vertreiben.

»Ich sehe, du bläst Trübsal«, sagte Tantchen, als könne sie Gedanken lesen. »Hör auf, dir Sorgen zu machen. Die Gesetze der Gastfreundschaft bestehen noch, und ich bin seine Schwester. Er wird unentwegt an mein Geld denken. Außerdem bringen wir vornehme Gäste mit. Glaub mir, er wird sich von seiner besten Seite zeigen.«

Heimat. Kann man dorthin zurückkehren, wenn sie zerstört ist? Gewiß, gewiß, redete ich mir gut zu. Es wird nett werden. Wir werden uns unterhalten, meine Schwestern und ich, wir werden Karten legen wie in alten Zeiten. Endlich kann ich Mutter erzählen, was ich ihr in Briefen nicht schreiben konnte. Es wird alles gut. Es muß gut werden. So gingen meine Gedanken im Rhythmus des Pferdegetrappels, während die Landschaft immer vertrauter wurde.

Zwei Tage später tauchte eine hochgewachsene, schwere Gestalt in grauem Umhang im Laden des eleganten Handschuhmachers auf, der in der Rue de la Cerisaie gegenüber von Tante Paulines Haus lag. Er hatte einen grauen Bart und schulterlanges, fettiges graues Haar. Ein Auge war von einer Augenklappe aus schwarzem Samt verdeckt.

»Irgendwelche Neuigkeiten für mich? Haben sie schon den Doktor gerufen?«

»Keine Neuigkeit, und dabei habe ich seit Eurem Besuch meinen Jungen jeden Tag Ausschau halten lassen.«

»Seid Ihr sicher?« sagte Thibauld Villasse und ließ ein paar Münzen in die ausgestreckte Hand der Frau gleiten.

»Völlig sicher. Ich bin eine ehrliche Person. Aber Ihr braucht nicht mehr zu kommen, die ganze Familie ist vor zwei Tagen abgereist, und bei diesem schrecklichen Krieg weiß ich nicht, wann sie zurückkommen.«

»Ein Jammer, ein Jammer – aber habt Ihr keinerlei Anzeichen mangelnder Gesundheit gesehen?«

»Nichts. Sie ritt einen großen Braunen, die Zofe hinter sich, und zog so fröhlich los, als ginge es zum Ball.«

»Verflucht! Vielleicht hat der Kurier es nicht abgeliefert.« Thibauld Villasse ging zu dem Haus gegenüber und untersuchte dann die verschlossenen Tore.

Dort hatte sich bereits ein Besucher, ein staubiger Geselle in schäbigem Selbstgesponnenem, eingefunden, ein gewöhnlicher Kurier, der auf die Tür einhämmerte und keine Antwort erhielt.

»Kein Glück, Bursche?« fragte Villasse. Der Kurier wandte sich mit einiger Erleichterung zu ihm um, denn Villasse war offenkundig ein Edelmann.

»Seit zwei Tagen versuche ich, das hier bei Madame Tournet abzuliefern, aber es ist nie jemand zu Hause.«

»Ich bin ein Freund der Familie«, sagte Villasse honigsüß. »Leider sind alle geflohen. Ich habe vor, mich in den nächsten Tagen zu ihnen zu gesellen. Würdet Ihr mir die Briefe anvertrauen, damit ich sie überbringe?«

»Es ist lediglich einer ...«

»Es wäre nicht recht, wenn Ihr keinen Lohn bekommen würdet ... Sagt dem, der ihn geschickt hat, Monsieur de la Tourette wird ihn in Madame Tournets Haus in Orléans abliefern«, und Villasse ließ eine kleine Börse vor den geblendeten Augen des Kuriers klimpern.

»Ei, vielen Dank, Monsieur de la Tourette, Ihr seid sehr großzügig«, stammelte der Kurier, während er Villasse' Silberlinge im Wams verstaute. Als er ging, schob Villasse einen Daumen unter das Siegel, das er nicht kannte, und als er das erste Blatt las, verzog sich sein Gesicht zu einem schauerlichen Lächeln.

»Potzblitz, sie hat am vierundzwanzigsten Dezember und ganz und gar nicht am elften Februar Geburtstag«, sagte er bei sich. Er rechnete die Monate an den Fingern zurück. »Das bedeutet – sie ist außerehelich gezeugt worden. Was für eine Überraschung! Daraus könnte ein geschickter Advokat gewiß einen Vorteil ziehen, der meine Sache befördert.« Doch als er weiterlas, blieb ihm der Mund offenstehen. »Zauberei? Der Herr aller Wünsche? Wer würde wohl den Kräften eines magischen, unsterblichen Kopfes Einhalt gebieten wollen? Glücklicherweise kennt sie den Schlüssel dazu nicht – den habe ich hier ... Irgendwie muß ich das Ding in meinen Besitz bringen. Laß mich überlegen: Der Herr aller Wünsche gehört der Königin, das steht hier zwischen den Zeilen. Was aber, wenn ich ihn stehle? Ich werde mir wünschen, daß sie ihn nicht zurückbekommt. Weiber – sind so töricht, daß sie niemals zu Ende denken.

Doch angenommen, er fällt jemand anders in die Hände? Verflucht! Sie muß unterwegs in La Roque haltmachen! Hercule de la Roque, du Mistkerl, du sollst meinen Zauberkopf nicht in die Finger bekommen ... Ich muß sie abfangen ...« Villasse war so in die Planung seines ersten Wunsches vertieft, daß er sich nicht die Mühe machte, auch die zweite Seite zu lesen, auf der Sibilles Horoskop stand.

Villasse kehrte in den Stall zurück, in dem er sein Pferd untergestellt hatte, und erwischte den Stallmeister auf frischer Tat, wie er einem Fremden, der es eilig hatte, aus der Stadt zu kommen, unter der Hand sein Pferd verkaufen wollte. Ohne auch nur eine Sekunde zu zögern, erdolchte er den Mann und schlug den anderen in die Flucht; dann stieg er auf und mischte sich unter die Menschenmassen, die sich auf den Straßen in Richtung der Stadttore drängten. Zielstrebig und ohne nach rechts und links zu sehen, verschaffte er sich mit der Reitpeitsche Platz in Richtung Pont aux Meuniers. Dabei drängte er Reisende zu Fuß beiseite, die ihm Verwünschungen nachriefen. Unter der Brücke rumpelten und ächzten noch immer die Mühlen von Paris; die grünen Fluten der Seine waren verstopft von schwerbeladenen Booten mit Menschen und Möbeln, die vom Kai abstießen. Am Stadttor mußte er fluchend und vor Wut kochend warten, bis eine Abteilung eben eingetroffener Schweizer Söldner mit fliegenden Fahnen durchgezogen war. Als er außerhalb der Stadtmauern war, trieb er sein Pferd zum Galopp an, überholte langsam fahrende Karren und flößte anderen Reitern mit wutentbrannten Blicken aus seinem einzigen Auge solche Furcht ein, daß sie auswichen. Wer ihn so sah, hegte nicht den leisesten Zweifel, daß hier ein Irrer kam, bei dem es um Leben und Tod ging.

Nach nur einem halben Tag erblickte er vor sich, an der vertrauten Straßenbiegung, die Wirtschaftsgebäude von La Roque-aux-Bois, den wohlbekannten Taubenturm über dem geöffneten Haupttor, den staubigen Hof dahinter. Hühner stoben vor den schweren Hufen seines dampfenden Reitpferdes auseinander; im Nu hatte er die kleine Brücke überquert und dem Diener an der Freitreppe des Gutshauses die Zügel zugeworfen. Laurette, die ihn aus einem der oberen Fenster erspäht hatte, war bereits zu seiner Begrüßung an die Eingangstür geeilt. Potzblitz, dachte er, sie ist doch ein hübsches Dingelchen mit ihren blonden Locken, die ihr von der Sommerhitze feucht auf den rosigen Wangen liegen. Und kein Wunder, daß sie so anders ist als ihre Schwester, so weiblich, so fügsam – sie ist ja nur eine Halbschwester. Gott allein weiß, welcher Lakai oder Priester ihrer Mutter unter die Röcke gekrochen ist und sie als erster gehabt hat. Aber ich kann Laurette wirklich nicht heiraten, auch wenn sie noch so hübsch ist, jetzt, da ich das Geheimnis kenne. Die Familie ist einfach nicht ehrbar genug für mich, nun bin ich der Höhergestellte. Aber im Augenblick brauche ich Laurette; sie muß die Sachen ihrer Schwester durchsuchen und den Kopf für mich finden. Er kann nur in irgendeinem Bündel sein. Und wenn ich den Herrn aller Wünsche erst einmal habe, bekomme ich auch eine Ehefrau von Rang und Vermögen, die obendrein noch schön ist.

Villasse' Gesicht verzog sich zu einem gütigen Lächeln, das Laurette versicherte, er wäre noch immer verliebt in sie, selbst nach einem Aufenthalt in einer Stadt kultivierter, nach der neuesten Mode gekleideter Damen. Er liebt mich noch, dachte sie, und das tröstete sie über den schrecklichen Ärger wegen des Besuchs ihrer älteren Schwester hinweg, die wunderschön gekleidet und anscheinend überhaupt nicht entstellt in Gesellschaft einer wohlhabenden jungen Großstädterin mit deren Mutter hier weilte. Schlimmer noch, das bleiche, dunkelhaarige Geschöpf mit der seidenen Unterwäsche und den baumelnden Diamantohrringen hatte sich vor ihr mit der bevorstehenden Verlobung mit ihrem Philippe d'Estouville gebrüstet und ihr anvertraut, daß sie ein Dutzend Liebesbriefe von ihm an ihrem flachen Busen barg. Das reichte, da konnte ein Mädchen nur noch in die Kirche fliehen und darum beten, Philippe möge beim nächsten Angriff der Spanier fallen.

»Liebster Monsieur Villasse, habt Ihr Eurer kleinen Freundin etwas aus Paris mitgebracht?« fragte Laurette und klapperte mit den Wimpern.

»Ei ja, ich habe wahrhaftig einen Schatz für Euch«, erwiderte Villasse.

»Wo habt Ihr ihn versteckt? In Eurer Tasche? Wie groß ist er?«

»Nun, er ist sooo groß, aber Ihr sollt ihn erst später haben, nicht sofort, mein hübsches Püppchen.«

»Erst später?« Laurette spielte die Schmollende. Aber was sah sie da in seinem Gesicht, als sie wie gewohnt unter ihren niedlichen Wimpern hervorlugte? Einen Anflug von Härte, einen Hauch von Zurückhaltung, eine Spur von Geistesabwesenheit? Hatte er in der großen Stadt eine hübschere, gebildetere, besser gekleidete Frau kennengelernt? Gewiß keine hübschere – aber möglicherweise eine kultiviertere. Dergleichen konnte Männern den Kopf verdrehen.

»Ist Eure Schwester schon eingetroffen?« fragte Villasse.

Eine Faust schnürte Laurette das Herz zusammen. Hatte er den neuen Reichtum, die neuen Beziehungen ihrer Schwester bemerkt und sich mit ihr ausgesöhnt? »Ja, und woher wißt Ihr das?«

»Halb Paris ist auf der Flucht, und als ich ihr Haus verlassen vorgefunden habe, da dachte ich mir, sie könnte hier sein.«

Das war es, das war es – er hatte beschlossen, ihrer Schwester erneut nachzustellen, er freite wieder um Sibille. Welches Recht hatte Sibille, ihrer jüngeren Schwester die einzige Aussicht auf Ehe und Stellung zu rauben? Oh, warum war ihr Gesicht nicht entstellt worden? Alles wäre soviel einfacher gewesen. »Sie ist mit einer ganzen Meute hier. Gestern sind sie angekommen wie Bettler von der Landstraße, mit einem verschrumpelten alten Abbé, der eine Magenverstimmung hat und nichts essen kann, Tante Pauline, unter deren Gewicht der Stuhl zerbrach, auf den sie sich setzte, und einer langweiligen alten Madame Montvert und ihrer hochnäsigen Tochter. Vater wollte sie wegschicken, hat sich aber zu sehr geschämt, einer Verwandten seine Gastfreundschaft abzuschlagen, also hat er sich gefügt. In ein, zwei Tagen sind sie wieder weg, sowie sie uns alle Haare vom Kopf gefressen haben.«

»Ach, das ist wunderbar«, murmelte Villasse, und nun wurde Laurette wirklich bang ums Herz. »Tut Thibaulds liebes Püppchen ihm einen Gefallen?«

Auf keinen Fall überbringe ich einen Brief, dachte Laurette, von Bosheit gepackt. »Eure Herzallerliebste ist Euch gern gefällig«, erwiderte sie.

»Dann, meine Süße, gibt es einen Gegenstand, den Ihr Eurer Schwester wegnehmen und mir bringen sollt – einen Kasten. Er gehört mir, und ich will ihn zurückhaben. Es ist ein ungewöhnlicher Kasten, in dem sich etwas befindet, nun, etwas Häßliches – das merkt Ihr schon, wenn Ihr es seht.«

»Aber was ist es?« fragte Laurette.

»Nun ja, es ist – eine anatomische Probe. Ihr wißt doch, daß Eure Schwester immer Knochen zeichnet – es handelt sich um einen Kopf.«

»Einen Kopf? Von einem Menschen?«

»Nun ja, ja. Nur ein Kopf. Ein alter. Keine Bange, er ist säuberlich im Kasten verpackt. Aber ich muß ihn zurückhaben. Und wenn Ihr ihn mir bringt, hat Euer lieber Thibauld auch eine hübsche Überraschung für Euch – einen Diamantring, der größer ist als alle Ringe an den Fingern der Königin.« Als er sah, wie ihre Augen blitzten, lächelte er dieses besondere Lächeln, das Menschen lächeln, wenn sie die Schwäche eines anderen völlig richtig eingeschätzt haben. Was ist ein Diamant gegen einen Zauberkopf? Nichts als Schnickschnack, dachte er. Sie ist mir zu Diensten, ich kann mit ihr tun, was ich will. »Laßt uns ins Haus gehen, ich möchte Eure Eltern begrüßen. Und was die andere Sache angeht, so treffen wir uns morgen gleich nach dem Mittagsmahl an der alten Mauer hinter dem Obstgarten.«

»Und ihr bringt dann mein süßes, kleines Geschenk mit?« Ich habe ihn, dachte Laurette. Falls an diesem Kopf etwas geheim ist, muß er mich heiraten, weil ich ihm auf die Schliche gekommen bin. Wenn ich doch nur ein Seidenkleid hätte.

»Das und noch viel, viel mehr, mein teures Schätzchen.« Zusammen gingen sie ins Haus, und nachdem Villasse ihren Vater begrüßt hatte, brach er wieder auf.

»Was sollte das?« knurrte Hercule de la Roque, nachdem

Villasse sich verabschiedet hatte. »Habe ich ihm letzten Monat etwa nicht die Zinsen für die neue Anleihe gezahlt? Und er kommt her, grinst wie ein Wolf und überbringt nachbarliche Grüße. Ich dachte, er ist in Paris.«

»Zweifellos geht es um Sibille«, sagte seine Frau und nähte gelassen weiter an einem neuen Satz Kopfkissenbezüge.

»Sie hätte besser zielen sollen«, sagte Sibilles Vater.

Da sich die Mädchen ein Zimmer teilten, war es für Laurette ein Kinderspiel, einen günstigen Moment abzupassen, um nach dem geheimnisvollen Kasten zu suchen. Das Zimmer stand voller Kisten und Taschen, manche verschnürt, andere ausgepackt, dazwischen lagen die Kissen aus der Sänfte, in die man rätselhafte Gegenstände eingenäht hatte. Im Schrank hing ein Dutzend wunderschöner Seiden- und Samtkleider, Schachteln mit Schmuck und kostbare Parfümfläschchen zierten den Frisiertisch. Über eine Ecke des Spiegels darüber hatte Clarette einen schönen Rosenkranz aus Elfenbein gehängt. In einer offenen Schachtel inmitten weiterer kleiner Schätze und Schnickschnacks erblickte Laurette ein Armband aus ziseliertem Gold mit Brillanten, nach dem es sie sehr verlangte. Sibilles oder Clarettes? Gleichviel. Rechtens gehörte es Laurette, denn sie war am hübschesten. Ich probiere das Armband nur einmal an, dachte sie, und dazu diesen Ring hier. Würde mir das Kreuz mit dem Rubin in der Mitte stehen? Ja, es sah wirklich elegant aus. Jammerschade, daß meine Ohren nicht durchstochen sind, dachte sie, als sie in einem Schächtelchen in einer Schublade die heißbegehrten Diamantohrringe erblickte.

Oh, der wunderbare Seidenschal. Keine vorteilhafte Farbe für eine Brünette ... Einer Blondine würde er viel besser stehen. Sie legte ihn sich um die Schultern, dann drapierte sie ihn anders, steckte ihn wie ein Fichu in den Halsausschnitt, wo er schimmerte und leuchtete. Solche Sachen habe ich auch, wenn ich erst mit Thibauld verheiratet bin, dachte sie. Ei, sieh doch nur im Spiegel – so hübsch könnte ich glatt bei Hofe empfangen werden. Wenn mich Thibauld in voller Schönheit erblickt, wird er schon merken, daß mir keine das Wasser reichen kann, falls er mir die richtigen Kleider schenkt. Ah! Was ist denn das für eine schöne, kleine rote Schachtel, ganz versteckt und tief unter den Strümpfen verborgen, so als ob es sich um ein Geheimnis handelt? Welch eine Brosche! Was für wertvolle Perlen, wie zierlich gefertigt, wie geschaffen für eine Frau – eine richtige Blume und wie geschaffen, um den Schal zu befestigen! Autsch! Hat die eine scharfe kleine Nadel! Ja, so ist es richtig. Wie schön ich jetzt aussehe. Madame de la Tourette. Weil ich nicht die Älteste bin, bin ich nicht einmal eine Demoiselle de la Roque. Bloß Laurette Artaud. Das Leben ist zu ungerecht. Vor allem wenn Menschen, die hübsche Sachen verdienen, sie nicht bekommen.

Nachdem Laurette den Nadelstich an ihrem Finger geleckt hatte, fing sie an, nach einem sonderbar aussehenden Kasten zu suchen, und schon bald kam ihr der Gedanke, die Kleider im Schrank beiseite zu schieben. Da stand er auf dem Boden, in einer Ecke hinter Volants und Reifröcken, ein alter versilberter Kasten. Sie ging in die Knie und griff danach, da vernahm sie ein ungemein merkwürdiges Geräusch, beinahe wie das Schnarchen eines Hundes, nur daß weit und breit kein Hund im Zimmer schlief. Als sie den Kasten hervorzog, fielen ihr das eigenartige Muster und die unverständlichen Worte auf. Dann öffnete sie ihn. Drinnen lag ein grausiges Andenken an eine Hinrichtung – ein vertrockneter alter Kopf mit schilfernder Haut. Hinter verdorrten Lippen bleckten lange braune Zähne, und seine Augen waren geschlossen. Etwas erschien ihr sonderbar: Das Schnarchen kam offensichtlich von dem häßlichen alten Ding im Kasten. Das ist komisch, dachte sie. Wie kann derlei schnarchen? Es hat doch nicht einmal eine Brust zum Atmen. Das muß der Wind draußen sein. Doch was den Kopf selbst anging, so hatte sie schon weit schlimmere menschliche Reste gesehen, die viergeteilt neben der Landstraße aufgestellt worden waren, und schließlich ist tot tot und ein Diamantring ein Diamantring.

Sie steckte den Kasten in ein Kopfkissen und warf sich im Spiegel einen letzten Blick zu. Sie tat niemandem weh, wenn sie sich diese hübschen Sachen für ein Weilchen borgte, nur um für Thibauld schön zu sein und ihn daran zu erinnern, daß sie immer so gut aussehen könnte, wenn er sie mit kostbaren Dingen schmückte. In Windeseile stahl sie sich aus dem Tor und hastete durch den Obstgarten zu der bröckelnden Mauer neben dem Bach. Dort saß auch schon Villasse in einem alten ledernen Jagdrock und hohen Stiefeln, das Pferd an einen niedrigen Ast gebunden, und säuberte sich mit seinem schweren Messer die Fingernägel. Als er das Rascheln ihrer Schritte im trockenen Gras hörte, blickte er gespannt auf. Das macht der Schmuck, dachte sie. Ich sehe wie eine Hofdame aus. Er ist überrascht, daß ich so schön bin.

»Habt Ihr meinen Kasten?« fragte er barsch und ohne Umschweife.

»Ja, hier ist er. Und wo ist mein Ring?«

»Zuerst den Kasten – ich muß sehen, was darin ist.« Hastig und außer sich riß er den Kopfkissenbezug auf, ergriff den Kasten, ohne auch nur einen Blick auf den sonderbaren Gott mit dem Hahnenkopf zu verschwenden, und öffnete das Schloß. Bei dem Anblick, der sich ihm bot, stockte selbst ihm der Atem. Das mumifizierte Ding bewegte sich – und Schrecken über Schrecken, seine verschrumpelten Lider öffneten sich und zeigten zwei böse, glotzende Augen!

»Welche Quälgeister haben mich denn jetzt schon wieder gestohlen?« fragte Menander. »Arbeit, Arbeit, Arbeit! Da mache ich ein kleines Nickerchen ... Oh, was für ein herrlich böses Gesicht! Ich wittere einen Seelengefährten. Und die andere auch ... Was habt Ihr doch für harte Augen in Eurem hübschen Gesicht, meine Liebe. Sagt mir, was Ihr Euch wünscht, aber schnell. Bedauerlicherweise muß ich dorthin zurück, woher ich gekommen bin.«

»Als erstes wünsche ich mir einen sehr großen Diamantring für den Finger dieses Mädchens hier ...«

»Nein, nein – Ihr seid mir ja ein komischer Zauberer. Zunächst sprecht Ihr die Worte nach, die auf dem Kasten geschrieben stehen.« Menander hörte sich gereizt an.

»Thibauld, was ist das für ein Ding? Hat es mit Zauberei zu tun?«

»Es ist ein uraltes Geheimnis, als der Herr aller Wünsche bekannt.«

»Na schön, wenn Ihr fertig seid, wünscht Ihr mir ein Seidenkleid und eine weiße Stute mit Silbergeschirr, und wenn wir verheiratet sind, könnt Ihr mir ein Schloß wünschen ...«

»Verheiratet? Glaubt Ihr etwa, ich heirate Euch? Warum sollte ich Euch nehmen, wenn die schönsten Frauen des Königreiches aus gutem Haus und mit Vermögen mein sein können, jetzt, da ich diesen Zauber besitze? Da werde ich doch keine Provinzgans zur Frau nehmen.«

Mit einem Aufschrei stürzte sich Laurette so aufgebracht auf Villasse, daß Menander zu seinen Füßen in den Dreck fiel.

»Was tust du da, du Harpyie – jetzt habe ich ihn fallen lassen. Aufhören, du kleines Biest, ich habe mich an deiner Nadel gekratzt.« Er schlug Laurette kräftig mit dem Handrücken ins Gesicht, und sie fiel zu Boden. Erst als er den Kratzer leckte, bemerkt er, was für eine Brosche sie an ihrem Busen trug. Entsetzt fuhr er zurück. »Woher habt Ihr die Brosche da? Gehört sie Eurer Schwester?«

»Auch wenn Ihr es nicht glaubt, Ihr häßlicher, alter Kerl, ich habe sie angesteckt, weil ich mich für Euch schönmachen wollte. Schön für Euch. Was für ein Witz. Ihr seid häßlich wie die Nacht, eine einäugige Mißgeburt. Ihr verdient eine Kröte zur Braut!« Bei diesen Worten rann Blut aus ihrer Nase, das sie mit dem Handrücken abwischte.

»Wenn Ihr selbst nicht so dumm wärt wie Bohnenstroh und so heiß wie eine Hündin, hättet Ihr die Sachen Eurer Schwester niemals angerührt. Ich habe ihr die Brosche geschickt, dumme Gans, und sie ist vergiftet.«

»Vergiftet?«

»Ja, aber das Gift wirkt langsam. Ich wünsche mich mit dem Herrn aller Wünsche hier einfach gesund, gehe zu Eurer Beerdigung und vergieße Tränen. Denkt an mich, wenn Ihr mir zuliebe das Zeitliche segnet.« Rasch hob er den mumifizierten Kopf auf, warf ihn in den Kasten und stieg auf sein Pferd. Kreischend rannte das Mädchen hinter ihm her und durch den Bach, doch das schnelle Pferd bespritzte sie in ihrem Staat von

Kopf bis Fuß, während Villasse auf der Hauptstraße verschwand. Schluchzend, naß und blutend stolperte Laurette nach Haus, wo sie ihrem Vater in die Arme lief, der aus dem Stall kam.

»Villasse ...«, brachte sie gerade noch hervor.

»Hat er dir die Tugend geraubt?« rief ihr Vater mit zornesroter Miene.

»Nein, meinen Zauberkopf, der Wünsche erfüllt ...« Hercule de la Roque blickte seine starrköpfige, hübsche kleine Tochter an. Genau wie ich, dachte er, und dafür liebe ich sie. Blut rann ihr aus der Nase, sie bekam allmählich ein blaues Auge, und ihre Kleider waren mit Wasser und Dreck bespritzt.

»Woher hast du all den Schmuck? Von dem Zauberkopf?« fragte er. Seine Augen blickten schlau und abschätzend. Die Brosche da mit der großen Perle in der Mitte war das Lösegeld eines Königs wert.

»Nein, aus Sibilles Sachen. Die Brosche – die Brosche, er hat gesagt, sie ist vergiftet, und ich habe ihn damit gekratzt. Vater, ich muß den Kopf zurückhaben, damit ich mich gesund wünschen kann. Er hat ihn gestohlen, und er sagt, er wünscht sich, daß das Gift bei ihm nicht wirkt, ich bin ihm einerlei, denn dann muß er mich nicht heiraten. Vater, er sagt, er kommt zu meiner Beerdigung!«

»Er wird nicht eingeladen«, sagte ihr Vater. »Ein Kopf, ein Kopf, der Wünsche erfüllt ... Aber Villasse ist bereits über alle Berge. Wie zum Teufel soll ich ihn noch einholen? Was ist, wenn er mich tot wünscht?«

»Vater, ich habe gewußt, daß Ihr mich rettet.«

»Aber gewiß doch. Ein Kopf, der Wünsche gewährt – wenn ich den hätte! Redet er?« Sie gingen jetzt ins Haus zurück.

»Ja, er sagt schreckliche Sachen. Aber zuerst müßt Ihr die Worte auf dem Kasten nachsprechen.«

»Und was hat er sonst noch gesagt? Alles ist wichtig.«

»Er ... er hat gesagt – und ich kann beschwören, ich weiß es noch –, daß er irgendwohin zurück muß, also beeilt Euch ...«

Als Villasse die Grenzen von La Roque-aux-Bois hinter sich gelassen hatte, brachte er sein Pferd im Schatten eines großen Baumes zum Stehen und öffnete den Kasten. Etwas daran stimmte nicht, er schien im nachmittäglichen Licht zu flimmern, und man konnte die Worte über dem Schloß kaum noch lesen. Gerade hatte er angefangen, sie nachzusprechen, als die Stimme der Mumie, raschelnd wie abgestorbene Blätter, sagte: »Zu spät.«

»Was meinst du mit zu spät?«

»Ich kehre bereits zurück. Sibille de la Roque besitzt mich, und ich bin an sie gebunden ...«

»Komm zurück. Wehe, du verflüchtigst dich! Ich brauche dich, du mußt bewirken, daß das Gift aus meinem Blut verschwindet.«

»Schade, zu spät, leb wohl ...«, und bei diesen Worten wurden Menander und sein Kasten durchsichtig und verblaßten unter Vilasse' Händen. Außer sich wandte Thibauld Villasse sein Pferd und spornte es zum Galopp in die Richtung, aus der er gekommen war. Und während er ununterbrochen auf das schaumbedeckte Tier einpeitschte, dachte er: Wie lange, wie lange braucht das Gift, ehe es wirkt? Was hat dieser gottverdammte Astrologe noch gesagt? Unsägliche Qualen, hat er gesagt, langsam. Wie langsam? Wie viele Stunden, Tage, Wochen?

Als sie das Gutshaus betraten, hörten Hercule de la Roque und seine zweite Tochter einen entsetzten Schrei, der von oben kam. Bei dem Geräusch setzte sich der Abbé, der über einem Buch eingenickt war, mit einem Ruck auf. Plötzlich, so kam es Sibilles Vater vor, schienen aus allen Richtungen lästige Frauenzimmer nach oben zum Mädchenzimmer zu eilen: Clarette und ihre Mutter legten die Stickreifen beiseite und rannten hoch, seine Frau und seine Schwester kamen aus der Küche, seine anderen Töchter – Sibille auch unter ihrem ganzen Putz knochig und unansehnlich wie eh und je –, alle stürzten dahin, woher Isabelles Schreckensschreie erklangen. Hercule schob sie beiseite und stürzte ins Zimmer, und da sah er die kleine Isabelle völlig außer sich vor einem offenen Kasten, in dessen Innerem sich ein lebendiger abgeschlagener Kopf zu materialisieren schien.

»Halt den Mund, kleiner Kretin, und wünsche dir etwas«, schimpfte der Kopf. »Du kannst alles haben, was du willst. Es kostet dich nichts als deine Seele, aber deine ist federleicht und ist kaum der Mühe wert, daß du sie behältst. Solch ein kleines Opfer, und so viele hübsche Dinge, die dir gehören könnten. Möchtest du ein Pferdchen haben?«

Doch Isabelle heulte nur: »Er lebt! Er ist häßlich und schmutzig! Mama!«

»Das ist er! Das ist der Zauberkopf!« rief Laurette.

»Ich weiß«, sagte ihr Vater. Doch statt den Kasten zu ergreifen, packte er Sibille, verdrehte ihr den Arm auf dem Rücken und schrie sie an: »Endlich, du eingebildete alte Jungfer, endlich taugst du zu etwas. Wünsche für mich, Sibille.«

»Was – was meint Ihr damit, Vater?«

»Ich habe gehört, was er gesagt hat. Glaubst du etwa, ich möchte beim Wünschen meine Seele verlieren? O nein, du wünschst für mich. Als erstes will ich ein Vermögen und ein Schloß an der Loire haben. Beeil dich, sonst kannst du was erleben.«

»Aber Vater, das Gift ...«, kreischte Laurette.

»Später, später. Immer schön der Reihe nach. Sibille, wünsche dich an meiner Stelle in die Hölle. Na mach schon, mach schon, sonst wünschst du dir in Zukunft gar nichts mehr.« Sogar Tante Pauline, die den Türrahmen ausfüllte, erstarrte vor Entsetzen. Niemand wagte sich zu bewegen.

Selbst in der unnatürlichen Stille des Zimmers waren die Zauberworte kaum zu hören, so laut schluchzte Sibille. »Bei Agaba ...«

»Wehe, du sprichst doppelzüngig. Mach ihm klar, daß das Schloß für mich ist.«

»Ich wünsche mir von dir, daß du ... meinem Vater, Monsieur Hercule de la Roque ... ein sehr großes Vermögen und ... und ... ein Schloß an der Loire ...«

»Im neusten Stil, in gutem Zustand, mit hervorragenden Jagdgründen ...«

»Im … im … neusten Stil … in gutem Zustand … mit hervorragenden … hervorragenden Jagdgründen gibst.«

»Na endlich, Sibille«, sagte Menander. »Das war ein hartes Stück Arbeit – härter als alles in tausend Jahren. Deine Seele wird dir gar nicht so sehr fehlen. Sie ist so leicht, fast unsichtbar, und ihr Menschen fühlt sie fast nie.«

»Hercule, du widernatürliches Ungeheuer. Je eher du tot und begraben bist, desto besser für deine Familie«, sagte Tante Pauline, die unter ihrem Puder noch bleicher war als üblich.

»Aber Vater, das Gift …«, jammerte Laurette. Sie schwitzte vor Angst.

»Gleich, ich will auch ewige Jugend haben«, sagte ihr Vater, der Sibille noch immer in seiner Gewalt hatte. »Mach weiter, Sibille, wünsch es für mich.«

»Tut mir leid«, kam Menander dazwischen. »Ich bearbeite noch den ersten Wunsch.«

»Dann setz ihn einfach auf die Liste und nimm ihn als zweiten dran«, sagte Hercule de la Roque ungeduldig.

»So funktioniert das nicht«, entgegnete Menander. »Zuerst muß ich mir ausdenken, wie ich einen Wunsch erfülle, dann setze ich das Schicksal in Gang, erst dann kann ich mich dem nächsten Wunsch widmen.«

»Das dürfte leicht sein. Hast du so wenig Zauberkräfte, daß du mir nicht einmal ein schlichtes Schloß geben kannst?«

»Oh, ich habe zu meiner Zeit schon Königreiche geschenkt. Und im Augenblick bin ich dabei, Philipp von Spanien den Kopf zu verwirren, damit die Spanier nicht in Paris eindringen. Ich wirke große Dinge, wie du siehst.«

»Dann beeil dich, ich will ewige Jugend haben. Und dann Macht – unendliche Macht … Fürwahr, wenn ich die habe, dann behalte ich dich am Ende doch, Sibille. Du kannst gute Werke für mich tun. Endlich eine pflichtbewußte Tochter. Fürwahr, ich werde dem König, dem Kaiser, ja selbst dem Papst befehlen können.«

»Noch nicht ganz, gieriger alter Mann. Ich denke noch nach. Es gibt da ein kleines Problem«, murrte Menander.

»Was meinst du mit Problem?«

»Nun ja, Sibille hat sich etwas für ihren Vater gewünscht, aber der ist tot. Für einen Toten kann man nichts mehr wünschen. Die Seele ist dort, wo immer sie hingegangen ist. Tut mir leid ...«

»Wach auf, wach auf, du vermaledeites Stück Abfall! Wehe, du schließt jetzt die Augen!« Hercule de la Roque war außer sich vor Wut, ließ Sibille los, stürzte zum Bett, packte den Kasten und schüttelte ihn. Der Kopf rollte zu Boden, ihr Vater ergriff ihn am Ohr, das sich löste und in seiner Hand zurückblieb. Unter dem Gekreisch der Frauen trat er nach dem Kopf und trat auf ihm herum.

Doch selbst er fuhr entsetzt zurück, als der Kopf aus der zerstampften Masse erneut Gestalt annahm und sagte: »Könnt Ihr mich nicht in Ruhe lassen, damit ich nachdenken kann? Ich habe Euch doch gesagt, stört mich nicht bei der Arbeit.«

»Wo ist Sibille?« brüllte Hercule de la Roque und blickte wild um sich. »Vermaledeites Miststück! Das hat sie mir angetan.« Doch die Frauen waren alle geflohen. Nur seine Schwester Pauline, dieser riesige Fleischberg, verharrte, auf den Spazierstock gestützt, noch im Zimmer.

»Nun, Hercule, anscheinend hast du wieder einmal alles verdorben. Das war eine dumme Frage. Wenn du das Ding da lange, lange behältst, wacht es vielleicht wieder auf.«

»Ich habe mir schon immer gedacht, daß dieses Mädchen nicht von mir ist. Und der Geburtstag, das Taufdatum – als ich nach Hause kam, hatte ich die Beweise dafür ...«

»Hercule, ich habe mit dem Priester geschlafen, um ihn dazu zu bewegen, die Dokumente zu fälschen.«

»Du?«

»Damals war ich hübsch, falls du dich noch erinnerst, und ich wurde in aller Eile mit einem Mann verheiratet, den ich trotz seines Geldes nicht lieben konnte. Der Priester war schön, Hercule, und geistreich – und er hat mir Absolution erteilt.«

»Pauline, du verdienst keine Absolution.«

»Für das, was ich getan habe, o ja. Und er hat gesagt, Gott würde mir verzeihen, wenn ich es wiedergutmache.«

»Wiedergutmachen? Was? Daß du mit ihm geschlafen hast?«

»Nein, daß ich meine beste Freundin verraten habe, denn ich habe den Mann geliebt, der sie erwählt hatte. Du spottest? Ich war zu großer Liebe fähig, damals. Was verstehst du schon von großen Gefühlen? Du und Vater – in eurer Gier … Es war alles umsonst.« Pauline schüttelte den Kopf, ihr seltsames Gesicht eine Maske quälender Erinnerung und des Bedauerns. »Als sie versuchten wegzulaufen und heimlich zu heiraten, war ich es, die sie verriet. Wie vergiftet ich damals war vor Neid! Das war meine Sünde, Hercule. Neid. Ihr Vater segnete mich dafür – und schlachtete ihn ab wie einen Hund. Nie, niemals wollte ich seinen Tod! Und ich war schuld …«

»Wenn es wirklich so war, Pauline, dann war es das einzig Ehrliche, was du jemals begangen hast.«

»Mein ganzes Leben habe ich es bereut und alles gegeben, um wiedergutzumachen, was nicht mehr gutzumachen war. Ja, ich habe dafür gesorgt, daß die Geburtsdaten gefälscht wurden, als du im Krieg warst. Ich hätte sie adoptiert, aber du wolltest es nicht …«

»Sie verdiente es nicht …«

»Aber jetzt ist sie mein, und ich werde alles dafür geben, um sie glücklich zu machen.«

»Pauline, du Hexe …«

»Nur um eine Erbin zu heiraten, warst du zu allem fähig, nicht wahr – sogar zu einem Mord. Du und Hélènes Vater habt ihn entkleidet und in den Fluß geworfen in jener Nacht. Leugne es nicht, ich weiß alles. Aber du wußtest nicht, daß du nur Reste bekommen würdest.«

»Dieser verdammte alte Mann … Er hat mich belogen. Wie ihr alle.«

»Die Diener haben nämlich seine Kleidung verkauft. Ich fand seine Gürtelschließe, sein Tagebuch und das Amulett, das er am Hals trug. Mein Gott, die Tränen, die auf das Buch getropft sind! Selbstsucht ist das schlimmste aller Verbrechen …«

»Und du bist die schlimmste aller Verbrecherinnen. Dein Betrug hat mich um die Chance meines Lebens gebracht.«

»Du hattest deine Chancen und hast sie verspielt. Und ich

habe lediglich geflickt, was noch zu flicken war. Was dir das eingetragen hat – ha! Einen Scherz – einen Scherz des Schicksals ...«

»Du hast mir ein Kuckucksei ins Nest gelegt – dafür könnte ich dich umbringen.«

»Wohl kaum, Hercule. Wenn ich hier sterbe, weiß es alle Welt, und mein Vetter, der Abbé, hat wirklich gute Beziehungen. Ganz zu schweigen von dem guten Priester, der mir Absolution erteilt hat. Er ist hoch gestiegen, Hercule. Ich glaube nicht, daß du wissen möchtest, wie hoch. Hast du gedacht, ich würde deine Gastfreundschaft jemals ohne Zeugen annehmen?« Als sie sich abwandte und aus dem Zimmer marschierte, ergriff ihr Bruder wutentbrannt den Kasten mit dem Zauberkopf und schüttelte ihn noch einmal tüchtig.

»Geh weg, ich habe zu tun«, murrte dieser.

»Zum Teufel mit dir«, schrie Hercule de la Roque. »Bist du zu dumm, um dir zu merken, daß der Wunsch für mich war – für mich – Hercule de la Roque.«

»Das hat das Mädchen nicht gesagt. Wenn du nicht zufrieden bist, dann mach es mit ihr aus«, entgegnete der Kopf mit leiser, hinterhältiger Stimme.

»Sibille«, Hercule de la Roque wurde zunehmend wütend. »Ja, Sibille ... gut, ich werde es mit ihr ausmachen.« Mit Zornesfalten auf der Stirn, an den Schläfen schwellenden Adern und hochrotem Gesicht stürmte er aus dem Zimmer und auf die Treppe zu. Die Schatulle unter seinem Arm stieß ein höllisches Gelächter aus. Doch auf halbem Weg die Treppe hinunter blieb er stehen, denn unten wartete jemand auf ihn – mit gezogenem Schwert. Am Fuß der Treppe stand Thibauld Villasse – sein Gesicht hager und verzerrt, seine Kleidung fleckig von Schweiß und Staub des stürmischen Ritts.

»Hercule, gebt mir den Kasten«, sagte Villasse. Ein verzweifelter Ton schwang in seiner Stimme. Machte sich das Gift bereits bemerkbar? Schon glaubte er einen pochenden Schmerz zu verspüren ... Oder war es ein brennender? Hatte der Quacksalber davon gesprochen, daß es brennen würde? Oder hatte er etwas von den Augen gesagt? Er hatte keine Zeit, darüber nachzudenken. »Gebt ihn mir, beeilt euch!« wiederholte Villasse schrill.

»Niemals! Er gehört mir«, erwiderte Sieur de la Roque wutschnaubend. »Ich muß erst noch etwas mit Sibille klären. Geht mir aus dem Weg, Ihr Hornochse.«

»Bettler! Wie könnt Ihr es wagen ...«

Mit einem Satz war er bei Sieur de la Roque und stach den alten Mann nieder, ohne auch nur eine Sekunde zu zögern. Während der Kasten vor der Leiche geräuschvoll die Treppe hinunterkollerte, packte Villasse die blutige Trophäe und rannte zur Tür.

»Bei Agaba, Orthnet, Baal, Agares, Marbas beschwöre ich dich. Almoazin, Membrots, Sulphae, Salamandrae öffnet das dunkle Tor und hört mich an. Gib mir, was ich mir wünsche. Entferne das Gift aus meinem Blut.«

»Stört mich nicht, ich muß nachdenken.«

»Erfülle meinen Wunsch, du verfluchtes Ding«, schrie Villasse und schüttelte den Kasten.

»Ich habe Euch doch gesagt, daß Ihr mich nicht stören sollt. Ich denke nach. Wenn ich damit fertig bin, kümmere ich mich um Euren Wunsch. Aber im Augenblick ist noch jemand vor Euch dran. Ein Vermögen und ein Schloß für Sibilles Vater. Oder vielleicht für diesen Kerl, diesen de la Roque. Ein Problem. Das muß ich erst noch austüfteln.«

»Hör auf zu faseln und gib mir, worum ich dich gebeten habe«, rief Villasse, und er war so beschäftigt mit dem Kasten, daß er die stämmigen Feldarbeiter nicht bemerkte, die sich mit Stricken und Mistgabeln leise hinter ihm gesammelt hatten.

»Nicht möglich«, beharrte der Kopf, und Villasse schrie auf, als sich sechs Männer auf ihn stürzten.

»Fesselt ihn!«

»Tötet ihn!«

»Nein, tut ihm nichts. Warum sollten wir uns die Hände schmutzig machen? Fesselt ihn, und den Rest erledigt der Richter.«

Die ganze Nacht über, während er in einer fensterlosen Kornscheuer eingesperrt war und auf die Ankunft des *bailli* wartete, versuchte Villasse wieder und wieder sich auszurechnen, welcher Tod schlimmer war; der, den das Gesetz vorschrieb, oder der, den ihm Gottes Gerechtigkeit zugedacht hatte. Und welcher würde zuerst eintreten?

20. Kapitel

Hunderte von huschenden Lichtern funkelten im Dunkeln wie Augen. Lichter auf der Treppe, wo die Mägde die Blutflecken aufwischten, Lichter auf der Diele, auf Tischen und Kommoden, während Mutter und Tante Pauline Vaters Leichnam wuschen und auf einem Schragentisch mitten im Raum aufbahrten. Und ich, ich wanderte wie ein Geist durch die verdunkelten Zimmer, die Treppe hinauf und wieder hinunter, während mich unentwegt Augen zu beobachten schienen. Das war Vaters letztes Geschenk: Er ließ mich ohne Seele zurück. Ich konnte die kalte Leere in mir spüren, wo vorher warme Stimmen geredet, gestritten, Gedichte formuliert und über die Natur gestaunt hatten. Irgendwann in der Nacht hörte ich, wie Isabelle und Françoise den Abbé mit bebender Stimme fragten, ob Vaters Seele im Himmel sei, und ich hörte, wie Abbé Dufour tsss, tsss machte und sagte, daß sie gewißlich irgendwo sei, doch da müßten sie eine höhere geistliche Autorität fragen als ihn. Aber meine Seele, wo war meine?

Am nächsten Morgen trafen der *bailli* und seine Helfer ein und holten Thibauld Villasse ab, der mit Häckseln übersät und aus irgendeinem Grund zu schwach zum Gehen war. Sie mußten ihn über ein Maultier werfen, und er brummelte und führte Selbstgespräche wie ein Irrer. Laurette hütete das Bett, vermutlich vor Schreck, doch Mutter und Tantchen hatten darauf bestanden, daß sie allein auf einer Pritsche in Mutters Zimmer lag, statt in dem großen Bett, das wir uns teilten. Sie versperrten die Tür vor Clarette und mir, und als ich Tantchen herauskommen sah, trug sie dicke Handschuhe und hatte etwas in der Hand, was ich nicht erkennen konnte, und Mutter hielt eine Schere.

»Hoffentlich ist es nicht ansteckend«, sagte Madame Montvert bange.

»Nein«, seufzte Mutter, »es ist nicht ansteckend. Betet für meine Tochter, Madame, nur ein Mutterherz kann verstehen, was ich durchleide.«

»Ihr seid sehr tapfer«, versuchte Madame Montvert zu trösten. »Wenn sie genesen und dieser furchtbare Krieg vorbei ist, müßt Ihr beide zu einem Besuch in mein Haus kommen, ich möchte Euch in dieser Zeit der Anfechtung und des Verlustes irgendwie beistehen.«

Doch als ich am nächsten Tag an den Mägden vorbeiging, die jetzt die Blutflecken vom Treppengeländer schrubbten, da platzte der eiserne Reifen, der Körper und Seele gefangengehalten hatte, Schreck und Angst packten mich, und ich zitterte und weinte wegen meines Verlustes, aber auch aus Angst, daß mich Gott auf der Stelle für mein schreckliches Verbrechen niederstrecken würde. Ich hatte den abscheulichen Menander in mein Vaterhaus gebracht und den Tod meines Vaters bewirkt.

»Ich habe ihn umgebracht, es ist alles meine Schuld, ich bin der böseste Mensch auf der ganzen Welt, und ich habe nicht einmal eine Seele«, schluchzte ich und brach tränenüberströmt am Fuß der schicksalbeladenen Treppe zusammen. Hinter mir hörte ich bedächtige Schritte und das Tapp-tapp eines Spazierstocks.

»Mein Schatz«, sagte Tantchen, zog mich hoch und legte den Arm um mich. »Es wird Zeit, daß ich dir etwas erzähle: Du bist keine Vatermörderin, nicht im entferntesten. Und was deine Seele anbelangt …«

Und so erfuhr ich die ganze entsetzliche Wahrheit. Noch nie

hat ein einziges armes Herz so viele Schrecken in nur einer Woche aushalten müssen, und mir wollte scheinen, daß meine geistige Gesundheit auf ewig zerstört wäre.

»Ich habe immer gespürt, daß ich nicht hierherpasse«, sagte ich schließlich.

»Leider, mein Schatz. Aber deine Mutter hat dich so sehr geliebt, daß sie dich nicht bei den Nonnen lassen wollte, und ich habe dich so sehr geliebt, daß ich nicht wollte, daß man dich verstößt oder unversorgt läßt. Du warst doch sein Kind und – soviel ich weiß – das letzte Mitglied seiner Familie. Du siehst also, wegen der Liebe, die ich einst für ihn empfunden habe, mußt du leben und Nicolas heiraten.«

»Also ist Vater nicht mein Vater, sondern er hat meinen wirklichen Vater ermordet?«

»Ja, es tut mir leid, aber es ist so. Du siehst also, daß du keinerlei Schuld hast am Tod meines Bruders. Seine Gier hat ihn getötet.«

»Aber woher hat Großvater gewußt, wann sie fliehen wollten?«

»Ich – ich weiß nicht – er hat, glaube ich, einen Brief abgefangen ...«, stammelte Tantchen, aber irgendwie war mir klar, daß ich das nie wieder fragen durfte. Es gibt eine Wahrheit, die so abgründig ist, daß man darin ertrinken kann. Also, nicht weiter. Und ich konnte mir vorstellen, daß es vielleicht Vater war. Schließlich hatte seine Familie jahrelang versucht, diese Ehe einzufädeln, wurde jedoch von Mutters Familie abgewiesen, bis ihr Ruf ruiniert war. Wie hätte er sonst wohl auf Einheirat in eine Familie hoffen können, die so viel älter und wohlhabender war als seine eigene? Wie seltsam, wie furchtbar: Vater hatte meinen Vater umgebracht. Und das kurze Zeit nachdem Mutters jüngerer Bruder gestorben war und sie zur alleinigen Erbin gemacht hatte. Wer würde wohl nicht einen Brief abfangen, wenn ein Vermögen zu gewinnen war? Gewonnen und zerronnen wie Wasser ...

Eine Woche später zogen wir in Tantchens Haus nach Orléans, während Mutter auf dem Gut blieb, mit leerem Blick wie eine Tote von Zimmer zu Zimmer geisterte und ihre jüngeren Kinder tröstete, doch sie war sonderbar abwesend. Mir schien, als wäre nach ihren Jahren im Fegefeuer nur sehr wenig von ihrem wahren Selbst übriggeblieben. Jahre der Strafe, des stillen Trotzes und des Argwohns hatten an ihrer Seele genagt, und dabei war sie so bleich und durchscheinend geworden wie Tantchens Gespenster.

Glücklicherweise gehörten Madame Montvert und ihre Tochter nicht zu den Menschen, die Gespenster sehen konnten, und sie waren sehr froh, als sie endlich La Roque-aux-Bois und seine gräßlichen Ereignisse hinter sich lassen konnten. Sie staunten nicht wenig über Tantchens barbarischen Möbelluxus, ihre Samtvorhänge, ihr Silber, ihre sonderbaren antiquierten Gewänder, von denen sie mehrere als »haargenau richtig« befanden, so daß man sie für Clarette umändern konnte. Und natürlich war da Matheline, deren Gatte solch teurer Freund des alten Monsieur Montvert war, daß sie einfach hatte kommen müssen, »trotz des Skandals, meine liebe Sibille. Und ist es nicht schrecklich! Villasse soll den Verstand verloren haben und nur noch dummes Zeug über Köpfe ohne Leib faseln.«

»Köpfe ohne Leib? Ei, dann ist er gewißlich irre«, sagte Tante Pauline. »Nehmt doch noch eine von diesen kandierten Mandeln, liebe Matheline, und erzählt von Euch.«

»Ach, Ihr wißt doch, wie ungern ich über mich selbst rede. Aber mein kleiner literarischer Salon ist zu einer festen Einrichtung geworden, ja, zu einem Fixpunkt im kulturellen Leben dieser Stadt. Vornehme Gäste – ach, so viele! Jeder hat von meinem Zirkel gehört! Ei, erst gestern hat ein ungemein vornehmer Herr von Stand – keine Namen bitte – mich mit Tränen in den Augen um eine Einladung angefleht. Und Ihr, liebste Clarette, Ihr und Eure Mutter müßt einfach am nächsten Dienstag kommen ... nicht auszumalen: d'Estouville endlich unter der Haube! Und sein Onkel so hoch in Gunst beim König! Und du, Sibille, ihr müßt alle kommen ... Diese Tragödie, diese Tragödie – sie ist in aller Munde... Ich bin mir sicher, daß du noch zu gramgebeugt zum Lesen bist, Sibille, aber wenn du einfach nur so erscheinen würdest ...«

Um die Neugier und die Skandallust deiner versammelten Freundinnen zu befriedigen, dachte ich. Matheline, du änderst dich nie. Es gibt durchaus einen Grund, warum jeder auf zehn Meilen im Umkreis darauf brennt, deinem *cénacle* beizuwohnen, und der hat nichts mit den Gedichten zu tun, die dort gelesen werden ...

»Ei, wie hält man einen solchen Erfolg nur aus?« fragte Tantchen.

»Ich bemühe mich, bemühe mich ... Aber offen gestanden, zuweilen bin ich derart ausgelaugt. Glücklicherweise, teure Freundin, ist mein Gatte ein Heiliger.« Bei diesen Worten warfen sich Clarette und ihre Mutter einen vielsagenden Blick zu, da sie den fraglichen Heiligen gut kannten. »Und so furchtbar großzügig mir gegenüber ... Ihr müßt beide kommen und Euch die entzückenden filigranen Stoffmuster ansehen, die er mir aus Paris geschickt hat ... Für Euch sind sie gewiß etwas Alltägliches, liebste Clarette, Euer Samtkleid hat wirklich einen wunderbaren Schnitt, aber die Farbe, diese Schattierungen nach der allerneuesten Mode! Gewiß, falls Paris fällt, ist es ein Jammer, daß man keinen Stoff mehr schicken kann, das wäre zu schwierig, auch wenn ich für diesen Winter verzweifelt nach etwas Modischerem suche ... Aber mein Gatte schreibt, daß die Engländer wie gelähmt seien; sie bleiben im Lager und bewegen sich keinen einzigen Schritt von St. Quentin auf Paris zu ... Und so geht das schon seit Wochen, und niemand weiß, warum ... Es ist, als ob sie darauf warten, daß der Herzog von Guise aus dem Süden eintrifft. Man sagt, König Philipp ist nicht mehr richtig im Kopf.«

Jetzt war ich an der Reihe, mit Tantchen einen vielsagenden Blick zu tauschen. Menander. Was auch immer er vor dem letzten Wunsch in Gang gesetzt hatte, es schien langsam zu mahlen wie Gottes Mühlen. Wir dachten schon, daß er vielleicht gar nichts mehr bearbeiten würde, als wir ihn des Nachts atmen und vor sich hin brummeln hörten: »Nein, so nicht ... Aber geht es so? Nein, so auch nicht.« Und dann setzten wir uns auf und stellten Vermutungen an. Diese besondere Eingangspforte zur Hölle war geschlossen worden, und die bösen Mächte wirkten nicht mehr durch ihn. Aber die alten Pforten standen noch offen. Seltsam, seltsam. Doch wie sollten ausgerechnet wir uns mit den Machenschaften des Bösen auskennen?

Nachdem Matheline mit wogenden Röcken davongerauscht war, blickten wir uns an, als ob wir alle denselben Gedanken hätten. Tante Pauline sprach aus, was wir dachten: »Falls Matheline jemals dahinterkommt, daß Menander mehr ist als ein Phantasieprodukt von Villasse, wird sie ihn zweifellos als Ehrengast einladen.«

In diesem Herbst wartete die Stadt Orléans, die überfüllt war mit Flüchtlingen aus Paris, atemlos darauf, daß der Herzog von Guise aus dem Süden eintraf, doch ich bemerkte kaum etwas davon. Eines Tages erschien der älteste Sohn unseres neuen Gutsverwalters mit der Nachricht vom qualvollen Tod meiner Schwester Laurette. Sie war der gleichen eigenartigen Krankheit erlegen, die Villasse im Gefängnis dahingerafft hatte, noch ehe die Verhöre beendet waren. Eine Krankheit mit gräßlichen Schmerzen, Krämpfen und offenen, eiternden Schwären am ganzen Leib. Unverzüglich wollte ich ans Totenbett meiner Schwester eilen, doch bat mich meine Mutter, in Orléans zu bleiben, bis sich die Wirren des Krieges gelegt hätten. In ihrem Brief schrieb sie mir auch, daß Laurette sich mit der Brosche gestochen habe, die sie in meinem Gepäck gefunden hatte, und daß Villasse sie mir geschickt habe, um grausame Rache zu nehmen. So mußte also Laurette an meiner Stelle sterben? Ich vergoß bittere Tränen über ihren schrecklichen Tod, doch kann ich nicht verhehlen, daß mich der leise Verdacht beschlich, daß Laurette wohl nicht ganz schuldlos war ...

Kaum hatte ich den ersten Ansturm der Tränen besiegt, klopfte es erneut an die Tür.

»Sibille, Sibille!« Ein Brief von Philippe! Er ist bei Thionville verwundet worden und erholt sich in Senlis. Es geht ihm gut, Sibille, und er ist in Sicherheit! Der rechte Arm wird ihm monatelang zu nichts nutze sein, also kann er auch nicht an die Front zurück! Und er schreibt, daß Euer Bruder ein Held ist! Ach, ist mein Philippe nicht wunderbar! Er läßt in seinem

Brief alle grüßen!« Clarette war, so schnell sie konnte, zu Tantchens Haus gelaufen, um die Neuigkeiten zu überbringen. Ihr Gesicht war ganz gerötet vor Freude.

»Clarette, ich freue mich so für Euch …«

»Ich weiß, daß Ihr traurig seid – das ist nur natürlich. Ich habe tagelang geweint, als meine kleine Schwester gestorben ist. Aber nun tröste ich mich mit dem Wissen, daß sie im Himmel mein Schutzengel ist – genau wie Eure Schwester für Euch …«

Ich blickte in ihr liebes, verständnisloses Pfannkuchengesicht und antwortete: »Ihr habt recht, das ist ein sehr tröstlicher Gedanke.«

»Und Vater hat Nachricht geschickt, daß das sonderbare Zögern des spanischen Königs ihnen gestattet hat, die Mauern zu befestigen und weitere Waffen heranzuschaffen. Wenn der Herzog von Guise mit seinem Heer rechtzeitig eintrifft, kann man Paris durchaus noch retten, sagt er.«

»Das ist wunderbar, Clarette.«

»Und noch etwas wird Euch freuen, Sibille. Vater hat geschrieben, daß er nächste Woche einen Kurier nach Genua schickt, und wenn Ihr Nicolas in dem Paket einen Brief mitschicken wollt …«

»Nicolas! Aber natürlich doch. Ich schreibe ihm noch heute!«

»Seht ihr? Ich habe gewußt, daß Euch das aufmuntert. Sibille, es wäre mir eine große Freude, wenn wir irgendwann Schwestern würden … Ich weiß, daß ich Euch Laurette niemals ersetzen kann.«

Ich hatte das unbestimmte Gefühl, daß das auch gut war. Nicolas, ach, wenn er doch nur hier wäre, alles käme in Ordnung. Plötzlich traf es mich wie ein Blitz: Menander mußte seine Macht verloren haben. Er begleitete mich nicht mehr, wenn ich für längere Zeit das Haus verließ, auch hatte sein Kasten den schimmernden Glanz verloren, und wenn er einen Kratzer abbekam, heilte der nur sehr langsam. Bisweilen, wenn Menander gründlich nachdachte, schien sein Kasten durchscheinend zu werden. Ja, ganz klar, seine Kraft war am Schwinden. Aber war dann nicht auch das größte Hindernis gegen meine Heirat mit Nicolas beseitigt? Wenn es doch nur einen Weg gäbe, die drohende Hinrichtung für das illegale Duell zu umgehen, damit Nicolas endlich aus seiner Verbannung zurückkehren könnte.

An diesem Abend nahm ich nach dem Abendessen eine Kerze mit in mein Zimmer und stöberte unter meinen Sachen nach Papier und Feder. Ich will Nicolas einen wunderschönen Brief schreiben, dachte ich, mit Anspielungen über Menanders Schicksal, die nur er deuten kann. Als ich so in meinem Schreibtisch herumkramte, erblickte ich unter leeren Blättern etliche meiner neuesten poetischen Bestrebungen, von denen drei in der Rohfassung von den Hofdamen hoch gepriesen worden waren.

Ich nahm meine Gedichte zur Hand und ging sie durch. Es wird mir guttun, meine Werke zu bewundern, dachte ich. Nach all den Schrecken endlich Kunst ... Doch statt des gewohnten, warmen Gefühls der Befriedigung, das mich von Kopf bis Fuß zu durchrieseln pflegte, war mir, als läse ich mein Werk durch ein entstellendes Vergrößerungsglas. Wie gestolzt, wie geziert, wie bar aller echten Gefühle diese Gedichte waren! Mechanische Schöpfungen und dazu bestimmt, Leuten ohne Geschmack zu schmeicheln, dazu angetan, mir selbst zu schmeicheln. Mein Gott, sieh dir das hier an, das über den Tod. »Oh, Gewand trostloser Trübsal, umhülle mich ...« Und dann das über die Jahreszeiten, voller schiefer Bilder und Schäferinnen namens Phyllis. Wie gräßlich! Wie war ich doch hohlköpfig und eitel gewesen! Wie hatte ich nur so wenig vom Leben begreifen können! Mir war hundeelend ob meiner schlechten Gedichte und meiner verlorenen Liebe.

Mein Brief. Mein Brief an Nicolas. Ich mußte mich zum Schreiben zwingen. Entschlossen nahm ich mir ein Blatt Papier und tauchte die Feder in das Tintenfaß. Doch in meinem Kopf pochte es gar eigentümlich, und ich konnte das Blut in meinen Ohren rauschen hören, als ich die ersten Worte oben auf die Seite setzte. Vor meinem geistigen Auge stand Nicolas' Bild. Alles in mir, alles in mir gehörte ihm, nur ihm allein. »Geliebter, du angebeteter Wärter meines Herzens«, schrieb ich, doch danach wußte ich nicht so recht, wie ich das, was sich zugetragen hatte, in Worte fassen sollte. Unvermittelt stiegen mir aus den Tiefen meines gebrochenen Herzens ganz andere Worte in den Kopf und fügten sich ohne mein Zutun aneinander. Rhythmus und Versmaß flossen so natürlich auf das Papier wie mein Blut pulsierte. Mir war heiß, ich fieberte, dann zitterte ich am ganzen Leib. Die Feder, die Feder schrieb wie besessen, und aus ihr floß ein Gedicht – ein Gedicht, wie ich noch nie eins geschrieben hatte und vielleicht auch nie wieder schreiben würde. Qual und Flamme auf Papier. Ein Schmerz, als würde ich ausgeweidet, die darauffolgende Erschöpfung wie der Tod.

»Ich glaube es auch kaum. Ich habe nicht gedacht, daß du die Gabe hättest«, sagte eine körperlose Stimme. Hoch oben, in der Ecke dicht unter der Decke, glühten ein Paar gelbe Augen, eingerahmt von den verschwommenen Schatten rabenschwarzer Flügel mit glitzernden Einsprengseln.

»Habe ich auch nicht, Monsieur Anael«, erwiderte ich, denn ich hatte den Vertrauten von Nostradamus erkannt. »Das hier war ... zu schmerzhaft, das schaffe ich nicht noch einmal.«

»Ja, so geht es. Und du wirst feststellen, daß es auch nicht auf Befehl klappt. Darum ist höfische Poesie so seicht.«

»Da meine Künste bei Hofe so beliebt sind, warum also nicht weiterhin seicht bleiben?«

»Weil du jetzt den Unterschied kennst. Und du kannst weitaus mehr. Es ist zu leicht, den Höflingen mit seichten Dingen zu gefallen – die machen ihnen keine Angst.«

»Ich ... ich kann nie wieder sein, was ich einmal war.«

»Warum solltest du auch? Ich für mein Teil mag deine Dialoge. Dein letzter war hervorragend.«

»Aber ich kann nicht ... das war nur ... Ach, mir kommt gerade ein Gedanke.« Eine Idee grünte in meinem Inneren wie frisches Leben. »Was hältst du von einem Dialog, der im Fegefeuer zwischen niederen Dämonen und den großen Sündern und Kurtisanen der Geschichte stattfindet? Ich würde mir Base Mathelines Abendgesellschaften zum Vorbild nehmen, die sind das reinste Fegefeuer.«

»Oh, das gefällt mir!« sagte der Engel der Geschichte. »Falls du irgendwelche kleinen, historischen Einzelheiten benötigst, ich liefere sie dir sehr gern.«

»Einverstanden!« rief ich frohgemut, während ich zu einem neuen Blatt griff. Und so kam es, daß ich das einzige Gedicht zu Papier brachte, das wirklich wertvoll ist, und einen sehr langen Brief an Nicolas, doch genau in dieser Nacht begann ich auch mit dem ersten Teil meiner *Cena* oder Die Abendgesellschaft, die in den ersten sechs Monaten nach ihrem Erscheinen zehnmal nachgedruckt wurde. Schwer zu sagen, ob sie oder die Werke, die nachfolgen sollten, sich größerer Beliebtheit erfreuten. Ich jedenfalls machte mir damit einen Namen, oder besser gesagt einen Künstlernamen, nämlich »Chevalier de l'Aiguille«. Aber irgendwie war es auch Menanders letzter Fluch, denn in dieser Nacht war mir die Urteilskraft gegeben worden, echte Kunst von unechter zu unterscheiden. Aber gibt es ein grausameres Geschenk – insbesondere für einen Dichter?

An einem Spätnachmittag im Januar erschien ein dick vermummter Kurier an der Porte du Temple, einem der befestigten Tore der Pariser Stadtmauer. Sein schwitzendes Pferd dampfte in der Kälte, während er die Siegel eines Briefes zeigte. Nach einer kurzen Pause ritt er durch die engen Straßen in Richtung Louvre, und Vorbeikommende scharten sich um die Soldaten am Tor.

»Was ist los, was ist los?« riefen sie, als sie deren Mienen sahen und Geschrei und Jubelrufe hörten.

»Bei Gott, der Herzog von Guise hat Calais eingenommen!«

Doch der Kurier hörte die Jubelschreie nicht; er war bereits auf dem Weg nach Les Tournelles. Hunderte von Kerzen erleuchteten die schmalen Fenster der Salle Pavée, und die leise Musik schien im frühen Dunkel des Winters zu erstarren, als der Kurier die breite Freitreppe hinaufstieg. Der zweite Sohn des Herzogs von Nevers hatte sich vermählt, und dieses Ereignis feierte man mit einem Ball. Der König tanzte, und während die lange Reihe von Paaren bei der Pavane aufeinander zuschritt, wandte er zufällig den Kopf in Richtung des Tumults an der Tür und erblickte einen dunkel gekleideten Mann, der auf ihn zukam.

»Was gibt es, Robertet?« fragte er und verließ die Reihe. Die Musiker machten eine Pause.

»Majestät, der Herzog von Guise hat Calais eingenommen«, sagte der Sekretär des Königs. Kaum waren die Worte ausgesprochen, da verbreiteten sie sich auch schon im Raum und lösten Jubelrufe aus.

»Calais eingenommen? Wie, wann?«

»Die Engländer waren völlig überrumpelt. Nachdem die Marschen gefroren waren, haben unsere Kräfte sie mit einer Kanone überquert, sind in Stellung gegangen und haben die Außenfestungen eingenommen. Nach zwei Tagen Beschuß hatten wir eine Bresche in der Mauer, und gestern hat sich der englische Befehlshaber ergeben.« Das Weitere ging im Stimmengewirr, im Geschrei, in den Rufen nach einem Trinkspruch unter.

»Calais, die Unbesiegbare ...«

»Ha! Rache für St. Quentin!«

»König Philipps englische Königin ist dumm – der Befehlshaber soll um Verstärkung gebeten haben, und sie hat ihm geschrieben, es bestünde keine Gefahr ...«

»Frauen sollten nicht Krieg spielen ...«

»Treibt die verdammten Engländer ins Meer.«

Der König winkte zur Galerie, und die Musik setzte wieder ein – eine Trompetenfanfare, zu der sich Hochrufe gesellten. Wer freute sich nicht, daß das letzte englische Bollwerk in Frankreich genommen war? Doch am meisten freute sich wohl der Kardinal von Lothringen. Sein Bruder Guise war der Eroberer. Jetzt konnte Montmorency die Vermählung der Guise-Nichte Maria, Königin der Schotten, mit dem Dauphin nicht länger hinauszögern. Eines Tages würde der Dauphin herrschen, Maria würde den Dauphin beherrschen, und ihre Onkel würden Maria beherrschen. Und nach Frankreich und Schottland auch England ...

Unter einem grauen, schneeschwangeren Himmel ritten der König und der Dauphin mit hohen Beamten, Priestern, höheren Offizieren und einem ungemein langen Troß durch die Stadttore hinaus in die trostlose Winterlandschaft und auf Calais zu. Dort würden sie bunte Banner entrollen und triumphal Einzug halten, würden die Standhaften mit Ländereien und dem Recht auf Lösegeld für englische Gefangene von Adel belohnen, die entweihte Kathedrale reinigen und den katholischen Ritus wiederherstellen.

Daheim in Les Tournelles, innerhalb der Mauern von Paris, hatte Katharina von Medici ihre Antworten auf eine umfangreiche amtliche Korrespondenz zu Ende diktiert.

»Diese Bittgesuche können warten, bis der König, mein Gemahl, zurück ist«, sagte sie, nachdem sie mehrere versiegelte Dokumente gelesen und Robertet zurückgegeben hatte. »Aber die hier müssen sofort abgeschickt werden.« Sie traf, tüchtig, wie sie war, schnelle, methodische Entscheidungen. Doch es gelang ihr nicht, den Triumph in ihrer Stimme zu unterdrücken. Der König hatte ihr bis zu seiner Rückkehr die Regierungsgeschäfte übertragen. Ja, seit ihrem dramatischen Auftritt in Trauerkleidung vor dem Parlament und ihrer erfolgreichen staatsmännischen Bitte um Geld zollte ihr der König Achtung und beriet sich mit ihr in vielen Angelegenheiten. Während Robertet unter Verbeugungen rückwärts aus dem Zimmer ging, schickte sie nach ihren Hofdamen, die sie zur täglichen Messe in der Kapelle begleiten sollten. Danach käme das Diner, das stets mit der Präzision eines Uhrwerks aufgetragen wurde: der *huissier de salle* würde von dem *écuyer* mit dem Schlüssel gefolgt werden, anschließend traten der *maistre d'hostel* und der Vorsteher der Vorratskammer auf – so wurde die königliche Mahlzeit von dem wohlgeordneten Zug höherer Bediensteter und Pagen gereicht.

Formalitäten, dachte Katharina während der Messe, umgeben von ihren Frauen und Höflingen. Ordnung und Rituale binden die Menschen an Gott und auch an ihren König. Das ist das Geheimnis langlebiger Regierungen: Lasse keinen Fehler beim Ritual zu, keine Unordnung bei der Zeremonie. Dann geht alles gut. Ihre Gedanken schweiften ab zu dem unheiligen Ritual in ihrem kleinen Kabinett, wo sie sich dämonische Mächte gefügig machte. Auch dabei war Ordnung unerläßlich. Das richtige Ritual hatte diesen boshaften, untauglichen Menander schließlich zum Handeln bewogen, und nun sehe sich einer das Ergebnis an: Macht, Einfluß, alles auf höchst natürliche Weise, und die Herzogin von Valentinois schäumte vor Wut, weil Bittsteller nicht länger zu ihr, sondern zur Königin strömten.

Ein warmes Gefühl breitete sich in ihrer Brust aus; jetzt wurde das Glöckchen am Altar geläutet. Lob und Dank sei Gott für meinen Sieg, dachte sie, die Tatsachen verdrehend, als der Priester die Hostie hochhielt. Ja, wenn sie länger darüber nachdachte, so hatte Gott ihr diesen herrlichen, persönlichen Triumph geschenkt. Gutes kam gewiß immer von Gott, daher war es zweifellos Gottes Werk, wenn ein so weiser und einfühlsamer Mensch wie sie in Staatsangelegenheiten den gebührenden Einfluß nehmen durfte. Nachdem Gott bewiesen hatte, daß er auf ihrer Seite war, sollte sie vielleicht die Beratungen mit diesem bösartigen kleinen Ding aufgeben und sich in ihrer Freizeit guten Werken widmen, um ihre Seele nach diesem kleinen Umweg zurückzukaufen ...

Und der Tag blieb weiterhin wunderbar, während des Diners, während der Audienzen in der Galerie des Courges und am Abend, bei der ruhigen Unterhaltung und Lesung mit ihren Damen, die entweder an Stickreifen arbeiteten, Dame oder Tricktrack spielten oder sich dem Lesen erbaulicher Stoffe widmeten. Schließlich öffneten sich die Wolken über den zierlichen Türmchen, und die ersten weißen Flocken fielen zur Erde. Doch in dem mit Gobelins geschmückten Raum brannte ein helles Feuer im Kamin. Der Schein spiegelte sich in Katharinas Herzen. Sie saß auf einer gepolsterten Bank, hatte die Füße auf einen kleinen Schemel gelegt, blickte auf und musterte die sie Umgebenden.

»Was lest Ihr gerade?« fragte die Herzogin von Valentinois und beugte das spitze Gesicht über die Schulter der Königin.

»Eine Geschichte Frankreichs«, gab diese zurück, »und die

berichtet mir, wie oft sich Konkubinen in die Angelegenheiten von Königen eingemischt haben.« Stumm und blaß zog sich die Herzogin zurück und betrachtete die Schneeflocken, die in immer größerer Zahl gegen das Fenster flogen. Ihre dünnen, mit Ringen bedeckten Finger bogen sich wie Krallen. Wie dumm von mir, dachte sie. Da habe ich den König den Guise zuliebe zu diesem Krieg gedrängt. Und wie stehe ich jetzt da? Durch mich sind sie aufgestiegen, und schon erweisen sie sich undankbar. Warum sich um die Mätresse kümmern, wenn ihnen die rechtmäßige Erbin – Maria – gehört? Was wird geschehen, wenn sie am Ende die Staatsgeschäfte kontrollieren? Wie rasch sind gute Dienste vergessen, dachte sie, als sie sah, wie die Königin von ihrem Buch aufblickte und sich kurz mit der Herzogin von Guise unterhielt. Ein reizender Augenblick, alle lächelten. »Konkubine« hatte die Königin gesagt. Sieh einer an, wie sie jetzt umschwärmt wird. Aber wenn der König zurückkehrt, werden wir ja sehen, wer hier noch immer herrscht.

Der Zustand der winterlichen Straßen war so erbärmlich, daß man die Vermählung des Dauphins mit der Königin der Schotten bis zum Frühling aufschieben mußte, bis der König und die Königin von Navarra ihr kleines Königreich in den Bergen verlassen könnten, um an den Feierlichkeiten teilzunehmen. Und erst wenn sich das winterliche Meer beruhigt hätte, würden sich die Abgesandten, die das schottische Parlament bestimmt hatte, auf die gefährliche Seefahrt begeben. Ohne Begleitung würde die Krone Schottlands die Reise nicht unternehmen, denn trotz der Bitte des Königs von Frankreich hatte sich das schottische Parlament geweigert, den kostbaren Gegenstand einer Gefahr auszusetzen.

Gegen Mitte April, als die Abgesandten eingetroffen waren, begann man mit den langwierigen und schwierigen Vorbereitungen zur Verbindung der beiden Königreiche. Zunächst ging es um die Verträge, die von den Abgesandten des schottischen Parlaments mitgebracht worden waren: Die sechzehnjährige Königin der Schotten unterzeichnete Dokumente, die Schottland seine altehrwürdigen Freiheiten garantierten und zusagten, daß die Krone trotz ihrer Heirat mit einem französischen König, sollte Maria ohne Nachkommen bleiben, an die schottischen Erben zurückfallen würde. Dann wurden Maria Stuart Geheimverträge von ihrem zukünftigen Schwiegervater und ihren Onkeln Guise vorgelegt, und ihre Feder kratzte ebenso munter weiter und versprach genau das Gegenteil, daß nämlich der Thron von Schottland für immer an König Heinrich und seine Erben fallen würde, auch wenn sie ohne Nachkommen sterben sollte, versprach alle Einkünfte Schottlands an Frankreich, versprach, daß alle Punkte nichtig würden, die sie dem schottischen Staat gewährte, wenn diese den Interessen des Königs von Frankreich zuwiderliefen.

Nachdem Schottland insgeheim mittels Unterschrift verschenkt worden war, fuhr man fort mit den Zeremonien zur formellen Verlobung des häßlichen kleinen Dauphins, der den Boden anbetete, auf dem das eitle rothaarige Mädchen schritt. Wer ihnen zusah, wie sie den Verlobungsvertrag im großen Saal des Louvre in Anwesenheit des Königs und der Königin, des päpstlichen Legaten und zahlloser Würdenträger der Kirche unterzeichneten, der erkannte in den beiden Heranwachsenden ein herrlich unbeschriebenes Blatt, das nur darauf wartete, vom Ehrgeiz anderer beschrieben zu werden. Sie wirkten so entzückend überheblich, diese beiden Jugendlichen, waren so leicht durch Schmeicheleien, geheuchelte Freundschaft und feingesponnene Intrigen zu ködern. Und die Wölfe bei Hofe leckten sich voller Vorfreude die Lippen.

In der Frühe des einundzwanzigsten April strömten die ersten Neugierigen auf den gepflasterten Platz vor der Kathedrale Notre-Dame. Am Rande des Platzes beugte sich ein wohlhabend aussehender Mann mit graumeliertem Bart von einem schwarzen kleinen Pferd und unterhielt sich mit zwei Damen in einer offenen Pferdesänfte.

»Also meine Lieben, genießt den Augenschmaus; Ihr werdet gewiß Euer Lebtag kein so teures Hochzeitsfest mehr zu sehen bekommen.« Eine der Damen war von riesigem Leibesumfang und trug einen Kopfputz nach eigenwilligem Entwurf mit einem Schleier darüber, der offensichtlich dazu gedacht war, auch den verirrtesten Strahl des leuchtenden Gestirns am Himmel von ihrem Teint fernzuhalten. Die andere war hochgewachsen und mager, hatte eine Adlernase im klugen Gesicht, das jedoch von einem geheimen Kummer gezeichnet war. Neben der Sänfte saß hoch zu Roß hinter einem Kammerdiener ein blasses dunkelhaariges Mädchen, dessen Augen strahlten, so begeisterte sie das Geschehen. Eine Hochzeit … Was konnte es Schöneres geben? Vor ihnen, auf dem Kathedralenplatz, hatten Tischler eine Plattform und einen Balkon errichtet, die jetzt mit grünen Ranken geschmückt wurden. Vor dem großen Portal der Kathedrale stellten Arbeiter einen Baldachin aus blauem Samt auf, auf dem goldene Lilien zusammen mit dem Wappen des frischgebackenen Königs von Schottland und seiner Königin prangten.

»Vater, müßt Ihr denn immer über die Kosten reden?« beklagte sich das dunkelhaarige Mädchen. »Ich bin überzeugt, daß der König keinen Gedanken daran verschwendet, wenn es um eine königliche Vermählung geht.«

»Viel Geschrei und wenig Wolle; seit er im vergangenen Januar die Stände zusammenrufen mußte, hat der König immer wieder Geld hierfür eingetrieben. Ja, ja, die Bankiers von Lyon haben sich geweigert, ihm noch einen *sou* vorzuschießen, also mußte er das Geld aus den Städtern herauspressen.«

»Eine billige Hochzeit hätte bedeutet, daß er den Krieg nicht finanzieren kann; daraufhin hätte König Philipp seine Anstrengungen verdoppelt. Man sollte niemals am Erscheinungsbild sparen, Sibille, denk daran«, riet die füllige Dame ihrer Gefährtin in der Sänfte.

»Ich habe dort rechts oben ein Fenster gemietet, von dort können wir uns den Hochzeitszug ansehen«, sagte der Mann mit dem quadratischen Bart. »Da habt Ihr einen wunderbaren Blick.«

»Ich möchte keine Einzelheit verpassen.« Die füllige Dame ordnete die Falten ihres Schleiers. Als sie dann ihr gemietetes Fenster erreicht hatten, war der Platz so voller Menschen, daß Pikeniere dem Zug gewaltsam eine Gasse bahnen mußten.

Endlich vernahmen die Zuschauer auf dem Platz den Trompetenschall im bischöflichen Palast, der verkündete, daß der Hochzeitszug zur Kathedrale aufgebrochen war. Musik und Jubelrufe der Menge drangen immer näher, und schließlich tauchte der Zug auf. Dutzende von Musikanten, alle in Rot und Gelb, führten ihn an, zuerst die Trommler und Trompeter, die die Menge auf dem Platz vor sich teilten, dann die Oboen, Flageoletts, Violen, Gitarren und Zithern. Die Erregung der Menge wuchs, als einhundert Edelleute des königlichen Hofs erschienen, gar prächtig anzusehen in ihren satingepaspelten Umhängen, schweren Seidengewändern, brokatenen Wämsern, über und über mit Schmuck behangen. Sie trugen Goldketten, juwelenbesetzte Hutbroschen und Federn, kostbar bestickte Strumpfbänder und gebauschte Kniehosen. Das Gebrummel und Gemurmel der Menge wurde lauter: Da ist Vielleville! Da ist Nevers! Bist du sicher? Sieh nur, wie groß sein Goldmedaillon ist! Es folgten die Herren und Fürsten der Kirche. Äbte, Bischöfe und Erzbischöfe schritten vor den Kardinälen Bourbon, Lothringen, Guise, Sens, Meudon und Lenoncourt, allesamt prachtvoll in roter Seide und mit roten, eckigen ehrfurchtgebietenden Hüten.

»Der Dauphin, da ist er. Da ist der Bräutigam!« riefen die Späher in der Menge. Gesichter drängten sich an die Fenster über dem Platz.

»Wer ist das neben ihm? Aha, der König von Navarra!«

Auf ihrem Ausguck über der Menge erhaschte Madame Montvert den ersten Blick auf König Heinrichs Erstgeborenen und Erben. »Der sieht für vierzehn aber furchtbar klein aus«, sagte sie.

»Er wächst gewiß noch«, sagte ihr Gatte. »Man behauptet, daß er eines Tages ein großer König wird. Ich habe gehört, Nostradamus soll es höchstpersönlich vorhergesagt haben.«

»Ach, da kommt die Braut! Nun seht euch das Kleid an!« rief Clarette. »Und das da ist der König! Genau wie sein Porträt auf der Münze!« Unter dem Fenster, inmitten der geteilten Menge, die von Wachmannschaften zurückgehalten wurde, schritt Maria, Königin der Schotten, zwischen dem König selbst und ihrem Onkel – dem Helden des Tages, Herzog von Lothringen – zur Hochzeitsmesse. Bei ihrem Anblick wurden die Jubelrufe, die für den Dauphin etwas verhalten geklungen hatten, lauter und glichen einem Donnerhall. »Lang lebe der König!« »Lang lebe der Herzog!« »Lang lebe … lang lebe …« Und die Braut, gerade sechzehn geworden, hochgewachsen und rosig-weiß, was für eine Schönheit! »Lang lebe … lang lebe …«, schrie die Menge. Ihr Kleid war ein wahres Wunderwerk, von dem man noch oft am Kamin erzählen würde: Silberbrokat, geschmückt mit kostbaren Steinen, darüber ein Cape aus violettem, goldbesticktem Samt. Auf ihrem roten Haar eine goldene Krone, über und über mit Perlen, Diamanten, Rubinen, Saphiren und Smaragden besetzt, in der Mitte ein großer Karbunkelstein, der fünfhunderttausend Kronen wert sein sollte. »Lang lebe … lang lebe …« Hinter ihr die Königin von Frankreich, die Königin von Navarra: »Lang leben die drei Königinnen! Lang leben … lang leben …«

Am Portal der Kathedrale zog König Heinrich einen Ring vom Finger und reichte ihn dem Kardinal, der die Trauung vornehmen würde. Sodann wurde die Vermählung unter dem samt-goldenen Baldachin vor dem Kirchenportal vollzogen. Als Frischvermählte zogen Braut und Bräutigam mit der Hochzeitsgesellschaft zur Messe in die Kathedrale, die Herolde vor der Kathedrale warfen Gold- und Silbermünzen in die Menge.

Monsieur Montvert sah der Balgerei unter dem Fenster zu, als sich die Menschen auf dem Kathedralenplatz schubsten und kreischend nach dem Geld sprangen, dann sagte er: »Bei solchen Gelegenheiten bin ich doch lieber am Fenster. Man weiß nie, was passiert, wenn eine so große Menschenmenge an einer Stelle zusammenläuft.« Nach diesen Worten ließ er das Essen kommen, das er bestellt hatte, kalten Kapaun und kalte Ente, Schinkenscheiben, drei Sorten Wein und verschiedene süße Marmeladen.

»Balgerei draußen, Balgerei drinnen; am besten hält man

sich davon fern«, seufzte Madame Tournet und nahm sich eine Scheibe Schinken.

»O wie wahr«, pflichtete Monsieur Montvert ihr bei und strich sich den Bart, »aber oftmals wird man gegen seinen Willen hineingezogen. Sie haben so eine Art, das zu bewerkstelligen ... Sie halten uns gern auf Trab. Vermutlich fühlen sie sich dadurch sicherer.« Und keiner im Raum wußte, ob er nun die Kriege meinte, die neuen Machtspiele oder etwas völlig anderes.

Sechs Monate später, mitten in den Friedensverhandlungen mit dem König von Spanien, lag Königin Maria von England, die besiegte, wassersüchtige und unfruchtbare Königin, im Sterben. In ihrem großen Staatsbett, umgeben von Leibärzten, Priestern und weinenden Hofdamen keuchte sie ihr Leben Atemzug um Atemzug aus, bis sie am Ende, vor dem letzten Gebet um Erlösung, so leise sprach, daß ihr Arzt sich über sie beugen mußte, um sie zu verstehen. »Öffnet mein Herz, wenn ich tot bin«, sagte sie, »und Ihr werdet feststellen, daß darauf ›Calais‹ geschrieben steht.«

Als der Bote aus England endlich im Louvre eintraf, ging König Heinrich persönlich zu seiner jungen Schwiegertochter und überbrachte ihr die Nachricht, daß sie nun legitime Königin von England war.

Der König-Dauphin, Erbe des französischen Throns, und die Königin-Dauphinesse, seine junge Frau, vierten das englische Wappen in Erwarten des englischen Throns mit ihrem eigenen.

In weiter Ferne, im Escorial, erreichte die Nachricht, daß seine unfruchtbare englische Gemahlin tot war, schließlich auch König Philipp. Er saß an seinem großen Schreibtisch, von dem aus er regierte, schrieb etwas nieder und versiegelte dann das Blatt. Am nächsten Tag ritten Gesandte nach Paris. Die Nachricht, die sie beförderten, hatte folgenden Inhalt: König Philipp von Spanien schlug vor, den Frieden mit Frankreich durch eine Vermählung mit Elisabeth Valois, der vierzehnjährigen Tochter des Königs von Frankreich, zu besiegeln.

»Eindeutig unschicklich wie sie sich ansehen«, sagte Monsieur Damville mit einem Blick auf Braut und Bräutigam, die auf der Estrade am Kopf des Haupttisches saßen. Diener liefen im großen Saal des Hostel Montvert auf und ab, schenkten Wein nach und trugen immer neue und noch exotischere Gerichte zu den langen Tischen mit den Gästen. Verheiratete Frauen mit Kopfputz, Männer mit ihren besten Hüten, Geplauder und Musik von der Galerie – es war ein Hochzeitsfest, das man so schnell nicht vergessen würde, obwohl, wie hochrangigere Gäste recht spitz äußerten, alles ein wenig übertrieben war für einen Mann von zweifelhafter Herkunft, insbesondere da so viele der besten Familien durch den letzten Krieg ruiniert waren.

»Ja, Ehen sollten niemals aus Liebe geschlossen werden«, bekräftigte sein Tischgefährte. »Die hält nach der Zeremonie kaum eine Woche vor. Man sollte sie zum Wohle beider Familien abschließen, denn das ist von Dauer.« Die Braut, zierlich, dunkelhaarig und rosenwangig, schnitt dem Bräutigam das Fleisch, denn dieser trug den rechten Arm in einer schwarzen Seidenschlinge.

»Ich für mein Teil hätte die Einladung abgelehnt, wenn ich nicht gehört hätte, daß der Sieur de Vielleville höchstpersönlich teilnimmt.« Der Gast musterte das schwere Silber auf den langen Tischen, den märchenhaft möblierten Raum, die erlesenen Gemälde, die vergoldete Täfelung, die Girlanden, und er rümpfte die Nase, als röche er etwas Unpassendes.

»Sein Onkel ... Heutzutage muß selbst das blaueste Blut den Bankiers seine Reverenz erweisen«, sagte sein Gefährte und spießte mit der Messerspitze eine Bratkartoffel und einen herzhaften Fleischkloß auf.

»Wie ich höre, soll der Vater erst seinen Segen gegeben haben, als man die Mitgift auf zweihunderttausend Kronen erhöht hat.«

Sein Tischgenosse legte eine Pause beim Abnagen eines Fasanenschlegels ein und spülte mit Wein aus einem schweren Silberpokal nach, den sie sich teilten. »Das und die Gunst, die der König höchstpersönlich den Bankiers erweist ...«

»Biragues, Gondi ... Wann hört das endlich auf?«

»Erst wenn die Zinsen für die Kriegsschulden gezahlt worden sind. Und dann kommen noch die Hochzeiten, die den Frieden absichern. Ja, wir leben in bösen Zeiten, wenn aus Bankiers schneller Edelleute werden als aus Maden Fliegen.«

»Aber Ihr müßt trotz allem zugeben, daß diese Liebesheirat auch den Anforderungen einer Vernunftehe gerecht wird: D'Estouville stößt sich finanziell gesund, und dieser Kerl, dieser Montvert, rückt noch enger an den Thron heran.«

»Und dennoch ist es obszön. Seht doch nur, wie er sie anhimmelt. Er erzählt überall herum, daß sie ihn zu seinem Heldenmut bei Thionville inspiriert habe... Widernatürlich, das alles, sie ist nicht einmal seine Mätresse gewesen. Wie kann man nur die Farben einer Bankierstochter tragen? Ah, noch ein Hochzeitstrinkspruch... Ja, laßt uns trinken: auf ein langes Leben und viel Glück!« Und unter fröhlichem Jubel erhoben die Gäste erneut ihre Pokale.

Während sich die Gäste ins Schlafzimmer drängelten, um sich anzusehen, wie man Braut und Bräutigam zu Bett brachte, und um den Vollzug der Ehe mitzubekommen, erblickte man die Brautmutter, die sich mit einer hochgewachsenen, etwas vergrämt aussehenden jungen Frau in tiefer Trauer unterhielt.

»Ach, meine Liebe, wie werde ich mich freuen, wenn mein Nicolas endlich auch so gut verheiratet ist«, sagte die Ältere.

»Ich weiß nicht, wie das jemals gelingen sollte«, seufzte die Jüngere.

»Man darf die Klugheit meines teuren Montvert nicht unterschätzen«, sagte die Ältere in zufriedenem Ton. »Bei seinen neuen Beziehungen hofft er darauf, daß er für Nicolas eine Begnadigung erwirken kann, und dann kommt er nach Haus. Ein wenig Geld hier und da, na ja, Ihr wißt schon... Die Friedensverhandlungen laufen nämlich gut, und dem neuesten Klatsch zufolge gibt es schon bald eine königliche Hochzeit. Monsieur Montvert erhofft sich seit kurzem eine Generalamnestie, falls Prinzessin Elisabeth den spanischen König heiratet. Dann will er das Thema anschneiden. Aber laßt ihn niemals wissen, daß ich Euch das erzählt habe, er liebt

Überraschungen. Und da, nun ja, dieses ... ähm ... dieses kleine Ding kein Problem mehr zu sein scheint, hegt er auch nicht den allerleisesten Zweifel mehr an der Schicklichkeit Eurer Verbindung. Wie Ihr wißt, meine Liebe, hat mein Gatte Euch und Eure Tante ins Herz geschlossen.«

Die in der Nähe Stehenden sahen, wie sich das Gesicht der Jüngeren verwandelte. Die Farbe kehrte in ihre Wangen zurück, und sie strahlte übers ganze Gesicht.

21. Kapitel

Es gehört zu den Taschenspielertricks von Königen, ein schlechtes Friedensabkommen mit einem prächtigen Fest zu kaschieren. Und das hier würde ein großes Fest werden: zwei Hochzeiten in Folge mit großen öffentlichen Festlichkeiten, bei denen sich die Tochter des Königs mit dem früheren Feind, dem König von Spanien, mittels Stellvertreter vermählen und sich die unverheiratete alte Schwester des Königs mit dem Herzog von Savoyen verbinden würde. Für diese große Angelegenheit schufteten Arbeiter, Weber, Maler und Tischler Tag und Nacht und verwandelten die ganze Stadt Paris in einen Empfangssaal. Die Strecke des Umzugs wurde mit Fahnen dekoriert, Schätze wurden aus ihrer Verwahrung zur Ausschmückung der Kathedrale hervorgeholt, und da die Fläche am Louvre und sogar bei Les Tournelles als zu klein für die Schar von Würdenträgern und Gästen erachtet wurde, machte man die breite Rue St. Antoine, die sich vor dem Palast von Les Tournelles hinzog, zu einem Turnierplatz. Vor dem Palast errichtete man eine kunstvolle Tribüne für die hohen Damen und Ehrengäste, und jedes Fenster mit Blick auf die Straße war bereits reserviert und vermietet – einige von geschäftstüchtigen Hausbesitzern gleich zweimal. Tag um Tag Musik, Maskeraden, öffentliche Festmähler, Sport, Bälle, Austeilung von

Kleidung und Nahrung: Wer mochte bei solch großem Ereignis wohl traurig bleiben? Und am glücklichsten waren die italienischen Bankiers, die für die Feierlichkeiten eine Anleihe mit hohen Zinsen gegeben hatten, denn durch den letzten Krieg mit dem Kaiserreich war das Königreich so gut wie bankrott.

In den Zimmern der Rue de la Cerisaie verzehrte Scipion Montvert Küchlein von einem Silbertablett und sprach über die Einkünfte aus einer gewissen kleinen Einlage, die ihm Pauline Tournet anvertraut hatte.

»Verdoppelt, meine Lieben, verdoppelt. Das ist eine Einlage, die ich auch für meine teure Mutter getätigt hätte, wäre sie noch am Leben. Bleibt nur noch die Frage, ob Ihr neu investieren, verteilt anlegen oder Euren Gewinn jetzt haben wollt.« Mehrere kostspielige neue Gemälde religiöser Natur blickten ihn von der Wand an. Madame Tournet hatte in einer Laune, die ihr wachsender Wohlstand ausgelöst hatte, alles, was im Zimmer nicht beweglich war, mit Goldfransen verziert.

»Wieviel Zeit haben wir, mein teurer Monsieur Montvert?«

»Das Schiff fährt nächsten Monat, aber es ist noch genügend Zeit, in die Ladung zu investieren. Ich rate jedoch, nicht das gesamte Geld darin anzulegen ...«

»Ach ja«, sagte Tante Pauline und lachte stillvergnügt. »Die gefährlichen Piraten.«

»Und ich habe etwas Schönes für Euch: Genau gegenüber der Tribüne habe ich ein Zimmer mit zwei herrlich großen Fenstern gemietet. Es wäre mir eine Ehre, wenn Ihr und Eure Nichte zum Turnier meine Gäste und die meiner kleinen Familie wärt. Mein Schwiegersohn wird seinem Onkel als Knappe dienen. Das ist eine große Ehre.« Montvert blickte ungemein selbstgefällig. »Und wer weiß, Demoiselle Sibille, vielleicht kommt Euch dort die Inspiration zu einem Eurer kleinen Gedichte, die bei den Hofdamen so beliebt sind.«

»Ei, wir nehmen mit Freuden an«, sagte Madame Tournet. »Sibille braucht Abwechslung nach all dem Schmachten um Nicolas.«

»Kopf hoch, die Liebe findet schon einen Ausweg. Ich habe bereits den *maistre d'hostel* des Königs um Aufschluß gebeten, ob man möglicherweise einen Straferlaß für ihn erwirken kann ... aber das ist eine heikle Sache, wie Ihr gewiß versteht. Und in der Zwischenzeit erlernt er endlich sein Gewerbe.«

»Ich würde auf der Stelle zu ihm reisen, wenn da nicht die Königin wäre«, sagte Sibille, die keinen Bissen von den Küchlein angerührt hatte. »Ich würde ihm barfuß bis ans Ende der Welt folgen. Könntet Ihr mir nicht zur Flucht verhelfen?«

»Wenn Ihr tot seid – und wir übrigens auch –, könnt Ihr kaum zu ihm. Falls Euch nämlich das widerwärtige kleine Ding im Kasten folgt, dann schützt Euch nur noch die Königin vor allen, die es auch haben wollen, und das einzige, was Euch vor der Königin schützt, ist das Ding und ihre Angst, Ihr könntet Euch selbst etwas wünschen. Hoffentlich findet sie nie heraus, daß es zu beschäftigt ist für einen weiteren bösartigen Plan. Wenn sie erst gemerkt hat, daß es nicht mehr funktioniert, dann sitzt Ihr wirklich in der Klemme. Die beste Art, ihren früheren Umgang mit ihm zu vertuschen, dürfte – nun ja – Eurer Gesundheit abträglich sein, leider. Florentiner, meine Liebe, sind eine rachsüchtige Sippschaft, und sie wissen ihre Geheimnisse gut zu wahren – das könnt Ihr mir glauben, denn ich gehöre auch dazu.«

»Was für einen hellen Kopf Ihr doch habt, Monsieur Montvert – er arbeitet wie ein Uhrwerk. Euch entgeht aber auch gar nichts. Noch ein Küchlein?« Tantchen deutete auf das Tablett.

»Ach, sie sind zu köstlich«, sagte Montvert und bediente sich abermals. »Ihr solltet auch eins nehmen, meine Liebe, sonst schwindet Ihr noch dahin. Ihr müßt auch geistig bei Kräften bleiben, Ihr seid nämlich in einer heiklen Lage, und nur Euer Verstand kann Euch da heraushelfen. Wenn man bedenkt, daß selbst ich, ein tölpelhafter Vater, Eure Verbindung zum Hof falsch gedeutet habe.« Er schwieg und verzehrte das letzte Küchlein, dann wischte er sich die Krumen ab, die ihm auf die Brust gefallen waren. »Aber so entzückt ich auch darüber bin, daß Ihr beide tugendhaft und von guter Familie seid, Ihr müßt zugeben, daß das wahre Hindernis für Eure Heirat weitaus ärgerlicher und schwerwiegender ist als normalerweise. Zunächst besitzt Ihr einen verfluchten Kasten – eindeutig ein

Nachteil für eine Schwiegertochter. Ich befürchte, Ihr entkommt seinem teuflischen Einfluß niemals. Jetzt, da Ihr den Kasten endlich loswerden könnt, bringt Euch Euer Wissen um die Machenschaften der Königin in größere Gefahr denn je. Es sei denn, Ihr behaltet den Kasten, der Angst und bei gewissen Leuten das unverständliche Verlangen weckt, ihre Seele zu verkaufen. Wie auch immer, falls Ihr ihn behaltet, schwebt Ihr ständig in Gefahr. Eine verzwickte Lage – ich fürchte, noch verzwickter als die Menanders. Auch ich habe noch keinen Ausweg gefunden, außer Ihr flieht an einen Ort, wo Euch die Spione der Königin nicht erreichen können, und vergrabt den Kasten unterwegs an unbekannter Stelle. Aber können wir völlig gewiß sein, daß er die Fähigkeit verloren hat, Euch noch immer zu folgen? Ein Problem, ein Problem … Wir müssen es der Hand des Schicksals überlassen, uns einen Ausweg zu weisen.«

»Königin von Spanien, ja, Königin von Spanien! Mein innigster Wunsch geht in Erfüllung, genau wie ich es gewollt habe. ›Einen Thron für jedes meiner Kinder‹ habe ich gesagt, und siehe da, sie wird Königin genau in dem Alter, in dem man mich nach Frankreich geschickt hat.« Während all der Tage mit Bällen, Maskeraden und Festlichkeiten, die der Vermählung folgten, freute sich Katharina von Medici, ja, sie freute sich diebisch und klammerte sich an die Erinnerung, die auf ewig in ihrem Herzen eingegraben war: Elisabeth mitten in der großen Kathedrale in einem juwelenstarrenden Kleid, wie man ihr die schwere Krone von Spanien auf den schmalen kleinen Kopf setzte. Neben ihr König Philipps Stellvertreter, der Herzog von Alba, mit seinem langen, schütteren Ziegenbart, seiner Spitzenkrause, die sein kaltes schmales Gesicht eng umschloß, und ringsum die Blüte des französischen Adels, mit Stammbäumen, die so alt waren, daß sie sich im Dunkel der Geschichte verloren … Und alles verneigte sich vor ihrem kleinen Mädchen, ihrer Elisabeth, die zur Königin von Spanien ausgerufen wurde. Königin eines der bedeutendsten Reiche der Geschichte. Schwiegertochter des großen Karl V., der über zwei Kontinente und zwei Welten geherrscht hatte. Ha, das hatte die Herzogin von Valentinois nun von ihren Kränkungen. Ha, das hatte sie von den Jahren geheuchelter Freundschaft. Eure Nichte bekommt keinen Fürsten von Geblüt. Meine Tochter ist jetzt Königin.

»Das ist Schicksal, Majestät. Euch ist es zu verdanken, daß das Haus Valois von Sieg zu Sieg schreitet.« Während eine Zofe Katharinas Schnürleib enger zog, holte Madame Gondi die goldbestickten Unterröcke aus dem verschlossenen Kleiderschrank, und Madame d'Alamanni nahm das juwelenbesetzte Kleid heraus, das die Königin auf dem abendlichen Maskenball tragen wollte. Morgen sollte das letzte und größte Ereignis stattfinden, bevor Elisabeth nach Toledo aufbrach: das Drei-Königinnen-Turnier. Und dann – und dann – wäre Elisabeth nicht mehr da.

»Was für Gefahren habe ich auf mich genommen, was für Sorgen – und alles heimlich! Denn das ist ein Opfer, das Opfer einer Mutter. Elisabeths Gesellschaft fehlt mir schon jetzt. Sie ist eine so kluge Beobachterin, so rundum gebildet mit ihren vierzehn Jahren. Meine große Stütze, meine Freude ... Aber Königinnen leben anders als gewöhnliche Menschen.« Katharina seufzte. Von all ihren Kindern war Elisabeth ihre wahre Gefährtin, ihr Lieblingskind. Sie allein war weder entstellt noch verkrümmt oder gar schwachsinnig, sondern hatte leuchtende Augen, eine olivfarbene Haut, eine rasche Auffassungsgabe, war taktvoll, aber auch lebhaft. Welche Mühe hatte sie sich gegeben, sie großzuziehen, obwohl sie als Kind oft gekränkelt hatte. Und wie selten, wie kostbar war solch ein Schatz! Doch jetzt würden sie beide Königin sein. Elisabeth würde für immer zu ihrer Rechten sitzen, wenn sie sich trafen, genau wie beim Drei-Königinnen-Turnier, das am morgigen Tag die Hochzeitsfeierlichkeiten krönen sollte. Und insgeheim war Katharina entzückt, denn zu ihrer Linken würde die Königin von Schottland sitzen, ihre schnippische Schwiegertochter – die Königin-Dauphinesse, wie sie jetzt genannt wurde. Diese Königin einer schäbigen halben Insel konnte noch jahrelang schmollend und verwöhnt auf Katharinas Ehrenplatz warten, während Elisabeth, ihre Elisabeth, Königin von Spanien war.

Ach, heute mögt ihr allesamt dasitzen und noch soviel über Maria und Kaufmannstöchter tuscheln – mein Kind ist Königin von Spanien!

Ein Page in seidener Livree bahnte sich einen Weg durch die Menge. Lebhaft wandte sich die Königin dem hochaufgeschossenen Zwölfjährigen zu, ja, so lebhaft, daß die Zofe, die ihr die Halskrause ansteckte, sie um ein Haar gepiekst hätte. »Was hat der König, mein Gemahl, gesagt, als ich ihm meine Farben geschickt habe, damit er sie morgen beim Turnier trägt?«

»Majestät«, kiekste der Page, der im Stimmbruch war und in heller Aufregung von Hoch nach Tief rutschte, »seine Majestät, der König, hat gesagt ... er ... würde die Farben ... der Herzogin von Valentinois tragen.«

»Danke«, sagte die Königin so kalt wie Eis. In ihrem Herzen erstarrten Freude und Ruhm zu Stein, zu einem Grabstein, und der war schwer und hart. Die Herzogin von Valentinois, die ihr ausgerechnet ihren Augenblick des Triumphes verdarb. Wie lange, wie lange noch mußte sie auf die Erfüllung ihres anderen Wunsches warten?

In den königlichen Ställen von Les Tournelles hatte in der vergangenen Woche ein Heer von Schmieden, Stallknechten und Stalljungen von Sonnenaufgang bis Sonnenuntergang gearbeitet. Das Gebrüll des Löwen in der Menagerie und das Kreischen der Pfauen im Park vermischte sich mit dem Klirren und Klappern vom Beschlagen der Pferde, von Pferderüstungen, die angepaßt wurden, und mit dem Geschrei von Bediensteten, die verlangten, andere sollten Platz machen, wenn eines der riesigen, gefährlichen Turnierpferde durch die Ställe in seine Box gebracht wurde. Dann begann ein allgemeines Mähnenflechten und Bürsten und Blankputzen und Schneiden und Hufevergolden – die ganze Schniegelei und Striegelei, damit das Turnierpferd eines Edelmannes in der Sonne wie poliertes Metall glänzte. Überall Karren mit Hafer, Stalljungen mit Eimern voller Wasser, Sattler mit neuen Zügeln, die mit Silberfransen verziert waren – es herrschte große Enge in den

Stallungen, denn einige der Gäste hatten ihre eigenen Pferde zum Turnier mitgebracht. Alle hatten ihre Ausrüstung dabei, und Männer und Rüstungen mußten irgendwo untergebracht werden.

»Wird der König Le Victorieux reiten?« fragte ein Stallknecht den Oberstallmeister.

»Keinen Rötlichbraunen und keinen Kastanienbraunen. Er wird zu Ehren der Herzogin von Valentinois ganz in Schwarz und Weiß gehen und ein schwarzes Pferd wählen. Le Malheureux, ein Geschenk des Herzogs von Savoyen. Dort hinten, in der letzten Box. Und wir sollen Le Défiant bereithalten.«

Ein Stalljunge führte den großen türkischen Hengst, den der König reiten würde, aus seiner Box. Während zwei Stallknechte ihn auf Hochglanz striegelten, widmete sich ein dritter der heiklen Aufgabe, seine Hufe zu vergolden. Bei der Arbeit pfiff er leise vor sich hin. Er würde am nächsten Tag einen guten Blick haben, wenn auch nur vom Boden aus.

In dieser Nacht fuhr Katharina von Medici, die sich in Zauberei und Schwarzer Magie übte, schreiend aus dem Schlaf. Es war spät, sehr spät, und in den verschatteten Sälen des Louvre waren die Fackeln fast niedergebrannt. Ein Bogenschütze, der auf dem Treppenabsatz unter den Gemächern der Königin Posten bezogen hatte, meinte, etwas gehört zu haben, aber das mochte eine Katze oder vielleicht eine seltsame nächtliche Brise gewesen sein. Die Laken der Königin waren zerwühlt und schweißfeucht, und es kam ihr vor, als wäre sie aus großer Höhe gefallen. Entsetzen lauerte hoch oben in den Winkeln des brokatenen Betthimmels, und in ihren Ohren hörte sie das metallische Gelächter eines seit Jahrhunderten toten Kopfes. In ihrer Vorstellung verbarg sich das Ding irgendwo im Raum, irgendwo in seinem Kasten, und es lachte sie aus. »Dein Herzenswunsch geht in Erfüllung, erhabene Königin. Die Zeit wird die Wahrheit erweisen«, sprach das mumifizierte Ding mit einer Stimme, die raschelte wie tote Blätter. Und das Bild, das sie aufgeweckt hatte, wollte ihr nicht aus dem Kopf: Ihr Gemahl, der König, starr und tot in einer Blutlache, sein Auge eine gräßliche, blutende Höhle, sein Mund offen in einem letzten Ausdruck von Entsetzen und Überraschung.

Nicht das, nicht das, lieber Gott, das habe ich nicht gewollt, dachte sie.

»O ja, das alles und noch mehr«, sprach die raschelnde Stimme. »Ich habe dem Einfluß von Diana von Poitiers, der Herzogin von Valentinois, für immer ein Ende gesetzt, wie Ihr es Euch gewünscht habt.«

»Was ist los, Majestät?« fragte die Zofe, die auf dem Notbett schlief, wickelte ihre Blöße in ein Laken, lief eilig zum Bett und zog die schweren Vorhänge auf. Was sie erblickte war die Königin mit einem Gesicht, das eine Maske des Entsetzens war, und mit Augen, die auf etwas Unsichtbares oben am Bettpfosten starrten.

Dort sah die Königin eine Flammenschrift, die ihr Herz, ihr ganzes Inneres versengte: »Der junge Löwe wird den alten im Zweikampf besiegen.«

Zweikampf. Kein Kampf in der Schlacht, sondern Mann gegen Mann. Morgen turniert der König. Er darf nicht gegen einen Mann antreten, der einen Löwen im Wappen führt. Oh, das darf nicht sein. Heilige Jungfrau Maria, vergib mir, errette …

»Zu spät«, wisperte das Ding.

Die Zofe sah, wie sich die Lippen der Königin im Gebet bewegten. Stumm schloß sie die Bettvorhänge und zog sich zurück. Doch in dieser Nacht tat sie kein Auge mehr zu.

Der Tag war schön und klar, und fröhlich gestimmte Menschen drängten sich an jedem verfügbaren Fenster und auf jedem Dachfirst der Rue St. Antoine, in der man die buntbemalten Schranken aufgestellt und das ausgefahrene Pflaster dick und gleichmäßig mit Erde bedeckt hatte. Von jedem Türmchen des Palastes Les Tournelles, und das Bauwerk hatte unzählige, flatterten gestickte Seidenbanner. Die Damentribüne mit einem Baldachin und Gobelins war herrlich geschmückt, und genau in der Mitte, auf dem Ehrenplatz, saßen die drei Königinnen, die sich an Pracht überboten. Nur ein Mensch war grämlich und verärgert, doch das verbarg er noch besser als die bleiche Königin von Frankreich ihre Angst. Dieser zornige Mann auf der für fremdländische Würdenträger und Kirchenfürsten reservierten Tribüne war der englische Gesandte. Er hatte bemerkt, daß jede Fahne, jede Stickerei auf dem Ärmel der Herolde, das Wappen der Königin-Dauphinesse, das neben dem Wappen der Königin von Frankreich und dem Wappen der Königin von Spanien von der Tribüne hing, kurzum jedes hier zur Schau getragene königliche Wappen mit dem Wappen Englands geviert war. Deutlicher hätte man zwischen Maria, der katholischen Königin der Schotten, und Elisabeth, der jungen protestantischen Königin von England, nicht den Krieg erklären können. Doch für die Franzosen gehörte das alles zum Ruhm und zur Ehre des Tages. Der unvermeidliche Sieg der katholischen Liga war nur Teil von Gottes großem Plan mit Frankreich. Mit welchem Recht störte sich der Gesandte der Bankerttochter eines geschiedenen Königs daran?

Mit zusammengepreßten Lippen und weißen Knöcheln lauschte die Königin von Frankreich den Trompetenfanfaren, die das Eintreffen des Königs in den Schranken des Turnierplatzes verkündeten. Ob er die Botschaft, die sie ihm geschickt hatte, wohl erhalten hatte? Ich habe einen Traum gehabt, lautete sie. Turniert heute nicht. Denkt an die Worte von Luc Gautric und Nostradamus. Dies ist das einundvierzigste Jahr.

Der König im schwarz-weißen Surkot alten Stils über seiner funkelnden, mit Gold ziselierten Turnierrüstung hielt am Ende der Schranken, beugte sich aus dem hohen Turniersattel auf Le Malheureux' Rücken und nahm die Botschaft entgegen.

»Aberglaube«, zischte er, zerknüllte den Zettel und warf ihn fort. »Wofür hält sie mich, für einen Narren? Ein König zieht sich nicht zurück, wenn er zugesagt hat.« Darauf befahl er dem kleinen Pagen mit fester Stimme: »Richte der Königin, meiner Gemahlin, aus, daß ich heute turniere und daß der Sieg mein ist.« Sein Knappe reichte ihm die Lanze, und er legte sie ein. Er war ein gutaussehender Mann, schön beritten, und als er mit flatterndem Helmbusch und schimmernder Rüstung hinausritt und sich zeigte, bemerkte er zu seiner Genugtuung, wie die Menge ehrfürchtig den Atem anhielt. Noch bin ich nicht alt, dachte er. Noch habe ich nicht zuviel zugenommen. Ich kann Männern in ihren Zwanzigern noch einige Dinge zeigen. Er klappte das Visier aus goldenen Stäben herunter und gab dem schwarzen Hengst beim Signal die Sporen. Mit einem lauten Krach trafen die beiden Reiter aufeinander; die Lanze des Königs splitterte, sein Gegner fiel vom Pferd. Jubel und Beifall. Der König von Frankreich war noch immer der König der Ritterschaft. Ob Philipp von Spanien, der Alte mit dem müden Blick, da hätte mithalten können? Auf der Tribüne erblickte er Diana, die ihm mit ihrem weißen Taschentuch zuwinkte. Seine Gemahlin, bleich und gedrungen, lächelte nicht einmal über seinen Triumph. Wie viele Jahre würde er diese abergläubische, italienische Kaufmannstochter noch ertragen müssen?

Erneut Trompetenschall und erneut Sieg. Mag der Herzog von Alba zu seinem Herrn zurückkehren, diesem alten Mann, der sich in seinen Palästen verkriecht, und ihm erzählen, daß König Heinrich von Frankreich der größte Ritter und auf dem Feld der Ehre noch immer der Beste ist. Le Malheureux war jetzt naß von Schweiß, und die schwarz-weiße Satteldecke hing ihm feucht auf den Flanken. Die dritte und letzte Begegnung – sein eigener Rittmeister von der schottischen Garde. Erst achtundzwanzig Jahre alt, eine Herausforderung, die seiner würdig war.

Als Montgomery angekündigt wurde und in die Schranken sprengte, wurden die Lippen der Königin weiß. Der Jüngere ritt einen schönen Braunen aus dem königlichen Stall und trug am linken Arm einen Schild mit seinem Wappen: Sofort fiel ihr auf, daß darauf wie im Feuer gemalt ein roter Löwe prangte. Der junge Löwe, schoß es ihr durch den Kopf. Da kommt der Tod. Eine letzte Begegnung, dann waren die drei Durchgänge, wie sie die Turnierregeln erforderten, abgegolten. Maria, Himmelskönigin, betete sie stumm, während die beiden gewappneten Ritter an den Schranken entlang aufeinanderzurasselten. Sie trafen mit einem Donnerkrach zusammen; Montgomery saß fest im Sattel, der König wankte, konnte sich aber halten. Er hatte einen Steigbügel verloren. Man hörte ein Aufstöhnen, dann einen Aufschrei der Frauen ringsum, von den Fenstern, von der Menge zu ebener Erde. Doch die Königin sah mit eherner Miene zu und spürte, wie ihr Herz wieder anfing, Blut zu pumpen. Ihre Gebete waren erhört worden. Der König hatte überlebt. Heute abend würde er tanzen, speisen und seiner Tochter Lebewohl sagen. Alles war gut. Die Gefahr war gebannt; neunundsechzig Jahre hatte Nostradamus gesagt. Das Königreich würde sich von diesem mörderischen, nutzlosen Krieg erholen. Es würde die religiöse Spaltung überwinden, die es zu zerreißen drohte, und das größte Königreich der katholischen Christenheit werden. Frankreich würde England einnehmen, die Ketzerei besiegen, Gott dienen und noch mehr Macht gewinnen. Doch dann sah sie entsetzt, daß ihr Gemahl am hinteren Ende der Schranken nicht abgestiegen war.

Während Stallknechte seinem Pferd den Schweiß abwischten, trank König Heinrich einen Becher Wasser und reichte den leeren Becher herunter.

»Ich habe einen Steigbügel verloren«, sagte er. »Durch Montgomery habe ich einen Steigbügel verloren; ich möchte noch einmal gegen ihn antreten.«

Der Sieur de Vieilleville, der schon voll gerüstet und beritten auf den nächsten Durchgang mit Montgomery wartete, entgegnete: »Sire, Ihr habt Euch ehrenvoll geschlagen, die nächste Begegnung gehört mir. Reitet nicht noch einmal.«

Doch der König murrte erzürnt und dachte an die Schande, daß er vor dem Herzog von Alba einen Steigbügel verloren hatte. »Tretet zurück«, befahl er, »ich reite noch einmal gegen Montgomery, und dieses Mal besiege ich ihn.«

Aus der Ferne sah die Königin zwei gerüstete Gestalten, die sich hoch zu Roß unterhielten. Sie wandte sich an ihre Tochter. »Der König, dein Vater, möchte zum vierten Male reiten.« Die zarte Vierzehnjährige blickte sie verständnislos an. Drei Pagen standen hinter den Königinnen und hielten sich für kleine Botengänge zur Verfügung. Die Königin schickte den schnellsten mit einer Botschaft über den Turnierplatz.

Die lange Pause hatte die Menge unruhig gemacht. Die drei

Durchgänge des Königs waren vorbei. Was war geschehen? Ein ungeduldiges Gemurr erhob sich, und als der König das hörte, bestätigte es ihn noch in seinem Entschluß. »Schickt eine Botschaft an Montgomery, daß die nächste Begegnung dem König gehört«, sagte er. »Ich bestehe auf Satisfaktion.«

Vieilleville blickte seinen Herrscher lange und fest an. »Majestät, in den letzten drei Nächten haben mich böse Träume gequält. Ich flehe Euch an, laßt ab von der nächsten Begegnung. Ich bin da, der Ehre ist Genüge getan. Laßt mich an Eurer Stelle auf Montgomery treffen.« Zwei kleine Pagen kamen angerannt, einer in Montgomerys Livree, einer in der der Königin.

»Was sagt Montgomery?« fragte der König.

»Euer Majestät, er sagt, der Ehre ist Genüge getan, und er bittet darum, nicht noch einmal gegen Euch antreten zu müssen«, sagte der Junge.

»Richtet ihm aus, er soll sich bereitmachen. Das ist ein Befehl.« Der König wandte sich dem zweiten Pagen zu und wölbte die dunklen Brauen. Sein langes Gesicht wirkte abfällig. »Was hat meine Gemahlin, die Königin, diesmal zu sagen?«

»Majestät, die Königin fleht Euch an, ihr zuliebe nicht noch einmal auf Montgomery zu treffen.«

Der König, von Kopf bis Fuß in den Farben seiner Mätresse, blickte zu ihm herunter und sagte, ohne sich der Ironie bewußt zu sein: »Richte ihr aus, daß ich gerade ihr zuliebe noch einmal auf ihn treffe«, und er ließ die vergoldeten Stäbe seines Visiers herunter. Sein Knappe, den die sonderbare Aufforderung erschreckt hatte, überprüfte die Verschlüsse seiner Rüstung und befestigte das Visier. Alles schien in Ordnung zu sein. Auf Befehl des Königs erklangen die Trompeten, und der König ritt erholt wieder in die Schranken.

Er kam an einem kleinen Jungen vorbei, der aus der Menge herausgelaufen war. »Sire, turniert nicht«, rief er hinter ihm her, doch der König hörte es nicht.

Unter Hufgedonner preschten die beiden gerüsteten Pferde mit ihren bewaffneten Reitern in vollem Galopp die Schranken entlang. Die Lanze des Königs verfehlte ihr Ziel, und

Montgomerys Lanze traf im falschen Winkel auf den Schild des Königs. Sie splitterte, rutschte nach oben, und Montgomery, der einen Augenblick bestürzt und betäubt war, gelang es nicht, den Stumpf schnell genug fortzuschleudern. Zu spät. Der gesplitterte Lanzenstumpf traf das sich öffnende Visier des Königs.

Die Menge sah, wie der König im Sattel schwankte und dann langsam zu Boden glitt. Ein einstimmiger Aufschrei, dann Rufe: »Der König ist gefallen!« Ehe die Diener des Königs ihn umringten, um ihn von seiner Rüstung zu befreien, sah Katharina von der Tribüne aus die Vision ihres Alptraums: Das Gesicht des Königs beschmiert mit dem Blut, das aus seinem rechten Auge floß und floß.

Oben am Fenster in einem gemieteten Raum in der Rue St. Antoine bedeckte eine große junge Dame mit der Hand den Mund und bekam vor Schreck keine Luft mehr. Eine andere junge Dame drehte sich jäh um, verdrehte die Augen und sank ihrer Mutter ohnmächtig in die Arme. Tante Pauline und Monsieur Montvert, der Bankier, blickten sich vielsagend an.

»Das ändert alles«, sagte Tantchen.

»Ich schicke sofort nach Nicolas. Der neue Herrscher dürfte schwerlich an der Verfolgung von Badehausduellanten interessiert sein.«

»Aber falls jemand argwöhnt, daß Menander daran schuld ist, schwebt Sibille in großer Gefahr.«

»Genau. Aber dabei handelt es sich nicht um irgend jemanden – sondern um die Königin.«

»Solange der König lebt, ruht alle Hoffnung auf ihm.«

»Und falls er stirbt, hält man die erforderliche Trauerzeit von vierzig Tagen ein. Beides gibt uns Zeit. Sie können heimlich heiraten und außer Landes gehen. Hoffentlich hegt Sibille nicht den gleichen Widerwillen gegen Sonnenschein wie Ihr, Madame.«

»Um diese Jahreszeit soll Italien sehr gesund sein«, sagte Tantchen. Die anderen, die sich mit ihnen im Raum befanden, waren von dem Geschehen so verstört, daß sie kein Wort mitbekamen.

Der Alte Konnetabel und der große Guise – durch den Frieden wieder versöhnt – trugen den König eigenhändig in den Palast von Les Tournelles. »Ich will selbst gehen«, flüsterte dieser am Fuße der Freitreppe, doch dabei mußten ihn mehrere hohe Herren des Hofes stützen. Ihnen folgte eine Gruppe von Höflingen, die den schwächlichen Erben trugen, der in Ohnmacht gefallen war. Ein schlimmes Vorzeichen, sagten die, die den gespenstischen Einzug in den Palast mit angesehen hatten. An diesem Abend wurde Les Tournelles abgeriegelt, und Montgomery, der junge Löwe, packte in aller Eile seine Sachen und floh außer Landes.

Der König lag in dem großen Himmelbett und verlor – nach kurzen Wachzuständen – immer wieder das Bewußtsein. Nacht und Tag verschwammen ihm mit Wundbehandlungen, tuschelnden Würdenträgern auf den Fluren, mit Papieren, die ihm für eine schwache Unterschrift vorgelegt wurden. »Vielleicht erholt er sich, die Chirurgen meinen, daß die Wunde nicht tödlich ist«, sagte die Königin zu Madame d'Alamanni, als sie sein Krankenlager verließ, um ein, zwei Stunden zu schlafen. Doch ihre angst- und schuldgeweiteten Froschaugen erzählten eine andere Geschichte.

»Ich habe den Helfer von Maistre Paré mit eigenen Ohren sagen hören, daß die Lanze nicht ins Hirn eingedrungen ist, er wird lediglich ein Auge verlieren«, antwortete ihre Gesellschafterin.

»Und er fiebert nicht«, ergänzte die Königin. »Wenn er kein Fieber bekommt, wird er gewiß genesen.« Sie hatte die Brüder Guise bereits gesehen, wie sie groß und überheblich in den Gemächern ein und aus gingen, wo sich ihr kränklicher Sohn von seiner rothaarigen und ehrgeizigen kleinen Gemahlin trösten ließ. Die Königin bedurfte keiner prophetischen Träume, um das Muster der Zukunft zu sehen, falls sich ihr Gemahl nicht wieder vom Krankenlager erheben sollte. Wenn sie während der Wundbehandlungen händeringend durch die Flure schritt, gefror ihr das Herz bei ihren Hirngespinsten und Trugbildern. Am dritten Tag riß sie sich zusammen, als der große Vesalius, Diener des Königs von Spanien und der beste

Anatom der bekannten Welt, eintraf und der König Musikanten rufen ließ und nach seiner Genesung eine Pilgerfahrt zu unternehmen versprach. Ihr fiel ein, daß sie nichts gegessen hatte, und sie nahm ein wenig Wein und gekochtes Geflügel zu sich, dann schlief sie in der Nacht im Sitzen auf einem Stuhl neben dem Bett des Königs, beruhigt durch sein regelmäßiges Atmen.

Doch am vierten Tag stieg das Fieber, und keine Behandlung vermochte es zu senken.

Vor den verschlossenen Toren von Les Tournelles wies man Diana von Poitiers ab wie eine Bettlerin.

»Befehl der Königin«, sagte der Wachposten, als die Herzogin mit rotgeränderten Augen und bleichem, angespanntem Gesicht in ihre reichverzierte, vergoldete Sänfte floh. Diener zogen die Vorhänge zu, und der Posten, der die beiden schwarzweiß geschmückten Pferdchen ihre schwankende Last forttragen sah, dachte: Was hat der König bloß an der gefunden? Die ist ja älter als meine Großmutter und runzlig wie eine Trockenpflaume.

Im Empfangssaal ihres luxuriösen Herrenhauses in Paris schritt die Herzogin von Valentinois auf dem dicken türkischen Teppich auf und ab und merkte nicht, wie die Zeit verging. Jeder, der in die Nähe von Les Tournelles gekommen war – Niemande, Pagen, Klatschbasen, denen man in den vergangenen Jahren nicht erlaubt hatte, auch nur einen Fuß auf das Anwesen zu setzen –, wurde willkommen geheißen und hineingebeten.

»Lebt der König noch? Wird der König genesen?« wiederholte sie wieder und wieder mit angespannter, gequälter Miene.

Am vierten Abend erwachte sie mit einem Schrei aus ihrem Opiumschlummer und befahl der Zofe, die ihr zur Seite eilte, auf der Stelle zu den städtischen Bogenschützen zu gehen und den Wahrsager Simeoni festnehmen zu lassen; doch die Zofe faßte das als Halluzination auf und verabreichte der Herzogin noch eine Dosis ihres Schlafmittels.

Als die Herzogin am Morgen ihr *levée* abhielt, fehlten zahlreiche bekannte Gesichter aus dem Hochadel. Auf ihrem Hof waren keine Bittsteller, zu ihrer freien Tafel am Mittag kamen keine Gäste. Empört schickte sie mittels Kurier eine Botschaft an das Familienoberhaupt, das ihr viele Gefallen verdankte, doch die Guise sandten lediglich eine kalte, kurze Nachricht, durch die man sie wissen ließ, ihre Familie sei gewohnt, mit legitimen Herrschern zu verkehren, nicht jedoch mit ehemaligen Mätressen.

»Aber er lebt, er lebt noch«, schrie sie. »Bei Gott, so lasse ich mich nicht behandeln, solange er noch Atem in sich hat.« Doch mit jeder verrinnenden Stunde schien die verlassene Herzogin älter und älter zu werden. Fältchen vertieften sich, und ihr weißes Gesicht färbte sich grau. Es war, als hätte der König beim Verlassen der Erde auch den Zauber mitgenommen, der das Altern aufgehalten hatte. Sie griff nach einem Handspiegel vom Frisiertisch, und da starrte sie über ihrem juwelenbesetzten Mieder und der untadeligen Halskrause ein altes Gesicht an. Ein Gesicht – wie ... oh, lieber Gott, wie die scheußliche Mumie im Kasten. Nein, es war ja das gräßliche, vulgäre Ding. Und während sie entsetzt die Augen aufriß, zwinkerte ihr das Ding im Spiegel mit einem ledernen Lid zu. Mit einem Aufschrei schleuderte die Herzogin den Spiegel fort, und er splitterte auf dem Fußboden, daß die Scherben durchs Zimmer flogen. Doch niemand hörte den Krach und eilte zu Hilfe.

Als die nachmittäglichen Schatten länger wurden und sie allein in ihrem Schlafgemach saß, wo auf einem Tablett neben ihrem Bett eine unberührte Mahlzeit stand, wurde schüchtern an die Tür geklopft. Ein Page, den der Wachposten am Tor hochgeschickt hatte, brachte ihr eine Botschaft, die mit dem königlichen Siegel verschlossen war. Es war ein Brief, der an *La Mère Poitiers* – die alte Mutter Poitiers –, nicht an die Herzogin, nicht an die teuerste Verwandte gerichtet war. Er kam von der Königin und enthielt die Aufforderung zur Rückgabe der Kronjuwelen, der Staatsgelder, der Schlösser und Geschenke aus der Schatzkammer und der königlichen Ländereien, mit denen der König sie überhäuft hatte. Die Königin wollte Chenonceaux haben, das weiße Schloß der lauen Lüfte und der fröhlichen Feste, das wie ein Hochzeitskuchen am Ufer des Cher lag. Dieser Brief schnitt so kalt und präzise wie ein Chirurgenmesser, und der Herzogin gerann das Blut in den Adern.

Er muß leben, er muß leben, wiederholte sie wieder und wieder bei sich, während sie im Betstuhl neben ihrem Bett niederkniete, der einst lediglich Zierat gewesen war. Doch ein Flüstern wie von vertrockneten Blättern drang in ihre Ohren: Du hast dir gewünscht, daß die Königin niemals Einfluß auf ihn bekommt, und siehe, es wird niemals geschehen. Ich habe deinen Herzenswunsch erfüllt.

Am zehnten Tag erlangte der König kurz das Bewußtsein und rief den Dauphin zu sich. »Mein Sohn«, wisperte er, »du wirst zwar ohne Vater sein, doch nicht ohne meinen Segen. Ich bete zu Gott, daß du mehr Glück hast, als mir beschieden war.« Der kränkliche Junge erlitt erneut eine Ohnmacht, und als er in seinem Schlafgemach wieder zu sich kam, sagte er unter Tränen: »Mein Gott, wie kann ich leben, wenn mein Vater stirbt?« Und obwohl ihm sogar der mächtige Kardinal von Lothringen Trost anbot, hatten sich für den Dauphin – einen Augenblick lang – die Nebel der Zukunft gelichtet, und er wußte, daß ihm nun nichts mehr half: nicht seine hübsche Gemahlin, nicht seine klugen Schwiegeronkel, nicht seine finstere Mutter. In diesem lichten Moment hatte ihn der Tod angeblickt.

In dieser Nacht rasselte der Atem des Königs, und die Chirurgen einigten sich auf eine verzweifelte letzte Maßnahme: Sie würden den Schädel öffnen. Doch als sie den Verband abnahmen, rann so viel Eiter aus der Augenhöhle, daß sie wußten, keine Operation, zu der sie fähig waren, konnte das Hirn des Königs retten. Sie verbanden den fiebernden Kopf und ließen die Priester zur Letzten Ölung holen.

Es war Sitte, daß die verwitweten Königinnen von Frankreich Weiß trugen, doch Katharina von Medici, die sich in ihren Gemächern eingeschlossen hatte, entschied sich für schwarze

Trauerkleidung wie für eine Witwe von niederer Herkunft oder wie die Kleidung eines italienischen Höflings. Die funkelnden Goldstickereien, die bunten Samtkleider, die schimmernden Seiden wurden von Hofdamen weggebracht, Arbeiter kamen und verhängten die Gemächer der Königin im Louvre, ihre Möbel und ihre Fenster mit schwarzem Tuch. Während Katharina mit tränenverquollenem Gesicht in den abgedunkelten Räumen umherirrte, sich in den Betstuhl kniete – ihre Augen vermochten jedoch nicht lange auf dem Gebetbuch zu verharren – oder des Nachts aufrecht im Bett saß, kamen ihr andere Gedanken. Dann weckte sie ihre Dienerinnen mit der Forderung, ihr Wappen müsse geändert werden. Diese hofften, sie hätte es am nächsten Tag vergessen, doch die Königin ließ einen Gelehrten vom Wappenamt kommen, verbannte den Regenbogen, den ihr der alte König Franz vermacht hatte, und skizzierte eigenhändig eine abgebrochene Lanze in eine Kartusche und darunter das Motto *Lacrimae hinc, hinc dolor,* hier gibt es Tränen, hier gibt es Schmerz.

Doch in der anhaltenden Düsternis ihrer verhängten Gemächer, wo selbst bei Tage Kerzen brennen mußten, hörte die Königin ein Rascheln wie von trockenen Blättern und verstohlenes Lachen. Und dann ertönte die Stimme, bei der ihr ein Pfeil durch den Leib schoß und es in ihrem Kopf hämmerte, als ob er bersten wollte: »Erhabene Königin, die Herzogin wird sein Herz nie mehr besitzen. Seht, wie ich Euren Herzenswunsch erfüllt habe.«

Doch Katharina war eine Medici und aus hartem Holz geschnitzt. Sie flüsterte in die Schatten: »Noch hast du nicht gewonnen. Ich suche mir einen stärkeren Zauber und werde dich besiegen.«

»Oh, erhabene Königin, Ihr seid wirklich eine würdige Gegnerin. Eine wie Euch habe ich in tausend Jahren nicht kennengelernt. Aber falls Ihr glaubt, Ihr wärt gerettet, entsinnt Euch Eurer anderen Wünsche.«

»Meine Kinder!« entfuhr es der Königin.

»Ach ja, Eure Kinder. Wißt Ihr noch, was Ihr Euch gewünscht habt? Daß die Königin von Schottland nicht länger Einfluß auf Euren Sohn nimmt.«

»Nein, nein!«

»Oh, ich bin noch nicht fertig... Und Ihr habt Euch gewünscht, daß alle einen Thron bekommen. Jetzt seht, wie ich Euren allergrößten Wunsch erfülle.«

Glühendes Eisen rann durch den Leib der Königin und erstarrte. Die Damen, die dem Klingeln des Silberglöckchens gefolgt waren, meinten in der Ecke so etwas wie eine Statue, einen Geist, einen Dämon zu erblicken – in der Gestalt der Königin.

»Madame Gondi«, sprach das granitene Wesen in der Ecke, »laßt einen Kurier das schnellste Pferd im Stall des Königs nehmen und diesen Brief nach Salon de Provence bringen, in das Haus von Nostradamus. Sagt ihm, er müsse unverzüglich nach Chaumont kommen, dort will ich mich mit ihm treffen.« Und als sich Madame Gondi entfernte, sagte sie zu Madame d'Alamanni: »Madame, wie steht es um den Hof und meinen Sohn, den König?«

»Majestät, Euer Sohn ist erkrankt, doch er hat Anweisung gegeben, daß Konnetabel Montmorency und Marschall St. André die Ehre zukommt, während der vierzig Tage Trauerzeit die Totenwache beim Leichnam des Königs zu halten.«

»Das konnte ihm niemand anders einflüstern als die Guise. Mit anderen Worten, jetzt regieren sie uneingeschränkt.«

»Ja, Majestät.«

»Und am Ende der vierzig Tage, wenn der Konnetabel und der Marschall abgereist sind, ist niemand mehr da, der ihnen die Macht streitig machen kann.«

»Majestät, sie haben die Macht nur während Eurer Trauerzeit.«

»Meine Trauerzeit ist vorbei. Bitte, ruft den Schatzmeister des Königs, ich muß wissen, wie es finanziell um das Königreich bestellt ist. Ich habe gehört, daß der selige König, mein Gemahl, gesagt hat, die Soldaten hätten seit drei Jahren keinen Sold mehr bekommen.«

»Aber, Majestät...«

»Kein Wenn und Aber. Das ist der Stoff, aus dem sich Aufstände entwickeln. Und ich möchte herausbekommen, ob die Calvinisten mittlerweile ihr Gesicht zeigen, jetzt, wo ein Kind regiert. Bringt mir ihre Aufsätze; ich will wissen, was sie sagen, sie und ihre verräterischen Prediger. Falls sie ein Wort gegen mich äußern, soll man sie ergreifen und hängen. Und ... o ja, laßt Demoiselle de la Roque holen. Sie soll auch nach Chaumont kommen. Schickt Ihr einen Soldaten zum Geleit, der aufpaßt, daß sie es sich nicht anders überlegt. Sagt ihr ... sagt ihr, daß ... die Königin eine besondere ... Belohnung für all ihre Dienste bereithält.«

An ebendiesem Abend ritt ein schneller Kurier aus Genua auf einem erschöpften türkischen Berberpferd auf den Hof der Bank Fabris und Monteverdi in Lyon. Er überbrachte dem ältesten der Brüder Fabris ein Paket mit Briefen, nahm rasch ein Mahl zu sich und wechselte das Pferd, ehe er wieder in die Nacht hinausritt. Der Halbmond spendete gerade Licht genug, um die Straße zu beleuchten, und obwohl der Kurier nichts von Wert bei sich führte, war der dunkel gekleidete Mann mit einem italienischen Rapier, einem langen Dolch, einem gut versteckten Messer, einer Arkebuse und einer Schnur Pulverladungen bewaffnet, die er sich um den Hals gehängt hatte. Nicolas' Gesicht war hager vor Müdigkeit, und er hatte sich seit zwei Wochen nicht rasiert, doch sein Blick war fest. Sein Vater, sein hartherziger alter Vater hatte endlich menschliche Züge gezeigt. Aus Paris hatte er ihm geschrieben, daß er ihm alles vergab, ihm die Heiratserlaubnis erteilte und daß er sich beeilen solle, sonst würde die Niedertracht der Mächtigen die Liebe seines Lebens ins Grab bringen.

22. KAPITEL

»Tod dem Zauberer!« Die auf eine lange Stange gespießte Figur in der Robe war über der schreienden Menge auf der Place de Grève kaum zu sehen.

»Tod dem Nostradamus!« Männer und Frauen in Holzschuhen und mit Kleidung aus selbstgesponnenem Gewebe liefen herbei und warfen noch mehr Stroh auf die Reisigbündel.

»Verbrennt den Hexer, der den König getötet hat!«

»*Au feu, au feu!*« Ein Mann hielt eine Brandfackel an das Stroh, wo sie kurz qualmte, dann schoß eine schmale Flammenzunge empor. Am Rand des Platzes, unweit der kunstvollen Gitter des Eingangstors zum Hostel de Ville, stand ein halbes Dutzend Bogenschützen mit breiten Helmen und Harnischen mit Ziernägeln herum, die Arme verschränkt.

»Wer ist Nostradamus?« fragte einer.

»Hast du das nicht mitbekommen? Ein Hexer, der den König mit dem Todeszauber belegt hat.« Die Flammen setzten jetzt den Saum der Robe in Brand, und dichter Rauch verhüllte die Figur.

»Für wen hat er gearbeitet?«

»Man sagt, für die Spione der englischen Königin ...« Jubelgeschrei, als die Flammen jäh in der strohgefüllten Puppe hochschossen, die sich in einer Feuersglut auflöste.

»Er soll entwischt sein.«

»Man hat ihn überall gesucht, aber er ist verschwunden. Also mußte man die Wut an etwas anderem auslassen ...«

»Ha! Falls er sich jemals wieder in Paris zeigt, ist ihm ein warmer Willkommensgruß gewiß!«

»Alle Zauberer sollten brennen. Erst hier, dann in der Hölle.«

»Nun, Anael«, sagte Nostradamus, der sich die Szene im Wasser seiner Wahrsageschale ansah, »falls ich vorgehabt haben sollte, diese elende Stadt noch einmal aufzusuchen – jetzt gewiß nicht mehr.« Selbst nach Mitternacht lastete die Tageshitze noch drückend im Dachzimmer des Hauses in Salon, und Nostradamus, von dessen Gesicht der Schweiß rann, bedauerte bereits, unter seinem Zaubergewand noch seine schwere Robe zu tragen. Das Metall seiner Armillarsphäre glänzte matt im Kerzenschein, und Anael war nur als dunstiger Umriß zu erkennen.

»Die Menschen lassen keine Vernunft walten«, meinte die nebelige Gestalt. »Die Zukunft vorauszusagen bedeutet nicht, sie auch in die Wirklichkeit umzusetzen.«

»Pariser. Widerliche Menschen. Schlechte Bezahlung. Drohen mir mit der Inquisition. Und jetzt verbrennen sie eine Puppe als mein Abbild. Habe ich dir schon einmal vom Gasthof zum heiligen Michael erzählt? Die Laken waren dreckig, und für den abscheulichen Essig, den sie Wein nannten, hat der Wirt einen Wucherpreis verlangt ...«

»Hundertmal, Michel. Du wirst alt und griesgrämig. Aber was noch schlimmer ist, du wirst so vergeßlich, daß du deine Klagelieder wiederholst.«

»Ich? Nie im Leben! Mein Hirn ist so scharf wie ein Küchenmesser. Aber gewiß reise ich nie wieder. Meine Magenverstimmung, ganz zu schweigen von der Undankbarkeit der Leute ...«

»Wenn ich du wäre, würde ich mich darauf nicht verlassen«, sagte der Engel der vergangenen und künftigen Geschichte.

Ich erinnere mich noch genau an den Tag, als ob es heute wäre, weil ich gerade beim Drucker war, um das Manuskript meiner neuesten Dialoge mit dem Titel *Cena* abzuliefern. Nicht gerade in dem von mir bevorzugten gehobenen Stil geschrieben, entsprach es doch eher dem, was ich bin, als dem, wie ich zu scheinen vorgab wie in meinen früheren Werken. Wenn die Leute es nicht mögen, was soll's? dachte ich. Als ich mein Bündel auf den Tisch legte, holte der Drucker die Druckfahnen meiner Sammlung neuester Gedichte hervor, die im Stil der Zeit gehalten waren und unter dem Titel *Garten der Sorgen* nur in den ausgewähltesten Kreisen verteilt werden sollten. Gleichzeitig zwei solch unterschiedliche Werke in Händen zu halten – das eine voller Wahrheit, das andere weniger –, regte mich dazu an, über die Heuchelei zu grübeln, und so war ich noch ganz in Gedanken vertieft, daß ich unter einer Leiter durchging, und das sollte man tunlichst vermeiden, weil es immer Unglück bringt.

Bereits als ich in unsere *salle* trat, merkte ich, daß etwas ganz und gar nicht stimmte. Tante Pauline war so weiß wie eins ihrer Gespenster, hatte dunkle Ringe unter den Augen und saß starr und steif in ihrem großen Polstersessel. Neben ihr stand der Abbé, der noch verhutzelter als gewöhnlich aussah. Sechs schwer bewaffnete Bogenschützen in der Livree der Königinmutter umringten sie.

»Was bedeutet das?« fragte ich.

»Ihre Majestät, die Königinmutter, möchte sich mit Euch beraten und befiehlt, daß Ihr den Kasten mitbringt, den Ihr in Eurer Obhut habt.« Es war soweit. Mir sank das Herz in die Schuhe.

»Aber ... Ihre Majestät residiert doch gar nicht in Paris«, stammelte ich.

»Wir sollen Euch nach Chaumont bringen und dafür sorgen, daß Ihr dort wohlbehalten ankommt«, entgegnete der Rittmeister der Bogenschützen.

»Ich ... ich muß ein paar Sachen packen«, sagte ich.

»Es wird Euch dort an nichts fehlen. Ihr sollt nicht packen, sondern auf der Stelle mitkommen. Ist das der Kasten, der da hinten steht?« Menander thronte auf seinem gewohnten Platz auf der Anrichte und summte leise, eifrig, fast unhörbar vor sich hin, wie er es beinahe die ganze Zeit tat, jetzt, wo er völlig in seine Überlegungen vertieft war. Du nutzlose, ärgerliche Schachtel voller Unheil, dachte ich. Was ist, wenn sie herausfindet, daß du ihr nun nicht mehr nützlich sein kannst? Sie wird beschließen, daß ich zuviel weiß ... Ich muß mir etwas einfallen lassen.

Als wir durch das Stadttor klapperten, musterte ich die grimmigen Mienen der Männer, die mich umringten, und versuchte, sie in eine Unterhaltung zu ziehen. Doch sie gaben keine Antwort, und einer, jünger als die anderen, wandte sogar den Blick ab. Auch Befehl, dachte ich. Sie haben Angst, daß ich mich aus meiner Bedrängnis herausrede. Während wir in Richtung Süden durch die sanft gewellte Herbstlandschaft ritten, wo sich die ersten gelben Blätter zeigten, wurde mir immer klarer, daß mich auf dem abgeschieden gelegenen Schloß der Königin, fern von meinen Verwandten und Freunden und jeglicher Hoffnung, nichts Gutes erwartete.

Es dunkelte bereits, und der Nachtwächter machte seine Runde durch die Straßen, als Madame Tournet Baptiste, mit einem Entermesser bewaffnet, an die Haustür schickte, auf die jemand ungestüm einhämmerte.

»Madame Tournet, ich bin es, Nicolas«, rief eine Stimme, und Tantchen hievte sich, nur mit Hemd und einer Schlafmütze bekleidet, aus dem Bett. Sie ließ sich von ihrer Zofe in einen stoffreichen Hausmantel helfen und eine Kerze anzünden. Als sie in die *salle* trat, erblickte sie auf der Schwelle Nicolas und seinen Vater, in schwere Umhänge gehüllt und mit Laternen in der Hand.

»Kommt herein und setzt Euch«, sagte sie. Im Dunkeln hüpften die Kerzenflammen der Dienerschaft hierhin und dorthin, während Stühle herangezogen wurden und man eine Flasche Wein nebst Bechern von der Anrichte holte.

»Wo ist Eure Nichte?« fragte der alte Mann. »Mein Sohn ist heute abend eingetroffen. In der Kapelle St. Jacques de la

Bûcherie wartet ein Priester, der die beiden noch heute nacht vermählt. Wir werden dafür sorgen, daß sie noch im Morgengrauen außer Landes sind, ehe die Spione der Königinmutter überhaupt darauf kommen, was geschehen ist.«

»Zu spät«, sagte Tante Pauline. »Man hat sie heute nachmittag abgeholt.«

»Sie ist fort?« sagte Nicolas, und sein Blick drückte Verzweiflung aus. »Wohin, um Himmels willen? Hat man es Euch gesagt?«

»Nach Chaumont-sur-Loire«, antwortete Tante Pauline. »Unter schwerer Bewachung.«

»Ein furchtbarer Ort«, sagte Scipion Montvert. »Die Königinmutter soll in Chaumont einen gräßlichen Turm voller Zaubersachen haben und mit Hilfe von Wahrsagern und Zauberern, die sie dort um sich schart, Unschuldige mit einem bösen Bann belegen.«

»Ein schlechtes Omen, würde ich meinen. Es ist offenkundig, daß sie Pläne schmiedet, wie sie Menander den Unsterblichen loswerden kann.«

»Und meine Sibille ... meine Sibille ... ich reite los, ich reite auf der Stelle los ...«

»Selbst der wahren Liebe öffnen sich die Stadttore von Paris nicht vor Sonnenaufgang«, entgegnete Madame Tournet. »Bitte, bleibt über Nacht hier. Ich ... brauche Gesellschaft.«

Nachdem sie Nicolas überzeugt hatten, daß er Schlaf benötige, leistete der Bankier Madame Tournet Gesellschaft, während die Kerzen niederbrannten und sie Flasche um Flasche leerten.

»Mein einziger Sohn, Ihr versteht ...«, seufzte der alte Mann.

»Ich habe mich seit ihrer Geburt um sie gekümmert ...«, sagte Tantchen.

»Ob ich ihn nun gehen lasse oder ihn zum Bleiben bewege – ich verliere ihn so oder so.« Monsieur Montvert stützte den Kopf in die Hände. »Liebe ist eine Katastrophe.«

»Ja, eine Vernunftheirat ist so viel einfacher«, bestätigte Tantchen. Doch vor ihrem inneren Auge sah sie ihren Vater, wie er über ihr stand, als sie den Ehevertrag mit einem Mann unterschrieb, den sie niemals lieben konnte.

»Man sollte zuerst heiraten, wie es sich ziemt, und sich dann liebenlernen«, sagte der Bankier, doch in seinem Herzen stieg das Bild eines Mädchens mit dunklem Teint und braunen Augen an einem gewissen Brunnen in Florenz auf, wie sie ihren Krug füllte. Sorgsam, rasch löschte er das Bild und ersetzte es durch das schmale, kränkliche Gesicht seiner Frau, einer Erbin aus bestem Haus – die Wahl seines Vaters. Sein Vater hatte natürlich recht gehabt. Sein Vater hatte immer recht gehabt.

»Ja, so sollte es sein«, sagte Tante Pauline und schenkte noch einen Becher Wein ein. »Die Liebe ist ein Fluch.«

Doch der alte Bankier erwiderte nichts. Er war – nicht mehr ganz nüchtern – eingeschlafen, und der Kopf war auf die Lehne gesunken. Als er anfing zu schnarchen, bemerkte Tante Pauline eine verirrte Träne auf seinem unrasierten Gesicht. Sorgsam deckte sie ihn mit seinem Umhang zu und taumelte ins Bett, wo sie die ganze Nacht von Blut träumte.

Die wartenden Bootsleute hörten über dem Wasser das Geräusch von Riemen, und die beiden Fackeln, die im Bug des herannahenden Bootes angebracht waren, glühten in der dunklen Nacht wie zwei hellrote Augen. Die Mondsichel über ihnen wurde immer wieder von vorbeiziehenden Wolken verdeckt, zwischen denen hier und da Sterne blinkten. Die Loire war ein schwarzer Fluß mit schwarzen Ufern und spiegelte das flackernde Licht, das sich auf der dunklen Wasserfläche gleichsam wie Öl ausbreitete. An der Anlegestelle stampften ungeduldige Pferde mit leise klirrendem Zaumzeug, und man konnte schwach den Umriß einer Sänfte und Reiter mit Laternen ausmachen.

»Er ist da«, flüsterte ein Wachposten.

»Wurde auch langsam Zeit. Er sollte schon nachmittags eintreffen.«

»Um diese Jahreszeit ist die Strömung ungünstig.«

Das Boot rumpelte, dann knirschte es gegen den Anlegeplatz, und zwei kräftige Männer hievten ein Bündel aus dem Heck.

»Wir sind da, Maistre«, sagte einer. »Legt bitte ein gutes Wort für mich ein, ja?«

»Bei der Königinmutter oder bei den Geistern?«

»Bei beiden, falls Euch das gelingt. Denkt daran, mein Sohn möchte ein eigenes Boot haben.« Auf dem Hügel über ihnen schimmerte im matten Sternenschein eine Festung aus weißem Stein mit spitzen Türmen.

»Hoffentlich erwartet sie nicht, daß ich da zu Fuß hochgehe«, sagte Nostradamus, der sich seine zerdrückte Robe zurechtzupfte wie ein aufgeschrecktes Huhn, das geplusterte Federn glättet. Er machte vorsichtig ein, zwei Schritte, wobei er sich schwer auf seinen Stock stützte. »Meine Gicht! Schlimmer als üblich. Ich sage Euch, das hier ist meine letzte Reise. Geheimmission, pah!« Ein halbes Dutzend schwerbewaffnete Wachen kletterten hinter Nostradamus aus dem Boot.

»Er gehört euch«, sagte der befehlshabende Offizier zu einem der Reiter. »Und vergeßt nicht: Die Königin schneidet euch die Ohren ab, wenn ihm auch nur ein Härchen gekrümmt wird. Er kann nicht mehr als zehn Schritte zu Fuß gehen, braucht zwei Federkissen, ißt nichts Gebratenes und trinkt keinen Wein, der jünger ist als fünf Jahre. Viel Vergnügen.«

Der alte Doktor und ein großes, geheimnisvolles Bündel wurden in die wartende Sänfte verladen. Von Vorreitern mit Fackeln begleitet, schwebte die Sänfte den steil ansteigenden Weg hinauf zum Schloß. Im Wald unter ihnen schuhuten die Eulen. Ein Wachposten bekreuzigte sich abergläubisch. Wer wußte schon, welch dämonischen Zauber das Bündel des furchteinflößenden Propheten des Untergangs barg? Das waren keine Eulen, sondern Satansdiener, die ihren Zunftgenossen willkommen hießen.

Die Königinmutter saß noch spät am Sekretär und schrieb bei Kerzenschein. Es war ein Brief an Madame de Humières, in dem es um die Pflege ihres kleinen Lieblings Hercule ging, der schon wieder mit einer Kinderkrankheit darniederlag. »Und man hat mir versichert, es gäbe ein unfehlbares Heilmittel, das die Gifte in der Lunge löst. Rauch von Eibenholz zusammen mit einem Umschlag aus Lilienöl und Lavendel ...« Es klopfte an die Tür, und eine der Hofdamen öffnete und verkündete, Maistre Nostredame sei endlich eingetroffen.

Die Königin ließ alle draußen warten, wo sie sich an der Tür in der Hoffnung drängten, ein, zwei Worte von den Geheimnissen mitzubekommen, die im Zimmer besprochen wurden. Sich gegenseitig Schweigen bedeutend, knieten die Damen nieder, und eine legte das Ohr ans Schlüsselloch, doch alles vergebens. Das einzige Wort, das sie auffing, lautete »Ruggieri«, und das äußerte der alte Prophet voller Entrüstung.

»Richtig, ich habe ihn damals, als ich den Astrologenraum im Turm eingerichtet habe, zu Rate gezogen. Er enthält alles, was Euer Herz begehrt, Maistre – aber Ihr versteht gewiß, daß ich ihm in einer so heiklen Angelegenheit nicht vertrauen konnte.«

»Cosmo Ruggieri könnte keinen Zauberspiegel herstellen, auch wenn sein Leben davon abhinge«, sagte Nostradamus verstimmt.

»Selbst wenn er es könnte«, erwiderte die Königinmutter, »würde er zu meinen Feinden überlaufen und dem Nächstbesten die Informationen verkaufen. Außerdem wißt Ihr, daß ich Euch für den einzig wahren Propheten halte.«

»Anscheinend ist Ruggieris Versuch mißglückt.«

»Woher wißt Ihr?« fragte die plumpe, kleine Frau in Schwarz.

»Vor zwei Tagen schon habe ich es im Boot gesehen. Und aus der Tatsache geschlossen, daß man mich mit der Zusicherung, ich wäre in diesem Fall der einzige Wahrsager, zu dieser Reise gezwungen hat. Meine Gabe ist ein Fluch«, knurrte er.

»Ich muß es wissen«, sagte sie geheimnisvoll.

»Was genau?«

»Ich dächte, das hätte Euch Eure Gabe bereits eingegeben«, gab die Königinmutter etwas spitz zurück.

»Und wenn schon, ich möchte es aus Eurem Munde hören.«

»Nun gut, ich muß wissen, wie es um die Zukunft des französischen Throns bestellt ist. Es ist wichtig für mich.«

Damit meint Ihr, wie lange die Königin der Schotten und die Guise im Hühnerstall noch das Sagen haben, dachte der alte

Prophet. »Ein Zauberspiegel ist ein sehr empfindliches Ding«, sagte er. »Glücklicherweise habe ich mit den zweiundvierzig Tagen der Reinigung bereits auf der Reise angefangen, wir werden also beim nächsten Vollmond bereit sein.«

»Ihr seid entlassen«, sagte die kleine Frau in Schwarz. »Wenn Ihr geht, sagt meinen Dienerinnen, sie können zurückkommen. Und denkt daran, daß Euch eine reiche Belohnung winkt, wenn Ihr mich nicht enttäuscht.«

Lieber wäre mir für heute nacht ein anständiges Bett, knurrte der alte Prophet in seinen Bart. Dieses Versprechen dürftet Ihr eher halten. Vielleicht sollte ich um einen Vorschuß bitten, ehe ich mich an den Spiegel mache. Wenn sie erst gesehen hat, was er vorhersagt, breche ich höchstwahrscheinlich mit leeren Händen auf. Hmm. Wie bringe ich das taktvoll an? Ich könnte vielleicht mehrere Pfund seltene Kräuter und Gewürze für den Zauber brauchen. Etwas, was man gegen harte Münze weiterverkaufen kann. Eines steht jedoch fest, diesmal möchte ich mir nicht das Geld für die Rückreise borgen müssen.

Neun Stunden nach Nostradamus' nächtlicher Ankunft erreichte Nicolas Chaumont bei hellichtem Tag. Da saß er nun auf seinem kleinen Pferd, musterte das Schloß, das über ihm thronte, und begriff allmählich, wie aussichtslos seine Mission war. Chaumont dräute über der Loire auf der Kuppe eines grünen Hügels. Auf der Landseite von Wald eingeschlossen, wirkte es abgeschieden und düster: vier Flügel um ein Geviert gebaut, von einer Burgmauer umgeben, eine Festung, die erst noch zu einem Lustschloß im neuen Stil umgebaut werden sollte. Die weißen Türme hatten schiefergedeckte Spitzdächer, die Fenster waren schmal, und der einzige Zugang führte über eine Zugbrücke. Wie sollte er jemals dort hineinkommen, grübelte Nicolas. In der guten alten Zeit wäre er in voller Rüstung hinaufgesprengt, hätte auf den Schild am Tor eingehämmert und den Verwalter des Schlosses zu einem ehrlichen Zweikampf gefordert; als Sieger hätte er dann die bedrängte Jungfrau aus den Fängen ihrer bösen Häscher befreit. Doch in ein Lederwams und einen staubigen kurzen Umhang gekleidet saß er nun auf einem gescheckten Pferdchen, das einem Schlachtroß so wenig ähnelte wie er einem Ritter in schimmernder Rüstung. Na schön, sagte er sich, das Zeitalter des Rittertums geht vielleicht zu Ende, aber das des Geistes dämmert herauf; wozu habe ich eigentlich einen hellen Kopf?

Die Zugbrücke wurde offensichtlich zur Nacht nicht hochgezogen, und während er so zuschaute, sah er, daß Besucher, offenbar Menschen von Rang, angehalten und befragt wurden. Wagen mit Getreide und Heu rumpelten jedoch aus und ein, als wären sie unsichtbar, alte Frauen mit Körben voller Eier auf dem Kopf, Schweinehirten mit ihren Schweinen und Melkerinnen mit Kühen wurden nicht aufgehalten. Das ist es, dachte er, als er sein Pferd zum Dorfgasthof führte, um es dort einzustellen, und dann zu Fuß bergauf ging. Vor ihm mühte sich ein Ochsengespann, das einen Karren mit Weinfässern zog, die ausgefahrene Straße hinauf; der Eigentümer der Fässer war abgestiegen und schob, während der Junge, der das Ochsengespann lenkte, die Peitsche über ihren Rücken knallen ließ – jedoch mit kläglichem Erfolg.

»He, Bursche, laßt mich helfen!« rief Nicolas und dankte den Sternen, daß er nun doch nicht in schimmernder Rüstung daherkam. Nach kurzem Verhandeln verstaute er seinen verräterischen Schwertgurt und seinen Umhang im Karren und mühte sich mit dem Winzer, den Karren aus den tiefen Furchen zu schieben. Nichts einfacher als das, dachte er, als sie den Wachposten passierten, ohne angerufen zu werden, und holte sein Schwert zwischen den Fässern hervor. Und ehe jemand auf den Gedanken kam, ihn zu befragen, duckte er sich in den nächsten Eingang, der auf den gepflasterten Hof ging. Einfach drauflosgehen, als ob du in Geschäften unterwegs bist, sagte er sich.

»He, Bursche, wohin des Wegs?« fragte der Rittmeister der Bogenschützen, der auf der Treppe stand.

»Kurier von Signor Gondi für Ihre Majestät, die Königinmutter«, sagte Nicolas mit starkem italienischem Akzent.

»Ha! Der Bankier! Bring demnächst meinen Sold mit!« Nicolas tat, als sei es mit seinem Französisch schlecht bestellt, nickte jedoch freundlich, wie es Fremdländer tun, wenn sie einen Witz nicht verstehen, und eilte zum Treppenabsatz hoch. Ein unangenehmer Gedanke durchzuckte ihn. Wie sollte er in dieser Ansammlung von Stein herausfinden, wo man seine Sibille versteckte?

»Bursche, dort geht es nicht zu den Gemächern der Königinmutter!« rief der Wachposten und deutete vage in eine Richtung.

»Mille grazie«, bedankte sich Nicolas.

»Vermaledeiter Fremdländer«, brummte der Wachposten und spuckte auf die Steintreppe.

Nicolas tat so, als wüßte er, wohin er wollte, und ging in die Richtung, die ihm die Hand gezeigt hatte, bis er außer Sichtweite war; dann wandte er sich an einen Pagen, der einen Wasserkrug trug, und der sagte ihm, daß die Königin gerade die Astrologenkammer verlassen habe. Astrologenkammer, dachte Nicolas. Genau der Ort, wo sie wohl den widerlichen sprechenden Kopf aufbewahrt. Und wo der Kopf ist, da muß auch Sibille sein. Mit der Hand am Schwertknauf stieg er die Stufen zum Observatorium im Turm hinauf, wo er die Astrologenkammer vermutete. Als er durch die Tür stürzte, stand er in einem hohen Raum mit Ziegelsteinwänden, in dem das letzte Zwielicht gedämpft durch hohe, schmale Fenster fiel. Auf einer riesigen offenen Feuerstelle stand ein Athanor, in der Ecke erblickte er ein Himmelbett, längs der Wand einen Arbeitstisch mit Büchern, Flaschen und einem menschlichen Schädel.

»Herein«, sagte eine Stimme aus dem Schatten, und Nicolas machte hinten im Raum die Gestalt eines Mannes von mittlerem Wuchs und mit langem Bart aus. Vor ihm auf einem Schreibtisch lag etwas Flaches, Metallisches, und auf dem Boden stand ein Käfig mit lebenden Tauben. Der Mann trug Hut und Arztrobe. Montpellier, nicht Paris, dachte Nicolas. Ich kenne ihn. Das ist der Doktor, der Sibilles Arm behandelt und mir mein Sternzeichen auf den Kopf zugesagt hat.

»Ich habe Euch erwartet«, sagte der alte Mann.

»Doktor Nostredame«, sagte Nicolas, »was macht Ihr hier?«

»Ein geheimer Auftrag«, erwiderte der große Prophet, trat aus dem Dunkel und begrüßte Nicolas. »Wenn Ihr es unbedingt wissen müßt, ich soll einen Zauberspiegel herstellen, für den man mir vermutlich weitaus weniger bezahlt, als er wert ist. Und ich, ich verlasse mein schönes, warmes Klima, das meinen Gelenken so zuträglich ist, lasse mich wie einen Sack Gerste von der Leibwache der Königin mitten in der Nacht abschleppen, und das alles, weil eine Dame mittleren Alters das schlechte Gewissen plagt. Und dabei hätte sie mich um Rat bitten können, als noch Zeit war, alles zu bereinigen. Aber nein, nein. Cosmo Ruggieri, Simeoni, Gauricus, jeden alten Quacksalber, der bei ihr angeklopft hat – nur nicht Nostradamus, der immer schon gewußt hat, daß sie besser die Finger davon gelassen hätte. Und warum seid Ihr hier?«

»Ich denke, das wißt Ihr auch schon«, entgegnete Nicolas.

»Nein, ich hatte nur einen dieser kleinen prophetischen Träume, daß Ihr hier vollgestaubt stehen und mich mit irgend etwas belästigen würdet. Sagt, was Euer Begehr ist, und dann geht.«

»Das muß Schicksal sein«, seufzte Nicolas. »Ich bin gekommen, weil ich Sibille Artaud de la Roque retten will, meine einzig wahre Liebe. Sie wird hier gefangengehalten, aber ich habe keine Ahnung, wo sie ist. Ihr jedoch, ein Wahrsager, müßt sie doch auf der Stelle finden können.«

»Ah, die Dichterin. Und Ihr erwartet, daß ich sie finde?« sagte der alte Doktor. »Aber sagt, warum glaubt Ihr, daß sie hier ist?«

»Ihr wißt doch, dieser grausige mumifizierte Kopf, den man ihr aufgebürdet hat«, sagte Nicolas. »Ihre Tante Pauline glaubt, daß die Königin ihn jetzt loswerden will. Und die einzige Art, ihn loszuwerden, besteht darin, auch Sibille loszuwerden.« Unversehens fiel Nicolas vor dem alten Mann auf die Knie, nahm den Hut ab und drückte ihn ans Herz. »Maestro, Ihr müßt mir helfen. Ich flehe Euch an. Falls Sibille etwas zustößt, muß ich mich töten, und das würde meinem Vater das Herz brechen.«

»Eures etwa nicht?« fragte der alte Doktor und kicherte. »Ach, ihr Jünglinge. Als ich in Eurem Alter war, hatte ich auch eine Leidenschaft – aber die galt der Weisheit.«

»Die Weisheit, die ich habe, genügt mir. Ich will nur Sibille. Rettet sie, Maestro!«

»Ach, mein lieber junger Mann. Wir erlangen im Leben oftmals mehr Weisheit, als uns lieb ist. Aber wie dem auch sei – ich merke schon, Ihr seid drauf und dran, Euch mit gezücktem Schwert auf die Palastgarde zu stürzen, um Eure Demoiselle zu retten, was Euch nur zu einem verfrühten Ableben verhelfen würde. Verlaßt Euch also auf mich. Heute um Mitternacht kommt die Königin zu mir, um sich die Zukunft auslegen zu lassen. Ich habe da einen Plan.«

»Einen Plan? Nur einen Plan?«

»Aber der Plan ist von Nostradamus, junger Mann.«

»Nicolas bitte.«

»Gut, dann Nicolas. Nicolas, bleibt also und helft mir. Ich bin zu steif, um das alles allein zu machen. Ich weiß nicht, was sie sich dabei gedacht hat, als sie mich auf diese Weise hierher zerren ließ. Ich hätte ihr doch alles mit der Post schicken können.« Der alte Doktor brummelte etwas in seinen Bart und öffnete den Taubenkäfig.

»Was soll ich tun?« fragte Nicolas.

»Als erstes kramt Ihr mir etwas aus der Truhe da. Ich brauche eine menschliche Tibia.«

»Eine was?«

»Ein Schienbein. Und falls Ihr daran interessiert seid, zeige ich Euch, wie man eine Katze magnetisiert.«

»Ich hasse dich, ich hasse dich, ich hasse dich. Da, sieh dir an, was du wieder angerichtet hast«, sagte ich zu Menanders Kasten, der vor mir in schimmligem Stroh auf dem Boden stand. Das einzige Licht in dem kleinen Raum mit seinen Steinmauern spendete eine flackernde Kerze in einem schäbigen eisernen Kerzenhalter. Ein Luftzug, der aus unbestimmter Richtung wehte, verschaffte mir etwas frische Luft. Doch es gab nicht einmal ein Fenster. Einen Stuhl auch nicht, und Wände und Fußboden schwitzten Feuchtigkeit aus. »Ich habe kalte Füße, und wenn ich weiter so auf dem Boden hocke, schläft mir noch die Kehrseite ein.«

»Halt den Mund, ich muß nachdenken«, schimpfte das Ding im Kasten, dann schwieg es wieder. Das hier dürfte der tiefste Keller im ganzen Bergfried von Chaumont sein, dachte ich. Man hat mich zum Narren gehalten, als man mich hier einsperrte. Das hat jemand anders angeordnet, nicht die Königin. Jemand, der es auf Menander abgesehen hat, und das heißt, ich bin so gut wie tot. Wer hört mich hier schreien, so tief unten, hinter einer so schweren Tür? Dann dachte ich an Nicolas, der nicht einmal erfahren würde, was mir zugestoßen war, und da liefen die Tränen, und ich schluchzte lange, lange vor mich hin. Plötzlich vernahm ich ein Schlüsselklirren, dann wurde die Tür nach innen geöffnet. Auf der Schwelle stand ein Wachposten mit einem Schlüsselring und einer brennenden Fackel, hinter ihm sah ich zwei weitere Wachen und einen hünenhaften Burschen mit Lederschürze, der einen großen Sack in der Hand hielt. Wortlos betraten sie nacheinander den Raum. Ihnen folgte ein weiterer Wachposten mit einer Fackel, und dann stand die Königin höchstpersönlich vor mir. Sie war ganz in Schwarz gekleidet und hatte sich einen dichten schwarzen Schleier vors Gesicht gezogen. Das verhieß nichts Gutes.

»Mademoiselle de la Roque, Ihr könntet zumindest aufstehen, wenn Eure Königin das Zimmer betritt.«

»Es tut mir sehr leid, aber meine Gelenke sind ganz steif, und die Beine sind mir eingeschlafen«, sagte ich und tat so, als ob ich mühsam hochkommen wollte, es jedoch nicht schaffte. Wenn man umgebracht werden soll, kann man als erstes auf gute Manieren verzichten.

»Ihr versteht gewiß, daß die Zukunft des Staates Vorrang hat vor Euren persönlichen Belangen ... Eure Gedichte werden Euch überleben, das dürfte Euch ein Trost sein.«

»Ich hätte lieber Kinder, die mich überleben. Was Ihr im Sinn habt, ist ganz und gar ungerecht.«

»Es ist nun einmal so, daß Menander vernichtet werden muß, und da Ihr bedauerlicherweise nicht von ihm zu trennen seid, muß ich auf Eure Anwesenheit bei Hofe verzichten. Dieses Opfer muß ich einfach bringen.«

Wie niederträchtig und kalt die Königin war – es wollte mir nicht in den Kopf, daß ich sie einmal nett gefunden hatte. O Sibille, sagte mein dichterisches Selbst, blauäugig wie ein Kind hast du dir Honig um den Mund schmieren lassen, und nun bist du verloren. Der arme Nicolas wird dein Grab vergeblich suchen, und das bricht ihm das Herz. Alles war sehr poetisch. Aber mein niedrigeres Selbst sagte, mach es ihr nicht so leicht. »Mein Blut wird Euch mit ewiger Schuld beflecken«, sagte ich, doch die Königin schien sich nicht daran zu stören.

»Ich bin bereits verflucht«, sagte sie, »und alles durch Eure Schuld, weil Ihr mir das teuflische Ding im Kasten da vor Euren Füßen gebracht habt. Und das, obwohl Ihr wußtet, was es anrichtet. Ihr habt schuld am Tod des Königs.«

»Wohl kaum. Schließlich wolltet Ihr es haben, und hättet Ihr nicht nach Menander geschickt, wäre mir vieles erspart geblieben, und ich würde in diesem Augenblick in meinem Vaterhaus sein und glücklich Pflanzen zeichnen und Gedichte schreiben.« In Wirklichkeit würde ich ganz und gar nicht glücklich sein, dachte ich. Aber das brauchte sie nicht zu wissen. Im Vergleich dazu bin ich mit Menander besser gefahren – aber es ist und bleibt ungerecht.

»So geht es, wenn Frauen mit ihrem Los nicht zufrieden sind und nach Ruhm und Ehre streben«, entgegnete die Königin. »Laßt Euch das eine Lehre sein; die Frau wird gekrönt durch den Dienst an ihrer Familie. An allem, was geschehen ist, seid Ihr schuld. Ihr habt Glück, daß ich so gnädig bin. Den Becher und die Flasche …« Sie winkte dem Mann mit der Schürze und dem großen Sack, der eine kleine Flasche und einen Metallbecher herausholte und ihr beides reichte. Sie füllte den Becher, und auf ihren Wink hin stellte er ihn neben mich. »Das hier wirkt sehr schnell«, sagte sie. »Ihr könnt wählen, entweder das oder den langsameren Weg.«

»Was meint Ihr damit?« schrie ich und kam mühsam hoch.

»Aha, jetzt könnt Ihr aufstehen. Ich habe immer gewußt, daß Ihr unverschämt seid. Ja, Ihr verdient Euer Los wirklich. Haltet sie fest, während er den Kasten da verschließt«, befahl sie, und während ich mit den Wachen rang, holte der Mann mit der Schürze einen Holzhammer und sieben lange Nägel aus seinem Sack und hämmerte sie mitten durch Menanders Kasten.

»Aufhören«, kam eine lederne Stimme von innen. »Ihr stört mich beim Denken.«

»Ich versichere dir, von nun an wirst du ewigen Frieden haben, boshaftes Ding«, gab die Königin zurück.

»Was habt Ihr vor?« rief ich.

»Nun, die Tür verschließen und dann zumauern, damit sie völlig unsichtbar ist. Die Wachen hier habe ich ausgewählt, weil sie taubstumm sind. Die verraten kein Sterbenswörtchen, wo Ihr oder der schreckliche Zauber geblieben seid, mit dem Ihr den König vernichtet habt.«

»Lügnerin! Das habt Ihr getan!« schrie ich und biß dabei den Wachposten, der mich festhielt in die Hand. Es gelang mir, mich loszureißen, und ich wollte aus der Tür laufen, bevor sie für immer verschlossen würde. Einer der taubstummen Wachen schnappte mich, seine riesigen Hände hielten mich an den Armen fest, ich trat nach ihm, dann machte es ratsch, mein Kleid zerriß, und ich rannte zur Tür. In dem Gerangel hörte ich, wie die Königin ungeduldig hervorstieß: »Wie könnt Ihr es wagen!« Dann packten mich zwei kräftige Arme, und ich landete ziemlich unsanft am Boden, als auch schon die Tür zuschlug. Die Kerze war umgefallen und auf dem feuchten Boden erloschen. Da lag ich nun allein im Dunkeln und tastete den Boden ab, dabei verschüttete ich das Gift. Wie lange dauert es, bis man verhungert, dachte ich.

An der Tür war ein merkwürdiges Schaben zu vernehmen – ja, das war es: Jemand strich Mörtel glatt. »Laßt mich raus, laßt mich raus! So begreift doch. Menander kann keine Wünsche mehr erfüllen. Er ist zu beschäftigt. Begreift Ihr das denn nicht? Er ist wertlos!«

Ganz leise drang die Antwort der Königin zu mir: »Aber, aber meine Liebe, Ihr seid es, die nicht begreift! Es darf auf dieser Erde keinen lebenden Zeugen geben, der Kenntnis davon hat, was meine Wünsche ausgelöst haben. Und Ihr – Ihr allein – wißt, wie sie gelautet haben und wie sie in Erfüllung gegangen sind.«

»Das ist so ungerecht!« schrie ich durch die verschlossene Tür.

»Das Leben ist ungerecht«, sagte die Stimme vor der Tür und verklang. Alles, was ich noch hörte, war das Schrapp, Schrapp, Plopp, mit dem die Ziegelsteine aufgemauert wurden.

Und ich gebe nicht auf, noch bin ich am Leben, redete ich mir zu, während ich völlig außer mir auf dem Boden nach dem Kerzenhalter suchte. Wie konnte er mir nützlich sein? Er hatte einen Griff, einen runden Rand und einen Dorn, auf dem die Kerzen aufgespießt wurden. Mir war aufgefallen, daß die Tür nach innen aufging: Das hier war also kein Gefängnis, sondern irgendein Lagerraum, ein Ort, wo niemand nach einem menschlichen Wesen suchen würde, das keiner vermißte, wenn man es einschloß. Die Türscharniere waren innen angebracht, und falls es mir gelänge, sie zu lösen und die Tür herauszunehmen, folgerte ich, könnte ich mit dem Kerzenhalter den Mörtel wegkratzen, ehe er getrocknet war, und die Ziegelwand zum Einsturz bringen. Ich preßte das Ohr an die Tür. Nichts mehr zu hören. Was war, wenn man vor der Tür Wachen postiert hatte? Würden die mein Tun bemerken? Warum hatte ich die Tür nicht eingehender gemustert, als die Kerze noch brannte? Und wenn es keine Stifte in den Scharnieren gab? Wenn sie zu schwer und eingerostet waren und sich nicht bewegen ließen? Voller Entsetzen und mit eiskalten Fingern tastete ich im Dunkeln nach der Türkante.

23. Kapitel

Der Vollmond schien gedämpft durch die dicken, kleinen grünen Scheiben des Fensters in der Astrologenkammer. Mit Nicolas' Hilfe hatte Nostradamus den Raum für die große Wahrsagung vorbereitet, die die Königin angeordnet hatte. Die vier heiligen Namen waren mit dem Blut eines Täuberichs auf die Ecken des Zauberspiegels, eines Rechtecks aus poliertem Metall, geschrieben, und der Spiegel selbst war in ein jungfräuliches weißes Leinentuch eingeschlagen. Nostradamus zeichnete mit dem verkohlten Ende eines Kreuzes den zweifachen magischen Kreis und die heiligen Symbole, während Nicolas aufräumte, die Menschenknochen herauslegte und die Katze einfing und magnetisierte, die jetzt vollkommen steif, aber noch recht lebendig neben dem Schädel und dem Schienbein am Rand des Kreises lag. Draußen, im Wald hinter dem Schloß, schuhute eine Eule.

»Die Königin wird um Mitternacht kommen«, sagte der alte Prophet. »Entschuldigt bitte, aber Ihr müßt möglichst weit weg von diesem Zimmer sein, wenn ich die Geister rufe. Wir befinden uns dann im magischen Kreis, Ihr jedoch nicht ...«

»Denkt an Sibille, ja?« bat Nicolas.

»Wie könnte ich sie vergessen. So habt doch Vertrauen zu

mir. Wenn Ihr die Königin fortgehen seht, kommt Ihr zurück, und ich erzähle Euch, wie es gelaufen ist.«

»Maestro«, Nicolas setzte seinen Hut auf und fiel erneut vor dem alten Weisen auf die Knie. »Ich flehe Euch an, rettet meine Sibille, so will ich Euch ewig dankbar sein.«

Sieh einer an, dachte Nostradamus, als er hinter dem jungen Mann herblickte, da sage noch einer, daß die Jugend keine Manieren mehr hat. Dieser Jüngling jedenfalls weiß, wie man einem Propheten Ehrerbietung erweist.

Fünf Minuten vor Mitternacht stellte sich die gedrungene Gestalt in Schwarz vor der Tür der Astrologenkammer ein und gebot ihren Hofdamen, draußen zu warten. Der alte Doktor geleitete sie in den magischen Kreis. Er spürte das leise Beben, das ihre Hand durchlief; ihr ohnehin blasses Gesicht war kreideweiß.

»Wo ist der Zauberspiegel?« fragte sie.

»Dort auf dem Kaminsims, noch in Leinen gehüllt, Majestät«, erwiderte Nostradamus.

»Wie ... wirkt er?« fragte die Königin.

»Ohne unsere Hilfe bewirkt er nichts. Erst müssen wir gewaltige Mächte beschwören. Um Eurer Sicherheit willen bleibt im magischen Kreis.« Ihre kleinen Froschaugen weiteten sich vor abergläubischer Ehrfurcht, doch sie betrat den Kreis entschlossenen Schrittes.

»Ich will die Zukunft meiner Söhne und die des französischen Throns sehen«, sagte die Königin.

»In dieser Hinsicht geht nichts über die Kraft des Spiegels«, sagte Nostradamus und enthüllte das stählerne Rechteck, das auf dem Kaminsims stand. Du dumme Frau, dachte der Prophet, die Versuchung war zu groß, wie? Wahrscheinlich hast du Menander gebeten, all deine Söhne zu Königen zu machen, und nun kann ich ausbaden, was er angerichtet hat. Und möglichst, ohne meinerseits geköpft zu werden. Na schön, Ehrfurcht und Angst sind mein bester Schutz. Mit einer ausladenden Geste streute er ein Kräutlein auf die glühenden Kohlen in einem kleinen Kohlebecken. Eine eigenartig riechende Rauchwolke stieg auf.

»Was ist das?« fragte die Königin.

Ach, dachte Nostradamus, wahrscheinlich willst du das selbst ausprobieren, sowie ich fort bin. Ich würde Euch eher dazu raten, Verse in Griechisch, Arabisch und Latein zu singen. »Das ist Safran, ein Duft, der dem Engel Anael, dem Bewahrer vergangener und künftiger Geschichte, besonders angenehm ist.«

»Der Engel der Venus«, flüsterte die Königin. »Den habe ich auf meinem Talisman.« Ängstlich fingerte sie an dem magischen Anhänger, den sie um den Hals trug.

»Er ist der Hüter der Geheimnisse, nach denen es Euch verlangt«, sagte Nostradamus. Als er begann, in mehreren unbekannten Zungen zu psalmodieren, war die Königin so beeindruckt, daß sie ihn nicht zu unterbrechen wagte. Schließlich konnte sie in dem furchteinflößenden Durcheinander aus übernatürlichen Sprachen etwas Französisch ausmachen: *O Roi éternel! O Ineffable! Daignez envoyer à votre serviteur très indigne votre ange Anael sur ce miroir...* Ah, endlich, er ruft Anael herbei, dachte sie am ganzen Leib zitternd. Wie mächtig, wie gefährlich ist dieser Nostradamus, wenn er so erhabene Wesen aus der anderen Welt herbeirufen kann!

Der Spiegel, auf einmal fing der Spiegel an, sich ohne menschliches Zutun zu bewegen. Er lehnte nicht länger am Kamin, sondern stand kerzengerade, als ob er von einer unsichtbaren Kraft gehalten würde. Dann hob ihn ein Schatten, der wie eine Riesenhand aussah, in die Höhe und neigte ihn, so als wollte er eine andere Welt, eine Welt jenseits des Turmzimmers widerspiegeln. Rings um den Spiegel erblickte sie seltsame funkelnde Lichter, die vor einem mitternachtsblauen Hintergrund wirbelten und glitzerten. Ein Gesicht... War das ein Gesicht da oben an der hohen Decke? Ein riesiges Gesicht, schön und erschreckend, starrte sie mit uralten gelben Augen an...

»Zeige uns, o Anael, das Schicksal des französischen Throns«, intonierte Nostradamus.

Daraufhin zeigte der Spiegel einen schwarzen Raum, der mit seltsamen Gobelins in der Farbe geronnenen Blutes behangen war. Diesen Raum betrat der kleine Franz, der in seinen brandneuen Krönungskleidern fast versank, mit der rechten Hand das Zepter Frankreichs umklammerte und genauso aussah wie in der Kathedrale. Siebzehn, und noch immer lief ihm die Nase.

»Mein Sohn, der König«, flüsterte Katharina von Medici. Feierlich drehte der Knabe eine Runde in dem blutfarben drapierten Raum. »Was bedeutet das?« flüsterte sie.

»Schsch!« mahnte Nostradamus. Ein zweites Phantom war im Spiegel aufgetaucht. Ihr Sohn Karl, kaum älter als zum gegenwärtigen Zeitpunkt, vielleicht zehn, vielleicht ein Jahr älter, schwankend unter dem Gewicht der Krone Frankreichs, das Zepter in der Hand, die Gewänder zu lang für seine schmächtige kleine Gestalt. Auch er drehte auf dem polierten Metall wortlos seine Runde ... Einmal, zweimal, dreimal zählte die Königin; sie zählte bis vierzehn, dann verschwand Karl. Jählings begriff sie, welch schrecklichen Streich Menander ihr gespielt hatte, wie er ihr ihren Herzenswunsch erfüllte. Und wie als Bestätigung ihres Gedankens erschien ein drittes Phantom im Spiegel. Ein gutaussehender junger Mann, ein Geck mit Diamantohrringen. Auf seinem Kopf wirkte die Krone wie Talmi. Seine Augen waren schmal, die Miene bösartig und berechnend. Wer war das? Doch ihr Mutterherz wußte es. Heinrich, ihr Liebling, ihr schönes Kind, war zu solch einem Mann herangewachsen. Mit kleinen Schritten drehte er seine Runden im Zimmer. Fünfzehnmal zählte sie, dann war auch die Vision entschwunden. Menander, du Ungeheuer, dachte die Königin. Du hast all meine Söhne zu Königen in ein und demselben Land gemacht. Alle werden jung sterben. Franz wird nur ein Jahr regieren und dann sterben. Dann wird Karl vierzehn Jahre lang regieren – das bedeutet, daß er das dreißigste Jahr nicht erreicht. Und Heinrich. Mein entzückender, bezaubernder, schöner kleiner Heinrich. Ihr Herz fühlte sich an wie Stein und wurde schwerer und schwerer. Aber wo bleibt Hercule? dachte sie. Der nächste muß Hercule sein oder ein Enkelkind. Ja, ein Enkel. Zeige mir, daß all meine Bemühungen nicht umsonst gewesen sind.

Zunächst erkannte sie die Gestalt im Spiegel nicht. Gedrungen und drahtig, der Schritt knapp und federnd, dem Gesicht nach kein Valois. Aber die Nase ... Die Nase des alten Königs Franz, nein, die seiner Schwester im Gesicht von ... Nein! Lieber Gott, das mußte – der Sohn des Königs von Navarra und dieser aufgeblasenen, bigotten Protestantin Jeanne d'Albret sein! Die Bourbonen hatten den Thron übernommen! »Nein!« rief die Königin. »Niemals!«

»Könnt Ihr denn nicht still sein?« zischte Nostradamus. »Da seht Euch an, was Ihr angerichtet habt. Zweiundvierzig Tage der Reinigung, und Ihr verderbt mir den Zauberspiegel.«

Es stimmte. Schon stand der Spiegel wieder auf dem Kaminsims und spiegelte nichts weiter als die verputzten Ziegelsteinwände der Astrologenkammer. Aus dem Kohlebecken stieg weiterhin Rauch auf, der Mond war untergegangen, und nur die heruntergebrannten Kerzen auf dem Arbeitstisch, dem Nachttisch und dem Schreibtisch in der Ecke spendeten Licht.

»Mehr als das brauche ich auch nicht zu wissen«, sagte die Königin mit kalter und abweisender Stimme. »Es gibt nur noch eine Sache, die ich erfahren muß, und die könnt Ihr mir nicht sagen.«

»Und die wäre?«

»Mit welchem Zauber kann ich das Werk dieses furchtbaren Kopfes rückgängig machen?«

»Ach? Um welchen furchtbaren Kopf handelt es sich denn?« fragte Nostradamus, und seine Stimme klang so unschuldig wie die eines Fünfjährigen.

»Cosmo Ruggieri, möge Gott ihn verfluchen, hat mir eingeredet, ich könnte mir all meine Wünsche von dem Unsterblichen Kopf Menanders des Magus' erfüllen lassen.«

»Aha. Im Laufe meiner Studien bin ich auf etliche Schriften gestoßen, in denen dieses Ding erwähnt wird. Liegt es zufällig in einer versilberten Schatulle mit der merkwürdigen Figur eines hahnenköpfigen Gottes auf dem Deckel?«

»Ihr kennt ihn«, entfuhr es der Königin. »Helft mir, Maistre. Sagt mir, lebe ich lange genug, um sein Werk ungeschehen zu machen?«

Nostradamus tat so, als versetzten ihn die letzten Rauchschwaden des Kohlebeckens in Trance. »O Anael, eine Vision«, sprach er. »Ja, ja – ich sehe etwas. Worte in Flammenschrift, an den nächtlichen Himmel geschrieben.«

»Was für Worte?« rief die Königin.

»Das Leben der Königin endet genau einen Tag nach dem des Menschen, der Menander den Unsterblichen zur Zeit besitzt.«

»Ach, das kann nicht sein, das kann nicht sein«, schrie die Königin. »Ich habe ihn – ich meine sie – soeben begraben, und wenn ich ihr Grab öffne, fällt dieser Kopf vielleicht jemand anders in die Hände, der ihn gegen mich verwendet.«

»Was ... Wo bin ich?« sagte Nostradamus mit gespielter Benommenheit.

»Ich kann das Ding nicht herauslassen, auch wenn es mich das Leben kostet. Ich habe den Kasten zuhämmern lassen.«

»Erhabene Königin, Majestät, Euer Opfer in allen Ehren, aber ich kann Euch sagen, daß in einem uralten Buch – dem dort drüben – geschrieben steht, wie die Macht des Kopfes für immer gebannt werden kann.«

»Aber, aber er ist unsterblich.«

»O ja, er ist unsterblich, aber man vermag ihn in einen Zustand zu versetzen, in dem er nicht mehr mit den Lebenden in Verbindung treten kann.«

»Aber das Buch kann ich nicht lesen.«

Gott sei Dank nicht, dachte Nostradamus, sonst würdest du wissen, daß es sich um eine Zauberformel für das Regnen von Fröschen handelt. »Ich schreibe Euch die Übersetzung auf«, sagte er. Falls Sibille die Anweisungen befolgt hatte, die er ihr mit dem Horoskop zugeschickt hatte, war der Kopf bereits auf Dauer seiner Macht enthoben. Doch er hatte diese Königin durchschaut. Sie übte sich gern in Zauberei, eine Pfuscherin, eine Halbwissende. Aber wenn sie sich einbildete, sie hätte die Macht des Kopfes gebrochen, würde sie Sibille gegenüber vielleicht großmütiger sein und sich eine Weile in dem trügerischen Glauben wiegen, sie könne das schreckliche Schicksal aufheben, das sie in Gang gesetzt hatte. Während er für sich diese

Schlußfolgerung zog, schrieb er für die Königin eine vollkommen sinnlose, aber ungemein großartig klingende Zauberformel auf ein Stück Pergament.

»Was bedeuten die kleinen Zeichen da?« fragte Katharina von Medici, die es auf einmal sehr eilig hatte.

»Das + hier steht für das Kreuz, und mit dem Zeichen da macht man einen Kreis deutlich, und mit dem hier das furchtbare Untier mit den drei Köpfen. Das geht so ...«

»Oh«, hauchte die Königin, und die Augen wollten ihr schier aus dem Kopf springen, denn sie ahnte, daß sie in die höchsten Geheimnisse der Zauberkunst eingeführt wurde.

»Zögert nicht«, ermunterte Nostradamus sie. »Ihr müßt leben. Meine Zauberkräfte sagen mir, daß nur Ihr das Königreich retten könnt.«

Nostradamus fegte das Pulver zusammen und verwischte den magischen Kreis mit dem Besen, als Nicolas eintrat.

»Ach, da seid Ihr ja, junger Mann. Würdet Ihr bitte die Tibia aufheben. Meine Gicht, Ihr wißt schon. Ein alter Mann wie ich sollte sich nicht mehr bücken müssen.« Als Nicolas den Knochen aufhob, wachte die Katze auf, jaulte und versteckte sich flugs unter dem Bett – mit einem Schwanz so groß und buschig wie eine Flaschenbürste.

»Wo ist Sibille? Habt Ihr sie gerettet?« Der alte Doktor blickte dem Jüngeren in das sorgenvolle Gesicht und lächelte gütig.

»Macht Euch keine Sorgen um Eure Herzensdame. Mein zweites Gesicht sagt mir, daß sich die Königin für den Rest ihres Lebens sehr gut um sie kümmern wird.«

Der Fackelträger, zwei Arbeiter mit Spitzhacken und die Königin mit raschelndem Seidenkleid eilten die schmale Steintreppe hinunter. Sie gingen durch den tiefsten Weinkeller, wo Fässer unter dickem Staub lagen, zu der freien Stelle in der Wand, wo frischgemauerte Ziegelsteine den einstigen Zugang zu einem Lagerraum verdeckten, der den allerseltensten Jahrgängen, den erlesensten Weinen vorbehalten gewesen war. Ein Ziegelstein war oben herausgeschoben worden und lag geborsten auf dem Steinfußboden. Hinter der Wand war eifriges Kratzen zu hören.

»Unverschämtheit, eine schlichte Unverschämtheit«, zischte die Königin, als sie im Fackelschein den zerbrochenen Ziegelstein erblickte. »Wie hat sie sich das nur vorgestellt? Selbst wenn sie sich befreit hätte, wäre sie im Weinkeller eingeschlossen gewesen. Nie wäre sie mir entwischt. Der Wille einer Königin ist allmächtig.« Dann deutete sie auf die Stelle mit den neuen Ziegelsteinen. »Reißt sie nieder«, befahl sie den Männern mit den Spitzhacken.

Nach geräuschvollem Schlagen und Hämmern lag der frischgemauerte Teil in Trümmern, und der Fackelschein fiel auf das Durcheinander in dem kleinen Raum. Die Tür lag auf dem Boden, darauf türmten sich geborstene Ziegelsteine, und in der Ecke ließ das hellrote Licht das erstaunte Gesicht einer abgerissenen, staubbedeckten jungen Frau aufblitzen, die ganz außer sich war. Sie hatte zu allem gegriffen, was ihr an Metall zur Verfügung stand, zu Haarnadeln, Miedernadeln, Halskrausenadeln, und hatte damit die Mauer bearbeitet. Das Haar fiel ihr aufgelöst ums Gesicht, ein zerzauster brauner Schopf, und das Mieder ihres Überkleides, das am Schnürleib festgesteckt gewesen war, hing in Fetzen herunter. Ihre Hände, die von der Anstrengung bluteten, hatte sie mit Streifen ihres Unterrocks umwickelt. Noch immer hielt sie ein Stück des Kerzenhalters in der Hand, der durch die grobe Behandlung, die ihm widerfahren war, zerbrochen war.

»O weh, Ihr seht aber gar nicht gut aus«, sagte die Königin. »Hoffentlich habt Ihr nicht zuviel Ziegelstaub eingeatmet. Er soll schlecht für die Lungen sein.«

»Eingemauert zu werden ist ohnedies schlecht für die Gesundheit«, entgegnete die knochige junge Frau. In ihren Augen funkelte der Groll, und ihre Hände umklammerten das scharfe Bruchstück des Kerzenhalters.

»Aber, aber, mein liebes Kind, merkt Ihr denn nicht, daß ich Euch nur ein wenig auf die Probe gestellt habe ... Ja, eine Probe Eurer ... Treue ...«

»Eine Probe? Ihr habt mich zur Probe einmauern lassen?«

»Ja, ich wollte lediglich wissen, ob Ihr würdig ... Ach, bitte, legt das scharfe Ding weg und reicht mir den Kasten da in der Ecke. Ich muß etwas tun, und zwar unverzüglich.«

»Würdig wozu?« fragte Sibille, die zögernd nach dem Kasten griff, ohne jedoch die Königin aus den Augen zu lassen oder das Bruchstück des Kerzenhalters beiseite zu legen. Vorsichtig, behutsam übergab sie der Königin den zerbeulten, durchstoßenen Kasten mit Menander dem Unvergänglichen.

»Ich hatte eine Belohnung im Sinn – für Euer Schweigen –, aber zunächst mußtet Ihr, nun ja, meine Macht begreifen lernen ... Eine große Belohnung – später mehr davon. Das Nächstliegende zuerst.« Die Königin holte einen Streifen Pergament hervor und fing an, über dem Kasten die merkwürdigsten Silben zu intonieren; dazu machte sie sonderbare Gesten, das Zeichen des Kreuzes, einen Kreis, auch eine eigenartig obszöne Geste, mit denen sie ihre Worte unterstrich. »So«, sagte sie aufseufzend. »Ich habe seiner Macht ein Ende gesetzt. Das werden wir jetzt überprüfen.« Und schon schüttelte sie den Kasten heftig hin und her.

»Stört mich nicht, ich muß nachdenken«, erklang von drinnen eine ledrige, schwache Stimme.

»Aufwachen, aufwachen, du alte Mumie. Ich habe ein paar Dutzend Wünsche«, sagte die Königin.

»Ich kann mich nicht um Eure Wünsche kümmern. Geht fort. Ich bin beschäftigt«, erwiderte der Kopf im Kasten matt.

»Wunderbar«, rief die Königin. »Jahrhunderte mußten ins Land gehen, ehe ich, Katharina von Medici, den verfluchten, unsterblichen Kopf besiegt habe.« Sie war so zufrieden mit sich, daß sie nicht sah, wie der Anflug eines zynischen, erbosten Lächelns über Sibilles Gesicht huschte.

»Wann seid Ihr fertig?« fragte Sibille.

»Meine Liebe, Eure Manieren lassen einiges zu wünschen übrig«, tadelte die Königin. »Ich bin jedoch eine verständnisvolle Herrscherin. Und ich hatte vor ... Ja, das ist gerade frei geworden: Beauvoir? Recht nett gelegen ... gesunde Luft, ein hübscher Obstgarten, wenn ich mich recht entsinne. Obst verlängert das Leben ... Ich habe ein wunderbares Rezept für eingemachte Holzäpfel, die bei Fieber hervorragend helfen. Ja, ich habe vor, Euch für vergangene und künftige Verdienste um die Krone zur Baronesse zu machen. Nun, seid Ihr nicht dankbar und glücklich?«

»Sicher, Majestät, ewig dankbar.«

»Wie schön, daß wir uns verstehen, meine Liebe. Mein Gott, Eure Hände sehen ja furchtbar aus. Dagegen habe ich eine schöne Arznei: reines Olivenöl, natürlich nur erste Pressung, mit einem Destillat aus Ringelblumen und einer Prise, lediglich einer Prise, pulverisierter Mumie, die, wie der gute Doktor Fernel mir versichert, bei der Erneuerung des Fleisches unübertrefflich ist.«

Die Frau muß von Sinnen sein, dachte Sibille. Eine gute Miene zum bösen Spiel machen, vielleicht entkommst du diesem Irrenhaus. »O ja«, sagte sie, »ich kann es kaum erwarten, sie auszuprobieren.«

»Einfach wunderbar ... Ich werde etwas davon für Euch kommen lassen. Aber zunächst braucht Ihr ein neues Kleid. In diesem könnt Ihr Euch nicht blicken lassen. Ich bin mir sicher, daß die Oberkämmerin das Richtige für Euch hat. Mit ein paar Änderungen ... Ach ja, und die Füße – die müssen wir auf jeden Fall verdecken. Wie kommt Ihr nur zu solch großen Füßen? Das war mir bislang noch gar nicht aufgefallen ...«

Völlig von Sinnen, dachte Sibille, während sie hinter der Königin die schmale Treppe hinaufstieg. Ihre Knie waren ganz weich von der ausgestandenen Todesangst und der ganzen Aufregung, und eine dumpfe Furcht legte sich auf ihre Brust, wenn sie daran dachte, was der Königin noch alles einfallen könnte. Nein, sie ist nicht vollends geistig umnachtet, sprach sie sich immer wieder Mut zu. Im Moment war sie wohl etwas durcheinander. Das bringt die Witwenschaft so mit sich. Das und sich der hochnäsigen kleinen Königin der Schotten unterordnen zu müssen. Die hat sie noch nie ausstehen können. Hauptsache, sie ändert ihre Meinung, was meine Entlassung betrifft, nicht. Alles andere muß irres Gerede sein. Als sie das Schlafgemach der Königin betraten, schürte die Dienerin im kalten Licht der Morgendämmerung das Kaminfeuer. Sibille kam alles so unwirklich vor, daß sie sich fragte, ob alles mit rechten Dingen zuging. Dann erteilte die Königin höchstpersönlich der Zofe Anweisungen zur Wiederherstellung von Sibilles Aufzug, und die junge Frau wurde etwas munterer, das Zittern in ihren Knien ließ nach. Wahnsinn bei Hochgestellten ist zu ertragen, solange er für einen selbst vorteilhaft ist, dachte sie. Nun, daraus ließe sich ein kluger kleiner Aphorismus dichten ... Ob sie wohl noch daran denkt, daß sie Schirmherrin meiner kleinen dichterischen Angebinde sein wollte ... Oder sollte ich vielleicht lieber privat drucken lassen ...

Die Fenster in der Astrologenkammer standen weit offen, damit sich auch der letzte Rauch verziehen konnte. Mittlerweile färbte die aufgehende Sonne die Fensterbank rosig, und draußen begannen die eben erwachten Vögel zu singen. Nostradamus und Nicolas saßen nebeneinander auf dem Bett. Die Stunden seit der Séance dehnten sich für den alten Doktor wie Tage, zumal der junge Mann dem alten Doktor unbedingt sein ganzes Leben erzählen mußte. Wie gut, daß ich nicht Priester geworden bin, dachte Nostradamus. Diese langweiligen Beichten. Da sehnt man sich ja geradezu nach einem Skandal.

»... dann hat mir mein Vater endlich die Erlaubnis zur Heirat gegeben, und ich bin Tag und Nacht vom Hause meines Vetters in Genua bis nach Paris ...«

»Hmm. Sehr schnell«, pflichtete ihm Nostradamus nickend bei.

»In Genua habe ich das Bankwesen erlernt. Ich weiß, Ihr haltet das für ein niedriges Gewerbe. So wie ich, das heißt früher einmal. Ich wollte höher hinaus, und da ich keinen Titel haben konnte, dachte ich, daß vielleicht ein Studium – nun, es waren mehrere Studienfächer, die ich ... Aber wußtet Ihr, daß Bankiers jeden Tag mit Fürsten verkehren und es zu Ruhm und Ehre bringen können? Seht Euch die Gondis, die Biragues an ... Sie haben höchste Höhen erklommen. Dazu gehört ein sehr heller Kopf ... ohne Geld kann man nichts Großes bewegen ... Am Ende sind es die Bankiers, die über

Krieg oder Frieden entscheiden, nicht die Herrscher. Der letzte Krieg ...«

»Mein lieber Junge, ich möchte Euch das Geheimnis aller Zeiten anvertrauen«, unterbrach Nostradamus den Redefluß. »Bei meinen wissenschaftlichen Studien als junger Mensch nach einer leidigen Unterbrechung, über die ich nicht gern rede, wollte ich das Geheimnis des Glücks entdecken, denn das ist das wichtigste aller Geheimnisse ...«

»Ja, natürlich«, sagte Nicolas. Alte Männer, sie schwatzen und schwatzen, und man muß so tun, als ob man ihnen zuhört. Denn das gebietet die Achtung.

»Das erste Geheimnis heißt, den richtigen Lebensgefährten zu finden. Das zweite, man sollte einen interessanten Beruf ergreifen, und das dritte, Gutes zu tun, wann immer sich die Gelegenheit bietet.«

»Das sind aber drei Geheimnisse Maestro.«

»Im umfassenderen Sinne handelt es sich nur um eines, wenn Ihr darüber nachdenkt, junger Mann. Nur um eines. Und das eine heißt Liebe.«

»Liebe?« Bei diesem Wort spitzte Nicolas die Ohren.

»Ja, Liebe. Zu anderen, zur Welt, zur Weisheit, zu dem, was man mit seinem Leben anfängt: einfach Liebe, aber recht umfassend ausgelegt, wie Ihr merkt ...«

»Das ist, ja, das ist wirklich ein Geheimnis«, sagte Nicolas höflich. Der alte Doktor ist ein wenig wunderlich geworden, dachte er. Zu oft zu spät ins Bett gekommen.

»Ja, in der Tat ein Geheimnis, obwohl man es von den Dächern rufen kann«, fuhr Nostradamus fort. »Aber ich darf mich nicht beklagen. Ein weitaus größerer Prophet als ich hat versucht, der Welt das gleiche zu sagen, aber auf Ihn hat auch keiner gehört ...«

Doch in diesem Augenblick riß ein Kammerdiener die Tür der Astrologenkammer auf und kündigte die Königin von Frankreich an. Als Nostradamus aufblickte, bot sich ihm ein ungemein angenehmer Anblick, einer, der sein ganzes hinterlistiges Mühen wettmachte und ihm das gefällige Gefühl vermittelte, in der Tat sehr klug zu sein. »Ei, Nicolas, Eure Herzallerliebste sucht Euch, und sie schaut nicht übel aus, wenn Ihr mir diese Bemerkung erlaubt«, sagte er mit einem Schmunzeln.

Doch Nicolas war bereits aufgesprungen, und sein Gesicht war verwandelt vor Freude. Mit einem Aufschrei liefen er und Sibille aufeinander zu und fielen sich in die Arme, weinten und jubelten und machten ganz den Eindruck, als könnten sie sich nie mehr voneinander trennen.

Angesichts dieses Glücks der jungen Leute verfinsterte sich die Miene der Königin, und ein böses Glitzern trat in ihre Augen.

Nostradamus, dem nichts entging, verbeugte sich tief vor ihr. »Erhabene Königin, Euch steht ein hoher Platz in den Annalen Frankreichs zu, ein noch höherer jedoch in den geheimen Annalen des Okkultismus, denn Ihr habt den Unbesiegbaren mittels Eurer mächtigen Gabe besiegt.« Innerlich seufzte er vor Erleichterung, als er sah, wie das böse Glitzern verschwand.

»Mächtige Gabe? Den Unbesiegbaren besiegt? Ich habe mir nur eines vom Leben ersehnt, nämlich die Liebe meines Gemahls, des Königs, und das Ding im Kasten hat mir für immer alle Hoffnung genommen.«

»Noch ist nicht alle Hoffnung verloren, Majestät«, beschwor Nostradamus sie, obwohl er wußte, daß es so war. »Solange Ihr lebt und wirkt, gibt es Hoffnung. Gottes Auge sieht alles.«

»Gott? Und wo war Gott, als das Visier verrutscht ist?« Bei diesen Worten verspürte Nostradamus ein beklemmendes Gefühl, und als er ihre Aura betrachtete, wußte er warum. Doch da er ein Philosoph von höchsten Graden war, ließ er sich nichts anmerken, sondern blickte gelassen und unbefangen. Was er sah, war dies: ein sich windender geblähter Beutel ähnlich einer Larve, die sich verwandeln will, ähnlich dem Ei einer Giftschlange, dessen Innenleben ans Licht drängt. Menanders letztes Geschenk, dachte der Prophet; das Blut stockte ihm in den Adern, und die Nackenhaare standen ihm zu Berge. Menander hat dieses Ungeheuer erschaffen und es mitten in die Geschichte plaziert, und seine bösen Taten werden sich durch Zeit und Raum ausdehnen, wie Wasserringe auf einem Teich. Er sah die Straßen von Paris, auf denen sich Leichen von Männern, Frauen und Kindern türmten; Wahnwitzige mit Messern und Schwertern – auf Befehl dieser Königin angestachelt – rannten wie Wilde inmitten der Leichen herum. Und die Seine, die rot war von Blut.

Ich muß, glaube ich, nach Haus, sagte Nostradamus bei sich. Mein Häuschen wird mir jetzt noch schöner vorkommen als je zuvor. Er holte tief Luft und musterte das Zimmer. Sibille und Nicolas, die Kammerdiener und Dienstboten, niemand schien etwas von dem blutigen Gemetzel gesehen zu haben. Als dann die Königin sagte: »Heute wird Euch ein Ehrenplatz an meiner Tafel zuteil«, strahlte jeder über diesen erfreulichen Ausgang, und nur er hörte die Schlange hinter ihren Worten zischeln. Er sah Sibille und Nicolas an, die sich noch immer umschlungen hielten, und dachte: Sie sind klug genug, sie können auf sich aufpassen – insbesondere seit ich die Schlangenmutter davon überzeugen konnte, daß ihr Leben von Sibilles Wohlbefinden abhängt. Es reicht. Ich muß nach Haus.

Nachdem Sibille und Nicolas in jener Nacht auf Pferden der Königin – beladen mit Geschenken und begleitet von zwei bewaffneten Reitern, die darauf achten sollten, daß ihnen auf der Straße nach Paris kein Härchen gekrümmt wurde – aufgebrochen waren, verweilte Nostradamus noch lange in der Astrologenkammer. Das Feuer im Athanor war erloschen, der Raum wirkte klamm und leer. Vor dem alten Mann zuckte und flackerte eine einzige Kerze, während er am Schreibtisch saß und in den Seiten eines Textes aus uralten Zeiten blätterte. Er tat es lustlos.

»Michel?« sagte eine Stimme.

»Ach, Anael, du bist es. Mir ist kalt, ich bin traurig, mein Gichtfuß tut weh, und meine Familie fehlt mir. Es ist weit nach Haus, und ich sehe nichts Gutes auf das Land zukommen – einen erbitterten Religionskrieg – ich habe versagt. Der Krieg kommt. Die Frage ist nur, wann. Gott stehe uns bei.«

»In Wahrheit wird es sechs Bürgerkriege um die Religion geben, je nachdem, wie du zählst, Michel.«

»Mußtest du mir das unbedingt mitteilen?«

»Ich bin nach der gestrigen kleinen Séance nur zurückgekehrt, weil ich dich meinen Entschluß hören lassen wollte.« Anaels Worte klangen selbstzufrieden. Seine mitternachtsblaue Gestalt füllte das hohe Zimmer aus, und die funkelnden Sprenkel wirbelten und hüpften vor geheimer Freude.

»Du willst die Schlangenkönigin dran hindern, die Macht zu ergreifen«, rief Nostradamus.

»Lieber Himmel, nein – das kann ich nicht. Alles ist bereits dort im Geschichtsschrank. Wenn ihr Sohn, der Frosch, stirbt, schickt sie die Königin der Schotten nach Schottland zurück und zieht in das Zimmer ihres kleineren Sohnes. Den führt sie dann jahrelang wie eine Puppenspielerin, bis er vor Reue über all das Böse, was er auf ihren Befehl getan hat, qualvoll stirbt.«

»Anael, du bist schlicht und einfach niederträchtig. Ich habe keine Lust, mir das anzuhören.«

»Nicht ich bin niederträchtig«, entgegnete Anael, richtete sich auf und plusterte die schimmernden Rabenflügel. »Weißt du denn nicht, daß ich ungemein aufmerksam und rücksichtsvoll bin? Nicht nur, daß ich mit dir auskomme, jetzt habe ich mich sogar dazu durchgerungen, diesem hochgewachsenen Mädchen zu helfen, ins Geschichtsgeschäft einzusteigen. Ein wahrer Segen! Ihre Gedichte – mit einer einzigen Ausnahme – verursachen mir eine Gänsehaut.«

»Ah, diese blumige Huldigung an die Hofdamen, o pfui. Hast du gewußt, daß sie mir eine Abschrift geschickt hat? Mit einem rosa Bändchen verschnürt. Diese schleimige Madame Gondi als weiße Lilie und Madame d'Elbène als Maiglöckchen – pfui, einfach scheußlich …« Nostradamus schüttelte sich.

»Aber die Damen waren einfach entzückt, das mußt du doch zugeben. Es sieht mir ganz danach aus, als ob das eine Flut ähnlicher Huldigungen auslösen würde. Du siehst also: Wenn ich ihr behilflich bin, Geschichte zu schreiben, statt weiterhin diese schrecklichen poetischen Gebinde hervorzubringen, erspare ich der französischen Literatur unzählige Nachahmungen ähnlicher Greuel. Ist das nicht eine feine Sache? Ist es nicht viel aufregender, die Geschichte der Literatur zu verbessern, statt sich der bürgerlichen anzunehmen? Ich für mein Teil ziehe die würdigere Sphäre der höheren spirituellen Geschichten vor«, prahlte Anael und strahlte den erschöpften alten Doktor von oben herab an.

»Anael, du treibst mich in den Wahnsinn«, seufzte Nostradamus. »Vermutlich gehört das auch zu dem Fluch.«

»O nein«, Anael schien vollkommen glücklich und aufgeblasen von seiner neuen Idee, »das macht lediglich mein Temperament. Ihr armen Sterblichen werdet so schnell alt und säuerlich, ich hingegen – ich befinde mich noch in der Morgenröte meiner Existenz.« Er reckte die Flügel, bis sie in voller Größe ausgebreitet waren, und die nackten blauen Arme mit den rauchigen Händen. In seinem langen Oberkörper wirbelten funkelnde Sprenkel. Anael war in der Tat sehr schön, und das wußte er.

»Dann wird die Geschichte von einem Geschöpf aufbewahrt, das nicht nur schlecht Ordnung hält, sondern obendrein ein verantwortungsloses Kleinkind ist ...«

»Michel, wenn du so schlecht gelaunt bist, mag ich mich nicht mehr mit dir unterhalten«, tat der Engel beleidigt. »Reise nach Haus und laß dir von deiner Frau eine anständige Mahlzeit kochen, andernfalls kann ich dir nicht mehr Gesellschaft leisten, Fluch hin, Fluch her.«

»Man verwendet hier nicht genügend Knoblauch«, brummelte Nostradamus. Doch Anael war bereits verschwunden.

Epilog

Es war ein Sommerabend – so heiß, daß selbst die Zikaden keinen Schlaf fanden und die Sterne vor Hitze flackerten. In Nostradamus' Garten in Salon plätscherte ein Springbrunnen im dunklen Schatten der Bäume. Die Fensterläden der Schlafzimmer waren geöffnet, um eine nächtliche Brise einzulassen, wenn sie sich denn einstellte. Doch oben im Haus waren die Fensterläden fest verriegelt, und durch die Ritzen war der flackernde Schein einer Kerze zu sehen. Der alte Prophet beschwor wieder einmal die Geister der Zukunft.

Unter seiner weißen Wahrsagerrobe aus Leinen trug der alte Zauberer nur sein Unterhemd, und dennoch rann ihm der Schweiß über den Körper. Den Doktorhut hatte er nicht abgelegt, auch nicht seinen Ring mit den sieben mystischen Symbolen und die Medaille am Band, die er von der Königin von Frankreich für seine außerordentlichen Verdienste erhalten hatte, denn selbst Geister erfordern ein gewisses Maß an Förmlichkeit in der äußeren Erscheinung. Mit seinem Zauberstab aus Lorbeer setzte er das Wasser in Bewegung und wiederholte die geheiligten Worte, bis er spürte, daß sich der vertraute Schatten hinter ihm erhob.

»Nun, Nostradamus, die Versuchung war wohl einfach zu groß. Man sollte meinen, du hättest es satt, einen Blick in die Zukunft zu tun«, erklang Anaels Stimme, dessen unsichtbare Anwesenheit die Luft in dem stickigen Raum zum Vibrieren brachte.

»O Geist, zeige mir eine Vision von den Wundern der fernen Zukunft«, skandierte der alte Prophet, während er mit dem Zauberstab das Wasser in der Wahrsageschale aus Messing umrührte. Als sich das Wasser beruhigte, sah er eine Stadt mit funkelnden Türmen und holzverkleideten niedrigen Häusern. In einem Hafen mit blauem Wasser erblickte er sonderbare Boote ohne Segel. Die Straßen waren staubfrei und mit irgendeinem glatten Material gepflastert, und sie wimmelten von merkwürdig aussehenden Leuten und plumpen Gefährten, die sich von allein bewegten, ohne daß auch nur ein einziges Pferd zu sehen war. Die Straßenschilder konnte er nicht lesen, sie waren in einer Schrift geschrieben, die ihm unbekannt war.

»Das ist nicht Frankreich«, sagte er, hingerissen von dem, was er sah.

»Sei froh«, bemerkte der Geist. Nostradamus beobachtete einen Mann, der stehenblieb und nach oben schaute. Hoch über der Stadt blitzte etwas Metallisches – ein Vogel, nein, ein Ding, das wie ein Vogel geformt war – am blauen Himmel. Der Mann beschattete die Augen mit der Hand und spähte kurz hinauf, dann ging er achselzuckend weiter.

In diesem Augenblick verschlang ein riesiges Feuer jählings die ganze Stadt, der entsetzte Prophet nahm nur noch einen Blitz wahr und dann Rot – nichts als ein Meer von Rot. Nostradamus blinzelte und sah, wie sich über der Stadt eine pilzförmige Wolke blähte, während das Metallding davonflog. Als sich die Wolke verzogen hatte, war alles in Schwarz getaucht und vereinzelte Feuer brannten dort, wo eben noch die Stadt gewesen war.

»Anael, was war das?« Nostradamus fühlte, wie ihm die Worte im Hals steckenblieben.

»Es geschieht zweimal. Sogar der Wind wird vergiftet.«

»Zwei«, flüsterte Nostradamus, und seine Hand zitterte, als er mit dem Federkiel auf einem Bogen Papier kratzte: *In der Nähe eines Hafens und in zwei Städten werden zwei Geißeln auftreten, wie sie die Welt noch nicht gesehen hat …*

»Was bedeutet das«, rief er verzweifelt. »Was hat das zu bedeuten?«

»Woher soll ich das wissen?« erwiderte Anael. »Ich bewahre doch nur alles auf, ich mache es nicht.«

»Ich habe gedacht, vielleicht hat Er dir etwas gesagt.«

»Er denkt nicht wie du und ich, Michel. Dabei wirst du es belassen müssen.«

»Dann zeige mir etwas Fröhliches, Anael, sonst bricht mir das Herz.«

»Oh, dann rühre das Wasser um, Michel, ich habe genau das Richtige für dich. Das habe ich eigens für dich aufgehoben.« Anaels obere Hälfte verschwand, und es klapperte, während er in dem unsichtbaren großen Schrank herumstöberte. Dann herrschte Schweigen, und als Anael wieder auftauchte, wirkte er sehr zufrieden mit sich. Nachdem sich die Ringe in der Schale beruhigt hatten, kam ein mit Girlanden reich geschmückter Saal zum Vorschein, der von Menschen in festlichen Gewändern wimmelte. Wer war die buntgekleidete große Frau am Kopfende des Tisches, die vor Freude strahlte? Ihr Tischnachbar war ein verschrumpelter kleiner Mann in der Robe und mit dem Hut eines Abbé. Ja, das war doch ...

»Ei, eine Hochzeit«, sagte Nostradamus und spähte ins Wasser. »Es muß ziemlich genau unsere Zeit sein. Die Musik kommt mir bekannt vor – ein *branle*. Ich spüre, wie meine Zehen den Takt mitklopfen. Hast du gewußt, daß ich in jungen Jahren ein guter Tänzer war?«

»Ich tanze auch sehr gern.«

»Geister tanzen?«

»Ja, aber nicht oft. Wir müssen vorsichtig sein. Denn dabei gerät das Universum ins Wanken.«

»Oh, sieh doch , da ist die Braut. Du meine Güte, so heiratet dieses knochige Mädchen, diese Sibille, zu guter Letzt doch noch. Ja. Und Nicolas, wie es sein sollte.«

»Der Bursche, der ihre Mitte umfaßt, scheint es nicht zu bemerken.«

»Tut man nie, wenn man verliebt ist. Sag, was ist aus Menander dem Unsterblichen geworden?«

»Wenn ich dir das zeigen soll, mußt du aufhören, mit dem Fuß zu klopfen«, sagte Anael.

»Ich klopfe gar nicht.« Der alte Doktor besann sich jäh auf seine Würde.

»Einerlei, aber sieh dir das an …«

Nostradamus blickte in die Schale, wurde aber nicht schlau aus der Szene. Dorfleute im Sonntagsstaat, ein Festtag, irgendeine Zusammenkunft. Aha, eine Kirmes – er hörte die Rufe einer Frau, die mit einem Tablett durch die Menge ging und Fleischküchlein feilhielt. Oh, ein Tanzbär. Wie niedlich, dachte er, aber was hat das mit Menander zu tun?

Jetzt drängten sich vier Mönche, die auf Stangen einen großen Holzkasten trugen, durch die Menge. »Tut Buße! Tut Buße, denn das Himmelreich ist nahe!« rief der Mönch, der vor ihnen herging, und läutete ein Glöckchen.

»Betrachtet die Reliquie!« schrien die Mönche, die den Kasten trugen. »Betrachtet die heilige Reliquie; nur eine kleine Gabe, und ihr dürft den Kasten küssen.« Ehe sie noch das schäbige kleine Rundzelt betreten und die Zeltklappe geschlossen hatten, umdrängten die Menschen bereits den Kasten, versuchten, ihn zu berühren, ihn zu küssen.

Vor dem Zelteingang hatte sich eine Schlange gebildet. Bauern im Sonntagsstaat, Krüppel, Frauen in Holzschuhen, manche hielten kranke Kinder auf dem Arm. Ein Mönch mit einem Opferstock sammelte emsig Spenden ein. »Der Kopf Johannes' des Täufers, der eine, der echte, der einzige … Alle anderen sind falsch«, rief er.

»Anael«, flüsterte Nostradamus, »die sehen mir ganz und gar nicht wie Mönche aus. Der eine da, ich könnte schwören, daß er ein Brandmal auf der Hand hat. Sieh nur, es ist übermalt.«

Im Zelt, oben auf der hölzernen Arche, in der man ihn getragen hatte, stand ein verbeulter, angelaufener versilberter Kasten weit offen und wurde von jeder Seite mit einer Kerze beleuchtet.

»Ich habe schon Besseres auf dem Rathausplatz aufgespießt gesehen«, knurrte ein Riese mit Holzschuhen. »Woher soll ich wissen, daß das hier nicht einfach der Kopf eines Verbrechers ist?«

»Er lebt«, entgegnete der wachhabende Mönch. Und bei diesen Worten zuckten die Lider, und der mumifizierte Kopf stöhnte. Entsetzt fuhr die Menge im Zelt zurück.

»Warum redet er nicht?«

»Der unsterbliche Kopf Johannes' des Täufers ist in heilige Gedanken versunken. Tretet näher, gute Leute, er segnet, er heilt, er erhebt ... Und gebt es an eure Freunde weiter.«

»Anael«, sagte Nostradamus, »hast du gewußt, daß dieser Mann zu Lebzeiten seine eigene Religion gegründet hätte? Und jetzt sieh ihn dir an ...«

»Johannes der Täufer auch ...«

»Das ist etwas ganz anderes, und das weißt du«, fuhr ihn der alte Doktor an.

»Ich kann gehen, ich kann gehen!« rief ein Mann und warf seine Krücken beiseite.

Vor dem Zelt schrie der Mann, der Geld einsammelte: »Ein Wunder! Ein Wunder! Schnell, schnell hinein. Er segnet euch! Er heilt!« Im Zelt wurden die Krücken zur Schau gestellt. Etwas weiter hinten kassierte der so wundersam geheilte Mann seinen Lohn bei einem der Mönche.

»Und bei alldem kein Sterbenswörtchen von Menander. Sie muß es geschafft und einen unmöglich zu erfüllenden Wunsch geäußert haben.« Nostradamus schüttelte den Kopf. »Ich bin wirklich stolz darauf, daß ich dieses Ungeheuer aus dem Verkehr gezogen habe.«

»In Umlauf gebracht trifft es eher«, meinte Anael mit einem fröhlichen Grinsen. Doch Nostradamus war mit einem Seufzer auf seinem Stuhl zusammengesunken.

»Jetzt ist mir klar, daß die Welt auch ohne Menander einfach nicht zu retten ist.«

»Michel, ich habe gedacht, ich hätte dir das erklärt. Die Geschichte ist wie ein Fluß ...«

»Damit meinst du, daß die Menschheit zur Zerstörung der Welt gar keiner Zauberei bedarf. Daß sie das auch ganz allein schafft.«

»Genau. Und das hätte ich auch nicht besser formulieren können«, sprach der Geist der Geschichte.